Rubén Darío

Azul
España contemporánea
Cantos de vida y esperanza
Prosas profanas

OBRASELECTAS

— RUBÉN DARÍO —
AZUL
ESPAÑA CONTEMPORÁNEA
CANTOS DE VIDA Y ESPERANZA
PROSAS PROFANAS

Prólogo: María José Lloréns Camp

© Copyright EDIMAT LIBROS, S.A.

ISBN: 84-8403-713-4
Depósito Legal: M-13285-2001

Edición y Producción: *José Mª Fernández*
Diseño de cubierta: *Juan Manuel Domínguez*
Impreso por BROSMAC, Móstoles (Madrid)
Encuadernado por ATANES-LAINEZ, Móstoles (Madrid)

EDMOBSERUDA

IMPRESO EN ESPAÑA - PRINTED IN SPAIN

BIOGRAFÍA

Si era todo en tu verso la armonía del mundo,
¿dónde fuiste, Darío, la armonía a buscar...?

Jardinero de Hesperia, ruiseñor de los mares,
corazón asombrado de la música astral,
¿te ha llevado Dyonisios de su mano al infierno
y con las nuevas rosas triunfante volverás?

¿Te han herido buscando, en soñada Florida,
las fuentes de la eterna juventud, capitán...?

Que en esta lengua madre tu clara historia quede.
Corazones de todas las Españas, llorad.
Rubén Darío ha muerto en Castilla de Oro,
esta nueva nos vino atravesando el mar.

Pongamos, españoles, en un severo mármol
su nombre, flauta y lira y una inscripción no más;
nadie esta lira taña si no es el mismo Apolo,
nadie esta flauta suene si no es el mismo Pan.

ANTONIO MACHADO al pie de la tumba de Rubén Darío.

SECUENCIA LITERARIA DE RUBÉN DARÍO

Contaba muy pocos años cuando sus padres le enviaron a la ciudad de León, en Nicaragua, donde cursó sus estudios en el Instituto de Occidente, siendo su profesor de literatura José Leonard, escritor polaco que había emigrado de su país por cuestiones políticas. De allí partió hacia París donde fraternizó con Mallarmé, Verlaine y otros líricos franceses, y habiendo regresado a su patria a los trece años de edad, compartía sus horas entre el desempeño del cargo que le fue confiado en la Biblioteca Nacional de Nicaragua y el estudio de los clásicos españoles y los grandes poetas extranjeros, entre los que ocupaba lugar de privilegio Víctor Hugo. En San Salvador, donde residió algún tiempo, perteneció a la Academia literaria *La Juventud,* colaboró en la *Ilustración Musical Centroamericana* y le cupo la honra de que el gobierno le encargase una oda para dar comienzo a la velada literaria organizada para conmemorar el centenario de Bolívar.

Establecido en Chile en 1886, donde permaneció cuatro años, fue redactor de *La Época,* y corresponsal de *El Diario Nicaragüense* y *El Imparcial* de su patria. En los años siguientes viajó por Europa, pasando a España por primera vez en 1892, comisionado por Nicaragua para asistir a las fiestas del centenario de Colón; posteriormente fue su ministro plenipotenciario en Madrid. Fue también representando a su país al Centenario de Méjico, pero acontecimientos políticos acaecidos en aquel país durante su viaje dejaron sin efecto su nombramiento. Formó parte de varios congresos internacionales. En Costa Rica, San Salvador y Guatemala, fundó y dirigió periódicos e intervino activamente en la política de su país. Colaborador en gran número de rotativos y revistas literarias, recordando entre los primeros *La Nación,* de Buenos Aires, cuyos artículos fueron recopilados en su gran mayoría en volúmenes de prosa, y entre las segundas, *La Revista Ilustrada,* de Nueva York, y las españolas *La Vida Literaria,* que dirigía Jacinto Benavente; *Revista Nueva* y *Vida y Arte.* Luego dirigió literariamente la revista *Mundial,* de París, siendo considerado como uno de los primeros poetas líricos de la época y quizá el primero de la América latina, dotado de un maravilloso y variado tecnicismo. Maestro de la juventud hispanoamericana, su principal significación mental se circunscribe al hecho de haber iniciado en América el movimiento llamado *modernista,* cuya jefatura nadie le discutió; su labor, y en especial las innovaciones y rarezas que introdujo en la métrica castellana, fue objeto de vivas y apasionadas discusiones.

Considerada objetivamente la labor del conjunto de Rubén Darío, debe estimarse como la obra de un gran precursor al que deben perdonársele ciertos defectos, desigualdades, licencias y audacias, en atención de la fuerza personal de inventiva e iniciación de que sus obras se hallan saturadas.

El polígrafo, periodista y crítico mallorquín Miguel de los Santos Oliver Tolrá escribió del ilustre nicaragüense: «Rubén Darío ha pasado por la lírica castellana con el vigor fecundante de dos períodos literarios, de dos generaciones completas; él solo, y de una vez, ha hecho vivir a su idioma esas dos fases que no había conocido antes: parnasianismo e impresionismo simbolista, iniciando a un tiempo la evolución y reacción consiguiente, y otra vez la reacción contra la reacción misma, en forma de humanismo neoclásico o neopagano o neopanteístico porque, tratándose de sus ambiciones poéticas, no hay locución bastante comprensiva, holgada y capaz. Sin molestia para nadie puede afirmarse que el actual florecimiento lírico de Castilla lo traía en potencia Rubén Darío, y está de una manera virtual y completa contenido en sus obras. De él derivan todas las variedades y todos los tonos, de que ofreció por anticipado la gama entera.»

De Rubén surgió toda una generación de dioses menores, o sea, una legión numerosísima de discípulos y adeptos a su escuela, figurando en ella, al lado de los primitivistas e ingenuos de la leyenda medieval, los arcaístas engolfados en la reconstitución de formas viejas y en el resucitar de primitivos decires nacionales, modernizadores de la *moderna* línea de Berceo, las serranas de Santillana, los donaires del Arcipreste de Hita, los rondeles y discretos de los poetas de Corte, los que hacían revivir a su conjuro la población ideal de paladines, conquistadores adelantados, misioneros, tahúres y ascetas, y los que hicieron posibles en castellano las vaguedades infinitas y morbosas del decadentismo, las romanzas sin palabras de Verlaine y el troquel rico y suntuoso de Heredia.

Entre sus obras, además de *Calderón de la Barca, Primeras notas,* el drama *Manuel Acuña,* el proverbio *Cada oveja...,* la traducción del poema de Víctor Hugo *El primer día de Elciis,* el *Himno a Bolívar,* con música de Aberle, y los poemas *Víctor Hugo y la tumba* y *El Arte,* se cuentan las de prosa *Los Raros* (Buenos Aires, 1893, y Barcelona, 1905), *España contemporánea* (París, 1901), *Peregrinaciones* (París, 1901), *La caravana pasa* (París), *Tierras solares* (Madrid 1904), *Opiniones* (Madrid), *Todo al vuelo* (Madrid, 1912), *Emilio Castelar* (Madrid), *Un viaje a Nicaragua y Parisiana* (Madrid), y las en verso y mixtas de prosa y verso *Epístolas y Poemas, Abrojos y Rimas* (Santiago de Chile, 1907), su célebre *Azul* (Buenos Aires, 1903, y Barcelona, 1907), sus hermosas *Prosas profanas, El Canto errante* y *Cantos de vida y esperanza* (Madrid, 1905). Son muchas sus composiciones dignas de recordarse; citaremos: *Margarita, Canción de otoño en primavera, La dulzura del Angelus, Marina, El coloquio de los centauros, Sonatina, Era un aire suave, Marcha triunfal, Responso dedicado a Verlaine, Los Cisnes,* etc. En León, Nicaragua, se publicaba una revista mensual titulada *El Alba,* que sólo publicaba producción de Darío y algunos trabajos que se referían a él.

EL MÁS GRANDE DE LOS POETAS NICARAGÜENSES

El conocimiento de la vida de un escritor tiene, evidentemente, un valor secundario.

Este valor se acrecienta notablemente cuando la vía imprime rumbos nuevos a la obra; cuando la sella de una manera clara y pertinaz.

Pero Rubén es el caso contrario. Se me dirá que el cosmopolitismo de su obra es fruto del trotamundear de su vida. Pero no.

Darío llevaba ya este cosmopolitismo dentro de su ser.

Sus primeras obras están llenas de europeidad, en un momento en que el poeta no se había movido de la tierra americana.

Por otra parte, su biografía se reduce, muy a menudo, al itinerario de su perpetua inquietud.

Rubén Darío no se llamaba así. Sus verdaderos nombres eran Félix y Rubén; sus verdaderos apellidos, García y Sarmiento, como hijo legítimo que era de Manuel García y Rosa Sarmiento. ¿Cómo, entonces, utilizó el poeta el nombre con que es universalmente conocido? En su autobiografía nos habla de esta cuestión: «... un mi tatarabuelo tenía por nombre Darío. En la pequeña población conocíale todo el mundo por don Darío; a sus hijos e hijas por los Darío y las Darío. Fue así desapareciendo el primer apellido, al punto de que mi bisabuela paterna firmaba ya Rita Darío; y ello convertido en patronímico llegó a adquirir valor legal...» La costumbre toma cuerpo. Los ascendientes próximos a Rubén no firman ya de otro modo. Y el mismo poeta, aun cuando en sus mocedades alteró, alguna vez, su nombre, se acostumbra en seguida a escribirlo de la manera exótica y sonora, plena de un raro prestigio oriental con que ha pasado a la posteridad, en alas de su gloria.

Rubén Darío —Félix Rubén García Sarmiento— nació en Metapa, aldea del departamento de Nueva Segovia, en la República de Nicaragua, el 18 de enero de 1867.

El enlace de los padres de Rubén fue un matrimonio de conveniencia. No es de extrañar, pues, que a los ocho meses sobreviniese la separación de los cónyuges, produciéndose el nacimiento de Darío un mes más tarde.

Estos oscuros conflictos familiares llenan toda la adolescencia del poeta. Durante unos años se educa fuera del hogar, en casa de un tío suyo, el coronel Ramírez, que junto con su esposa, doña Bernarda Sarmiento, prohíjan a Rubén, hasta el punto de firmar él, por esta época, *Félix Rubén Ramírez.* Cuando en 1912 murió doña Bernarda, viuda ya desde hacía años, dejó heredero de su mansión solariega al poeta.

No fue Rubén Darío —aunque él lo haya dicho alguna vez— un niño prodigio a la manera libresca. Quizá podría matizarse más exactamente la idea diciendo que fue un hombre precoz. Sanguíneo, imaginativo, medroso para trasgos y duendes, de una curiosidad insaciable, Rubén, según parece, sabía leer a los tres años. Un día, husmeando en un armario de su casa, encuentra los libros que constituyeron sus primeras lecturas, el primer saludo de la letra impresa a su cerebro infantil. Obsérvese: el *Quijote,* las obras de Moratín, *Las Mil y Una Noches, La Biblia,* los *Oficios,* de Cicerón; la *Corina,* de madame Stäel, comedias clásicas españolas y una novela terrorífica. ¡Qué cuadro más sobrecogedor y desconcertante para un espíritu tan imaginativo como el de Rubén Darío! Estas lecturas quedan grabadas en el espíritu del poeta y luego —en la obra futura— no es extraordinario reconocer las huellas de su paso.

Transcurren años: el primer amor, la primera novia, Inés, la prima rubia, la paloma blanca, el primer ensueño espiritual y alucinado. Y el primer arranque pasional.

Por aquellos tiempos frecuenta Rubén un colegio de jesuitas. Ellos —y su tía Rita— forjaron en el poeta el sentimiento religioso que en el fondo de su espíritu había de persistir siempre.

Rubén Darío vuelve a enamorarse. Sus amoríos servirían para hilvanar un folletín en el malhadado estilo de los que se fraguaban hace cien años. Nuestro protagonista se enamora de una saltimbanqui norteamericana llamada Hortensia Buislay; el poeta explica que, como no siempre estaba en condiciones de pagarse la entrada del circo donde trabajada la *razón* de sus amores, se hizo amigo de los músicos, y allí estaba el bueno de Rubén, a diario, colándose en el recinto, aparatosamente cargado con un gran rollo de papeles o con la funda de un violín. Se hizo presentar al payaso-jefe, pero sus repetidas demandas para entrar a formar parte de la farándula fueron estériles; decididamente, el nicaragüense no servía para tirititero. Hortensia Buislay perdura en el espíritu del poeta; es como una lucecita ardiendo en la cima más florida de su adolescencia. Eduardo de Ory recuerda aquella frase de Darío escrita muchos años después, en el prólogo de *Teatro de ensueño,* de Gregorio Martínez Sierra: «¿Fue en una ciudad de Gaspard de la Nuit, en Harlem, por ejemplo, o en la barca sonora de Goldoni, o por los caminos en que vagaba Galtigny claudicante, o en más remotos momentos, cuando el gran Will jugaba con todos los espíritus del cielo y de la tierra, o bien en León de Nicaragua, cuando con mis catorce años encendidos quise irme en seguimiento de Hortensia Buislay, la niña ágil, errante silfo del salto...?»

Por esta época ya había Rubén escrito sus primeros versos. Horrorosos, naturalmente. Imposible buscar en ellos rasgos de escuela o direcciones estéticas. Son versos intuidos, productos de una mimesis poco afortunada. En el relato de su vida incluye Darío un retazo poético de esta etapa, es decir cuando contaba trece años. Es un claro botón de muestra:

> *Murió tu padre, es verdad,*
> *lo lloras, tienes razón,*
> *pero ten resignación*
> *que existe una eternidad*
> *do no hay penas...*
> *Y en trozo de azucena*
> *moran los justos cantando...*

Como puede verse, se trata de una composición funeraria en la que el poeta trata de consolar a un amigo que ha perdido a su padre.

Los primeros escarceos de nuestro personaje fueron publicados en *El Ensayo*, revista muy mediocre, donde firmaba con los seudónimos Bruno Erdia y Bernardo I.U. Luego en *El Termómetro*, revista no mucho mejor, que se publicaba en Rivas. A los catorce años apenas cumplidos, ingresa Darío en la redacción de *La Verdad*, un rotativo de la oposición en el que el poeta publica violentos artículos antigubernamentales, hasta el extremo de que la policía tiene que ver con él. Es acusado —como pretexto— de vago. Darío debe su libertad al testimonio de un buen maestro suyo, que declara estar, el poeta, empleado en su colegio como profesor de Gramática Castellana.

Ávido de más amplios horizontes, el adolescente emprende el camino de la capital. Su nombre, que aparece con toda la frecuencia que le es posible en periódicos y revistas, goza ya de una comedida fama: se le conoce con el dictado de *poeta niño*. A su llegada a Managua la prensa capitalina lo saluda con frases de aliento y de felicitación; un grupo de diputados solicita para él una pensión con objeto de costear su educación literaria en Europa. Pero una imprudencia de Darío frustra el intento. En una reunión a la que asistía el presidente de la República, Rubén tuvo la desgraciada ocurrencia de recitar unos versos suyos irreligiosos, ácratas, revolucionarios, fruto de lecturas mal digeridas, que causaron el deplorable efecto que cabe suponer y que, desde luego, imposibilitaron toda protección oficial.

¿Fue éste un acontecimiento favorable para el poeta? ¡Quién sabe! Porque: ¿estaba Darío lo suficientemente preparado como para emprender una educación literaria europea? (Tengamos presente que, con toda seguridad, dicha educación europea hubiera sido francesa, parisiense.) Al nicaragüense le faltaba sazonar un poco su primera juventud, asentar un tanto sus conocimientos del idioma y contar con un fundamento sólido en que apoyar las sucesivas ampliaciones de su saber.

Eso es lo que hace. Aprovechando las relaciones que posee entre el elemento oficial consigue un puesto en la Biblioteca Nacional de Managua. Allí traba conocimiento perdurable con los clásicos españoles, que, más que leer, devora con una copiosidad extraordinaria; se afcciona a Góngora y a Berceo. Otra de las materias que estudia con intensidad es la Mitología. Con ello, Rubén se apropia de una cultura clásica indeleble y un conocimiento del idioma que los más pertinaces enemigos del poeta no han podido dejar de reconocer.

¡Otra vez la pasión que se entrecruza en el camino! ¡Otra vez el vehemente apasionamiento de Darío teje innumerables poemas de amor! «Era una adolescente de ojos verdes, de cabello castaño, de tez levemente acanelada, con esa suave palidez que tienen las mujeres de Oriente y de los trópicos.» Rubén conoce todos los apasionamientos del amor criollo; todos los estremecimientos de la carne de una mujer.

«Una día dije a mis amigos: "Me caso." La carcajada fue homérica. Tenía apenas catorce años recién cumplidos. Como mis buenos queredores viesen una resolución definitiva en mi voluntad, me juntaron unos cuantos pesos, me arreglaron un baúl y me condujeron al puerto de Corinto, donde estaba anclado un vapor que me llevó, en seguida, a la república de El Salvador.»

Comienza la vida viajera de nuestro personaje. Aturde y asombra irla siguiendo paso a paso. Todos los caminos del mundo se abren a su infatigable andar. Por esta época, Darío tiene ya compuestos poemas que se convertirán en su primer y desconocido libro: *Abrojos*.

La estancia del joven poeta en El Salvador es breve. Llega con humos de rey. Se presenta al presidente de la República, que le acoge cariñosamente y le pensiona. Sin duda el dinero huyó de Rubén fugaz y ruidosamente en demasía, por cuanto, de orden presidencial, fue internado en un colegio en el que dio clases de Gramática. Meses más tarde, «una fecha inolvidable: el estreno de mi primer frac y mi primera comunicación con el público. El presidente había resuelto que fuese yo —la verdad es que ello era satisfactorio y honroso para mis pocos años— el que abriese la velada que se dio en celebración del Centenario de Bolívar. Escribí una oda...». Poco tiempo después, nuestro personaje regresaba a Nicaragua, consiguiendo en su patria un empleo en la secretaría del presidente Zabala. Es una etapa serena, romántica y alucinada. Sueños de amor y fortuna creaban su mocedad. Pero a poco, *a causa de la mayor desilusión que pueda sentir un hombre enamorado,* Darío abandona de nuevo su país. Un tanto a la aventura se decide por Chile; lleva unos soles peruanos, unas cartas recomendatorias y un hato de esperanzas sobre el corazón. Al llegar se entera de que Vicuña Mackenna ha muerto; escribe un artículo y se lo pagan. Por mediación de Eduardo Poirier ingresa en la redacción de *El Mercurio* de Valparaíso. Pasa después a la capital y entra a formar parte de *La Época.* Se relaciona con la elite intelectual santiaguina y el nombre de Darío, pronto, cobra popularidad en Chile —es nombrado por aquel entonces corresponsal de *La Nación* de Buenos Aires—. Escribe dos libros, *Abrojos* y *Rimas* (1887); son versos románticos de Rubén, ¡claros y admirables versos! Redacta una novela folletinesca en colaboración con Eduardo Porier y se la premian. También es galardonada su colección de *Rimas,* y por último, es declarado vencedor en el Certamen de Varela, su *Canto épico a las glorias de Chile.*

Rubén Darío está, ya, pisando el umbral de la inmortalidad.

En 1888, en Valparaíso, ve la luz el primer libro de Darío, que alcanza resonancia universal: *Azul...* Un año más tarde aparece en Madrid la primera serie de las *Cartas americanas,* obra del preclaro ingenio de Juan Valera. Entre ellas una está dedicada al copioso comentario de *Azul...* Darío regresa a Centroamérica, poseyendo ya un prestigio formidable, lo que hace que diversos elementos políticos se lo disputen para regentar sus órganos periodísticos. Honores y remuneración no han de faltar ya en la vida del poeta, que es director en Guatemala de *El Correo de la tarde,* y en El Salvador, de *La Unión,* un rotativo fundado para propugnar la unidad centroamericana. El 22 de junio de 1890 Rubén Darío contrae matrimonio con la hija del periodista hondureño Álvaro Contreras, siendo entonces nuestro personaje director de *El Correo de la tarde.* Cuando meses después dejó de publicarse el periódico Rubén y su flamante esposa se trasladaron a San José de Costa Rica, donde vivieron sin fausto, pero gratamente, y donde nació su primer hijo, Rubén Darío Contreras; sin embargo, la vida económica del poeta no era lo pródiga que él deseaba, dicidiendo en consecuencia buscar para su actividad nuevos caminos en Guatemala. En esto estaba cuando conoció Darío una noticia trascendental: el Gobierno de su país acababa de nombrarle miembro de la Delegación que enviaba a España en representación de Nicaragua a las fiestas del Centenario de Colón (1892).

Apresuradamente partió el poeta, no siendo difícil imaginar que con alucinada inquietud: ¡España! ¡Europa! Para un hombre que como Rubén sentía la embriaguez literaria con una intensidad formidable, el centro intelectual del mundo tenía algo de Paraíso Terrenal. En Madrid tomó hospedaje en el hotel Cuatro·Naciones, gran hormiguero por aquellas fechas de intelectualidades. Muchos preclaros cerebros hispánicos se relacionaron allá con altas mentalidades de ultramar. Rubén Darío, en posesión ya de un destacado prestigio literario, fue acogido muy afectuosamente en los cenáculos españoles, afectuosidad en la que había mucho de cordialidad paternal, con esa cordialidad con que los maestros reciben al alumno aventajado. Eso: un discípulo aventajado de los poetas españoles en boga es el nicaragüense en su primera época. La prueba se tiene en que, posteriormente, cuando ya el poeta había lanzado su formidable movimiento revolucionario, todos estos extremos de cordialidad no existen. Ello es sabido. Los gestos gallardos de rebeldía son recibidos siempre con una mueca de hosquedad.

En Madrid conoce Darío a Marcelino Menéndez y Pelayo, a Antonio Rubió Lluch, a Emilio Castelar, a Cánovas del Castillo, Núñez de Arce, Ramón de Campoamor —*todavía un anciano muy animoso y atrayente*—, intima con Juan Valera y visita el salón literario de la condesa de Pardo Bazán. De la cordialidad de relaciones entre el poeta y los altos dignatarios de la intelectualidad española puede juzgarse por el interés extraordinario que pusieron algunos de ellos —Cánovas del Castillo y Núñez de Arce en especial— en que Darío se quedase. Pero no pudo ser. Su misión había concluido. Nuestro protagonista dejó una España llena de gratos recuerdos y de amistades honrosas para reintegrarse a su tierra natal. En una de las escalas efectuadas por el buque en que regresaba a Nicaragua —Cartagena de Indias, Colombia—, es hecha al poeta, por parte del ex presidente Núñez, una halagadora propuesta: la de representar a Colombia en la Argentina como Cónsul General en Buenos Aires. Poco tiempo después —ya en Managua— recibe el nombramiento oficial. Antes había enviudado. Su esposa había muerto en El Salvador, hecho este que trastornó dolorosamente a Rubén. En esta fecha sitúa Eduardo de Ory los inicios de la afición a la bebida, que a la larga produciría en Darío lamentables desarreglos orgánicos.

El viaje a la capital criolla para posesionarse de su consulado sufrió un retraso, porque Rubén quiso cumplir antes un antiguo y acendrado deseo: conocer Francia o, mejor dicho, París. Tras hacer escala en Nueva York, donde fue banqueteado por la colonia cubana, embarcó seguidamente para Europa. En su autobiografía cuenta el nicaragüense todo lo que representaba París para sus sueños de mocedad. «París era para mí como un paraíso en donde se respirase la esencia de la felicidad sobre la tierra. Era la ciudad del Arte, de la Belleza y de la Gloria, y sobre todo era la capital del Amor, el reino del

Ensueño. E iba yo a conocer París, a realizar la mayor ansia de mi vida. Y cuando en la estación de Saint Lazare pisé tierra parisiense, creí hollar suelo sagrado.» Su cicerone en la ciudad maravillosa fue un escritor que él había conocido en tierra americana y que ahora trabajaba en la librería Garnier; se trataba de aquel gran cronista que se llamó Enrique Gómez Carrillo, para quien no tenía secretos la Ciudad de la Luz. Fue entonces cuando Rubén Darío conoció a Verlaine. Para el nicaragüense, Paul Verlaine era como una cumbre inaccesible. Cabe suponer la actitud y el gesto de Rubén cuando Alejandro Sawa le presentó al pauvre Lelian, una noche, en el café O'Harcourt; Verlaine, como de costumbre, estaba ebrio.

«Nos acercamos con Sawa —explica Darío en su autobiografía— y me presentó. Yo murmuré en mi precario francés toda la devolución que me fue posible, concluyendo con la palabra gloria... Quién sabe qué habría pasado aquella tarde al desventurado maestro; el caso es que, volviéndose hacia mí, y sin cesar de golpear la mesa, me dijo en voz baja y pectoral: ¡La gloria! ¡La glorie! ¡M... M... encore! Creí prudente retirarme y esperar, para verle de nuevo, en ocasión más propicia. Esto no lo pude lograr nunca, porque las noches en que volví a encontrarle se encontraba más o menos en el mismo estado de embriaguez; aquello, en verdad, era triste, doloroso, grotesco y trágico.»

Rubén Darío —con Gómez Carrillo, Moreás, Banville, Morice y Sawa— gozaba plenamente de las delicias del París literario; como un perfecto *boulevardier,* como si París fuese ya, para siempre, el centro de su vida. Pero era preciso partir. Esperaba el consulado bonaerense. El dinero, por otra parte, no podía ser eterno. Embarcó.

En Buenos Aires fue acogido con acordes triunfales, iniciando allí una vida de príncipe literario. Intimó con Bartolomé Mitre, Roberto Payró, Alberto Ghiraldo, Leopoldo Lugones, *Aníbal Latino,* Rafael Obligado y Calixto Oyuela, la elite, la flor y nata de la sociedad literaria porteña (ésta constituye una de las etapas más brillantes de su vida). Darío siguió en la capital argentina hasta 1898. El poderío colonial español acababa de recibir el *coup de grace:* la nación, aplanada por la catástrofe, debería comenzar una nueva existencia. El mundo fijaba sus ojos, entre compadecido y curioso, en aquel país donde no muchos años ha *nunca se ponía el sol.* Rubén Darío, cuyo cargo consular había sido anulado, fue enviado por *La Nación* de Buenos Aires a España para informar a sus lectores de la nueva situación. En este segundo viaje halló Darío apagadas o agonizantes las lumbreras que había conocido durante su primera visita a la madre Patria. En contrapartida conoció a una pléyade de jóvenes entusiastas y renovadores que le acogieron con afirmaciones triunfales. Se trataba de la llamada *Generación del 98*: Jacinto Benavente, Pío Baroja, Ramón María del Valle-Inclán, los Machado, Miguel de Unamuno, González-Blanco (el agudo y copioso crítico de Rubén), Villaespesa... Fue presentado a Fernando Díaz de Mendoza, a Eugenio Sellés, a Manuel del Palacio, a Manuel Bueno, a Mariano de Cavia... Las visiones españolas captadas por el nicaragüense en esta segunda estancia en suelo español quedaron reflejadas en dos libros suyos: *España contemporánea* y, con más apasionamiento, en una excursión posterior (1904), en *Tierras solares*. En 1900, con ocasión de inaugurarse la Exposición de París, el poeta recibió instrucciones de trasladarse a la capital francesa por cuenta de *La Nación*. Nuevo encuentro con Gómez Carrillo. Nueva y agitada vida en París. Intimó con Amado Nervo. Un día le presentaron a Oscar Wilde. «Rara vez he encontrado una distinción mayor, una cultura más elegante y una urbanidad más gentil», escribirá el nicaragüense en su autobiografía. De pronto, Rubén Darío emprende viaje a Italia. Le lleva una emoción de artista. Pero además le embarga un sentimiento insólito: el misticismo. Es en la cartuja de Parma donde se siente acometido, la vez primera, por esta evocación que se le antojó irresistible. En Roma se acentuó su religiosidad, visitando las basílicas y teniendo el honor de besar el anillo de Su Santidad. En la ciudad pontifical fraternizó con Vargas Vila, que dejó escrito un libro lleno de recuerdos del poeta. Prosiguiendo su periplo italiano visitó Nápoles. Y con una rapidez y una norma perfectamente turísticas, conoció Pompeya, para retornar luego a París, a su casita del *faubourg* Montmartre.

En 1904 fue nombrado cónsul general de Nicaragua en París. *La Nación* siguió considerándole —y pagándole espléndidamente— como su corresponsal. En 1905 apareció *Cantos de Vida y Esperanza*, el libro álgido de su obra.

Viajó mucho, veraneando en Bretaña y Asturias. Visitó Alemania y Austria-Hungría, recibiendo por entonces, telegráficamente, el nombramiento de Secretario de la Delegación de Nicaragua en la Conferencia Panamericana de Río de Janeiro, aunque por motivos de salud no pudo cumplir tal cometido —la fatiga de una vida agitadísima y el hastío de un hombre que no se ha privado de nada, iban minando su organismo—, viéndose obligado a regresar a Buenos Aires. De vuelta a París, se acentúan sus dolencias y su neurastenia. Fue entonces cuando decidió pasar un invierno en Mallorca.

He aquí cómo Enrique Gómez Carrillo describe al poeta en esta época de descanso, que fue como un sedante de serenidad en el torbellino de su existencia: «La casita de Rubén Darío es una de las más lindas. Tiene un jardincillo, una fuente, una terraza y un ciprés. Cuando llegó, para completar la impresión de cuento oriental, tiene también, apoyada en una ventana, una silueta rubia, soñadora e indolente. Al fin, el propio Rubén me abre. Está gordo y rozagante. En sus ojos negros de corte asiático brillan claridades de vida y de dicha. El aire puro ha hecho su obra reparadora. Y sin embargo, él se queja:

—Muy mal —me dice—, siempre muy mal... Apenas trato de hacer esfuerzo, la neuralgia me atormenta... Además, estos ataques misteriosos que nadie me explica y que hacen mi vida imposible... Es aquí, en la nuca... De repente, algo diríase que se hincha por dentro... Algo palpita fuertemente... Yo pierdo el conocimiento en el acto... Pero por fortuna no se repiten sino de tarde en tarde... Así, algo he podido hacer... versos... aquí sólo los versos están bien... Ya los verá usted...

Y veo *El Canto errante*, epístola; y veo un largo poema al Chimborazo, y veo sonetos y canciones sobre algunos temas ideológicos. Pero sobre esta tierra idílica nada veo.

—¿Nada le ha inspirado a usted Palma?

Rubén me contempla con sus ojos muy abiertos, como espantado de mi pregunta. Luego, con indiferencia, murmura:

—Nada.

¡Oh gran herejía de gran poeta! ¡Oh injusticia increíble!

Mas no sé por qué me extrañó tanto esta insensibilidad ante el paisaje. Con sólo repasar de memoria la obra de Darío, se nota que para él como para el joven filósofo Mauricio Barrés el mundo exterior no existe. Sus visiones, como sus armonías, son interiores, son cerebrales o psíquicas. Su alma no es un alma de pintor. Sus ojos no gozan como gozaban los de Gautier, como gozan los de Loti, con un goce directo, con una voluptuosidad inmediata. Sus decoraciones y sus visiones las lleva en su mente. Sus paisajes, cual los de Amiel, son estados del alma. Su musa es más amiga de evocar que de pintar.»

Cierto. Gómez Carrillo había intuido perfectamente esta característica rubeniana. La visión directa del mundo exterior no existía para el nicaragüense; no la encontraba digna. Es preciso que, más adelante, la poetice el recuerdo. Entonce surge, fuerte y destacada, un poco prendida de irrealidad. Entonces su paisaje tiene matices de ensueño, de lejanía.

Otro factor, además, era el afán de exotismo que alentaba en toda su obra. Ya en *Azul...* un crítico reprendía al poeta por haber hecho girar la acción de *Estival* (*El año lírico*), alrededor de un tigre de Bengala, cuando en la misma América en que él escribía existían animales que como el jaguar y el puma podían haber ocupado espléndidamente su sitio. Los mismos cuentos de *Azul...* tienen, en ocasiones, un ambiente —el de París— completamente desconocido para el poeta en la época de su redacción. En cambio, en Europa, no fue raro verle evocar las noches líricas de Nicaragua. Y así siempre.

Transcurrido un tiempo, Darío retorna a la actividad diplomática. El gobierno nicaragüense designó a Rubén miembro de la Comisión de Límites con Honduras (el otro miembro era Vargas Vila). El árbitro fue el rey de España. Zanjada la cuestión, como nuestro hombre había tenido algunos roces diplomáticos, decidió hacer un viaje a Nicaragua. Se le prodigó un recibimiento triunfal. No sólo en la meta de su camino, sino en todas las etapas de su tránsito.

El poeta escribe:

> *El retorno a la tierra natal ha sido tan*
> *sentimental y tan mental y tan divino*
> *que aun las gotas del alba cristalina están*
> *en el jazmín de ensueño, de fragancia y de trino.*

Y en otro lugar: «Había en mí algo como una nostalgia del Trópico. Del paisaje, de las gentes, de las cosas conocidas en los años de la infancia y de la primera juventud... Quince años de ausencia... Buenos Aires, Madrid, París y tantas idas y venidas continentales. Pensé un buen día: iré a Nicaragua.» Y más adelante, emocionadamente: «En un feliz amanecer divisé las costas nicaragüenses, la cordillera volcánica, el Cosigüina, famoso en la historia de las erupciones, el volcán del Viejo, el más alto de todos, y más allá el enorme Momotombo, que fue cantado en *La leyenda de los siglos* de Víctor Hugo. Por fin entró el vapor en la balúa entre el ramillete de rocas que forman la isla de Cardón y el bouquet de cocoteros que decora la isla de Corinto. Y aquí otra pluma comenzaría a reseñar la serie de fiestas incomparables de cordialidad, verdaderamente nacionales, que celebraron la llegada del hijo tantos años ausente.»

Cierto. Se mató el mejor cordero para celebrar entusiásticamente el retorno del *poeta pródigo*.

Nicaragua entera ardió en fiestas; desde el presidente de la República hasta los niños de las escuelas ofrendaron su homenaje al maestro. Banquetes, veladas, viajes, manifestaciones, elogios, serenatas, jiras, anduvieron en su torno tejiendo una aureola de rosas triunfales, mientras el insigne, el ilustre, se dejaba admirar con un gesto displicente y benigno; de cuando en cuando palabras de elogio brotaban sentenciosamente por entre sus labios: «¡Oh mi Nicaragua! Yo quiero mucho a la juventud de Nicaragua...» En contacto directo con su patria, alucinada, llena de sencillez y emoción, todo el endiosamiento que albergaba el espíritu de Rubén destacaba con mayor agudeza. Paseaba, ante la admiración de sus compatriotas, su elegancia de ídolo parisién y sus ojos adormecidos de visionario. Lo más notable de su estancia en *casa* fue su proceso de divorcio. Darío había contraído segundas nupcias con Rosario Murillo, hermosa hembra que el poeta conociera en sus horas apasionadas de mocedad, pero el vate pretendía ahora el divorcio, aunque el motivo expuesto no parecía estar contemplado por la legalidad. Unos amigos redactaron, para solucionar el problema, un proyecto de ley (*la ley Darío*). Pero todo lo imposibilitó una estratagema de la mujer. A todo esto, el espíritu cosmopolita de Rubén quemaba de nuevo, teniendo Darío solicitado insistentemente el cargo de ministro de Nicaragua en España, nombramiento que consiguió lograr, partiendo seguidamente, no sin antes haber pasado una breve temporada balnearia en la isla de El Cardón, frente a la ciudad de Corinto, con su íntimo amigo el doctor Debayle, y haber recibido, de nuevo, pruebas patentes del fervor de sus conciudadanos.

De nuevo al viajero impenitente e infatigable cruza el charco para ser acogido en la madre patria con las loas acostumbradas. Presenta sus cartas credenciales al monarca con el ceremonial de rigor en la Corte española. Darío sale encantado de la visita. De su recuerdo nacen unas impresiones que publica en un libro. «Me habló de mi obra literaria —anota en su autobiografía—. Conversó de asuntos nicaragüenses y centroamericanos demostrando bien informado conocimiento del asunto, y dejó en mi ánimo la mejor impresión. Cada vez que hablé con él, en el curso de mi misión, me convencí de que no era el rey sportman de las ilustraciones, sino un joven bien pertrechado de los más diversos conocimientos y hecho a toda suerte de disciplinas.»

Pero Madrid no fue esta vez, durante mucho tiempo, albergue del poeta. El gobierno de su país, harto preocupado con conspiraciones y levantamientos, siempre con la monstruosa garra *yankee* al acecho, no podía preocuparse —económicamente en especial— de su ministro en España. En un principio Darío sostuvo con su propio esfuerzo el brillo con que gustaba de guarnecer su establecimiento consular, pero al fin ello se le hizo terriblemente dificultoso. Por otra parte, Rubén no era hombre para descender de categoría a los ojos de nadie. Así que decidió trasladar su residencia a París, «en donde ni tenía que aparentar, ni gastar nada, diplomáticamente hablando.»

Turbulencias políticas y cambios en el gobierno nicaragüense —bajo la presidencia ahora del señor Madriz— hicieron de nuevo inquieta la vida de Rubén, que fue nombrado ministro plenipotenciario de su país en las Fiestas del Centenario de Méjico, donde le declaró el Gobierno huésped honorífico. Pero a las aclamaciones y vítores de su llegada se mezclaron manifestaciones antiyanquistas, lo cual motivó que la estancia del poeta en Méjico fuese muy breve. Partió no sin antes haber visitado Jalapa y un pueblecillo —Teccello— que dio el nombre del ilustre a su mejor calle y al que entró Darío por encima de una alfombra de rosas que lanzaban las niñas del lugar.

Tras refugiarse en La Habana, donde pasó una crisis de escasez pecuniaria de la que pudo salir gracias a la ayuda de algunos buenos amigos, regresó a *su* París. En la capital francesa inició una vida de actividad periodística como director de la revista *Mundial*, de irreprochable memoria. Para su propaganda efectuó un *raid* de conferencias culturales en la Argentina (Rubén seguía siendo un viajero infatigable). Pero a su vuelta a la Ciudad de la Luz, las inquietudes y exaltaciones no hicieron bien al espíritu del poeta. Había vivido demasiado; más que eso, había vivido con prodigiosa intensidad. Y el cansancio, lógicamente, hizo acto de presencia. Los nervios dejaron de obedecer y la salud inició franco declive, afectando al poeta una fuerte anemia cerebral. Apareció entonces el recuerdo de la Isla de Oro. Don Juan Sureda, amigo de Rubén, le brindó su hospitalidad, y el nicaragüense pasó horas inolvidables en el paraíso de Valldemosa. En Mallorca revivió el poeta viejas horas románticas —¡recuerdos de Chopin y George Sand!—, sintiendo agudizarse en su interior un raro misticismo. Un día, burla burlando, el poeta Oswaldo Bazil le puso un hábito de cartujo y Darío comentó que no le sentaba del todo mal. Luego trasladó su residencia a Barcelona, donde tenía altos y generosos amigos: Miguel de los Santos Oliver, *Xenius*, Santiago Rusinyol, Pompeyo Gener, Rubió y Lluch y Federico Rahola... Al nicaragüense le placía la Ciudad Condal. La hubiera adoptado como su residencia definitiva de no haber mediado su perenne inquietud. Alguien le instó para que fuese a Nueva York como conferenciante. Rubén vio en ello un paso para visitar su tierra natal y aceptó.

Fue en octubre de 1914 cuando Rubén Darío abandonó para siempre la tierra española, aunque lleno de inquietud y nostalgia. Se sentía viejo, enfermo y fatigado de la vida. Su anhelo, expresado en más de una ocasión, era el de morir en España para ser enterrado en el suelo de la madre patria. Pero inclinaron el platillo opuesto las insistencias de Norteamérica y el recuerdo de su lejana tierra natal.

En Nueva York enfermó de pulmonía doble y sólo pudo pronunciar dos de las conferencias anunciadas. Durante su enfermedad, le abandonó, con los fondos, su secretario. Por fortuna, *La Nación* de Buenos Aires, enterada del trance, protegió magníficamente a su glorioso corresponsal.

Ligeramente mejorado, embarcó hacia Guatemala, donde de nuevo se agravó su dolencia, cediéndole el presidente Estrada Cabrera una residencia de su propiedad para que viviese en ella durante su restablecimiento y convalecencia. Pero Nicaragua reclamaba con insistencia a su ilustre hijo. El pesimismo de Rubén llegaba al ápice, escribiendo a Gómez Carrillo estas impresionantes palabras: «Me alejo de Guatemala en busca del cementerio de mi país natal.» Un escritor salvadoreño, Arturo Ambrogi, ofreció unos trazos del terrible crepúsculo: «Rubén acaba de pasar, moribundo, por nuestros puestos, camino de Nicaragua. Va a León, a su pueblo de origen, a reclamar un tibio rincón en la casa solariega. Los años le han abrumado. La enfermedad le ha herido mortalmente. Va triste. Va solo. Va desilusionado. Quien pudo tendido en una ancha silla de lona, sobre cubierta, frente al mar, volviendo la espalda a tierra, como en un gesto de altivo desdén, me dice que es solamente un cadáver lo que algunos devotos llevan allí. ¡Pobre Rubén! Tiembla ante la idea de la muerte, como un niño frente a una estancia oscura. Y cuando sonríe, forzadamente, por no dejar de hacerlo, hay en su sonrisa tal condensación de honda amargura, que más que sonrisa aquello parece una mueca.»

Al llegar a Nicaragua, a León, la enfermedad se agrabó considerablemente. El doctor Debayle, su fraternal amigo de toda la vida, le practicó una operación de hígado que, por desgracia, no dio los resultados apetecidos. El 6 de febrero de 1916, a la temprana edad de 49 años, Rubén Darío, el poeta nicaragüense por antonomasia, partió a la diez de la noche al encuentro con Dios. La noticia corrió como un reguero de pólvora, disponiendo el Gobierno que se cerrasen las oficinas públicas y que se rindieran el cadáver honores de ministro de Guerra y de la Marina. Doblaron las campanas de iglesias y catedrales y retumbaron los cañones de la Plaza de las Armas, cerrándose escuelas y talleres. El comercio quedó suspendido. Se enlutaron los edificios públicos y muchos particulares. «La ciudad —cuenta Eduardo de Óry— parecía sumida en la meditación y el recogimiento... el público se abstuvo de asistir a los teatros y demás espectáculos...» El Municipio acordó comprar la casa del poeta para instalar en ella el *Museo Darío*. Durante cinco días el cadáver de Rubén fue objeto de copiosas peregrinaciones emocionadas. Veladas y actos recordatorios surgieron por doquier. El telégrafo y el cable transmitieron la trágica noticia a todas las latitudes de la tierra.

En todas las frentes luminosas del mundo zigzagueó un escalofrío de dolor y centenares de plumas cantaron su elogio entristecido.

> *... Y de nuestra carne ligera*
> *imaginar siempre un edén,*
> *sin pensar que la primavera,*
> *y la carne acaban también...*

María José LLORENS CAMP

AZUL

[1988]

AL SR. D. FEDERICO VARELA.

Gerón, rey de Siracusa, inmortalizado en sonoros versos griegos, tenía un huerto privilegiado por favor de los dioses, huerto de tierra ubérrima que fecundaba el gran sol. En él permitía a muchos cultivadores que llegasen a sembrar sus granos y sus plantas.

Había laureles verdes y gloriosos, cedros fragantes, rosas encendidas, trigos de oro, sin faltar yerbas pobres que arrostraban la paciencia de Gerón.

No sé qué sembraría Teócrito, pero creo que fue un cítiso y un rosal.

Señor, permitir que junto a una de las encinas de vuestro huerto, extienda mi enredadera de campánulas.

R. D.

[Dedicatoria de la 1.ª edición de *Azul...* La 2.ª, 1890, la sustituye por ésta: *Al Sr. Dr. D. Francisco Lainfiesta, afecto y gratitud, R. D.]*

EL REY BURGUÉS

CUENTO ALEGRE

¡Amigo! El cielo está opaco, el aire frío, el día triste. Un cuento alegre... así como para distraer las brumosas y grises melancolías, helo aquí:

Había en una ciudad inmensa y brillante un rey muy poderoso, que tenía trajes caprichosos y ricos, esclavas desnudas, blancas y negras, caballos de largas crines, armas flamantísimas, galgos rápidos y monteros con cuernos de bronce, que llenaban el viento con sus fanfarrias. ¿Era un rey poeta? No, amigo mío: era el Rey Burgués.

Era muy aficionado a las artes el soberano, y favorecía con largueza a sus músicos, a sus hacedores de ditirambos, pintores, escultores, boticarios, barberos y maestros de esgrima.

Cuando iba a la floresta, junto al corzo o jabalí herido y sangriento, hacía improvisar a sus profesores de retórica canciones alusivas; los criados llenaban las copas del vino de oro que hierve, y las mujeres batían palmas con movimiento rítmicos y gallardos. Era un rey sol, en su Babilonia llena de músicas, de carcajadas y de ruido de festín. Cuando se hastiaba de la ciudad bullente, iba de caza atronando el bosque con sus tropeles; y hacía salir de sus nidos a las aves asustadas, y el vocerío repercutía en lo más escondido de las cavernas. Los perros de patas elásticas iban rompiendo la maleza en la carrera, y los cazadores, inclinados sobre el pescuezo de los caballos, hacían ondear los mantos purpúreos y llevaban las caras encendidas y las cabelleras al viento.

El rey tenía un palacio soberbio donde había acumulado riquezas y objetos de arte maravillosos. Llegaba a él por entre grupos de lilas y extensos estanques, siendo saludado por los cisnes de cuellos blancos, antes que por los lacayos estirados. Buen gusto. Subía por una escalera llena de columnas de alabastro y de esmaragdita, que tenía a los lados leones de mármol como los de los tronos salomónicos. Refinamiento. A más de los cisnes, tenía una vasta pajarera, como amante de la armonía, del arrullo, del trino, y cerca de ella iba a ensanchar su espíritu, leyendo novelas de M. Ohnet, o bellos libros sobre cuestiones gramaticales, o críticas hermosillescas. Eso sí: defensor acérrimo de la corrección académica en letras, y del modo lamido en artes; alma sublime amante de la lija y de la ortografía.

¡Japonerías! ¡Chinerías! Por lujo y nada más. Bien podía darse el placer de un salón digno del gusto de un Goncourt y de los millones de un Creso: quimeras de bronce con las fauces abiertas y las colas enroscadas, en grupos fantásticos y maravillosos; lacas de kioto con incrustaciones de hojas y ramas de una flora monstruosa, y animales de una fauna desconocida, mariposas de raros abanicos junto a las paredes; peces y gallos de colores; máscaras de gestos infernales y con ojos como si fuesen vivos; partesanas de hojas antiquísimas y empuñaduras con dragones devorando flores de loto; y en conchas de huevo, túnicas de seda amarilla, como tejidas con hilos de araña, sembradas de garzas rojas y de verdes matas de arroz; y tibores, porcelanas de muchos siglos, de aquellas en que hay guerreros tártaros con una piel que les cubre hasta los riñones, y que llevan arcos estirados y manojos de flechas.

Por lo demás, había el salón griego, lleno de mármoles: diosas, musas, ninfas y sátiros; el salón de los tiempos galantes, con cuadros del gran Watteau y de Chardin, dos, tres, cuatro, ¡cuántos salones!

Y Mecenas se paseaba por todos, con la cara inundada de cierta majestad, el vientre feliz y la corona en la cabeza, como un rey de naipe

Un día le llevaron una rara especie de hombre ante su trono, donde se hallaba rodeado de cortesanos, de retóricos y de maestros de equitación y de baile.

—¿Qué es eso? —preguntó.

—Señor, es un poeta.

El rey tenía cisnes en el estanque, canarios, gorriones, senzontes en la pajarera; un poeta era algo nuevo y extraño.

—Dejadle aquí.

Y el poeta:

—Señor, no he comido.

Y el rey:

—Habla y comerás.

Comenzó:

—Señor, ha tiempo que yo canto el verbo del porvenir. He tendido mis alas al huracán, he nacido en el tiempo de la aurora; busco la raza escogida que debe esperar, con el himno en la boca y la lira en la mano, la salida del gran sol. He abandonado la inspiración de la ciudad malsana, la alcoba llena de perfume, la musa de carne que llena el alma de pequeñez y el rostro de polvos de arroz. He roto el arpa adulona de las cuerdas débiles, contra las copas de Bohemia y las jarras donde espumea el vino que embriaga sin dar fortaleza; he arrojado el manto que me hacía parecer histrión, o mujer, y he vestido de modo salvaje y espléndido: mi harapo es de púrpura. He ido a la selva donde he quedado vigoroso y ahíto de leche fecunda y licor de nueva vida; y en la ribera del mar áspero, sacudiendo la cabeza bajo la fuerza y negra tempestad, como un ángel soberbio, o como un semidiós olímpico, he ensayado el yambo dando al olvido el madrigal.

He acariciado a la gran Naturaleza y he buscado, al calor del ideal, el verso que está en el astro en el fondo del cielo, y el que está en la perla de lo profundo del Océano. ¡He querido ser pujante! Porque viene el tiempo de las grandes revoluciones, con un Mesías todo luz, toda agitación y potencia, y es preciso recibir su espíritu con el poema que sea arco triunfal, de estrofas de acero, de estrofas de oro, de estrofas de amor.

¡Señor, el arte no está en los fríos envoltorios de mármol, ni en los cuadros lamidos, ni en el excelente señor Ohnet! ¡Señor, el arte no viste pantalones, ni habla en burgués, ni pone los puntos en todas las íes! Él es augusto, tiene mantos de oro, o de llamas, o anda desnudo, y amasa la greda con fiebre, y pinta con luz, y es opulento y da golpes de ala como las águilas, o zarpazos como los leones. Señor, entre un Apolo y un ganso, preferid el Apolo, aunque el uno sea de tierra cocida y el otro de marfil.

¡Oh, la poesía!

¡Y bien! Los ritmos se prostituyen, se cantan los lunares de las mujeres y se fabrican jarabes poéticos. Además, señor, el zapatero critica mis endecasílabos, y el señor profesor de farmacia pone puntos y comas a mi inspiración. Señor, ¡y vos lo autorizáis todo esto...! El ideal, el ideal...

El rey interrumpió:

—Ya habéis oído. ¿Qué hacer?

Y un filósofo al uso:

—Si lo permitís, señor, puede ganarse la comida con una caja de música; podemos colocarle en el jardín, cerca de los cisnes, para cuando os paseéis.

—Sí —dijo el rey; y dirigiéndose al poeta—: Daréis vueltas a un manubrio. Cerraréis la boca. Haréis sonar una caja de música que toca valses, cuadrillas y galopas, como no prefiráis moriros de hambre. Pieza de música por pedazo de pan. Nada de jerigonzas, ni de ideales. Id.

Y desde aquel día pudo verse a la orilla del estanque de los cisnes al poeta hambriento que daba vueltas al manubrio: tiriririn, tiriririn... ¡avergonzado a las miradas del gran sol! ¿Pasaba el rey por las cercanías? ¡Tiriririn, tiriririn!... ¿Había que llenar el estómago? ¡Tiriririn! Todo entre las burlas de los pájaros libres que llegaban a beber rocío en las lilas floridas; entre el zumbido de las abejas que le picaban el rostro y le llenaban los ojos de lágrimas... ¡Lágrimas amargas que rodaban por sus mejillas y que caían a la tierra negra!

Y llegó el invierno, y el pobre sintió frío en el cuerpo y en el alma. Y su cerebro estaba como petrificado, y los grandes himnos estaban en el olvido, y el poeta de la montaña coronada de águilas no era sino un pobre diablo que daba vueltas al manubrio: ¡tiriririn!

Y cuando cayó la nieve se olvidaron de él el rey y sus vasallos; a los pájaros se les abrigó, y a él se le dejó al aire glacial que le mordía las carnes y le azotaba el rostro.

Y una noche en que caía de lo alto la lluvia blanca de plumillas cristalizadas, en el palacio había festín, y la luz de las arañas reía alegre sobre los mármoles, sobre el oro y sobre las túnicas de los mandarines de las viejas porcelanas. Y se aplaudían hasta la locura los brindis del señor profesor de retórica, cuajados de dáctilos, de anapestos y pirriquios, mientras en las copas cristalinas hervía el champaña con su burbujeo luminoso y fugaz. ¡Noche de invierno, noche de fiesta! Y el infeliz, cubierto de nieve, cerca del estanque, daba vueltas al manubrio para calentarse, tembloroso y aterido, insultado por el cierzo, bajo la blancura implacable y helada, en la noche sombría, haciendo resonar entre los árboles sin hojas la música loca de las galopas y cuadrillas; y se quedó muerto, pensando en que nacería el sol del día venidero, y con él el ideal.., y en que el arte no vestiría pantalones sino manto de llamas o de oro... Hasta que al día siguiente lo hallaron el rey y sus cortesanos, al pobre diablo de poeta, como gorrión que mata el hielo, con una sonrisa amarga en los labios, y todavía con la mano en el manubrio.

¡Oh, mi amigo! El cielo está opaco, el aire frío, el día triste. Frotan brumosas y grises melancolías...

Pero ¡cuánto calienta el alma una frase, un apretón de manos a tiempo! Hasta la vista.

EL SÁTIRO SORDO

CUENTO GRIEGO

Habitaba cerca del Olimpo un sátiro, y era el viejo rey de su selva. Los dioses le habían dicho: «Goza, el bosque es tuyo; sé un feliz bribón, persigue ninfas y suena tu flauta.» El sátiro se divertía.

Un día que el padre Apolo estaba tañendo la divina lira, el sátiro salió de sus dominios y fue osado a subir el sacro monte y sorprender al dios crinado. Éste le castigó tornándole sordo como una roca. En balde en las espesuras de la selva llena de pájaros se derramaban los trinos y emergían los arrullos. El sátiro no oía nada. Filomela llegaba a cantarle, sobre su cabeza enmarañada y coronada de pámpanos, canciones que hacían detenerse los arroyos y enrojecerse las rosas pálidas. Él permanecía impasible, o lanzaba sus carcajadas salvajes y saltaba lascivo y alegre cuando percibía por el ramaje lleno de brechas alguna cadera blanca y rotunda que acariciaba el sol con su luz rubia. Todos los animales le rodeaban como a un amo a quien se obedece.

A su vista, para distraerle, danzaban coros de bacantes encendidas en su fiebre loca, y acompañaban la armonía, cerca de él, faunos adolescentes, como hermosos efebos, que le acariciaban reverentemente con su sonrisa; y aunque no escuchaban ninguna voz, ni el ruido de los crótalos, gozaban de distintas maneras. Así pasaba la vida este rey barbudo que tenía patas de cabra.

Era sátiro caprichoso.

Tenía dos consejeros áulicos: una alondra y un asno. La primera perdió su prestigio cuando el sátiro se volvió sordo. Antes, si cansado de su lascivia soplaba su flauta dulcemente, la alondra le acompañaba.

Después, en su gran bosque, donde no oía ni la voz del olímpico trueno, el paciente animal de las largas orejas le servía para cabalgar, en tanto que la alondra, en los apogeos del alba, se le iba de las manos, cantando camino de los cielos.

La selva era enorme. De ella tocaba a la alondra la cumbre; al asno el pasto. La alondra era saludada por los primeros rayos de la aurora; bebía rocío en los retoños; despertaba al roble diciéndole: «Viejo roble, despiértate.» Se deleitaba con un beso del sol: era amada por el lucero de la mañana. Y el hondo azul, tan grande, sabía que ella, tan chica, existía bajo su inmensidad. El asno (aunque entonces no había conversado con Kant) era experto en filosofía, según el decir común. El sátiro, que le veía ramonear en la pastura, moviendo las orejas con aire grave, tenía alta idea de tal pensador. En aquellos días el asno no tenía como hoy tan larga fama. Moviendo sus mandíbulas no se habría imaginado que escribiesen en su loa Daniel Hainsius en latín, Passerat, Buffon y el gran Hugo en francés, Posada y Valderrama en español.

Él, pacienzudo, si le picaban las moscas, las espantaba con el rabo, daba coces de cuando en cuando y lanzaba bajo la bóveda del bosque el acorde extraño de su garganta. Y era mimado allí. Al dormir su siesta sobre la tierra negra y amable, le daban su olor las yerbas y las flores. Y los grandes árboles inclinaban sus follajes para hacerle sombra.

Por aquellos días, Orfeo, poeta, espantado de la miseria de los hombres, pensó huir a los bosques, donde los troncos y las piedras le comprenderían y escucharían con éxtasis, y donde él pondría temblor de armonía y fuego de amor y de vida al sonar de su instrumento.

Cuando Orfeo tañía su lira había sonrisa en el rostro apolíneo. Deméter sentía gozo. Las palmeras derramaban su polen, las semillas reventaban, los leones movían blandamente su crin. Una vez voló un clavel de su tallo hecho mariposa roja, y una estrella descendió fascinada y se tornó flor de lis.

¿Qué selva mejor que la del sátiro, a quien él encantaría, donde sería tenido como un semidiós; selva toda alegría y danza, belleza y lujuria: donde ninfas y bacantes eran siempre acariciadas y siempre vírgenes; donde había uvas y rosas y ruido de sistros, y donde el rey caprípede bailaba delante de sus faunos, beodo y haciendo gestos como Sileno?.

Fue con su corona de laurel, su lira, su frente de poeta orgullosa, erguida y radiante.

Llegó hasta donde estaba el sátiro velludo y montaraz, y para pedirle hospitalidad, cantó. Cantó del gran Jove, de Eros y de Afrodita, de los centauros gallardos y de las bacantes ardientes. Cantó la copa de Dioniso, y el tirso que hiere el aire alegre, y a Pan, emperador de las montañas, soberano de los bosques, dios-sátiro que también sabía cantar. Cantó de las intimidades del aire y de la tierra, gran madre. Así explicó la melodía de una arpa eolia, el susurro de una arboleda, el ruido ronco de un caracol y las notas armónicas que brotan de una siringa. Cantó del verso, que baja del cielo y place a los dioses, del que acompaña el bárbitos en la oda y el tímpano en el peán. Cantó los senos de nieve tibia y las copas de oro labrado, y el buche del pájaro y la gloria del sol.

Y desde el principio del cántico brilló la luz con más fulgores. Los enormes troncos se conmovieron, y hubo rosas que se deshojaron y lirios que se inclinaron lánguidamente como en un dulce desmayo. Porque Orfeo hacía gemir los leones y llorar los guijarros con la música de su lira rítmica. Las bacantes más furiosas habían callado y le oían como en un sueño. Una náyade virgen, a quien nunca ni una sola mirada del sátiro había profanado, se acercó tímida al cantor y le dijo: «Yo te amo.» Filomela había volado a posarse en la lira como la paloma anacreóntica. No había más eco que el de la voz de Orfeo. Naturaleza sentía el himno. Venus, que pasaba por las cercanías, preguntó de lejos con su divina voz: «¿Está aquí, acaso, Apolo?»

Y en toda aquella inmensidad de maravillosa armonía, el único que no oía nada era el sátiro sordo.

Cuando el poeta concluyó, dijo a éste:

—¿Os place mi canto? Si es así, me quedaré con vos en la selva.

El sátiro dirigió una mirada a sus dos consejeros. Era preciso que ellos resolviesen lo que no podía comprender él. Aquella mirada pedía una opinión.

—Señor —dijo la alondra, esforzándose en producir la voz más fuerte de su buche—, quédese quien así ha cantado con nosotros. He aquí que su lira es bella y potente. Te ha ofrecido la grandeza y la luz rara que hoy has visto en tu selva. Te ha dado su armonía. Señor, yo sé de estas cosas. Cuando viene el alba desnuda y se despierta el mundo, yo me remonto a los profundos cielos y vierto desde la altura las perlas invisibles de mis trinos, y entre las claridades matutinas mi melodía inunda el aire, y es el regocijo del espacio. Pues yo te digo que Orfeo ha cantado bien, y es un elegido de los dioses. Su música embriagó el bosque entero. Las águilas se han acercado a revolar sobre nuestras cabezas, los arbustos floridos han agitado suavemente sus incensarios misterios, las abejas han dejado sus celdillas para venir a escuchar. En cuanto a mí, ¡oh, señor!, si yo estuviese en lugar tuyo le daría mi guirnalda de pámpanos y mi tirso. Existen dos potencias: la real y la ideal. Lo que Hércules haría con sus muñecas, Orfeo lo hace con su inspiración.

El dios robusto despedazaría de un puñetazo al mismo Atos. Orfeo les amansaría con la eficacia de su voz triunfante, a Nemea su león y a Erimanto su jabalí. De los hombres, unos han nacido para forjar los metales, otros para arrancar del suelo fértil las espigas del trigal, otros para combatir en las sangrientas guerras,, y otros para enseñar, glorificar y cantar. Si soy tu copero y te doy vino, goza tu paladar; si te ofrezco un himno, goza tu alma.

Mientras cantaba la alondra, Orfeo le acompañaba con su instrumento, y un vasto y dominante soplo lírico se escapaba del bosque verde y fragante. El sátiro sordo comenzaba a impacientarse. ¿Quién era aquel extraño visitante? ¿Por qué ante él había cesado la danza loca y voluptuosa? ¿Qué decían sus dos consejeros?

¡Ah, la alondra había cantado, pero el sátiro no oía! Por fin, dirigió su vista al asno.

¿Faltaba su opinión? Pues bien, ante la selva enorme y sonora, bajo el azul sagrado, el asno movió la cabeza de un lado a otro, terco, silencioso, como el sabio que medita.

Entonces, con su pie hendido, hirió el sátiro el suelo, arrugó su frente con enojo, y sin darse cuenta de nada, exclamó, señalando a Orfeo la salida de la selva:

—¡No...!

Al vecino Olimpo llegó el eco, y resonó allá, donde los dioses estaban de broma, un coro de carcajadas formidables que después se llamaron homéricas.

Orfeo salió triste de la selva del sátiro sordo y casi dispuesto a ahorcarse del primer laurel que hallase en su camino.

No se ahorcó, pero se casó con Eurídice.

LA NINFA

CUENTO PARISIENSE

En el castillo que últimamente acaba de adquirir Lesbia, esta actriz caprichosa y endiablada que tanto ha dado que decir al mundo por sus extravagancias, nos hallábamos a la mesa hasta seis amigos. Presidía nuestra Aspasia, quien a la sazón se entretenía en chupar, como una niña golosa, un terrón de azúcar húmedo, blanco, entre las yemas sonrosadas. Era la hora del chartreuse. Se veía en los cristales de la mesa como una disolución de piedras preciosas, y la luz de los candelabros se descomponía en las copas medio vacías, donde quedaba algo de la púrpura del borgoña, del oro hirviente del champaña, de las líquidas esmeraldas de la menta.

Se hablaba con el entusiasmo de artista de buena pasta, tras una buena comida. Éramos todos artistas, quién más, quién menos; y aun había un sabio obeso que ostentaba en la albura de su pechera inmaculada el gran nudo de una corbata monstruosa.

Alguien dijo: «¡Ah, sí, Frémiet!» Y de Frémiet se pasó a sus animales, a su cincel maestro, a dos perros de bronce que, cerca de nosotros, uno buscaba la pista de la pieza, y otro, como mirando al cazador, alzaba el pescuezo y arbolaba la delgadez de su cola tiesa y erecta. ¿Quién habló de Mirón? El sabio, que recitó en griego el epigrama de Anacreonte: «Pastor, lleva a pastar más lejos tu boyada, no sea que, creyendo que respira la vaca de Mirón, la quieras llevar contigo.»

Lesbia acabó de chupar su azúcar, y con una carcajada argentina:

—¡Bah! Para mí los sátiros. Yo quisiera dar vida a mis bronces, y si esto fuese posible, mi amante sería uno de esos velludos semidioses. Os advierto que más que a los sátiros adoro a los centauros, y que me dejaría robar por uno de esos monstruos robustos, sólo por oír las quejas del engañado, que tocaría su flauta lleno de tristeza.

El sabio interrumpió:

—Los sátiros y los faunos, los hipocentauros y las sirenas, han existido, como las salamandras y el ave Fénix.

Todos reímos; pero entre el coro de carcajadas, se oía irresistible, encantadora, la de Lesbia, cuyo rostro encendido de mujer hermosa estaba como resplandeciente de placer.

—Sí —continuó el sabio—. ¿Con qué derecho negamos los modernos, hechos que afirman los antiguos? El perro gigantesco que vio Alejandro, alto como un hombre, es tan real como la araña Kraken, que vive en el fondo de los mares. San Antonio Abad, de edad de noventa años, fue en busca del viejo ermitaño Pablo, que vivía en una cueva. Lesbia, no te rías. Iba el santo por el yermo, apoyado en su báculo, sin saber dónde encontrar a quien buscaba. A mucho andar, ¿sabéis quien le dio las señas del camino que debía seguir? Un centauro, «medio hombre y medio caballo», dice el autor. Hablaba como enojado; huyó tan velozmente que presto le perdió de vista el santo; así iba galopando el monstruo, cabellos al aire y vientre a tierra. En ese mismo viaje, San Antonio vio un sátiro, «hombrecillo de extraña figura; estaba junto a un arroyuelo, tenía las narices corvas, frente áspera y arrugada, y la última parte de su contrahecho cuerpo remataba con pies de cabra».

—Ni más ni menos —dijo Lesbia—. ¡M. de Cocureau, futuro miembro del Instituto!

Siguió el sabio:

—Afirma San Jerónimo que en tiempo de Constantino Magno se condujo a Alejandría un sátiro vivo, siendo conservado su cuerpo cuando murió. Además, viole el emperador en Antioquía.

Lesbia había vuelto a llenar su copa de menta, y humedecía la lengua en el licor verde como lo haría un animal felino.

—Dice Alberto Magno que en su tiempo cogieron a dos sátiros en los montes de Sajonia. Enrico Zormano asegura que en tierras de Tartaria había hombres con sólo un pie, y sólo un brazo en el pecho. Vincencio vio en su época un monstruo que trajeron al rey de Francia; tenía cabeza de perro (Lesbia reía); los muslos, brazos y manos tan sin vello como los nuestros (Lesbia agitaba como una chicuela a quien hiciesen cosquillas); comía carne cocida y bebía vino con todas ganas.

—¡Colombine! —gritó Lesbia.

Y llegó Colombine, una falderilla que parecía un copo de algodón. Tomóla su ama, y entre las explosiones de risa de todos:

—¡Toma, el monstruo que tenía tu cara!

Y le dio un beso en la boca, mientras el animal se estremecía e inflaba las narices como lleno de voluptuosidad.

—Y Filegón Traliano —concluyó el sabio elegantemente— afirma la existencia de dos clases de hipocentauros: una de ellas come elefantes.

—Basta de sabiduría —dijo Lesbia. Y acabó de beber la menta.

Yo estaba feliz. No había desplegado mis labios.

—¡Oh —exclamé—, para mí las ninfas! Yo desearía contemplar esas desnudeces de los bosques y de las fuentes, aunque, como Acteón, fuese despedazado por los perros. ¡Pero las ninfas no existen!

Concluyó aquel concierto alegre con una gran fuga de risas y de personas.

—¡Y qué! —me dijo Lesbia, quemándome con sus ojos de faunesa y con voz callada, para que sólo yo la oyera—. ¡Las ninfas existen, tú las verás!

Era un día de primavera. Yo vagaba por el parque del castillo, con el aire de un soñador empedernido. Los gorriones chillaban sobre las lilas nuevas, y atacaban a los escarabajos que se defendían de los picotazos con sus corazas de esmeralda, con sus petos de oro y acero. En las rosas el carmín, el bermellón, la onda penetrante de perfumes dulces; más allá las violetas, en grandes grupos, con su color apacible y su olor a virgen. Después, los altos árboles, los ramajes tupidos llenos de abejeos, las estatuas en la penumbra, los discóbolos de bronce, los gladiadores musculosos en sus soberbias posturas gímnicas, las glorietas perfumadas cubiertas de enredaderas, los pórticos, bellas imitaciones jónicas, cariátides todas blancas y lascivas, y vigorosos telamones del orden atlántico, con anchas espaldas y muslos gigantescos. Vagaba por el laberinto de tales encantos cuando oí un ruido, allá en lo oscuro de la arboleda, en el estanque donde hay cisnes blancos como cincelados en alabastro, y otros que tienen la mitad del cuello del color del ébano, como una pierna alba con media negra.

Llegué más cerca. ¿Soñaba? ¡Oh, Numa! Yo sentí lo que tú, cuando viste en su gruta por primera vez a Egeria.

Estaba en el centro del estanque, entre la inquietud de los cisnes espantados, una ninfa, una verdadera ninfa, que hundía su carne de rosa en el agua cristalina. La cadera a flor de espuma parecía a veces como dorada por la luz opaca que alcanzaba a llegar por las brechas de las hojas. ¡Ah!, yo vi lirios, rosas, nieve, oro; vi un ideal con vida y forma y oí, entre el burbujeo sonoro de la linfa herida, como una risa burlesca y armoniosa que me encendía la sangre.

De pronto huyó la visión, surgió la ninfa del estanque, semejante a Citerea en su onda, y recogiendo sus cabellos, que goteaban brillantes, corrió por los rosales, tras las lilas y violetas, más allá de los tupidos arbolares, hasta perderse, ¡ay!, por un recodo; y quedé yo, poeta lírico, fauno burlado, viendo a las grandes aves alabastrinas como mofándose de mí, tendiéndome sus largos cuellos en cuyo extremo brillaba bruñida el ágata de sus picos.

Después, almorzábamos juntos aquellos amigos de la noche pasada; entre todos, triunfante, con su pechera y su gran corbata oscura, el sabio obeso, futuro miembro del Instituto.

Y de repente, mientras todos charlaban de la última obra de Frémiet en el salón, exclamó Lesbia con su alegre voz parisiense:

—¡Té!, como dice Tartarin: ¡el poeta ha visto ninfas...!

La contemplaron todos asombrados, y ella me miraba, me miraba como una gata, y se reía como una chicuela a quien se le hiciesen cosquillas.

EL FARDO

Allá lejos, en la línea, como trazada por un lápiz azul, que separa las aguas y los cielos, se iba hundiendo el sol, con sus polvos de oro y sus torbellinos de chispas purpuradas, como un gran disco de hierro candente. Ya el muelle fiscal iba quedando en quietud; los guardas pasaban de un punto a otro, las gorras metidas hasta las cejas, dando aquí y allá sus vistazos. Inmóvil el enorme brazo de los pescantes, los jornaleros se encaminaban a las casas. El agua murmuraba debajo del muelle, y el húmedo viento salado, que sopla de mar afuera a la hora en que la noche sube, mantenía las lanchas cercanas en un continuo cabeceo.

Todos los lancheros se habían ido ya; solamente el viejo tío Lucas, que por la mañana se estropeara un pie al subir una barrica a un carretón, y que, aunque cojín cojeando, había trabajado todo el día, estaba sentado en una piedra y, con la pipa en la boca, veía triste el mar.

—¡Eh, tío Lucas! ¿Se descansa?

—Sí, pues, patroncito.

Y empezó la charla, esa charla agradable y suelta que me place entablar con los bravos hombres toscos que viven la vida del trabajo fortificante, la que da la buena salud y la fuerza del músculo, y se nutre con el grano del poroto y la sangre hirviente de la viña.

Yo veía con cariño a aquel rudo viejo, y le oía con interés sus relaciones, así, todas cortadas, todas como de hombre basto, pero de pecho ingenuo. ¡Ah, conque fue militar! ¡Conque de mozo fue soldado de Bulnes! ¡Conque todavía tuvo resistencias para ir con rifle hasta Miraflores! Y es casado, y tuvo un hijo, y...

Y aquí el tío Lucas:

—¡Sí, patrón, hace dos años que se me murió!

Aquellos ojos, chicos y relumbrantes bajo las cejas grises y peludas, se humedecieron entonces.

—¿Que cómo murió? En el oficio, por darnos de comer a todos: a mi mujer, a los chiquitos y a mí, patrón, que entonces me hallaba enfermo.

Y todo me lo refirió, al comenzar aquella noche, mientras las olas se cubrían de brumas y la ciudad encendía sus luces; él, en la piedra que le servía de asiento, después de apagar su negra pipa y de colocársela en la oreja, y de estirar y cruzar sus piernas flacas y musculosas, cubiertas por los sucios pantalones arremangados hasta el tobillo.

El muchacho era muy honrado y muy de trabajo. Se quiso ponerlo a la escuela desde grandecito; pero ¡los miserables no deben aprender a leer cuando se llora de hambre en el cuartucho!

El tío Lucas era casado, tenía muchos hijos.

Su mujer llevaba la maldición del vientre de las pobres: la fecundación. Había, pues, mucha boca abierta que pedía pan, mucho chico sucio que se revolcaba en la basura, mucho cuerpo magro que temblaba de frío: era preciso ir a llevar qué comer, a buscar harapos, y para eso, quedar sin alientos y trabajar como un buey.

Cuando el hijo creció, ayudó al padre. Un vecino, el herrero, quiso enseñarle su industria; pero como entonces era tan débil, casi un armazón de huesos, y en el fuelle tenía que echar el bofe, se puso enfermo y volvió al conventillo. ¡Ah, estuvo muy enfermo! Pero no murió. ¡No murió! Y eso que vivían en uno de esos hacinamientos humanos, entre cuatro paredes destartaladas, viejas, feas, en la callejuela inmunda de las mujeres perdidas, hedionda a todas horas, alumbrada de noche por escasos faroles, y en donde resuenan en perpetua llamada a las zambras de echacorvería, las arpas y los acordeones, y el ruido de los marineros que llegan al burdel, desesperados con la castidad de las largas travesías, a emborracharse como cubas y a gritar y patalear como condenados. ¡Sí!, entre la podredumbre, al estrépito de las fiestas tunantescas, el chico vivió, y pronto estuvo sano y en pie.

Luego llegaron sus quince años.

El tío Lucas había logrado, tras mil privaciones, comprar una canoa. Se hizo pescador.

El tío Lucas había logrado, tras mil privaciones, comprar una canoa. Se hizo pescador.

Al venir el alba, iba con su mocetón al agua, llevando los enseres de la pesca. El uno remaba, el otro ponía en los anzuelos la carnada. Volvían a la costa con buena esperanza de vender lo hallado, entre la brisa fría y las opacidades de la neblina, cantando en baja voz alguna «triste», y enhiesto el remo triunfante que chorreaba espuma.

Si había buena venta, otra salida por la tarde.

Una de invierno había temporal. Padre e hijo, en la pequeña embarcación, sufrían en el mar la locura de la ola y del viento. Difícil era llegar a tierra. Pesca y todo se fue al agua, y se pensó en librar el pellejo. Luchaban como desesperados por ganar la playa. Cerca de ella estaban; pero una racha maldita les empujó contra una roca, y la canoa se hizo astillas. Ellos salieron sólo magullados, ¡gracias a Dios!, como decía el tío Lucas al narrarlo. Después, ya son ambos lancheros.

¡Sí!, lancheros; sobre las grandes embarcaciones chatas y negras; colgándose de la cadena que rechina pendiente como una sierpe de hierro del macizo pescante que semeja una horca; remando de pie y al compás; yendo con la lancha del muelle al vapor y del vapor al huelle; gritando: ¡hiiooeep! cuando se empujan los pesados bultos para engancharlos en la uña potente que los levanta balanceándolos como un péndulo. ¡Sí!, lancheros; el viejo y el muchacho, el padre y el hijo; ambos a horcajadas sobre un cajón, ambos forcejando, ambos ganando su jornal, para ellos y para sus queridas sanguijuelas del conventillo.

Íbanse todos los días al trabajo, vestidos de viejo, fajadas las cinturas con sendas bandas coloradas, y haciendo sonar a una sus zapatos groseros y pesados que se quitaban al comenzar la tarea, tirándolos en un rincón de la lancha.

Empezaba el trajín, el cargar y descargar. El padre era cuidadoso: «¡Muchacho, que te rompes la cabeza! ¡Que te coge la mano el chicote! ¡Que vas a perder una canilla!» Y enseñaba, adiestraba, dirigía al hijo, con su modo, con sus bruscas palabras de obrero viejo y de padre encariñado.

Hasta que un día el tío Lucas no pudo moverse de la cama, porque el reumatismo le hinchaba las coyunturas y le taladraba los huesos.

¡Oh! Y había que comprar medicinas y alimentos; eso sí.

—Hijo, al trabajo, a buscar plata; hoy es sábado.

Y se fue el hijo, solo, casi corriendo, sin desayunarse, a la faena diaria.

Era un bello día de luz clara, el sol de oro. En el muelle rodaban los carros sobre sus rieles, crujían las poleas, chocaban las cadenas. Era la gran confusión del trabajo que da vértigo: el son del hierro, traqueteos por doquiera, y el viento pasando por el bosque de árboles y jarcias de los navíos en grupo.

Debajo de uno de los pescantes del muelle estaba el hijo del tío Lucas con otros lancheros, descargando a toda prisa. Había que vaciar la lancha repleta de fardos. De tiempo en tiempo bajaba la larga cadena que remata en un garfio, sonando como una matraca al correr con la roldana; los mozos amarraban los bultos con una cuerda doblada en dos, los enganchaban en el garfio, y entonces éstos subían a la manera de un pez en un anzuelo, o del plomo de una sonda, ya quietos, ya agitándose de un lado a otro, como un badajo, en el vacío.

La carga estaba amontonada. La ola movía pausadamente de cuando en cuando la embarcación colmada de fardos. Éstos formaban una a modo de pirámide en el centro. Había uno muy pesado, muy pesado. Era el más grande de todos, ancho, gordo y oloroso a brea. Venía en el fondo de la lancha. Un hombre de pie sobre él era pequeña figura para el grueso zócalo.

Era algo como todos los prosaísmos de la importación envueltos en lona y fajados con correas de hierro. Sobre sus costados, en medio de líneas y de triángulos negros, había letras que miraban como ojos. «Letras en "diamante"», decía el tío Lucas. Sus cintas de hierro estaban apretadas con clavos cabezudos y ásperos, y en las entrañas tendría el monstruo, cuando menos, linones y percales.

Sólo él faltaba.

—¡Se va el bruto! —dijo uno de los lancheros.

—¡El barrigón! —agregó otro.

Y el hijo del tío Lucas, que estaba ansioso de acabar pronto, se alistaba para ir a cobrar y desayunarse, anudándose un pañuelo a cuadros al pescuezo.

Bajó la cadena danzando en el aire. Se amarró un gran lazo al fardo, se probó si estaba bien seguro, y se gritó: «¡Iza!» mientras la cadena tiraba de la masa chirriando y levantándola en vilo.

Los lancheros, de pie, miraban subir el enorme peso, y se preparaban para ir a tierra, cuando se vio una cosa horrible. El fardo, el grueso fardo, se zafó del lazo, como de un collar holgado saca un perro la cabeza, y cayó sobre el hijo del tío Lucas, que entre el filo de la lancha y el gran bulto quedó con los riñones rotos, el espinazo desencajado y echando sangre negra por la boca.

Aquel día no hubo pan ni medicinas en casa del tío Lucas, sino el muchacho destrozado, al que se abrazaba llorando el reumático, entre la gritería de la mujer y de los chicos, cuando llevaban el cadáver al cementerio.

Me despedí del viejo lanchero, y a pasos elásticos dejé el muelle, tomando el camino de la casa, y haciendo filosofía con toda la cachaza de un poeta, en tanto que una brisa glacial, que venía de mar afuera, pellizcaba tenazmente las narices y las orejas.

EL VELO DE LA REINA MAB

La reina Mab, en su carro hecho de una sola perla, tirado por cuatro coleópteros de petos dorados y alas de pedrería, caminando sobre un rayo de sol, se coló por la ventana de una buhardilla donde estaban cuatro hombres flacos, barbudos e impertinentes, lamentándose como unos desdichados.

Por aquel tiempo, las hadas habían repartido sus dones a los mortales. A unos habían dado las varitas misteriosas que llenan de oro las pesadas cajas del comercio; a otros unas espigas maravillosas que al desgranarlas colmaban los trojes de riquezas; a otros unos cristales que hacían ver en el riñón de la madre tierra oro y piedras preciosas; a quiénes, cabelleras espesas y músculos de Goliat, y mazas enormes para machacar el hierro encendido; y a quiénes, talones fuertes y piernas ágiles para montar en las rápidas caballerías que se beben el viento y que tienden las crines en la carrera.

Los cuatro hombres se quejaban. Al uno le había tocado en suerte una cantera, al otro el iris, al otro el ritmo, al otro el cielo azul.

La reina Mab oyó sus palabras. Decía el primero:

—¡Y bien! ¡Heme aquí en la gran lucha de mis sueños de mármol! Yo he arrancado el bloque y tengo el cincel. Todos tenéis, unos el oro, otros la armonía, otros la luz; yo pienso en la blanca y divina Venus, que muestra su desnudez bajo el plafón color de cielo. Yo quiero dar a la masa la línea y la hermosura plástica; y que circule por las venas de la estatua una sangre incolora como la de los dioses. Yo tengo el espíritu de Grecia en el cerebro y amo los desnudos en que la ninfa huye y el fauno tiende los brazos, ¡Oh, Fidias! Tú eres para mí soberbio y augusto como un semidiós, en el recinto de la eterna belleza, rey ante un ejército de hermosuras que a tus ojos arrojan el magnífico *kitón* mostrando la esplendidez de la forma en sus cuerpos de rosa y de nieve.

Tú golpeas, hieres y domas el mármol, y suena el golpe armónico como un verso, y te adula la cigarra, amante del sol, oculta entre los pámpanos de la viña virgen. Para ti son los Apolos rubios y luminosos, las Minervas severas y soberanas. Tú, como un mago, conviertes la roca en simulacro y el colmillo del elefante en copa del festín. Y al ver tu grandeza siento el martirio de mi pequeñez. Porque pasaron los tiempos gloriosos. Porque tiemblo ante las miradas de hoy. Porque contemplo el ideal inmenso y las fuerzas exhaustas. Porque, a medida que cincelo el bloque, me ataraza el desaliento.

Y decía el otro:

—Lo que es hoy romperé mis pinceles. ¿Para qué quiero el iris y esta gran paleta del campo florido, si a la postre mi cuadro no será admitido en el Salón? ¿Qué abordaré? He recorrido todas las escuelas, todas las inspiraciones artísticas. He pintado el torso de Diana y el rostro de la Madona. He pedido a las campiñas sus colores, sus matices; he adulado a la luz como a una amada, y la he abrazado como a una querida. He sido adorador del desnudo, con sus magnificencias, con los tonos de sus carnaciones y con sus fugaces medias tintas. He trazado en mis lienzos los nimbos de los santos y las alas de los querubines. ¡Ah, pero siempre el terrible desencanto! ¡El porvenir! ¡Vender una Cleopatra en dos pesetas para poder almorzar!

¡Y yo, que podría en el estremecimiento de mi inspiración trazar el gran cuadro que tengo aquí dentro...!

Y decía el otro:

—Perdida mi alma en la gran ilusión de mis sinfonías, temo todas las decepciones. Yo escucho todas las armonías, desde la lira de Terpandro hasta las fantasías orquestales de Wagner. Mis ideales brillan en medio de mis audacias de inspirado. Yo tengo la percepción del filósofo que oye la música de los astros. Todos los ruidos pueden aprisionarse, todos los ecos son susceptibles de combinaciones. Todo cabe en la línea de mis escalas cromáticas.

La luz vibrante es himno, y la melodía de la selva halla un eco en mi corazón. Desde el ruido de la tempestad hasta el canto del pájaro, todo se confunde y enlaza en la infinita cadencia. Entre tanto, no diviso sino la muchedumbre que befa y la celda del manicomio.

Y el último:

—Todos bebemos el agua clara de la fuente de Jonia. Pero el ideal flota en el azul; y para que los espíritus gocen de su luz suprema, es preciso que asciendan. Yo tengo el verso que es de miel y el que es de oro, y el que es de hierro candente. Yo soy el ánfora del celeste perfume: tengo el amor. Paloma, estrella, nido, lirio, vosotros conocéis mi morada. Para los vuelos inconmensurables tengo alas de águila que parten a golpes mágicos el huracán. Y para hallar consonantes, las busco en dos bocas que se juntan y estalla el beso, y escribo la estrofa, y entonces, si veis mi alma, conoceréis a mi musa. Amo las epopeyas, porque de ellas brota el soplo heroico que agita las banderas que ondean sobre las lanzas y los penachos que tiemblan sobre los cascos; los cantos líricos, porque hablan de las diosas y de los amores; y las églogas, porque son olorosas a verbena y a tomillo, y al santo aliento del buey coronado de rosas. Yo escribiría algo inmortal; mas me abruma un porvenir de miseria y de hambre.

Entonces la reina Mab, del fondo de su carro hecho de una sola perla, tomó un velo azul, casi impalpable, como formado de suspiros, o de miradas de ángeles rubios y pensativos. Y aquel velo era el velo de los sueños, de los dulces sueños que hacen ver la vida de color de rosa. Y con él envolvió a los cuatro hombres flacos, barbudos e impertinentes. Los cuales cesaron de estar tristes porque penetró en su pecho la esperanza, y en su cabeza el sol alegre, con el diablillo de la vanidad, que consuela en sus profundas decepciones a los pobres artistas.

Y desde entonces, en las buhardillas de los brillantes infelices, donde flota el sueño azul, se piensa en el porvenir como en la aurora, y se oyen risas que quitan la tristeza, y se bailan extrañas farandolas alrededor de un blanco Apolo, de un lindo paisaje, de un violín viejo, de un amarillento manuscrito.

LA CANCIÓN DEL ORO

Aquél día, un harapiento, por las trazas un mendigo, tal vez un peregrino, quizá un poeta, llegó, bajo la sombra de los altos álamos, a la gran calle de los palacios, donde hay desafíos de soberbia entre el ónix y el pórfido, el ágata y el mármol; en donde las altas columnas, los hermosos frisos, las cúpulas doradas, reciben la caricia pálida del sol moribundo.

Había tras los vidrios de las ventanas, en los vastos edificios de la riqueza, rostros de mujeres gallardas y de niños encantadores. Tras las rejas se adivinaban extensos jardines, grandes verdores salpicados de rosas y ramas que se balanceaban acompasada y blandamente como bajo la ley de un ritmo. Y allá en los grandes salones debía estar el tapiz purpurado y lleno de oro, la blanca estatua, el bronce chino, el tibor cubierto de campos azules y de arrozales tupidos, la gran cortina recogida como una falda, ornada de flores opulentas, donde el ocre oriental hace vibrar la luz en la seda que resplandece. Luego, las luces venecianas, los palisandros y los cedros, los nácares y los ébanos, y el piano negro y abierto, que ríe mostrando sus teclas como una linda dentadura; y las arañas cristalinas, donde alzan las velas profusas la aristocracia de su blanca cera. ¡Oh, y más allá! Más allá el cuadro valioso dorado por el tiempo, el retrato que firma Durand o Bonnat, y las preciosas acuarelas en que el tono rosado parece que emerge de un cielo puro y envuelve en una onda dulce desde el lejano horizonte hasta la yerba trémula y humilde. Y más allá...

(Muere la tarde.
Llega a las puertas del palacio un carruaje flamante y charolado.
Baja una pareja y entra con tal soberbia en la mansión que el
mendigo piensa: «Decididamente, el aguilucho y su hembra van al
nido.» El tronco, ruidoso y azogado, a un golpe de látigo arrastra el
carruaje haciendo relampaguear las piedras. Noche.)

Entonces, en aquel cerebro de loco, que ocultaba un sombrero raído, brotó como el germen de una idea que pasó al pecho, y fue opresión y llegó a la boca hecho himno que le encendía la lengua y hacía entrechocar los dientes. Fue la visión de todos los mendigos, de todos los suicidas, de todos los borrachos, del harapo y de la llaga, de todos los que viven, ¡Dios mío!, en perpetua noche, tanteando la sombra, cayendo al abismo, por no tener un mendrugo para llenar el estómago. Y después la turba feliz, el lecho blando, la trufa y el áureo vino que hierve, el raso y el moaré que con su roce ríen; el novio rubio y la novia morena cubierta de pedrería y blonda, y el gran reloj que la suerte tiene para medir la vida de los felices opulentos, que en vez de granos de arena deja caer escudos de oro.

Aquella especie de poeta sonrió; pero su faz tenía aire dantesco. Sacó de su bolsillo un pan moreno, comió, y dio al viento su himno. Nada más cruel que aquel canto tras el mordisco.

¡Cantemos el oro!

Cantemos el oro, rey del mundo, que lleva dicha y luz por donde va, como los fragmentos de un sol despedazado.

Cantemos el oro, que nace del vientre fecundo de la madre tierra; inmenso tesoro, leche rubia de esa ubre gigantesca.

Cantemos el oro, río caudaloso, fuente de la vida, que hace jóvenes y bellos a los que se bañan en sus corrientes maravillosas, y envejece a aquellos que no gozan de sus raudales.

Cantemos el oro, porque de él se hacen las tiaras de los pontífices, las coronas de los reyes y los cetros imperiales; y porque se derrama por los mantos como un fuego sólido, e inunda las capas de los arzobispos, y refulge en los altares y sostiene al Dios eterno en las custodias radiantes.

Cantemos el oro, porque podemos ser unos perdidos, y él nos pone mamparas para cubrir las locuras abyectas de la taberna y las vergüenzas de las alcobas adúlteras.

Cantemos el oro, porque al saltar del cuño lleva en su disco el perfil soberbio de los césares; y va a repletar las cajas de sus vastos templos, los bancos, y mueve las máquinas, y da la vida, y hace engordar los tocinos privilegiados.

Cantemos el oro, porque él da los palacios y los carruajes, los vestidos a la moda, y los frescos senos de las mujeres garridas; y las genuflexiones de espinazos aduladores y las muecas de los labios eternamente sonrientes.

Cantemos el oro, padre del pan.

Cantemos el oro, porque es, en las orejas de las lindas damas, sostenedor del rocío del diamante, al extremo de tan sonrosado y bello caracol; porque en los pechos siente el latido de los corazones, y en las manos a veces es símbolo de amor y de santa promesa.

Cantemos el oro, porque tapa las bocas que nos insultan, detiene las manos que nos amenazan y pone vendas a los pillos que nos sirven.

Cantemos el oro, porque su voz es música encantada; porque es heroico y luce en las corazas de los héroes homéricos, y en las sandalias de las diosas y en los coturnos trágicos y en las manzanas del Jardín de las Hespérides.

Cantemos el oro, porque de él son las cuerdas de las grandes liras, la cabellera de las más tiernas amadas, los granos de la espiga y el peplo que al levantarse viste la olímpica aurora.

Cantemos el oro, premio y gloria del trabajador y pasto del bandido.

Cantemos el oro, que cruza por el carnaval del mundo, disfrazado de papel, de plata, de cobre y hasta de plomo.

Cantemos el oro, calificado de vil por los hambrientos; hermano del carbón, oro negro que incuba el diamante; rey de la mina, donde el hombre lucha y la roca se desgarra; poderoso en el poniente, donde se tiñe en sangre; carne de ídolo; tela de que Fidias hace el traje de Minerva.

Cantemos el oro, en el arnés del caballo, en el carro de guerra, en el puño de la espada, en el lauro que ciñe cabezas luminosas, en la copa del festín dionisíaco, en el alfiler que hiere el seno de la esclava, en el rayo del astro y en el champaña que burbujea como una disolución de topacios hirvientes.

Cantemos el oro, porque nos hace gentiles, educados y pulcros.

Cantemos el oro, porque es la piedra de toque de toda amistad.

Cantemos el oro, purificado por el fuego, como el hombre por el sufrimiento; mordido por la lima, como el hombre por la envidia; golpeado por el martillo, como el hombre por la necesidad; realzado por el estuche de seda, como el hombre por el palacio de mármol.

Cantemos el oro, esclavo, despreciado por Jerónimo, arrojado por Antonio, vilipendiado por Macario, humillado por Hilarión, maldecido por Pablo el Ermitaño, quien tenía por alcázar una cueva bronca y por amigos las estrellas de la noche, los pájaros del alba y las fieras hirsutas y salvajes del yermo.

Cantemos el oro, dios becerro, tuétano de roca misterioso y callado en su entraña, y bullicioso cuando brota a pleno sol y a toda vida, sonante como un coro de tímpanos; feto de astros, residuo de luz, encarnación de éter.

Cantemos el oro, hecho sol, enamorado de la noche, cuya camisa de crespón riega de estrellas brillantes, después del último beso, como una gran muchedumbre de libras esterlinas.

¡Eh, miserables, beodos, pobres de solemnidad, prostitutas, mendigos, vagos, rateros, bandidos, pordioseros, peregrinos, y vosotros los desterrados, y vosotros los holgazanes, y sobre todo vosotros, oh, poetas!

¡Unámonos a los felices, a los poderosos, a los banqueros, a los semidioses de la tierra!

¡Cantemos el oro!

Y el eco se llevó aquel himno, mezcla de gemido, ditirambo y carcajada; y como ya la noche oscura y fría había entrado, el eco resonaba en las tinieblas.

Pasó una vieja y pidió limosna.

Y aquella especie de harapiento, por las trazas un mendigo, tal vez un peregrino, quizá un poeta, le dio su último mendrugo de pan petrificado, y se marchó por la terrible sombra, rezongando entre dientes.

EL RUBÍ

—¡Ah! ¡Conque es cierto! ¡Conque ese sabio parisiense ha logrado sacar del fondo de sus retortas, de sus matraces, la púrpura cristalina de que están incrustados los muros de mi palacio!

Y al decir esto el pequeño gnomo iba y venía, de un lugar a otro, a cortos saltos, por la honda cueva que le servía de morada; y hacía temblar su larga barba y el cascabel de su gorro azul y puntiagudo.

En efecto, un amigo del centenario Chevreul —cuasi Althotas—, el químico Frémy, acababa de descubrir la manera de hacer rubíes y zafiros.

Agitado, conmovido, el gnomo —que era sabidor y de genio harto vivaz— seguía monologando.

—¡Ah, sabios de la Edad Media! ¡Ah, Alberto el Grande, Averroes, Raimundo Lulio! Vosotros no pudisteis ver brillar el gran sol de la piedra filosofal, y he aquí que sin estudiar las fórmulas aristotélicas, sin saber cábala y nigromancia, llega un hombre del siglo decimonono a formar a la luz del día lo que nosotros fabricamos en nuestros subterráneos. ¡Pues el conjuro! Fusión por veinte días de una mezcla de sílice y de aluminato de plomo; coloración con bicromato de potasa o con óxido de cobalto. Palabras en verdad que parecen lengua diabólica.

Risa.

Luego se detuvo.

El cuerpo del delito estaba allí, en el centro de la gruta, sobre una gran roca de oro; un pequeño rubí, redondo, un tanto reluciente, como un grano de granada al sol.

El gnomo tocó un cuerno, el que llevaba a su cintura, y el eco resonó por las bastas concavidades. Al rato, un bullicio, un tropel, una algazara. Todos los gnomos habían llegado.

Era la cueva ancha, y había en ella una claridad extraña y blanca. Era la claridad de los carbunclos que en el techo de piedra centelleaban, incrustados, hundidos, apiñados, en focos múltiples; una dulce luz lo iluminaba todo.

A aquellos resplandores podía verse la maravillosa mansión en todo su esplendor. En los muros, sobre pedazos de plata y oro, entre venas de lapislázuli, formaban caprichosos dibujos, como los arabescos de una mezquita, gran muchedumbre de piedras preciosas. Los diamantes, blancos y limpios como gotas de agua, emergían los iris de sus cristalizaciones; cerca de calcedonias colgantes en estalactitas, las esmeraldas esparcían sus resplandores verdes, y los zafiros, en ramilletes que pendían del cuarzo, semejaban grandes flores azules y temblorosas.

Los topacios dorados, las amatistas, circundaban en franjas el recinto, y en el pavimento, cuajado de ópalos, sobre la pulida crisofasia y el ágata, brotaba de trecho en trecho un hilo de agua, que caía con una dulzura musical, a gotas armónicas, como las de una flauta metálica soplada muy levemente.

¡Puck se había entremetido en el asunto, el pícaro Puck! Él había llevado el cuerpo del delito, el rubí falsificado, el que estaba ahí, sobre la roca de oro, como una profanación entre el centelleo de todo aquel encanto.

Cuando los gnomos estuvieron juntos, unos con sus martillos y cortas hachas en las manos, otros de gala, con caperuzas flamantes y encarnadas, llenas de pedrería, todos curiosos, Puck dijo así:

—Me habéis pedido que os trajese una muestra de la nueva falsificación humana, y he satisfecho esos deseos.

Los gnomos, sentados a la turca, se tiraban de los bigotes; daban las gracias a Puck con una pausada inclinación de cabeza, y los más cercanos a él examinaban con gesto de asombro las lindas alas, semejantes a las de un hipsipilo.

Continuó:

—¡Oh, Tierra! ¡Oh, Mujer! Desde el tiempo en que veía a Titania no he sido sino un esclavo de la una, un adorador casi místico de la otra.

Y luego, como si hablase en el placer de un sueño:

—¡Esos rubíes! En la gran ciudad de París, volando invisible, los vi por todas partes. Brillaban en los collares de las cortesanas, en las condecoraciones exóticas de los rastacueros, en los anillos de los príncipes italianos y en los brazaletes de las primadonas.

Y con pícara sonrisa siempre:

—Yo me colé hasta cierto gabinete rosado muy en boga... Había una hermosa mujer dormida. Del cuello le arranqué un medallón y del medallón el rubí. Ahí lo tenéis.

Todos soltaron la carcajada. ¡Qué cascabeleo!

—¡Eh, amigo Puck!

¡Y dieron su opinión después, acerca de aquella piedra falsa, obra del hombre, o de sabio, que es peor!

—¡Vidrio!

—¡Maleficio!

—¡Ponzoña y cábala!

—¡Química!

—¡Pretender imitar al fragmento del iris!

—¡El tesoro rubicundo de lo hondo del globo!

—¡Hecho de rayos del poniente solidificados!

El gnomo más viejo, andando con sus piernas torcidas, su gran barba nevada, su aspecto de patriarca, su cara llena de arrugas:

—¡Señores! —dijo—, ¡no sabéis lo que habláis!

Todos escucharon.

—Yo, yo soy el más viejo de vosotros, puesto que apenas sirvo ya para martillar las facetas de los diamantes; yo, que he visto formarse estos hondos alcázares; que he cincelado los huesos de la tierra, que he amasado el oro, que he dado un día un puñetazo a un muro de piedra, y caí a un lago donde violé a una ninfa; yo, el viejo, os referiré de cómo se hizo el rubí. Oíd.

Puck sonreía curioso. Todos los gnomos rodearon al anciano, cuyas canas palidecían a los resplandores de la pedrería y cuyas manos extendían su movible sombra en los muros, cubiertos de piedras preciosas, como un lienzo lleno de miel donde se arrojasen granos de arroz.

—Un día, nosotros, los escuadrones que tenemos a nuestro cargo las minas de diamantes, tuvimos una huelga que conmovió toda la tierra, y salimos en fuga por los cráteres de los volcanes.

El mundo estaba alegre, todo era vigor y juventud; y las rosas, y las hojas verdes y frescas, y los pájaros en cuyos buches entra el grano y brota el gorjeo, y el campo todo, saludaban al sol y a la primavera fragante.

Estaba el monte armónico y florido, lleno de trinos y de abejas; era una grande y santa nupcia la que celebraba la luz, en el árbol la savia ardía profundamente, y en el animal todo era estremecimiento o balido o cántico, y en el gnomo había risa y placer.

Yo había salido por un cráter apagado. Ante mis ojos había un campo extenso. De un salto me puse sobre un gran árbol, una encina añeja. Luego bajé al tronco, y me hallé cerca de un arroyo, un río pequeño y claro donde las aguas charlaban diciéndose bromas cristalinas. Yo tenía sed. Quise beber ahí... Ahora, oíd mejor.

Brazos, espaldas, senos desnudos, azucenas, rosas, panecillos de marfil coronados de cerezas; ecos de risas áureas, festivas; y allá, entre espumas, entre las linfas rotas, bajo las verdes ramas...

—¿Ninfas?

—No, mujeres.

—Yo sabía cuál era mi gruta. Con dar un golpe en el suelo, abría la arena negra y llegaba a mi dominio. ¡Vosotros, pobrecillos, gnomos jóvenes, tenéis mucho que aprender!

Bajo los retoños de unos helechos nuevos me escurrí, sobre unas piedras deslavadas por la corriente espumosa y parlante, y a ella, a la hermosa, a la mujer, la así de la cintura, con este brazo antes tan musculoso; grité, golpeé el suelo; descendimos. Arriba quedó el asombro, abajo el gnomo soberbio y vencedor.

Un día yo martillaba un trozo de diamante inmenso, que brillaba como un astro y que al golpe de mi maza se hacía pedazos.

El pavimiento de mi taller se asemejaba a los restos de un sol hecho trizas. La mujer amada descansaba a un lado, rosa de carne entre maceteros de zafir, emperatriz del oro, en un lecho de cristal de roca, toda desnuda y espléndida como una diosa.

Pero en el fondo de mis dominios, mi reina, mi querida, mi bella, me engañaba. Cuando el hombre ama de veras, su pasión lo penetra todo, y es capaz de traspasar la tierra.

Ella amaba a un hombre, y desde su prisión le enviaba sus suspiros. Éstos pasaban los poros de la corteza terrestre y llegaban a él; y él, amándola también, besaba la rosas de cierto jardín; y ella, la enamorada, tenía —yo lo notaba— convulsiones súbitas en que estiraba sus labios rosados y frescos como pétalos de centifolia. ¿Cómo ambos así se sentían? Con ser quien soy, no lo sé.

Había acabado yo mi trabajo: un gran montón de diamantes hechos en un día; la tierra abría sus grietas de granito como labios con sed, esperando el brillante despedazamiento del rico cristal. Al fin de la faena, cansado, di un martillazo que rompió una roca y me dormí.

Desperté al rato al oír algo como un gemido.

De su lecho, de su mansión más luminosa y rica que la de todas las reinas de Oriente, había volado fugitiva, desesperada, la amada mía, la mujer robada. ¡Ay! Y queriendo huir por el agujero abierto por mi maza de granito, desnuda y bella, destrozó su cuerpo blanco y suave como de azahar y mármol y rosa, en los filos de los diamantes rotos. Heridos sus costados, chorreaba la sangre; los quejidos eran conmovedores hasta las lágrimas. ¡Oh, dolor!

Yo desperté, la tomé en mis brazos, le di mis besos más ardientes; mas la sangre corría inundando el recinto y la gran masa diamantina se teñía de grana.

Me parecía que sentía, al darle un beso, un perfume salido de aquella boca encendida: el alma; el cuerpo quedó inerte.

Cuando el gran patriarca nuestro, el centenario semidiós de las entrañas terrestres, pasó por allí, encontró aquella muchedumbre de diamantes rojos.

Pausa.

—¿Habéis comprendido?

Los gnomos, muy graves, se levantaron.

Examinaron más de cerca la piedra falsa, hechura del sabio.

—¡Mirad, no tiene facetas!

—Brilla pálidamente.

—¡Impostura!

—¡Es redonda como la coraza de un escarabajo!

Y en ronda, uno por aquí, otro por allá, fueron a arrancar de los muros pedazos de arabesco, rubíes grandes como una naranja, rojos y chispeantes como un diamante hecho sangre, y decían:

—He aquí lo nuestro, ¡oh, madre Tierra!

Aquello era una orgía de brillo y de color.

Y lanzaban al aire gigantescas piedras luminosas y reían.

De pronto, con toda la dignidad de un gnomo:

—¡Y bien! El desprecio.

Se comprendieron todos. Tomaron el rubí falso, lo despedazaron y arrojaron los fragmentos —con desdén terrible— a un hoyo que abajo daba a una antiquísima selva carbonizada.

Después, sobre sus rubíes, sobre sus ópalos, entre aquellas paredes resplandecientes, empezaron a bailar asidos de las manos una farandola loca y sonora.

Y celebraban con risas el verse grandes en la sombra.

Ya Puck volaba afuera, en el abejeo del alba recién nacida, camino de una pradera en flor. Y murmuraba —¡siempre con su sonrisa sonrosada!:

—Tierra... Mujer...

Porque tú, ¡oh, madre Tierra!, eres grande, fecunda, de seno inextinguible y sacro; y de tu vientre moreno brota la savia de los troncos robustos, y el oro y el agua diamantina, y la casta flor de lis. ¡Lo puro, lo fuerte, lo infalsificable! ¡Y tú, Mujer, eres espíritu y carne, toda amor!

EL PALACIO DEL SOL

A vosotras, madres de las muchachas anémicas, va esta historia, la historia de Berta, la niña de los ojos color de aceituna, fresca como una rama de durazno en flor, luminosa como un alba, gentil como la princesa de un cuento azul.

Ya varéis, sanas y respetables señoras, que hay algo mejor que el arsénico y el fierro para encender la púrpura de las lindas mejillas virginales; y que es preciso abrir la puerta de su jaula a vuestras avecitas encantadoras, sobre todo cuando llega el tiempo de la primavera y hay ardor en las venas y en las savias, y mil átomos de sol abejean en los jardines, como un enjambre de oro sobre las rosas entreabiertas.

Cumplidos sus quince años, Berta empezó a entristecerse, en tanto que sus ojos llameantes se rodeaban de ojeras melancólicas.

—Berta, te he comprado dos muñecas...

—No las quiero, mamá...

—He hecho traer los *Nocturnos*...

—Me duelen los dedos, mamá...

—Entonces...

—Estoy triste, mamá...

—Pues que se llame al doctor.

Y llegaron las antiparras de aros de carey, los guantes negros, la calva ilustre y el cruzado levitón.

Ello era natural. El desarrollo, la edad... Síntomas claros, falta de apetito, algo como opresión en el pecho, tristeza, punzadas a veces en las sienes, palpitación... Ya sabéis; dad a vuestra niña glóbulos de ácido arsenioso, luego duchas. El tratamiento.

Y empezó a curar su melancolía, con glóbulos y duchas, al comenzar la primavera, Berta, la niña de los ojos color de aceituna, que llegó a estar fresca como una rama de durazno en flor, luminosa como un alba, gentil como la princesa de un cuento azul.

A pesar de todo, las ojeras persistieron, la tristeza continuó, y Berta, pálida como un precioso marfil, llegó un día a las puertas de la muerte. Todos lloraban por ella en el palacio, y la sana y sentimental mamá hubo de pensar en las palmas blancas del ataúd de las doncellas. Hasta que una mañana la lánguida anémica bajó al jardín, sola, y siempre con su vaga atonía melancólica, a la hora en que el alba ríe. Suspirando erraba sin rumbo aquí, allá; y las flores estaban tristes de verla. Se apoyó en el zócalo de un fauno soberbio y bizarro que, húmedos de rocío sus cabellos de mármol, bañaba en luz su torso espléndido y desnudo. Vio un lirio que erguía al azul la pureza de su cáliz blanco, y estiró la mano para cogerlo. No bien había... —sí, un cuento de hadas, señoras mías, pero ya veréis sus aplicaciones en una querida realidad—, no bien había tocado el cáliz de la flor, cuando de él surgió de súbito un hada, en su carro áureo y diminuto, vestida de hilos brillantísimos e impalpables, con su aderezo de rocío, su diadema de perlas y su varita de plata.

¿Creéis que Berta se amedrentó? Nada de eso. Batió palmas alegre, se reanimó como por encanto, y dijo al hada:

—¿Tú eres la que me quiere tanto en sueños?

—Sube —respondió el hada.

Y como si Berta se hubiese empequeñecido, de tal modo cupo en la concha del carro de oro, que hubiera estado holgada sobre el ala corva de un cisne a flor de agua. Y las flores, el fauno orgulloso, la luz del día, vieron cómo en el carro del hada iba por el viento, plácida y sonriendo al sol, Berta, la niña de los ojos color de aceituna, fresca como un alba, gentil como la princesa de un cuento azul.

Cuando Berta, ya alto el divino cochero, subió a los salones por las gradas del jardín que imitaban esmaragdita, todos, la mamá, la prima, los criados, pusieron la boca en forma de O. Venía ella saltando como un pájaro, con el rostro lleno de vida y de púrpura, el seno, hermoso y henchido, recibiendo las caricias de una crencha castaña, libre y al desgaire, los brazos desnudos hasta el codo, medio mostrando la malla de sus casi imperceptibles venas azules, los labios entreabiertos por la sonrisa, como para emitir una canción.

Todos exclamaron: «¡Aleluya! ¡Gloria! ¡Hosanna al rey de los Esculapios! ¡Fama eterna a los glóbulos de ácido arsenioso y a las duchas triunfales!» Y mientras Berta corrió a su retrete a vestir sus más ricos brocados, se enviaron presentes al viejo de las antiparras de aros de carey, de los guantes negros, de la calva ilustre y del cruzado levitón. Y ahora, oíd vosotras, madres de las muchachas anémicas, cómo hay algo mejor que el arsénico y el fierro para eso de encender la púrpura de las lindas mejillas virginales. Y sabréis cómo no, no fueron los glóbulos; no, no fueron las duchas; no, no fue el farmacéutico quien devolvió la salud y vida a Berta, la niña de los ojos color de aceituna, alegre y fresca como un alba, gentil como la princesa de un cuento azul.

Así que Berta se vio en el carro del hada, la preguntó:

—¿Y adónde me llevas?

—Al palacio del sol.

Y desde luego sintió la niña que sus manos se tornaban ardientes, y que su corazoncito le saltaba como henchido de sangre impetuosa.

—Oye —siguió el hada—: yo soy la buena hada de los sueños de las niñas adolescentes: yo soy la que cura a las cloróticas con sólo llevarlas en mi carro de oro al palacio del sol, adonde vas tú. Cuida de no beber tanto el néctar de la danza, y de no desvanecerte en las primeras rápidas alegrías. Ya llegamos. Pronto volverás a tu morada. Un minuto en el palacio del sol deja en los cuerpos y en las almas años de fuego, niña mía.

En verdad, estaban en un lindo palacio encantado, donde parecía sentirse el sol en el ambiente. ¡Oh, qué luz, qué incendios! Sintió Berta que se le llenaban los pulmones de aire de campo y de mar, y las venas de fuego; sintió en el cerebro esparcimientos de armonía, y como que el alma se le ensanchaba, y como que se ponía más elástica y tersa su delicada carne de mujer. Luego vio sueños reales, y oyó músicas embriagantes. En vastas galerías deslumbradoras, llenas de claridades y de aromas, de sederías y de mármoles, vio un torbellino de parejas arrebatadas por las ondas invisibles y dominantes de un vals. Vio que otras tantas anémicas como ella llegaban pálidas y entristecidas, respiraban aquel aire y luego se arrojaban en brazos de jóvenes vigorosos y esbeltos, cuyos bozos de oro y finos cabellos brillaban a la luz; y danzaban, y danzaban con ellos, en una ardiente estrechez, oyendo requiebros misteriosos que iban al alma, respirando de tanto en tanto como hálitos impregnados de vainilla, de haba de Tonka, de violeta, de canela, hasta que con fiebre, jadeantes, rendidas, como palomas fatigadas de un largo vuelo, caían sobre cojines de seda, los senos palpitantes, las gargantas sonrosadas, y así, soñando, soñando en cosas embriagadoras... Y ella también cayó al remolino, al maelstrom atrayente, y bailó, gritó, pasó, entre los espasmos de un placer agitado; y recordaba entonces que no debía embriagarse tanto con el vino de la danza, aunque no cesaba de mirar al hermoso compañero, con sus grandes ojos de mirada primaveral. Y él la arrastraba por las vastas galerías, ciñendo su talle y hablándola al oído en la lengua amorosa y rítmica de los vocablos apacibles, de las frases irisadas y olorosas, de los períodos cristalinos y orientales.

Y entonces ella sintió que su cuerpo y su alma se llenaban de sol, de efluvios poderosos y de vida. ¡No, no esperéis más!

El hada la volvió al jardín de su palacio, al jardín donde cortaba flores envuelta en una oleada de perfumes, que subía místicamente a las ramas trémulas para flotar como el alma errante de los cálices muertos.

¡Madres de las muchachas anémicas! Os felicito por la victoria de los arseniatos e hipofosfitos del señor doctor. Pero en verdad os digo: es precioso, en provecho de las lindas mejillas virginales, abrir la puerta de su jaula a vuestras avecitas encantadoras, sobre todo en el tiempo de la primavera, cuando hay ardor en las venas y en las savias, y mil átomos de sol abejean en los jardines como un enjambre de oro sobre las rosas entreabiertas. Para vuestras cloróticas, el sol en los cuerpos y en las almas. Sí, al palacio del sol, de donde vuelven las niñas como Berta, la de los ojos color de aceituna, frescas como una rama de durazno en flor, luminosa como un alba, gentiles como la princesa de un cuento azul.

EL PÁJARO AZUL

París es teatro divertido y terrible. Entre los concurrentes al Café Plombier, buenos y decididos muchachos —pintores, escultores, escritores, poetas: sí, ¡todos buscando el viejo laurel verde!—, ninguno más querido que aquel pobre Garcín, triste casi siempre, buen bebedor de ajenjo, soñador que nunca se emborrachaba y, como bohemio intachable, bravo improvisador.

En el cuartucho destartalado de nuestras alegres reuniones, guardaba el yeso de las paredes, entre los esbozos y rasgos de futuros Delacroix, versos, estrofas enteras escritas en la letra echada y gruesa de nuestro *pájaro azul*.

El pájaro azul era el pobre Garcín. ¿No sabéis por qué se llamaba así? Nosotros le bautizamos con ese nombre.

Ello no fue un simple capricho. Aquel excelente muchacho tenía el vino triste. Cuando le preguntábamos por qué, cuando todos reíamos como insensatos o como chicuelos, él arrugaba el ceño y miraba fijamente el cielo raso, y nos respondía sonriendo con cierta amargura:

—Camaradas: habéis de saber que tengo un pájaro azul en el cerebro; por consiguiente...

Sucedía también que gustaba de ir a las campiñas nuevas, al entrar la primavera. El aire del bosque hacía bien a sus pulmones, según nos decía el poeta.

De sus excursiones solía traer ramos de violetas y gruesos cuadernillos de madrigales, escritos al ruido de las hojas y bajo el ancho cielo sin nubes. Las violetas eran para Niní, su vecina, una muchacha fresca y rosada, que tenía los ojos muy azules.

Los versos eran para nosotros. Nosotros los leíamos y los aplaudíamos. Todos teníamos una alabanza para Garcín. Era un ingenio que debía brillar. El tiempo vendría. ¡Oh, el pájaro azul volaría muy alto! ¡Bravo! ¡Bien! ¡Eh, mozo, más ajenjo!

Principios de Garcín:

De las flores, las lindas campánulas.

Entre las piedras preciosas, el zafiro.

De las inmensidades, el cielo y el amor; es decir, las pupilas de Niní.

Y repetía el poeta: Creo que siempre es preferible la neurosis a la estupidez.

A veces Garcín estaba más triste que de costumbre.

Andaba por los bulevares; veía pasar indiferente los lujosos carruajes, los elegantes, las hermosas mujeres. Frente al escaparate de un joyero sonreía; pero cuando pasaba cerca de un almacén de libros, se llegaba a las vidrieras, husmeaba y, al ver las lujosas ediciones, se declaraba decididamente envidioso, arrugaba la frente; para desahogarse, volvía el rostro hacia el cielo y suspiraba. Corría al café en busca de nosotros, conmovido, exaltado, pedía su vaso de ajenjo, y nos decía:

—Sí, dentro de la jaula de mi cerebro está preso un pájaro azul que quiere su libertad...

Hubo algunos que llegaron a creer en un descalabro de razón.

Un alienista a quien se le dio la noticia de lo que pasaba calificó el caso como una monomanía especial. Sus estudios patológicos no dejaban lugar a duda.

Decididamente, el desgraciado Garcín estaba loco.

Un día recibió de su padre, un viejo provinciano de Normandía, comerciante en trapos, una carta que decía lo siguiente, poco más o menos:

«Sé tus locuras en París. Mientras permanezcas de ese modo, no tendrás de mí un solo *sou*. Ven a llevar los libros de mi almacén, y cuando hayas quemado, gandul, tus manuscritos de tonterías, tendrás mi dinero.»

Esta carta se leyó en el Café Plombier.

—¿Y te irás?

—¿No te irás?

—¿Aceptas?

—¿Desdeñas?

¡Bravo, Garcín! Rompió la carta, y soltando el trapo a la vena, improvisó unas cuantas estrofas, que acababan, si mal no recuerdo:

> ¡Sí, seré siempre un gandul,
> lo cual aplaudo y celebro,
> mientras sea mi cerebro
> jaula del pájaro azul!

Desde entonces Garcín cambió de carácter, se volvió charlador, se dio un baño de alegría, compró levita nueva y comenzó un poema en tercetos, titulado, pues es claro: *El pájaro azul.*

Cada noche se leía en nuestra tertulia algo nuevo de la obra. Aquello era excelente, sublime, disparatado.

Allí había un cielo muy hermoso, una campiña muy fresca, países brotados como por magia del pincel de Corot, rostros de niños asomados entre flores, los ojos de Niní húmedos y grandes; y por añadidura, el buen Dios que envía volando, volando, sobre todo aquello, un pájaro azul que, sin saber cómo ni cuándo, anida dentro del cerebro del poeta, en donde queda aprisionado. Cuando el pájaro quiere volar y abre las alas y se da contra las paredes del cráneo, se alzan los ojos al cielo, se arruga la frente y se bebe ajenjo con poca agua, fumando además, por remate, un cigarrillo de papel.

He aquí el poema.

Una noche llegó Garcín riendo mucho y, sin embargo, muy triste.

La bella vecina había sido conducida al cementerio.

—¡Una noticia! ¡Una noticia! Canto último de mi poema. Niní ha muerto. Viene la primavera y Niní se va. Ahorro de violetas para la campiña. Ahora falta el epílogo del poema. Los editores no se dignan siquiera leer mis versos. Vosotros muy pronto tendréis que dispersaros. Ley del tiempo. El epílogo debe de titularse así: *De cómo el pájaro azul alza el vuelo al cielo azul.*

¡Plena primavera! ¡Los árboles florecidos, las nubes rosadas en el alba y pálidas por la tarde; el aire suave que mueve las hojas y hace aletear las cintas de paja con especial ruido! Garcín no ha ido al campo.

Hele ahí, viene con traje nuevo, a nuestro amado Café Plombier, pálido, con una sonrisa triste.

—¡Amigos míos, un abrazo! Abrazadme todos, así, fuerte; decidme adiós, con todo el corazón, con toda el alma... El pájaro azul vuela...

Y el pobre Garcín lloró, nos estrechó, nos apretó las manos con todas sus fuerzas y se fue.

Todos dijimos:

—Garcín, el hijo pródigo, busca a su padre, el viejo normando. ¡Musas, adiós; adiós, gracias! ¡Nuestro poeta se decide a medir trapos! ¡Eh! ¡Una copa por Garcín!

Pálidos, asustados, entristecidos, al día siguiente todos los parroquianos del Café Plombier, que metíamos tanta bulla en aquel cuartucho destartalado, nos hallábamos en la habitación de Garcín. Él estaba en su lecho, sobre las sábanas ensangrentadas, con el cráneo roto de un balazo. Sobre la almohada había fragmentos de masa cerebral... ¡Horrible!

Cuando, repuestos de la impresión, pudimos llorar nate el cadáver de nuestro amigo, encontramos que tenía consigo el famoso poema. En la última página había escritas estas palabras:

Hoy, en plena primavera, dejo abierta la puerta de la jaula al pobre pájaro azul.

¡Ay, Garcín, cuántos llevan en el cerebro tu misma enfermedad!

PALOMAS BLANCAS Y GARZAS MORENAS

Mi prima Inés era rubia como una alemana. Fuimos criados juntos, desde muy niños, en casa de la buena abuelita que nos amaba mucho y nos hacía vernos como hermanos, vigilándonos cuidadosamente, viendo que no riñésemos. ¡Adorable, la viejecita, con sus trajes a grandes flores, y sus cabellos crespos y recogidos, como una vieja marquesa de Boucher!

Inés era un poco mayor que yo. No obstante, yo aprendí a leer antes que ella, y comprendía —lo recuerdo muy bien— lo que ella recitaba de memoria, maquinalmente, en una pastorela, donde bailaba y cantaba delante del niño Jesús, la hermosa María y el señor San José; todo con el gozo de las sencillas personas mayores de la familia, que reían con risa de miel, alabando el talento de la actrizuela.

Inés crecía. Yo también; pero no tanto como ella. Yo debía entrar a un colegio, en internado terrible y triste, a dedicarme a los áridos estudios del bachillerato, a comer los platos clásicos de los estudiantes, a no ver el mundo —¡mi mundo de mozo!— y mi casa, mi abuela, mi prima, mi gato —un excelente romano que se restregaba cariñosamente en mis piernas y me llenaba los trajes de pelos blancos.

Partí.

Allá en el colegio mi adolescencia se despertó por completo. Mi voz tomó timbres aflautados y roncos; llegué al período ridículo del niño que pasa a joven. Entonces, por un fenómeno especial, en vez de preocuparme de mi profesor de matemáticas, que no logró nunca hacer que yo comprendiese el binomio de Newton, pensé —todavía vaga y misteriosamente— en mi prima Inés.

Luego tuve revelaciones profundas. Supe muchas cosas. Entre ellas, que los besos eran un placer exquisito.

Tiempo.

Leí *Pablo y Virginia.* Llegó un fin de año escolar y salí, en vacaciones, rápido como una saeta, camino de mi casa. ¡Libertad!

Mi prima —¡pero, Dios santo, en tan poco tiempo!— se había hecho una mujer completa. Yo delante de ella me hallaba como avergonzado, un tanto serio. Cuando me dirigía la palabra, me ponía a sonreírle con una sonrisa simple.

Ya tenía quince años y medio Inés. La cabellera, dorada y luminosa al sol, era un tesoro. Blanca y levemente amapolada, su cara era una creación murillesca, si se veía de frente. A veces, contemplando su perfil, pensaba en una soberbia medalla siracusana, en un rostro de princesa. El traje, corto antes, había descendido. El seno, firme y esponjado, era un ensueño oculto y supremo; la voz clara y vibrante, las pupilas azules, inefables, la boca llena de fragancia de vida y de color de púrpura. ¡Sana y virginal primavera!

La abuelita me recibió con los brazos abiertos. Inés se negó a abrazarme, me tendió la mano. Después no me atrevía a invitarla a los juegos de antes. Me sentía tímido. ¡Y qué! Ella debía sentir algo de lo que yo... ¡Yo amaba a mi prima!

Inés, los domingos, iba con la abuela a misa, muy de mañana.

Mi dormitorio estaba vecino al de ellas. Cuando cantaban los campanarios su sonora llamada matinal, ya estaba yo despierto.

Oía, oreja atenta, el ruido de las ropas. Por la puerta entreabierta veía salir la pareja, que hablaba en voz alta. Cerca de mí pasaba el frufú de las polleras antiguas de mi abuela y del traje de Inés, coqueto, ajustado, para mí siempre revelador.

¡Oh, Eros!

—Inés...

—¿...?

Y estábamos solos, a la luz de una luna argentina, dulce, ¡una bella luna de aquellas del país de Nicaragua!

La dije todo lo que sentía, suplicante, balbuciente, echando las palabras, ya rápidas, ya contenidas, febril y temeroso. ¡Sí! Se lo dije todo; las agitaciones sordas y extrañas que en mí experimentaba cerca de ella; el amor, el ansia, los tristes insomnios del deseo; mis ideas fijas en ella allá en mis meditaciones del colegio; y repetía como una oración sagrada la gran palabra: el amor. ¡Oh, ella debía recibir gozosa mi adoración! Creceríamos más. Seríamos marido y mujer...

Esperé.

La pálida claridad celeste nos iluminaba. El ambiente nos llevaba perfumes tibios que a mí se me imaginaban propicios para los fogosos amores. ¡Cabellos áureos, ojos paradisíacos, labios encendidos y entreabiertos!

De repente, y con un mohín:

—¡Ve! La tontería...

Y corrió como una gata alegre a donde se hallaba la buena abuela, rezando a la callada sus rosarios y responsorios.

Con risa descocada de educanda maliciosa, con aire de locuela:

—¡Eh, abuelita, ya me dijo...!

¡Ellas, pues, sabían que yo debía «decir»...!

Con su reír interrumpía el rezo de la anciana, que se quedó pensativa acariciando las cuentas de su camándula. ¡Y yo que todo lo veía, a la husma, de lejos, lloraba; sí, lloraba lágrimas amargas, las primeras de mis desengaños de hombre!

Los cambios fisiológicos que en mí se sucedían, y las agitaciones de mi espíritu, me conmovían hondamente. ¡Dios mío! Soñador, un pequeño poeta como me creía, al comenzarme el bozo, sentía llenos, de ilusiones la cabeza, de versos los labios; y mi alma y mi cuerpo de púber tenían sed de amor. ¿Cuándo llegaría el momento soberano en que alumbraría una celeste mirada al fondo de mi ser, y aquel en que se rasgaría el velo del enigma atrayente?

Un día, a pleno sol, Inés estaba en el jardín regando trigo, entre los arbustos y las flores, a las que llamaba sus amigas: unas palomas albas, arrulladoras, con sus buches níveos y amorosamente musicales. Llevaba un traje —siempre que con ella he soñado la he visto con el mismo— gris azulado, de anchas mangas, que dejaban ver casi por entero los satinados brazos alabastrinos; los cabellos los tenía recogidos y húmedos, y el vello alborotado de su nuca blanca y rosa era para mí como luz crespa. Las aves andaban a su alrededor, e imprimían en el suelo oscuro la estrella acarminada de sus patas.

Hacía calor. Yo estaba oculto tras los ramajes de unos jazmineros. La devoraba con los ojos. ¡Por fin se acercó por mi escondite, la prima gentil! Me vio trémulo, enrojecida la faz, en mis ojos una llama viva y rara y acariciante, y se puso a reír cruelmente, terriblemente. ¡Y bien! ¡Oh, aquello no era posible! Me lancé con rapidez frente a ella. Audaz, formidable debía estar, cuando ella retrocedió, como asustada, un paso.

—¡Te amo!

Entonces tornó a reír. Una paloma voló a uno de sus brazos. Ella la mimó dándole granos de trigo entre las perlas de su boca fresca y sensual. Me acerqué más. Mi rostro estaba junto al suyo. Los cándidos animales nos rodeaban... Me turbaba el cerebro una onda invisible y fuerte de aroma femenil. ¡Se me antojaba Inés una paloma hermosa y humana, blanca y sublime; y al propio tiempo llena de fuego, de ardor, un tesoro de dichas! No dije más. La tomé la cabeza y la di un beso en una mejilla, un beso rápido, quemante de pasión furiosa. Ella, un tanto enojada, salió en fuga. Las palomas se asustaron y alzaron el vuelo, formando un opaco ruido de alas sobre los arbustos temblorosos. Yo, abrumado, quedé inmóvil.

Al poco tiempo partía a otra ciudad. La paloma blanca y rubia no había, ¡ay!, mostrado a mis ojos el soñado paraíso del misterioso deleite.

¡Musa ardiente y sacra para mi alma, el día había de llegar! Elena, la graciosa, la alegre, ella fue el nuevo amor. ¡Bendita sea aquella boca, que murmuró por primera vez cerca de mí las inefables palabras!

Era allá, en la ciudad que está a la orilla de un lago de mi tierra, un lago encantador, lleno de islas floridas con pájaros de colores.

Los dos, solos estábamos cogidos de las manos, sentados en el viejo muelle, debajo del cual el agua glauca y oscura chapoteaba musicalmente. Había un crepúsculo acariciador, de aquellos que son la delicia de los enamorados tropicales. En el cielo opalino se veía una diafanidad apacible que disminuía hasta cambiarse en tonos de violeta oscuro, por la parte del oriente, y aumentaba convirtiéndose en oro sonrosado en el horizonte profundo, donde vibraban oblicuos, rojos y desfallecientes los últimos rayos solares. Arrastrada por el deseo, me miraba la adorada mía y nuestros ojos se decían cosas ardorosas y extrañas. En el fondo de nuestras almas cantaban un unísono embriagador como dos invisibles y divinas filomelas.

Yo, extasiado, veía a la mujer tierna y ardiente; con su cabellera castaña que acariciaba con mis manos, su rostro color de canela y rosa, su oca cleopatrina, su cuerpo gallardo y virginal; y oía su voz, queda, muy queda, que me decía frases cariñosas, tan bajo, como que sólo eran para mí, temerosa quizá de que se las llevase el viento vespertino. Fija en mí, me inundaban de felicidad su ojos de Minerva, ojos verdes, ojos que deben siempre gustar a los poetas. Luego erraban nuestras miradas por el lago, todavía lleno de vaga claridad. Cerca de la orilla se detuvo un gran grupo de garzas. Garzas blancas, garzas morenas, de esas que cuando el día calienta llegan a las riberas a espantar a los cocodrilos, que con las anchas mandíbulas abiertas beben sol sobre las rocas negras. ¡Bellas garzas! Algunas ocultaban los largos cuellos en la onda o bajo el ala, y semejaban grandes manchas de flores vivas y sonrosadas, móviles y apacibles. A veces una, sobre una pata, se alisaba con el pico las plumas, o permanecía inmóvil, escultural y hieráticamente, o varias daban un corto vuelo, formando en el fondo de la ribera llena de verde, o en el cielo, caprichosos dibujos, como las bandadas de grullas de un parasol chino.

Me imaginaba, junto a mi amada, que de aquel país de la altura me traerían las garzas muchos versos desconocidos y soñadores. Las garzas blancas las encontraba más puras y más voluptuosas, con la pureza de la paloma y la voluptuosidad del cisne; garridas, con sus cuellos reales, parecidos a los de las damas inglesas que junto a los pajecillos rizados se ven en aquel cuadro en que Shakespeare recita en la corte de Londres. Sus alas, delicadas y albas, hacen pensar en desfallecientes sueños nupciales; todas —bien dice un poeta— como cinceladas en jaspe.

¡Ah, pero las otras tenían algo de más encantador para mí! Mi Elena se me antojaba como semejante a ellas, con su color de canela y de rosa, gallarda y gentil.

Ya el sol desaparecía arrastrando toda su púrpura opulenta de rey oriental. Yo había halagado a la amada tiernamente con mis juramentos y frases melifluas y cálidas, y juntos seguíamos en un lánguido dúo de pasión inmensa. Habíamos sido hasta ahí dos amantes soñadores, consagrados místicamente uno a otro.

De pronto y como atraídos por una fuerza secreta, en un momento inexplicable, nos besamos la boca, todos trémulos, con un beso para mí sacratísimo y supremo: el primer beso recibido de labios de una mujer. ¡Oh, Salomón, bíblico y real poeta! Tú lo dijiste como nadie: *Mel et lac sub lingua tua.*

¡Ah, mi adorable, mi bella, mi querida garza morena! Tú tienes, en los recuerdos que en mi alma forman lo más alto y sublime, una luz inmortal.

Porque tú me revelaste el secreto de las delicias divinas en el inefable primer instante de amor.

EN CHILE

EN BUSCA DE CUADROS

Sin pinceles, sin paleta, sin papel, sin lápiz, Ricardo, poeta lírico incorregible, huyendo de las agitaciones y turbulencias, de las máquinas y de los fardos, del ruido monótono de los tranvías y el chocar de los caballos con su repiqueteo de caracoles sobre las piedras; del tropel de los comerciantes; del grito de los vendedores de diarios; del incesante bullicio e inacabable hervor de este puerto; en busca de impresiones y de cuadros, subió al Cerro Alegre, que, gallardo como una gran roca florecida, luce sus flancos verdes, sus montículos coronados de casas risueñas escalonadas en la altura, rodeadas de jardines, con ondeantes cortinas de enredaderas, jaulas de pájaros, jarras de flores, rejas vistosas y niños rubios de caras angélicas.

Abajo estaban las techumbres del Valparaíso que hace transacciones, que anda a pie como una ráfaga, que puebla los almacenes e invade los bancos, que viste por la mañana terno crema o plomizo, a cuadros, con sombrero de paño, y por la noche bulle en la calle del Cabo con lustroso sombrero de copa, abrigo al brazo y guantes amarillos, viendo a la luz que brota de las vidrieras los lindos rostros de las mujeres que pasan.

Más allá, el mar, acerado, brumoso, los barcos en grupo, el horizonte azul y lejano. Arriba, entre opacidades, el sol.

Donde estaba el soñador empedernido, casi en lo más alto del cerro, apenas si se sentían los estremecimientos de abajo. Erraba él a lo largo del Camino de Cintura, e iba pensando en idilios, con toda la augusta desfachatez de un poeta que fuera millonario.

Había allí aire fresco para sus pulmones, casas sobre cumbres, como nidos al viento, donde bien podía darse el gusto de colocar parejas enamoradas; y tenía además el inmenso espacio azul, del cual —él lo sabía perfectamente— los que hacen los salmos y los himnos pueden disponer como les venga en antojo.

De pronto escuchó: «¡Mary! ¡Mary!» Y él, que andaba a caza de impresiones y en busca de cuadros, volvió la vista.

ACUARELA

Había cerca un bello jardín, con más rosas que azaleas y más violetas que rosas. Un bello y pequeño jardín con jarrones, pero sin estatuas; con una pila blanca, pero sin surtidores, cerca de una casita como hecha para un cuento dulce y feliz.

En la pila un cisne chapuzaba revolviendo el agua, sacudiendo las alas de un blancor de nieve, enarcando el cuello en la forma del brazo de una lira o del asa de un ánfora y moviendo el pico húmedo y con tal lustre como si fuese labrado en un ágata de color de rosa.

En la puerta de la casa, como extraída de una novela de Dickens, estaba una de esas viejas inglesas, únicas, solas, clásicas, con la cofia encintada, los anteojos sobre la nariz, el cuerpo encorvado, las mejillas arrugadas; mas con color de manzana madura y salud rica. Sobre la saya oscura, el delantal.

Llamaba:

—¡Mary!

El poeta vio llegar una joven de un rincón del jardín, hermosa, triunfal, sonriente; y no quiso tener tiempo sino para meditar en que son adorables los cabellos dorados cuando flotan sobre las nucas marmóreas y en que hay rostros que valen bien por un alba.

Luego todo era delicioso. Aquellos quince años entre las rosas —quince años, sí, los estaban pregonando unas pupilas serenas de niña, un seno apenas erguido, una frescura primaveral y una falda hasta el tobillo, que dejaba ver el comienzo turbador de una media de color de carne—; aquellos rosales temblorosos que hacían ondular sus arcos verdes; aquellos durazneros con sus ramilletes alegres donde se detenían al paso las mariposas errantes llenas de polvo de oro, y las libélulas de alas cristalinas e irisadas; aquel cisne en la ancha taza, esponjando el alabastro de sus plumas, y zambulléndose entre espumajeos y burbujas, con voluptuosidad, en la transparencia del agua; la casita limpia, pintada, apacible, de donde emergía como una onda de felicidad, y en la puerta la anciana, un invierno, en medio de toda aquella vida, cerca de Mary, una virginidad en flor.

Ricardo, poeta lírico que andaba a caza de cuadros, estaba allí con las satisfacciones de un goloso que paladea cosas exquisitas.

Y la anciana y la joven:

—¿Qué traes?

—Flores.

Mostraba Mary su falda llena como de iris hechos trizas, que revolvía con una de sus manos gráciles de ninfa, mientras, sonriendo su linda boca purpurada, sus ojos abiertos en redondo dejaban ver un color lapislázuli y una humedad radiosa.

El poeta siguió adelante.

PAISAJE

A poco andar se detuvo.

El sol había roto el velo opaco de las nubes y bañaba de claridad áurea y perlada un recodo del camino. Allí unos cuantos sauces inclinaban sus cabelleras verdes hasta rozar el césped. En el fondo se divisaban altos barrancos y en ellos tierra negra, tierra roja, pedruscos brillantes como vidrios. Bajo los sauces agobiados ramoneaban sacudiendo sus testas filosóficas —¡oh, gran maestro Hugo!— unos asnos; y cerca de ellos un buey gordo, con sus grandes ojos melancólicos y pensativos donde ruedan miradas y ternuras de éxtasis supremos y desconocidos, mascaba despacio y con cierta pereza la pastura. Sobre todo flotaba un vaho cálido, y el grato olor campestre de las yerbas chafadas. Veíase en lo profundo un trozo de azul. Un huaso robusto, uno de esos fuertes campesinos, toscos hércules que detienen un toro, apareció de pronto en lo más alto de los barrancos. Tenía tras de sí el vasto cielo. Las piernas, todas músculos, las llevaba desnudas. En uno de sus brazos, traía una cuerda gruesa y arrollada. Sobre su cabeza, como un gorro de nutria, sus cabellos enmarañados, tupidos, salvajes.

Llegóse al buey en seguida y le echó el lazo a los cuernos. Cerca de él, un perro con la lengua fuera, acezando, movía el rabo y daba brincos.

AGUAFUERTE

De una casa cercana salía un ruido metálico y acompasado.

En un recinto estrecho, entre paredes llenas de hollín, negras, muy negras, trabajaban unos hombres en la forja. Uno movía el fuelle que resoplaba, haciendo crepitar el carbón, lanzando torbellinos de chispas y llamas como lenguas pálidas, áureas, azulejas, resplandecientes. Al brillo del fuego en que se enrojecían largas barras de hierro, se miraban los rostros de los obreros con un reflejo trémulo. Tres yunques ensamblados en toscos armazones resistían el batir de los machos que aplastaban el metal candente, haciendo saltar una lluvia enrojecida. Los forjadores vestían camisas de lana de cuellos abiertos, y largos delantales de cuero. Alcanzábaseles a ver el pescuezo gordo y el principio del pecho velludo; y salían de las mangas holgadas los brazos gigantescos, donde, como en los de Amico, parecían los músculos redondas piedras de las que deslavan y pulen los torrentes. En aquella negrura de caverna, al resplandor de las llamaradas, tenían tallas de cíclopes. A un lado, una ventanilla dejaba pasar apenas un haz de rayos de sol. A la entrada de la forja, como en un marco oscuro, una muchacha blanca comía uvas. Y sobre aquel fondo de hollín y de carbón, hacían resaltar su bello color de lis, con un casi imperceptible tono dorado.

LA VIRGEN DE LA PALOMA

Anduvo, anduvo.

Volvía ya a su morada. Dirigíase al ascensor cuando oyó una risa infantil, armónica, y él, poeta incorregible, buscó los labios de donde brotaba aquella risa.

Bajo un cortinaje de madreselvas, entre plantas olorosas y maceteros floridos, estaba una mujer pálida, augusta, madre, con un niño tierno y risueño. Sosteníale en uno de sus brazos, el otro lo tenía en alto, y en la mano una paloma, una de esas palomas albísimas que arrullan a sus pichones de alas tornasoladas, inflando el buche como un seno de virgen, y abriendo el pico de donde brota la dulce música de su caricia.

La madre mostraba al niño la paloma, y el niño, en su afán de cogerla, abría los ojos, estiraba los bracitos, reía gozoso; y su rostro al sol tenía como un nimbo; y la madre, con la tierna beatitud de sus miradas, con su esbeltez solemne y gentil, con la aurora en las pupilas y la bendición y el beso en los labios, era como una azucena sagrada, como una María llena de gracia, irradiando la luz de un candor inefable. El niño Jesús, real como un Dios infante, precioso como un querubín paradisíaco, quería asir aquella paloma blanca, bajo la cúpula inmensa del cielo azul.

Ricardo descendió y tomó el camino de su casa.

LA CABEZA

Por la noche, sonando aún en sus oídos la música del Odeón y los parlamentos de Astol; de vuelta de las calles donde escuchara el ruido de los coches y la triste melopea de los tortilleros, aquel soñador se encontraba en su mesa de trabajo, donde las cuartillas inmaculadas estaban esperando las silvas y los sonetos de costumbre, a las mujeres de los ojos ardientes.

¡Qué silvas! ¡Qué sonetos! La cabeza del poeta lírico era una orgía de colores y de sonidos. Resonaban en las concavidades de aquel cerebro martilleos de cíclope, himnos al son de tímpanos sonoros, fanfarrias bárbaras, risas cristalinas, gorjeos de pájaros, batir de alas y estallar de besos, todo como en ritmos locos y revueltos. Y los colores agrupados estaban como pétalos de capullos distintos confundidos en una bandeja, o como la endiablada mezcla de tintas que llena la paleta de un pintor...

ACUARELA

Primavera. Ya las azucenas floridas y llenas de miel han abierto sus cálices pálidos bajo el oro del sol. Ya los gorriones tornasolados, esos amantes acariciadores, adulan a las rosas frescas, esas opulentas y purpuradas emperatrices; ya el jazmín, flor sencilla, tachona los tupidos ramajes como una blanca estrella sobre un cielo verde. Ya las damas elegantes visten sus trajes claros, dando al olvido las pieles y los abrigos invernales.

Y mientras el sol se pone, sonrosando las nieves con una claridad suave, junto a los árboles de la Alameda que lucen sus cumbres resplandecientes en el polvo de luz, su esbeltez solemne y sus hojas nuevas, bulle un enjambre humano, a ruido de música, de cuchicheos vagos y de palabras fugaces.

He aquí el cuadro. En primer término está la negrura de los coches que esplende y quiebra los últimos reflejos solares; los caballos orgullosos con el brillo de sus arneses, con sus cuellos estirados e inmóviles de brutos heráldicos; los cocheros taciturnos, en su quietud de indiferentes, luciendo sobre las largas libreas los botones metálicos flamantes; y en el fondo de los carruajes, reclinadas como odaliscas, erguidas como reinas, las mujeres rubias de los ojos soñadores, las que tienen cabelleras negras y rostros pálidos, las rosadas adolescentes que ríen con alegría de pájaro primaveral; bellezas lánguidas, hermosuras audaces, castos lirios albos y tentaciones ardientes.

En esa portezuela está un rostro apareciendo de modo que semeja el de un querubín; por aquélla ha salido una mano enguantada que se dijera de niño, y es morena tal que llama los corazones; más allá se alcanza a ver un pie de cenicienta con zapatito oscuro y media lila, y acullá, gentil con sus gestos de diosa, bella con su color de marfil amapolado, su cuello real y la corona de su cabellera, está la Venus de Milo, no manca, sino con dos brazos, gruesos como los muslos de un querubín de Murillo, y vestida a la última moda de París.

Más allá está el oleaje de los que van y vienen; parejas de enamorados, hermanos y hermanas, grupos de caballeritos irreprochables; todo en la confusión de los rostros, de las miradas, de los colorines, de los vestidos, de las capotas; resaltando a veces en el fondo negro y aceitoso de los elegantes sombreros de copa una cara blanca de mujer, un sombrero de paja adornado de colibríes, de cintas o de plumas, o el inflado globo rojo, de goma, que pendiente de un hilo lleva un niño risueño, de medias azules, zapatos charolados y holgado cuello a la marinera.

En el fondo, los palacios elevan al azul la soberbia de sus fachadas, en las que los álamos erguidos rayan columnas hojosas entre el abejeo trémulo y desfalleciente de la tarde fugitiva.

UN RETRATO DE WATTEAU

Estáis en los misterios de un tocador. Estáis viendo ese brazo de ninfa, esas manos diminutas que empolvan el haz de rizos rubios de la cabellera espléndida. La araña de luces opacas derrama la languidez de su girándula por todo el recinto. Y he aquí que, al volverse ese rostro, soñamos en los buenos tiempos pasados. Una marquesa contemporánea de dama de Maintenon, solitaria en su gabinete, da las últimas manos a su tocado.

Todo está correcto; los cabellos, que tienen todo el Oriente de sus hebreas, empolvados y crespos; el cuello del corpiño, ancho y en forma de corazón hasta dejar ver el principio del seno firme y pulido; las mangas abiertas que muestran blancuras incitantes; el talle ceñido que se balancea, y el rico faldellín de largos vuelos, y el pie pequeño en el zapato de tacones rojos.

Mirad las pupilas azules y húmedas, la boca de dibujo maravilloso, con una sonrisa enigmática de esfinge, quizá en recuerdo del amor galante, del madrigal recitado junto al tapiz de figuras pastoriles o mitológicas, o del beso a furto, tras la estatua de algún silvano, en la penumbra.

Vese la dama de pies a cabeza, entre dos grandes espejos; calcula el efecto de la mirada, del andar, de la sonrisa, del vello casi impalpable que agitará el viento de la danza en su nuca fragante y sonrosada. Y piensa, y suspira; y flota aquel suspiro en ese aire impregnado de aroma femenino que hay en un tocador de mujer.

Entre tanto la contempla con sus ojos de mármol una Diana que se alza irresistible y desnuda sobre su plinto; y le ríe con audacia un sátiro de bronce que sostiene entre los pámpanos de su cabeza un candelabro; y en el ansa de un jardín de Rouen, lleno de agua perfumada, le tiende los brazos y los pechos una sirena con la cola corva y brillante de escamas argentinas, mientras en el plafón en forma de óvalo va por el fondo inmenso y azulado, sobre el lomo de un toro robusto y divino, la bella Europa, entre delfines áureos y tritones corpulentos, que sobre el vasto ruido de las ondas hacen vibrar el ronco estrépito de sus resonantes caracolas.

La hermosa está satisfecha; ya pone perlas en la garganta y calza las manos en seda; ya rápida se dirige a la puerta donde el carruaje espera y el tronco piafa. Y hela ahí, vanidosa y gentil, a esa aristocrática santiaguesa que se dirige a un baile de fantasía, de manera que el gran Watteau le dedicaría sus pinceles.

NATURALEZA MUERTA

He visto ayer por una ventana un tiesto lleno de lilas y de rosas pálidas, sobre un trípode. Por fondo tenía uno de esos cortinajes amarillos y opulentos, que hacen pensar en los mantos de los príncipes orientales. Las lilas recién cortadas resaltaban con su lindo color apacible, junto a los pétalos esponjados de las rosas de té.

Junto al tiesto, en una copa de laca ornada con ibis de oro incrustados, incitaban a la gula manzanas frescas, medio coloradas, con la pelusilla de la fruta nevada y la sabrosa carne hinchada que toca el deseo; peras doradas y apetitosas, que daban indicios de ser todas jugo y como esperando el cuchillo de plata que debía rebanar la pulpa almibarada; y un ramillete de uvas negras, hasta con el polvillo ceniciento de los racimos acabados de arrancar de la viña.

Acerquéme, vilo de cerca todo. Las lilas y las rosas eran de cera, las manzanas y las peras de mármol pintado y las uvas de cristal.

AL CARBÓN

Vibraba el órgano con sus voces trémulas, vibraba acompañando la antífona, llenando la nave con su armonía gloriosa. Los cirios ardían goteando sus lágrimas de cera entre la nube de incienso que inundaba los ámbitos del templo con su aroma sagrado, y allá en el altar el sacerdote, todo resplandeciente de oro, alzaba la custodia cubierta de pedrería, bendiciendo a la muchedumbre arrodillada.

De pronto, volví la vista cerca de mí, al lado de un ángulo de sombra. Había una mujer que oraba. Vestida de negro, envuelta en un manto, su rostro se destacaba severo, sublime, teniendo por fondo la vaga oscuridad de un confesionario. Era una bella faz de ángel, con la plegaria en los ojos y en los labios. Había en su frente una palidez de flor de lis, y en la negrura de su manto resaltaban juntas, pequeñas, las manos blancas y adorables. Las luces se iban extinguiendo, y a cada momento aumentaba lo oscuro del fondo, y entonces, por un ofuscamiento, me parecía ver aquella faz iluminarse con una luz blanca y misteriosa, como la que debe de haber en la región de los coros prosternados y de los querubines ardientes; luz alba, polvo de nieve, claridad celeste, onda santa que baña los ramos de lirio de los bienaventurados.

Y aquel pálido rostro de virgen, envuelta ella en el manto y en la noche, en aquel rincón de sombra, habría sido un tema admirable para un estudio al carbón.

PAISAJE

Hay allá, en las orillas de la laguna de la Quinta, un sauce melancólico que moja de continuo su cabellera verde en el agua que refleja el cielo y los ramajes, como si tuviese en su fondo un país encantado.

Al viejo sauce llegan aparejados los pájaros y los amantes. Allí es donde escuché una tarde —cuando del sol quedaba apenas en el cielo un tinte violeta que se esfumaba por ondas, y sobre el gran Andes nevado un decreciente color de rosa que era como una tímida caricia de la luz enamorada— un rumor de besos cerca del tronco agobiado y un aleteo en la cumbre.

Estaban los dos, la amada y el amado, en un banco rústico, bajo el toldo del sauce. Al frente, se extendía la laguna tranquila, con su puente enarcado y los árboles temblorosos de la ribera; y más allá se alzaba entre el verdor de las hojas la fachada del palacio de la Exposición, con sus cóndores de bronce en actitud de volar.

La dama era hermosa; él, un gentil muchacho, que le acariciaba con los dedos y los labios los cabellos negros y las manos gráciles de ninfa.

Y sobre las dos almas ardientes y sobre los dos cuerpos juntos cuchicheaban en lengua rítmica y alada las dos aves. Y arriba el cielo con su inmensidad y con su fiesta de nubes, plumas de oro, alas de fuego, vellones de púrpura, fondos azules flordelisados de ópalo, derramaba la magnificencia de su pompa, la soberbia de su grandeza augusta.

Bajo las aguas se agitaban, como en un remolino de sangre viva, los peces veloces de aletas doradas.

Al resplandor crepuscular, todo el paisaje se veía como envuelto en una polvareda de sol tamizado, y eran el alma del cuadro aquellos dos amantes: él moreno, gallardo, vigoroso, con una barba fina y sedosa, de esas que gustan de tocar las mujeres; ella rubia —¡un verso de Goethe!—, vestida con un traje gris lustroso, y en el pecho una rosa fresca, como su boca roja que pedía el beso.

EL IDEAL

Y luego, una torre de marfil, una flor mística, una estrella a quien enamorar... Pasó, la vi como quien viera un alba, huyente, rápida, implacable.

Era una estatua antigua con un alma que se asomaba a los ojos, ojos angelicales, todos ternura, todos cielo azul, todos enigma.

Sintió que la besaba con mis miradas y me castigó con la majestad de su belleza, y me vio como una reina y como una paloma. Pero pasó arrebatadora, triunfante, como una visión que deslumbra. Y yo, el pobre pintor de la Naturaleza y de Psiquis, hacedor de ritmos y de castillos aéreos, vi el vestido luminoso del hada, la estrella de su diadema, y pensé en la promesa ansiada del amor hermoso. Mas de aquel rayo supremo y fatal, sólo quedó en el fondo de mi cerebro un rostro de mujer, un sueño azul.

LA MUERTE DE LA EMPERATRIZ
DE LA CHINA

Delicada y fina como una joya humana vivía aquella muchachita de carne rosada, en la pequeña casa que tenia un saloncito con los tapices de color azul desfalleciente. Era su estuche.

¿Quién era el dueño de aquel delicioso pájaro alegre, de ojos negros y boca roja? ¿Para quién cantaba su canción divina, cuando la señorita Primavera mostraba en el triunfo del sol su bello rostro riente, y abría las flores del campo, y alborotaba la nidada? Suzette se llamaba la avecita que había puesto en jaula de seda, peluches y encajes un soñador artista cazador, que la había cazado una mañana de mayo en que había mucha luz en el aire y muchas rosas abiertas.

Recaredo —¡capricho paternal, él no tenía la culpa de llamarse Recaredo!— se había casado hacía año y medio.

—¿Me amas?

—Te amo. ¿Y tú?

—Con toda el alma.

¡Hermoso el día dorado, después de lo del cura! Habían ido luego al campo nuevo; a gozar libres del gozo del amor. Murmuraban allá en sus ventanas de hojas verdes las campanillas y las violetas silvestres que olían cerca del riachuelo, cuando pasaban los dos amantes, el brazo de él en la cintura de ella, el brazo de ella en la cintura de él, los rojos labios en flor dejando escapar los besos. Después, fue la vuelta a la gran ciudad, al nido lleno de perfume de juventud y de calor dichoso.

¿Dije ya que Recaredo era escultor? Pues si no lo he dicho, sabedlo.

Era escultor. En la pequeña casa tenía su taller, con profusión de mármoles, yesos, bronces y terracotas. A veces, los que pasaban oían a través de las rejas y persianas una voz que cantaba y un martillo vibrante y metálico. Suzette, Recaredo; la boca que emergía el cántico, y el golpe del cincel.

Luego el incesante idilio nupcial. En puntillas, llegar donde él trabajaba, e, inundándole de cabellos la nuca, besarle rápidamente. Quieto, quietecito, llegar donde ella duerme en su *chaise-longue*, los piececitos calzados y con medias negras, uno sobre otro, el libro abierto sobre el regazo, medio dormida; y allí el beso es en los labios, beso que sorbe el aliento y hace que se abran los ojos, inefablemente luminosos. Y a todo esto, las carcajadas del mirlo, un mirlo enjaulado que cuando Suzette toca de Chopin, se pone triste y no canta. ¡Las carcajadas del mirlo! No era poca cosa.

—¿Me quieres?

—¿No lo sabes?

—¿Me amas?

—¡Te adoro!

Ya estaba el animalucho echando toda la risa del pico. Se le sacaba de la jaula, revolaba por el saloncito azulado, se detenía en la cabeza de un Apolo de yeso, o en la frámea de un viejo germano de bronce oscuro. Tiiiiirit... rrrrrtch fiii... ¡Vaya que a veces era malcriado e insolente en su algarabía! Pero era lindo sobre la mano de Suzette, que le mimaba, le apretaba el pico entre sus dientes hasta hacerlo desesperar, y le decía a veces con una voz severa que temblaba de terneza:

—¡Señor Mirlo, es usted un picarón!

Cuando los dos amados estaban juntos, se arreglaban uno a otro el cabello.

—Canta —decía él.

Y ella cantaba, lentamente; y aunque no eran sino pobres muchachos enamorados, se veían hermosos, gloriosos y reales; él la miraba como a una Elsa y ella le miraba como a un Lehongrin. Porque el amor, ¡oh jóvenes llenos de sangre y de sueños!, pone un azul de cristal ante los ojos y da las infinitas alegrías.

¡Cómo se amaban! Él la contemplaba sobre las estrellas de Dios; su amor recorría toda la escala de la pasión, y era ya contenido, ya tempestuoso en su querer, y a veces casi místico. En ocasiones dijérase aquel artista un teósofo que veía en la amada mujer algo supremo y extrahumano, como la Ayesha de Rider Haggard la aspiraba como una flor, le sonreía como a un astro, y se sentía soberbiamente vencedor al estrechar contra su pecho aquella adorable cabeza, que cuando estaba pensativa y quieta era comparable al perfil hierático de la medalla de una emperatriz bizantina.

Recaredo amaba su arte. Tenía la pasión de la forma; hacía brotar del mármol gallardas diosas desnudas de ojos blancos, serenos y sin pupilas; su taller estaba poblado de un pueblo de estatuas silenciosas, animales de metal, gárgolas terroríficas, grifos de largas colas vegetales, creaciones góticas quizá inspiradas por el ocultismo. Y sobre todo, ¡la gran afición!, japonerías y chinerías. Recaredo era en esto un original. No sé qué habría dado por hablar chino o japonés. Conocía los mejores álbumes; había leído buenos exotistas, adoraba a Loti y a Judith Gautier, y hacía sacrificios por adquirir trabajos legítimos, de Yokohama, de Nagasaki, de Kioto o de Nankín o Pekín: los cuchillos, las pipas, las máscaras feas y misteriosas como las caras de los sueños hípnicos, los mandarinitos enanos con panzas de cucurbitáceos y ojos circunflejos, los monstruos de grandes bocas de batracios, abiertas y dentadas, y diminutos soldados de Tartaria, con faces foscas.

—¡Oh —le decía Suzette—, aborrezco tu casa de brujo, ese terrible taller, arca extraña que te roba a mis caricias!

Él sonreía, dejaba su lugar de labor, su templo de raras chucherías y corría al pequeño salón azul, a ver y mirar su gracioso dije vivo, y oír cantar y reír al loco mirlo jovial.

Aquella mañana, cuando entró, vio que estaba su dulce Suzette, soñolienta y tendida, cerca de un tazón de rosas que sostenía un trípode. ¿Era la Bella del bosque durmiente? Medio dormida, el delicado cuerpo modelado bajo una bata blanca, la cabellera castaña apelotonada sobre uno de los hombros, toda ella exhalando su suave olor femenino, era como una deliciosa figura de los amables cuentos que empiezan: «Éste era un rey...»

La despertó:

—¡Suzette, mi bella!

Traía la cara alegre; le brillaban los ojos negros bajo su fez rojo de labor; llevaba una carta en la mano.

—Carta de Robert, Suzette. ¡El bribonazo está en China! «Hong Kong, 18 de enero...»

Suzette, un tanto amodorrada, se había sentado y le había quitado el papel. ¡Conque aquel andariego había llegado tan lejos! «Hong Kong, 18 de enero.» Era gracioso. ¡Un excelente muchacho el tal Robert, con la manía de viajar! Llegaría al fin del mundo. ¡Robert, un grande amigo! Se veían como de la familia. Había partido hacía dos años para San Francisco de California. ¡Habríase visto loco igual!

Comenzó a leer.

«Hong Kong, 18 de enero de 1888.

Mi buen Recaredo:

Vine y vi. No he vencido aún.

En San Francisco supe vuestro matrimonio y me alegré. Di un salto y caí en la China. He venido como agente de una casa californiana, importadora de sedas, lacas, marfiles y demás chinerías. Junto con esta carta debes recibir un regalo mío, que, dada tu afición por las cosas de este país amarillo, te llegará de perlas. Ponme a los pies de Suzette, y conserva el obsequio en memoria de tu

Robert.»

Ni más ni menos. Ambos soltaron la carcajada. El mirlo a su vez hizo estallar la jaula en una explosión de gritos musicales.

La caja había llegado, una caja de regular tamaño, llena de marchamos, de números y de letras negras que decían y daban a entender que el contenido era muy frágil. Cuando la caja se abrió, apareció el misterio. Era un fino busto de porcelana, un admirable busto de una mujer sonriente, pálido y encantador. En la base tenía tres inscripciones, una en caracteres chinescos, otra en inglés y otra en francés: *La emperatriz de la China.* ¡La emperatriz de la China! ¿Qué manos de artista asiático habían modelado aquellas formas atrayentes de misterio? Era una cabellera recogida y apretada, una faz enigmática, ojos bajos y extraños, de princesa celeste, sonrisa de esfinge, cuello erguido sobre los hombros columbinos, cubiertos por una onda de seda bordada de dragones, todo dando magia a la porcelana blanca, con tonos de seda inmaculada y cándida. ¡La emperatriz de la China! Suzette pasaba sus dedos de rosa sobre los ojos de aquella graciosa soberana, un tanto inclinados, con sus curvos epicantus bajo los puros y nobles arcos de las cejas. Estaba contenta. Y Recaredo sentía orgullo de poseer su porcelana. Le harían un gabinete especial, para que viviese y reinase sola, como en el Louvre la Venus de Milo, triunfadora, cobijada imperialmente por el plafón de su recinto sagrado.

Así lo hizo. En un extremo del taller formó un gabinete minúsculo, con biombos cubiertos de arrozales y de grullas. Predominaba la nota amarilla. Toda la gama: oro, fuego, ocre de Oriente, hoja de otoño, hasta el pálido que agoniza fundido en la blancura. En el centro, sobre un pedestal dorado y negro, se alzaba riendo la exótica imperial. Alrededor de ella había colocado Recaredo todas sus japonerías y curiosidades chinas. La cubría un gran quitasol nipón, pintado de camelias y de anchas rosas sangrientas. Era cosa de risa, cuando el artista soñador, después de dejar la pipa y los cinceles, llegaba frente a la emperatriz, con las manos cruzadas sobre el pecho, a hacer zalemas. Una, dos, diez, veinte veces la visitaba. Era una pasión. En un plato de laca yokohamesa le ponía flores frescas todos los días. Tenía, en momentos, verdaderos arrobos delante del busto asiático que le conmovía en su deleitable e inmóvil majestad. Estudiaba sus menores detalles, el caracol de la oreja, el arco del labio, la nariz pulida, el epicantus del párpado. ¡Un ídolo, la famosa emperatriz! Suzette le llamaba de lejos:

—¡Recaredo!

—¡Voy!

Y seguía en la contemplación de su obra de arte. Hasta que Suzette llegaba a llevárselo a rastras y a besos.

Un día, las flores del plato de laca desaparecieron como por encanto.

—¿Quién ha quitado las flores? —gritó el artista desde el taller.

—Yo —dijo una voz vibradora.

Era Suzette que entreabría una cortina, toda sonrosada y haciendo relampaguear sus ojos negros.

Allá en lo hondo de su cerebro, se decía el señor Recaredo, artista escultor: —¿Qué tendrá mi mujercita? —No comía casi. Aquellos buenos libros desflorados por su espátula de marfil estaban en el pequeño estante negro, con sus hojas cerradas, sufriendo la nostalgia de las blandas manos de rosa y del tibio regazo perfumado. El señor Recaredo la veía triste. —¿Qué tendrá mi mujercita? —En la mesa no quería comer. Estaba seria ¡qué seria! Le miraba a veces con el rabo del ojo, y el marido veía aquellas pupilas oscuras, húmedas, como que querían llorar. Y ella, al responder, hablaba como los niños a quienes se ha negado un dulce. —¿Qué tendrá mi mujercita? —¡Nada! Aquel «nada» lo decía ella con voz de queja, y entre sílaba y sílaba había lágrimas.

¡Oh, señor Recaredo! Lo que tiene vuestra mujercita es que sois un hombre abominable. ¿No habéis notado que desde que esa buena de la emperatriz de la China ha llegado a vuestra casa, el saloncito azul se ha entristecido y el mirlo no canta ni ríe con su risa perlada? Suzette despierta a Chopin, y lentamente hace brotar la melodía enferma y melancólica del negro piano sonoro. ¡Tiene celos, señor Recaredo! Tiene el mal de los celos, ahogador y quemante, como una serpiente encendida que aprieta el alma. ¡Celos! Quizá él lo comprendía, porque una tarde dijo a la muchachita de su corazón estas palabras, frente a frente, a través del humo de una taza de café:

—Eres demasiado injusta. ¿Acaso no te amo con toda mi alma? ¿Acaso no sabes leer en mis ojos lo que hay dentro de mi corazón?

Suzette rompió a llorar. ¡Que la amaba! No, ya no la amaba. Habían huido las buenas y radiantes horas, y los besos que chasqueaban también eran idos, como pájaros en fuga. Ya no la quería. Y a ella, a la que en él veía su religión, su delicia, su sueño, su rey, a ella, a Suzette, la había dejado por la otra.

¡La otra! Recaredo dio un salto. Estaba engañada. ¿Lo diría por la rubia Eulogia, a quien en un tiempo había dirigido madrigales?

Ella movió la cabeza:

—No.

¿Por la ricachona Gabriela, de largos cabellos negros, blanca como un alabastro y cuyo busto había hecho? ¿O por aquella Luisa, la danzarina, que tenía una cintura de avispa, un seno de buena nodriza y unos ojos incendiarios? ¿O por la viudita Andrea, que al reír sacaba la punta de la lengua roja y felina, entre sus dientes brillantes y amarfilados?

No, no era ninguna de ésas. Recaredo se quedó con gran asombro.

—Mira, chiquilla, dime la verdad, ¿quién es ella? Sabes cuánto te adoro. Mi Elsa, mi Julieta, alma, amor mío...

Temblaba tanta verdad de amor en aquellas palabras entrecortadas y trémulas que Suzette, con los ojos enrojecidos, secos ya de lágrimas, se levantó irguiendo su linda cabeza heráldica.

—¿Me amas?

—¡Bien lo sabes!

—Deja, pues, que me vengue de mi rival. Ella o yo: escoge. Si es cierto que me adoras ¿querrás permitir que la aparte para siempre de tu camino, que quede yo sola, confiada en tu pasión?

—Sea —dijo Recaredo. Y viendo irse a su avecita celosa y terca, prosiguió sorbiendo el café, tan negro como la tinta.

No había tomado tres sorbos, cuando oyó un gran ruido de fracaso, en el recinto de su taller.

Fue. ¿Qué miraron sus ojos? El busto había desaparecido del pedestal de negro y oro, y entre minúsculos mandarines caídos y descolgados abanicos, se veían por el suelo pedazos de porcelana que crujían bajo los pequeños zapatos de Suzette, quien toda encendida y con el cabello suelto, aguardando los besos, decía entre carcajadas argentinas al maridito asustado:

—¡Estoy vengada! ¡Ha muerto ya para ti la emperatriz de la China!

Y cuando comenzó la ardiente reconciliación de los labios, en el saloncito azul, todo lleno de regocijo, el mirlo, en su jaula, se moría de risa.

A UNA ESTRELLA

ROMANZA EN PROSA

¡Princesa del divino imperio azul, quién besara tus labios luminosos!

¡Yo soy el enamorado extático que, soñando mi sueño de amor, estoy de rodillas, con los ojos fijos en tu inefable claridad, estrella mía, que estás tan lejos! ¡Oh, cómo ardo en celos, cómo tiembla mi alma cuando pienso que tú, cándida hija de la Aurora, puedes fijar tus miradas en el hermoso Príncipe Sol que viene de Oriente, gallardo y bello en su carro de oro, celeste flechero triunfador, de coraza adamantina, que trae a la espalda el carcaj brillante lleno de flechas de fuego! Pero no; tú me has sonreído bajo tu palio, y tu sonrisa era dulce como la esperanza. ¡Cuántas veces mi espíritu quiso volar hacia ti y quedó desalentado! ¡Está tan lejano tu alcázar! He cantando en mis sonetos y en mis madrigales tu místico florecimiento, tus cabellos de luz, tu alba vestidura. Te he visto como una pálida Beatriz del firmamento, lírica y amorosa en tu sublime resplandor. ¡Princesa del divino imperio azul, quién besara tus labios luminosos!

Recuerdo aquella negra noche, ¡oh genio Desaliento!, en que visitaste mi cuarto de trabajo para darme tortura, para dejarme casi desolado el pobre jardín de mi ilusión, donde me segaste tantos frescos ideales en flor. Tu voz me sonó a hierro y te escuché temblando, porque tu palabra era cortante y fría y caía como un hacha. Me hablaste del camino de la Gloria, donde hay que andar descalzo sobre cambroneras y abrojos; y desnudo, bajo una eterna granizada; y a oscuras, cerca de hondos abismos, llenos de sombra como la muerte. Me hablaste del vergel Amor, donde es casi imposible cortar una rosa sin morir, porque es rara la flor en que no anida un áspid. Y me dijiste de la terrible y muda esfinge de bronce que está a la entrada de la tumba. Yo estaba espantado, porque la gloria me había atraído, con su hermosa palma en la mano, y el Amor me llenaba con su embriaguez, y la vida era para mí encantadora y alegre como la ven las flores y los pájaros. Y ya presa de mi desesperanza, esclavo tuyo, oscuro genio Desaliento, huí de mi triste lugar de labor —donde entre una corte de bardos antiguos y de poetas modernos resplandecía el dios Hugo, en la edición de Hetzel— y busqué el aire libre bajo el cielo de la noche. ¡Entonces fue, adorable y blanca princesa, cuando tuviste compasión de aquel pobre poeta, y le miraste con tu mirada inefable y le sonreíste, y de tu sonrisa emergía el divino verso de la esperanza. ¡Estrella mía, que estás tan lejos, quién besara tus labios luminosos!

Quería contarte un poema sideral que tú pudieras oír, quería ser tu amante ruiseñor, y darte mi apasionado ritornelo, mi etérea y rubia soñadora. Y así, desde la tierra donde caminamos sobre el limo, enviarte mi ofrenda de armonía a tu región en que deslumbra la apoteosis y reina sin cesar el prodigio.

Tu diadema asombra a los astros y tu luz hace cantar a los poetas, perla en el océano infinito, flor de lis del oriflama inmenso del gran Dios.

Te he visto una noche aparecer en el horizonte sobre el mar, y el gigantesco viejo, ebrio de sal, te saludó con las salvas de sus olas sonantes y roncas. Tú caminabas con un manto tenue y dorado; tus reflejos alegraban las vastas aguas palpitantes.

Otra vez era una selva oscura, donde poblaban el aire los grillos monótonos, con las notas chillonas de sus nocturnos y rudos violines. A través de un ramaje te contemplé en tu deleitable serenidad, y vi sobre los árboles negros, trémulos hilos de luz, como si hubiesen caído de la altura hebras de tu cabellera. ¡Princesa del divino imperio azul, quién besara tus labios luminosos!

Te canta y vuela a ti la alondra matinal en el alba de la primavera, en que el viento lleva vibraciones de liras eólicas, y el eco de los tímpanos de plata que suenan los silfos. Desde tu región derrama las perlas armónicas y cristalinas de su buche, que caen y se juntan a la universal y grandiosa sinfonía que llena la despierta tierra.

¡Y en esa hora pienso en ti, porque es la hora de supremas citas en el profundo cielo y de ocultos y ardorosos oarystis en los tibios parajes del bosque donde florece el cítiso que alegra la égloga! ¡Estrella mía, que estás tan lejos, quién besara tus labios luminosos!

EL AÑO LÍRICO

PRIMAVERAL

Mes de rosas. Van mis rimas
en ronda a la vasta selva,
a recoger miel y aromas
en las flores entreabiertas.
Amada, ven. El gran bosque
es nuestro templo; allí ondea
y flota un santo perfume
de amor. El pájaro vuela
de un árbol a otro y saluda
tu frente rosada y bella
como a un alba; y las encinas
robustas, altas, soberbias,
cuando tú pasas agitan
sus hojas verdes y trémulas,
y enarcan sus ramas como
para que pase una reina.
¡Oh, amada mía! Es el dulce
tiempo de la primavera.

*

Mira: en tus ojos, los míos;
da al viento la cabellera,
y que bañe el sol ese oro
de luz salvaje y espléndida.
Dame que aprieten mis manos
las tuyas de rosa y seda,
y ríe, y muestren tus labios
su púrpura húmeda y fresca.
Yo voy a decirte rimas,
tú vas a escuchar risueña;

si acaso algún ruiseñor
viniese a posarse cerca,
y a contar alguna historia
de ninfas, rosas o estrellas,
tú no oirás notas ni trinos,
sino, enamorada y regia,
escucharás mis canciones
fija en mis labios que tiemblan.
¡Oh, amada mía! Es el dulce
tiempo de la primavera.

*

Allá hay una clara fuente
que brota de una caverna,
donde se bañan desnudas
las blancas ninfas que juegan.
Ríen al son de la espuma,
hienden la linfa serena,
entre polvo cristalino
esponjan sus cabelleras,
y saben himnos de amores
en hermosa lengua griega,
que en glorioso tiempo antiguo
Pan inventó en las florestas.
Amada, pondré en mis rimas
la palabra más soberbia
de las frases, de los versos,
de los himnos de esa lengua;
y te diré esa palabra
empapada en miel hiblea...
¡oh, amada mía!, en el dulce
tiempo de la primavera.

*

Van en sus grupos vibrantes
revolando las abejas
como un áureo torbellino
que la blanca luz alegra;
y sobre el agua sonora
pasan radiantes, ligeras,
con sus alas cristalinas

las irisadas libélulas.
Oye: canta la cigarra
porque ama al sol, que en la selva
su polvo de oro tamiza
entre las hojas espesas.
Su aliento nos da en un soplo
fecundo la madre tierra,
con el alma de los cálices
y el aroma de las yerbas.

*

¿Ves aquel nido? Hay un ave.
Son dos: el macho y la hembra.
Ella tiene el buche blanco,
él tiene las plumas negras.
En la garganta el gorjeo,
las alas blandas y trémulas;
y los picos que se chocan
como labios que se besan.
El nido es cántico. El ave
incuba el trino, ¡oh poetas!
De la lira universal
el ave pulsa una cuerda.
Bendito el calor sagrado
que hizo reventar las yemas,
¡oh, amada mía!, en el dulce
tiempo de la primavera.

*

Mi dulce musa Delicia
me trajo un ánfora griega
cincelada en alabastro,
de vino de Naxos llena;
y una hermosa copa de oro,
la base henchida de perlas,
para que bebiese el vino
que es propicio a los poetas.
En el ánfora está Diana,
real, orgullosa y esbelta,
con su desnudez divina
y en su actitud cinegética.
Y en la copa luminosa

está Venus Citerea
tendida cerca de Adonis
que sus caricias desdeña.
No quiero el vino de Naxos
ni el ánfora de ansas bellas,
ni la copa donde Cipria
al gallardo Adonis ruega.
Quiero beber el amor
sólo en tu boca bermeja,
¡oh, amada mía, en el dulce
tiempo de la primavera!

[1887]

ESTIVAL

I

La tigre de Bengala,
con su lustrosa piel manchada a trechos
está alegre y gentil, está de gala.
Salta de los repechos
de un ribazo al tupido
carrizal de un bambú; luego a la roca
que se yergue a la entrada de su gruta.
Allí lanza un rugido,
se agita como loca
y eriza de placer su piel hirsuta.

*

La fiera virgen ama.
Es el mes del ardor. Parece el suelo
rescoldo; y en el cielo
el sol, inmensa llama.
Por el ramaje oscuro
salta huyendo el canguro.
El boa se infla, duerme, se calienta
a la tórrida lumbre;
el pájaro se sienta
a reposar sobre la verde cumbre.

*

Siéntense vahos de horno;
y la selva indiana
en alas del bochorno,
lanza, bajo el sereno
cielo, un soplo de sí. La tigre ufana
respira a pulmón lleno,
y al verse hermosa, altiva, soberana,
le late el corazón, se le hincha el seno.

*

Contempla su gran zarpa, en ella la uña
de marfil; luego toca
el filo de una roca,
y prueba y lo rasguña.
Mírase luego el flanco
que azota con el rabo puntiagudo
de color negro y blanco,
y móvil y felpudo;
luego el vientre. En seguida
abre las anchas fauces, altanera
como reina que exige vasallaje;
después husmea, busca, va. La fiera
exhala algo a manera
de un suspiro salvaje.
Un rugido callado
escuchó. Con presteza
volvió la vista de uno y otro lado.
Y chispeó su ojo verde y dilatado
cuando miró de un tigre la cabeza
surgir sobre la cima de un collado.
El tigre se acercaba.

*

Era muy bello.
Gigantesca la talla, el pelo fino,
apretado el ijar, robusto el cuello,
era un don Juan felino
en el bosque. Anda a trancos
callados; ve a la tigre inquieta, sola,
y le muestra los blancos
dientes, y luego arbola
con donaire la cola.
Al caminar se veía
su cuerpo ondear, con garbo y bizarría.

Se miraban los músculos hinchados
debajo de la piel. Y se diría
    ser aquella alimaña
un rudo gladiador de la montaña.
    Los pelos erizados.
del labio relamía. Cuando andaba,
    con su peso chafaba
    la yerba verde y muelle;
y el ruido de su aliento semejaba
    el resollar de un fuelle.
Él es, él es el rey. Cetro de oro
    no, sino la ancha garra
que se hinca recia en el testuz del toro
    y las carnes desgarra.
La negra águila enorme, de pupilas
de fuego y corvo pico relumbrante,
tiene a Aquilón; las hondas y tranquilas
aguas al gran caimán; el elefante
    la cañada y la estepa;
la víbora los juncos por do trepa;
    y su caliente nido
    del árbol suspendido,
    el ave dulce y tierna
que ama la primer luz.
    Él, la caverna.

*

No envidia al león la crin, ni al potro rudo
    el casco, ni al membrudo
hipopótamo el lomo corpulento,
quien bajo los ramajes del copudo
    baobab, ruge al viento.

*

Así va el orgulloso, llega, halaga;
corresponde la tigre que le espera,
y con caricias las caricias paga
en su salvaje ardor, la carnicera.

*

Después, el misterioso
    tacto, las impulsivas
fuerzas que arrastran con poder pasmoso;
y ¡oh gran Pan! el idilio monstruoso
bajo las vastas selvas primitivas.
No el de las musas de las blandas horas,
    suaves, expresivas,
    en las rientes auroras
y las azules noches pensativas;
sino el que todo enciende, anima, exalta,
polen, savia, calor, nervio, corteza,
y en torrentes de vida brota y salta
del seno de la gran Naturaleza.

II

El príncipe de Gales va de caza
    por bosques y por cerros,
con su gran servidumbre y con sus perros
    de la más fina raza.

*

Acallando el tropel de los vasallos,
deteniendo traíllas y caballos,
    con la mirada inquieta,
contempla a los dos tigres, de la gruta
a la entrada. Requiere la escopeta,
    y avanza, y no se inmuta.

*

Las fieras se acarician. No han oído
    tropel de cazadores.
    A esos terribles seres,
    embriagados de amores,
    con cadenas de flores
    se les hubiera uncido
a la nevada concha de Citeres
    o al carro de Cupido.

*

El príncipe atrevido
adelante, se acerca, ya se para;
ya apunta y cierra un ojo; ya dispara;
    ya del arma el estruendo
por el espeso bosque ha resonado.
    El tigre sale huyendo
y la hembra queda, el vientre desgarrado.
¡Oh, va a morir!... pero antes, débil, yerta,
chorreando sangre por la herida abierta,
    con ojo dolorido
miró a aquel cazador, lanzó un gemido
como un ¡ay! de mujer... y cayó muerta.

                    *

Aquel macho que huyó, bravo y zahareño
    a los rayos ardientes
del sol, en su cubil después dormía.
    Entonces tuvo un sueño:
que enterraba las garras y los dientes
    en vientres sonrosados
y pechos de mujer; y que engullía
    por postres delicados
    de comidas y cenas
—como tigre goloso entre golosos—,
    unas cuantas docenas
de niños tiernos, rubios y sabrosos.

                                    [1887]

AUTUMNAL

Eros, Vita, Lumen.

En las pálidas tardes
   yerran nubes tranquilas
en el azul; en las ardientes manos
se posan las cabezas pensativas.
¡Ah, los suspiros! ¡Ah, los dulces sueños!
   ¡Ah, las tristezas íntimas!
¡Ah, el polvo de oro que en el aire flota,
tras cuyas ondas trémulas se miran
   los ojos tiernos y húmedos,
las bocas inundadas de sonrisas,
   las crespas cabelleras
y los dedos de rosa que acarician!

                    *

En las pálidas tardes
me cuenta un hada amiga
las historias secretas
llenas de poesía:
lo que cantan los pájaros,
lo que llevan las brisas,
lo que vaga en las nieblas,
lo que sueñan las niñas.

                    *

   Una vez sentí el ansia
   de una sed infinita.
   Dije al hada amorosa:
   —Quiero en el alma mía
tener la inspiración honda, profunda,
inmensa: luz, calor, aroma, vida.
Ella me dijo: —¡Ven! —con el acento

con que hablaría un arpa. En él había
un divino idioma de esperanza.
¡Oh, sed del ideal!

*

Sobre la cima
de un monte, a medianoche,
me mostró las estrellas encendidas.
Era un jardín de oro
con pétalos de llama que titilan.
Exclamé: —¡Más!...

*

La aurora
vino después. La aurora sonreía,
con la luz en la frente,
como la joven tímida
que abre la reja, y la sorprenden luego
ciertas curiosas, mágicas pupilas.
Y dije: —¡Más!... Sonriendo
la celeste hada amiga
prorrumpió: —¡Y bien! ¡Las flores!

*

Y las flores
estaban frescas, lindas,
empapadas de olor: la rosa virgen,
la blanca margarita,
la azucena gentil y las volúbiles
que cuelgan de la rama estremecida.
Y dije: —¡Mas!...

*

El viento
arrastraba rumores, ecos, risas,
murmullos misteriosos, aleteos,
músicas nunca oídas.
El hada entonces me llevó hasta el velo

que nos cubre las ansias infinitas,
    la inspiración profunda,
    y el alma de las liras.
Y lo rasgó. Y allí todo era aurora.
    En el fondo se veía
un bello rostro de mujer.

                    *

                        ¡Oh, nunca,
Piérides, diréis las sacras dichas
    que en el alma sintiera!
    Con su vaga sonrisa:
—¿Más?... —dijo el hada. Y yo tenía entonces
    clavadas las pupilas
en el azul; y en mis ardientes manos
se posó mi cabeza pensativa...

                            [1887]

INVERNAL

Noche. Este viento vagabundo lleva
   las alas entumidas
   y heladas. El gran Andes
yergue al inmenso azul su blanca cima.
   La nieve cae en copos,
sus rosas transparentes critaliza;
en la ciudad, los delicados hombros
   y gargantas se abrigan;
   ruedan y van los coches,
suenan alegres pianos, el gas brilla;
y, si no hay un fogón que le caliente,
   el que es pobre tirita.

                *

Yo estoy con mis radiantes ilusiones
   y mis nostalgias íntimas,
   junto a la chimenea
bien harta de tizones que crepitan.
Y me pongo a pensar: ¡Oh, si estuviese
ella, la de mis ansias infinitas,
   la de mis sueños locos,
y mis azules noches pensativas!
¿Cómo? Mirad:
          De la apacible estancia
   en la extensión tranquila
vertería la lámpara reflejos
   de luces opalinas.
   Dentro, el amor que abrasa;
   fuera, la noche fría,
el golpe de la lluvia en los cristales,
   y el vendedor que grita

su monótona y triste melopea
    a las glaciales brisas.
Dentro, la ronda de mis mil delirios,
las canciones de notas critalinas,
unas manos que toquen mis cabellos,
un aliento que roce mis mejillas,
un perfume de amor, mil conmociones,
    mil ardientes caricias;
ella y yo: los dos juntos, los dos solos;
la amada y el amado, ¡oh Poesía!
    los besos de sus labios,
la música triunfante de mis rimas
y en la negra y cercana chimenea
el tuero brillador que estalla en chispas.

*

¡Oh! ¡bien haya el brasero
    lleno de pedrería!
Topacios y carbunclos,
    rubíes y amatistas
en la nacha copa etrusca
    repleta de ceniza.
Los lechos abrigados,
    las almohadas mullidas,
las pieles de Astrakán, los besos cálidos
que dan las bocas húmedas y tibias.
    ¡Oh, viejo invierno, salve!
puesto que traes con las nieves frígidas
    el amor embriagante
y el vino del placer en tu mochila.

*

Sí, estaría a mi lado,
    dándome sus sonrisas,
ella, la que hace falta a mis estrofas,
ésa que mi cerebro se imagina;
    la que, si estoy en sueños,
    se acerca y me visita;
    ella que, hermosa, tiene
una carne ideal, grandes pupilas,
algo de mármol, blanca luz de estrella;
    nerviosa, sensitiva,

muestra el cuello gentil y delicado
   de las Hebes antiguas;
   bellos gestos de diosa,
   tersos brazos de ninfa,
   lustrosa cabellera
en la nuca encrespada y recogida,
   y ojeras que denuncian
ansias profundas y pasiones vivas.
   ¡Ah, por verla encarnada,
   por gozar sus caricias,
   por sentir en mis labios
los besos de su amor diera la vida!
   Entre tanto, hace frío.
Yo contemplo las llamas que se agitan,
cantando alegres con sus lenguas de oro,
móviles, caprichosas e intranquilas,
en la negra y cercana chimenea
do el tuero brillador estalla en chispas.

*

   Luego pienso en el coro
   de las alegres liras.
En la copa labrada el vino negro:
la copa hirviente cuyos bordes brillan
con iris temblorosos y cambiantes
   como un collar de prismas;
el vino negro que la sangre enciende
y pone el corazón con alegría,
y hace escribir a los poetas locos
sonetos áureos y flamantes silvas.
   El Invierno es beodo.
   Cuando soplan sus brisas,
   brotan las viejas cubas
   la sangre de las viñas.
Sí, yo pintara su cabeza cana
con corona de pámparos guarnida.
   El Invierno es galeoto,
   porque en las noches frías
   Paolo besa a Francesca
   en la boca encendida.
Mientras su sangre como fuego corre
y el corazón ardiendo le palpita.

¡Oh, crudo Invierno, salve!
puesto que traes con las nieves frígidas
   el amor embriagante
y el vino del placer en tu mochila.

*

   Ardor adolescente,
   miradas y caricias:
¡cómo estaría trémula en mis brazos
   la dulce amada mía,
dándome con sus ojos luz sagrada,
con su aroma de flor, savia divina!
   En la alcoba la lámpara
derramando sus luces opalinas;
   oyéndose tan sólo
   suspiros, ecos, risas;
   el ruido de los besos;
la música triunfante de mis rimas
y en la negra y cercana chimenea
el tuero brillador que estalla en chispas.
   Dentro, el amor que abrasa;
   fuera, la noche fría.

                    [1887]

PENSAMIENTO DE OTOÑO

DE ARMAND SILVESTRE

Huye el año a su término
como arroyo que pasa,
llevando del Poniente
luz fugitiva y pálida.
Y así como el del pájaro
que triste tiende el ala,
el vuelo del recuerdo
que al espacio se lanza
languidece en lo inmenso
del azul por do vaga.
Huye el año a su término
como arroyo que pasa.

*

Un algo de alma aún yerra
por los cálices muertos
de las tardes volúbiles
y los rosales trémulos.
Y, de luces lejanas
al hondo firmamento,
en alas del perfume,
aún se remonta un sueño.
Un algo de alma aún yerra
por los cálices muertos.

*

Canción de despedida
fingen las fuentes turbias.
Si te place, amor mío,

volvamos a la ruta
que allá en la primavera
ambos, las manos juntas,
seguimos, embriagados
de amor y de ternura,
por los gratos senderos
do sus ramas columpian
olientes avenidas
que las flores perfuman.
Canción de despedida
fingen las fuentes turbias.

*

Un cántico de amores
brota mi pecho ardiente
que eterno Abril fecundo
de juventud florece.
¡Que mueran en buena hora
los bellos días! Llegue
otra vez el invierno;
renazca áspero y fuerte.
Del viento entre el quejido,
cual mágico himno alegre,
un cántico de amores
brota mi pecho ardiente.

*

Un cántico de amores
a tu sacra beldad,
¡mujer, eterno estío,
primavera inmortal!
Hermana del ígneo astro
que por la inmensidad
en toda estación vierte
fecundo, sin cesar,
de su luz esplendente
el dorado raudal.
Un cántico de amores
a tu sacra beldad,
¡mujer, eterno estío,
primavera inmortal!

ANANKE

Y dijo la paloma:
—Yo soy feliz. Bajo el inmenso cielo,
en el árbol en flor, junto a la poma
llena de miel, junto al retoño suave
y húmedo por las gotas de rocío,
tengo mi hogar. Y vuelo,
con mis anhelos de ave,
del amado árbol mío
hasta el bosque lejano,
cuando, al himno jocundo
del despertar de Oriente,
sale el alba desnuda, y muestra al mundo
el pudor de la luz sobre su frente.
Mi ala es blanca y sedosa;
la luz la dora y baña
y céfiro la peina.
Son mis pies como pétalos de rosa.
Yo soy la dulce reina
que arrulla a su palomo en la montaña.
En el fondo del bosque pintoresco
está el alerce en que formé mi nido;
y tengo allí, bajo el follaje fresco,
un polluelo sin par, recién nacido.
Soy la promesa alada,
el juramento vivo;
soy quien lleva el recuerdo de la amada
para el enamorado pensativo;
yo soy la mensajera
de los tristes y ardientes soñadores,
que va a revolotear diciendo amores
junto a una perfumada cabellera.
Soy el lirio del viento.
Bajo el azul del hondo firmamento

muestro de mi tesoro bello y rico
las preseas y galas;
el arrullo en el pico,
la caricia en las alas.
Yo despierto a los pájaros parleros
y entonan sus melódicos cantares;
me poso en los floridos limoneros
y derramo una lluvia de azahares.
Yo soy toda inocente, toda pura.
Yo me esponjo en las ansias del deseo,
y me estremezco en la íntima ternura
de un roce, de un rumor, de un aleteo.
¡Oh, inmenso azul! Yo te amo. Porque a Flora
das la lluvia y el sol siempre encendido;
porque, siendo el palacio de la aurora,
también eres el techo de mi nido.
        ¡Oh, inmenso azul! Yo adoro
        tus celajes risueños,
y esa niebla sutil de polvo de oro
donde van los perfumes y los sueños.
Amo los velos tenues, vagarosos,
        de las flotantes brumas,
donde tiendo a los aires cariñosos
el sedeño abanico de mis plumas.
¡Soy feliz! porque es mía la floresta,
donde el misterio de los nidos se halla;
        porque el alba es mi fiesta
y el amor mi ejercicio y mi batalla.
¡Feliz, porque de dulces ansias llena
calentar mis polluelos en mi orgullo;
porque en las selvas vírgenes resuena
la música celeste de mi arrullo;
porque no hay una rosa que no me ame,
ni pájaro gentil que no me escuche,
ni garrido cantor que no me llame!...

—¿Sí? —dijo entonces un gavilán infame,
y con furor se la metió en el buche.

＊

Entonces el buen Dios, allá en su trono
(mientras Satán, por distraer su encono,
aplaudía a aquel pájaro zahareño),
se puso a meditar. Arrugó el ceño,
y pensó, al recordar sus vastos planes,
y recorrer sus puntos y sus comas,
   que cuando creó palomas
no debía haber creado gavilanes.

               [1887]

A UN POETA

Nada más triste que un titán que llora,
hombre-montaña encadenado a un lirio,
que gime, fuerte, que pujante, implora:
víctima propia en su fatal martirio.

Hércules loco que a los pies de Onfalia
la clava deja y el luchar rehúsa,
héroe que calza femenil sandalia,
vate que olvida la vibrante musa.

¡Quien desquijara los robustos leones,
hilando, esclavo, con la débil rueca;
sin labor, sin empuje, sin acciones:
puños de fierro y áspera muñeca!

No es tal poeta para hollar alfombras
por donde triunfan femeniles danzas:
que vibre rayos para herir las sombras,
que escriba versos que parezcan lanzas.

Relampagueando la soberbia estrofa,
su surco deje de esplendente lumbre,
y el pantano de escándalo y de mofa
que no lo vea el águila en su cumbre.

Bravo soldado con su casco de oro
lance el dardo que quema y que desgarra,
que embista rudo como embiste el toro,
que clave firme, como el león, la garra.

Cante valiente y al cantar trabaje;
que ofrezca robles si se juzga monte;

que su idea en el mal rompa y desgaje
como en la selva virgen en bisonte.

Que lo que diga la inspirada boca
suene en el pueblo con palabra extraña;
ruido de oleaje al azotar la roca.
voz de caverna y soplo de montaña.

Deje Sansón de Dalila el regazo:
Dalila engaña y corta los cabellos.
No pierda el fuerte el rayo de su brazo
por ser esclavo de unos ojos bellos.

[1890]

SONETOS

CAUPOLICÁN

A Enrique Hernández Miyares.

Es algo formidable que vio la vieja raza:
robusto tronco de árbol al hombro de un campeón
salvaje y aguerrido, cuya fornida maza
blandiera el brazo de Hércules, o el brazo de Sansón.

Por casco sus cabellos, su pecho por coraza,
pudiera tal guerrero, de Arauco en la región,
lancero de los bosques, Nemrod que todo caza,
desjarretar un toro, o estrangular un león.

Anduvo, anduvo, anduvo. Le vio la luz del día,
le vio la tarde pálida, le vio la noche fría,
y siempre el tronco de árbol a cuestas del titán.

«¡El Toqui, el Toqui!», clama la conmovida casta.
Anduvo, anduvo, anduvo. La Aurora dijo: «Basta»,
e irguióse la alta frente del gran Caupolicán.

[1888]

VENUS

En la tranquila noche mis nostalgias amargas sufría.
En busca de quietud bajé al fresco y callado jardín.
En el oscuro cielo Venus bella temblando lucía,
como incrustado en ébano un dorado y divino jazmín.

A mi alma enamorada, una reina oriental parecía,
que esperaba a su amante bajo el techo de su camarín,

o que, llevada en hombros, la profunda extensión recorría,
triunfante y luminosa, recostada sobre un palanquín.

«¡Oh, reina rubia! —díjele—, mi alma quiere dejar su
[crisálida
y volar hacia ti, y tus labios de fuego besar;
y flotar en el nimbo que derrama un tu frente luz pálida.

y en siderales éxtasis no dejarte un momento de amar».
El aire de la noche refrescaba la atmósfera cálida.
Venus, desde el abismo, me miraba con triste mirar.

[1889]

DE INVIERNO

En invernales horas, mirad a Carolina.
Medio apelotonada, descansa en el sillón,
envuelta con su abrigo de marta cibelina
y no lejos del fuego que brilla en el salón.

El fino angora blanco junto a ella se reclina,
rozando con su hocico la falda de Alençón,
no lejos de las jarras de porcelana china
que medio oculta un biombo de seda del Japón.

Con sus sutiles filtros la invade un dulce sueño:
entro, sin hacer ruido; dejo mi abrigo gris;
voy a besar su rostro, rosado y halagüeño

como una rosa roja que fuera flor de lis.
Abre los ojos, mírame con su mirar risueño,
y en tanto cae la nieve del cielo de París.

[1889]

MEDALLONES

I

LECONTE DE LISLE

De las eternas musas el reino soberano
recorres, bajo un soplo de vasta inspiración,
como un rajah soberbio que en su elefante indiano
por sus dominios pasa de rudo viento al son.

Tú tienes en tu canto como ecos de Océano;
se ven en tu poesía la selva y el león;
salvaje luz irradia la lira que en tu mano
derrama su sonora, robusta vibración.

Tú del faquir conoces secretos y avatares;
a tu alma dio el Oriente misterios seculares,
visiones legendarias y espíritu oriental.

Tu verso está nutrido con savia de la tierra;
fulgor de Ramayanas tu viva estrofa encierra,
y cantas en la lengua del bosque colosal.

[1890]

II

CATULLE MENDÈS

Puede ajustarse al pecho coraza férrea y dura;
puede regir la lanza, la rienda del corcel;
sus músculos de atleta soportan la armadura...
pero él busca en las bocas rosadas, leche y miel.

Artista, hijo de Capua, que adora la hermosura,
la carne femenina prefiere su pincel;
y en el recinto oculto de tibia alcoba oscura
agrega mirto y rosas a su triunfal laurel.

Canta de los oaristis el delicioso instante,
los besos y el delirio de la mujer amante,
y en sus palabras tiene perfume, alma, color.

Su ave es la venusina, la tímida paloma.
Vencido hubiera en Grecia, vencido hubiera en Roma,
en todos los combates de arte o del amor.

[1890]

III

WALT WHITMAN

En su país de hierro vive el gran viejo,
bello como un patriarca, sereno y santo.
Tiene en la arruga olímpica de su entrecejo
algo que impera y vence con noble encanto.

Su alma del infinito parece espejo;
son sus cansados hombros dignos del manto;
y con arpa labrada de un roble añejo
como un profeta nuevo canta su canto.

Sacerdote, que alienta soplo divino,
anuncia en el futuro, tiempo mejor.
Dice el águila: «¡Vuela!»; «¡Boga!», al marino,

y «¡Trabaja!», al robusto trabajador.
¡Así va ese poeta por su camino
con su soberbio rostro de emperador!

[1890]

IV

J. J. PALMA

Ya de un corintio templo cincela una metopa,
ya de un morisco alcázar el capitel sutil,
ya, como Benvenuto, del oro de una copa
forma un joyel artístico, prodigio del burril.

Pinta las dulces Gracias, o la desnuda Europa,
en el pulido borde de un vaso de marfil,
o a Diana, diosa virgen de desceñida ropa,
con aire cinegético, o en grupo pastoril.

La musa que al poeta sus cánticos inspira
no lleva la vibrante trompeta de metal,
ni es la bacante loca que canta y que delira,

en el amor fogosa, y en el placer triunfal:
ella al cantor ofrece la septicorde lira,
o, rítmica y sonora, la flauta de cristal.

[1889]

V

SALVADOR DÍAZ MIRÓN

Tu cuarteto es cuadriga de águilas bravas
que aman las tempestades, los Océanos;
las pesadas tizonas, las férreas clavas,
son las armas forjadas para tus manos.

Tu idea tiene cráteres y vierte lavas;
del Arte, recorriendo montes y llanos,
van tus rudas estrofas, jamás esclavas,
como un tropel de búfalos americanos.

Lo que suena en tu lira lejos resuena,
como cuando habla el bóreas, o cuando truena.
¡Hijo del Nuevo Mundo! la humanidad

oiga, sobre la frente de las naciones,
la hímnica pompa lírica de tus canciones
que saludan triunfantes la Libertad.

[1890]

ESPAÑA
CONTEMPORÁNEA

EN EL MAR

3 de diciembre de 1898

El agua glauca del río se va quedando atrás y el barco entra al agua azul. Me encuentro trayendo a mi memoria reminiscencias de Childe Harold. Siento que estoy en casa propia: voy a España en una nave latina; a mi lado el *sí* suena. Sopla un aire grato que trae todavía el aliento de la Pampa, algo que sobre las olas conduce aún efluvios de esa grande y amada tierra argentina. Y mientras esta vida de a bordo que ha de prolongarse por largos días comienza, siento que vuelan sobre la arboladura del piróscafo enjambres de buenos augurios. De nuevo en marcha, y hacia el país maternal que el alma americana —americanoespañola— ha de saludar siempre con respeto, ha de querer con cariño hondo. Porque si ya no es la antigua poderosa, la dominadora imperial, amarla el doble; y si está herida, tender a ella mucho más. Los hombres cambian; hay estaciones para los pueblos, el espíritu vital de la raza puede enfriarse en nivoso; pero ¿floreal y fructidor no anuncian que la vida primaveral y copiosa ha de llegar, aun cuando en el campo se miren hoy las ramas sin hojas y la tierra cubierta del sudario? Así pienso en tanto se inicia a bordo una existencia de monotonía que conocéis bien los que habéis cruzado el océano. No os haré la clasificación de Sterne; pero, para un hombre de arte, en todo viaje hay algo de «sentimental». Las instantáneas se toman también al paso de los minutos, ya que hay un pequeño mundo humano en movimiento, en todo lugar en donde se reúnen dos personas. La máquina social en miniatura; un lindo laboratorio de psicología; ejemplares balzacianos si gustáis, al mover vuestros ojos de un punto a otro del círculo en que hacéis el obligatorio comercio de la conversación. Una reducción de la gran capital del Plata podría observarse, un Buenos Aires para escaparate: banqueros, comerciantes, artistas, periodistas, médicos, abogados, cómicos y bailarinas; y en todos la misma representación que en la vida ciudadana; los círculos, las «afinidades electivas», las simpatías; y una poliglocia que os obliga a entraros por todas las lenguas vivas, así corráis el riesgo de matarlas. Impera, naturalmente, la música del italiano. Después del crepúsculo, he ahí que estamos alrededor de una mesa, un argentino, un italiano, un suizo, un venezolano, un belga, un francés, un centroamericano, un oriental, un español...; no hay duda de que venimos de Buenos Aires. Y se habla del centro inmenso que ya queda allá lejos y no puedo dejar de recordar el apóstrofe admirable: «¡Nave del porvenir, cara nave argentina...!» Y como vamos sobre el mar, que nos ase el espíritu, surge en creación súbita ante mis ojos mentales la visión del soberbio navío continental, encendidos sus mil fuegos, al cielo su bosque de árboles, en cuyo más alto mástil flamea el pabellón del Sol; pujante la máquina ciclópea; en lo hondo la carga de riquezas, con rumbo hacia un imperio de paz y de bienandanza, a la hora de la aurora, para la gloria de la Humanidad.

14 de diciembre

Mientras el banquero belga conversa de finanzas con el explorador italiano, que es también un escritor, el médico suizo ha entablado una partida de *piquet* con el comerciante venezolano, y la profesora alemana ataca a Chopin. Le ataca correctamente, demasiado correctamente, pero Chopin acaba por triunfar de esa ejecución tudesca de institutriz. Chopin sobre las olas y en una suave hora nocturna; hace falta la luna; pero no importa, el canto mágico crea el *clair de lune* en la misma sustancia musical y el hombre propicio al ensueño puede fácilmente ejercer la amable función. Y no sé cómo, vengo a pensar en *ese individuo*. ¿Cuál? Voy a deciros. Hay allá entre los pasajeros de tercera clase, en ese montón de hombres que se aglomera como en un horrible panal, en la proa del barco, un prisionero. Es un criminal italiano que camina, por obra de la extradición, a cumplir con la condena de veintiún años de presidio que ha caído sobre él a causa de un asesinato. Logró escapar a las autoridades de Italia y vivió en Buenos Aires cinco años de honrada vida, a lo que parece. Alguien le descubrió en su incógnito, y la legación italiana pidió le fuera entregado el reo; el tratado tuvo cumplimiento y el asesino va hoy a que le pongan la cadena en su patria. Le he visto hosco, zahareño; su cara, una ilustración de un libro de Lombroso. Esquiva el trato, rehúye la mirada, y en la muchedumbre de sus compañeros de viaje, va libre y suelto. Estamos en alta mar; un incendio, un choque, un naufragio, podrían ocurrir, y ese presidiario tiene igual derecho que cualquiera de nosotros para salvar su existencia. Es la lógica del marino, y es hermosa. Hoy penetré en el ambiente infecto de ese rebaño humano que exigiría la fumigación. Era la hora de la siesta. Quienes dormían en los pasadizos o a pleno sol, quienes en círculos y grupos jugaban a las cartas, o a la lotería. Aislado por su voluntad, el condenado, cerca de la borda, miraba al mar. Procurando una especial diplomacia logré entrar en conversación con él; y a los pocos momentos ese rostro rudo se aviva, se excita. No, él no es culpable; ha matado en defensa propia; él no procurará evadirse; va a Italia contento, porque ya se volverá a abrir la causa y entonces se verá cómo va a brillar su inocencia. Los ojos convencidos, la palabra sale fácil, el gesto atornilla la palabra. Italiano y asesino, pienso yo: el amor de seguro anda por medio. Pero no; se trata de un vil asunto de intereses, de una miserable cuestión de *quattrini*. Y entonces siento en verdad que ese hombre es culpable, tristemente culpable. No ha sido la bella *vendetta* del que mata porque le roban la querida o le burlan con la esposa, o le manchan la hija o la hermana; es el asco del crimen que triplica su infamia. Pero ese desventurado, sin embargo, ha estado llevando, en un país lejano, una vida de labor y de honradez. En parte ha lavado su delito. Ha creído estar ya libre, y de pronto he aquí que la justicia le ase y le arrastra al presidio por el término de una existencia de hombre. Aquí va en libertad, pero la evasión sería la muerte. ¿Qué pasa por ese cerebro tosco? ¿Habrá llegado lo autosugestivo hasta hacer que esté convencido ese infeliz de que es inocente? Y luego vendrá el grillete, el número, el vivir de muerte de los penados; y si el tiempo le permite acabar su condena, saldrá el viejo de cabellos blancos, si no a la *morte civile* de su paisano Giacometti, a caminar dos duros pasos más en la libertad y caer en la tumba... La profesora alemana ha dejado a Chopin dormir sobre al atril.

19 de diciembre

Grado 0. Paso de la línea ecuatorial. Un mar estañado, cuya superficie invitaría a patinar en un giro infinito. El cielo pesa en la atmósfera caliente sobre el ondulado desierto. En soledad oceánica semejante, recuerdo el raro encuentro de un digno ejemplar yanqui. Era en 1892 y a bordo de un vapor de la Trasatlántica Española, en viaje de la Habana a Santander. Casi al paso de la línea, una mañana muy temprano, despertó a los pasajeros la noticia de que había náufragos a la vista. Nos vestimos apresuradamente y en un instante la cubierta estaba llena de ojos curiosos. Se sentía cierta emoción. ¿Quién no ha leído a Julio Verne? Yo, por mi parte, pensaba ya en una viva reproducción de Gericault: un *Radeau de la Méduse* animado y aterrorizador. Probablemente escenas de canibalismo; aspectos de espanto y de muerte: Tartarin-Pim, ¡Dios mío! El vapor aminoraba la marcha y ponía su proa al objeto de nuestras miradas: un barquichuelo que a alguna distancia se advertía, y en el cual, con ayuda del anteojo, podía notarse un hombre en pie. Pronto llegamos a acercarnos, y al detenerse el *steamer*, se oyó una voz que venía del barquichuelo y que decía en un inglés ladrante del Norte: «¿A qué grados estamos?» El capitán, conciso, contestó a la pregunta. Preguntó luego: «¿Náufragos?» El hombre desconocido escribió en un papel, colocó el escrito en una caja de sardinas y lanzó su proyectil: «Soy el capitán Andrews y voy solo, en este bote, por la misma ruta de Colón, al puerto de Palos, enviado por la casa del jabón Sapolio, de Nueva York. Ruego avisar por cable al llegar al continente, el punto en que se me ha encontrado.» «¿Necesita usted algo?» Por toda respuesta el hijo del tío Samuel nos bombardeó con dos tarros de *penmican* y otros dos de arvejas, y, poniendo su vela al viento, nos dejó, no sin el indispensable *all right*. Efectivamente, aquel curioso *commis voyageur* de la jabonería yanqui era el Colón de los Estados Unidos que iba a descubrir España...

El hormiguero de la proa se aglomera: ha advertido que tiene delante el ojo fotográfico. Un distinguido caballero, miembro de la Sociedad Fotográfica de Aficionados, de Buenos Aires, y el excelente comandante Buccelli, se ofrecen galantemente como operadores. Desde el momento en que se ha visto la máquina en el puente, cada cual «posa» a su manera; quien se encarama a los lugares dominantes, quien se acomoda la gorra, quien toma aires arrogantes, o falsos, o esquivos, o graciosos. Esa gente comprende que es objeto de curiosidad, y procura ser mejor en ese instante. La vieja piamontesa sienta y arregla en la falda al bambino; una muchacha pálida, de un bello tipo napolitano, se alisa con dos pases de peineta el cabello oscuro y copioso; un abyecto bausán hace un gesto obsceno, otro una mueca; éstos abajo, aquéllos en el centro, aquéllos arriba, forman su torre de carne humana iluminada de ojos de Italia. El fondo es el cielo lleno de luz difusa, sobre el cual se recortan las figuras agrupadas. Entre esas gentes van marineros, obreros, trabajadores que han estado en el Plata por algún tiempo, unos con su pequeña hucha llena, otros en situación idéntica a la que trajeron de inmigrantes; no han podido resistir el deseo de volver a mirar su musical y dulce tierra. Hay que observar cómo en ese *cafarnaúm* en que van confundidos como las cabezas en un barco conductor de ganado en pie, no les abandona su alegre numen latino. De noche, oís que a la claridad estelar brota de pronto un coro jubiloso, una barcarola, armoniosamente acordadas las voces; o una voz sola, impregnada de las ardientes gracias de Nápoles, de la amorosa melodía de Venecia, o que da al aire marino una de esas canciones de Sicilia que tienen tan buen perfume de antiguo vino griego. En el día, las mujeres que lavan sus trapos, los viejos aporreados por la vida, los mocetones de potentes puños, las testas diversas cubiertas de boinas, gorros o chambergos, los niños de grandes ojos y magníficas cabelleras, tienen siempre en la faz un rayo de sol que denuncia la floración inextinguible de la raza, la multiplicada marca del goce de la existencia que lleva todo el que nace en los países solares de otoños de oro e incomparables primaveras en triunfo.

Se procede a retratar al criminal. Desde que nos mira llegar, no cabe en sí de humor gris, y por los ojos se le sale el disgusto. Quiere ir a ocultarse, pero el comandante le prohíbe que se retire, y con modos amables le indica que no se pretende nada que sea en su contra; que, al contrario, se le va a hacer el regalo de su fotografía. El sujeto hace un mal signo, las miradas nos echan brasas, y los labios torcidos no dejan pasar de seguro, sordamente, bendiciones para los que vamos a perturbarle. Se sienta de pésima gana en una silla, ve a un lado y otro, saeteando con las pupilas, ya a derecha, ya a izquierda; parece que luchase porque no se le coja el pensamiento con la mirada; y dirigiéndose al comandante: «¿Para qué me están retratando ahora? Allá en Buenos Aires hicieron lo mismo. ¡De seguro para vender el retrato y sacar dinero!» Un momento se ha quedado en tranquilidad, fijo en una pasajera elegante que curiosea, y entonces la placa hace la figura, el gesto suspenso bajo el gorro de lana. Él se va a un punto aislado, saca su pipa, la llena, la enciende y echa una bocanada de humo sobre las olas.

21 de diciembre

Estamos a la vista de Las Palmas. Tierra española.

EN BARCELONA

1 de enero de 1898

Al amanecer de un día huraño y frío, luchando el alba y la bruma, el vapor anclaba en Barcelona. A la izquierda se alzaba recortada la altura de Montjuich; enfrente, en un fondo de oro matinal, el Tibidabo; y cerca, sobre su columna, Colón, la diestra hacia el mar. Como todavía no llegase el visitador y médico oficiales, se iban aglomerando alrededor del *steamer* las embarcaciones de fruteros y agentes de hotel, y entre nuestros pasajeros de tercera y la gente hormigueante de los botes se iniciaron diálogos vivos. De ellos así uno que gran cosa significa. Lástima es que no pueda darlo en catalán como lo oí, pues ganaría en hierro. De todos modos, la cosa es dura.

—¿Cómo te *va, noy?*

—Bien, como que vengo de América. ¿Qué de nuevo?

—¿Qué de nuevo? Lo mismo de siempre: miseria. Ayer llegaron repatriados. Los soldados parecen muertos. Castelar se está muriendo.

—¡Mira qué hermosa la estatua de Colón, al amanecer!

—¡... en *Deu!* Más valiera le hubiesen sacado los ojos a ese tal.

La palabra fue peor.

Ya en la claridad del día, las conversaciones se animan. Se mira una roja barretina; se pescan compras desde a bordo; al extremo de una vara van las naranjas y las manzanas; y en el día completo, con el pie derecho, piso el continente y la tierra de España.

Una hora después estoy en el hervor de la Rambla. Es esta ancha calle, como sabréis, de un pintoresco curioso y digno de nota, baraja social, revelador termómetro de una especial existencia ciudadana. En la larga vía van y vienen, rozándose, el sombrero de copa y la gorra obrera, el *smoking* y la blusa, la señorita y la menegilda. Entre el cauce de árboles donde chilla y charla un millón de gorriones, va el río humano, en un incontenido movimiento. A los lados están los puestos de flores variadas, de uvas, de naranjas, de dátiles frescos de África, de pájaros. Y florecida de caras frescas y lindas, la muchedumbre olea. Si vuestro espíritu se aguza, he ahí que se transparenta el alma urbana. Allí, al pasar, notáis algo nuevo, extraño, que se impone. Es un fermento que se denuncia inmediato y dominante. Fuera de la energía del alma catalana, fuera de ese tradicional orgullo duro de este país de conquistadores y menestrales, fuera de lo permanente, de lo histórico, triunfa un viento moderno que trae algo del porvenir; es la Social que está en el ambiente; es la imposición del fenómeno futuro que se deja ver; es el secreto a voces de la blusa y de la gorra, que todos saben, que todos sienten, que todos comprenden, y que en ninguna parte como aquí resalta de manera tan palpable en magnífico alto relieve. Que la ciudad condal, que estos hombres fuertes de antiguo, que tuvieron poetas en el Roussillon y duques de Atenas, que anduvieron en cosas de conquistas y guerras por las sendas del globo, y extendieron siempre su soberbia como una bandera; que esta tierra de trabajadores, de honradez artesana y de vanidad heroica, esté siempre en pie manifestando su musculatura y su empuje, no es extraño; y que el desnivel causante de la sorda amenaza que hoy va por el corazón de la tierra formando el terremoto de mañana, haya aquí provocado más que en parte alguna la actitud de las clases laboriosas que comprenden la aproximación de un universal cambio, no es sino hecho que se impone por su ley lógica; pero la ilustración del asunto vale por un libro de comentarios, y esa ilustración os la haré contándoos algo que vi al llegar en el café Colón. Es éste un lujoso y extenso establecimiento, a la manera de nuestra confitería del Águila, pero triplicado en extensión; la sala inmensa está cuajada de mesitas en donde se sirven diluvios de café; es un punto de reunión diaria y constante; pues en España, aun estando en Cataluña, la vida de café es notoria y llamativa; y en cada café andáis como entre un ópalo, pues estas gentes fuman como usinas, y el extranjero siente al entrar en los recintos la irritación de los ojos entre tanta humana fábrica de nicotina. ¿Quién sabe la influencia que los alcaloides del café y del tabaco han tenido en estas razas nerviosas, que por otra parte calientan luminosas y enérgicas llamas de sol y de vino?

Pues bien, estaba en el café Colón, y cerca de mí, en una de las mesitas, dos caballeros, probablemente hombres de negocios o industriales, elegantemente vestidos, conversaban con gran interés y atención, cuando llegó un trabajador con su traje típico y ese aire de grandeza que marca en los obreros de aquí un sello inconfundible; miró a un lado y otro, y como no hubiese mesas desocupadas cerca de allí, tomó una silla, se sentó a la misma mesa en que conversaban los caballeros y pidió, como lo hubiera hecho el mismo Wifredo el Velloso, su taza. Le fue servida, tomóla; pagó y fuese como había entrado, sin que los dos señores suspendiesen su conversación, ni se asombrasen de lo que en cualquier otra parte sería acción osada e impertinente. Por la Rambla va ese mismo obrero, y su paso y su gesto implican una posesión inaudita del más estupendo de los orgullos; el orgullo de una democracia llevada hasta el olvido de toda superioridad, a punto de que se diría que todos estos hombres de las fábricas tienen una corona de conde en el cerebro.

Como voy de paso apenas tengo tiempo de ir tomando mis apuntes. Observo que en todos aquí da la nota imperante, además de esa señaladísima demostración de independencia social, la de un regionalismo que no discute, una elevación y engrandecimiento del espíritu catalán sobre la nación entera, un deseo de que se consideren esas fuerzas y esas luces, aisladas del acervo común, solas en el grupo del reino, única y exclusivamente en Cataluña, de Cataluña y para Cataluña. No se queda tan solamente el ímpetu en la propaganda regional, se va más allá de un deseo contemporizador de autonomía, se llega hasta el más claro y convencido separatismo. Allí sospechamos algo de esto; pero aquí ello se toca, y nos hiere los ojos con su evidencia. Dan gran copia de razones y argumentos, desde que uno toca el tema, y no andan del todo alejados de la razón y de la justicia. He comparado, durante el corto tiempo que me ha tocado permanecer en Barcelona, juicios distintos y diversas maneras de pensar que van todos a un mismo fin en sus diferentes modos de exposición. He recibido la visita de un catedrático de la Universidad, persona eminente y de sabiduría y consejo; he hablado con ricos industriales, con artistas y con obreros. Pues os digo que en todos está el mismo convencimiento, que tratan de sí mismos como en casa y hogar aparte, que en el cuerpo de España constituyen una individualidad que pugna por desasirse del organismo a que pertenecen, por creerse sangre y elemento distinto en ese organismo, y quien con palabras doctas, quien con el idioma convincente de los números, quien violento y con una argumentación de dinamita, se encuentran en el punto en que se va a la proclamación de la unidad, independencia y soberanía de Cataluña, no ya en España sino fuera de España. Y como yo quisiese oponer uno que otro pensamiento al alud, en la conversación con uno de ellos, habló sencillo, en parábola y en verdad, con una elocuencia práctica irresistible: «Vea usted, somos como una familia. España es la gran familia compuesta de muchos miembros; éstos consumen, éstos son bocas que comen y estómagos que digieren. Y esta gran familia está sostenida por dos hermanos que trabajan. Estos dos hermanos son el catalán y el vasco. Por esto es que protestamos solamente nosotros; porque estamos cansados de ser los mantenedores de la vasta familia. Dos ciudades hay que tienen los brazos en movimiento para que coman los otros hermanos: Barcelona y Bilbao. Por eso en Barcelona y en Bilbao es donde usted notará mayor excitación por el ideal separatista; y catalanistas y bizkaitarras tienen razón. Debería comprender esto, debería haber comprendido hace mucho tiempo la agitación justa de nuestras blusas, la capa holgazana de Madrid.»

Y riente, alegre, bulliciosa, moderna, quizá un tanto afrancesada y por lo tanto graciosa, llena de elegancia, Barcelona sostiene lo que dice, y dice que habría hecho mucho más de lo que hoy nos asombra y nos encanta, si se lo hubiese permitido la tutela gubernativa, pues no puede abrir una plaza si no va la licencia de la Corte, y de la Corte van los ingenieros y los arquitectos y los empleados a agriar más la levadura; y así, a pasos, a pasos cortos, han adelantado, se han puesto los catalanes a la cabeza. ¿Qué habría hecho Cataluña autónoma, esta gran Cataluña a cuya faz maravillosa he creído contemplar bajo el azul, ya a la orilla de su bravo mar, ya en momentos crepusculares y apacibles, sobre los juegos de agua de su paseo favorito, en donde un simulacro divino rige armoniosamente una cuadriga de oro? Sano y robusto es este pueblo desde los siglos antiguos. Sus hijos son naturales y simples, llenos de la vivaz sangre que les da su tierra fecunda; sus mujeres, de firmes pechos opulentos, de ojos magníficos, de ricas cabelleras, de flancos potentes; el paisaje campestre, la costa, la luz, todo es de una excelencia homérica. Hay niños, hay hembras, hay campesinos, que se dirían destinados a uno de esos cuadros de Puvis de Chavannes en que florecen la vida y la gracia primitiva del mundo. Los talleres se pueblan, bullen; abejean en ellos las generaciones. Por las calles van la salud y la gallardía; y la fama de grandes pies que tienen las catalanas, no tengo tiempo de certificarla, pues la euritmia del edificio me aleja del examen de su base. La ciudad se agita. Por todos lugares la palpitación de un pulso, el signo de una animación. Las fábricas a las horas del reposo, vacían sus obreros y obreras. El obrero sabe leer, discute; habla de la RS, o sea, si gustáis, Revolución Social; otro mira más rojo, y parte derecho a la anarquía. No muestran temor ni empacho en cantar canciones anárquicas en sus reuniones, y sus oradores no tienen que envidiar nada a sus congéneres de París o de Italia. Ya recordaréis que se ha llegado aquí a la acción, y memorias sonoras y sangrientas hay de terribles atentados. Y eso que, en la fortaleza de Montjuich, parece que la Inquisición renovó en los interrogatorios, no hace mucho tiempo, los procedimientos torquemadescos de los viejos procesos religiosos. Así al menos lo demostró en la *Revue Blanche* y luego en un libro que tuvo un momento de resonancia, el escritor Tarrida del Mármol. La propaganda continúa, subterránea o a la luz del día, con todo y tener ojos avizores la justicia. Hace poco, en una fiesta industrial, en momentos en que llegaban amargas noticias de la guerra, ciertos trabajadores arrancaron de su asta una bandera de España y la sustituyeron por una bandera roja. Mientras esto pasa en la capa inferior, arriba y en la zona media, cada cual por su lado, se mueven los autonomistas, los francesistas y los separatistas. Los unos quieren que Cataluña recobre sus antiguos derechos y fueros, que no le fueron quitados sino al comenzar este siglo; los otros pretenden la anexión a Francia, yo no sé por qué, pues la centralización absoluta de allá les pondría, a lo mejor, en el mismo caso que el Poitou o la Provenza, y las reales relaciones y simpatías con el vecino francés no pasan de vagas y platónicas manifestaciones de felibres; una cigarra canta de este lado, otra contesta del otro: no creo que entre Mistral y Mossén Jacinto Verdaguer vayan a lograr mejor cosa. Los otros sueñan con una separación completa, con la constitución del Estado de Cataluña libre y solo. Claro es que, además de estas divisiones, existen los catalanes nacionales, o partidarios del régimen actual, de Cataluña en España; pero éstos son, naturalmente, los pocos, los favorecidos por el Gobierno, o los que con la organización de hoy logran ventajas o ganancias que de otra manera no existirían.

Entre tanto, trabajan. Ellos han erizado su tierra de chimeneas, han puesto por todas partes los corazones de las fábricas. Tienen buena mente y lengua, poetas y artistas de primer orden; pero están ricamente provistos de ingenieros e industriales.

No bien acabaron de pelear, al principio de la centuria, se pusieron a la obra productiva. En la labor estaban, y el clarín de don Carlos les perturbó de nuevo. Desde el año 1842 volvieron a la tarea, no sin bregar con la prohibición de Inglaterra que a la sazón impedía se exportasen sus máquinas: se logró que se revocase dicha prohibición y el dinero catalán cuajó sus fábricas de máquinas inglesas. He de volver a Cataluña, donde no he estado sino rápidamente, y he de estudiar esa existencia fabril que se desarrolla prodigiosa en focos como Reus, Mataró, Villanueva, y entre otros tantos, Sitges, donde tiene su morada el singular y grande artista que se llama Santiago Rusiñol.

El nombre de Rusiñol me conduce de modo necesario a hablaros del movimiento intelectual que ha seguido, paralelamente, al movimiento político y social. Esa evolución que se ha manifestado en el mundo en estos últimos años y que constituye lo que se dice propiamente el pensamiento «moderno» o nuevo, ha tenido aquí su aparición y su triunfo, más que en ningún otro punto de la Península, más que en Madrid mismo; y aunque se tache a los promotores de ese movimiento de industrialistas, catalanistas, o egoístas, es el caso que ellos, permaneciendo catalanes, son universales. La influencia de ese grupo se nota en Barcelona no solamente en los espíritus escogidos, sino también en las aplicaciones industriales, que van al pueblo, que enseñan objetivamente a la muchedumbre; las calles se ven en una primavera de carteles o *affiches* que alegran los ojos en su fiesta de líneas y colores; las revistas ilustradas pululan, hechas a maravilla: las impresiones igualan a las mejores de Alemania, Francia, Inglaterra o Estados Unidos, tanto en el libro común y barato como en la tipografía de arte y costo.

Cuando vuelva a Barcelona he de ver a Rusiñol en su retiro de Sitges, una especie de santuario de arte en donde vive ese gentil hombre intelectual digno de ser notado en el mundo. Entre tanto, sabed que Rusiñol es un altísimo espíritu, pintor, escritor, escultor, cuya vida ideológica es de lo más interesante y hermosa, y cuya existencia personal es en extremo simpática y digna de estudio. Su leonardismo rodea de una aureola gratamente visible su nombre y su obra. Es rico, fervoroso de arte, humano, profundamente humano. Es un traductor admirable de la naturaleza, cuyos mudos discursos interpreta y comenta en una prosa exquisita o potente, en cuentos o poemas de gracia y fuerza en que florece un singular diamante de individualidad. En este movimiento, como sucede en todas partes, los que se han quedado atrás, o callan, o apenas son oídos. Balaguer es ya del pasado, con su pesado fárrago: el padre Verdaguer apenas logra llamar la atención con su último libro de Jesús: vive al reflejo de la *Atlántida,* al rumor de *Canigó.* Guimerá, que trabaja al sol de hoy, va a Madrid a hacer diplomacia literaria, y los madrileños, que son «malignos», le dicen que conocen su juego, y que hay en el autor de *Tierra baja* un regionalista de más de la marca. Bellamente, noblemente, a la cabeza de la juventud, Rusiñol, que no escribe sino en catalán, pone en Cataluña una corriente de arte puro, de generosos ideales, de virtud y excelencia trascendentes. Por él se acaba de levantar al Greco una estatua en Sitges; por él los nuevos aprenden en ejemplo vivo que el ser artista no está en mimar una bohemia de cabellos largos y ropas descuidadas y consumir *bocks* de cerveza y litros de ajenjo en los cafés y cabarés, sino en practicar la religión de la Belleza y de la Verdad, creer, cristalizar la aspiración en la obra, dominar al mundo profano, demostrar con la producción propia la fe en un ideal; huir de los apoyos de la crítica oficial, tanto como de las camaraderías inconscientes, y juntar, en fin, la chispa divina a la nobleza humana del carácter.

Me dijeron que podía encontrar a Rusiñol en el café de los Quatre Gats. Allá fui. En una estrecha calle se advierte la curiosa arquitectura de la entrada de ese rincón artístico. Pasé una verja de bien trabajado hierro y me encontré en el famoso recinto con el no menos famoso Pere Romeu. Es éste el dueño o empresario principal del cabaré; alto, delgado, de larga melena, tipo del Barrio Latino parisiense, y cuya negra indumentaria se enflora con una prepotente corbata que trompetea sus agudos colores, no sé hasta qué punto *pour épater le bourgeois*. Pregunté por Rusiñol y se me dijo que estaba en su mansión de Sitges; por Pompeyo Gener, que acababa de llegar de París, y se me dijo que a ése no le buscase, pues solamente la casualidad podría hacer que le encontrara. Y como era día de marionetas, se me invitó a ver el espectáculo. Los Cuatro Gatos son algo así como un remedo del Chat Noir de París, con Pere Romeu por Salis, un Salis silencioso, un gentilhombre *cabaretier* que creo que es pintor de cierto fuste, pero que no se señala por su sonoridad. Amable, él fue quien me condujo a la salita de representación. En ella no cabrán más de cien personas; decóranla carteles, dibujos a la pluma, sepias, impresiones, apuntes y cuadros también completos, de los jóvenes y nuevos pintores barceloneses, sobresaliendo entre ellos los que llevan la firma del maestro Rusiñol. Los títeres son algo así como los que en un tiempo atrajeron la curiosidad de París con misterios de Bouchor, piececitas de Richepin y de otros. Para semejantes actores de madera compuso Maeterlinck sus más hermosos dramas de profundidad y de ensueño. Allí en los Cuatro Gatos no están mal manejados. Llegué cuando la representación estaba comenzada. En el local, casi lleno, resaltaba la nota graciosa de varias señoritas, intelectuales según se me dijo, pero que no eran ni Botticelli ni Aubrey Beardsley, ni el peinado ni el traje enarbolan lo *snob*.

Abundaban los tipos de artistas del Boul'Miche; jóvenes melenudos, corbatas mil ochocientos treinta, y otras corbatas. Los *bocks* circulaban, al chillar la vocecilla de los títeres. Naturalmente, los títeres de los Quatre Gats hablan en catalán, y apenas me pude dar cuenta de lo que se trataba en la escena. Era una pieza de argumento local, que debe de haber sido muy graciosa, cuando la gente reía tanto. Yo no pude entender sino que a uno de los personajes le llovían palos, como en Moliére; y que la milicia no estaba muy bien tratada. Las decoraciones son verdaderos cuadritos; y se ve que quienes han organizado el teatro diminuto lo han hecho con amor y cuidado. En el local suele haber además exposiciones, audiciones musicales y literarias y sombras chinescas. Ya veis que el alma de Rodolphe Salis se regocijaría en este reflejo. Al salir volví a ver a Pere Romeu, quien puso en mis manos un cartelito en que se anuncia su *coin* de artista, en gótica tipografía de antifonario o de misal antiguo, y en la cual se dice que «*Aital estada és hostal pels desganats, és escó ple de caliu pels que sentin l'anyorança de la llar, és museu pels que busquin lleminadures per l'ànima; és taverna y emparrat, pels que aimen l'ombra dels pàmpols, y de l'essència espremuda del raïm; es gòtica cerveseria, pels enamorats del Nort, y pati d'Andalusia, pels aimadors del migdia; és casa de curació pels malalts del nostre segle, y cau d'amistat y harmonia pels que entrian a aixoplugarse sota els pòrtics de la casa. No tindran penediment d'haver vingut, y sí recança si no venen.*» Ese cabaré es una de las muestras del estado intelectual de la capital catalana, y el observador tiene mucho en donde echar la sonda. Desde luego sé ya que en Madrid me encontraré en otra atmósfera, que si aquí existe un afrancesamiento que detona, ello ha entrado por una ventana abierta a la luz universal, lo cual, sin duda alguna, vale más que encerrarse entre cuatro muros y vivir del olor de cosas viejas. Un Rusiñol es floración que significa el triunfo de la vida moderna y la promesa del futuro en un país en donde sociológica y mentalmente se ejerce y cultiva ese don que da siempre la victoria: la fuerza.

Ocasión habrá de hablaros de la obra de Rusiñol y los artistas que le siguen, cuando torne a Barcelona a sentir mejor y más largamente las palpitaciones de ese pueblo robusto.

He llegado a Madrid y próximamente tendréis mis impresiones de la Corte.

MADRID

Con el año entré en Madrid; después de algunos de ausencia vuelvo a ver el «castillo famoso». Poco es el cambio, al primer vistazo; y lo único que no ha dejado de sorprenderme al pasar por la típica Puerta del Sol, es ver cortar el río de capas, el oleaje de características figuras, en el ombligo de la Villa y Corte, un tranvía eléctrico. Al llegar advertí el mismo ambiente ciudadano de siempre; Madrid es invariable en su espíritu, hoy como ayer, y aquellas caricaturas verbales con que don Francisco de Quevedo significaba a las gentes madrileñas serían, con corta diferencia, aplicables en esta sazón. Desde luego, el buen humor tradicional de nuestros abuelos se denuncia inamovible por todas partes. El país da la bienvenida. Estamos en lo pleno del invierno y el sol halaga benévolo en un azul de lujo. En la Corte anda esparcida una de los milagros; los mendigos, desde que salto del tren, me asaltan bajo cien aspectos; resuena de nuevo en mis oídos la palabra «señorito»; don César de Bazán me mide de una ojeada desde la esquina cercana; el cochero me dice: «¡Pues, hombre...!», dos pesetas, y mi baúl pasa sin registro; con el pañuelo que le cubre la cabeza, atadas las puntas bajo la barba, ceñido el mantón de lana, a garboso paso, va la mujer popular, la sucesora de Paca *la Salada*, de Geroma *la Castañera*, de María *la Ribeteadora*, de Pepa *la Naranjera*, de todas aquellas desaparecidas manolas que alcanzaron a ser dibujadas a través de los finos espejuelos del *Curioso Parlante;* una carreta tirada por bueyes como en tiempo de Wamba, va entre los carruajes elegantes por una calle céntrica; los carteles anuncian con letras vistosas *La Chavala* y *El Baile de Luis Alonso;* los cafés llenos de humo rebosan de desocupados, entre hermosos tipos de hombres y mujeres, las jetas de Cilla, los monigotes de Xaudaró se presentan a cada instante; Sagasta Olímpico está enfermo, Castelar está enfermo; España ya sabéis en qué estado de salud se encuentra; y todo el mundo, con el mundo al hombro o en el bolsillo, se divierte: ¡Viva mi España!

Acaba de suceder el más espantoso de los desastres; pocos días han pasado desde que en París se firmó el tratado humillante en que la mandíbula del yanqui quedó por el momento satisfecha después del bocado estupendo: pues aquí podría decirse que la caída no tuviera resonancia. Usada como una vieja «perra chica» está la frase de Shakespeare sobre el olor de Dinamarca, si no, que sería el momento de gastarla. Hay en la atmósfera una exhalación de organismo descompuesto. He buscado en el horizonte español las cimas que dejara no hace mucho tiempo, en todas las manifestaciones del alma nacional: Cánovas muerto; Ruiz Zorrilla muerto; Castelar desilusionado y enfermo; Valera ciego; Campoamor mudo; Menéndez Pelayo... No está por cierto España para literaturas, amputada, doliente, vencida; pero los políticos del día parece que para nada se diesen cuenta del menoscabo sufrido, y agotan sus energías en chicanas interiores, en batallas de grupos aislados, en asuntos parciales de partidos, sin preocuparse de la suerte común, sin buscar el remedio al daño general, a las heridas en carne de la nación. No se sabe lo que puede venir. La hermana Ana no divisa nada desde la torre. Mas en medio de estos nublados se oye un rumor extraño y vago que algo anuncia. Ni se cree que florezcan las boinas de don Carlos, y los republicanos que fueran esperanza de muchos, en escisiones dentro de su organización misma, casi no alientan. Entre tanto van llegando a los puertos de la patria los infelices soldados de Cuba y Filipinas. Quienes a morir como uno que —parece caso escrito en la Biblia— fue a su pueblo natal ya moribundo, y como era de noche sus padres no le abrieron su casa por no reconocerle la voz, y al día siguiente le encontraron junto al quicio, muerto; otros no alcanzan la tierra y son echados al mar, y los que llegan andan a semejanza de sombras; parecen, por cara y cuerpo, cadáveres. Y el madroño está florido y a su sombra se ríe y se bebe y se canta, y el oso danza sus pasos cerca de la casa de Trimalción. A Petronio no le veo. He pensado a veces en un senado macabro de las antiguas testas coronadas, como en el poema de Núñez de Arce, bajo la techumbre del monasterio:

> *Que alzó Felipe Segundo*
> *Para admiración del mundo*
> *Y ostentación de su imperio.*

¿Cómo hablarían ante el espectáculo de las amarguras actuales los grandes reyes de antaño, cómo el soberbio Emperador, cómo los Felipes, cómo los Carlos y los Alfonsos? Así cual ellos el imperio hecho polvo, las fuerzas agotadas, el esplendor opaco; la corona que sostuvieron tantas macizas cabezas, así fuesen las sacudidas por terribles neurosis, quizá próxima a caer de la frente de un niño débil, de infancia entristecida y apocada; y la buena austríaca, la pobre madre real en su hermoso oficio de sustentar al reyecito contra los amagos de la suerte, contra la enfermedad, contra las oscuridades de lo porvenir; y que está pálida, delgada, y en su majestad gentilicia el orgullo porfirogénito tiene como una vaga y melancólica aureola de resignación.

El mal vino de arriba. No dejaron semillas los árboles robustos del gran cardenal, del fuerte duque, de los viejos caballeros férreos que hicieron mantenerse firme en las sienes de España la diadema de ciudades. Los estadistas de hoy, los directores de la vida del reino, pierden las conquistas pasadas, dejan arrebatarse los territorios por miles de kilómetros y los súbditos por millones. Ellos son los que han encanijado al León simbólico de antes; ellos los que han influido en el estado de indigencia moral en que el espíritu público se encuentra; los que han preparado, por desidia o malicia, el terreno falso de los negocios coloniales, por lo cual no podía venir en el momento de la rapiña anglosajona sino la más inequívoca y formidable *débâcle*. Unos a otros se echan la culpa, mas ella es de todos. Ahora es el tiempo de buscar soluciones, de ver cómo se pone al país siquiera en una progresiva convalecencia; pero todo hasta hoy no pasa de la palabrería sonora propia de la raza, y cada cual profetiza, discurre y arregla el país a su manera. En palacio, ya que no Cisneros o Richelieu, falta siquiera el Dubois que prepare para Alfonso XIII lo que el francés para Luis XV, niño y débil: la política interior en caso de vida, la política exterior en caso de muerte. Cánovas no fue purpurado, en la Monarquía de S. M. Católica, pero quizá era el único, a pesar de sus defectos, que tuviese buena vista en sus ojos miopes, buena palabra de salvación o de guía en su lengua andaluza; mas de los horrores inquisitoriales de Montjuich salió el rayo rojo para él.

Entre las cabezas dirigentes hay quienes reconocen y proclaman en alta voz que la causa principal de tanta decadencia y de tanta ruina estriba en el atraso general del pueblo español; reconocen que no se ha hecho nada por salir de la secular muralla que ha deformado el cuerpo nacional como el cántaro chino el de un enano; y si se ha dejado enmohecer la literatura, si ha habido estancamiento y retroceso en el profesorado, a punto de que de las célebres Universidades lo que brilla como una joya antigua es el nombre; fuera de pocas excepciones para el juicio público, el oráculo de la ciencia se encierra en urnas como el comodín periodístico del señor Echegaray, el teatro que llaman chico atrae a las gentes con la representación de la vida chulesca y desastrada de los barrios bajos, mientras en el Clásico Español, en las noches en que he asistido, María Guerrero representaba ante concurrencia escasísima, y eso que el paseo por Europa y sobre todo el beso de París, le han puesto un brillo nuevo en sus laureles de oro; la nobleza... La otra noche, en un café-concierto que se ha abierto recientemente y con un éxito que no se sospechaba, me han señalado en un palco a gastados y envanecidos grandes de España que se entretenían con la Rosario Guerrero, esa bailarina linda que ha regocijado a París después de la Bella Otero; soy frecuentador de nuestro Casino de Buenos Aires y no me precio de pacato; pero el espectáculo de esos alegres marqueses de Windsor, aficionados tan vistosamente a suripantas y señoritas locas de su cuerpo, me pareció propio para evocar un parlamento de Ruy Gómez de Silva, delante de los retratos, en bravos alejandrinos de Hugo, o una incisión gráfica de Forain con sus incomparables pimientas de filosofía. En lo intelectual, he dicho ya que las figuras que antes se imponían están decaídas, o a punto de desaparecer, y en la generación que se levanta, fuera de un soplo que se siente venir de fuera y que entra por la ventana que se han atrevido a abrir en el castillo feudal unos pocos valerosos, no hay sino la literatura de mesa de café, la mordida al compañero, el anhelo de la peseta del teatro por horas, o de la colaboración en tales o cuales hojas que pagan regularmente; una producción enclenque y falsa, desconocimiento del progreso mental del mundo, iconoclasticismo infundado o ingenuidad increíble, subsistente fe en viejos y deshechos fetiches. Gracias a que escritores señaladísimos hacen lo que pueden para transfundir una sangre nueva, exponiéndose al fracaso, gracias a eso puede tenerse alguna esperanza en un próximo cambio favorable. Mal o bien, por obra de nuestro cosmopolitismo, y, digámoslo, por la audacia de los que hemos perseverado, se ha logrado en el pensamiento de América una transformación que ha producido, entre mucha broza, verdaderos oros finos, y la senda está abierta; aquí hasta ahora se empieza, y se empieza bien: no faltan almas sinceras, bocas osadas que digan la verdad, que demuestren lo pálida que está en las venas patrióticas la sangre en que se juntaran, como diría Barbey, la azul del godo con la negra del moro; quienes llevan al teatro de las gastadas declamaciones el cuadro real demostrativo de la decadencia; quienes quieren abrir los ojos al pueblo para enseñarle que la Tizona de Rodrigo de

Vivar no corta ya más que el vacío y que dentro de las viejas armaduras no cabe hoy más que el aire.

Ahora uno que otro habla de regenerar el país por la agricultura, de mejorar las industrias, de buscar mercados a los vinos con motivo del tratado último franco-italiano, y hay quienes se acuerdan de que existimos unos cuantos millones de hombres de lengua castellana y de raza española en ese continente. Por cierto, la industria pecuaria, dicen, debe ser protegida. ¿Y la agricultura? Ya en la Instrucción de 30 de noviembre de 1883 se señalaban causas locales del atraso agrícola de España, como la intervención de la autoridad municipal en señalar la época de las vendimias, o la de la recolección de los frutos o esquilmos; la libertad de que en los rastrojos de uno pazcan los ganados de todos; los privilegios que no admiten al consumo de una ciudad más que los vinos que produce su término; los que no permiten entrar una carga de comestibles en un pueblo sin que se extraiga otra de los productos de su agricultura o de su industria, y otras mil anomalías; poco se ha adelantado desde entonces, y lo que os dará una idea del estado de estas campañas en lo relativo a agronomía, es que sepáis que las máquinas modernas son casi por completo desconocidas; que la siega se hace primitivamente con hoces, y la trilla por las patas del ganado; ¿qué pensarán de eso en la Argentina, donde nos damos el lujo de tener a lo yanqui un Rey del Trigo? Se trata ahora de la creación de un Ministerio de Agricultura; de instruir al campesino, que como sabéis, ha permanecido hasta ahora impermeable a toda noción; pero ya se ha hablado, a propósito de la enseñanza agrícola, de aumentar, Dios mío, el número de los doctores: ¡hacer doctores en agricultura!

Hay felizmente quien en oportunidad ha combatido el plan de los *dómines agrícolas* y señalado un proyecto en que quedarían bien organizadas las escuelas para capataces, peritos agrícolas e ingenieros agrónomos, estudios prácticos, de utilidad y aplicación inmediata, sin borla ni capelo salamanquino. Las campañas están despobladas, y podrían, si hubiese hombres de empresa y de buen cálculo, repoblarlas; para hacerlo la misma República Argentina estaría llamada a ser la proveedora de cabezas; las praderas andaluzas son excelentes para el engorde, y nuevas fuentes de negocios estarían abiertas para las actividades que a ello se dedicasen en la Península. Así habría que entrar en arreglos especiales por las restricciones que existen en las leyes. Mucho podría ser el comercio hispano-argentino, y al objeto, según tengo entendido, no ha cesado de trabajar el señor ministro Quesada. Aquí podrían venir las carnes argentinas, ya que no en la común forma del tasajo, conservadas por los muchos procedimientos hoy en uso; y la mayoría de este pueblo que tiene casi como base principal de alimentación el bacalao, que importa de Suecia y Noruega, comería carne sana y nutritiva. Luego sería cuestión de ver si se adaptaba para el consumo del ejército y marina. Por lo pronto, la Sociedad Rural de Buenos Aires podría hacer el ensayo, enviando en limitadas cantidades la carne conservada, y por los resultados que se obtuvieran, se procedería en lo de adelante. España enviaría sus lienzos, sus sederías, sus demás productos que allí tendrían colocación; no habría en ningún viaje el inconveniente del falso flete. Estas apuntaciones pueden ser estudiadas detalladamente por aquellos a quienes corresponde la tarea. Tales formas de relación entre España y América serán seguramente más provechosas, duraderas y fundamentales que las mutuas zalemas pasadas de un iberoamericanismo de miembros correspondientes de la Academia, de ministros que *taquinan* la musa, de poetas que «piden» la lira.

Nótase ahora una tendencia a conocer, siquiera lo americano nuestro —lo del Norte, ¡ay!, ¡lo tienen ya bien conocido!—, y no hace muchos días, con motivo de un banquete a escritores y artistas ofrecido por el representante de Bolivia señor Ascarrunz, hubo declaraciones de parte de ciertos intelectuales, que son de tenerse muy en cuenta. «En cualquier otro momento —decía un escritor de los más diamantinos y pensadores, he nombrado a Julio Burell—, en cualquier otro momento la galantería del señor Ascarrunz habría sido digna de hidalga gratitud, pero en fin, numerosas han sido las fiestas hispanoamericanas a cuyo término apenas si ha quedado otra cosa que un poco de dulzor en la boca y otro poco de retórica en el aire; después, americanos y españoles han permanecido en sus desconfiadas soledades, colocados en actitud y con mirada recelosa, cada cual a un lado del gran abismo de la historia...» Y más adelante: «No, la guerra no levantará ya entre España y América española sus fieras voces de muerte; lo que estaba escrito, escrito queda. Rebuscadores de la Historia, curiosos y eruditos, podrán volver la mirada hacia los negros días de lucha; pero las almas que tienen alas, las almas que tienen luz, los hombres confesados a un ideal de paz y de amor, no descenderán al antro sombrío; volarán más alto y bañarán su espíritu en la claridad de una nueva aurora...» Todo esto se pudo decir hace mucho tiempo; se pudo hace mucho tiempo combatir el alejamiento de la madre patria del coro de las dieciséis repúblicas hermanas; pero no se hizo, ni se paró mientes en ello.

Antes al contrario, apartando a un grupo escasísimo de hombres como Valera y Castelar, se nos procuró ignorar lo más posible, y como lo he demostrado en *La Nación,* de Buenos Aires, y en la *Revue Blanche,* de París, la culpa no fue del tiempo esta vez, sino de España. Glórianse los ingleses de los triunfos conseguidos por la República Norteamericana, hechura y flor colosal de su raza: España no se ha tomado hasta hoy el trabajo de tomar en cuenta nuestros adelantos, nuestras conquistas, que a otras naciones extranjeras han atraído atención cuidadosa y de ellas han sacado provecho. En las mismas relaciones intelectuales ha habido siempre un desconocimiento desastroso. Los escritores que entre nosotros valen se han cuidado poco del juicio de España, y con raras excepciones no han enviado jamás sus libros a los críticos y hombres de letras peninsulares; en cambio, nuestras docenas de mediocres, nuestros vates de amojamados pegasos, nuestros prosistas imposibles, han sido pródigos de sus partos; de aquí que, en parte, se justifiquen los *Clarines* y Valbuenas de tiempos recién pasados. Más; en las mismas redacciones de los diarios en que se dedica una columna a la tentativa inocente de cualquier imberbe Garcilaso, no se escribe una noticia por criterio competente de obras americanas que en París o en Londres o en Roma son juzgadas por autoridades universales. Concretando un caso, diré que la Legación Argentina se ha cansado de enviar las mejores y más serias producciones de nuestra vida mental, de las cuales no se ha hecho jamás el menor juicio. Cierto es que, fuera de lo que se produce en España —con las excepciones, es natural, de siempre, pues existen un Altamira, un Menéndez y Pelayo, un Clarín, este amable cosmopolita de Benavente—, fuera de lo que se produce en España, todo es desconocido.

Antes de concluir estas líneas debo declarar que no creo sea yo sospechoso de falto de afectos a España. He probado mis simpatías, de manera que no admite el caso discusión. Pero por lo mismo no he de engañar a los españoles de América y a todos los que me lean. *La Nación* me ha enviado a Madrid a que diga la verdad, y no he de decir sino lo que en realidad observe y sienta. Por eso me informo por todas partes; por eso voy a todos lugares y paso una noche del «saloncillo» del Español a las reuniones semibarriolatinescas de Fornos; en un mismo día he visto a un académico, a un militar llegado de Filipinas, a un actor, a Luis Taboada y a un torero. Y anoche, a última hora, he ido del Real al Music-hall, y mis interlocutores han sido: el joven conde de O'Relly, Icaza, el diplomático escritor, Pepe Sabater, Pinedo y un joven *reporter...* Ya veis que estoy en mi Madrid.

¡Buenos Aires! Hay que mirarlo de lejos para apreciarlo mejor. Aquí está la obra de los siglos y el encanto de un país de sol, amor y vino; París es París; las grandes capitales europeas nos atraen y nos encantan, pero...

J'aime mieux ma mie, ô gué!

LA LEGACIÓN ARGENTINA.
EN CASA DE CASTELAR

10 de enero

La legación argentina está situada en un elegante hotel de la calle Alcalá Galiano, número seis. Es en el barrio aristocrático de la Corte, el *faubourg* Saint-Germain de Madrid. Allí concurrí anoche, por amable invitación del ministro Quesada, que había quedado en presentarme a algunos «representativos» de la vida social e intelectual madrileña: en el arte, Moreno Carbonero; en el periodismo, el marqués de Valdeiglesias; estos dos me interesaban en gran manera. Fueron puntuales. Es el primero un tipo nervioso, delgado, de mirada inteligente, no revela al artista desde luego, pero cuando habéis hablado con él las iniciales palabras, la chispa ha saltado, iluminando, bajo un bigote fino y negro, una sonrisa *bon enfant*. El segundo, de pequeña estatura, rubio, calvo, comunicativo, meridional; de seguida se manifiesta el *clubman*, el mundano, el infaltable a las fiestas y reuniones de la aristocracia, el título *reporter*, que hace en su diario, *La Época*, lo que el príncipe de Sagan hacía en un tiempo en *Le Figaro*. *La Nación* estaba representada dos veces, pues a mi derecha, en la mesa de la casa argentina, tenía yo al estimado compañero Ladevese. Pocos momentos después, y ya la conversación versaba sobre nuestra prensa y la española. Reconocía el marqués la inferioridad informativa, por ejemplo, de los diarios peninsulares, y explicaba cómo en España interesaba poco a la generalidad lo que sucede fuera de los términos de la tierra propia. No se sigue, como entre nosotros, el movimiento de los sucesos del mundo; del asunto Dreyfus, de lo que hay ahora de más sonoro en el periodismo universal, se publican unas pocas líneas telegráficas. Naturalmente, el interés público, en tiempo de la guerra, hizo aumentar la vida de los diarios, y la información tuvo su preferencia; telegrama recibió *El Imparcial*, o *El Liberal*, que costó diez mil francos. Mi bonaerensismo se manifiesta; hago un rápido croquis del desarrollo y fuerza de *La Nación,* comento el *Diario,* etcétera. Y a propósito de corresponsales, se protesta por una carta que publica *La Época* del suyo de Buenos Aires, en que se dice, entre otras cosas, que todos andamos con el revólver en el bolsillo, y que no vayan más españoles a la República Argentina, pues son repetidos con frecuencia los casos en que hay que levantar suscripciones en la colonia para poder repatriar a los numerosos compatriotas que allá se mueren de hambre. De esos náufragos hay en todas partes; y no hay duda de que aquel periodista exagera.

El actual marqués de Valdeiglesias ha recibido *La Época* de manos de su padre, cuyo tacto y largas vistas en asuntos periodísticos demuéstranse no solamente en la propia hoja sustentada por él, sino en la antigua *Correspondencia* de Santa Ana. *La Correspondencia* de hoy ha perdido su antiguo carácter; *gorro de dormir,* pertenece al pasado. *La Época* es en Madrid una especie de *Temps,* el periódico serio, asentado, autorizado; con su poco de *Figaro* por el mundanismo y el cuidado de la forma, con la particularidad, digna de elogio, de que demuestra cierta preferencia por lo intelectual. Es un diario gran-señor; no se vende por las calles, y si los demás cuestan cinco céntimos, número suelto, y una peseta la suscripción por mes, *La Época* vale cuatro pesetas suscripción mensual y quince céntimos número suelto. Claro es que el tiraje es relativamente reducido. No hay que buscar, por otros puntos, comparación con nuestros grandes matinales.

Valdeiglesias es un hombre encantador, su distinción no excluye la abierta gentileza; habla de todo, y sobre todo de arte y vida social, con una volubilidad y amenidad que hacen de él un conversador deseable. Desde luego, se me ofrece como cicerone en mis «viajes alrededor y al centro de Madrid». En un momento me interesa en las colecciones artísticas y de alto mérito histórico que posee el conde de Valencia de Don Juan; me habla de los autores de la nobleza, bibliófilos, conocedores de arte y *sportmen, casi* por completo desconocidos en el público, escritores de libros que circulan en ediciones cortísimas y para especialistas; y a propósito de la obra reciente de *Monte-Cristo* sobre los salones de Madrid, diserta de entusiástica manera sobre el movimiento social de esta Corte, que es indiscutiblemente una de las que tienen para sus mantenedores del gran mundo y para sus huéspedes, singulares atractivos y goces de lo que se puede llamar la estética de la existencia, en un país en donde, aun en el duelo, parece que siempre se escuchara como un canto a lo grato del mundo. El marqués cuando habla parece que dictase uno de sus artículos amenos y discretos, de una verba correcta; y ya pasemos a hablar de lo mucho que él ha trabajado y piensa trabajar para favorecer, después de un ensayo de aplicación que él costearía, la introducción de las carnes argentinas en España o trate de una reciente publicación sobre esgrima antigua hecha por un título de Castilla o detalle las reuniones femeninas, famosas, por vida mía, en Madrid, de nuestra legación, en donde, hermosa y ricamente, el doctor Quesada sabe recibir a la flor de la Corte, con bríos y humor que mantiene su vejez fresca y firme, una vejez a lo Juan Valera —y a lo doctor Quintana—; Valdeiglesias siempre encarna el periodista, es el polílogo vario y chispeante.

Luego, Moreno Carbonero. Estaban conversando con el novelista y diplomático Ocantos, secretario de la legación como sabéis; y a propósito de un decir del ministro sobre una cabeza que un inglés encontrara en España y se atribuye hoy a Miguel Ángel o a Donatello... —desde luego dos maneras tan distintas, dos espíritus de arte tan diversos— oigo, pues, a Moreno Carbonero que dice: «Yo por mi parte prefiero, entre Miguel Ángel y Donatello, a Donatello.» Parecióme muy simpáticamente desenvainada aquella opinión por un maestro que, a pesar de su gran talento, es lo que se llama un «normal»; pero luego caí de mi ascensión, pues a propósito de la pintura «moderna» y por traer nosotros el recuerdo del insigne catalán Rusiñol, manifestó que ese arte —y decía esto después de inclinarse delante del talento del catalán—, que ese arte —el del mejor Rusiñol, el Rusiñol libre y poeta— era solamente bueno para el industrialismo del cartel; algo así como la brocha gorda de los telones teatrales, para ser visto de lejos... Y yo pensaba, aun deteniéndome únicamente en el *affiche,* que en uno de Chéret, de Mucha, del Admirable Grasset, del mismo Rusiñol, hay más arte de artista que en muchas telas de canónicos medallados. Es, por cierto, uno de los mayores pintores de la España de hoy Moreno Carbonero, y me explico perfectísimamente la razón de su manera de mirar el contemporáneo arte «intelectual». Él respira su ambiente; ha vivido en París y ha pasado los años indispensables de Italia; pero queda en él el meridional absoluto, o mejor, el español inconmovible. Y esto por otra parte puede ser o será una gran virtud. Ya sabéis, con todo, que es un idealista al ser nacional; su amor por el *Quijote* es conocido, y el último cuadro suyo que he visto representa la aventura del caballero de la Mancha con los carneros. Picarescamente, esa noche, un respetable amigo suyo calificó ese cuadro como un símbolo... De lo cual resultaría, por esta vez, Moreno Carbonero simbolista *malgré lui.* Ahora prepara otro cuadro cuyo tema está extraído de la enorme usina quijotesca; y nos decía que andaba en busca de un tipo campesino que tuviese la figura del Sancho que él se imagina; y que creía haberla encontrado en un bauzán manchego que había visto, como para ser reconocido por Teresa, Sanchica y el rucio.

Recorremos la casa. Desde luego llama el ojo la buena cantidad y calidad de viejos tapices en los salones principales, y de los salones, el amarillo, para el que se ha escogido con sabio gusto esa antigua y rica tela española que impone su aristocracia arcaica a las imitaciones chillonas y estofas advenedizas. Por cierto punto la legación es un pequeño y valioso museo, pues fuera de tapicería y chirimbolos está lo preferido y mejor entre todo, las tallas, esas obras admirables de la famosa talla española que hoy se podría llamar un arte olvidado; pues la que ahora se hace no admite ni un lejano término de comparación con la labor perfecta, aun en la misma tosquedad de lo primitivo, que antaño se acostumbraba. Aquellos maestros perdidos en el tiempo no han vuelto a encarnarse, y los escultores de hoy —con rarísimas excepciones, como ese incomparable Bistolfi, de Italia, y algunos pocos franceses— desdeñan en todas partes, no sé por qué, la madera, que para ciertas cosas supera infinitamente a la piedra o el bronce. Y ante un trabajo de algún desconocido Berruguete... «Vea usted, ¿se puede realizar esto en mármol...?», Moreno Carbonero se ocupa actualmente en hacer el catálogo de las colecciones artísticas del ministro argentino, y una vez concluida la obra, debe resultar por muchos motivos interesante.

¿Y el arte? Y el arte, ¿cómo va en España?

Pues si algo ha quedado sosteniendo la tradición diamantina del arte español es la pintura. Allí Artal ha dado a conocer reflejos de la hoguera subsistente. Hay pintores, hay grandes pintores. En el Museo de Arte Moderno, del que ya os hablaré, he tenido nobles impresiones, como las que tuve en la iglesia de San Francisco el Grande. La escuela española contemporánea, de la cual Buenos Aires posee algunas valiosas muestras —y ya que hablamos de Moreno Carbonero, un cuadro de este pintor que, según me dijo él mismo, es de los que más quieren entre los suyos y fue adquirido por el doctor del Valle—, la escuela española contemporánea tiene justa fama, representada por sus firmas principales, en toda Europa; y algunos pintores españoles hay, de fuerza y valía, que cabalmente en Europa son más conocidos que en España, como me lo decía un artista. Por ejemplo, Baldomero Galofre que, fuera de su ya larga labor, logrará un bello triunfo si realiza conforme con el plan que conozco su vasto poema pictórico *España*. Roma detiene a varios maestros de luz españoles, de los cuales conocéis más de un cuadro cuajado de sol; París lo propio, desde tiempos de los Fortuny y los Madrazos. No he averiguado aún los detalles de la salida de la producción, de los encargos, de la parte comercial del asunto. Pero desde luego os aseguro que en este inmenso imperio del color no se agotará jamás la llama artística; y desde Plasencia o Moreno Carbonero hasta el último pintaplatos que os fastidiará en el café sirviéndoos la marina o el bodegón como un par de salchichas, todos tienen en la pupila un don solar que se proclama a cada instante.

«¿Y el arte en Buenos Aires?» Digo lo que puedo, alabo los esfuerzos del director del museo, cito tres o cuatro nombres y me salvo.

Luego he estado en casa de Castelar. Ya convalece de su enfermedad última, en la que llegó momento en que se creyera lo llevase a la muerte. Fuimos tres los que en el momento de la entrevista estuvimos presentes. Uno, su amigo el banquero Calzado, que hace tanto tiempo reside en París, y cuya intimidad con el orador data de larga fecha. Otro, el ministro de Bolivia. Desde mi llegada cumplí con informarme en nombre de *La Nación* y propio del estado del antiguo e ilustre colaborador. Sus primeras palabras, al verme, fueron: «¡Oh, qué diferencia del 92, cuando usted me vio por última vez!» En efecto. Recordarán mis lectores en este diario aquella carta color de rosa que escribí hace siete años con motivo de un almuerzo que Castelar me ofreciera en su misma casa de hoy, en la calle de Serrano. Aquel Castelar brillaba aún en la madurez lozana de una vida que apenas demostraba cansancio, aun cuando en la cúpula había nevado ya bastante. El orador todavía se afirmaba sobre los estribos de su pegaso. Los ojos chispeaban vivos en la cara sonrosada; el gesto adornaba la frase elocuente; la potencia tribunicia se denunciaba a relámpagos. El apetito se revelaba en aquellas perdices regalo de la duquesa de Medinaceli, aquellas perdices episcopales regadas con exquisitos vinos de abad. Y Abarzuza, que todavía no había sido ministro, estaba a su lado. Y sobre la gran calva popular se encendía en su apogeo un círculo de gloria. Hoy... Me dio ciertamente tristeza el cuerpo delgado por la dolencia, los ojos un tanto apagados, la voz algo cansada, el rostro de fatiga, todo el célebre hombre en decadencia. Todo no; porque en cuanto empezó a hablar, como le tocara el punto delicado de la política primero y de los asuntos internacionales después, irguió la antigua cresta, cantó. De lo primero, como quien mira las cosas desde su voluntario aislamiento:

pero expresando su disgusto por las añagazas y trampas al uso; y su desconsuelo airado por el estado a que han reducido al país los malos dirigentes. De los segundos, lapidando a frases violentas a los Estados Unidos. Hay que recordar cómo ha sido el entusiasmo de Castelar por la República Norteamericana antes de la iniquidad. Y lo mucho que a Castelar han admirado los yanquis —sin duda alguna por lo que ha tenido de *greatest in the world, a* título de Niágara oratorio—. Y el Crisóstomo peninsular hablaba con el despecho razonado de quien ha sido víctima de un engaño, de un engaño digno del país colosal de los dentistas. «¡Cosas de este fin de siglo! —nos decía—. Mientras la autocrática Rusia pide a los pueblos el desarme y aboga por la paz, los Estados Unidos, tierra de la democracia, son los que proclaman la fuerza por la ley y se tornan guerreros. ¡Oh, es esto para mí como si los castores se hubieran de pronto vuelto tigres! Tengo en mi casa un retrato de Washington, regalo de un ilustre amigo mío norteamericano; y otro amigo y compatriota me hacía cargos porque tenía yo al gran anglosajón en lugar preferido de mi alcoba. Le contesté que el pobre no tenía la culpa de lo que hacían sus descendientes, y que el primero en la paz, el primero en la guerra y el primero en el corazón de sus conciudadanos, sería el primero en avergonzarse de ellos en esta sazón en que se han convertido en heraldos y ministros de la violencia y de la injusticia.»

Calzado nos decía que durante la enfermedad no ha cesado un momento Castelar en su labor de siempre. Que su humor no se ha entibiado, ni sus ejercicios mentales de costumbre han sufrido el menor cambio ni menoscabo. Es el trabajador de antaño. Entonces él nos dijo de qué manera había perdido personalmente en su presupuesto constante una renta que no bajaba de dos mil quinientos a tres mil francos mensuales, pues por voluntad invencible ha resuelto, desde la última guerra, no escribir una sola línea para el público de Norteamérica. Y en verdad, Castelar ha sido pagado por los yanquis como muy pocos escritores. Diarios y *magazines* han habido que desembolsasen por un solo artículo quinientos dólares, mil dólares. Era un Klondike en la imperial Nueva York, o en la estudiosa Boston, o en la regia Porcópolis. Ese Klondike se lo ha cerrado la lírica sangre gaditana que corre en sus venas. Un yanqui en su caso escribiría el doble y pediría el triple por un artículo. Pero, ¿qué dirían el Cid y don Pelayo?

Me despedí de él no sin antes contestar a sus preguntas sobre América, sobre la salud del general Mitre, sobre nuestros progresos. Me cita para una larga entrevista próxima, y me encarga envíe sus mejores recuerdos a sus antiguos compañeros de *La Nación*. Yo cumplo con ese grato deber, y ruego a mis colegas de la casa que no se imaginen al Castelar enfermo y débil de ahora al recibir ese saludo, sino al que tenemos allí retratado en la sala de redacción: la cabeza fuerte y noble como para contener un vasto mundo de ideas, los ojos que anuncian la victoria de la palabra, y, bajo el gran bigote, la boca expresiva de donde ha brotado tanta sonora tempestad verbal, tanta música, tanta encantadora mentira y tanta voluntad de Dios. Pues nadie puede decir en este siglo lo que escuché de él, ciertamente conmovido, momentos antes de estrechar su mano al despedirme: «Yo he libertado a doscientos mil negros con un discurso.»

NOTAS TEATRALES

Varios estrenos: *La Walkiria,* en el Real; *Los reyes en el destierro,* en la Comedia; *Los Caballos,* en Lara. La impresión dominadora que me ha producido la estupenda obra de Wagner, es de aquellas fascinaciones de arte que eternamente nos duran. El día está un tanto escandinavo: a través de los vidrios del balcón veo caer tenaz y triste la nieve. Es, pues, a propósito el momento para hablaros del estreno de la ópera del Wottan de la música. Mirad primero del palco escénico al público: es noche de gran pompa; el deslumbramiento es semejante al de la sala de nuestra ópera una noche de 9 de julio o de 25 de mayo. Los hermosos tipos españoles son de beldad famosa, y tan vario caudal de gracia y de maravilla plástica se aumenta y se ilumina con las constelaciones de la pedrería y la elegancia de los trajes. La española tiene *su* estilo de vestir, como la vienesa, como la bonaerense, como la neoyorquina; pero lo que en la una hace que porte un Paquin o un Worth con cierta suntuosidad un tanto abullonada, como inflada de valses, y en la argentina produce la confusión prodigiosa de la manera con la parisiense y en la otra pone una especie de matematicidad gimnástica, en estas damas hace que la elegancia francesa se mezcle en limitada parte con el aire nativo, y para mejor daros una idea de ciertos ejemplares soberanos —pongo por caso la andaluza marquesa de Alquibla— os digo que os imaginéis a una maja de Goya vestida por Chaplin.

Desde luego, las observaciones de Graindorge no han caducado, y probablemente mientras en el mundo haya *le monde,* tendrán su inmediata confrontación en toda sociedad de la tierra. Mas aquí, donde la cultura no es un aluvión, sino que está filtrada a través de rocas multiseculares, fuera de aquello frívolo y pasajero que la moda traiga con su imposición, el sentido social está bien cimentado; y pongo esto a cuento porque lo primero que noté en la sala regia, con pocas excepciones, es que la alta sociedad madrileña va al Español para ver y para oír, y al Real para oír y para ver. Hay en el público de palcos y plateas conocedores insignes en cuestión musical, y en cuanto al paraíso, como en Buenos Aires, es allí donde se encuentran los que, según se dice, imponen o rechazan una obra. Mas no oiréis la conversación molesta del advenedizo enriquecido que llega a su palco a hacerse notar por su desdén a lo que en la escena pasa; y los fanáticos de Wagner no han tenido que protestar a causa de ninguna incoherencia en la ocasión presente. Conforme con los preceptos wagnerianos, nadie llegó retrasado a la función.

Pues os digo que aún impera en mí el prodigio de la armonía y de la melodía, «elementos de la música más espiritual que el simple ritmo», de Hanslick, y jamás he visto alzarse sobre un trono más glorioso el alma suprema del gran germano. Toda alma de artista, en esa noche, sintió allí clavada la espada divina del genio cual la que está en el fresno hundida hasta la empuñadura. Yo recordaba que uno de mis mayores disgustos había sido con un amigo cordial, de más corcheas que yo, pero a quien no podía demostrar mi sinceridad por Wagner delante de su obstinada sospecha de ver en mi amor profundo por ese orbe de poesía absoluta un mal pertrechado entusiasmo de *snob*... ¡Oh, no! Allí habéis sentido y pensado a Wagner los que sabéis y podéis sentirle y pensarle; y muchos de vosotros habéis ido a oír la *Misa del arte* a la iglesia de Bayreuth. Pues aquí es mayor, incomparablemente mayor el número de los adoradores, de los verdaderos adoradores del santo culto que renueva a Pitágoras... y mi modesta afición, sin pretensión alguna, sin herir ninguna cuerda, ni soplar madera ni cobre, ha sido bien acogida. Se me ha dejado rezar, y eso basta. Madrid es capital que por su gusto musical se distingue, el Real es de los teatros señalados artísticamente, y entre otras cosas existe una Sociedad de conciertos que puede enorgullecer a cualquier gran centro lírico. No es sino de entusiasmo la impresión que han llevado últimamente Saint-Saëns y Lamoureux. Pero, ¿y *La Walkiria?*

La sala se dejó subyugar por la potencia sublime, desde los compases directores de la introducción, corta y llena de magnificencia, y las primeras frases de Siegmund —desgraciada y necesariamente traducido en Segismundo— hasta el momento final en que al golpe de la lanza brota el misterioso fuego, todo fue como el paso de un vasto huracán de mágicos números, de cadencias únicas, de revelaciones armónicas; ya Siglinda surja, encarnación de portento, o Hunding truene o Siegmund en un solo ideal se lamente; o el dúo del amoroso y deleitoso y único amor de los dos hermanos se cristalice soberbiamente en la expresión del divino incesto: «Esposa y hermana eres para mí. ¡Surja, pues, de nosotros la sangre de los Welsas!», o Brunilda arrebate a Siglinda o pase la prestigiosa y sonora cabalgata, o por fin, Wottan, dando el sueño con un beso a la Walkiria, ordene el incendio al dios del fuego maravilloso. El conjunto se destaca como una selva mágica en la que casi sensible físicamente, el influjo del *deus* precipita nuestras emociones también en cabalgata magnífica e incontenible. Cada mente se siente abrasada, cada espíritu contiene a Gerilda, Waltranta, Schwerleita, Ortlinda, Helmwigia, Sigruna, Rosweisa, Grimguerda... Y el público de Madrid, en general, supo apreciar el don olímpico. Aunque hay quien afirme que del ciclópeo drama musical lo único que ha admirado son las bellezas de la cabalgata y del fuego encantado...

En la Comedia, el estreno de *Los reyes en el destierro,* como comprenderéis, extraída de la novela de Daudet. Autor de la pieza y gozador del triunfo y del provecho, Alejandro Sawa. De Sawa también os he hablado desde París —pues en verdad he sido yo el judío errante de *La Nación*— hace algunos años. Él fue quien me presentó a Jean Carrère, cuando la *émeute* de los estudiantes y los escándalos del café D'Arcourt, en el 93. Allá en París hacía Sawa esa vida hoy ya imposible, que se disfrazó en un tiempo con el bonito nombre de Bohemia. Es más parisiense que español, y sus aficiones, sus preferencias y sus gustos tienen el sello del Quartier Latin. Lo cual no obsta para que sea casado, hombre de labor de cuando en cuando —y querido de todos en Madrid—. A su vuelta, después de muchos años, de Francia, ha sido recibido fraternalmente, y la suerte buena no le ha sido esquiva, pues con el arreglo que ha hecho ahora para el teatro, ha obtenido una victoria intelectual y positiva. Para Buenos Aires sé que no tengo que entrar a detallar o recordar los tipos especiales que se barajan en la producción del pobre *Petit-Chose.* Sólo diré que Sawa ha logrado hilvanar bien su *scenario* y tejer su juego con habilidad y con el talento que todo el mundo le reconoce.

Sawa —debo decirlo— continúa, a pesar de su triunfo, de su encantadora hijita y de su barba que anuncia ya la vejez entrante, tan formal como hace siete años. Me había prometido una escena de su obra para este correo, primicia muy agradable. En efecto, no le he vuelto a ver.

A Sellés sí le he visto, un día después del estreno de *Los Caballos.* Es personal y literariamente muy simpático, y pongo el vulgar adjetivo porque así se comprenderá mayormente. Este académico de la Española es, sin duda alguna, el más juvenil de los inmortales; no el más joven, porque el conde la Viñaza y el poeta Ferrari son los benjamines. El más anciano ya se sabe que es Menéndez y Pelayo. Y he aquí que en un teatro de *arte chico,* de chulerías y cosas de esa guisa, se presenta Sellés con esta obra, parte de una trilogía que, según él deja decir, es simbolista. Altamente estimo al autor del *Nudo gordiano,* y sobre todo su tendencia a hacer un teatro de ideas, aquí en la tierra del parlar y del inflar.

Pero crea el señor Sellés que es infantil, que es de una ingenuidad conmovedora el nombrar a Ibsen, o a Hauptmann, o a Sudermann, como alguien lo hiciera delante de mí, a propósito de sus obras. Llamar teatro simbolista al del señor Sellés, es como poner bajo las tentativas del dibujante Chiordino: «Dibujo prerrafaelita». En el teatro de Antoine, en el de L'Oeuvre, su obra difícilmente habría sido admitida; porque el reconocer su castiza y propia lengua no significa en este caso nada; cuando se quiere hacer obra de ideas no se hace obra de palabras. Esta pieza, como dejo apuntado, pertenece a una trilogía, cuya primera parte ha sido puesta en escena por Novelli. Hay una tendencia social que se ruboriza de su mismo impulso a la libertad futura. Parece que no ha estudiado el señor Sellés como debía el más arduo de los problemas contemporáneos, y el anarquismo «para familias» que ha procurado presentar en su pieza no provocará en los intelectuales sino una sonrisa. El río es más vasto y más profundo; y, para citar un tipo, venir a encarnar en el maestro de escuela, en España, la tendencia salvadora de la obra social —¡aquí donde el pobre maestro de escuela es sinónimo de *atorrante!*—, es simplemente inefable. La tela paradojal está bien bordada de oro fino castellano; la forma regocija el amor patrio gramatical, y el poeta es el poeta de siempre. Aquí se da del *cher maître;* y yo le digo por eso: Querido maestro, sus *caballos* se han desbocado, pero... *à rebours.*

Y el miércoles próximo en el Español, estreno *de Cyrano de Bergerac.* Nada diré hasta después de la representación; pero os mando los versos que me encargara la revista *Vida Literaria* con tal motivo.

CYRANO EN ESPAÑA

He aquí que Cyrano de Bergerac traspasa
de un salto el Pirineo. Cyrano está en su casa.
¿No es en España, acaso, la sangre vino y fuego?
Al gran gascón saluda y abraza el gran manchego.

¿No se hacen en España los más bellos castillos?
Roxanas encarnaron con rosas los Murillos,
y la hoja toledana que aquí Quevedo empuña
contenía los bravos cadetes de Gascuña.
Cyrano hizo su viaje a la luna: mas antes
ya el divino lunático de don Miguel Cervantes
pasaba entre las dulces estrellas de su sueño
jinete en el sublime pegaso Clavileño.
Y Cyrano ha leído la maravilla escrita
y al pronunciar el nombre del Quijote, se quita
Bergerac el sombrero: Cyrano Balazote
siente que es lengua suya la lengua del Quijote.
Y la nariz heroica del gascón se diría
que husmea los dorados vinos de Andalucía.
Y la espada francesa, por él desenvainada,
brilla bien en la tierra de la capa y la espada.
¡Bienvenido Cyrano de Bergerac! Castilla
te da su idioma, y tu alma como tu espada brilla
al sol que allá en tus tiempos no se ocultó en España.
Tu nariz y penacho no están en tierra extraña,
pues vienes a la tierra de la Caballería.
Eres el noble huésped de Calderón. María
Roxana te demuestra que lucha la fragancia
de las rosas de España con las rosas de Francia.
Y sus supremas gracias, y sus sonrisas únicas,
y sus miradas, astros que visten negras túnicas,
y la lira que vibra en su lengua sonora,
te dan una Roxana de España, encantadora.
¡Oh, poeta! ¡Oh, celeste poeta de la facha
grotesca! Bravo y noble y sin miedo y sin tacha,
príncipe de locuras, de sueños y de rimas:
tu penacho es hermano de las más altas cimas,
del nido de tu pecho una alondra se lanza,
un hada es tu madrina, y es la Desesperanza;
y en medio de la selva del duelo y del olvido
las nueve musas vendan tu corazón herido.
¿Allá en la luna hallaste algún mágico prado
donde vaga el espíritu de Pierrot desolado?
¿Viste el palacio blanco de los locos del Arte?
¿Fue acaso la gran sombra de Píndaro a encontrarte?
¿Contemplaste la mancha roja que entre las rocas
albas forma el castillo de las Vírgenes locas?

¿Y en un jardín fantástico de misteriosas flores
no oíste al melodioso Rey de los ruiseñores?
No juzgues mi curiosa demanda inoportuna,
pues todas estas cosas existen en la luna.
¡Bienvenido Cyrano de Bergerac! Cyrano
de Bergerac, cadete y amante, y castellano
que trae los recuerdos que Durandal abona
al país en que aún brillan las luces de Tizona.
El Arte es el glorioso vencedor. Es el Arte
el que vence el espacio y el tiempo; su estandarte,
pueblos, es del espíritu el azul oriflama.
¿Qué elegido no corre si su trompeta llama?
Y a través de los siglos se contestan, oíd:
la Canción de Rolando y la Gesta del Cid
Cyrano va marchando, poeta y caballero,
al redoblar sonoro del grave Romancero.
Su penacho soberbio tiene nuestra aureola.
Son sus espuelas finas de fábrica española.
Y cuando en su balada Rostand teje el envío,
creeríase a Quevedo rimando un desafío.
¡Bienvenido, Cyrano de Bergerac! No seca
el tiempo el lauro; el viejo Corral de la Pacheca
recibe al generoso embajador del fuerte
Molière. En copa gala Tirso su vino vierte.
Nosotros exprimimos las uvas de Champaña
para beber por Francia y en un cristal de España.

CYRANO EN CASA DE LOPE

2 de febrero de 1899

En efecto, como os lo había anunciado, «Cyrano está en su casa». Ha llegado a España con muy buen pie y mediante los ocho o diez mil francos que, según tengo entendido, recibió de antemano el excelente poeta Rostand. El triunfo ha sido sonoro; y nariz por nariz, la de Díaz de Mendoza, en Madrid, ha valido lo que la de Coquelin en París. En la de Bergerac, ha dicho con su oportuno chiste de siempre Mariano de Cavia que quedarían muy bien plantados los *quevedos* en España. Me place haber coincidido en lo del noble caballero de la torre de San Juan Abad, en unos de mis versos anteriores, con el vibrante y agudo periodista. El Cyrano español no es otro que Quevedo; en ambos puso la luna «madre nutriz, con su leche, quilo del mundo», que dice la sabia doña Oliva de Sabuco, el rayo que hace los locos de poesía; y ambos fueron hombres de amor y de generosas empresas de espada.

La comedia heroica de Rostand, por otra parte, no es otra cosa que una obra de capa y espada de la más buena cepa española, como me lo hiciese notar, al llegar el libro del *Cyrano* a Buenos Aires, un culto y sagaz compañero. Es una comedia de capa y espada que ha podido escucharse en el modernizado Corral de la Pacheca, como si fuese obra legítima de cualquier resucitado, porque los actuales, con las excepciones que sabéis, no encuentran mejor ni más provechosas fuentes que las hazañas, hechos y gestos del chulo, ese «compadrito» madrileño. El éxito, pues, ha sido absoluto. La noche del estreno estaba en el Español el todo Madrid de las letras, y la belleza social tenía soberbia representación. No os supongáis que se trate de algo semejante a una «primera» de la Comédie Française; aquí no existe aristocracia literaria; todo va revuelto y el veterano de la gloria castellana se codea con el tipo *interlope* que han bautizado con el extraño nombre de *Currinche*. Un diario como *El Nacional,* con motivo de haber invitado Fernando Mendoza a los ensayos, y sobre todo al ensayo general, a personas extrañas al teatro, decía con loable franqueza: «Allá en París se invita en tales casos a la prensa, a los autores dramáticos, novelistas, críticos, académicos, actrices vacantes, personalidades del gran mundo... En una ciudad de dos millones de habitantes, donde nadie tiene por qué combatir una obra, se puede invitar a mil espectadores que van sin prevenciones, ni envidias, ni espíritu de concurrencia, a presenciar un ensayo general; y a la crítica para que pueda con tiempo estudiar la obra y dar cuenta de ella *dos días después,* cuando ya el público de pago la haya visto; y un ensayo general es una especie de consagración del drama o comedia que el público irá a ver confiado en la nota, siempre benévola para el autor reputado, que la prensa seguramente dará. ¿Pero aquí? Aquí, en esta cabeza de partido de Europa que se llama Madrid, y en la que todos nos conocemos, nos abrazamos y nos odiamos... aquí, donde hay un estado constante de celos y de envidias y de pequeñeces inevitable en el estrecho medio ambiente en que vivimos; aquí, donde toda la vida literaria está circunscrita a la Carrera de San Jerónimo y la calle del Príncipe...; aquí, en fin, donde las Empresas viven de diez docenas de familias ricas y de doscientos espectadores pobres, de los cuales la mitad son autores rencorosos o Empresas rivales... permitir que asistan a un ensayo general los amigos y los enemigos, los autores españoles que han de ver gastos enormes y cultos rendidos a autores franceses, los empresarios del frente y los de al lado... ¡Qué equivocación tan lamentable y qué desconocimiento del país en que se vive!» Quien esas líneas escribió parece que tuviese bien conocido su ambiente; pues, en realidad, nada menos que por intermedio de Eusebio Blasco se ha manifestado en público lo que antes escuchara yo en privado: la miserable cuestión de las «perras» chicas y grandes... Ved cómo, al día siguiente del estreno, ese escritor cuyo arte singular es harto y de antiguo famoso, se expresa, agrediendo de paso a la América que ignora: «Podremos creer que en la casa de Lope de Vega no deben hacerse traducciones; podremos creer también que, de estrenar una obra extranjera cuyo éxito ha sido esencialmente literario en París, debieron haberla adaptado en verso castellano poetas de nombre. Aquí donde tenemos desde Núñez de Arce hasta Manuel Paso, desde Dicenta a José Juan Cadenas; desde Manuel del Palacio hasta Rodolfo Gil, desde Sellés hasta Gil (Ricardo), tantos y tantos poetas notabilísimos, los catalanes, regionalistas furibundos teniendo en Barcelona unos teatros tan hermosos, en cuanto hacen un drama o una traducción se vienen a Madrid y se imponen en el primer teatro de la nación, y se pone a su disposición todo el dinero de las Empresas. Todo esto vemos y de ello protestamos, sin ánimo de ofender a nadie y en defensa de los autores de Madrid, que son, hoy por hoy, en los tres teatros de verso que hoy funcionan, pospuestos a los autores *franceses*. El *Cyrano de Bergerac* le gustó mucho al público anoche. Es obra de *dinero*, como se dice en la jerga teatral. *Melodrama para la exportación a Buenos Aires, Chile, Bolivia*, y allí alborotará. *¿Cómo no?* Lo encontrarán *lindo* y el estilo parecerá de perlas.»

El que habla es Eusebio Blasco, instruido sobre el estado de las aduanas literarias sudamericanas por los poetas de Sucre o de Cochabamba, a quienes ha prologado, o quizá, casi estamos seguros, por persona a quien él conoce bastante, poeta de peso —el hombre de Huanchaca, el boliviano ex presidente Arce, que compró la cama de la emperatriz Josefina. Y fijaos primero en la generosidad del artista de *Los curas en camisa* e introductor de *Pañuelos blancos* y de toda clase de lencería francesa: la casa de Lope cerrada a toda idea que no huela al aceite de las propias olivas, cuando la casa de Molière y la casa de Shakespeare no se cierran; proteccionismo de las vejeces más o menos gloriosas, a cuyo regimiento pertenece, o de amistades y simpatías personales, con daño de tres jóvenes modestos que han hecho un plausible esfuerzo; repudio de lo catalán, sin duda por las lecciones de arte y trabajo que Barcelona da; expulsión de lo bello francés a causa seguramente de que lo propio anda escaso; y, punto de mira principal, el dinero, el ansiado dinero—, cuya *lindeza* no nos atrevemos a contradecirle. *¿Cómo no?* ¡Oh, no, buen señor!

Primero ha sido el talento de Rostand y después han llegado los miles de francos; y en cuanto a Cyrano de Bergerac, si como en el diálogo de Cavia se encontrase en la Villa y Corte a estas horas, buscaría en vano la hidalguía de Quevedo y se volvería a su París, con Dreyfus y todo.

Pero hablemos del estreno.

Un escritor de la nueva generación y de un talento del más hermoso brillo —he nombrado a Manuel Bueno— ha escrito que «el nombre de Cyrano de Bergerac parece un reto». «Hay —dice— en las seis sílabas que lo componen, un no sé qué de ostentoso atrevimiento que desafía.» Ello es un hecho, que al oído se comprueba sin necesidad de haber leído el *Cratilo* de Platón. Entre las letras que componen ese nombre suenan la espada y las espuelas, y se ve el sombrero del gran penacho. ¿Y admitirás que el nombre es una representación de la cosa?, pregunta Sócrates en el diálogo del divino filósofo. Cratilo asiente. Cyrano tiene un nombre *suyo* como Rodrigo Díaz de Vivar, como Napoléon, como Catulle Mendés.

Los nombres dicen ya lo que representan. Pues ese poeta farfantón y nobilísimo, de sonoro apelativo, debía ser bien recibido en un país en donde por mucho que se decaiga siempre habrá en cada pecho un algo del espíritu de Don Quijote, algo de «romanticismo». ¡Romanticismo! «Sí —clama Julio Burell—, romanticismo.» Pero hoy el romanticismo que muere en Europa revive en América y en Oceanía. Cyrano de Bergerac —una fe, un ideal, una bandera, un desprecio de la vida— se llama Menelik en Abisinia, Samory en el Senegal, Maceo en Cuba y en Filipinas Aguinaldo...

Verter el prestigioso alejandrino de Rostand al castellano era ya empresa dificultosa. Ni pensar siquiera en conservar el mismo verso, pues hay aquí crítica que aseguraría estar escrita en «aleluyas» la *Leyenda de los siglos*... Todo lo que no sea en metros usuales, silva, seguidilla, romance, sería mal visto, y renovadores de métrica como Banville, Eugenio de Castro o D'Annunzio, correrían la suerte del buen Salvador Rueda... Los tres catalanes —Martí, Vía y Tintorer— que tradujeron la obra, se fueron directamente a la silva y al romance; y ni siquiera intentaron poner en versos de nueve sílabas la balada o la canción llena de gracia heroica y alegre:

> *Ce sont les cadets de Gascogne*
> *De Carbon de Castel-Jaloux*
> *Bretteurs et menteurs sans vergogne*
> *Ce sont les cadets de Gascogne...*

y tan desairadamente se convirtió en:

> *Son los cadetes de la Gascuña*
> *Que a Carbón tienen por capitán...*

Luego hicieron cortes lamentables, como en el parlamento de Cyrano sobre la nariz, y cambios más lamentables aún, como trocar la frase final, la frase básica de *¡Mon panache!*, por: *La insignia de mi grandeza...* ¡Qué queréis!, por una palabra castiza se dan aquí diez ideas; y es muy posible que si Cyrano dice claramente: *Mi penacho*, nadie hubiera comprendido, o ese galicismo arruina la obra. De todos modos, los catalanes han llevado bien su tarea, hasta donde es posible en el medio en que tenían que presentarse.

La evocación teatral, el *scenario*, fue de una deliciosa impresión desde el primer momento, desde que apareció el local del Palacio de Borgoña, lugar de las representaciones dramáticas en el París de 1640. Creo de más, para el público de Buenos Aires, hablar del argumento de *Cyrano* de Rostand; todo se ha publicado cuando el estreno en París, y los que se interesan en estos asuntos han leído la comedia en el original. La nota principal del comienzo de la obra la señaló la aparición de María Guerrero, una Roxana que, eso sí, no han tenido los parisienses, encantadoramente caracterizada, una «preciosa», preciosísima. Los detalles perfectamente estudiados, artistas bellas y cómicos discretos; cuando el gordiflón Montfleuri aparece y Cyrano surge y Roxana sonríe, ya la concurrencia está dominada. Fernando Mendoza, que ha progresado mucho con sus viajes, se conquista los aplausos, desde luego; las simpatías, que tanto hacen con el público, están ganadas de antemano.

Las gasconadas se suceden, y al llegar la escena del desafío con Valvert, el triunfo se deja divisar: y al final, cuando Cyrano se va a acompañar a su amigo Lignière para defenderlo contra cien —¡Con quince luché en Zamora!—, la ovación primera estalla, al sonar en silva castellana los últimos alejandrinos:

> *Ne demandiez-vous pas pourquoi, mademoiselle,*
> *Contre ce seul rimeur, cent hommes furent mis?*
> *C'est parce qu'on savait qu'il est de mes amis.*

En el acto segundo, en su hostería aparece el poeta y pastelero Ragueneau, encarnado por aquel tan buen cómico que conocéis, Díaz, un gracioso que en la Renaissance supo hacer admirar la tradición de su clásico carácter. La llegada de Cyrano, los poetas, famélicos; la carta escrita a Roxana, la entrevista con ésta, la confidencia de ella y el desengaño de él; la llegada de los cadetes; la provocación de Christian —hecha con gran propiedad por el joven artista que también conocéis, Allens Perkins—, la conversación entre Cyrano y Christian; el final del acto en versos en que los traductores se han llenado indudablemente del espíritu del original —*Non, merci!*—; todo esto hace que el telón caiga en una tempestad triunfante de entusiasmo.

El acto tercero entra en plena victoria. La escena del balcón agrada, por la justeza con que la silva ha podido interpretar el verso de Francia. Matrimonio de Christian y Roxana, y venganza de De Guiches, que manda a los cadetes de Gascuña a levantar el sitio de Arras, contra los españoles. El entusiasmo se duplica.

El cuarto es el del campamento, admirablemente puesto; los cadetes hambrientos; Castel Jaloux —muy bien esculpido por Cirera— y Cyrano, figuras sobresalientes: y la escena hermosa del pífano conmueve al auditorio... Ah, los alejandrinos de Rostand;

pero la silva sigue haciendo lo que puede, y el *espíritu* triunfa. Y he ahí a Roxana; aparece en la carroza que sabéis, con el buen Ragueneau, de cochero, que enarbola su látigo de salchicha; el *lunch* inesperado; la llegada de De Guiches, el diálogo de Roxana y Christian, la nobleza de ese cordial sin talento; triunfo del alma de Cyrano; la lucha; la muerte de Christian; y, con el pañuelo de Roxana por bandera, el combate con los españoles; el triunfo de éstos; y la pregunta: «¿Quiénes son esos locos que así saben morir?», con la respuesta de Cyrano:

> *Ce sont les cadets de Gascogne,*
> *De Carbon de Castel-Jaloux...*

Ciertamente os digo que todo eso fue merecedor de la tormenta de aplausos y exclamaciones que coronó el acto, para llegar al último, suave, otoñal, crepuscular, vespertino, a la caída de las hojas. De esos adjetivos tomad el que gustéis para la figura de María Guerrero, de religiosa, con su toca como una gran mariposa negra sobre la frente —Cyrano llega a morir, después de tantos años de silenciosa pasión, delante de la que ama; y en una escena de delirio glorioso y melancólico, al amor de la luna triste—. *La lune s'attristait...* Y yo no he visto a Coquelin, ni a Richard Mansfield, los dos mejores *Cyranos,* como que el uno es el acreedor y ha encarnado su «alma» según dice Rostand en la dedicatoria; pero Díaz de Mendoza ha creado bravamente, muy bravamente, su papel; y, como le dice en una carta cierto linajudo marqués, al artista grande de España: «Si hasta ahora fuiste el cómico de los señores, desde ayer eres el señor de los cómicos.» He ido a saludarle al «saloncillo» en un entreacto, a ese saloncillo de descanso en donde los infaltables Echegaray, Llana, Ladevese y otros más, hacen su tertulia todas las noches, rodeados de retratos de autores y presididos por la gracia de María Guerrero. Y he encontrado al hidalgo entusiasta del arte, y que, signo de su tiempo, lo es altiva y gallardamente, sobre preocupaciones de linaje, siguiendo una vocación imperiosa y pudiendo agregar a sus armas de conde de Bazalote las dos máscaras.

El aparecimiento de *Cyrano de Bergerac,* en estos momentos podría ser y debía ser saludable y reconfortante. A propósito de estos actores, recuerdo que Paul Costard hizo una muy atinada observación. La de que Cervantes se hubiese arrepentido de su victoria contra la bella locura de la caballería. Don Quijote, después de todo, no es más que la caricatura del ideal: y sin ideales, pueblos e individuos no valen gran cosa. Ni Cyrano habría cedido a las añagazas de los políticos de la *débâcle* «*Non merci!*» ni quien se quedó manco en Lepanto habría quedado sin parecer glorioso en Cavite o en Santiago de Cuba. El espíritu sanchesco sirve de lastre a las almas nacionales o individuales, impide toda ascensión; el romántico espíritu de la caballería es capaz de convertir a un seco aritmético yanqui en un héroe, a un *cowboy* en un Bayardo. Y por el contrario, todo pueblo, como todo hombre que desdeña el ideal, esto es, el honor, el sacrificio, la gloria, la poesía de la historia y la poesía de la vida, es castigado por su propio olvido. A través de las lanzas prusianas se ve pasar el cisne de Lohengrin, y mientras España fue caballeresca y romántica, siempre tuvo la visión del celeste caballero Santiago. Esta triste flaccidez, esta postración y esta indiferencia por la suerte de la patria, marcan una época en que el españolismo tradicional se ha desconocido o se ha arrinconado como una armadura vieja. Los *politiciens* y los fariseos de todo pelaje e hígado prostituyeron la grande alma española. Y aun la religión, que ha perdido hasta su vieja fiereza inquisitorial en la tierra fogosa de los autos de fe, se convirtió en una de las ventosas cartaginesas que han ido poco a poco trayendo la anemia al corazón de la patria; y si por el sable sin ideales se perdieron las Antillas, por el hisopo sin ideales y sin fe se perdieron las Filipinas. Y el honor, ¿por qué se perdió? Creo que el fuerte vasco Unamuno, a raíz de la catástrofe, gritó en un periódico de Madrid de modo que fue bien escuchado su grito: *¡Muera Don Quijote!* Es un concepto a mi entender injusto. Don Quijote no debe ni puede morir; en sus avatares cambia de aspecto, pero es el que trae la sal de la gloria, el oro del ideal, el alma del mundo. Un tiempo se llamó el Cid, y aun muerto ganó batallas. Otro, Cristóbal Colón, y su Dulcinea fue la América. Cuando esto se purifique —¿será por el hierro y el fuego?—, quizá reaparezca, en un futuro renacimiento, con nuevas armas, con ideales nuevos, y entonces los hombres volverán a oír, Dios lo quiera, entre las columnas de Hércules, rugir al mar, con sangre renovada y pura, el viejo y simbólico león de los iberos.

LA CORONACIÓN DE CAMPOAMOR

9 de febrero

Salgo de casa de Campoamor con una impresión de tristeza. Se trata de su coronación... Romero Robledo, al cerrarse la exposición de las obras de Casimiro Sáinz —ese pobre artista que como André Gill fue a parar a un manicomio—, el célebre político ha iniciado ahora la pintoresca apoteosis que han obtenido en este siglo en España, Quintana, Zorrilla y Núñez de Arce. No es la primera vez que de ello se trata. Parece que anteriormente por dos ocasiones se ha intentado esa espléndida *humorada* en acción, pero el poeta ha protestado por tan vistosos honores y se ha encerrado en su casa a pasar sus últimos años en la burguesa existencia de un rentista que padece de reumatismos. ¡Así fue el gran gesto de nuestro Guido, negándose a la apoteosis con que se le hubiera querido obsequiar! Pero, ¡qué gran diferencia de poeta a poeta! La bella cabeza del lírico argentino, la máscara del viejo Pan, las barbas fluviales, la conversación juvenil, el alma fresca, la confianza en la vida de su patria vigorosa y nueva; ir a visitar a Guido es un placer intelectual, alegre y reconfortante; y a veces toca, como sabéis, helénica y admirablemente, la flauta, mientras le hacen de bajos sus vecinos, los leones de Palermo. Y Campoamor, caduco, amargado de tiempo a su pesar, reducido a la inacción después de haber sido un hombre activo y jovial, casi imposibilitado de pies y manos, la facies penosa, el ojo sin elocuencia, la palabra poca y difícil... y cuando le dais la mano y os reconoce, se echa a llorar, y os habla escasamente de su tierra dolorida, de la vida que se va, de su impotencia, de su espera en la antesala de la muerte... os digo que es para salir de su presencia con el espíritu apretado de melancolía.

La figura de Campoamor resalta en la poesía española de este siglo con singular magnitud. Si aquí hubiese un Luxemburgo en que habitasen, reconocidos por los pájaros, las rosas y los niños, los poetas de mármol y de bronce, los simulacros de los artistas cristalizados para el tiempo en la obra del arte, las tres estatuas que se destacarían representando esta centuria lírica serían la de Zorrilla en primer término, la de Núñez de Arce y la de Campoamor. No lejos, por fondo un macizo de flores apacibles, tendría su busto Bécquer, que por tener algo de septentrional ha sido excomulgado alguna vez por ciertos inquisidores de la Academia de la Lengua y de la tradición formalista.

Zorrilla encarna toda la vasta leyenda nacional, y es su espíritu el espíritu más español, más autóctono de todos, desde el mundo múltiple en que se desbordó su fantasía, una de las más pictóricas y musicales que haya habido en todas las literaturas, hasta la impecabilidad clásica y castiza de su forma, en medio de las gallardías de expresión y de los caprichos de ritmo que le venían en antojo. Núñez de Arce, con vistas a Francia, y muy particularmente hacia el castillo secular y formidable de Leconte de Lisle, representa un momento del pensamiento universal en el pensamiento de su generación en España, una tentativa de independencia de la tradición, la duda filosófica de mediados de siglo; su fray Martín habla como el abad Hieronimus de los *Poemas bárbaros,* y los alejandrinos del impasible francés hallan resonancia paralela en los endecasílabos del nervioso y vibrante castellano. Campoamor ha realizado en cierto modo una dualidad que se creería imposible, al ser al mismo tiempo aristocrático y popular; aristocrático por su elegante y amable filosofía, por su especialísima gracia verbal y métrica; popular, porque siempre va por llanos caminos, y su expresión es semejante a un arroyo donde cualquier caminante puede beber el agua a su gusto con sólo darse el trabajo de inclinarse a cogerla. De los tres, el poeta más poeta fue, sin duda, Zorrilla, «el que mató a don Pedro y el que salvó a Don Juan», poeta en su vida, poeta hasta su muerte en todo y por todo, a término de hacer oír un discurso en verso a los académicos de la Española; poeta delante del cadáver de Larra, poeta triunfante con su *Tenorio,* poeta cortesano del emperador de la barba de oro en Méjico; poeta ya viejo y necesitado, cuando Castelar sostuvo en las Cortes la urgencia de proteger con una pensión a esa viva reliquia gloriosa, a ese millonario de sueños y de rimas, propietario del cielo azul «en donde no hay nada que comer». Núñez de Arce ha sido ministro, hombre político, y hoy mismo gobernador del Banco Hipotecario; la juventud intelectual, por lo que he observado, tiene pocas simpatías por él. Campoamor es un buen burgués de provincia que ha sido también senador y consejero de Estado, y que continúa gozando de la renta que le dan sus tierras. Los jóvenes le tienen gran estima y afecto. A Zorrilla se le coronó, allá en Granada, en fiesta en que él puso a danzar todos sus gnomos y silfos; a Núñez de Arce se le coronó hace poco tiempo; ahora, como os he dicho, se piensa en coronar a Campoamor.

Yo no sé cómo aquí realizarán esta fiesta, indudablemente plausible en cuanto se trata de honrar la divina virtud, la suma gracia del arte, pero fácil a la sonrisa, inevitable en el humor de nuestro tiempo en que francmasonería, filatelia, volapuk, librepensamiento y versos, en el sentido melenudo de la palabra, pasan bajo la mirada irresistible de la diosa Eironeia. Mirad que resucitar a estas horas ceremonias contemporáneas de Corina, colocarle a nuestro eminente vecino don Fulano de Tal el gajo verde que circunda la cabeza de Tasso o de Dante, ante un concurso, por obra de su época, iconoclasta, que ha oído desde hace largos años decir a don Gaspar: «Ya venciste, Voltaire, ¡maldito seas!», que apenas compra los libros de rimas y que acaba de introducir de París *el café-concert,* el modernismo en el arte y los automóviles, es asunto que en Buenos Aires se prestaría maravillosamente para glosas de un picor en que son especiales los jengibres criollo-cosmopolitas.

He dicho que al ilustre anciano se le había antes querido coronar dos veces, y que en ambas había declinado la manifestación.

Para saber su temperamento en el caso actual, le hice una visita en unión de uno de los más notables talentos del Madrid de ahora, el médico y escritor José Verdes Montenegro, que, entre paréntesis, acaba de publicar una interesante introducción a la versión que de una novela reciente del hijo de Tolstoi —*El preludio de Chopin*— ha hecho un autor de esta Corte. Ciertamente no fue de agrado el gesto que vi cincelarse en la enferma faz de Campoamor cuando le pregunté el estado de su ánimo sobre la coronación, y de sus labios, que apenas permiten pasar las palabras, entre una tentativa de protesta dejó escapar una interjección absolutamente española, pero quizá de origen griego, pues el hermano de Safo tuvo el mal gusto de tenerla por nombre. Mientras un criado le llevaba el alimento a la boca —«¡santo Dios, y éste es aquel!»— aquella ruina venerable movía la cabeza, y con la mirada decía muchas doloras crepusculares llenas de cosas tristísimas. ¡Coronación a estas alturas de vejez en que la nieve se ha amontonado tanto sobre la vida que ya uno apenas puede darse cuenta de que existe! Podría él preguntarse: «¿Es que vivo aún?» Se le decía que todo se haría bien hecho, que dada la persona que encabeza la iniciativa, no podía la fiesta ser sino un regio triunfo social e intelectual. ¿Oía? ¿Entendía?

Él seguía haciendo sus dolorosos movimientos de cabeza; hasta que, cuando nombramos a Romero Robledo, dejó caer estas palabras: «¡A ése no le hacen justicia!»

De todos modos, la fiesta, según tengo entendido, va a realizarse, y esta misma noche he de asistir en casa de doña Emilia Pardo Bazán a una reunión de hombres de letras y de política, reunión convocada por la célebre escritora para tratar de este tópico.

Ya era hora de despedirnos. Campoamor, en el estado en que está, en cuanto se levanta de la mesa tiene que ir al lecho. Todavía nos mira fija, fijamente: nos da la mano, que apenas puede apretar la nuestra; y de pronto se le enrojecen los ojos, va a llorar... Mi compañero me dice: «Vámonos.» Salimos con rapidez.

11 de febrero

Reunión, anoche, en casa de doña Emilia Pardo Bazán. Sorpresa mía, al oír anunciar a doña Emilia, a sus invitados, que la fiesta es dedicada mitad al asunto Campoamor y mitad a quien estas líneas escribe. Fijaos: ese anciano hidalgo que llega ceremonioso a saludar a la condesa *douairière* de Pardo Bazán es el duque de Tetuán; y el hidalgo joven que cojea un poco apoyado en un bastón, al lado de don José Echegaray, es el conde de las Navas. Cerca de Eugenio Sellés, académico, está el próximo «inmortal» Emilio Ferrari. Carlos M. Ocantos conversa con el periodista francés René Halphen. El doctor Tolosa Latour está entre los dos celebérrimos cronistas de salón, *Kasabal* y *Monte-Cristo*. Más allá, dos o tres marqueses, cuyos títulos no se me quedan en la memoria; y las señoritas de Quiroga, hijas de doña Emilia. Le doy la mano a un tuerto, de la dinastía bretoniana; es Luis Taboada. Un ciego se adelanta —siempre ducal, siempre suscitando rumores afectuosos a su paso, siempre con una elegancia que es proverbial desde su juventud, a punto de que en los salones de Washington se le apellidaba *Bouquet;* se diría que su ceguera realza ahora su distinción: es el autor de *Pepita Jiménez*—, es don Juan Valera. En un grupo oigo decir entre otras palabras: «Buenos Aires... *La Nación*... Mitre... Centenario de Colón...» A un caballero, a quien reconozco en seguida, recuerdo que le he sido presentado por Cánovas en otro tiempo: es el señor Romero Robledo. Se forman corrillos. Heme aquí de pronto colocado por doña Emilia entre dos altas damas que representan lo más intelectual de la nobleza femenina de España: la marquesa de la Laguna y la condesa de Pinohermoso. Desde luego es ya mucho que estas dos linajudas señoras se interesen por cosas de la literatura. De antiguo la nobleza, con las excepciones sabidas, fue ignorante y poco amiga de asuntos que hicieran pensar. Hoy, con excepciones más sabidas aún, las cortes europeas son como las aristocracias plutocráticas de países sin armoriales; hay la cultura precisa para no hacer resaltar una ignorancia que sería desdorosa, pero lo principal se va al *sport* y demás conocimientos mundanos.

La poca conversación con estas damas me da a entender que hay justicia en tenerlas en la estima mental que se las tiene, quedando resaltantes, a mi juicio, la duquesa de la Laguna por el *sprit,* la condesa de Pinohermoso por las opiniones discretas.

¿Y el asunto Campoamor a todo esto? Nadie habla de ello por el momento. Apenas un señor que ha visto al viejo poeta esta misma tarde, cuenta que le ha preguntado: «¿Y usted se dejará por fin coronar?», y que él le ha contestado: «Yo no me dejo, pero me van a coronar.» Observo que todo el mundo mira a Romero Robledo como a un ser más o menos olímpico. Él habla de que la coronación se realice en el Retiro. Se levantaría una tribuna especial; se decoraría todo con el arte y el fausto de que se puede disponer; y luego, el recinto guarda memorias ilustres de los tiempos en que Felipe IV sabía ser un monarca intelectual. Y doña Emilia habla de lo que ha dicho Castelar en el banquete de hace dos días: que a él no le parece bien la coronación de un poeta lírico, porque éste expresa opiniones y sentimientos individuales; a un poeta épico, se explica, porque representa el alma de una colectividad, de un pueblo... Y doña Emilia, a defender a Campoamor, y a decir que cabalmente los poetas llamados épicos —¿han todos expresado epopeyas en el alto sentido?— son momentáneos y manifiestan pensamientos y sentimientos que pasan; en tanto que los poetas líricos o individuales han puesto en la expresión de su «yo» la expresión del alma eterna de los hombres; y así, lo que han cantado y rimado hace muchos siglos, subsiste hoy como emergido de almas y corazones contemporáneos nuestros. Homero nos interesa en la despedida de Andrómaca, porque eso es humano y particular a cada ser que tenga sensibilidad cordial; pero cuando es absolutamente épico, no interesa hoy, sino a la erudición o a la pedantería. Cuando doña Emilia demostraba esto a Valera, yo decía en mi interior lo que Víctor Hugo en otra ocasión dijese a la misma doña Emilia: *Voilà bien l'Espagnole!*

Como entre los humos del té pidiese yo al señor Romero Robledo detalles sobre la próxima coronación, me dice que todavía no hay nada definido; que se ha iniciado nada más el asunto, pero que marcha con tan buen aire, que todo augura un éxito colosal. Y aquí dos cosas curiosas, una del señor Romero Robledo y otra de la señora Pardo Bazán. El uno dice: «¡Vamos a hacer algo que dejará eclipsado lo que París hizo por Víctor Hugo...!» Y la otra cuenta esta anécdota que el periodista francés la dejaría pasar, pero yo no: «Cuando se publicaron las *Doloras* de Campoamor, Víctor Hugo, celoso de esa gloria, dijo: "Voy a hacer un volumen *de Doloras*, como las de Campoamor", y escribió *Chansons des rues et des bois!*»

¡Oh, doña Emilia! Es el caso que en esta ocasión no podría decir la frase huguesca de su autobiografía de los *Pazos de Ulloa*: «*Voilà bien l'Espagnole...!*»Y si ella arguyera, casi me pondría yo de parte de la señora de Lockroy...

Nos quedamos en *petit comité*, se despide la mayor parte de los invitados, y nos instalamos cerca de una roja y buena chimenea. Valera encanta y divierte, castellano y florentino, con su conversación especial; doña Emilia hace recitar a Ferrari, y dice ella versos alemanes e italianos. Y está más brillante que nunca, más brava que nunca, después de una de esas gallardas anécdotas de Valera, cuando a alguien se le antoja hablar de las inmediatas desventuras de España, y a este propósito un conde ignorante expele dos o tres inepcias estadísticas, y con un desconocimiento completamente iberoamericano, lanza esta frase: «La Habana era, al perderla España, la ciudad más grande, culta y rica de la América española.»

El secretario argentino se pone nervioso, me hace señas y me voy a mi casa pensando en la «azul y blanca» de Obligado, a escribir, contento de mi continente, y de la capital de mi continente, para mi diario.

CARNAVAL

17 de febrero

Le carnaval s'amuse... y Madrid se disfraza y danza y toca las castañuelas. Se ha divertido el pueblo con igual humor al que hubiese tenido sin Cavite y sin Santiago de Cuba. Hay filósofos de periódicos que protestan de tan jovial e inconmovible ánimo; hay humoristas que defienden la risa y la alegría nacionales y que creen que «bien merecen la fiesta los pueblos que saben divertirse». ¡En hora buena! Yo me siento inclinado a estar de parte de los últimos y reconozco la herencia latina. Tácito y Suetonio (*Anal.* III, 6, Cal. 6) nos han dejado constancia de que los duelos públicos se suspendían en Roma los días de juegos públicos o mientras se celebraban ciertos sagrados ritos. El luto español no se advierte al paso del cortejo de la Locura, y aquí, más que en ninguna parte, los duelos con pan —y ¡toros!— son menos.

Se ha enterrado la sardina en su día, en el día de la simbólica ceniza; y en medio de la pompa carnavalesca, un periódico ha hecho desfilar una carroza macabra con el entierro de *Meco,* ese típico personaje que representa a la España de hoy. La mascarada en cuestión era de un pintoresco bufo-trágico indiscutible: la caricatura de los políticos del desastre, las ollas del presupuesto por incensarios; *Meco* camino del cementerio y tras la fúnebre mojiganga, una murga trompeteando a todo pulmón la marcha de Cádiz. Decid si no es un modo de divertirse con lívidos reflejos a lo Poe, y si en este carnaval no ha habido, si no la mascarada de la muerte roja, la mascarada de la muerte negra. Y como un diario hablase de una broma política dada a Sagasta en su casa, la grave *Época* ha publicado con terrible intención que «no informado del todo el apreciable colega, ha omitido dar cuenta de otra broma, o, mejor, bromazo que después dio al jefe del Gobierno una numerosa comparsa vestida con más propiedad que la ya célebre compañía de *los cadetes de la Gascuña.* Fue el caso que al filo de la medianoche, cuando más plácidamente reclinado estaba en cómoda butaca el señor Sagasta contemplando cómo se reducían a cenizas los troncos de su chimenea, ni más ni menos que nuestras posiciones ultramarinas, y evocando mentalmente los hechos todos de su larga y aprovechada vida, sonó en la antesala ruido de extraña música, así como el rascar de huesos con que suelen acompañar sus tangos los negros de Cuba. Se abrió la puerta y entró la mascarada. Precedíale un estandarte enlodado que en otro tiempo fue rojo y amarillo, adornado ahora de oro y azul. A pesar de los desgarrones y manchas del carnavalesco estandarte, podían leerse estos nombres: Cavite, Santiago, San Juan de Puerto Rico. Seguían luego con carátulas que representaban rostros demacrados y cadavéricos, unos cuantos jóvenes que parecían viejos, cojos unos, mancos otros, con el traje de rayadillo hecho jirones por las malezas de la manigua... Éstos ofrecieron al señor Sagasta una caja de guayaba fina. Tan grotesca era la catadura de las susodichas máscaras y tan oportuno le pareció el susodicho regalo al presidente, que el buen señor prorrumpió en ruidosas carcajadas. También le hicieron desternillar de risa los prisioneros de Filipinas. Iban disfrazados, con propiedad casi deshonesta, de *desnudos* y traían en azafate de abacá, ramos de sampaguitas. Mezclados con los anteriores entraron en el gabinete del señor Sagasta marinos de Cavite y de Santiago con cabezas tan artísticas y muecas tan significativas, que no parecía sino que sus *poseedores* habían estado meses enteros debajo del agua... Ese acero fino es del marqués de Valdeiglesias. Y esa pintura que hace resaltar que estamos en un país en que aún flota el espíritu de Goya, es un comentario mejor que cualquier otro del estado moral que aquí se impone en estos momentos. Ese *capricho* dice la verdad de una manera risueñamente sombría. Pues bien, me temo que pocos ojos se hayan fijado en la corrosión del aguafuerte, mientras se apagaba en los aires el son de las dulzainas de Valencia.

Las dulzainas las trajeron los estudiantes valencianos que han venido a la Corte, con naranjas y claveles, con muchachas hermosísimas, a cantar y a bailar y a pedir para un sanatorio que pronto ha de llenarse de repatriados. Ha sido esa estudiantina una nota vibradora y sana, por más que puedan visarla los cronistas a ultranza, en el cuadro de la fiesta general. Aún queda en esa juventud escolar un resto de las clásicas costumbres de sus semejantes medievales, un rayo de la alegría que sorbían con el vino los estudiantes de antaño, un buen ánimo goliardo, la frescura de una juventud que no empaña el aliento de las grandes capitales modernas. Y entre lo bueno que han hecho al llegar a ésta, ha sido la visita al palacio, pues han ido a llevarle ciertamente un poco de sol a ese pobre reyecito enjaulado que ha tenido una ocasión de sonreír.

Lucen los estandartes de las distintas facultades; con extrañas vestimentas, los dulzaineros que han tenido por principal *kapellmeister* a un ruiseñor, como el pifanista de Daudet; la comparsa de la boda, florida de pañuelos y de ramos frescos y de mejillas finas como de seda de flor, y en los ojos de esas mujeres la salvaje y agresiva luz levantina; y los cuerpos eurítmicos y ricos de gracia sensual, cuellos de magnífica pureza, senos y piernas armoniosas; son el vivo encanto entre las notas detonantes y decorativas de las mantas y de los cestos de frutas. Y en la sala del palacio en que se les recibe, los que fingen labradores se ponen a departir echados en el suelo, los de las bandurrias y guitarras se ordenan, y al aparecer la reina y su familia, un trueno de cuerdas inicia la marcha real. Los que representan la boda animan su risueño grupo de trajes vistosos. Luego es la danza regional del *U* y el *Dos*, y las canciones y las coplas que dos estudiantes improvisan, a dos versos cada uno, y los *donsainers* que tocan en sus instrumentos de legado arábigo sones originales que danzan las parejas, músicas perfumadas de rosas de la huerta, cadencias y ritmos de una melodía que en vano procuraría esquivar su origen muslímico; y el canto y la danza bordan, cincelan paisajes que en una lejanía histórica puede evocar el soñador. La austríaca triste se ve como iluminada de música, el reyecito anémico debe sentir correr por sus venas un rojo estremecimiento; las princesas y los cortesanos sienten en medio de los muros antiguos y de los solitarios y maravillosos habitáculos, una invasión de aire libre, una irrupción de la vigorosa naturaleza, una momentánea aparición del alma sonora de la España popular; es un sorbo de licor latino apurado en horas de decaimiento en una copa labrada por el moro. La reina admira un rico pañuelo de randas que una valenciana luce en la cabeza, y la valenciana se quita de la cabeza el pañuelo y se lo da a la reina. Un estudiante ofrece a una princesita un cesto de limones con el mismo gesto que si fuesen de oro. El señor rector anda por allí con su frac y su discurso, negro entre la fiesta de colores. En los ojos del rey niño juega una inusitada llama, y la buena Borbón de la infanta Isabel está en su elemento. Ya el rector leyó su pliego, ya vuelven a sonar las dulzainas morunas y las valencianas a tejer estrofas con caderas, piernas y brazos. Ya se va la comparsa, ya quedan los príncipes solos con su grandeza; ya va a su retiro el pequeño monarca, acompañado de una aya invisible... pero que el ojo del poeta alcanza a distinguir y a reconocer, pálida, muy pálida.

Entre tanto Madrid ha bailado como nunca. No hay recuerdo de una época en que las gentes se hayan entregado a tal ejercicio con mayor entusiasmo. En el Real, en todos los teatros, bailes de sociedades y gremios; en los salones mundanos, bailes de cabezas y de trajes; en las calles mismas, mascaradas con una guitarra y unas castañuelas por toda música, se han descaderado a jotas. Los disfraces han abundado; y mientras uno materialmente no puede dar un paseo por las calles sin que le impidan el paso los mendigos, mientras la prostitución, comprendida la de la infancia y causada por el hambre en este buen pueblo, se instala a nuestros ojos a cada instante; mientras los atracos o robos en plena calle hacen protestar a la prensa todos los días, se han gastado en los tres de carnaval trescientas mil pesetas en *confetti* y serpentinas. Parece que pasase con los pueblos lo que con los individuos, que estas embriagueces fuesen semejantes a la de aquellos que buscan alivio u olvido de sus dolores refugiándose en los peligrosos paraísos artificiales. O que la cigarra española después de haber pasado cantando tanto tiempo, a la hora de los cierzos y en el frío del invierno siguiese el consejo de la hormiga: «¡Bailad ahora!» De todas maneras os aseguro que esta alegría es un buen síntoma: enfermo que baila no muere. Y la belleza de estas mujeres españolas, la abundancia de belleza sobre todo, y de frescura y de vida sana, dan idea de la más fecunda mina de almas y de cuerpos robustos, de donde pueden salir los elementos del mañana. Y yo no sé si me equivoque, pero noto que a pesar del teatro bajo y de la influencia torera —en su mala significación, es decir, chulería y vagancia—, un nuevo espíritu, así sea homeopáticamente, está infiltrándose en las generaciones flamantes. Mientras más voy conociendo el mundo que aquí piensa y escribe, veo que entre el montón trashumante hay almas de excepción que miran las cosas con exactitud y buscan un nuevo rumbo en la noche general.

He de ocuparme especialmente en estas manifestaciones de una reacción saludable y que auguraría, con tal de que esos luchadores se uniesen todos en un núcleo que trabajase por la salud de España, un movimiento digno de la patria antigua. Por lo demás, las fiestas no hacen daño, y con fiestas y toros hubo un Gran Capitán y un duque de Alba. El Aranjuez de la princesa de Éboli corresponde en cierto modo al Retiro de Felipe IV. Las máscaras suelen ser del agrado de los héroes, y cuando el Cid se casa y va el rey sacando los granos de trigo de entre los senos de Jimena, divierte a las gentes un hombre de buen humor que va vestido de diablo.

Lo que hay es que los que quieran proclamar la reconstrucción con toda verdad y claridad han de armarse de todas armas en esta tierra de las murallas que sabéis. Hay que luchar con la oleada colosal de las preocupaciones, hay que hacer verdaderas *razzias* sociológicas, hay que quitar de sus hornacinas ciertos viejos ídolos perjudiciales, hay que abrir todas las ventanas para que los vientos del mundo barran polvos y telarañas y queden limpias las gloriosas armaduras y los oros de los estandartes, hay que ir por el trabajo y la iniciación en las artes y empresas de la vida moderna «hacia otra España», como dice en un reciente libro un vasco brevísimo y fuerte —el señor Maeztu—; y donde se encuentran diamantes intelectuales como los de Ganivet —¡el pobre suicida!—, Unamuno, Rusiñol y otros pocos, es señal de que ahondando más, el yacimiento dará de sí.

UNA CASA MUSEO

24 de febrero

Ni del borrascoso conde de las Almenas que al abrirse las Cortes ha vuelto a ser la voz que clama después del desastre, el hombre que dice a los generales verdades corrosivas y heridoras; ni del banquete que se le ha dado a Luis París, empresario de la ópera, por su triunfo de la reciente temporada del Real bajo cuyas techumbres aún resuena el paso de la cabalgata de las Walkirias; ni de la próxima venida, en la primavera, de la compañía de Bayreuth, con sus directores y orquesta, lo cual implica una excepcional victoria de Wagner en este país del sol; ni del maestro Zumpe, que ha traído con su batuta alemana un aliento de vida nueva al movimiento musical de esta Corte que es por cierto digno de larga atención; ni de las reuniones de Zaragoza en donde se ha tratado de la regeneración de España en sonoras y pintorescas arengas; ni de otros tópicos de ocasión os hablaré, por transmitiros las sensaciones de arte que acabo de experimentar en una casa que es al mismo tiempo un museo, y que indiscutiblemente es la mejor puesta a este respecto, de todo Madrid, con ser famosa y admirable la del conde de Valencia de Don Juan; me refiero a la *garçonniere* que en la Cuesta de Santo Domingo habita el director de *La España Moderna*, José Lázaro y Galdeano.

Es José Lázaro acreedor al elogio por su amor a las letras y artes; ha sostenido y sostiene la revista de más fuerza que hoy tiene España entre los grandes periódicos; ha publicado más de quinientos libros de autores extranjeros, haciéndolos traducir para su propagación en ediciones baratas y elegantes; su correspondencia, en ese punto, ha sido con escritores que se llaman Tolstoi, Gladstone, Ibsen, Richepin; ha llenado su casa de preciosidades antiguas, de armas, libros, joyas, encajes, cuadros, bronces, autógrafos; ha viajado por toda Europa y se prepara este año para ir a Spitzberg; es el amigo de todo sabio, de todo escritor, de todo artista que visita este país; es joven, soltero, muy rico; sus aficiones intelectuales no le impiden hacer una vida mundana; y cuando vuelve, por ejemplo, de una excursión del interior de España, ocupa la tribuna del Ateneo y obtiene el aplauso y la aprobación de todos; creo que su camisa está muy cerca de ser la camisa del hombre feliz. Yo le fui presentado hace siete años, al mismo tiempo que dos escritores extranjeros, el novelista griego Bikelas —de quien os he hablado ya ha tiempo en *La Nación*— y Maurice Barrès. A este propósito recuerdo una curiosa anécdota referente al célebre jardinero de su «yo». Sucedió que Barrès tenía gran interés en presenciar una corrida de toros; era el momento en que se movía en su cerebro más de un capítulo «de la sangre, de la voluptuosidad y de la muerte»; quería ya que no documentarse, impresionarse, y manifestó a Lázaro el deseo que tenía de ir a la plaza, en compañía de una moza que se trajera de París, graciosa de su persona, fina y pimpante, flor de bulevar. Lázaro le consiguió un palco; pero el amigo y prologuista del general Mansilla díjole que prefería impregnarse de color local, de ambiente, y que para ello deseaba ver la función desde el tendido, mezclado a la gente popular. Se le hicieron algunas observaciones, mas no se pudo vencer el capricho de los parisienses, y se enviaron a Barrès dos asientos de tendido, a la sombra. Cuéntase por acá que el viejo Dumas se presentó en la plaza de toros de Sevilla, en una tarde de oro y alegría, con chaqueta de torero, pantalón ajustado, faja y... sombrero de copa. Os podéis imaginar la «ovación» de que sería objeto entre los habitantes del barrio de Triana el hombre del Monte-Cristo. Algo semejante ocurrió cuando en el tendido de Madrid se vio aparecer una pareja originalísima: él trajeado como para el Grand Prix, y ella con una de esas *toilettes* primaverales que encantan la Cascada o Armenonville. Pero la cosa fue en aumento cuando al comenzar los banderilleros sus suertes, el francés y su compañera aplaudían desusadamente; y cuando, al llegar los picadores, comenzó el desventrar de los caballos por los toros, Barrès se puso en pie, y sus protestas a gritos desolados llamaron la atención, y las aceitunas de sus vecinos, que comían rebanadas de salchichón y bebían vino en bota. Las interjecciones llovieron y hubo que ir a sacar de su puesto a la dama desmayada y al cultivador del «yo». He recordado esta historia divertida, tiempo después, al leer esas páginas supremas de pensamiento y de hondura psicológica, con ese estilo personalísimo del renaniano y stendhaliano —¡poderosa suma!— que ha dado tan bello libro sobre «la sangre, la voluptuosidad y la muerte».

La casa de Lázaro está cerca de la de don Juan Valera y el general Martínez Campos; y enfrente de la del duque de Frías, el gran señor de romántica vida que arrebatara en época hoy legendaria la mejor joya de la embajada inglesa... De los balcones se ve la casa de la novela —que costó la inmensa fortuna del duque— y, al dulce oro de una tarde que hubiera podido ser de primavera, hablábamos de esos sueños vividos.

Luego fui a visitar las telas viejas, los cuadros auténticos y admirables —¡oh, mi buen amigo Schiaffino, y cómo le he recordado!—. Lo de Tiépolo, cabezas dibujadas con la conocida magistral manera. Un hermosísimo cuadro de la época rafaelita, de tonalidad única, a modo de creerse imposible que se haya podido lograr la conservación de tanta riqueza de color. Un Ribera que desearían muchos museos; riquísimos trípticos bizantinos; retratos de valor histórico y de un abolengo artístico que desde luego se impone; y más y más preciadas cosas en que resalta con aristocracia absoluta, como soberano, santa «panagia» de esa casa del arte, un Leonardo de Vinci.

Esta presea de la pintura es un cuadrito pequeño, un retrato, el de un tipo seguramente contemporáneo de la *Gioconda;* maravilloso andrógino, de una fisonomía sensual y dolorosa a un tiempo, en la cual todo el poema de la visión del artista incomparable está cristalizada, como en un suave y prodigioso diamante. Es una «ficción que significa cosas grandes», como decía el maestro en palabras que han florecido en el alma d'annunziana. Me gusta más todavía este retrato enigmático que el mismo sublime retrato de *Mona Lisa.* La mirada está impregnada de luz interior; el cabello es de un efecto que sobrepasa los efectos esencialmente pictóricos; el ropaje —que es hermano de la *Gioconda*— muestra la mano original; y el fino y delicado plasticismo de las armoniosas facciones denuncia, clama la potencia del porfirogénito poeta-sapiente de la *Anatomía,* del príncipe de los maestros de la pintura de todos los siglos. Del Museo de Berlín vinieron a intentar llevarse tan magnífica obra, pero el dueño no quiso la buena suma de oro alemán. Al Louvre fue en persona a mostrar su tesoro, y también recibió propuestas. El cuadrito sigue imperante en tierra española.

Entre tanta rica colección de cosas de arte, me llaman la atención dos mantillas que pertenecieron a una altísima dama de la nobleza madrileña, que pasó sus últimos años en apuros y pobrezas y tuvo un entierro modesto, humilde, después de haber recibido, en tiempos de pompa, a los monarcas en sus salones. De ella era también un anillo de solitaria belleza, una perla cuyo oriente se destaca singular entre finas chispas, todo de un gusto de exquisitez hoy no usada, y que seguramente adornó en no muy lejanos tiempos dedos principales que muestran su gracia nobiliaria en los retratos de Pantoja. De ella, asimismo, una peineta que ostenta en su semicírculo tantas amatistas como para las manos de diez arzobispos.

De las joyas en mi rápida visita paso a los libros: primero los incunables alemanes e italianos; eucologios de Amsterdam; hermosas ediciones de España, las espléndidas de Montfort, de Sancha, de la Imprenta Real; varios infolios pertenecientes a la biblioteca del infante don Sebastián; una crónica de Pero Niño, de severa elegancia tipográfica; rollos hebreos; pergaminos gemados de mayúsculas que revelan la fina y paciente labor de la mano monacal; sellos de don Alfonso el Sabio; prodigiosas caligrafías arábigas; autógrafos de un valor inestimable. Buena parte de todo lo que adorna esta mansión fue expuesta en la Exposición Histórica europea y americana que se celebró en esta capital, con motivo del Centenario de Colón, y en el actual palacio de la Biblioteca y Museo de Arte Moderno.

Al ir revistando tan estupenda colección de riqueza bella, pensaba yo en cómo muchas de las cosas que atraían mis miradas eran parte del desmoronamiento de esas antiquísimas casas nobles que, como la de los Osunas, han tenido que vender al mejor postor objetos en que la historia de un gran reino ha puesto su pátina, oros y marfiles rozados por treinta manos ducales en la sucesión de los siglos, hierros de los caballeros de antaño; muebles, trajes y preseas que algo conservan en sí de las pasadas razas fundadoras de poderíos y grandezas. Y recordaba la amarga comedia de Jacinto Benavente: *La comida de las fieras...*

Y antes de partir fui otra vez a dar mi saludo de despedida a la creación del divino Leonardo. Y parecíame que la majestad del arte diese razón a la caída de todo edificio que no tenga por base la potencia mental. Esa faz reproducida o imaginada por el maestro luminoso vive y comunica su inmortal misterio, su hechizo supremo, a toda alma que se acerque a su mágica influencia, cual si desprendiese de la obra del pincel la maravilla avasalladora de una virtud secreta. Y a través de la fugaz onda temporal, esa dominación arcana se perpetúa y la imperecedera diadema se hace más radiosa al tocar sus perlas invisibles el vuelo de las horas.

LA JOVEN LITERATURA

3 de marzo de 1899

Acaba de representarse en Granada un drama póstumo de Ángel Ganivet: coyuntura inapreciable para hablar del pensamiento nuevo de España. Pues Ganivet, especial personaje, era quizá la más adamantina concreción de ese pensamiento.

Él propio se ha encarnado en su Pío Cid, simbólico tipo, en el cual el antiguo caballero de la Mancha realiza, a mi entender, un avatar. Ganivet era uno de esos espíritus de excepción que significan una época, y su alma, podría decirse, el alma de la España finisecular. No conozco la obra que se ha dado recientemente a la escena, *El escultor de su alma;* pero, desde luego, creo poder afirmar que se trata meramente de una autoexposición psíquica; es el mismo Pío Cid, de la *Conquista del reino de Maya,* el último conquistador español Pío Cid. Antojóseme que en Ganivet subsistía también mucho de la imaginativa morisca, y que la triste flor de su vida no en vano se abrió en el búcaro africano de Granada. Su vida: una leyenda ya, de hondo interés.

Desde luego, un joven, que sube a la torre nacional a divisar el mundo, luego se encamina a la ideación de una nueva patria en la patria antigua: en Pío Cid hay simiente para una España futura. Después, cosa que sorprenderá a quien tenga conocimiento de las costumbres literarias de todas partes y sobre todo de este país: Ganivet no tenía enemigos, y por lo general, si conversáis con cualquiera de los intelectuales españoles, os dirá: «Era el más brillante y el más sólido de todos los de su generación.» En la Corte tuvo sus bregas, sus comienzos de gloria. Hubo una pasión, toda borrasca, que según se dice fue la causa de su muerte. Entró a la carrera consular, tan propicia a la literatura, aunque no lo parezca por los roces de lo mercantil; y continuó en su labor ideológica y artística. Sabía ruso, danés, casi todos los idiomas y dialectos de los países boreales, sabía lenguas antiguas, escribió un libro curiosísimo sobre las literaturas del Norte; publicó otro de sol y de música, al par que una obra de cerebral, sobre su *Granada la bella*, en el país de Hamlet; produjo más libros, y un emponzoñado día, un mal demonio le habló por dentro, en lo loco del cerebro, y él se tiró al Volga. Así acabó Pío Cid su vida humana. Su vida gloriosa y pensante ha de ir creciendo a medida que su obra sea mejor y más comprendida. Entonces se verá que en ese ser extraño había un fondo de serena y pura nobleza bajo la tempestad de su temperamento; que vivió de amor, de abrasamiento genial y murió también por amor, en la forma de un cuento. En la *Conquista del reino de Maya* exprime todos sus zumos de amargas meditaciones, y su forma busca la escritura artística, que en *Los Trabajos* no se advierte. Aún vemos desarrollarse el período cervantesco; pero las encadenadas y ondulantes oraciones van por lo general repletas de médula. La obra queda sin concluir; o mejor dicho, tuvo la conclusión más lógica al propio tiempo que más extraña, en la unión de una fábula escrita y una vida. Pío Cid debía concluir con quitarse la existencia. No es él quien habla en el diálogo, pero Olivares, un personaje de *Los Trabajos,* dice en cierta página del libro: «Se exagera mucho, y además, alguna vez tiene uno que morirse, porque no somos eternos. Entre morirse de viejo apestando al prójimo o suprimirse de un pistoletazo, después de sacarle a la vida todo el jugo posible, ¿qué le parece a usted...? Yo, por mí, les aseguro que no llegaré a oler a rancio. —Cada cual entiende la vida a su modo— dijo Pío Cid— y nadie la entiende bien. —Ahora ha dicho usted una verdad como un templo —dijo Olivares—. Lo mejor es dejar que cada uno viva como quiera y que se mate, si ése es su gusto, cuando le venga la contraria.» ¡El pobre Ganivet! Llegó el trágico minuto, abrió la puerta misteriosa y pasó. De las *Cartas finlandesas* escribe Vincent en el *Mercure* que «no es una obra dogmática, antes bien familiar; en el punto de vista no es español, es humano: el autor, en efecto, que conoce perfectamente toda la Europa, gusta de hacer recorrer a sus conceptos distintas latitudes; agregad a eso un sentido muy real de nuestra época, una información que va de Ibsen a Maeterlinck, de Tolstoi a Galdós: ninguna pedantería; una dulce sensibilidad que afecta disimularse tras un velo de ironía. En fin, un libro de actualidad perfecta en que la Finlandia es vista por un espíritu desembarazado de prejuicios y por un latino». El crítico francés, demasiado benévolo por lo general en sus revistas de letras españolas, no ha pasado por esta ocasión de lo justo. Ganivet, escritor de ideas, más que de bizarrías verbales, merece el estudio serio, el ensayo macizo de la crítica de autoridad. Nicolás María López, otro granadino, amigo y compañero suyo, habla, además, del drama que acaba de representarse, de otras obras póstumas que están en su poder: *Pedro Mártir*, en tres actos, y *Fe, amor y muerte*, drama; dice: «profundamente psicológico, con ideas alucinadoras y extrahumanas, con una fuerza trágica tan extraña y sutil, que parece romper los moldes de la vida y entrar en los senos de la muerte». Rara y bella figura, en este triste período de la vida española, y que parece haber absorbido en sí todos los generosos y altos ímpetus de la raza. Y recuerdo el sintético acróstico latino de Pío Cid, en *Los Trabajos*, ARIMI:

> *Artis initium dolor*
> *Ratio initium erroris.*
> *Initium sapientiae vanitas.*
> *Mortis initium amor*
> *Initium vitae libertas.*

Jacinto Benavente es aquel que sonríe. Dicen que es mefistofélico, y bien pudieran ocultarse entre sus finas botas de mundano, dos patas de chivo. Es el que sonríe: ¡temible! Se teme su crítica florentina más que los pesados mandobles de los magulladores diplomados; fino y cruel, ha llegado a ser en poco tiempo príncipe de su península artística, indudablemente exótica en la literatura del garbanzo. Se ha dedicado especialmente al teatro, y ha impuesto su lección objetiva de belleza a la generalidad desconcertada.

Algunas de sus obras, al ser representadas han dejado suponer la existencia de una clave; y tales o cuales personajes se han creído reconocer en tales o cuales tipos de la Corte. Como ello no es un misterio para nadie, diré que en *El marido de la Téllez*, por ejemplo, el público quiso descubrir la vida interior y artística de cierta eminente actriz casada con un grande de España y actor muy notable; y en *La comida de las fieras*, entre otras figuras se destacó la de una centroamericana, millonaria, casada con un noble sin fortuna y hoy marquesa por obra de Cánovas del Castillo. Benavente niega que haya tomado sus tipos del natural; pero el parecido es tan perfecto que toda protesta se deshace en una sonrisa. *La comida de las fieras* fue basada, seguramente, en el caso penoso de la venta en subasta de las riquezas seculares que contenía la casa de los Osunas. Los personajes son de una humanidad palpitante; y he de citar estas frases de Hipólito, al finalizar la comedia: «Porque en lucha he vivido siempre; porque viví desde muy joven en otras tierras donde la lucha es ruda y franca. ¿Por qué vinimos a Europa? En América el hombre significa algo; es una fuerza, una garantía... se lucha, sí, pero con primitiva fiereza, cae uno y puede volver a levantarse; pero en esta sociedad vieja, la posición es todo y el hombre nada... vencido una vez, es inútil volver a luchar. Aquí la riqueza es un fin, no un medio para realizar grandes empresas. La riqueza es el ocio; allí es la actividad. Por eso allí el dinero da triunfos y aquí desastres... Pueblos de historia, de tradición, tierras viejas, donde sólo cabe, como en las ciudades sepultadas de la antigüedad: la excavación, no las plantaciones de nueva vegetación y savia vigorosa.»

En *Figulinas* y *Cartas de mujeres* no puede dejarse de entrever la influencia de ciertos franceses: un poco aquí Gyp, otro poco allí Lavedan y Prevost; la *parisina* aplicada al alto mundo madrileño que Benavente ha bien estudiado. Benavente es caballero de fortuna, y mientras leo un sutil arranque suyo en *Vida literaria* y se ensaya en la Comedia un arreglo suyo de *Twelfth Night,* tropiezo con lo siguiente en la cuarta plana de un diario:

«Se venden los pastos de rastrojera y barbechera, del término de Jetafe, divididos en lotes o cuarteles, cuya venta tendrá lugar en pública subasta, ante la Comisión del gremio de labradores, en la Casa Consistorial, donde está de manifiesto el pliego de condiciones, el día 19 del actual, a las diez de su mañana.—Jetafe 9 de marzo de 1899. Por la Comisión, Jacinto Benavente.»

De mí diré que con toda voluntad juntaría a mis sueños de arte una estancia entre las montañas de González, junto a las riberas del Paraná de Obligado, o en la *Australia Argentina* de Payró. Día llegará en que la literatura tenga por precisa compañera la tranquilidad del espíritu en la lucha por la vida y el trabajo industrial o rural como contrapeso al ya terrible *surmenage.* Los ingleses y los norteamericanos han comenzado a aleccionarnos, y un *gentleman-farmer* artista no es un ave rara. Dejo como última nota el *Teatro fantástico* de Benavente, una joya de libro que revela fuerza de ese talento en que tan solamente se ha reconocido la gracia. Fuerza por cierto; la fuerza del acero del florete, del resorte; finura sólida de ágata, superficie de diamante. Es un pequeño «teatro en libertad», pero lejos de lo telescópico de lo Hugo y de lo suntuoso que conocéis de Castro. Son delicadas y espirituales fabulaciones unidas por un hilo de seda en que encontráis a veces, sin mengua en la comparación, como la filigrana mental del diálogo shakespeareano, del Shakespeare del *Sueño de una noche de verano* o de *La Tempestad*. El alma perspicaz y cristalinamente femenina del poeta crea deliciosas fiestas galantes, perfumadas escenas, figurillas de abanico y tabaquera que en un ambiente Watteau salen de las pinturas y sirven de receptáculo a complicaciones psicológicas y problemas de la vida.

Este modernista es castizo en su escribir y es lo castizo en su discurso como la antigüedad en el mérito de ciertas joyas o encajes, en puños de Velázquez o preseas de Pantoja. Y al conocerle, en el café Lion d'Or, que es su café preferido, he visto en su figura la de un hidalgo perteneciente a esa familia de retratos del Greco, nobles decadentes, caballeros que pudieran ser monjes, tan fáciles para abades consagrados a Dios como para hacer pacto con el diablo. En las pálidas ceras de los rostros se trasparentan las tristezas y locuras del siglo. Así Jacinto Benavente. En toda esta *débâcle* con que el decimonoveno siglo se despide de España, su cabeza, en un marco invisible, sonríe. Es aquel que sonríe. Mefistofélico, filósofo, filoso, se defiende en su aislamiento como un arma; y así converse o escriba, tiene siempre a su lado, buen príncipe, un bufón y un puñal. Tiene lo que vale para todo hombre más que un reino: la independencia. Con esto se es el dueño de la verdad y el patrón de la mentira. Su cultura cosmopolita, su cerebración extraña en lo nacional, es curiosa en la tierra de la tradición indomable; pero no sorprende a quien puede advertir cómo este suelo de prodigiosa vida guarda, para primaveras futuras, las semillas de un Raimundo Lulio. Ahora trabaja Benavente por realizar en Madrid la labor de Antoine en París o la que defiende George Moore en Londres: la fundación de un teatro libre. Dudo mucho del éxito, aunque él me halagaría habiéndoseme hecho la honra de encargarme una pieza para ese teatro. Pero el público madrileño, Madrid, cuenta con muy reducido número de gentes que miren el arte como un fin, o que comprendan la obra artística fuera de las usuales convenciones. Cuando no existe ni el libro de arte, el teatro de arte es un sueño, o un probable fracaso. No hay una élite. No se puede contar ni con el elemento elegantemente carneril de los *snobs* que ha creado Gómez Carrillo con sus graciosas y sinuosas ocurrencias. Conque, ¿para quiénes el teatro?

Junto a Benavente me presentan a Antonio Palomero, o sea *Gil Parrado*. Este seudónimo, nombre de un gracioso tipo clásico, no está mal en quien, con sales autóctonas, nos revela un Raúl Ponchón madrileño, un rimador seguro, un cancionero bravísimo, en cuanto puede permitirlo el género político: Aristófanes en *couplets* o yambos con castañuelas. El libro de flechas de humor maligno y risueño que forman los «Versos políticos» de Palomero, *Gacetas rimadas,* tiene un prólogo, en verso, de Luis Taboada. Creo que fue Gutiérrez Nájera quien escribió un día que en medio de la noche del arte español contemporáneo, Luis Taboada era tal vez el único «artista». Era una broma del «duque job» mejicano, excusable por su falta de conocimiento del grupo español, digamos así, secreto, que hace una vida ciertamente intelectual.

Y además, en su tiempo —hace de esto ocho o diez años—, las cosas andaban de Barrantes a Valbuena. Pues *Gil Parrado* no pudo tener mejor protagonista que el desopilante Homero fragmentario de la vida cursi de Madrid, puesto que él quiso ser el Píndaro de las cursilerías épicas de la política. Conociendo la labor y la propaganda estética de quien escribe estas líneas, ellas no pueden sino ser vistas como la mayor prueba de sinceridad. Mas Palomero no es solamente *Gil Parrado.* Además de los alfileres de su conversación, de las más interesantes que un extranjero hombre de letras puede encontrar en la Corte, su crítica teatral se estima justamente, y en el cuento y el artículo de periódico, sobresale y comunica la intensidad de su vibración, el contagio de su energía indiscutible. Mariano de Cavia dice de él, hablando de sus *Trabajos forzados,* que es «un literato culto, agudo y sincero»; gratifícale además con «popular y brillante». Cavia sabe lo que se dice, él, maestro de única escritura en su país, que ha logrado unir, en la faena asperísima del periodismo, la flexible gracia autóctona a las elegancias extranjeras. ¡Quevedo en el bulevar, Dios mío! Y cuando Cavia alaba a Palomero es justo, y yo que conozco la transparencia de este talento, me complazco en deciros que aquí, entre lo poco bueno y nuevo, esto es de lo que en la piedra de toque deja una suave y firme estela de oro fino.

Así Manuel Bueno, el redactor que en *El Globo* escribe todos los días esa paginita que lleva la firma de *Lorena,* con el título general de «Volanderas». Verdes Montenegro ha hecho para el libro primigenio de Bueno un prólogo de sustancia y espíritu al propio tiempo que de justicia y cariño. De Verdes Montenegro os hablaré en otra ocasión más detenidamente. De su ahijado literario os diré que ha recibido en su alma mucho sol de nuestra pampa y a su oído ha cantado la onda caprichosa de nuestro gran río. Es un vasco. Vasco, así como ese especialísimo y robusto Grandmontagne, que ha injertado una rama de ombú en el árbol sagrado de Guernica, para que más tarde nazcan —¡Dios lo quiera, y ya se ven los brotes!— flores de un perfume singular, rosas fraternales del color del tiempo, iluminadas de porvenir, en tierra de Mitre y Sarmiento, en la capital del continente latino, al amparo del satisfecho sol. El joven Bueno anduvo por Buenos Aires, padeció tormento de inmigración y penurias de mozo de intelecto que va a hacer fortuna por el Azul y Bahía Blanca... Y vuelto a su tierra, no es de los que vienen con arranques despechados de fracasadas bohemias, de existencias adoloridas de nuestra necesaria ley de trabajo, de ese Buenos Aires cuya fuente social es para los labios del mundo, y que en el progreso corresponde, con su pirámide de mayo, índice indicador, a los obeliscos de París y Nueva York.

Bueno es aquí, en su labor diaria, nota extemporánea, y tan parisiense que hay quienes le denuncien de afectación. Pero no es poco servicio intelectual el servir a un pueblo ese plato escogido, todos los días, esa ala de faisán, después de la sopa de política española y antes del asado político también. Bueno, como *Lorena,* da un eco que aquí, aunque tiene semejantes en la prensa, permanece en su individualidad. No seré yo quien oculte su ligereza de juicio habitual, su insinceridad quizá, también habitual; ¡pero es tan bello el gesto!

Ricardo Fuente es el director de *El País.* Quizá envíe a *La Nación* una información interesantísima sobre este diario de oposición, que ha tenido sobre sí la atención de Madrid y de España, y que, periódico que ha respondido al eco popular, ha sido quizá el que ha tenido mayor número de intelectuales en su redacción. En París un *Intransigeant* se explica; en Buenos Aires, el antiguo *Nacional,* también; en Madrid, *El País* de hoy es un caso de extremada curiosidad. Los redactores, desde hace mucho tiempo —el diario es republicano absoluto—, van a la cárcel periódicamente. Allí se dice la verdad a son de truenos de tambores y trompetas. La censura ha tenido en esa hoja la mejor lonja en que cortar, y las estereotipias, a las cuatro de la mañana, han sido en tiempo de la guerra brutalmente descuartizadas.

El capítulo de la censura, publicado cuando ésta se ha levantado, ha sido de sensación. Un detalle curioso es que mi artículo «El triunfo de Calibán», publicado en Buenos Aires, fue mutilado en *El País* y dado intacto en *La Época...* En ese diario, *El País,* han escrito Dicenta, Maeztu, etcétera, y Romero Robledo puso allí su gran sombra... Ricardo Fuente es el director. Cuando uno piensa en ese abominable Villemesant que nos pinta Daudet o que nos acaba de retocar Claretie; cuando recuerdo a ciertos directores europeos y americanos, en quienes el elegante *shylokismo* se junta a un irrespeto voluntario de todo lo intelectual, pienso en este buen Fuente, que, como el pobre parisiense Fernand Xau, sabe juntar —en su tan limitada esfera— la autoridad al tino y la comprensión a la afabilidad. Ser director de un diario, ¡qué difícil tarea! Son como las perlas rosadas y negras aquéllos a quienes se puede aplicar la frase inglesa: *That is a man.* Ser un director querido de sus redactores es de lo más difícil del mundo, así se llame uno Magnard o Valdeiglesias, Bennet o Láinez. Fuente lo es. Pero es que él propio es un trabajador de la prensa que ha subido con mérito a ese puesto; y quizá, y sin quizá, tanta bondad personal hace daño a su posición. Porque no ha de ser quien dirige una tan complicada máquina un compañero de sus redactores en toda la extensión de la palabra, sino en lo que ella tiene de aprecio necesario y benevolencia justa; y ¡ay de aquel director que no se calce sus botas imperiales, y no ponga a su gallo, empezando en casa, a cantar claro y bien, como ese Arthur Meyer del *Gaulois,* tan combatido sin embargo! Fuente es el tipo ideal del director para sus redactores; pero su gallo no se ha alzado hasta ahora...

Se alza, personal y simpático, en el articulista, en el literato, de quien dice Joaquín Dicenta: «El camino literario de Fuente se halla trazado con líneas vigorosas. Puede seguirle sin retroceder y sin temblar. No hay cuidado de que le tiren al suelo de un empujón; tiene los músculos muy duros.» En el volumen *De un periodista* —del cual en Buenos Aires se ha reproducido bastante—, hay la manifestación de la contextura de un artista; la fuga contenida de un amante del estilo que atan las usanzas de la limitación del diario; las explosiones ideales o sentimentales sujetas por la línea señalada, o la hora de la prensa, la preferencia al telegrama, la tiranía de la información. ¿Qué periodista no sabe de esto? Y así nos habla de Augusto de Armas, nos pinta rápidas acuarelas húmedas del más rico sentimiento, o apuntes de una fiereza de lápiz cuyo blanco y negro nos seduce por su juego de luz y de sombra.

LA «ESPAÑA NEGRA»

No hace muchos días hice una corta visita a Aranjuez. Si Versalles recuerda a una coja encantadora en la historia, Aranjuez guarda aún el perfume de una tuerta hechicera: bien vale un viaje a ese bello *buen retiro* de los príncipes castellanos el ir a rememorar a la princesa de Éboli. Entre los olorosos y evocadores boscajes resucitan las lejanas escenas, y hay en el ambiente de los jardines y alamedas como dormidos ecos galantes que no aguardan sino el enamorado o el poeta que sepa despertarlos. En el Palacio Real y la Casa de Labrador es un espíritu de tristeza el que impera, desde que penetráis en las suntuosas y solitarias mansiones. Al recorrer los innumerables habitáculos, adornados de siglos de oro, de plata, de mármol, de ónix, de ágata, de seda, de marfil, al respirar bajo esas techumbres que han cubierto tanta hora trágica, feliz o misteriosa, en la vida de muchos monarcas de España, sobrecoge el sombrío momento, la sala ha tiempo sin vida, la luna que retrató en su fondo las imágenes pasadas, la hora detenida en un reloj de Manuel de Rivas; el cojín en que se reclinó la cabeza de Felipe II, el fresco, el cuadro, el dije, o la estofa vieja con su atractivo peculiar y triste... Y el conserje que dice su aprendida relación y se descubre ante un cuadro que representa una capilla de El Escorial en que se está diciendo la misa... Viene a la mente la España negra.

Acababa de leer ese libro reciente de Emile Verhaeren y Darío de Regoyos, *La España negra;* y la novela española de Barrès, *Un amateur d'âmes,* y el volumen positivo sobre la evolución política y social de España, de Yves Guyot: en todos la observación, la sugestión, la imposición, de la nota oscura, que en este país contrasta con el lujo del sol, con la perpetua fiesta de la luz. Por singular efecto espectral, tanto color, tanto brillo policromo, dan por suma en el giro de la rueda de la vida, lo negro.

Es la tierra de la alegría, de la más roja de las alegrías: los toros, las zambras, las mujeres sensuales, don Juan, la voluptuosidad morisca; pero por lo propio es más aguda la crueldad, más desencadenada la lujuria, madre de la melancolía; y Torquemada vive, inmortal. Granada existe, abierta al sol, como el fruto de su nombre, perfumada, dulce, ávidamente grata; pero hay una Toledo, concreción de tiempo, inmóvil y seca como una piedra, y entre cuyos muros sería insólita y fuera de lugar una carcajada. Allí no caben, al calor que abrasa la aridez de Castilla, otros amores que los tristes o fatalmente trágicos, y Maurice Barrès, la pasión que hace amargamente florecer en recinto semejante es la nefasta y ardorosamente paladeada de un incesto. Verhaeren anota sus impresiones dolorosas, copia, al aguafuerte, paisajes cálidos y calcinados, colecciona sus almas violentas y bárbaras como los productos de una flora tropical, excesiva y rara. Domina atávicamente su sangre belga la fiereza de la España que apretara a sus antepasados entre los hierros del duque de Alba; los espectáculos de la torería le dejan ver la cristalización sangrienta que yace bajo el subsuelo de esta raza, cuya energía natural se complica de la ruda necesidad de las torturas; y el concepto de la muerte y de la gracia, enlutados y caldeados por un catolicismo exacerbante, por una tradición feroz que ha podido encender las más horriblemente hermosas hogueras y aplicar los martirios más purpúreos y exquisitos. El arte revela ese fondo incomparable. La imaginaria religiosa hace de las naves de los templos lúgubres *morgues* que me explico hayan conmovido a Verhaeren como a cualquier visitante de pensamiento que traiga sus pasos por estas iglesias sangrientas en que Ribera o Montañés, entre tantos, exponen al espanto humano sus lamentables Cristos.

Un español de gran talento me decía: «En cada uno de nosotros hay un alma de inquisidor.» Cierto. Fijaos, y decid si José Nakens no se junta, paralelamente, en lo infinito —así las dos líneas matemáticas— con Tomás de Torquemada. Es la misma fe terrible, la intransigencia que llega hasta la ceguedad, la aplicación del potro, la certeza en la salvación por el sufrimiento, tan magníficamente iluminada en el drama de Hugo. Los conquistadores y los frailes en América no hicieron sino obrar instintivamente, con el impulso de la onda nativa; los indios despedazados por los perros, los engaños y las violencias, las muertes de Guatimozin y Atahualpa, la esclavitud, el quemadero y la obra de la espada y el arcabuz, eran lógicos, y tan solamente un corazón excepcional, un espíritu extranjero entre los suyos, como Las Casas, pudo asombrarse dolorosamente de esa manifestación de la España negra. «Mi morena», dice Mariano de Cavia.

Las sombrías políticas de antaño se reproducen hoy, claro que sin la perdida magnificencia; pues de Polavieja a Antonio Pérez hay cien Atlánticos de distancia y las ducales espuelas de don Fernando Álvarez de Toledo retrocederían sobre sus agudas estrellas ante las botas de don Valeriano Weyler... Pero aún la sombra de Roma cae sobre el palacio de Madrid; los confesores áulicos tienen su papel, las intrigas son las mismas con diferencia de personajes y de alturas mentales. ¡España va a cambiar!, se grita en el instante en que la injusta y fuerte obra del yanqui se consuma. Y lo que cambia es el Ministerio.

La verbosidad nacional se desborda por cien bocas y plumas de regeneradores improvisados. Es un *sport* nuevo. Y la zambra no se interrumpe. «España —dice un escritor de Francia— ha querido, sin duda, evocar esos grandes Estados de Oriente antiguo que se derrumbaban en la embriaguez pública.» No, no ha querido evocar nada. Obra por sí misma: esa alegría es un producto autóctono, entre tanta tragedia; es el clavel: es la flor roja de la España negra. Así, cuando de nuevo los conservadores han vuelto al poder, se ha creído en el exterior que la reacción provocaría la revolución. ¡Las inquisitoriales historias de Montjuich están cercanas; los sucesores de la guerra han sido tan rudos en su lección y las agitaciones provinciales del regionalismo se han repetido tanto...! Nada. Quietud. Estancamiento. Apenas ruido de regaderas alrededor del tronco fósil del carlismo. Tan sólo, en lo futuro del tiempo, el hervor del fermento social.

Se combate el vaticanismo; Castelar habló; otras cabezas surgieron protestantes, a la salida de Silvela. Y se pronuncia el nombre del padre Montaña; el inevitable confesor, cuyo hábito, en el curso de la historia, está siempre tras el trono de S. M. Católica. Se dice que la religiosidad española no es sino formal; que el Papa no es la potencia hacedora en la vida política y social, sino hasta muy limitado punto. He encontrado sirviendo de señal en un libro viejo un documento curiosísimo, que os pondrá a la vista el sentir y pensar de muy buena parte del pueblo español. Es una serie de proposiciones que se enviarían en cierta época a las congregaciones de Roma, para ser resueltas. Fírmalas don Ángel García Goñi, a 14 de abril de 1877. Este caballero fue, según me informan, abogado distinguido del foro matritense, y muy mezclado en asuntos de política eclesiástica.

PROPOSICIONES QUE SE CONSULTAN
CON LAS CONGREGACIONES DE ROMA

«Si se puede ser partidario de la *persona* del rey don Alfonso XII de España, por creerle monarca *legítimo,* sin ser por esto *católico liberal*

Si aun en la hipótesis inadmisible de que fuera un *usurpador* y siguiese las corrientes racionalistas o se abrazase a la política *doctrinaria,* sería lícito al pueblo español *por sí, alzarse en armas* contra él, para destronarle, dada la situación política de aquel país, y caso negativo, si a pesar de esto podría intentarlo, siguiendo el llamamiento que le hiciera otra persona que invocase, con más o menos fundamento, sus derechos al trono, o si en la duda de quién sea el *verdadero rey,* debe respetarse el hecho de la posesión de la autoridad y obedecer lo existente.

Si de ser *lícito* el alzamiento a que se refiere la proposición anterior, es hoy conveniente o de probable *éxito* o de tenerse por *temerario.*

Si considerando el estado de las conciencias y la escasa resistencia que los tronos oponen en nuestros días a la revolución, puede decirse que *deja de ser católico* el monarca que sanciona la *tolerancia de cultos disidentes.* Entiéndase esta proposición no para preguntar si realiza un acto *nulo en sí,* porque éste parece evidente, sino en el sentido de si por tal hecho revela el monarca odio al catolicismo, o pueden aquellas circunstancias y el deseo de consolidar el orden público, cuando los revoltosos enarbolan la bandera de la *tolerancia,* o con ella hacen la *oposición* al rey, mitigar algo la gravedad de este acto.

Si dado el hecho de haberse sancionado por el *monarca* la libertad y tolerancia de cultos, o cometídose cualquier atropello a los sagrados derechos de la Iglesia católica, es *lícito* trabajar dentro de las vías legales para destronar al rey acusándole por su conducta, o si únicamente pueden censurarse sus actos sin el fin ulterior de quitarle la posesión de la autoridad: si para juzgar este hecho hay que distinguir entre el *usurpador* y el príncipe legítimo, y cuál de estas calificaciones ha de aplicarse al posesor de la autoridad, cuando el pueblo en que impera no tiene opinión unánime sobre este punto. Si la proposición 63 del Sillabus, de 8 de diciembre de 1864, condena la insurrección en este caso y si es aplicable al monarca cuya *legitimidad* es reconocida por unos y negada por otros súbditos.

Si los verdaderos *católicos* pueden estar al servicio doméstico de los monarcas *católico-liberales y* asistir a sus recepciones oficiales y fiestas, y si pueden defender su derecho dinástico y su autoridad, *sirviendo voluntariamente* en sus ejércitos.

Si se puede ser partidario del régimen representativo y *constitucional*, sin ser por ello *católico liberal*.

Qué entiende la Santa Iglesia Romana por *sistema parlamentario* y si se puede sostener su conveniencia en nuestros días, sin dejar de ser *católico ultramontano*.

Si, supuestas unas o ambas afirmaciones, es *lícito* desear el planteamiento en España de la Constitución de 23 de mayo de 1845, por considerarla apropiada a las necesidades presentes del pueblo español, o si la doctrina de este código es *católico-liberal*, y, por tanto, inconciliable con los derechos e intereses del catolicismo, determinando en semejante supuesto, cuáles son los artículos que deberían suprimirse o modificarse para que fuese francamente *católica*.

Si aun siendo mala esta Constitución pueden ser tenidas por católico-liberales aquellas personas que sostienen la conveniencia de haberla restablecido en España en el año 1875, como base del orden político, *sin perjuicio de reformarla en sentido más restrictivo*.

Si es *lícito a un católico verdadero* prestar juramento a la vigente Constitución española, publicada en 30 de junio de 1876 y con qué salvedades.

Si es *lícito y conveniente* trabajar en las *elecciones* como elector y como elegible, con el fin de defender el catolicismo; y en todo caso, si es enteramente *libre* opinar en pro o en contra de esta conveniencia.

Si el *sufragio universal* considerado no como *fuente de la soberanía* del *Derecho* o del *Poder*, sino únicamente como *forma de elección*, es incompatible con el catolicismo y está condenado por la proposición 60 del Sillabus.

Si puede un verdadero católico servirse de la *prensa periódica* para propagar y defender la doctrina de Jesucristo y los derechos de la Santa Iglesia Romana; si puede también concurrir a los *Ateneos, Academias* y demás centros donde imperan el *racionalismo* y el *liberalismo*, para combatir estas absurdas teorías, oponiendo a ellas las conclusiones católicas. Si esto es conveniente y si es *enteramente libre* opinar en pro o en contra de su oportunidad.

Si la llamada *libertad de la prensa*, entendida no como un derecho individual, sino como una *concesión temporal* del poder supremo, y, por tanto, *revocable*, y aun así limitada *por las leyes* que castigan las transgresiones de la doctrina *católica* y del orden político y social, constituye un principio *católico-liberal*; y si la previa censura forma parte integrante del uso de esta libertad para que sea compatible con el catolicismo.

Qué entiende la Santa Iglesia Romana por *liberalismo*; si es lo mismo que sistema *parlamentario* y *constitucional*.

Si los católicos, al defender el catolicismo y los derechos de la Santa Iglesia Romana, deben ajustar sus acciones a la legalidad establecida en los diferentes países, utilizando los medios que ella les proporcione, o si es más conveniente que contentándose con la *obediencia pasiva* a los poderes constituidos, se separen de aquélla y unidos trabajen para conseguir sus fines. Cuál es, en resumen, la conducta que deben seguir en las actuales circunstancias, y si es *completamente libre* opinar y obrar en uno u otro sentido.

Ángel García Goñi. Madrid, abril 14 de 1877.»

Es éste un trabajo de casuística política española, que os abre un mirador hacia el panorama moral de la nación. La Iglesia, unida al Estado cada día más, a pesar de las expropiaciones territoriales, de las reacciones progresistas y de los trabajos del radicalismo. «La libertad y la individualidad —dice Georges Lainé— son sentimientos accidentales que España ha siempre desconocido. La antigüedad y el Oriente no han imaginado otra forma de gobierno que el despotismo fanático y sospechoso, de tiranos que se inmiscuyen en la intimidad de las conciencias. España no ha podido desprenderse de esa concepción, ni bajo el régimen del librepensador Carlos III, ni bajo el del intolerante Felipe II; el libre pensamiento castellano no fue entonces sino una variedad nueva de la intolerancia y del despotismo; si hubiese osado suprimir la religión del Estado, hubiera sido para reemplazarla por una filosofía del Estado; pero bruscamente, sin preparación, el siglo XIX rompió ese molde social.»

Mal podría yo, católico, atacar lo que venero; mas no puedo desconocer que el catolicismo español de hoy dista en su pequeñez largamente aún del terrible y dominante catolicismo de los autos de fe. Esa corrompida dominación religiosa de Filipinas ha sido, como bien lo conoce ya el mundo, la causa principal de la pérdida cuya fatalidad no hubo un juicio certero que la presintiese. Habiendo perdido su poderío antiguo, la clerecía no tomó siquiera el rumbo que podría levantarla a su justo puesto en España católica, en donde, ya que no como cuerpo, particularmente se protegiesen las artes y las ciencias. No es un sueño de poeta el pensar como el escritor que antes he citado, en el papel reservado a la Iglesia en el porvenir, con tal de que la barca simbólica fuese con buen timonel; la Iglesia, dice, es una admirable institución, porque reposa sobre el amor y es el eterno asilo de todos los Franciscos de Asís, de todas las santas Teresas, de todos los Vicentes de Paúl del futuro. Todos los que aman, todos aquellos para quienes el amor es el único fin de la existencia, se lanzarán un día hacia la Iglesia, sea que —por privilegio de Dios— entren directamente, sea que, paganos, les haya sido preciso, de desilusión en desilusión, seguir el camino indicado por Platón: del amor de los bellos cuerpos ascender al amor de las ideas, de la Venus terrestre a la Venus celeste.

Y en España, en donde el catolicismo forma parte, o está unido tan íntimamente al alma general, a tal extremo que España ha de ser siempre católica o no será; quizá en el tiempo venidero, en el resurgimiento que ha de cumplirse, reverdezca el árbol nuevo, ya que no con las pompas escarlatas de la hoguera y del auto de fe, en la luz de la vida nueva, en la gloria de la intelectualidad, libre de las manchas grises, de las taras vergonzosas que ahora contribuyen al descrédito de la alta doctrina; la «locura de la cruz» no es la insensatez de la cruz.

¡Oh, sí! El Máximos de Ibsen podría venir, más no sería sino el mismo soberano Jesucristo, un emperador galileo cuyo fin sería siempre la paz y el triunfo de la verdadera vida. El Anticristo nació en este siglo en Alemania; consiguió muchas almas; se apasionó primero por el Graal santo y renegó luego de su mayor sacerdote; creó el tipo de soberbia humana, o superhumana, aplastando la caridad de Jesús; predicó el odio al doctor de la dulzura; desató o quiso desatar los instintos, los sexos y las voluntades; consiguió un ejército de inteligencias, y se cumplió por él más de una profecía. Pero el Anticristo alemán está en el manicomio, y el Galileo ha vencido otra vez.

SEMANA SANTA

31 de marzo

Sevilla rebosa de forasteros; Toledo lo propio; a Murcia van los trenes llenos de viajantes. No faltan en las estaciones los indispensables ingleses provistos de sus minúsculas «detective». Es en las provincias en donde la santa semana atrae a los turistas. Madrid es religiosamente incoloro, y lo que hace notar que se pasa por estos días de fiestas cristianas, es que desde ayer, por decreto del alcalde —un descendiente del ilustre Jacques de Liniers—, no circulan durante el día vehículos por la capital. Las campanas no suenan, reemplazadas litúrgicamente por las matracas, y jueves y viernes estas mujeres amorosas en la devoción recorren las calles cubiertas con sus famosas mantillas. En medio de la multitud, algo he advertido de una vaga y dolorosa tristeza. Se escucha que viene a lo lejos una suave música llena de melancolía; despacio, despacio. Luego se va acercando y se oye una canción, seis voces, dos femeninas, dos de hombre, dos infantiles. El coro pasa, se diría que se desliza ante vuestros ojos y a vuestros oídos. Son ciegos que van cantando canciones, pidiendo limosna. Se acompañan con violínes, guitarras y bandolinas. Con sus ojos sin día miran hacia el cielo, en busca de lo que preguntaba Baudelaire. Lo que cantan es uno de esos motivos brotados del corazón popular, que dicen, en su corta y sencilla notación, cosas que nos pasan sobre el alma como misteriosas brisas que hemos sentido no sabemos en qué momento de una vida anterior. Se diría que esos ciegos han aprendido su música en monasterios, pues traen sus voces algo como piadosa resonancia claustral. La concurrencia que va al paseo no para mientes. Por los balcones asoman unas cuantas caras curiosas. De lo más alto de una casa, de una pobre buhardilla, cae para los ciegos una moneda de cobre.

En las iglesias se ostentan las pompas sagradas. Los caballeros de las diversas órdenes asisten a las ceremonias. La indumentaria resucita por instantes épocas enterradas. Mas ayer se cumplió con una antigua usanza en la mansión real que, con toda verdad, más que ninguna otra manifestación, ha podido llevar los espíritus hacia atrás, en lo dilatado del tiempo. Me refiero al acto de lavar los pies a los pobres y reunirles a la mesa, la reina de España. Esta costumbre arranca de siglos; instituyóla Fernando III de Castilla en 1242.

Desde muy temprano el patio de palacio se fue llenando de gente. Visto desde lo alto era una aglomeración oleante de mantillas, sombreros de copa, oros y colores de uniformes. Suena un son de pífanos. Es el desfile pintoresco de las alabardas. Mediodía. Compases de un himno por una banda de palacio, y la familia real se presenta en marcha hacia la capilla. Por un momento desaparece el rumor de la vida actual. Esa aparición nos hace pensar en un mundo distinto, en apariencias encantadoras que a las alturas de esta época ruda para la poesía de la existencia tan solamente surgen a nuestra contemplación en el teatro o en el libro. He aquí que esta buena archiduquesa que sostiene hoy la diadema de Su Majestad Católica brota de un cuadro, sale de una página de vieja historia, se desprende de un cuento; toda blanca, real, tristemente majestuosa, pues no alcanza a ocultar que su alma no es un lago tranquilo. De sus espaldas se extiende el gran manto; la larga cola pórtala un hidalgo, el mayordomo marqués de Villamayor. El continente impone, el gesto habla por la raza. Por corona lleva María Cristina una constelación de brillantes, y sutil como una onda de espuma, la mantilla blanca le cubre el casco de la cabellera. La princesita de Asturias, que ya viste de largo, va toda ella hecha una rosa, rociada de perlas. Hay en esa joven una distinción graciosa que seduce en medio de la corte, y que no advertís en los retratos expuestos en los escaparates de los fotógrafos y que dan la figura un tanto picante de una modistilla. La infanta Isabel —muy simpática para todos los madrileños, y absolutamente Borbón— va de un amarillo triunfante, y sobre la magnificencia de su manto heliotropo resplandecen las joyas. El altar arde en luces y oros. Los príncipes y los cortesanos parecen orar, con unción y fe. Calvas ebúrneas, barbas blancas sobre estrellas de oro y de piedras preciosas, galones y entorchados, se inclinan al movimiento de los oficios. Serenamente armoniosa, la música de la capilla despierta a Mozart. Como un incienso se esparce por los ámbitos, envuelve todos los espíritus, así entre tantos se erijan los incrédulos, la *Primera sinfonía*.

En el Salón de las Columnas el gran crucifijo central está envuelto en un lienzo violeta, en el altar, que se destaca sobre un tapiz de asunto religioso. En las tribunas, con los ministros, entre el cuerpo diplomático y los grandes de España, están la infanta Isabel y la duquesa de Calabria y la princesa de Asturias.

En los lados del salón, sentados en bancos negros, hay doce mujeres pobres y trece hombre pobres. No sé qué vaga luz brota de esas humildes almas en las miradas.

Suenan las dos palmadas de costumbre; es que se acerca la reina con su séquito. La reina viene a paso augusto, entre el obispo y el nuncio. Precédela un grupo de religiosos y cantores, y una cruz alta. *Ante diem festum Paschae...* resuena la voz del subdiácono; la música, el canto vuela sobre el recinto. De pronto, María Cristina está ya ciñéndose una toalla, mientras las duquesas, llenas de diamantes, las condesas fastuosas, descalzan a los convidados miserables. La reina con una esponja y con la toalla enjuga los lamentables pies de esas gentes, que en un halo de inexplicable asombro deben sufrir extraña angustia. El representante del Papa vierte el agua de un ánfora. Os aseguro que por todo pecho presente pasa una conmoción. Y en ese mismo instante, dos voces hablaban al oído del observador meditabundo. La una era la del demonio de la calle, el demonio de la murmuración que se cuela por los misterios de las casas y se propaga en la frase afilada por la inevitable malignidad humana. Esa voz hablaba a la oreja izquierda y decía: «Es hermoso, es de un simbolismo grandioso y conmovedor ese acto de humildad que recuerda a las Isabeles de Hungría, que nos aleja del ambiente contemporáneo asfixiante de egoísmo, quemante de odio y de mentira; pero... ¿y la miseria? ¿Y los innumerables mendigos que andan por la Corte y por toda España crujiendo de hambre? ¿Y los martirios de Montjuich? ¿Y el anarquismo, flor de los parias? ¿Y la prostitución infantil instalada a los ojos de la capital de S. M. Católica?» Y continuaba: «Por ahí se dice que la *Austríaca* es avara; que manda arreglar el calzado y los vestidos usados de las infantitas; que hace pagar su pupilaje en palacio a la infanta Isabel; que su caridad no se demuestra espléndida en demasía; que en Londres está acaparando millones; que la duquesa de Cánovas, a quien ella antes llamara la *Reina de la Guindalera,* la gratifica justamente con el apodo de *la Institutriz...*» Mas la voz que hablaba a la oreja derecha decía: «No, no hay que proclamar la injusticia o la mala visión como una ley de verdad. Esa noble señora está en una altura que hay que apreciar de lejos; y poco harán en su contra las murmuraciones áulicas, los despechos palaciegos. Su misión maternal es admirable, y las tempestades que han pasado por la corona de torres de la patria la han visto siempre digna y ejemplar, sosteniendo la infancia endeble de su hijo, dolorida por las penas nacionales, triste en su viudez hasta hoy libre de calumnia. Ciertamente, no es una Isabel II, por ninguna clase de generosidad. No derrocha, pero sostiene asilos, da justas y silenciosas limosnas. Es una reina buena.»

Y hela allí, en el salón de armas, sirviendo a los mismos pobres a la mesa. La ayudan varios señores en su tarea. Esos *garçons* de semejante comedor se llaman el marqués de Ayerbe, el duque de Sotomayor, el duque de Granada de Ega, el conde de Revillagigedo, el marqués de Comillas, el conde de Atarés, el marqués de Santa Cristina, el marqués de Velados. Todos pudieran entrar en un parlamento huguesco; todos se cubren ante el rey, todos tienen a la cintura la llave de oro. Así las damas que descalzaron a los miserables eran una condesa de Sástago, una duquesa de Medina Sidonia, una marquesa de Molins, una de Sanfelices. Desde lo alto, en el soberbio techo —*Guiaquinto pinxit*— todo un revuelto Olimpo, de un paganismo rococó, se debatía en vibrantes fugas de colores sobre las magnificencias católicas.

Esta ha sido para mí, más que la procesión mediocre, o las celebraciones eclesiásticas en los templos, la verdadera nota principal de la Semana Santa en la corte española. Pues si hoy la reina, en el ceremonial del Viernes Santo en la capilla real, ha hecho cambiar por cintas blancas las cintas negras de los procesos, al indultar a los reos de muerte, después de besar el *lignum crucis,* ayer ha estado, en un acto antiguo, más cerca de Jesucristo.

¿España es verdaderamente religiosa? Creo que, en el fondo, no. Cuenta Georges Lainé que preguntó a un sacerdote gaditano: «¿Hay una corriente de opinión republicana muy marcada en el bajo pueblo de Cádiz?» El sacerdote le contestó: «Todos los obreros de Cádiz son republicanos, anticatólicos, y, un gran número, anarquistas.» Puede también asegurarse que la mayoría de los obreros de toda España es poco religiosa, influida por corrientes liberales primero y luego por la cuestión social. En Barcelona, principalmente, el viento nuevo ha desarraigado mucho árbol viejo. En Andalucía, en Castilla, buena parte del clero ha contribuido, con su poco cuidado de los asuntos espirituales, a debilitar las creencias. El alto clero español cuenta con cabezas eminentes, con sabios y con varones virtuosos; pero en las regiones inferiores no es un mirlo blanco el sacerdote de sotana alegre, amigo de juergas, de guitarras y mostos. La navaja no es tampoco, en ciertos ejemplares, desconocida. El sacerdote sanguinario y cruel no ha sido escaso en las guerras carlistas. En cuanto a moralidad, es éste el país en donde el «ama del cura» y las «sobrinas del cura» son tipos de comedia y cantar. Ello no quiere decir que, como en toda viña humana y en la del Señor, no haya casos de corrección y de virtud evangélica. El cura de aldea de aquel honesto Pérez Escrich no abunda, pero se puede encontrar en la campaña española. La enseñanza religiosa en la España interior se queda en lo primitivo, en la plática pastoral que precede a la idolatría católica de figuras también primitivas; en las procesiones originalísimas. En la *España negra* de Verhaeren y Regoyos podéis observar curiosos croquis. En San Juan de Tolosa, por ejemplo, en Guipúzcoa, donde existen esas esculturas bárbaras que hacen decir al escritor: «El rezar cara a cara con estos nazarenos y santos debe hacer reír o alucinar.» En efecto, son figuras, *bonshommes* como labrados a hacha, con asimetrías deformes y aires de idiotismo o de malignidad; Cristos de rostros funestos, o como dibujados por James Ensor; Cristos *que dan miedo,* bajo sus cabelleras de difuntos, entre los nichos oscuros de los altares. La Semana Santa en Guipúzcoa; los pasos de Azpeitia con sus siniestras estatuas, son otra cosa que la Semana Santa de Sevilla, con sus esculturas artísticas, sus palios lujosos, sus pasos con imágenes de arte, sus vírgenes vestidas como emperatrices bizantinas: todo oro, terciopelo, hierro, y más oro; y las saetas, esos cantos que brotan en su aguda tristeza, quejidos del pueblo, dolorosas y sonoras alondras de una raza. O la Semana Santa de Toledo, entre la antigüedad gris y seca de esa petrificación de tiempo. En las fiestas de San Juan Degollado, en la isla de Gaztelugache, cerca del cabo Machichaco, puede verse aún la Edad Media, con la devoción idólatra y temerosa, los romeros y penitentes que suben una cuesta de rodillas, despedazándose sobre la piedra. Los niños van vestidos de negro y violeta. Y los disciplinantes de Rioja, en San Vicente de la Sonsierra: hombres que se destruyen las espaldas con azotes, a la vista del público, y luego, cuando el lomo está todo amoratado de golpes o hinchado de disciplinazos, se les raya con bolas de cera llenas de vidrios filosos. Regoyos nos cuenta de otros martirios, como el ir tocando una gran campana por las calles, o pasar con los pies descalzos sobre pedruscos y chinas. Allí la sangre humana se vierte en realidad cada Jueves Santo.

Pero junto a todas esas manifestaciones de religiosidad nefasta y milenaria encontraréis siempre la guitarra, el vino, la hembra. El torero tiene una imagen a la que reza antes de ir a la corrida, a la fiesta de la sangre. Los antiguos peregrinos que iban a Santiago de Compostela con el bordón y la calabaza eran excelentes pillos y bandoleros que hubo que perseguir. En ciertas procesiones andaluzas hay pleitos por si una santa Virgen vale más que otra, y al elogiar a la propia imagen se injuria con epítetos de la hampa a la santa imagen contraria. Se forman partidos por este o aquel Cristo, por este o aquel santo milagroso. En Galicia pasa lo propio. Un escritor gallego me cuenta que un tío suyo muy devoto, después de sufrir un gran dolor moral, se encerró en su gabinete, y con una filosa faca se puso a dar de puñaladas a un crucifijo familiar. No es raro que al ir a dejar a la iglesia en los pueblos una imagen, los conductores se detengan un rato en la taberna. En 1820 los madrileños saquearon el palacio de la Inquisición; degüello de frailes ha habido que quedará por siempre famoso. España es el país católico por excelencia; pero Rothschild ha sido el amo por intermedio del judío Bauer; y se ha transigido por razones muy humanas con la fundación de templos protestantes.

El fanatismo español, según Buckle, se explicaría por las luchas con las invasiones arábigas; pero Ives Guyot hace notar, con justicia, que antes había habido los grandes choques con los visigodos arrianos. La conversión de Recaredo señala un buen punto de partida. De lo más remoto parte la veta religiosa, desde la venida de los primeros cristianos. No hay lugar importante de España que no guarde el recuerdo tradicional o histórico de un santo o de un apóstol cristiano. San Pablo desembarcó en las costas levantinas, y Tarragona pretende que fue el fundador de su iglesia. En Bética fue la conversión del prefecto Filoteo, del magnate Probo y su hija Xantipa. El mismo apóstol estuvo en Andalucía, en Écija y en otros puntos de la Península. Écija tuvo a san Rufo, obispo nombrado por san Pablo Narbonense; Santiago estuvo en Braga, en donde fue primer obispo. El viaje de la cabeza de Santiago, con los Siete Discípulos, en la *parca navis*, es una hermosa perla de tradición narrada en el latín del Cerratense. La cabeza de Santiago destruyó el último templo de Baco: *Liverum novum,* ¡pero ya quedaba el vino! San Pedro envió a otros discípulos. Geroncio quedó en Italia. Pamplona recuerda a Saturnino y Honesto; Marmolejo a Máximo; Guadix a Torcuato; Granada a san Cecilio; Ávila a san Segundo; Tarifa a san Esicio; Andújar a san Eufrasio; Cabra a san Texifonte; Almería a san Indalecio. Zaragoza pretende tener la primera iglesia fundada en España: allí triunfan los mártires y la Pilarica. Toledo tuvo a san Eugenio, en tiempo del papa Clemente. Gerona cuenta con san Narciso. Por todas partes retoña, si regáis un poco, la raíz cristiana, por tantos motivos; pero la savia pagana de la tierra no está destruida. La latina se explica. Se gusta en las procesiones de la pompa, de los oros lujosos, de la decoración de las imágenes, y con el pretexto de la devoción se da suelta a los nervios y a la sangre, floreciendo de rojo la España negra. No se abandonan los asuntos de este mundo por los del otro; y la Inquisición misma, en sus orígenes, tuvo más causas políticas que religiosas. El quemadero después agregó ese halago terrible al divertimiento popular; auto de fe o corrida de toros viene a dar lo mismo. En ciertos templos andaluces el catolicismo deja ver a través de sus adornos y símbolos las líneas y arabescos moriscos: en las almas pasa algo semejante. Cierto es que Mahoma sonríe más que Jesucristo en los ojos sevillanos de bautizadas odaliscas.

País de Carlos V, de Felipe II, de Carlos II el Hechizado; país de la expulsión de los judíos y de los moros: su fe no llega muy a lo profundo. Creedme: la brava España llevó la cruz al mundo nuevo nuestro, a lejanas tierras, la impuso por la fuerza, de manera coránica; pórtala sobre el oro de la corona, sobre la cúpula del Palacio Real; pero España es como la espada: tiene la cruz unida a la filosa lámina de acero.

¡TOROS!

6 de abril de 1899

Los durazneros alegres se animan de rosa; el Retiro está todo verde, y con la primavera llegaron los toros. Se han vuelto a ver en profusión los sombreros cordobeses, los pantalones ajustados en absurda ostentación calipigia, las faces glabras de las gentes de redondel y chuleo. El día de la inauguración de las corridas fue un gran día de fiesta. Pude saludar varias veces por la calle de Alcalá al espíritu de Gautier. Era el mismo ambiente de los tiempos de Juan Pastor y Antonio Rodríguez; las calesas estacionadas a lo largo de la vía, las mulas empomponadas, los carruajes que pasan llenos de aficionados y las mantillas que decoran tantas encantadoras cabezas. Parece que en el aire fuese la oleada de entusiasmo; todo el mundo no piensa sino en el próximo espectáculo, no se habla de otra cosa; las corbatas de colores detonan sobre las pecheras; las chaquetas parece que se multiplicasen, los cascabeles suenan al paso de los vehículos; en los carteles chillones se destaca la figura petulante del Guerra. ¡El Guerra...!

Su nombre es como un toque de clarín, o como una bandera. Su cabeza se eleva sobre las de Castelar, Núñez de Arce o Silvela; es hoy el que triunfa, el amo del fascinado pueblo. ¡El Guerra! Andaluzamente, Salvador Rueda, no hallando otra cosa mejor que decirme de su torero, me clava: «¡Es Mallarmé!» Vamos, pues, a los toros.

«Se ha dicho y repetido por todas partes que el gusto por las corridas de toros se iba perdiendo en España, y que la civilización las haría pronto desaparecer; si la civilización hace eso, tanto peor para ella, pues una corrida de toros es uno de los más bellos espectáculos que el hombre puede imaginar.» ¿Quién ha escrito eso? El gran Theo, el magnífico Gautier, que vino «tras los montes» a ver las fiestas del sol y de la sangre; Barrès, después, hallaría la sangre, la voluptuosidad y la muerte. Es explicable la impresión que en aquel hombre que «sabía ver» harían las crueles pompas circenses. No es posible negar que el espectáculo es suntuoso; que tanto color, oros y púrpuras, bajo los oros y púrpuras del cielo, es de un singular atractivo, y que del vasto circo en que operan esos juglares de la muerte, resplandecientes de sedas y metales, se desprende un aliento romano y una gracia bizantina. Artísticamente, pues, los que habéis leído descripciones de una corrida o habéis presenciado ésta, no podéis negar que se trata de algo cuya belleza se impone. La congregación de un pueblo solar a esas celebraciones en que se halaga su instinto y su visión, se justifica, y de ahí el endiosamiento del torero.

Nodier raconte qu'en Espagne... Fácil es imaginarse el entusiasmo de Gautier por esta España que aparecía en el período romántico como una península de cuento; la España de los *châteaux,* la España de Hernani y otra España más fantástica si gustáis, y la cual, aun cuando no existiese, era preciso inventar. Ésa venía en la fantasía de Gautier, y los toros vistos por él correspondieron a la mágica inventiva. En la calle de Alcalá le arrastró, le envolvió el torbellino pintoresco; los calesines, las mulas adornadas, los bizarros jinetes, las tintas violentas calentadas de sol de la tarde, los característicos tipos nacionales. El arte le ase a cada momento y si un tronco de mulas le trae a la memoria un cuadro de Van der Meulen, un episodio torero le recordará más tarde un grabado de Goya. Aquí encuentra la famosa manola, que ha de hacerle escribir una no menos famosa canción cuyos *¡alza! ¡hola!* se repetirán en lo porvenir a la luz de los *café-concerts.* El detalle le atrae; documenta y hace sonreír la sinceridad con que corrige a sus compatriotas buscadores de «color local»: se debe decir *torero,* no *toreador,* se debe decir *espada,* no *matador.* Ya enmendará luego la plana a Delavigne diciéndole que la espada del Cid se llama *Tizona* y no *Tizonade,* para resultar con que hay una estocada en la corrida que se llama *a vuela pies.* ¡Oh!, el español de los franceses daría asunto para curiosas citas, desde Rabelais hasta Maurice Barrès, pasando por Víctor Hugo y Verlaine. Los toros atrajeron la atención del poeta de los Esmaltes y Camafeos. Cuando iba a sentarse en su sitio, en la plaza, «experimenté —dice— un deslumbramiento vertiginoso. Torrentes de luz inundaban el circo, pues el sol es una araña superior que tiene la ventaja de no regar aceite, y el gas mismo no lo vencerá largo tiempo. Un inmenso rumor flotaba como una bruma de ruido sobre la arena. Del lado del sol palpitaban y centelleaban miles de abanicos y sombrillas». «Os aseguro que es ya un admirable espectáculo, doce mil espectadores en un teatro tan vasto cuyo plafón sólo Dios puede pintar con el azul espléndido que extrae de la urna de la eternidad.» Después serán las peripecias de los juegos, la magnificencia de los trajes y capas; los mismos sangrientos incidentes, caballos desventrados, toros heridos, y el público tempestuoso, un público de excepción cuyo igual no sería posible encontrar sino retrocediendo a los circos de Roma; todo con sol y música y clamor de clarines y banderillas de fuego. Él hace su resumen: «La corrida había sido buena: ocho toros, catorce caballos muertos, un chulo herido ligeramente: no podía desearse nada mejor.» Que por razones de imaginación y sensibilidad artística hombres como Gautier se contagien del gusto por los toros que hay en España, pase; pero es el caso que ese contagio invade a los extranjeros de todo cariz intelectual, y no es raro ver en el tendido a un rubio *commis-voyageur* dando muestras flagrantes del más desbordado contentamiento.

Lo que es en España será imposible que llegue un tiempo en que se desarraigue del pueblo esta violenta afición. Antes y después de Jovellanos ha habido protestantes de la lidia que han roto sus mejores flechas contra el bronce secular de la más inconmovible de las costumbres. En las provincias pasa lo propio que en la capital. Sevilla parece que regase sus matas de claveles con la sangre de esas feroces *soavetaurilias*; allí las fiestas de toros son inseparables del fuego solar, de las mujeres cálidamente amorosas, de la manzanilla, de la alegría furiosa de la tierra; la corrida es una voluptuosidad más, y la opinión de Bloy sobre la parte sensual del espectáculo encontraría su mejor pilar en el goce verdaderamente sádico de ciertas mujeres que presencian la sangrienta función. La Sevilla de las estocadas de Mañara, de la molicie morisca, de las hembras por que se desleía Gutierre de Cetina, de las sangres de Zurbarán, de las carnes femeninas de Murillo, de las gitanillas, de los bandidos generosos, tiene que ser la Sevilla del clásico toreo. Bajo Fernando III ya los mozos de la nobleza tenían su plaza especial para el ejercicio del *sport* preferido. Partos reales o la toma de Zamora, se celebraban con toros. El cardenal arzobispo don Rodrigo de Castro prohibió durante un jubileo las corridas. La ciudad luchó con su ilustrísima y venció apoyada por Felipe II. La corrida se da, y en ella:

> *Veinte lacayos robustos*
> *con ellos delante salen:*
> *morado y verde el vestido*
> *espadas doradas traen,*
> *de ser don Nuño y Medina*
> *dan muestra y claras señales,*
> *que aunque vienen embozados*
> *no pueden disimularse.*

En tiempos de Felipe IV «toreó a caballo don Juan de Cárdenas, un truhán del duque, de excelente humor, con tanta destreza y bizarría, que al toro más furioso dio una muy buena lanzada: Mató S. M. tres toros con arcabuz», dice un revistero de la época. Felipe V quiso sustituir la corrida por «juegos de cabezas», pero lo francés fue derrotado por lo español. ¡Ayer como hoy los toros *for ever!* No ha habido aquí poeta ni millonario que haya sido tan afortunado en favores femeninos como Pepe Hillo; cierto es que en París y en nuestro tiempo, Mazzantini y Ángel Pastor no han podido quejarse de las damas. En Zaragoza la afición se pretende que viene desde los romanos. Don Juan de Austria fue obsequiado allí con toros. A Felipe V le hicieron ver los aragoneses una corrida, de noche, en Cariñena. Los navarros, entre un son de violín de Sarasate y un do pectoral de Gayarre, toros, y ello viene de antaño. Soria, con sus fiestas de las Calderas, pues toros. Valencia, florida y armoniosa de colores y cantos, tenía ya toreros en tiempo de don Alfonso el Sabio. Y entre sus célebres aficionados cuenta a un conde de Peralada y Albatera, don Guillén de Rocafull. Y hasta en la España del Norte, en la España gris, aun cuando la naturaleza proteste, la afición procura su triunfo, y bajo el cielo empanado, en la tierra donostiarra, toros. Salamanca, toros. Toledo, Valladolid, toros. Solamente entre los catalanes no han vencido sino a medias los cuernos.

No obstante, hay apasionados de la lidia que lamentan la decadencia torera; dicen que hoy no existe «el amor al arte», que los espadas son simples negociantes, y los ganaderos, así sean descendientes de Colón, dan —como dice Pascual Millán, notable taurógrafo— «toros raquíticos, sin sangre, ni bravura, ni trapío». Los días pasados, en Aranjuez, conocí a un hombre atento y afable que, a través de su conversación con coleta, deja ver cierta cultura y buen afecto a América. Me habló del Río de la Plata, y de Chile, y de su amigo don Agustín Edwards. Es el célebre Ángel Pastor. Sufre grandemente. En lo mejor de su carrera, todavía fuerte y joven, ha tenido la desgracia de romperse un brazo. Ya no podrá *trabajar,* la mala suerte le ha salido al paso peor que un toro bravo, y le ha cogido. Y habla también Pastor de lo malo que hoy anda el toreo, de la decadencia del arte, de lo *clásico* y de lo *moderno*, como hablaría un profesor de literatura o de pintura. Pero no le falta el brillante gordo en el dedo y la consideración de todo el mundo. El hotel mejor de Aranjuez es el suyo. Y la tradicional gentileza y obsequiosidad, suyas son también.

Decadentes o no decadentes, los toros seguir谩n en Espa帽a. No hay rey ni gobierno que se atreva a suprimirlos. Carlos III tuvo esa mala ocurrencia y luego se vieron sus defectos. Jovellanos, en su carta a Vargas Ponce, no tuvo empacho en sostener que la diversi贸n no es propiamente nacional, porque Galicia, Le贸n y Asturias han sido muy poco toreras. 驴Qu茅 gloria nos resulta de ella?, exclamaba. 驴Cu谩l es, pues, la opini贸n de Europa en este punto? Con raz贸n o sin ella, 驴no nos llaman b谩rbaros porque conservamos y sostenemos las fiestas de toros? Neg贸 el valor a los toreros, y proclam贸 su general estupidez fuera de las cosas de la lidia. Sostuvo el da帽o que 茅sta produc铆a a la agricultura, pues cuesta m谩s la crianza de un buen toro para la plaza que cincuenta reses 煤tiles para el arado; y a la industria, pues los pueblos que ven toros no son por cierto los m谩s laboriosos. En cuanto a las costumbres, el p谩rrafo que dedica a la influencia de los toros en ellas quedar铆a perfecto al injertarse en un cap铆tulo del *Cristophe Colomb devant les taureaux*, de Le贸n Bloy. Hay una muy bien meditada p谩gina del cubano Enrique Jos茅 Varona sobre la psicolog铆a del toreo, en que encuentra la base humana del gusto por esas crueles diversiones en el sedimento de animalidad persistente a trav茅s de la evoluci贸n de la cultura social. La teor铆a no es flamante y antes que sostenida por argumentos cient铆ficos, estaba ya incrustada en la sabidur铆a de las naciones.

Pero si no hay duda de que colectivamente el espa帽ol es la m谩s clara muestra de regresi贸n a la fiereza primitiva, no hay tampoco duda de que en cada hombre hay algo de espa帽ol en ese sentido, junto con el de la perversidad, de que nos habla Poe. Y la prueba es el contagio, individual o colectivo; el contagio de un viajero que va a la corrida llevado por la curiosidad en Espa帽a, o el contagio de un p煤blico entero, o de gran parte de ese p煤blico, como el de Par铆s o Buenos Aires, en donde la diversi贸n se ha importado, corri茅ndose el riesgo de que, si la curiosidad es atra铆da primero por el exotismo, venga despu茅s la afici贸n con todas sus consecuencias.

En Am茅rica, no creo que en Buenos Aires, a pesar de lo numeroso de la colonia espa帽ola y de la sangre espa帽ola que a煤n prevalece en parte del elemento nacional, el espect谩culo pudiese sustentarse por largo tiempo; pero pasada la cordillera, y en pa铆ses menos sajonizados que Chile, el caso es distinto. Desde Lima a Guatemala y M茅jico queda a煤n bastante savia peninsular para dar vida a la afici贸n circense.

En cualquier pueblo, dice Varona, ser铆a funesto para la cultura p煤blica espect谩culo semejante; entre los espa帽oles y sus descendientes, infinitamente m谩s. Las propensiones todas de su car谩cter, producto de su raza y de su historia, los inclinan del lado de las pasiones violentas y homicidas. Por lo que a mí toca, diré que el espectáculo me domina y me repugna al propio tiempo —no he podido aún degollar mi cochinillo sentimental.

Puesto que las muchedumbres tienen que divertirse, que manifestar sus alegrías, serían más de mi agrado pueblos congregados en sus días de fiesta, en un doble y noble placer mental y físico, escuchando, a la griega, una declamación, bajo el palio del cielo, desde las gradas de un teatro al aire libre; o la procesión de gentes, hombres y mujeres y niños, que fuesen, en armoniosa libertad, a cantar canciones a las montañas o a las orillas del mar. Pero puesto que no hay eso, y nuestras costumbres tienden cada día a alejarse de la eterna poesía de las cosas y de las almas, que haya siquiera toros, que haya siquiera esas plazas enormes como los circos antiguos, y llenas de mujeres hermosas, de chispas, de reflejos, de voces, de gestos.

Créame el nunca bien ponderado doctor Albarracín, que mis simpatías están de parte de los animales, y que entre el torero y el caballo, mi sensibilidad está de parte del caballo, y entre el toro y el torero mis aplausos son para el toro.

El valor tiene poca parte en ese juego que se estudia y que lo que más requiere es vista y agilidad. No sería yo quien celebrase el establecimiento de una plaza de toros entre nosotros; pero tampoco batiría palmas el día que España abandonase esos hermosos ejercicios que son una manifestación de su carácter nacional.

No olvidaré la impresión que ha hecho en mí una salida de toros; fue en la corrida última.

El oleaje de la muchedumbre se desbordaba por la calle de Alcalá; cerca de la Cibeles pasaba el incesante desfile de los carruajes; la tarde concluía y el globo de oro del Banco de España reflejaba la gloria del poniente, en donde el sol, como la cola de un pavo real incandescente, o mejor, como el varillaje de un gigantesco abanico español, rojo y amarillo, tendía la simétrica multiplicidad de sus rayos, unidos en un diamante focal. Los ojos radiosos de las mujeres chispeaban tempestuosamente bajo la gracia de las mantillas; vendedoras jóvenes y primaverales pregonaban nardos y rosas; flotaba en el ambiente un polvo dorado, y en cada cuerpo cantaban la sangre y el deseo, el himno de la nueva estación. Los toreros pasaban en sus carruajes, brillando al fugaz fuego vespertino; una música lejana se oía y en el Prado estallaban las risas de los niños.

Y comprendí el alma de la España que no perece, la España reina de vida, emperatriz del amor, de la alegría y de la crueldad; la España que ha de tener siempre conquistadores y poetas, pintores y toreros.

¡Castillos en España!, dicen los franceses. Cierto: castillos en la tierra y en el aire, llenos de leyenda, de historia, de música, de perfume, de bizarría, de color, de oro, de sangre, de hierro, para que Hugo venga y encuentre en ellos todo lo que le haga falta para labrar una montaña de poesía; castillos en que vive Carmen y se hospeda Esmeralda, y en donde los Gautier, los Musset y los artistas todos de la tierra pueden abrevarse de los más embriagadores vinos de arte. Y en cuanto a vos, don Alonso Quijano el Bueno, ya sabéis que siempre estaré de vuestro lado.

LA PARDO BAZÁN EN PARÍS.
UN ARTÍCULO DE UNAMUNO

10 de abril

Doña Emilia está ahora por París; ha hablado a los franceses de la España de ayer, de la España de hoy y de la España de mañana... Como casi siempre, dos versiones llegan, una del éxito de la conferenciante, otra del fracaso. Creo desde luego en la primera. Los franceses (fuera de la tradicional cortesía y de la no menos tradicional novelería) han oído en su idioma a una mujer muy inteligente, muy culta, que les ha hablado desembarazadamente de un tópico que todavía no ha perdido su actualidad; el problema español, después de la *débâcle*. La señora Pardo Bazán cuenta desde hace tiempo con largas simpatías y amistades del otro lado de los Pirineos, desde sus visitas al *desván* de los Goncourt, desde *La cuestión palpitante*. Es colaboradora de más de una revista parisiense, y luego, para su buena recepción, tenía la excelente «guardia de honor» de *La Fronde*. No deja de haber murmuradores que encuentran raro lo de que España vaya a ser representada intelectualmente, en la Sociedad de Conferencias, por una mujer. «Después de todo —me decía un espiritual colega— es lo que tenemos más presentable fuera de casa.»

Y ciertamente, como no fueran Menéndez y Pelayo o Galdós a París, en esta ocasión no sé quién mejor que doña Emilia hubiera podido hablar en nombre de la cultura española. La de doña Emilia es variada y por decir así europea, a pesar de su siempre probado retorno al terruño después de sus excursiones a tales o cuales islas mentales de pensadores extranjeros. En ella lo nacional no alcanza a ser ocultado completamente por propósitos de arte o pasiones intelectuales. Su catolicismo, por ejemplo, ha hendido como una vieja y fuerte proa las oleadas naturalistas y las filosofías de última hora. Su forma literaria no ha podido asimilarse nunca nada extraño a la tradición castellana; y encuentro de una justicia que no ha menester muchas demostraciones para vencer, sus pasadas tentativas para conseguir, lo que por derecho propio se le debe, un sillón de la Real Academia Española.

Y es un personaje simpático y gallardo, esta brava amazona que en medio del estancamiento, del helado ambiente en que las ideas se han apenas movido en su país en el tiempo en que le ha tocado luchar, ha hecho ruido, ha hecho color, ha hecho música y músicas, poniendo un rayo en la palidez, una voz de vida en el aire, a riesgo de asustar a los pacatos, colocándose masculinamente entre los mejores cerebros de hombre que haya habido en España en todos los tiempos.

Es la señora Pardo Bazán de cierta edad, todavía guapa y exuberante de vida. Su trato es amenísimo y desde el primer momento, si lo merecéis, tenéis su aprecio intelectual y se abre su amable confianza.

Pocas veces puede encontrarse unida tan llana franqueza con tan inconfundible distinción. Vive en su casa de la calle Ancha de San Bernardo, en compañía de su madre la condesa viuda de Pardo Bazán, de sus hijas las señoritas de Quiroga y su hijo don Jaime, que, entre paréntesis, le ha resultado un gran partidario de don Carlos. En la casa se celebran con bastante frecuencia reuniones a que concurren personajes políticos y de la nobleza, y principalmente, hombres de letras y artistas. Puede asegurarse que no hay escritor o artista extranjero que no sea invitado a estas recepciones, y como doña Emilia habla la mayor parte de las lenguas europeas, se entiende con cada cual en su idioma. Sus libros han tenido una fama creciente en toda Europa y ha sido traducida la mayor parte de ellos en las principales naciones.

Desde hacía algunos días circulaba la noticia de que la señora Pardo Bazán iría a París a dar una conferencia sobre España. En el *Journal des Débats* apareció un artículo de Boris de Tannemberg anunciando a los parisienses la llegada de la escritora, y poco después, ella partía, en efecto, a llenar su compromiso.

Ecos varios, como he dicho al comenzar, llegan de la conferencia, y en los extractos de ella aparecen, como puntos principales, las dos leyendas de España, la «leyenda áurea» y la «leyenda negra».

La leyenda áurea, es decir, una España heroica, noble, generosa, potente, cuna del valor y la hidalguía. La leyenda negra, una España codiciosa, sangrienta, avara, inquisitorial, terriblemente peligrosa al progreso humano. La primera, dice la señora Pardo Bazán, ha sido la causa de los desastres actuales. Ella se arraigó tanto en el espíritu de la nación, que formó un pueblo optimista, quijotesco, vanidoso, que con castillos en el aire compensaría su decadencia y su pobreza. Los hombres dirigentes, los guías de la política del reino en los últimos años, se dejaban cegar por los mirajes y perdían el concepto de la realidad.

La leyenda negra tendría por origen la envidia de otras naciones, y sobre todo, las rivalidades religiosas y políticas empezadas desde el siglo XVI con el soplo del protestantismo que veía como su principal enemigo a la poderosa España católica de entonces. Así lo comprende un erudito escritor, el señor Maldonado Macanaz, en un artículo que ha dado a la publicidad en esta ocasión. Pero de los tres puntos en que se basa la leyenda negra, que son la conquista española, la Inquisición, la decadencia que se iniciaba en el siglo XVII y las figuras de Carlos I y de Felipe II, se desprende que no ha habido demasiada injusticia en Europa cuando se ha formado esa leyenda «de color oscuro» con bases tan innegablemente sombrías. No habría manera de paliar las atrocidades de la conquista, pues aun suprimiendo la *Relación* del padre Las Casas, que es obra de varón verecundo y cristiano, no se pueden negar las imposiciones a sangre y fuego de los conquistadores, la deslealtad que más de una vez salta a la vista, así en Méjico como en el Perú, y tantas páginas rojas y negras que aportan su color a la leyenda. La Inquisición está en el mismo caso, pues aun concediendo, desde el punto de vista de una crítica especial, defensas de aquella institución como lo hace Menéndez y Pelayo, y aun observando que no solamente España encendió las hogueras religiosas, resulta siempre que es en España en donde el espíritu inquisitorial halló su verdadera encarnación; por ello el inquisidor de los inquisidores será siempre el inquisidor español; ya a través de la Historia, ya en el cuento de Poe, en el drama de Hugo o en el dibujo de Ensor. La leyenda áurea constituye el lado nervioso del alma española, y solamente los desaciertos de los políticos de última hora han podido hacer que se empañase. Es la de una España romántica, una España generosa y grande que alza sus vastos castillos de gloria sobre la selva poética del Romancero; una España de valor y de caballería que ha clavado en el bronce del tiempo, con nombres épicos, toda una serie de nobles victorias, de orgullosas conquistas. Sobre su pintoresco escenario lleno de sol y de música el alma española aún sustenta la grandeza y el brillo del pasado, digan lo que quieran los pesimistas y los que han perdido toda esperanza de regeneración. No hace daño a España, como doña Emilia cree, no le ha hecho daño el recuerdo y mantenimiento de la leyenda de oro de su historia; sino que malaventurados políticos y ministros modernistas a su manera, hayan descuidado el cimentar el presente apoyados en la gloria tradicional. Para la reconstrucción de la España grande que ha de venir, aquella misma áurea leyenda contribuirá con su reflejo alentador, con su brillo imperecedero. España será idealista o no será. Una España práctica, con olvido absoluto del papel que hasta hoy ha representado en el mundo, es una España que no se concibe. Bueno es una Bilbao cuajada de chimeneas y una Cataluña sembrada de fábricas. Trabajo por todas partes; progreso cuanto se quiera y se pueda; pero quede campo libre en donde Rocinante encuentre pasto y el Caballero crea divisar ejércitos de gigantes.

* * *

Varias publicaciones de Madrid, desde hace poco, han empezado a ocuparse con alguna atención de literatura hispanoamericana. Comenzó el diario *El País,* siguió la *Revista Nueva,* interesante y de carácter moderno, y luego el conocido y afamado periódico *Vida Nueva* ha comenzado a publicar una hoja mensual con el título *América* y que se dedicará, como su título lo indica, al pensamiento americano. Como la dirección me pidiese un artículo de introducción a dicha hoja, hícelo refiriéndome a uno del señor Unamuno, publicado en *La Época,* y en el cual, con motivo de la *Maldonada* de Grandmontagne, hablaba de las letras americanas en general y de las argentinas en particular, con un desconocimiento que tenía por consecuencia una injusticia. El señor Unamuno es un eminente humanista, profesor de la antigua Universidad de Salamanca, en donde tiene la cátedra de literatura griega. Se ha ocupado de nuestra literatura gauchesca con singular talento; pero no conoce nuestro pensamiento militante, nuestro actual movimiento y producción intelectual. Comencé con tomar de un número de *La Nación* datos del yanqui Carpenter y hacer un largo párrafo de estadística. Luego dije lo que otras veces he dicho sobre nuestra escasa producción, y sobre las esperanzas en un futuro proficuo. Y como él se refiriese al demasiado parisienismo que creía ver en la literatura de Buenos Aires, manifesté lo que en este párrafo se verá:

«Hay que esperar. América no es toda argentina; pero Buenos Aires bien puede considerarse como flor colosal de una raza que ha de cimentar la común cultura americana; y desde luego, puede hoy verse como el solo contrapeso, en la balanza continental, de la peligrosa prepotencia anglosajona. Nuestras letras y artes tienen que ser de reflexión. No puede haber literatura en un país que ha empezado por cimentar el edificio positivo de mañana; después de la base sociológica, de la muralla de labor material y práctica, la cúpula vendrá labrada de arte. Por lo pronto, nos nutrimos con el alimento que llega de todos los puntos del globo. Hemos tenido necesidad de ser políglotas y cosmopolitas, y mucho tiempo antes de que la Real Academia Española permitiese usar la palabra *trole*, nos habíamos hecho del aparato. Decadentismos literarios no pueden ser plaga entre nosotros; pero con París, que tanto preocupa al señor Unamuno, tenemos las más frecuentes y mejores relaciones.

»Buena parte de nuestros diarios es escrita por franceses. Las últimas obras de Daudet y de Zola han sido publicadas por *La Nación* al mismo tiempo que aparecían en París; la mejor clientela de Worth es la de Buenos Aires; en la escalera de nuestro Jockey Club, donde Pini es el profesor de esgrima, la *Diana*, de Falguière, perpetúa la blanca desnudez de una parisiense. Como somos fáciles para el viaje y podemos viajar, París recibe nuestras frecuentes visitas y nos quita el dinero encantadoramente. Y así, siendo como somos un pueblo industrioso, bien puede haber quien en minúsculo grupo procure en el centro de tal pueblo adorar la belleza a través de los cristales de su capricho. *Whim!*, diría Emerson. Crea el señor Unamuno que mis *Prosas profanas*, pongo por caso, no hacen ningún daño a la literatura científica de Ramos Mexía, de Coni o a la producción regional de J. V. González; ni las maravillosas *Montañas de oro* de nuestro gran Leopoldo Lugones perturban la interesante labor criolla de Leugicamón y otros aficionados a ese ramo que ya ha entrado en verdad en dependencia folclórica. Que habrá luego una literatura de cimiento criollo, no lo dudo; buena muestra dan el hermoso y vigoroso libro de Roberto Payró, *La Australia argentina*, y las obras del popularísimo e interesante *Fray Mocho*.»

EL REY

25 de abril

Hace algunas tardes, por un punto de la Casa de Campo en que suele turbar el silencio del bosque reverdecido de tropel de jacas, un jinete, el rodar de un *cupé*, he visto pasar al rey don Alfonso con su madre y sus hermanitas. Iba el carruaje despacio, y así pude observar bien el aspecto de Su Majestad infantil. No está tan crecido como los retratos nos lo hacen ver; pero muestra lo que se dice *une bonne mine*. Tiene la cara, ya señaladamente fijos los rasgos salientes, de un Austria; es la de Felipe IV niño. Es vivaz y sus movimientos son los de quien se fortifica por la gimnasia. Los ojos son hermosos y elocuentes, la frente maciza sería un buen cofre para ideas grandes; el cuerpo no es robusto, pero tampoco es canijo. La leyenda de un reyecito enclenque y cabezudo, de un niño raquítico, se ha concluido. El muchacho real ha pasado los peligrosos años de su niñez y entra en la pubertad con buen pie. No es esto decir que las leyes de herencia no puedan, cuando menos se piense, aparecer con sus imposiciones. La misteriosa aya pálida, su dama blanca, puede presentarse cerca de él, en un instante inesperado; pero por hoy, don Alfonso es príncipe que sonríe, que monta a caballo, que hace sus estudios militares, y, si de esta manera continúa, hay Borbón para largo tiempo.

Es cierto que sus años primeros han sido penosos y enfermizos, y que razón hubo en llegar a creer que podría hacerse trizas el frágil vaso al menor choque. Pero los cuidados de doña Cristina han sido excepcionales; a madre como esta reina, es difícil superarla. No se ha dado punto de reposo previéndolo todo, dedicándose antes que a cualquier otro grave asunto a la salud de su hijo, preparando, mullendo el nido para su aguilucho, no teniendo su mayor confianza sino en sí misma, y después de velar por la vida física, trazar un plan de educación, un método de cultura moral. Éste ya es otro capítulo y habrá que ver si el acierto ha guiado la obra.

Desde luego, el rey don Alfonso XIII ha tenido y tiene ayos honorables, de la más pura nobleza, hombres de excelencia incomparable para guiar por buena senda los despiertos instintos de su príncipe; pero en nuestra época se exige algo más que eso; formar el alma, el carácter del rey, enseñarle a dominar sus pasiones, darle lecciones de moralidad y de religión, es ya mucho; pero habría que ayudar a formarse al mismo tiempo al rey y al hombre; hacerle comprender el espíritu de su tiempo, alargar sus vistas en el horizonte moderno; hacerle salvar los muros de la tradición, prepararle para las exigencias de su época. Él aparece en un tiempo en que si los Maquiavelos son imposibles, los Lorenzos de Médicis son inencontrables.

El profesor de Oviedo don Adolfo Posada se ha planteado en *La España moderna* el problema de la educación del rey; la dificultad de la educación de un rey constitucional. Indudable: los monarcas absolutos no tienen delante de sí más que la demostración de su poderío; el príncipe, desde que tiene uso de razón, sabe su superioridad, su grandeza; la actitud de sus súbditos respecto a él, la costumbre del mando, la obediencia de los que le rodean, definen desde un principio el sistema educativo que hay que seguir. De Burrho a Bossuet no hay gran diferencia. Mas la educación de un monarca constitucional implica varias anomalías. Los reyes de hoy, los reyes con Cámaras y ministerios responsables, los reyes que reinan y no gobiernan, puede decirse que son simples personajes decorativos. Los antiguos esplendores, la misma parte estética de la representación real, adquiere hoy, en medio de su brillo cierto por el valor histórico, por sus viejos símbolos, un vago prestigio de ópera cómica; y apena el confesar que las funciones más respetables por la vieja resurrección de soberbias costumbres palatinas y las pompas de los magníficos ceremoniales, evocan, a nuestro pesar, la necesidad de una partitura. La imaginación del príncipe niño se impresiona desde el comienzo de su despertamiento a la existencia que le rodea, con las manifestaciones de una vida falsa o equívoca. No será sino con harta dificultad que de la noción de soberanía que ha penetrado primero en su cerebro, pase a la noción de una existencia democrática. «Los niños, esos pequeños salvajes —dice el señor Posada—, no conciben sino reyes completos.» En palacio, la manera de ser para con él de las personas que le rodean, afianza por una parte en el príncipe la posesión de su papel de *rey completo;* no será sino con mucha dificultad que se le inculcará luego el legítimo valor de esas demostraciones, la significación de su rango de simple portacorona. Don Alfonso, por ejemplo, sabe ya que es el jefe absoluto, pues los viejos generales inclinan ante él sus barbas blancas: sabe que tiene el toisón de oro sobre su uniforme de cadete —pasajero uniforme que será mañana sustituido por el de generalísimo—; sabe que es el rey. Conozco una bonita anécdota. Un día, por alguna pequeña falta no sé si en sus lecciones o en otra cosa, fue castigado con encierro. El niño se debatía entre los ayos que le llevaban a su prisión, pero la orden se cumplió. Entonces, ya encerrado, don Alfonso daba grandes voces, deliciosamente furioso. Se le decía que no gritase, y él contestaba: «¡He de gritar más fuerte! ¡Que me oigan los españoles! ¡Que sepan que tienen preso a su rey! ¡Que vengan a sacarme los españoles!»

Sabe, pues, que es el jefe de los españoles; y la idea de su soberanía no puede estar mejor arraigada. Pero sé otra anécdota. Otro día, de paseo, se detuvo don Alfonso delante de un naranjero. Hay que advertir que adora las naranjas y que a esta edad, entre el globo de Carlos V y una naranja, se queda con ésta. Pues he aquí que se detiene delante del naranjero y le dice: «Dame unas naranjas: pero yo no tengo con qué pagártelas. ¡Imagínate, yo, el rey de España, no tengo en el bolsillo ni una perrilla!» Confesaba el pobre su pobreza con la más encantadora desolación. Ignoro si el naranjero le dio las frutas y si los ayos le permitieron comérselas; pero ello revela que don Alfonso sabe ya que los reyes de hoy no se comen todas las naranjas que quieren y que suelen andar sin un cuarto.

Se dice que los primeros años del rey han sido de cuidadoso aislamiento, que no se le ha puesto en contacto con otros niños de su edad, contacto tan necesario; que se le ha recluido, sin otra compañía para sus juegos que la de sus hermanas. Podría creerse por ello en una infancia entristecida, bajo la mirada de una madre que ha sido abadesa de un convento. Eso no es cierto. El rey ha tenido sus compañeros, naturalmente, escogidos entre la alta nobleza. El más íntimo ha sido el jovencito hijo del conde de Corzana, por un lado Morny y por otro Sexto... Es claro que la reina vigila sus amistades y compañías. Otro niño íntimo del rey es el hijo del conde de Casa-Valencia, el cual hace algunos años tuvo el siguiente diálogo con su amiguito coronado: «Aquí no hay buenas carreras de caballos. Yo las voy a ver ahora muy buenas; y ustedes no.» «¿Cómo es eso?» «Me voy a Londres. Tío Antonio (Cánovas del Castillo) ha nombrado a papá embajador.» «¿Y cómo no lo he sabido yo, el rey?», dijo la minúscula majestad en toda la posesión de su papel.

En general los reyes son educados militarmente. En España no se lleva tan a la alemana el método, pero don Alfonso conoce bien el manejo de las armas, será buen jinete como su padre; y aunque no haga el caporal a la continua como uno de esos ferrados Hohenzollern, tiene amor a la carrera y se decía en estos días que pronto haría vida de guarnición en la Academia de Toledo. Esto es dudarse mucho, por la madre. Sé que en lo íntimo de la familia, la educación del rey es lo más burguesamente posible. La reina es en el hogar como cualquier respetable señora que se preocupa de los menores detalles de su *home;* sencilla y poco ostentosa hasta llegar a murmurar los descontentadizos cortesanos, de su avaricia. «¿Qué quiere usted que hagamos —me decía un caballero— con una señora que le cobra su pupilaje a las infantas en palacio y que manda poner medias suelas a los zapatos de sus hijas?» Descartando las exageraciones, no creo que el pueblo prefiriese una reina derrochadora delante de la miseria que abruma a las clases bajas, a una reina económica que hace lo que puede por socorrer los infortunios de los menesterosos; que es aclamada a la puerta de los asilos que visita y sostiene. Don Alfonso XIII no podrá quejarse de no haber tenido en la entrada de la vida una ejemplar madre, una buena mamá, que ha sido para él una encarnación de la Providencia.

Hubo un tiempo en que el rey estuvo casi invisible. Su salud era apagadiza, su aspecto no ayudaba a alentar a los partidarios de su dinastía. Se decía que era lo más probable su muerte. Mas apareció por fin, en una recepción. Se hallaba sentado en el trono junto a su madre y sus hermanas. El cuerpo diplomático estaba delante de él. Se notaba que el niño real había pasado por una crisis; pero sus grandes y brillantes ojos se iluminaban de vida. De pronto se vio una cosa inaudita que pasó, como un relámpago, sobre todos los protocolos. Un deseo vivo se había despertado en aquella cabecita, y no hubo vacilación para llenarlo. Don Alfonso, a la mirada de todos, dio un salto, y antes que nadie pudiese detenerlo, se había montado en uno de los dos leones de bronce que están a los dos lados del Trono. El hecho podría tener su significado si el porvenir fuese propicio tras la disipación de las tempestades. Asegúrase que Zola, que vio en una temporada de verano en San Sebastián al pequeño rey, quiso pintarle más tarde en uno de los capítulos de su *Docteur Pascal.* Yo he vuelto a leer esta obra para confrontar el retrato, y si en Clotilde podría entrever los pensamientos de la reina que ansía penetrar en el futuro de su hijo, no puede reconocerse en el animado y ágil monarca de España ninguno de esos «delfinitos exangües que no han podido soportar la execrable herencia de su estirpe, y se duermen, consumidos de vejez y de imbecilidad, a los quince años». Moralmente, la formación del rey fuera de la influencia maternal, dependerá de los preceptores. El ideal sería hacer primero *a man*, para en seguida dejar obrar el desarrollo del propio carácter, lograr el *self made king*. ¿Qué preceptor a propósito? ¿Un Saavedra Fajardo, un Bossuet o un Ernesto Curtius? Para un monarca esencialmente católico, parecería de ley junto al príncipe, un religioso. Mas hoy los inconvenientes de tal sistema no necesitan demostración. Las alharacas que levanta la presencia del padre Montaña, confesor de la reina, dejan sospechar lo que haría un preceptor con hábito de cualquier Orden. La educación esencialmente religiosa está, pues, fuera de la pedagogía. La idea de Posada de la fundación de una escuela especial en que el rey se instruyese, en relación y contacto con otros niños, parece difícil, dadas las tradiciones de la monarquía en España, a pesar de haber habido un seminario de nobles, en donde cuéntase que el niño Fernando VII recibió un pelotazo, jugando con el niño Simón Bolívar. Más bien estaría la adopción de un sistema como el de la familia imperial germánica. El emperador Federico, después de recibir su educación palatina, se matriculó en Bonn y el emperador Guillermo en el *Lyceum Fridericianum* de Cassel. Ambos se han puesto en contacto con los alemanes de su edad, han hecho vida común con sus súbditos, y en el medio de los estudiantes, se han compenetrado con el alma del país. Por lo demás, no puede ser mejor la síntesis de Posada: «Un rey que en su infancia recibiera el influjo bienhechor del roce con los niños, que tratase a todo el mundo de igual a igual; un rey que pasara luego su juventud en medio de los jóvenes de su edad y de todas las condiciones sociales en un Instituto adecuado, que asistiera luego en una Universidad o en varias a sus cátedras, viendo en ellas cómo las desigualdades humanas no son siempre cosa del nacimiento, sino obra del mérito personal y resultado del trabajo; un rey que estudiase su oficio, que viajara mucho, hasta por los países donde sin reyes viven las gentes honrada y pacíficamente; un rey así podría ser, ante todo, un buen ciudadano que llevara en el alma la íntima convicción de que sus elevadas funciones, aun cuando llegaron a él por obra y milagro de la herencia, son funciones que deben desempeñarse en bien de la sociedad o del Estado, a quien, en definitiva, corresponde disponer de ellas.» Mucho de bueno produjo en don Alfonso XII su infancia de rey *en exil,* y mucho contribuyeron a la formación del carácter del Pacificador esos primeros pasos por la vida como un simple particular —*Alfonso García y Pérez*—, como él se solía llamar en los hoteles, en días de destierro.

Hasta hoy ha habido que vencer toda suerte de obstáculos y aquel admirable Cánovas no ha sido la menor fuerza para encaminar hacia el porvenir deseado al hijo de su hechura. Hay que recordar cómo ha sido la vida de este pequeño rey, puede decirse desde el vientre materno. El matrimonio de su padre con la austríaca —de nacionalidad fatalmente desgraciada, tanto en España como en Francia— después de la pasajera luna de miel con doña María de las Mercedes, que dura el espacio de una aurora, en el Aranjuez tan líricamente florecido en los versos de *Don Carlos;* los años de un matrimonio no del todo amoroso y semiturbado por esta y aquella expansión de don Alfonso XII, cuyo excelente humor estaba casi siempre sobre la razón de Estado; la muerte, el agostamiento de la existencia de aquella majestad demasiado apasionada de Anacreonte; el embarazo de doña María Cristina, previsto por el ojo perspicaz del gran ministro conservador; el parto, casi a las miradas de los políticos recelosos; el advenimiento del rey nuevo que aseguraba en el Trono la continuación de la dinastía. Se creyó que Alfonso XIII no alcanzaría a llegar a la edad de coronarse, ya fuera por causa de su organismo maleado en su origen, ya porque un inesperado movimiento pudiera impedir el logro de los deseos de sus partidarios; pero de ambas cosas se triunfó, de las amenazas de la enfermedad y de las amenazas de la política. No creáis exageraciones como las del yanqui Bonsal, que juzgaba no hace mucho tiempo, con la imaginación recalentada por la guerra, que «la posición del rey es patética, personal y políticamente considerada; que las revelaciones que para otros sólo llegan con la edad, él ha tenido que sufrirlas en su niñez; que él sabe que nacer rey no da más garantías de felicidad que el nacer campesino; que sabe ya con sobra de razones que no hay en la Península persona alguna en cuya lealtad y devoción pueda confiar, a excepción de su madre, desamparada mujer y reina impopular en tierra extraña»; y que «los muchachos americanos se afligirían si pensaran en este pequeñuelo nacido para la púrpura y vestido de ceremonia desde la cuna, que no tiene compañeros de infancia para sus juegos, porque nadie es igual al rey». Esto es no darse cuenta exacta de lo que aquí pasa en ese mundo no tan velado a los ojos de los simples mortales, y juzgar a estas horas con criterio pesimista a través de las historias de Saint-Simon o de las memorias de madame Aulnoy. Por momentos terribles ha pasado España en que el Trono hubiera podido ser cercado de tormentas, y la regente y sus hijos habrían tenido que ir a aumentar la lista de los reyes de Daudet; pero prevaleció el concepto de la patria en los partidos contrarios y ni carlistas ni republicanos intentaron seriamente nada. Desde las soñaciones que hacen evocar la frente de don Carlos ceñida por la corona hasta los deseos un tanto románticos de una regencia en que la infanta Isabel *la Chata* estaría a la cabeza, no son sino perfumes de vino español, aroma de claveles que perturba uno que otro cerebro. Por hoy don Alfonso, según lo que se alcanza a divisar, puede esperar tranquilo la hora de su reinado. Lo que no han podido los errores e ineptitudes de gobiernos absurdos o culpables, no lo realizará el hombre del Palacio de Loredano, ni menos los divididos partidarios de la república. Por ahora don Alfonso XIII no se calienta el cerebro con tantas historias y filosofías, y prefiere su esgrima y su jaquita. Hace muy bien. Tiempo tendrá mañana de saber de monólogos huguescos y de sentir lo que pesa ese instrumento tan extraño en este fin de siglo, llamado cetro. Su mismo nombre le exige mucho. En el desfile de la Historia irá a ocupar su puesto. Me lo imagino delante de sus antepasados homónimos, como en una escena semejante a la de los retratos en *Hernani*. Es el comparecimiento de los Alfonsos: el I, férrea flor de Covadonga, todavía con la pura savia goda, fuerte como un roble de sus bosques, lancero formidable de Cristo, terror de la morería, y en el corazón primitivo, un diamante de nobleza; el II, casi iluminado, favorecido con manifestaciones extranaturales, hombre de lecturas y de meditaciones, Alfonso el Casto; el III, el Magno, bizarro y aguerrido desde lo fresco de la juventud, terror del mogrevita, varón de tanta fe como valor; el IV, quien, como más tarde el césar Carlos V, buscaría en un monasterio la tranquilidad espiritual, fanático y solitario; el V, *el de los buenos fueros,* legislador y espíritu de consejo, también luchador feliz con los infieles y sostenedor de la fe; el VI, que aparece soberanamente —a su lado la figura del Mío Cid—, el rey de la conquista de Toledo, y que tuvo la previsión de ver hacia abajo y favorecer al pueblo con leyes bondadosas y fueros justos; el VII, Alfonso el Emperador; el VIII, que perpetuó el nombre suyo en las Navas de Tolosa, siendo después al propio tiempo que caballero de combate, amante de la sabiduría; el IX; el X, formidable figura, cerebro y brazo, el rey de las *Partidas,* alquimista y poeta, astrónomo y filósofo, cuya palabra aún hoy se escucha y se escuchará en los siglos, ya comience: *Ficieron los omes...* o inicie los balbuceos encantadores en sus toscas estrofas; el XI, que juntó la habilidad política al vigor militar, monarca de largas vistas y uno de los más amantes de sus súbditos; todos esos pasarán por la mente de don Alfonso XIII como las figuras extrañas y fantásticas de una linterna mágica, iluminadas por las palabras de los cronistas, realzadas por las explicaciones de sus preceptores; están demasiado alejados por las centurias, por vastas cordilleras de tiempo, son los abuelos de los retablos y de las armaduras, los que duermen por siempre en los sarcófagos y cuyas vidas interesan como los cuentos. A quien verá muy de cerca, animado por la palabra maternal, por el inmediato eco de su vida, será a su padre. Será para él el rey modelo; y honrará la memoria del Pacificador. No dejarán de ir a llamar su atención los *venticellos* de la famosa juventud de don Alfonso XII, el *rey buen muchacho*. Sobrarán cortesanos que le refieran las aventuras picantes de papá, las influencias conocidas de cierto sonoro duque cuyo título pecador no llegará con buen viento nunca a los oídos de la reina regente. Y ya vendrá entonces la hora de saber España cuál senda tomará su nuevo príncipe. Sea ella de felicidad. Y Dios ponga, en los años de las futuras luchas políticas y palaciegas, sobre el espíritu de don Alfonso XIII, algo de la áurea miel que hacía grata su infancia, cuando todas sus ambiciones se reducían a salir a la calle «con capa», y llamaba a sus hermanitas, a la una *Pitusa* y a la otra *Gorriona*.

UNA EXPOSICIÓN

12 de mayo de 1899

Se recorre todo el paseo de Recoletos; se deja atrás la columna de Cristóbal Colón, se llega hasta el monumento de Isabel la Católica, osadamente llamado por los burlones «la huida a Egipto»; sobre una eminencia del terreno se destaca el Palacio de la Exposición, la cúpula gris en el azul fondo del cielo. Al palacio fue la reina a inaugurar la fiesta artística, y su vestido primaveral, tenue, pintado de flores delicadas, lucía como emergido de una luz de acuarela. Hubo pompa social y música e himno alusivo, mucho alto mundo y rica suma de belleza. El *vernissage* se había verificado hacía pocos días, y fue poco menos que un desastre. Cuatro gatos y los pintores. Se diría un *vernissage* en nuestro Salón del Ateneo. No podemos negar que somos de una misma familia. ¡Cuán lejos de la cita que se dan en París, en igual caso, la elegancia florecida de la estación, la moda inteligente, la distinción mundana! Estos señores duques y estos señores condes, si por acaso se hallan en la gran ciudad, no faltan al *rendez-vous*. Aquí, no. Entre una exposición y una corrida, la corrida. Los pintores no hallan qué hacer, y desde luego, con singulares casos en contrario, arte no hacen. Los ricos no protegen como antaño a los artistas; y el Gobierno hace poquísima cosa. ¡Y decir que lo único que les queda a los españoles es esta mina de luz, el decoro orgulloso de su pintura, la noble tradición de su escuela, su tesoro de color! A un paso está París. Se imitan los usos elegantes, las comedias, las novelas, hasta el *café-concert*, pero no las nobles costumbres que enaltecen y honran al talento y al arte. Escasos, muy escasos, son aquí los artistas que tengan de qué vivir; los ricos son señalados. Por tanto, la lucha por la peseta está ante todo. Es inútil pretender encontrar el enamorado de un ideal de belleza, el consagrado a su pasión intelectual. Se pinta como se escribe, como se esculpe, con la puntería puesta al cocido patrio, buscando la manera de *réussir*, de caer en gracia al público que paga. Se asombran de que en la actual exposición abunden los cuadros tristes, enfermedades, hambres, harapos, mendigos. Los pintores de antaño, aun pintores de príncipes, señalan ya la marcada afición por los lisiados, zarrapastrosos, piojosos, feos pobres; únase a esto el modelo constante, el hormigueo de limosneros que anda por las calles, el tipo del eterno cesante siempre en ayunas, que aparece en el teatro, en la caricatura y en los corrillos de vagos de la Puerta del Sol, y el resultado son estas exhibiciones de miseria, esta representación de escenas de la vida baja y famélica. Fuera de contadas telas de este salón, en que profesores favorecidos instalan el estiramiento y el énfasis del retrato nobiliario, el aire y el uniforme de algunos excelentísimos señores, el interior elegante, lo que abunda es la anécdota de la existencia penosa de la gente inferior, el hogar apurado de la clase media, o la chulapería andante, o el medio obrero. Los pintores, aquí, en su mayor parte, como los escritores, no pueden emprender sin error asuntos de la vida aristocrática, porque no la frecuentan; y los ricos, los nobles, no querrán adornar sus palacios con cuadros sin nobleza ni distinción; repetirán siempre el *ôtez-mois ces magots!* del rey francés. El gusto de la generalidad, por otra parte, no se demuestra, y un escritor nacional llega a afirmar que este público es «el más indocto en Europa en materia de Bellas Artes», no sin falta de fundamento.

Difícil sería contemplar algo del espíritu de España a través de las obras de este certamen. ¿En dónde está la España católica? Tal o cual rincón de iglesia, una que otra imagen de encargo, manera jesuita; el único que evoca el espíritu de los antiguos místicos es Rusiñol, con uno de sus cuadros. ¿Y la España patriótica? En Grecia, después de los triunfos, surgen aladas o ápteras de la piedra las maravillosas victorias, y tras el desastre se alza la Nike funeraria, que simboliza el sentimiento popular. De igual manera se fundía el bronce romano. Tras las guerras de Flandes se desborda la alegría en las telas risueñas de los geniales pintores de kermeses, y cuando acaba de pasar la *débâcle* francesa, los cuadros se encienden en odio al prusiano: se reconstruyen escenas heroicas, se rememoran actos sublimes, se pinta el sueño de la victoria, o el soldado que quema «el último cartucho». Entre todos los cuadros de esta exposición, fuera de una escena de hospital militar y ciertas sentimentales consecuencias de la campaña, no parece que se supiese la historia reciente de la humillación y del descuartizamiento de la patria. Esto tiene más clara explicación. La guerra fue obra del Gobierno. El pueblo no quería la guerra, pues no consideraba las colonias sino como tierras de engorde para los protegidos del presupuesto. La pérdida de ellas no tuvo honda repercusión en el sentimiento nacional. Y en el campo, en el pueblo, entre las familias de labradores y obreros, aún podía considerarse tal pérdida como una dicha: ¡así se acabarían las quintas para Cuba, así se suprimiría el tributo de carne peninsular que había que pagar forzosamente al vómito negro! El cuadro de historia casi no está representado; el retrato no abunda; en cambio, el paisaje y la marina se multiplican por todos lados. No es esto malo, pues se advierte que al ir hacia la naturaleza, hacia la luz, se mantiene la tradición. En conjunto, la exposición es mala. El viajero que al llegar a Madrid y sin haber visitado el Museo de Arte Moderno, quisiese darse cuenta de la pintura española contemporánea por lo que ahora se exhibe, saldría con una triste idea de la actual España artística. Recorríamos, con Carlos Zuberbühler, las salas llenas de cuadros, y no podíamos dejar de notar cómo en la más que modesta tentativa del Salón de Buenos Aires no se admitirían los estupendos asesinatos de dibujo, las obscenidades de color, los ostentosos mamarrachos que aquí un jurado complaciente deja pasar y aun coloca en la *cimaise*. La cantidad es larga, lo poco de buena calidad se pierde entre el profuso amontonamiento de lo mediocre y de lo pésimo. Las firmas principales no han concurrido todas, y las que han venido al concurso lo han hecho con producciones ya expuestas y juzgadas, o con medianos esfuerzos. De seguro la razón de la esquivez está en el 1900 de París. Después de todo, quizá tengan razón; porque el estímulo de la tierra propia, como veis, es nulo; y el halago de París, atrayente, mágica flor de gloria segura.

No, no es éste el arte pictórico de la España de hoy. Con sus deficiencias y todo, el Museo de Arte Moderno puede considerarse como el Luxemburgo madrileño. Sé las quejas: que Raimundo Madrazo no tiene un solo cuadro en el museo, ni Barbudo, ni Jiménez Aranda, y que lo que hay de Fortuny y de Domingo no es de lo mejor de estos artistas, y que de Villegas no hay más que dos acuarelas; mientras que las medianías eminentes firman docenas de cuadros. Pero hay lo suficiente de Pradilla, de Casado, de Rosales, de Gisbert, de Moreno Carbonero, de Plasencia, de Muñoz Degrain, del admirable Haes, de Sorolla, para que el visitante se sienta bañado del maravilloso esplendor que brota de tanta riqueza solar, y reconozca que este don divino de la comprensión del día fue dado a los pintores de España con singular generosidad. Casi no hay exposición europea en donde los medallados extranjeros no sean españoles. Los aficionados yanquis, las pinacotecas de Múnich, de Londres, de Berlín, de Viena, adquieren a altos precios las pinturas españolas. Buena parte de los maestros emigran, abren sus estudios en centros donde cosechan más. Preguntaba yo a uno de los jurados de esta exposición, un colorista de gran mérito, Manuel Ruiz Guerrero, por qué no había concurrido a la fiesta de la cultura nacional con uno de esos cuadros suyos tan animados de cálidos tonos, tan prestigiosos, tan llenos de vida luminosa; y él, con aire de desencanto —y con los baúles listos para ir a dar un paseo por Buenos Aires—, me decía: «¿Y para qué?». *A quoi bon?*, dicen los franceses. Y como Ruiz Guerrero, otros maestros, ante la indiferencia de sus compatriotas, buscan en extranjeros países lo que no hallan en la casa propia, o se retraen y dejan invadir las salas de las exposiciones por los kilómetros de tela que manchan las señoritas aficionadas y los facinerosos del caballete.

Después de recorrer estos salones, diríase que para los pintores españoles no existe el mundo interior. El mismo paisaje no es sino la reproducción inanimada de tierra, de árboles, de aguas, solitarios o con acompañamiento de figuras anecdóticas; sin que la secreta vida de la naturaleza se presente una sola vez, y mucho menos el alma del artista, que contagiara con su íntima sensación al espectador atraído. «La realidad», se dice; y se nombra a Velázquez. Cierto, Velázquez pintaba la realidad; pero sus colores animaban no solamente rostros, sino caracteres; y con un bufón y un perro deja entrever todo un espectáculo histórico. Goya es realista; pero ese potente dominador de la luz y de la sombra ponía en sus creaciones, o en sus copias de lo natural, quíntuple cantidad de espíritu. Sus incursiones al bosque misterioso de las almas humanas le daban su singular dominio. Los escultores actuales son alabados por sus tangibles condiciones de realismo: «¡Cuánta anatomía saben!» Hacen huesos, nervios, gestos, contracciones que dejen campo a estudios de esqueleto o de musculatura; pero no hacen carne, no hacen vida, no hacen pensar, como las figuras de Trentacoste o Bistolfi, para no citar franceses, en la circulación de una sangre maravillosa bajo la epidermis de mármol o de bronce.

Entre lo expuesto hay regular cantidad de *grandes machines*, y en casi todas un lujo de tubos se desborda, una agrupación de todas las charangas de los ocres y de los rojos, un desborde de azules, el estrépito de las chirimías y gaitas de la paleta, con sacrificios de dibujo, incomprensión de valores y relaciones, y tristeza de composición. Mas aquí y allá, busca buscando, se encuentra lo de mérito, y algo diré de ello, en cuanto me ayuden mis notas asidas al paso en mis visitas.

Unos de los *clous* de la exposición es un cuadro de Raurich, que desde luego atrae por su originalidad y su vigor. Es un gran macizo de tierra asoleada en primer término, una pequeña altura en cuya falda medran unos cuantos chaparros cuya sombra mancha de violeta oscuro el terreno reseco. En el fondo se divisa un azulado monte; y a la derecha, en choque violento con el amarilloso tono de la tierra, el mar al sol, de un azul ofensivo, se deja ver, espumante en las olas que llegan a la costa. La gran masa está plantada con hermosa osadía, y se calca en el cielo soberbiamente; los detalles se avaloran con el atrevimiento de la pincelada, que en veces diría espatulazo, toques espesos de un relieve insolente, pero Raurich, a quienes le censuren por esto, puede decir lo que Rembrandt a los que notaban el espesor de su pincelada al marcar los puntos luminosos: «Yo soy pintor y no tintorero.» Y agregaba, a los que hacían tales observaciones de cerca, a los que no sabían mirar, apreciar esos toques de lejos: «Un cuadro no se hace para ser olido; el olor del aceite es dañoso.» Y encuentro esta tela admirable, y tan solamente observaría que el mar no tiene perspectiva y aparece como falto de nivel.

Sorolla presenta una tela meritoria, *Componiendo la vela,* en la cual habría que señalar al par que las condiciones de color, que acreditan a este pintor, y su estudio del movimiento, la nimiedad en la rebusca de un efecto como el atigrado de luz y sombra que produce el sol al pasar entre las hojas. Por otra parte, sus figuras, muy bien hechas, tienen ojos que no miran, gestos que no dicen nada, es un mundo de verdad epidérmica, de realidad por encima. Esto mismo digo de los personajes de su escena de mar, *El almuerzo a bordo:* en el ancho bote, bajo las velas, unos cuantos marineros toman su alimento en la fuente común. Maneja Sorolla con habilidad el claroscuro; los tipos están bien agrupados, la inevitable «realidad» está conseguida.

Moreno Carbonero ofrece una nueva escena del *Quijote,* la aventura con el vizcaíno. Cervantes ha tenido un sinnúmero de intérpretes, desde antiguos tiempos. Cuando en el castillo de Fontainebleau, Dubois pintaba las aventuras de Teágenes y Cariclea y Le Primatice interpretaba a Homero, en el Cheverni, Jean Mosnier se dedicaba a la historia de Astrea y a las aventuras del ingenioso hidalgo manchego. Más tarde, Charles Coypel se apasiona por este mismo asunto, al cual Pater y Natoire se aplicarán también y consagrarán dibujos Tremolières y Boucher. Esto solamente en Francia. Otros artistas de Europa, especialmente los ingleses, se han complacido desde antaño en tales asuntos, hasta el fuerte y noble Franck Brangwyn con sus recientes ilustraciones del *Quijote* de Gubbin. Pocos, sin embargo, han logrado ser visitados por el verdadero espíritu de Cervantes. En España un maestro como Moreno Carbonero ha intentado la evocación, pero creo que sus propósitos de excesiva verdad le han alejado de la intención cervantesca. No hay que olvidar que *Don Quijote* es la caricatura del ideal; pero siempre en un ambiente de ideal. Desde luego, y con todo y haber dejado un dibujo verbal perfecto de su héroe Cervantes, no puede uno reconocer a don Alonso Quijano el Bueno, al Caballero de la Triste Figura, en la mayor parte de las encarnaciones de los pintores y escultores. A propósito, hay en esta misma exposición una serie de ilustraciones de Jiménez Aranda, muy notables como dibujo, pero que no tienen nada de personajes cervantescos; esos Quijotes y esos Sanchos son un Juan y un Pedro de cualquier parte, vestidos para representar un papel. Moreno Carbonero me manifestaba una vez que para Sancho había encontrado un modelo en la campaña manchega. El de Don Quijote sería un precioso hallazgo. Pero luego habría que agregar al modelo el alma del andante caballero, animarle con una chispa que no se encuentra a voluntad cuando no es el genio el que impera.

La intelectualidad de Moreno Carbonero no es para discutida; y en este cuadro impone su sabiduría de colorido, su impecabilidad de factura; pero Don Quijote tampoco es Don Quijote, aunque Sancho sea Sancho. Los otros personajes quedan tan alejados en su término, que casi no dicen nada, y el episodio pierde con esto su mayor interés. Cuando Pierre de Hondt alababa los Quijotes de Coypel no dejaba de hacer notar el valor del acompañamiento, de los personajes secundarios que siempre ayudan a la animación del suceso. No he de olvidar dejar anotado que la sensación de la árida Mancha está dada por el artista de modo magistral. Es éste el terreno reseco que recorrieron Rocinante y el rucio con sus dos inmortales jinetes. La conciencia de la indumentaria y la resurrección de la época son completas; pero repito mi pensar: tanta realidad hace daño a la idealidad del tipo, a lo, por decir así, grotesco angélico que hay en el héroe que Cervantes creara con tanto amor y amargura.

Salus Infirmorum de Menéndez Pidal sale de la pura realidad, para ofrecernos una dulce impresión de fe, una escena de suave religiosidad. Un pobre padre lleva ante el altar de la Virgen an niño enfermo. A su lado ora la madre enlutada. El sacerdote, de sobrepelliz y estola, acompañado del pequeño monago reza también por el enfermito. Esto es verdad, es realidad, pero hay asimismo una entrevisión de más allá, sopla un aire suave de misterio, y se siente que esas almas humildes recibirán su bien de Dios. ¡Cuán otra *La herencia del héroe* del señor Suárez Inclán, de un sentimentalismo ocasional, de forzada factura; escena de comedia para la Tubau, dolor sin verdad! Verdad e intención, sí, se advierten en la tela de Santamaría, *El precio de una madre:* la familia rica que va a llevarse a la joven nodriza, de la campaña a la ciudad; y el marido que se queda con el chico propio y la primera paga no muy satisfecho, mientras su mujer, buena moza de ricas ubres rurales, se le va con el muchacho ajeno. Este cuadro y un alto relieve de Mateo Inurria, *La mina de carbón,* son de las muy raras notas que hagan pensar en un arte socialista en la exposición presente.

LA FIESTA DE VELÁZQUEZ

15 de junio de 1899

Floja, muy flojamente se han celebrado las fiestas del «pintor de los reyes y rey de los pintores». Cuando el centenario de Calderón, hubo inusitadas pompas y agitaciones académicas que hicieron murmurar a Verlaine en un soneto. Es verdad que la España de entonces no estaba en la situación actual; pero, con todo, a España no le han faltado nunca ganas y dinero para divertirse; y don Diego de Silva Velázquez bien valía una verbena. Por Rembrandt acaba de hacer relucir todas sus alegrías Holanda, presididas las fiestas por la «naranjita» real *à croquer,* Guillermina. Aquí el Gobierno ha hecho poca cosa, y el entusiasmo de los artistas no ha podido suplir todo. Inauguración de la Sala Velázquez en el Museo del Prado; recepción en palacio; inauguración de la estatua obra de Marinas, y se acabó. Tiempo hubo de sobra para realizar algo digno de la ilustre memoria, y con un poco de buena voluntad se hubiese rendido el tributo justo a quien con Cervantes lleva el nombre de España a lo más alto de la gloria universal. Inglaterra envió a sir Edward J. Poynter, Francia a Carolus Duran y a Jean Paul Laurens —todos caballeros cubiertos delante de Velázquez—. Todos tres, el día en que se descubrió la estatua, saludaron al maestro antiguo y al arte que une los espíritus de todos los climas y razas en la misma luz y adoración imperiosa. En la Sala de Velázquez se ha reunido todo lo suyo existente en el museo; y al cuadro de *Las Meninas,* se le ha colocado de manera que triplica la ilusión.

¡Famoso empeño, descubrir a estas horas al gran pintor! No es mi intención haceros un largo capítulo en que no hallaríais nada nuevo, antes bien y a mucho andar, algún extracto de lo que con mayor prolijidad y competencia podéis aprovechar en Justi o en Stirling, en Madrazo o en Lefort, en Curtis o en Michel, o en la reciente obra monumental que ha dado al público Beruete con prólogo de Bonnat. Pero mi buena suerte ha hecho llegar a mis manos un libro casi desconocido, que no se ha puesto a la venta, a pesar de estar impreso desde 1885; me refiero a los *Anales de la vida y obras de Diego de Silva Velázquez, escrito con ayuda de nuevos documentos por G. Cruzada Villaamil. Madrid, librería de Miguel Guijarro.* Y de este libro, sí, os diré algo, aprovechando la ocasión. El año de 1869, el autor, por cargo oficial que a la sazón desempeñaba, tuvo oportunidad de registrar el archivo del Palacio Real de Madrid, y entre papeles e inventarios del tiempo de Felipe IV y su hijo, encontró gran número de documentos de alto interés, referentes a Velázquez. No dejó de observar que otra mano había andado por ahí antes que la suya, la cual mano extrajo buena cantidad de papeles valiosísimos. En posesión de esos documentos, y los que luego consiguió en Simancas y en el Archivo Histórico Nacional, nutrido de buena, aunque escasa bibliografía velazquina, y armado de su experiencia de crítico de arte, el señor Cruzada Villaamil dio comienzo y fin a su obra, que dedicó al rey don Alfonso XII, por haber este monarca apoyado su empresa. Muertos ya don Alfonso y el autor, se dio fin a la impresión del libro, y, creo que por causas de testamentaría, u otro motivo judicial, es el caso que los pliegos, todavía sin encuadernar, yacen en su depósito. De esos pliegos sueltos es el ejemplar que está en mi poder, el cual debo a la amabilidad de un distinguido caballero de la Corte.

En estos *Anales* se nos presenta a Velázquez en su vida y en sus obras, sencilla y claramente, al paso de los días. Es un arsenal precioso para el Taine o el Ruskin de más tarde. El señor Cruzada Villaamil escribía sin dificultad y sin estilo, o más bien, su prosa es de esa prosa académica que por tan largo tiempo ha subsistido entre estos escritores, a largas circunvoluciones de períodos, cansadora, monótona, pesada. Pero la carta, la anécdota, el documento, interesan y atraen. Comienza la obra con una exposición del estado de la pintura en el reinado de los Felipe II, III, y resaltan las figuras del «divino» Morales, el mudo Navarrete, Sánchez Coello el portugués, Carvajal Barroso y Pantoja, mientras en Italia se alza la soberana persona del viejo Ticiano, quien no dejó de ser aprovechado por el Segundo Felipe y pintó para el Escorial *El Martirio de San Lorenzo* y la *Santa Cena.* Felipe III no impulsa tanto el arte, aunque artistas italianos que residían en España prosiguiesen en su labor continua. Este período tiene, no obstante, de notable la llegada de Rubens, enviado por el duque de Mantua a Valladolid. Curiosa es la nomenclatura de los regalos que traía el flamenco: «Para Su Majestad una hermosa carroza tallada —que el señor Villaamil cree sea la que hoy se conoce en las reales caballerizas como el *coche de doña Juana la Loca—*, con sus caballos; doce arcabuces, de ellos seis de ballena y seis rayados; y un vaso de cristal de roca lleno de perfumes. Para la condesa de Lemus, una cruz y dos candelabros de cristal de roca. Para el secretario Pedro Franqueza, dos vasos de cristal de roca y un juego entero de colgaduras de damasco con frontales de tisú de oro. Veinticuatro retratos de emperatrices para don Rodrigo Calderón, y para el duque de Lerma un vaso de plata de grandes dimensiones, con colores, dos vasos de oro y gran número de pinturas, que consistían en copias, mandadas sacar en Roma al pintor Pedro Facchetti, de los cuadros más preciados de aquel tiempo.» La opinión que Rubens tuviera de los pintores españoles en tal momento es digna de notarse. Él escribía al secretario del duque de Mantua, Iberti, que el duque de Lerma «quiere que en un momento pintemos muchos cuadros, con ayuda de pintores españoles. Secundaré sus deseos, pero no los apruebo, considerando el poco tiempo de que podemos disponer, unido a la miserable insuficiencia y negligencia de estos pintores, y de su manera —a la que Dios me libre de parecerme en nada— absolutamente distinta de la mía». Y en otra parte: «El duque de Lerma no es del todo ignorante de las cosas buenas; por cuya razón se deleita en la costumbre que tiene de ver todos los días cuadros admirables en palacio y en El Escorial, ya de Ticiano, ya de Rafael, ya de otros. Estoy sorprendido de la calidad y de la cantidad de estos cuadros, pero modernos no hay ninguno que valga.» Rubens partió, y acaeció el incendio de El Pardo, en donde se perdieron tesoros pictóricos. Así el reino de Felipe III concluye para la vida artística.

Felipe IV fue el rey artista: escritor, pintor, actor, algo tenía entre las paredes del cerebro de lo que hoy anima las aficiones y bizarría de Guillermo de Alemania. Los pintores, tanto como los poetas, fueron protegidos, y entre todos, el fuerte Velázquez no cesa en su labor. Los retratos se multiplican, y son sus modelos desde las princesas hasta los bufones y los perros. No dejó la malquerencia de visarle, la envidia de morderle. El monarca, no obstante, le sostuvo en su favor. Lo cual regocijaba al buen Francisco Pacheco que viera los comienzos de su amado don Diego, allá en su obrador de Sevilla. Es de interés la descripción de la casa de Pacheco en donde se reunían escritores, poetas, artistas de toda especie, a charlar y discurrir; no faltó a tales reuniones cierto manco que creara cierta novela inmortal.

Tanto quiso Pacheco a don Diego, que le dio a su hija por mujer. «Después de cinco años de educación y enseñanza, le casé con mi hija, movido de su virtud, limpieza y buenos portes, y de las esperanzas de su natural y grande ingenio.» «Y porque es mayor la honra de maestro que la de suegro, ha sido justo estorbar el atrevimiento de alguno que se quería atribuir esta gloria quitándome la corona de mis postreros años.» Página misteriosa es la de los amores de Velázquez. Quizá su matrimonio fue hechura exclusiva de su maestro, sin que la pasión tuviera la menor parte. Influido por Tristán y por tanto por el Greco, afianzóse el artista en su vigor de colorido, al brillo de la gloriosa luz veneciana. Es en 1622, Velázquez va a visitar El Escorial, y para ello parte para la Corte con buenas recomendaciones y con el encargo de hacer el retrato de Góngora. Con buen viento llega, y le reciben sus paisanos los andaluces, entre los cuales estaba la alta influencia del conde-duque de Olivares. De allí a poco, hace el retrato del rey. En este orden siguen los años que duró la vida del pintor, con gran copia de documentos, con cartas curiosas, con papeles en los cuales se ve que no era muy envidiable el puesto de Velázquez en palacio, a pesar de todo lo que entonces era considerado como una honra. Al artista se le concedió la comida palaciega en esta forma: «Diego Velázquez, mi pintor de Cámara, he hecho merced de que se le dé por la despensa de mi casa una ración cada día en especie como la que tienen los barberos de mi Cámara, en consideración de que se le debe hasta hoy de las obras de su oficio que ha hecho para mi servicio; y de todas las que adelante mandare que haga, haréis que se note así en los libros de la casa. (Hay una rúbrica del rey.) En Madrid, a 18 de septiembre de 1628.—Al conde los Arcos, en Bureo.»

Como ésa hay otras tantas llamativas notas en el grueso volumen del señor Villaamil; y en cuanto a la parte de la obra artística, análisis de los cuadros, legitimidad de algunos dudosos, y otros puntos de esta especie, dicho libro es de aquellos que no deben faltar en la biblioteca de un museo, o de un artista estudioso; y es una lástima que no se ponga a la venta, por las razones que dejo expuestas anteriormente.

Quise hablar con sir Edward J. Poynter, pero no me fue posible encontrarle. En cambio, puedo transmitir mis impresiones de una entrevista con Jean Paul Laurens y Carolus Duran. Son dos tipos completamente opuestos. Laurens es el hombre de labor, el artista austero y consagrado a su ideal de una manera tiránica. Duran es el elegante pintor de los salones, el retratista de las princesas de la aristocracia y de las princesas plutocráticas de los Estados Unidos... No hay que negar su habilidad suma, sus dotes de ejecución, su colorido, su dibujo, las condiciones todas que le han llevado a la presidencia de la Sociedad de Artistas Franceses, y a la fama universal y a la fortuna. Han pasado escuelas modernísimas y tentativas varias delante de su inconmovible invariabilidad. Carolus Duran ha sonreído de todo, y, comprendiendo su tiempo, sigue la corriente.

Su cabeza es la hermosísima cabeza de un Lohengrin adonjuanado; el cuerpo, elegante a pesar de la imposición del vientre en lucha con la gimnasia y con la esgrima. La melena y la soberbia barba, nevadas de día y noche de buena vida; el ojo perspicaz y voluptuoso, como la boca; el gesto principesco. Carolus Duran, munido de su indispensable y parisiensísima *pose*, es un hombre encantador. Me habló de Velázquez, de la pintura española, todo esto en español, pues lo habla correctamente, aunque de cuando en cuando le falta el vocablo. Le hablé de Buenos Aires. «Buenos Aires...» Conoce poco. Lo que él conoce es Nueva York. ¡Ya lo creo...! No obstante, sabía que en Buenos Aires está la *Diana* de Falguière y que la ciudad tiene cerca de un millón de habitantes. Nuestros ricos sudamericanos, decididamente, debían acordarse algo más de que es preciso tener un retrato de Carolus Duran.

Jean Paul Laurens parece al pronto un hombre seco y hasta adusto. Y debe tener muy temerosa idea de los periodistas, pues antes de serle presentado por Ruiz Guerrero, apenas me contestaba una que otra palabra. Luego —fue en el Círculo de Bellas Artes—, se abrió, en la más grata franqueza, sonriendo amablemente su dura cabeza de apóstol. Me habló también del arte español y de Velázquez, y me hizo un curioso croquis verbal de su compañero y amigo Carolus Duran, con quien había estado en oposición, «pero siempre en la nobleza y altitud del arte». «Buenos Aires. Sí, ¿Conoce usted a Sívori? He ahí uno que tiene algo dentro de la cabeza. Pero, *pauvre garçon!*, ¿qué hace por allá? *Là-bas* es imposible todavía hacer arte. ¿Es usted amigo suyo? Dígale que no haga pintura para cocineras. Hay que hacer arte *por dentro*, para uno mismo, en la independencia del provecho y de la moda. En América no se entiende de ese modo, ¿no es así? Mucho industrialismo artístico; y así se pierden los talentos y las disposiciones que da la naturaleza. Dígale usted a Sívori que dice su maestro Laurens que haga arte *por dentro*, y que no se cuide de cuadros para la cocina.»

Traduzco al pie de la letra, hasta donde puede permitirlo el vuelo de la conversación.

Volví a verle.

El Círculo de Bellas Artes dio una fiesta íntima, por decir así, a los artistas extranjeros.

Almorzamos bajo un toldo, al amor de altos árboles, en el jardín del Círculo, casi deshecho hacía pocos días por el más formidable de los pedriscos de que hay memoria en Madrid. Los vinos españoles animaron la fiesta, y se comió al aire libre, al son de una orquesta de guitarras. Jean Paul Laurens sonreía en su gravedad bajo sus espejuelos;

Carolus Duran llevaba el compás de los tangos y de las seguidillas y sevillanas. Cuando el poeta Manuel del Palacio ofreció la fiesta, ya se oía por allí el ruido de las castañuelas de las bailaoras. Habló Duran, en español; brindó Laurens, que estrechó la mano al joven Marinas, el de la estatua. «¡Yo me complazco en descubrirle!», dijo. En un instante, tras el champaña, ya estaba la tarima puesta para la pareja del baile. Eran dos muchachas: la vestida de hombre, con el ceñido incitante calipigio, morena; la otra blanca, con admirables ojos y cabellos oscuros. Bailaron, pero antes de que comenzasen ellas al grito de las guitarras, Carolus Duran se puso a esbozar unas sevillanas, con levantamiento de pierna y meneo de caderas que no había más que pedir. Primero todos nos quedamos *abasurdidos,* como diría Roberto Payró; pero después, no pudimos menos de decir: ¡olé! Jean Paul Laurens sonreía. Sir Poynter no estaba en la fiesta. Si llega a estar, nadie le quita de sus británicos labios un irremediable *shocking!*

Bailó, pues, la pareja de danzantes de oficio; mas había una nota de color que ya había llamado la atención de los extranjeros: una familia de gitanos. El viejo, bien preparado, con disfraz de guardarropía, modelo de Doré, para no dejar perder la influencia del «color local», ostentaba desde el calañés hasta la faja imposible y la chaquetilla fabulosa, y el bastón de enorme contera. La vieja gitana, de ojos de cuencas negras; y las gitanillas, tan cervantinas como antaño, una de doce, una de quince, otra de veinte años. Cuando la pareja de baile cesó, llegaron los gitanos. Bailaron todas las hembras, pero las dos menores se llevaron la palma. Sobre todo la más chica, que bailaba, según el decir de Carolus Duran, «como una princesita rusa». Bailaba en efecto maravillosamente. Era el son uno de esos fandangos en que se va deslizando el cuerpo con garbo natural y fiereza de ademán que nada igualan, en una sucesión de cortos saltos y repique de pies, en tanto que la cara dice por la luz de los ojos salvajes mil cosas extrañas, y las manos hacen misteriosas señas, como de amenaza, como de conjuro, como de llamamiento, como en una labor aérea y mágica. Todo en un torbellino de sensualidad cálida y vibrante que contagia y entusiasma, hasta concluir en un punto final que deja al cuerpo en posición estatuaria y fija, mientras las cuerdas cortan su último clamor en un espasmo violento. Después fue otra danza en que la zingarita triunfó de nuevo. Ágil, viva, una paloma que fuera una ardilla, moviendo busto y caderas, entornando los párpados no sin dejar pasar la salvaje luz negra de sus ojos en que brillaba una primitiva chispa atávica, se dejaba mecer y sacudir por el ritmo de la música, y dibujaba, esculpía en el aire armonioso un poema ardiente y cantaridado al par que traía a la imaginación un reino de pasada y luminosa poesía. Entonces se daba uno cuenta del valor de sus trajes abigarrados, sus rojos, sus ocres, sus garfios de cabello por las sienes, sus caras de bronce, sus pupilas de negros brillantes. Sonreían como si embrujasen; sus dedos sonaban como castañuelas.

Carolus Duran puso dentro del corpiño de la gitanilla un luis de oro.

LA CUESTIÓN DE LA REVISTA.
LA CARICATURA

En España, como entre nosotros —¡es un triste consuelo!—, no se ha llegado todavía a resolver el problema de la revista. Es singular el caso que aquí, en donde se ha contado con elementos a propósito desde hace largo tiempo, acaezca a este respecto lo propio que en nuestros países de progreso reciente. España no cuenta en la actualidad con una sola revista que pueda ponerse en el grupo de los «grandes periódicos» del mundo; no existe lo que llamaremos la revista institución —*Revue des Deux Mondes, Nuova Antologia, Blackwood's* o *North American Revue*—. *La España Moderna,* que podría ocupar el puesto principal, se sostiene gracias al cuidado y entusiasmo de su propietario el señor Lázaro. No faltan los escritores de revistas, y la prueba es que las revistas extranjeras tienen colaboradores españoles de primer orden; he encontrando principalmente a Ramón y Cajal, el eminente sabio que acaba de partir a los Estados Unidos a dar conferencias, llamado por una de las mejores Universidades; a Salillas, el antropólogo; y a un escritor cuyo nombre en Europa, en el mundo del estudio, es bien conocido: Rafael Altamira, profesor de la Universidad de Oviedo.

¿Cuál es la causa de que en España no prospere la revista? Primeramente, la general falta de cultura. En Inglaterra, o en Francia, no hay casa decente en donde no se encuentre una de esas publicaciones condensadoras del pensamiento nacional y reflectoras de las ideas universales. Para el parisiense de cierta posición, de atmósfera, llamémosla así, «senatorial», burgués de cualquier profesión elevada, propietario que se receta sus lecturas, o buen varón de la nobleza, la *Revue des Deux Mondes* es una costumbre, o una necesidad. No hablaré, además, de tales o cuales revistas pertenecientes a estas o aquellas agrupaciones, políticas o religiosas; son legión. Albareda, que realizó aquí los esfuerzos que en Buenos Aires los señores Quesada, tuvo que ver la lamentable desaparición de su obra, y, si no ha acontecido lo mismo al señor Lázaro, es porque lucha bravamente contra todo peligro. Las tentativas han sido muchas desde hace largos años, en este siglo, que entre tantas peregrinas cosas, es el siglo de la revista. El *Teatro Crítico* del padre Feijóo puede muy bien considerarse en el siglo XVIII como una gran revista española, en cierto sentido; en la centuria actual la crítica de revista se cristaliza en *Fígaro,* aunque sean muy anteriores a los escritos de Larra algunas otras publicaciones que se asemejan al tipo de la revista. Si no tan antiguo como el francés, hubo en la corte española un viejo *Mercurio.* Asimismo, otras publicaciones periódicas y en forma de folleto que, a la manera del *Teatro Crítico* del padre Feijóo, eran redactadas por un solo escritor. Entre las muchas revistas o semirrevistas de aquel tiempo, he de citar, aunque sin orden cronológico, además del *Mercurio, El Censor, El Pensador Matritense, El Correo de los Ciegos, El Pobrecito Hablador* de Larra, el *Semanario Pintoresco, el Museo Pintoresco,* la *Revista Española,* la *Revista Mensajero, El Laberinto* de Antonio Flores y Ferrer del Río, *La Lectura para Todos,* el *Periódico para Todos, El Museo Universal, La Ilustración de Madrid,* la *Revista Española de Ambos Mundos,* la *Revista Ibérica,* la *Revista Hispanoamericana, La Abeja* de Barcelona, la *Revista de Ciencias, Literatura y Arte* de Sevilla, la *Minerva* o el *Revisor General, El Criticón* de Bartolomé Gallardo, la *Crónica Científica y Literaria,* el *Almacén de Frutos Literarios,* la *Miscelánea,* las *Cartas Españolas,* la *Lectura para Todos,* la *Revista de Madrid* y *El Europeo* de Aribau. Entre las que he citado, muchas han sido ilustraciones, *magazines,* del tipo de revista para familias, variadas e ilustradas a la manera del antiguo *Magasin pittoresque,* de París. Las hubo que tenían un carácter puramente literario y científico; algunas, como *La Abeja,* se limitaron a ofrecer traducciones de varios autores extranjeros, especialmente alemanes, y no pocas intentaron producir un movimiento intelectual elevando el nivel de cultura, sin conseguirlo por desgracia.

Las últimas revistas, puramente tales, en forma de cuadernos, tipo *Revue des Deux Mondes,* que lucharon con todo heroísmo, fueron la *Revista de España,* fundada por don José Luis Albareda, y la *Revista Contemporánea.* La de Albareda contaba con colaboradores de primera línea, con las autoridades de la época, como don Manuel de la Revilla y don Juan Valera en lo referente a la crítica; pero poco a poco fue perdiendo su interés, disminuyó la colaboración, y el público, que no necesita mucho para proteger su pereza cerebral, abandonó las suscripciones. La *Revista Contemporánea* fue creada por don José del Perojo. Era una publicación más científica y filosófica que de literatura y arte. Al lado de importantes trabajos españoles, se insertaban traducciones de autores en boga. Allí se publicó la primera novela rusa que haya aparecido en España, una de las mejores de Turguéniev: *Humo*. También la *Revista contemporánea* fue paso a paso enflaqueciendo, por falta del apoyo público. Dirigióla por algún tiempo don José de Cárdenas. Es seguro que el motivo del decaimiento estribó en lo que por lo general causa la muerte de las revistas. Los que las dirigen, por pobres tacaños, quieren henchir el cuaderno con trabajos que no les cuestan dinero, y recurren a la falange de los grafómanos que hacen fluir gratis los productos de sus inagotables sacos; reúnen suscriptores entre sus amigos y conocidos, que por fin se cansan de la continua bazofia, y rompen, a veces con la amistad, el recibo de la suscripción. Nada más grotesco que el director de una publicación que cuenta para ella «con sus amigos». La *Revista Contemporánea* está dirigida hoy por don Rafael Álvarez Sereix, y está bastante mejor que en tiempo de Cárdenas; pero según tengo entendido, se produce también por colaboración *espontánea*, sin redactores ni colaboradores fijos, interesados en su mantenimiento y progreso.

La *Revista Hispanoamericana* se fundó con muy buenos propósitos, pagaba con esplendidez los trabajos; pero no supo el director conducirla, faltó buena administración en el sentido de la propaganda; no encontró eco, por tanto, y murió no sin costarle a su editor varios miles de duros. La *Revista Mensual* tuvo corta vida y estaba hecha a *l'instar* de la *Revue Général* de Bruselas. *El Ateneo*, con excelentes elementos, se fundó para publicar las conferencias, discursos, etcétera, dados en el Ateneo de Madrid. No interesó, a pesar de su material de importancia. *La América*, de Eduardo Asquerino, con colaboración americana, en un inaudito *cafarnaúm*, pletórica, concluyó igualmente. La *España Moderna* comenzó con bríos y colaboración española escogidísima. Luego se aumentó con la *Revista Internacional* que dio a conocer a muchos autores extranjeros; pero la *Revista Internacional* concluyó muy pronto, y la *España Moderna*, como lo he manifestado ya, con una suscripción relativamente escasa, se sigue publicando gracias al loable desinterés de su director y dueño, don José Lázaro. La *Revista Crítica de Historia y Literatura Españolas, Portuguesas e Hispanoamericanas*, tuvo un brillante aparecimiento, con colaboración de primer orden, nacional y extranjera, en que resaltaban especialistas tan eminentes como Menéndez y Pelayo y Farinelli. Esta revista continúa, dirigida por don Rafael Altamira; pero paréceme que lleva una vida lánguida y que no aparece con la regularidad que sería de desear.

Ha habido algunas revistas interesantes, de ramos especiales, y entre las de derecho y administración se distinguió una publicada por don Emilio Reus, la *Revista de Legislación y Jurisprudencia.* Todas las corporaciones científicas, de ingenieros, arquitectos, militares, etcétera, publican órganos especiales que, por lo general, dan pobre idea de la cultura del elemento oficial. Casi siempre, no se encuentran sino indigentes reflejos del saber fundamental de otras naciones. Exclusivamente de arte, ya sea a la manera de la *Gazette des Beaux Arts,* o a la manera del *Studio,* o sus similares alemanes, no existe ninguna.

Las revistas independientes, producidas por el movimiento moderno, por las últimas ideas de arte y filosofía, y de las que no hay país civilizado que no cuente hoy con una, o con varias, tuvo aquí su iniciación con *Germinal,* de filiación socialista, apoyada por lo mejor del pensamiento joven. Murió de extremada vitalidad quizá... De más decir que en Cataluña, sí, hay revistas plausibles, que, más o menos, dan muestra de la fuerza regional, como *L'Avenç Catalunya, Revista Literaria* y *La Renaixensa. Vida Nueva,* con formato de diario, es una especie de revista semanal, y es de lo mejor que se publica en Madrid. Revistas puramente intelectuales e independientes, al modo de *Mercure de France, Revue Blanche* o *La Vogue* de París, del *Yellow Book* o el *Savoy,* de Londres, la *Rasegna,* de Milán, *Chap Book* o *Bibelot* de los Estados Unidos, *Revista Moderna* de Méjico o *Mercurio de América* y *El Sol,* de Buenos Aires, no hay más que una, a la manera de *La Vogue* o de la antigua *Revue Independante,* de París, la *Revista Nueva.* Es ciertamente extraño que, existiendo un grupo de escritores y artistas que sienten y conocen, así sea incipiente y escasamente, el arte moderno, no hayan tenido un órgano propio. Creo que la causa de esto se basa en el carácter de la juventud literaria, en lo general poco amiga del estudio y sin entusiasmo. La *Revista Nueva* se propone reunir todos esos elementos dispersos, y desde luego cuenta con varias firmas de las más cotizables en literatura castellana actual. Ha tenido la dirección el buen talento de no hacerla sectaria ni aislada en un credo o bajo un solo criterio. Pueden caber en ella y caben los versos de los que intentan una renovación en la poesía castellana y los versos demasiado sólidos del vigoroso pensador señor Unamuno; los sutiles bordados psicológicos de Benavente y las paradojas estallantes de Maeztu; los castizos chispazos de Cavia y las prosas macizas de Unamuno, que valen más que sus versos, aunque él no lo crea. Además, la *Revista Nueva* está en relación con Europa y América, y su colaboración aumenta cada día. Quiera Dios que no vaya también, una buena mañana, a amanecer atacada de la enfermedad mortal de las revistas.

Las ilustraciones no son pocas en España, y entre ellas van a la cabeza la antigua *Ilustración Española y Americana*, fundada por don Abelardo de Carlos, y la *Ilustración Artística*, de Barcelona. La *Ilustración Española y Americana* está asentada sobre inconmovibles bases, entre las primeras del mundo. Sus redactores son de por vida, como el invariable Fernández Bremón, o el que fue don Peregrín García Cadena. Su forma, sus grabados, la colocan en el grupo de *L'Illustration* de París, *Illustrated London News*, *Graphic* y sus semejantes de Berlín, Roma, Munich o Nueva York. Con los progresos del fotograbado, ha disminuido un tanto la aristocracia de sus viejos grabados en madera, que alternan hoy con el inevitable clisé de actualidad. Aunque su plana mayor se compone de escritores veteranos, tiene campo abierto para las manifestaciones del pensamiento nuevo, como se sepan guardar «las conveniencias», pues hay que recordar que si la *Ilustración Española y Americana* es popularísima, no deja por eso de ser el periódico preferido de las clases altas, y eso tanto en España como en la América española.

La *Ilustración Artística*, de Barcelona, viene en seguida, y se distingue por su preferencia de los asuntos artísticos, fiel a su nombre. Uno de sus colaboradores fijos es doña Emilia Pardo Bazán.

Los Estados Unidos han enseñado al mundo la manera como se hace un *magazin* conforme con el paso violento del finisecular progreso. Los adelantos de la fotografía y el ansia de información que ha estimulado la prensa diaria, han hecho precisos esos curiosos cuadernos que periódicamente ponen a los ojos del público junto al texto que les instruye, la visión de lo sucedido. El *Blanco y Negro* va aquí a la cabeza; luego vienen la *Revista Moderna*, *El Nuevo Mundo* y algunas otras como el *Álbum de Madrid*, que publica retratos de escritores y artistas, artículos literarios y poesías. El *Blanco y Negro* es muy parecido a nuestro *Buenos Aires* o a *Caras y Caretas*, con la insignificante diferencia de que posee un palacio precioso, tira muchos miles de ejemplares y da una envidiable renta a su propietario el señor Luca de Tena. En Barcelona hay varias revistas como *Barcelona Cómica*, más o menos literarias y artísticas; y *La Saeta*, periódico picante por sus fotograbados, por lo común desnudos, *poses* de malla o camisa, género Caramán Chimay y aun más pimentados.

La caricatura tiene por campo una o dos páginas de cada «almacén» o revista ilustrada. Casi siempre, la política y la actualidad es lo que forma el argumento. Pero no existe hoy un caricaturista como el famoso Ortego, por ejemplo. Como todo, la caricatura ha degenerado también. Ortego, me decía muy justamente el señor Ruiz Contreras, director de la *Revista Nueva*, ha sido el rey de la caricatura en España;

ninguno de los otros puede compararse con él; él creó la *semblanza* de todos los políticos y monarcas, de todos los personajes de la revolución; él hizo a Montpensier imposible, con una caricatura. Si analizáramos la influencia que ha tenido Ortego en el porvenir de la nación, nos horrorizaríamos. En este pueblo impresionable, una nota se agiganta y se hace un libro, un chisme se transforma en historia y una calumnia en *débâcle* inmensa. Más daño que todos sus enemigos le hicieron a Montpensier las caricaturas de Ortego, ¿fundadas en qué? Pues en que Montpensier tenía una huerta de naranjas. «El rey naranjero.» Esto bastó para desacreditarle. Como bastó, para hundir a don Carlos, pintarle un día rodeado de bailarinas y sacripantas. Ortego, además de su intención profunda, tuvo una ventaja sobre todos, y es que dibujaba maravillosamente. Solía también encontrar en el personaje un rasgo fisonómico para su caricatura, y acertaba tanto en la elección, que no era posible ninguna variante. Su Narváez, su Prim, su Sagasta, su Isabel II, son inolvidables. Asimismo se dedicó mucho a la caricatura de costumbres, en la que hizo prodigios. En esto era un inmediato descendiente de Gavarni. El pueblo de Madrid, con sus toreros, con sus curas, con sus manolas, sus majos, sus cursis, sus hambrientos, sus oficinas, sus teatros y sus verbenas, aparece y resucita en los dibujos de Ortego, que son para el historiador un documento de grandísima importancia. Hace algunos años se reunieron los dibujos de Ortego en álbumes especiales, pero la publicación, con ser de tanto interés para todos, no se hizo popular. El público estaba distraído con otra cosa.

Luque, Padró, Perea y Alaminos han hecho casi solamente la caricatura política. Menos hábiles en el dibujo, buscaban la intención en las ideas; sus caricaturas tienen más *bilis* que *lápiz*; demuestran sus odios políticos más que su arte. Iban sólo a hacer daño; más que revolucionarios de su tiempo, eran anarquistas. Destruían con el ridículo, aumentándolo, inventándolo a veces. Perea se dedicó luego a la especialidad de toros y sus dibujos de *La Lidia* han circulado por todo el mundo. Sojo ha sido también un político de lápiz; *dibuja* poco: todo el interés de su obra se basa en el pensamiento. Cilla y Mecachis explotan por algún tiempo la crítica de costumbres. Cilla *inventa* los personajes, mucho más que los toma de la realidad; ha creado varios tipos que repite constantemente. Así ha hecho Mars en París. Cilla es en el dibujo en España como López Silva en sus versos. Nada más alejado de la verdad, nada más falso que los chulos de López Silva, a quien llaman el heredero de don Ramón de la Cruz; y sin embargo, se ha convenido en que los chulos de López Silva son los verdaderos, y por tales se les mira y admira; y queriendo

hablar en chulo, la gente joven habla en López Silva. Lo mismo sucede
con los dibujos de Cilla. Nadie es exactamente como lo que Cilla
dibuja, pero, a fuerza de verla, parece más real su mentira que la
realidad. Más humano Mecachis: y como más humano es también
menos monótono; como observa y copia, varía más. Después de
Ortego, Mecachis. Todos los demás, excelentes *periodistas*. Ángel
Pons, que hoy está en Méjico, empezó bien; pero también tiene más
ideas que dibujo; tampoco es un observador. Y muy observador de
la caricatura extranjera, como Rojas su discípulo. Puede decirse que
casi todos los actuales dibujantes se proveen de inventiva y de rasgos
felices en las revistas de otras naciones. Apeles Mestres y Pellicer
saben dibujar y dibujan de firme. Mestres ha hecho caricaturas
admirables en los periódicos satíricos catalanes. Es un *moralista*,
como casi todos los verdaderos caricaturistas. Es de recordar una
caricatura publicada en *La Esquella*, de Barcelona. Un coche fúnebre,
con ocho caballos empenachados y otro con un jaco de mala muerte;
y la leyenda: *Com mes richs mes bestias:* Como más ricos, más
animales. Pellicer conoce su arte y estudia las costumbres. Sus dibujos
son documentos y sus ilustraciones de obras, admirables estudios.
Para las obras completas de Larra ha dibujado tipos como *Fígaro*
pudo concebirlos; a Larra le ha hecho como era.

Ese retrato ha quedado definitivo para el futuro, con un valor de
época, inimitable. Pellicer ha superado en esto al mismo Madrazo.
Moya y Sileno, Rojas y Sancha trabajan profusamente y tienen
bastante demanda; Sileno ilustra principalmente el *Gedeón*, y sobresale
en la sátira política. Sancha se ha hecho un puesto especial, apoyado
en el *Fligene Blatter*, y deformando, hace cosas que se imponen. Sus
deformaciones recuerdan las imágenes de los espejos cóncavos y
convexos; es un dibujo de abotagamiento o elefantiasis; monicacos
macrocéfalos e hidrópicas marionetas. Marín estudia mucho y,
apoyado en Forain, hace excursiones al bello país de Inglaterra. Es
un erudito de lo moderno, un simpático artista, cuyo modelo principal
debe de ser una elegantísima y singular mujer, apasionada de
D'Annunzio y fascinada por París. Leal de Cámara, portugués, joven,
de indiscutible talento, dibuja en Madrid, un tanto desganado, con
el pensamiento puesto en Jossot, a quien conoce, y animado por el
espíritu de Cruikshank, a quien seguramente ignora.

ALREDEDOR DEL TEATRO

4 de julio de 1899

Áspero empieza el verano en Madrid. Desde que los calores se inician, el desbande a la *villégiature* comienza. Se abren los nocturnos refugios, entre ellos el Buen Retiro, con su teatro y sus conciertos en los jardines; se instalan las horchaterías con sus incomparables aguas dulces que entusiasmaron a Gautier, servidas por frescas y sabrosas muchachas, la mayor parte denunciadoras de su gracia levantina; los sombreros de paja hacen su entrada y uno que otro panamá de «repatriado» da su blanca nota tropical. ¿A dónde ir después de comer? Se ha inaugurado en el Madrid moderno, allá lejos, un teatrito al aire libre, en el parque de Rusia. En compañía de un autor dramático, buen observador y excelente *copain*, allá me voy, animado por las estrellas que pican de oro el fino azul de la noche. Al pasar por el Prado, me siento detener por un grupo de niños que, a la claridad del cielo, asidos de las manos, cantan acompasadamente. ¿Qué cantan? Son unas de esas antiguas canciones que han venido de siglo en siglo y de labio en labio, repetidas en las rondas infantiles, al crepúsculo de las tardes de mayo y en las abrasantes noches de estío. Apuro la oreja, y me llega:

> *Un pajarito va, carabí,*
> *Cantando el pío, pío, carabí,*
> *El pío, pío, pa, carabí, hurí, hurá.*

Luego, en otro tono:

> *Papá, si me deja usted...*
> *Un ratico a la alameda (bis)*
> *Con los hijos de Medina*
> *Que llevan rica merienda (bis)*
> *Al tiempo de merendar*
> *Se perdió la más pequeña (bis).*

Y luego, en otro ritmo:

> *Quién fuera tan alta*
> *Como la luna,*
> *Ay, ay,*
> *Como la luna,*
> *Para ver los soldados*
> *De Cataluña,*
> *Ay, ay,*
> *De Cataluña.*
> *De Cataluña vengo*
> *De servir al rey,*
> *Ay, ay,*
> *De servir al rey.*
> *Con licencia absoluta*
> *De mi coronel,*
> *Ay, ay,*
> *De mi coronel.*
> *Al pasar el arroyo*
> *De Santa Clara, Ay, ay,*
> *De Santa Clara,*
> *Me se cayó el anillo*
> *Dentro del agua,*
> *Ay, ay,*
> *Dentro del agua.*
> *Por sacar el anillo*
> *Saqué un tesoro,*
> *Ay, ay,*
> *Saqué un tesoro.*
> *Con la Virgen de plata*
> *Y el Niño de oro,*
> *Ay, ay,*
> *Y el Niño de oro.*

La música tiene el perfume de un vino viejo y sano. Su sencillez y su gracia *vieillotte* hablan de otros tiempos, y el espíritu observador y meditativo coge al paso en esa flor armoniosa una gota de poesía. Pasa una *manuela,* es decir, una victoria, y en ella nos encaminamos al parque de Rusia. Dejando atrás la Puerta de Alcalá, después de recorrer muchas calles llenas de polvo, llegamos. Un gran jardín, con laguneta, columpios, glorietas y quioscos rústicos, mal cuidado y mal presentado. Un *restaurant* y un teatro. Cuando se alzó el telón habría unas ochenta personas en todo el recinto, y ellas no se aumentaron mucho hasta el momento de partir. El espectáculo... El Casino de la Boca, a la par, es suntuoso, el Cosmopolita de la calle Veinticinco de Mayo, cualquiera de nuestros *café-concert* de segundo orden es una *Alhambra* londinense o un *Jardín de París,* en comparación con estas abominables iniciaciones en el finisecular divertimiento. En el extinto Varietés, a fuerza de pesetas, se logró presentar algo escasamente semejante a nuestro teatrito de la calle Maipú; había siquiera dos o tres números que pudiesen despertar el gusto por el exótico espectáculo. Henry Lyonnet, en su libro sobre el teatro en España, observa lo poco preparado que está el terreno para la importación parisiense; pero es el caso que a estas horas, en la calle de Alcalá hay dos teatritos en que alternan tarde y noche cantaoras y bailaoras flamencas con *divettes* traídas de Barcelona, de Marsella, o de París, y en uno de ellos he visto a una famosa pensionista de Nollet, la Nella Martini, cantando siempre sus desairados y pornográficos *couplets de la Pulga.*

En el parque de Rusia se dio principio a la función con una cuadrilla de osados vejestorios, una parodia del Moulin Rouge. Las bailarinas, seguramente improvisadas para el caso, aun cuando pretendían encender a la escasa concurrencia, resultaban de un efecto moralizador indiscutible: ¡ni que hubiesen sido del Ejército de Salvación! Luego salió a decir su canción en *argot* una flaca veterana, retirada seguramente del oficio, a quien nadie entendió una sola palabra; y otra le siguió, *grivoise,* igualmente detestable. Si no aparece en seguida Pilar Monterde, una española de cuerpo encantador, que baila las danzas nacionales con mucha gracia aunque un poco para *París,* la parte primera del espectáculo hubiera petrificado de fastidio a la asistencia. La segunda la desempeñó un discípulo de Frégoli, llamado Minuto —italiano, de Rosario de Santa Fe, ¡qué pensáis!— y la gente le aplaudió largamente, y con mucha justicia. Entre él y la Monterde se salvaron la noche. Ahora, a la ciudad. Y he ahí que no se encuentra a la salida ni coche ni tranvía. Los que salen primero logran atrapar uno que otro, y los demás... a seguir el camino por las calles empolvadas, con calor y fatiga. No me quejo sino vagamente, del percance, con mi amigo el autor; pero aprovecho la caminata para hablar sobre teatro. María Guerrero debe de estar a la sazón, al partir de Buenos Aires, con rumbo a su buena villa de Madrid; Antonio Vico, en sus postreros años de arte, va a América a hacer lo que debió hace mucho tiempo, corriendo el riesgo de una desilusión.

Durante el invierno funcionan regularmente en Madrid dos compañías dramáticas, la del Español, dirigida por la Guerrero y su

marido, y la de la Comedia, cuyo director fue por más de veinte años
Emilio Mario y ahora es Emilio Thuillier. Mario es otra venerable
ruina. Los bizarros papeles de antaño, los «galanes» muy a la francesa,
que tanto brillaron, han quedado en la memoria de los que
presenciaron sus pasados triunfos; hoy Mario hace maravillosamente
el característico, y creo que pretenderá emular los esfuerzos fatigados
de Vico. En la primavera también suele trabajar la compañía de la
Tubau —otra abuela— y en otros teatros aparecen y desaparecen,
como por obra de encantamiento, varias compañías que no hallan
donde plantar sus escuetas raíces. Entre tanto que el apodado «género
chico» prolonga en los teatros de la Zarzuela y Apolo indefinidamente
sus temporadas, el «género grande» limita las suyas al invierno y
desaparece de la Corte con la llegada de las primeras rosas. La
compañía del Teatro Lara, que no pertenece al género chico ni al
grande, cultiva la declamación sin música, en obritas de uno o dos
actos (algunas representa de tres), pero no estrena ninguna, limitándose
en días de gala, beneficios o noches excepcionales, a *reprises* de las
piezas ya juzgadas y aplaudidas por el público y que juzga pertinentes;
su temporada se mantiene durante toda la primavera.

En invierno recorren los escenarios de provincia algunas
compañías, encabezadas por Vico, Miguel Cepillo, Sánchez de León,
Luisa Calderón, Julia Cirera, Antonio Perrín, García Ortega, dando
a conocer aquellas piezas que Madrid ha aprobado; pues la
centralización en este caso es absoluta, no teniendo cabida en la Corte
la única excepción, el teatro regional catalán. Cuando las compañías
del Español, la Comedia y la Princesa terminan su labor de Madrid,
pasan a provincias y recorren los teatros de Barcelona, Sevilla,
Zaragoza, Bilbao, Valencia, y otros más de menor calidad. Varias de
las compañías dramáticas de provincia, en verano descansan. Ya por
Pascua, suele venir a la Corte alguna compañía extranjera que da sus
representaciones en la Comedia, en el Moderno, o en la Princesa.
Generalmente las compañías son italianas, aunque Sarah Bernhardt
me parece ha estado unas dos veces y se anuncia la llegada de Réjane,
en una *tournée* por Europa.

Novelli ha conquistado desde hace tiempo a los madrileños, y
últimamente la Mariani, desde luego superior a todas estas actrices,
con excepción de la Guerrero, ha sido excelentemente acogida. El
género chico, en verano como en invierno, continúa con varios teatros
abiertos, ofreciendo estrenos todos los días, y sosteniendo las obras
de sus favoritos hasta quinientas noches. Es la chulapería triunfante,
del dúo del mantón y el pantalón obsceno, el barrio bajo que se
impone, con defensores que cuando alguien protesta de tanta vulgar

exploración, sacan a cuento a Goya y al bastante asendereado don Ramón de la Cruz. Éste, como sabéis, se llama hoy López Silva.

No obstante, en estos últimos años ha habido loables tentativas de renovar el ambiente teatral, de sacar la atención del mundo de las chulapas y de los chulos. Se ha traducido algo moderno. Se ha hecho algo de Ibsen, *El enemigo del pueblo;* de Sudermann, *Magda;* de Lavedan, *El príncipe d'Aureac,* con el título de *El gran mundo,* entre las conocidas obras de Dumas, Sardou, Pailleron; y han osado en una plausible campaña, los autores de algunos trabajos originales, Guimerá con su *María Rosa,* Dicenta con su *Juan José,* Benavente con su *Gente conocida,* Ruiz Contreras con *El Pedestal. La Dolores* de Codina y *Juan José,* con fuerza y bríos hoy no usados aquí; *María Rosa* iniciando una tentativa de teatro socialista, con el mismo *Juan José, Gente conocida* trayendo las escenas libremente extraídas, sinceras, de la vida, con un análisis hondo, e ironía que parece a flor de piel, pero que penetra, señalan un buen trecho conquistado para un arte escénico futuro. Murió Feliu y Codina, que había pretendido la realización de un teatro regional, de todas las regiones españolas, una especie de geografía escénica de la Península. Así después de *La Dolores,* aragonesa, vino *María del Carmen,* murciana, y luego *La real moza,* andaluza. Feliu era un firme trabajador, de gran talento, y un delicioso músico del verso, de este verso español sonoro y sin matices. Joaquín Dicenta, que acertó tan bravamente con *Juan José,* no avanzó con *El señor feudal,* y, desanimado, o mejor, poseído ya del deseo de la fija ganancia, se fue hacia la zarzuela. Así escribió en unión de su amigo Paso el libreto de *Curro Vargas,* extraído de una novela de Pedro Antonio de Alarcón. Guimerá persistió, con su tesón catalán. Consiguió en *Tierra baja* dos actos notabilísimos —el tercero desmerece tanto que puede suprimirse—. De todos modos, esa obra, en Madrid, como en París, como en Buenos Aires, ha revelado un gran manejador de ideas y un potente poeta. *El Padre Juanico* buscó el éxito a la manera de Feliu y Codina. Parecería que hubiese acaparado la herencia del autor de *La Dolores;* pero Guimerá es una fuerza, y después de tantear sus conveniencias, ha de volver sin vacilar a su rumbo verdadero: el drama socialista, el drama actual e intenso, del hombre y de la tierra. Difícil es el público para resistir ciertos intentos. Un Curel o un Mirbeau no tendrían, por lo pronto, oyentes; la autoridad tendería su mano al instante. De *Los Tejedores* de Hauptmann se arregló *El pan del pobre* con cien atenuaciones. Praga y Rovetta, al ser servidos, van ya aguados.

Benavente, después de *Gente conocida,* ofreció con copas de excelente vino español preparado a la francesa: *El marido de la Téllez.*

Luego dio *La Farándula*, una equivocación... de los cómicos, que no la comprendieron, y la hicieron de una manera dolorosa; después alcanza su más resonante victoria con *La comida de las fieras*. Es difícil que, en lo sucesivo, sobrepase las exquisiteces de intención, la variedad escénica, el equilibrio, la gracia, el vuelo psicológico, la ironía trascendental y el interés de su última obra. Y aquí empieza el desencanto, porque, si el público se deja conducir y agradece el regalo de la forma nueva, el actor, hasta viéndola muy aplaudida, se resiste a aceptarla. Ello no es raro. En todas partes, todo *cabot,* grande o chico, y son pocos los casos de excepción, es impenetrable a la concepción artística y yerta, por lo común, al estimar la opinión del público. Un sir Irving es caso raro. Si no hubiera habido un Antoine y un Hugue Poe en París, aún andarían de teatro en teatro, durmiendo en las gavetas directoriales, verdaderas obras maestras, y sería desconocido más de un triunfador de hoy. Aquí, mucho costó a Benavente conseguir que su *Gente conocida* fuese representada con esmero. Habíanla dejado para *último día de temporada,* convencidos los cómicos de que la obra no pasaría del segundo acto. Por fortuna, semejante atentado no llegó a cristalizarse en crimen y *Gente conocida,* al quedarse en cartera, fue al año siguiente el mayor *succès* de la temporada. No bastó tal enseñanza para reducir a la gente de bastidores, y al ensayar *La comida de las fieras,* hacíanlo llenos de desconfianza, sin comprender una sola línea de lo que tenían entre manos, aunque, según parece, poniendo una regular suma de buena voluntad.

Mas, pasado el triunfo, ¿suponéis que se dieron por vencidos y convencidos? Según ellos, la comedia fue aplaudida, no por lo que tiene de arte moderno, sino por lo que tiene de salsa «cómica»; no por lo exacto de la delicada pintura social, ni por el procedimiento, sino por lo que sazona el *chiste,* por lo que hay para sus paladares únicamente saboreable. No es esto de causar extrañeza si se tiene en cuenta que *La Dolores,* obra puramente nacional, popular, clara, sin medias tintas, del tipo más corriente en la escena española, pasó por todos los teatros madrileños sin ser recibida en ninguno, dándose el caso duro de que su autor, para no resignarse a la condena y dando en esto señal de buen tino, fuese a estrenarla en Barcelona, donde se dio treinta y tantas veces. A fin de temporada, Mario se resolvió a estrenarla en Madrid, y María Guerrero se negó a hacerse cargo del papel que más tarde había de ser uno de los más brillantes de su repertorio y causa de mucha gloria y provecho. Es conocido el pleito que sostuvo el autor con la actriz por esa negativa. El camino que ofrecieron a Guimerá los teatros de la Corte no fue tampoco exento de tropiezos. Enrique Gaspar, conocido autor cómico, tradujo, para que Calvo lo estrenara en Barcelona, *Mar y cielo*. Guimerá era visto como un «genio regional», pero no podía penetrar las murallas chinas de Madrid. Por fin, Ricardo Calvo se decidió a poner en escena en el Español *Mar y cielo*, versión de Gaspar, y el éxito ruidoso hizo que después apareciese una *María Rosa*, echegarayizada por don José. No es, pues, Echegaray, como lo ha asegurado la señora Pardo Bazán en su conferencia de París, quien presentó a Guimerá en Madrid, sino el cónsul autor don Enrique Gaspar.

Galdós, con toda y su colosal *réclame* de novelista, no inspiró tampoco mucha confianza. Su *Realidad* no encontró simpatías en la Princesa, donde reinan la Tubau y su marido Ceferino Palencia. Fue recibida la pieza en la Comedia, por obra de la cortesía que siempre tuvo Mario con los grandes, y que hay que agradecerle. Y *Realidad* venció. Nadie podía esperar que aquella dolorosa y extraña fantasía pudiese tener un buen resultado en las tablas. Y lo tuvo. El drama de Galdós debió haber convencido a los *practicones* que, si eso no era romper moldes, como se dice, era cortar ligaduras y trabas. No sucedió así: aún se *anuncian* los éxitos de dramas cosidos a los viejos cánones, a ridículas usanzas persistentes. Después de *Realidad* obtuvo gloria legítima Galdós llevando a la escena *La toca de la casa* y *La de San Quintín*, y si en sus obras posteriores no ha sido tan afortunado, no hay que echar la culpa al público, sino a la precipitación industrial que se ha impuesto en su labor el dichoso escritor de los *Episodios nacionales*. *Los Condenados, Voluntad* y *La Fiera* hasta cierto punto superan a sus obras anteriores, pero hay en su construcción y arquitectura descuidos que las perjudican. Esta sí que fue y será siempre una condición de la obra escénica. En la novela puede impunemente ir rastreando el riblo un capítulo pesado, con tal que lo demás, alado y vigoroso, o sutil y aéreo, mantenga en su vuelo al espíritu. Mas en la pieza teatral no puede aflojarse ni decaer una sola escena, porque la atención a la inmediata marca el descenso.

No es suficiente que se afiance una justa intención y que la idea total y básica se asiente con solidez; hay que sostener la intensidad; la obra de teatro tiene muy señalada extensión, cuenta con una cantidad determinada de tiempo, y por tanto, se ha de ser sintético, no cabe analizar.

Ya hecho autor, Dicenta encontró resistencia para su *Juan José*. He visto el original de la obra y leído en el reparto el nombre de «María» tachado, y en su lugar puesto: «señorita Martínez». Lo cual quiere decir que la primera actriz, que en esta ocasión era la señora

Tubau, no quiso encargarse del papel. Tampoco lo tuvo en la obra Emilio Mario, y *Juan José*, desechado por el primer actor y la primera actriz, hizo con actores jóvenes una carrera triunfal, excepcional, pocas veces vista.

Ahora se preparan las formaciones para el próximo octubre. ¿Vendrá María Guerrero a su Español? Le será muy difícil encontrar otro *Cyrano de Bergerac*. Como ya apenas cuenta con Echegaray, cuyos repetidos fracasos prueban, no su falta de talento, sino su falta de tino en no retirarse a tiempo, para hacer buena compañía a Guimerá necesita del elemento nuevo. Dos jóvenes tiene ya en casa: López Ballesteros y Ansorena. No es bastante. La *troupe* que se empieza a formar para la Comedia consta de muchos nombres, pero de pocos elementos para obras de cierto fuste. Lara seguirá como siempre. En general, los autores encontrarán las mismas dificultades y sus trabajos los mismos jueces de criterio imposible. No habiendo comités de lectura, como en todo teatro culto de la tierra, no buscando los señores actores obras sino papeles, y sin una crítica ilustrada que sirva de guía, todo el teatro en España está sometido a la voluntad o al capricho de los actores dirigentes. En Madrid hay que encomendarse, para lo alto, a María Guerrero y a Emilio Thuillier.

La Real Academia Española, que no hace sino el Diccionario, pudo en este caso hacer algo. Dispone de premios de alguna importancia —de cinco mil y dos mil quinientas pesetas— legados por buenos señores, amantes del teatro, para que se concediesen, periódicamente, a la mejor obra dramática. Pudo perfectamente la Real Academia admitir obras no representadas; aun fue objeto de discusión si debía hacerlo así, y, por mi parte, creo que debía hacerlo de esa manera; mas para mayor comodidad y menor compromiso y *far niente*, resolvió limitarse a «las que mayor éxito logren», con lo cual sometió de modo implícito su fallo al fallo previo de los directores de empresa. La Academia da, pues, las pesetas a quienes amparan María Guerrero y Emilio Thuillier. En esta situación se encuentra el teatro en el momento en que escribo, y así se abrirá la temporada de 1900. Muerto Feliu y Codina, Echegaray gastado, Galdós desanimado, Guimerá buscando el éxito productivo, Benavente piensa en una obra ligera, *puramente cómica*, destinada a una actriz como la Pino, buena y azucaradita solamente para esas fiestas; Dicenta va a Andalucía a escribir libretos de zarzuelas grandes; Sellés —de la Real Academia Española— se prepara a seguir la misma labor; Leopoldo Cano, sin producir nada desde hace tiempo; Gaspar de cónsul, Blasco de socialista cristiano, y la crítica ilustrada, con perdón del señor Canals y del crítico de *La Ilustración,* sin nacer aún. Los jóvenes encuentran mejor traducir, y se pertrechan. Y así están las máscaras del teatro que fue en un tiempo el primero del mundo.

—¿Si tomáramos un vaso de horchata? —digo a mi amigo el autor.

LIBREROS Y EDITORES

14 de julio

Hasta hace poco tiempo —y aun hoy mismo, en la mayor parte de las repúblicas, hacia el Norte— el sueño rosado de un escritor hispanoamericano era tener un editor en España. Por esos países los gobiernos suelen costear las ediciones de los poetas y escritores, con la condición de que los agraciados les sean gratos en política. No hay otro recurso de hacerse leer como no surja un inesperado mecenas. En Buenos Aires poco tiene que ver el Gobierno con las musas, y los editores, ya sabemos que, en realidad, no existen... He querido explorar ese punto en España, y en verdad os digo que he salido del antro vestido de desilusión. Editores y libreros desconsuelan.

Un hombre de letras que quiera vivir aquí de su trabajo, querrá lo imposible. La revista apenas alienta, el libro escasamente se sostiene; todo producto mental está en *krach* continuo. Lo único que produce dinero es el teatro, cierto teatro. El que logra hacer una *Verbena de la Paloma*, o una *Gran Vía*, y puede continuar en sucesivos partos de ese género, ya tiene la gruesa renta asegurada. El señor Jackson Veyán, a quien achacan mediocridad literaria e incurable ripiorrea, puede reírse de sus enemigos al embolsar sus miles de duros anualmente. Los editores de teatro, o más bien, los que compran la propiedad de las obras teatrales, tienen mejor fama que los de libros. Son más abiertos, más generosos, y hasta autores principiantes hallan en ellos su providencia.

En esta nuestra curiosa madre patria, en épocas pasadas, y aun en la actualidad, los centros intelectuales de la Península fueron y son las farmacias y las librerías. Decíame un amigo madrileño: «En las farmacias hácense más versos que ungüentos, y en las librerías se derrochan más palabras que pesetas.» En la Corte, como en provincias, las librerías son punto de reunión donde acude un número dado de clientes y aficionados, a conversar, a hojear las nuevas publicaciones y a perder el tiempo. En Madrid todavía existe lo que se podría llamar tertulia de librería, aunque no como en tiempos pasados. En casa de

Fe, al caer la tarde, podéis encontrar a Manuel del Palacio, a Núñez de Arce, con su inseparable amigo Vicente Colorado, al señor Estelrich, italianista de nota, a otras figuras, grandes, medianas y chicas del pensamiento español. En casa de Murillo no dejaréis de ver cotidianamente las barbas rojas del académico Mariano Catalina. Hace bastantes años era Durán quien reunía en su establecimiento famosos contertulios. Era este Durán hombre de cultura y metido en letras; bibliógrafo de mérito, muchos varones ilustres salieron de su casa muy satisfechos después de una consulta. Conocía todos los libros, todas las ediciones, todas las noticias. Era una especie de Bibliophile Jacob de Madrid, buen parlante y provechoso amigo intelectual. Hoy no existe un solo librero como aquél; y la erudición la suplen los que hay con el aguzado instinto de un comercio genuinamente israelita. Paul Groussac, en sus viajes por el continente americano, hallaba a cada paso comprobada la superioridad de nuestras incipientes librerías bonaerenses, en comparación con las del resto de América española. Pues bien, las librerías de Madrid son de una indigencia tal, sobre todo en lo referente al movimiento extranjero, que a este respecto Fe, que es el principal, o Murillo, o cualquier otro, están bajo el más modesto de nuestros libreros. En Madrid no existe ninguna casa comparable a las de Peuser o Jacobsen, o Lajouane. París está a un paso y me ha sucedido leer en *La Nación* el juicio de un libro francés antes de que ese libro hubiese llegado a Madrid. El que no encarga especialmente sus libros a Francia, Inglaterra, etcétera, no puede estar al tanto de la vida mental europea. Es un mirlo blanco un libro portugués. De libros americanos, no hablemos. La casa de Fe es estrechísima, y Fe no se atreve a mudar de local, quizá poseído del temor de que otra más elegante y espaciosa no se advirtiese tan concurrida. Además de dos pequeños mostradores en que se exponen obras castellanas, uno que otro libro de América, a la izquierda, libros extranjeros, a la derecha, hay, junto al escritorio del jefe de la casa —rincón estrechísimo—, una mesita en que se presentan las últimas novedades españolas. A esa mesita se acercan y tocan los asiduos del establecimiento; unos cortan las páginas y leen las obras de corta extensión, en pie; concluyen, y dejan el ejemplar. En toda España hay poca afición a comprar libros; quizá sea por esto que las librerías son de una pobreza desoladora. Hay que dar vuelta al problema de Fígaro: «¿No se lee porque no se escribe, o no se escribe porque no se lee?», decía él. Digamos: «¿No se compran libros porque no se saben vender, o no se saben vender porque no se compran?» Lo cierto es que los libros se venden poco y mal, y, como en Buenos Aires, los culpables son los libreros. Todo comerciante hace lo posible por despachar su mercancía, y procura colocar y recomendar; el librero limita su negocio a dar lo que le piden y no hace ofertas ni recomendaciones. Desde algún tiempo a esta parte se han establecido las ventas a plazos, pero eso es para facilitar la adquisición de las grandes publicaciones ilustradas. El anuncio sólo se emplea en casos muy especiales, y los catálogos que publican algunos libreros no tienen resonancia ninguna.

Hubo un tiempo —y ya va lejos— en que las librerías de lance —libros usados y antiguos— tenían mucho movimiento e importancia y publicaban periódicamente catálogos numerosos. De aquellas librerías apenas queda rastro; unas han desaparecido, y otras redujeron su negocio hasta un simple «cambalache» de *bouquiniste*. Rico sigue publicando catálogos, y un joven de muchos alientos, Vindel, tiene un negocio de esta clase, de bastante importancia. Vindel es hoy algo como lo que fue Durán, guardada la diferencia de educación, clase y tiempo. Este joven sabe mucho de libros viejos y hace su comercio de «novedades» en frecuente relación con los anticuarios de París y Londres; publica libros raros y curiosos, como los Bibliófilos Sevillanos, y en su oficio es una especialidad. Me han contado la historia de Vindel: interesante y extraña novela, que él debía hacer escribir e imprimir a un ejemplar único. Sería el más *raro* de sus libros. Los jóvenes le han conocido en el Rastro de Madrid, con la cuerda al hombro, haciendo recados y comprando y vendiendo pobres mercancías. Nadie se explica cuándo, cómo y dónde aprendió lo que sabe. Su fortuna se la debe a la buena suerte. Le cayó una lotería de quince mil duros, y así comenzó a realizar compras importantes. Ha ido a París y a Londres, en ocasiones en que se han anunciado ventas de libros y subastas de bibliotecas particulares, y se ha dado vida de gran señor. Vindel se mueve en su negocio como si operase en un gran país; tiene sus desencantos y sus apuros, pero es obstinado y fuerte. Y es el que más entiende su oficio, el que tiene más elementos bibliográficos y el más abierto.

De los libreros de actualidades, el que más negocio hace es Fernando Fe; a su casa acude en busca de libros la mayoría de las gentes que los compran, y es acaso el que más comercio tiene con las provincias. Las librerías de José Ruiz —Gutenberg—, San Martín, Manuel Hernández y algunas otras, son, en mayor o menor escala, establecimientos análogos al de Fe. Victoriano Suárez se dedica principalmente a los libros de texto y envíos a América. Hay librerías que tienen especialmente obras profesionales, unas de medicina, otras de jurisprudencia, como la de Leopoldo Martínez, otra como la de Hernando, de primera enseñanza y otros libros de propaganda católica. No sé que haya en la actualidad ninguna librería protestante o que lleve francamente el nombre de tal. Trabaja mucho en España la Sociedad Bíblica, pero no consigue que se lean mucho sus volúmenes y folletos. Aquí cualquiera se permite ser un mal católico, pero pocos renuncian a llamarse católicos. Se precisa la independencia y el buen humor de José Zahonero para llegar a ser obispo protestante.

He hablado de los libreros antes que de los editores; con tener aquéllos tan poca importancia, éstos la tienen menos. Debo advertir que me refiero solamente a los editores de obras literarias; los de obras científicas no abundan, y por lo que noto, se limitan a la explotación de la enseñanza. Un Alcán, ni para muestra.

En los buenos tiempos románticos florecieron en Madrid muy famosos editores como Roig y Mellado. No enriquecerían a los poetas llenos de apetito de entonces, pero por lo menos les quitaban el hambre. En medio siglo ha perdido Madrid mucho de su ambiente literario. Zorrilla, como poeta lírico, no sacaría hoy a su editor un puñado de onzas para sus caprichos, como el año 1840. Apenas un puñado de garbanzos, y gracias. Hay de aquellos tiempos volúmenes de poesías de autores desconocidos, hechos en casas editoriales que, por lo menos, pagaron la edición. Hoy quien no esté abonado por el nombre, no encontrará sino el desdén de no importa cuál editor. De entonces acá es cierto que se ha apagado el entusiasmo. Los periódicos publicaban folletines de versos que la gente leía sin duda; la novela estaba un tanto canija; pero, a pesar de su flacura y anemia, había editores para ella. Es verdad que la prensa ayudaba mucho a los libros; los periódicos, en general, cuidaban de su parte literaria, y aunque no hubiese grandes críticos, porque la crítica nunca tuvo en España muchos ni muy competentes devotos, teníase en cuenta la bibliografía y se hablaba y se discutía alrededor de una obra nueva. Hoy la prensa no se ocupa de un libro nuevo a conciencia. No hay críticos fijos en las redacciones. El libro se anuncia a lo más en una gacetilla —la misma para todos los periódicos— que por lo general manda hecha el editor interesado; y los artículos firmados por nombres de autoridad obedecen a móviles amistosos o de camaradería, antes que a cualquier preocupación artística o literaria. Hasta hace algún tiempo, el envío de dos ejemplares de un libro a una redacción hacía que se hablase de la obra con más o menos laconismo; hoy ni las obras de los más sonantes autores —Galdós, Pereda, Palacio Valdés, Pardo Bazán, Valera, etcétera— encuentran eco en la prensa. Galdós, con empresa especial para sus libros y con el sentido comercial que le distingue, anuncia sus nuevos *Episodios nacionales* en la cuarta plana de los diarios, junto al aviso en que el novelista santanderino

Pereda recomienda su fábrica de jabón; Valera se da por satisfecho con las atenciones de su público y las traducciones que le hacen en el extranjero, y Palacio Valdés, que tiene un desdén profundo por la crítica de su país, ni siquiera envía sus libros a las redacciones, escribe para ser vertido al inglés y leído en Nueva York y en Londres.

Hasta los libreros y editores van dejando la costumbre de enviar los dos ejemplares de prensa, al ver la inutilidad del procedimiento.

Las ediciones de los románticos —algunas muy bien hechas y muy parecidas a las de los franceses— debieron ser numerosas. Demuestran, más que el valor de los poetas, el entusiasmo del público. Desde Salas de Quiroga hasta Romero Larrañaga —ayer, hoy y mañana ilustres desconocidos— un ejército de cabelludos desbocados exuberó en prosas y versos que tuvieron la vida de una col. Sus ediciones —de las que se suelen encontrar ejemplares muy hermosos en los puestos de librería de viejo— no se cotizan, como en otros países, por motivos esencialmente tipográficos y de curiosidad literaria. La primera edición de los *Romances* del duque de Rivas no vale más que dos pesetas, y he visto vender en quince una primera edición de los trece primeros volúmenes de *Poesías* de Zorrilla. Del *Trovador* de García Gutiérrez y *Los amantes de Teruel* de Hartzenbusch, si aparecen las ediciones primitivas, se confunden en los montones de comedias que se venden por lotes, con las más recientes, y se cotizan a veces a menor precio que las que acaban de aparecer, porque «son viejas». Las primeras obras de Campoamor corren igual suerte. En la época romántica se fundaron las «Galerías dramáticas», y creo que el editor Delgado fue el primero que intentó el negocio. Hasta entonces, y sobre todo en los siglos XVII y XVIII había habido impresores que coleccionaban preferentemente comedias y las imprimían a dos columnas. Aún aparecieron impresas así las de Moratín y las tragedias de Jovellanos y Quintana. Luego se adoptó para comedia el 16°; así aparecieron las primeras de Bretón de los Herreros, y al fin se agrandó la forma, estableciendo la primera galería el tamaño corriente y el formato que hoy se usa para las obras teatrales. Así como ahora lo que sobra en las galerías son títulos, al principio faltaban, y para presentar un catálogo copioso de obras nuevas y nombres nuevos, Delgado ofrecía buenas pesetas por todas las obras que le llevaban los principiantes. Imprimía los originales sin leerlos siquiera. Sólo así se concibe que hayan llegado a publicarse muchas obras entre las cuales me ha llamado la atención, y no por sus bellezas, una de Campoamor, que debió escribir el poeta cuando tenía quince años. Se vivía en aquel mundo literario en una inocencia arcádica. La prensa aplaudía las fogosas redondillas y los ingenuos sonetos. El bisoño Orfeo, recién llegado de provincia, encontraba un colega cortesano que le presentase a un editor; las tentativas se estimulaban; de una tertulia salía con frecuencia un hombre nuevo: el público se dejaba seducir por aquellas fascinaciones. Un epigrama daba la vuelta a la ciudad, y una poesía solía conquistar la buena voluntad de un ministro. Renduel no existía, ni Lemerre tampoco; pero algo semejante animaba en España a los excelentes hijos de Apolo. Es de lamentar que un Valera no deje escrita la historia íntima de la literatura española de este siglo. Sería muy interesante ver cómo se producen y se agitan las corrientes por un momento dominadoras de todo y que desaparecen en este país nervioso, impresionable y de mil faces.

Don Wenceslao Ayguals de Izco quizá fue el primer editor literario de empresa. Don Wenceslao acometía la novela, se lanzaba por la poesía, autor fecundo y atrevido; dirigió un periódico, *La Risa*, en que escribieron todos los famosos de la época, y supo fundar un negocio de publicidad en grande escala; falsificó en castellano *Los misterios de París* y el espíritu de Sué, con su *Hija de un jornalero* y su *Marquesa de Bella Flor.*

Gaspar y Roig y Ángel Fernández de los Ríos hicieron bibliotecas ilustradas del tamaño y forma de los *magazines,* y a ellos se deben en gran parte el sostenimiento de la cultura literaria, pues hicieron traducir y publicaron muchas obras francesas e inglesas con buenas ilustraciones intercaladas en el texto a precios hasta entonces desusados. Asimismo alternaban con los extranjeros Espronceda y el duque de Rivas, Carolina Coronado y Fernández y González. En competencia con los *cuadernos cultos* de la Biblioteca Universal y de la Biblioteca Gaspar, aparecieron las entregas de novelas de un género especial. Era el desborde de la fantasía endiablada de Fernández y González, el torrente sentimental de Pérez Escrich, la honesta narración «a la papá» que humedeció los pañuelos de varias generaciones en España y América, y a cuyo recuerdo aún suspiran las porteras agradecidas. Ambos novelistas ganaban muchas onzas de oro y enriquecieron a sus editores. Pero la novela por entregas también pasó, el vuelo del tiempo, y el honrado Escrich murió en la pobreza después de cazar mucho y escribir otro tanto, pues su vida en la Corte se deslizó como canta una quintilla suya:

> *Escrich es un cazador*
> *Que pasa días felices*
> *Persiguiendo con ardor*
> *En el campo a las perdices*
> *Y en Madrid al editor.*

Como en Valencia durante muchos años la Biblioteca de Cabrerizo hacía buena obra publicando libros de mérito, más tarde en Barcelona La Maravilla dio al público novelas e historia a precios reducidos, y alcanzó popularidad. Por allí salieron a mezclarse con el pueblo español Walter Scott y Dumas el viejo. No hay duda de que del año 1840 al 1860 se publicaba y leía más en la Península que lo que ahora se publica y se lee. Los editores de Barcelona que hoy trabajan mucho, lo hacen de modo principal para la exportación y con escaso cuidado. En Madrid apenas hay editores literarios. Las bibliotecas económicas de vulgarización a dos reales aumentan y producen continuamente. La primera fue la de Pi, la Biblioteca Universal, hecha por el patrón de la francesa del mismo título, aunque a precio duplicado (la Bibliotèque Universelle sólo cuesta veinticinco céntimos); siguióla en Valencia la Biblioteca Selecta y en Barcelona la Biblioteca Diamante. Antonio Zozaya intentó cuerdamente su Biblioteca Filosófica —también a dos reales— y dio a conocer al gran público, cierto que como en un botiquín, a los filósofos antiguos y modernos, desde Aristóteles hasta Schopenhauer.

No dejaré de recordar el impulso que dio a las obras ilustradas, con sus libros bien presentados y económicos, el editor Cortezo, barcelonés, en su Biblioteca de Artes y Letras, con encuadernaciones a la inglesa, y sus buenos grabados; a tres pesetas volumen, dio mucho bueno. La Biblioteca Franco-Española y el Cosmo Editorial inundaron el país de traducciones, por lo común mediocres y malas; una importó al divino Montepin, a la otra se le debe agradecer la presentación de Zola. Lázaro y Galdeano, director de la *España Moderna*, y de quien ya os he hablado, hombre de buen gusto y de fino tacto, ha invertido una fortuna en traducciones. Al comenzar en París la *Collection Artistique Guillaume*, Sanz de Jubera quiso aquí imitarla. Error. El fracaso vino luego. Editores de novela como Charpentier o de poesía como Lemerre no hay en España ninguno. El editor Cortezo intentó fundar en Barcelona una biblioteca de novelas contemporáneas, pero tuvo que abandonar la empresa. El problema es sencillo. Los editores quieren firmas reputadas, nombres hechos, quieren la seguridad de la venta, la salida del producto. Los jóvenes, y entre ellos muchos que acudirían a formar esa biblioteca, no son recibidos, y cuando publican uno que otro trabajo, lo hacen por cuenta propia. Ello no es nuevo. Pérez Galdós, Pardo Bazán, Palacio Valdés, que antes de ser conocidos tuvieron que publicar ellos sus obras, se han acostumbrado a eso, y ahora, ya célebres, no se resignan a sufrir la tutela de Shylock de un editor. ¿Qué ventaja le reportaría al señor Pereda, por ejemplo, un editor que le diera de sus obras menos de lo que ahora le paga Suárez, que se las administra por un treinta y cinco por ciento? Si cuando empezaban esos escritores hubiese habido un editor de comprensión y talento que les acogiese y ayudase, como Charpentier a Zola, a Daudet, a Goncourt, estarían todos unidos ahora a la sombra de un buen árbol editorial, que a su vez se habría nutrido de rica savia y sería amparo siempre de los nuevos. Aquí el editor no quiere hacer obras, sino ser contratista de obras hechas.

La guerra, el desastre, han traído ahora un movimiento que algo hace esperar para mañana, o para pasado mañana. No hay que olvidar que los ingleses llaman a esto *the land of «mañana»*. Se ha producido algo más en estos tiempos que antes de la *débâcle,* en novela, estudios sociales, crítica, anuarios, etcétera. Han aparecido nombres nuevos, y los mismos nombres viejos han aparecido como con un barniz nuevo. No hablo de la producción catalana, que cuenta con el libro de arte en fondo y forma; *L'Avenç,* por ejemplo, no tiene nada que envidiar a empresas como el *Mercure de France,* o la de Deman, de Bruselas. Tal es la actual España editorial.

Allí entre nosotros solemos quejarnos. Yo ya no me quejo. Aguardemos nuestro otoño. ¡Oh!, argentinos, creed y esperad en ese gran Buenos Aires.

NOVELAS Y NOVELISTAS

24 de julio

Acaba de publicar don Juan Valera una novela nueva, *Morsamor.* Hace ya días que el libro ha aparecido, y la crítica «oficial» no ha dicho una sola palabra, si se exceptúa el saludo de Cavia al aristocrático y veterano autor de *Pepita Jiménez.* Don Juan Valera se encuentra, a pesar de su ceguera y de los ataques del tiempo, en una ancianidad que se puede llamar florida.

Hablando de un argentino, en cuyos largos años ha nevado ya mucho, pero que se conserva maravillosamente, decía José Martí: «Es un lirio de vejez.» El aspecto de don Juan Valera dice la salud y la paz mental. Hace algunos meses presidió, con sus ojos sin luz, una sesión pública de la Real Academia; Menéndez Pelayo le leía el discurso, y parecía que, con suave sonrisa y leves movimientos de cabeza, Valera se aprobase a sí mismo, al correr los períodos cristianamente fluviales de su prosa académica. Tiene muy feliz memoria, y su conversación es de aquellas que encantan. Sus sábados han sido famosos entre las gentes de letras. La muerte ha raleado algo el grupo de sus contertulios. En siete años, encuentro de menos al duque de Almenara, a don Miguel de los Santos Álvarez, y a varios más que tuve la honra de conocer en la casa de la Cuesta de Santo Domingo.

El joven don Luis, hijo de don Juan, se ha casado con una hija del duque de Rivas, nieta del autor del *Don Álvaro* y de los *Romances,* la cual solía asistir a las reuniones literarias de los sábados. La casa de Valera es la de un hidalgo noble de estirpe y de pensamiento. Que los bríos del escritor se sostienen, lo dicen la constancia en la labor y el mantenimiento de la bella virtud del entusiasmo. El nombre de Valera es conocido en toda Europa; se le ha traducido mucho. Antes que las heroínas de las novelas de Armando Palacio Valdés fuesen luciendo su garbo español por el extranjero, ya la «señorita» Pepita Jiménez «andaba en lenguas» por el mundo. Tiene conquistadas el ilustre maestro generales simpatías y el respeto de todos. Si algo ha podido hacerle daño, ha sido su extremada benevolencia en ciertos casos, aunque se defiende casi siempre con una delicada ironía. Ha hecho mucho por hacer conocer aquí las letras americanas. Sus célebres *Cartas* son de ello buena prueba.

A pesar del cansancio natural que produce este estilo común a todos los escritores peninsulares —hoy en vías de adquirir, por los nuevos, flexibilidad y variedad—, la prosa de Valera se lee con el agrado que se deriva de su inconfundible distinción. Su lengua transparente deja ver a cada paso la arena de oro del castizo fondo, y en su manera, de una elegancia arcaica, de una gracia antigua, se observa siempre el gesto ducal, el aire nobiliario. Como Buffon, él también posee sus *manchettes,* con la diferencia de que no se las tiene que poner para escribir, porque no se las ha quitado nunca. Se le ha observado su apego por asuntos de cierto picor erótico; y ha habido quienes se hayan escandalizado de sus llamadas libertades. En realidad no es el hecho para tanto.

No son las suyas sino figuras de pecado que pueden circular sin temor entre el concurso de las «honestas damas» de nuestro tiempo, de las cuales habría él sido, si le hubiese venido en deseo, el incomparable cronista, el Brantôme enguantado de piel de Suecia. Buena cantidad de pimienta y demás aromas y picantes especias hay en el tesoro clásico de novelas ejemplares y picarescas, para que no puedan aparecer hoy, mostrando sus naturales gracias, mujeres españolas de cepa autóctona y de indiscutibles atractivos, como Pepita Jiménez, Juanita la Larga, Rafaela la Generosa... Don Juan es autor de formas y de fórmulas.

No varían mucho de las de fray Luis de Granada. Esto es una curiosidad y hasta cierto punto un mérito. Se cree aquí que los americanos estamos imbuidos exclusivamente en la literatura francesa, sin saber que nos hacen su visita provechosa todas las literaturas extranjeras. Se entiende que hablo de Buenos Aires. Sin salir de nuestro periodismo —guardando las distancias— no se sospecha que hay un Ebelot francés, un Ceppi italiano, y en sus puestos consiguientes, un Loweinstain inglés, un Clímaco Dos Reis portugués, que escriben castellano en nuestros periódicos *sin que se les note el acento.*

Y, consagrando el purismo, se habla con respecto al castellano de América y en especial del de la República Argentina, con espanto castizo, con horror académico, para venirnos, por opinión de su más conspicuo crítico, con que don Juan Valera, a quien estimamos y admiramos en su legítimo valer, es superior en algún punto a Flaubert o a Anatole France.

Esto no es una excepción. Ya os he dicho que un espíritu tan informado y sutil como doña Emilia Pardo Bazán no ha vacilado en hacer de Víctor Hugo un émulo de Campoamor. Por lo general, aquí se compara lo propio con lo extranjero, cuando no con aire de superioridad, con un convencido gesto de igualdad. No se dan cuenta de su estado actual.

No se dan cuenta de que quitando a Cajal y a algunos dos o tres más en ciencias, y a Castelar en su rareza oratoria, no les conoce el mundo más que por sus toreros y sus bailadoras. Pongo naturalmente a un lado a los pintores. Y esto no es sino lo que oigo decir y reconocer por hombres de pensamiento imparcial y sin preocupaciones, que desean para su hermoso país una renovación, un cambio, una vuelta a la pasada grandeza. Decía, pues, que uno de los incondicionales méritos del eminente Valera estriba en su anticuada gracia estilística, en su impecabilidad clásica, en ese purismo que hoy combaten humanistas como Unamuno. Ciertamente, leído a pocos, saboreado a sorbos, ese estilo agrada, pero después de varias páginas, el cansancio es seguro. Esto llega hasta lo insoportable en el santanderino Pereda, el hombre del «sabor de la tierruca», que para decir los restos de la comida dice «los relieves del yantar». Le censura a Valera cierta crítica quisquillosa su tendencia a la rica mina amatoria, su hasta cierto punto complacencia erótica. El amor le subyuga, es claro, como a todo artista. Las gafas del censor en este caso deberían hacer leer bajo el simulacro del Dios los conocidos versos del señor de Voltaire:

> *Qui que tu sois, voici ton maître;*
> *Il l'est, le fut, on le doit étre.*

Valera se deleita, es verdad, en asuntos de esta clase, pero lo hace con tanta discreción y, sobre todo, con tanto talento, que sus historias desnudas o semiveladas se escuchan como la relación perfumada y sugestiva brotada del anecdotario de un abate galante. Más atrevida es doña Emilia Pardo Bazán, y sus novelas adquieren en sus pasajes escabrosos doble sabor por venir de fuente femenina.

Doña Emilia, mujer de vasta cultura, muy conocedora de literaturas extranjeras y escritora fecunda, es también bastante famosa fuera de España. Naturalista, desde los buenos tiempos del naturalismo, ha permanecido en su terreno realizando el curioso maridaje de un catolicismo ferviente y una briosa libertad mental. Ha escrito la novela gallega y la novela de la Corte, ambas con el conocimiento directo del asunto a que su vida de alta dama de Madrid y terrateniente de La Coruña le ha ofrecido campo. Sus últimas novelas han tenido menos resonancia que las primeras, sin motivo especial, pues sus cualidades de vigor y brillantez son las mismas. Cuenta con gran habilidad, y es uno de los primeros cuentistas españoles actuales.

Armando Palacio Valdés puede asegurarse que escribe para el extranjero, para ser traducido. Su clientela está en Londres, en Nueva York, en Boston, no en Madrid. Se me asegura que cuando publica un libro no manda ejemplares a la prensa madrileña, sino con raras excepciones. No se señala ciertamente por calidades de estilo, y se conoce que no tiene grandes preocupaciones de arte; pero narra con verdad y color y sobre todo es un gran técnico, un constructor de primer orden. Por otra parte, el autor de *El origen del pensamiento* no está por descubrir como un fuerte talento, como una de las más hermosas figuras de la España intelectual.

El famoso don Benito Pérez Galdós ha vuelto a cavar en la antigua mina de *Episodios nacionales,* convertido en el Charpentier de sí mismo, se ha industrializado y fabrica de un modo prodigioso. Casi no hay mes sin episodio, y el público observa que la ley de antaño era otra. A pura novela se ha construido un elegante hotel en Santander y es hombre de fortuna.

Era tiempo de dedicarse a la labor *para sí mismo,* como me decía Jean Paul Laurens de la pintura, a la obra de arte y de idea en que el alma ponga toda su esencia, en la libertad del soñado y perseguido ideal.

Don José María de Pereda, propietario de una fábrica de jabón, descansa en sus conquistas. Regionalista rabioso, su mundo se concentra en el Sardinero o en Polanco; su estética huele a viejo, su cuello se mantiene apretado en la anticuada almidonada golilla. Es un espíritu fósil, pero poco simpático a quien no tenga por ideal lo rancio y lo limitado. Hay que leer esa *Sotileza* que han traducido al francés, hay que leerla en el idioma extranjero para ver lo que queda en el esqueleto, despojada de sus afectaciones de dicción: un colosal y revuelto inventario.

El valenciano Blasco Ibáñez es fuerte, enérgico, sencillo como un buen árbol; lleva como la esencia de su tierra y en su rostro el reflejo de un atávico rayo morisco. *La Barraca* le ha colocado recientemente entre los primeros novelistas españoles. Es joven, y los vientos de la política le han envuelto. Como diputado a Cortes ha hecho bien sonoras campañas, con mayor felicidad que el francés Barrès y el italiano D'Annunzio. Cierto es que lo que menos hay en él es un esteta, en el buen sentido de la palabra, porque aquí tiene uno muy malo. Sí, Blasco Ibáñez es el hombre natural, de su país de flores y fierezas, de cantos y bizarrías, y su alma sincera y sana va por la vida con una libertad aquilina. Y tiene ese potente varón de lucha el pecho de un sensitivo. Como a todos los pensadores contemporáneos, preocúpale el áspero problema del hombre y de la tierra y está naturalmente con los de abajo, con los oprimidos. En sus palabras del Parlamento como en sus escritos, se manifiesta su continua ansia de combate. En *La Barraca* se exterioriza en las musculaturas del estilo uno de esos espíritus de gladiador, o de robusto constructor, a la Zola. La onda mental corre sin tropiezos con un ímpetu de fecundación que denuncia la original riqueza. Libros como ése no se hacen por puro culto de arte, sino que llevan consigo hondos anhelos humanos; son páginas bellas, pero son también generosas acciones y empresas apostólicas. Pinta con colores de vida escenas de su tierra que para el lector extranjero son de un pintoresco interesantísimo. Es la «huerta», trozo paradisíaco, rincón de amor y de vigor, saturado de energías primitivas, y en donde la naturaleza pone por igual en el hombre dulzuras y rudezas. En esa tierra es en donde cantan las dulzainas sus sones de reminiscencias africanas y las muchachas danzan llenas de sol. Alrededor de la barraca surgen, en la obra de mi eminente amigo, tipos bañados de sombra y luz, en aguafuertes de una hermosa intensidad. Es el desgraciado tío Barret, el asesino de don Salvador el terrateniente; es esa alma salvaje de Pimentó, y su mujer, la Pepeta, que en la narración, en medio de su revuelo de pájaro zahareño, se enternece de maternidad; es la figura graciosa y buena de Roseta; y sobre todo, la vigorosa persona de Batiste, fiero y alto ante el peligro, pero vencido al fin por una funesta fatalidad; todo en una sucesión de cuadros, que encantan o se imponen en su valor de verdad a punto de contagiar de angustia o de sufrimiento; tal la muerte del hijo de Batiste, la de Pimentó, y el incendio de la barraca, en el cual, sin pecado, creo sentir un potente aliento homérico.

Blasco Ibáñez es de contextura maciza, cabelludo y de bravas barbas, ojo fino que va a lo hondo, amable o terrible: su conversación es, sin penachos meridionales, franca y vivaz; es un *bon garçon* ese soldado de tormentas. Por lo de Montjuich ha luchado con entusiasmo, en unión de otros dos escritores, Dionisio Pérez, redactor de *Vida Nueva*, novelista cuyo *Jesús* ha tenido cierta resonancia tanto en España como en América, también hombre de combate y de talento tesonero, y Rodrigo Soriano, cuyo nombre *La Nación* ha hecho conocer en Buenos Aires; carácter de irresistible simpatía, autor de libros varios sobre asuntos distintos, pues si hace cuentos encantadores, sus críticas artísticas son de interés y amenidad notorios, como sus artículos de periodista; y en todo una fácil manera, un estilo de escritor mundano, al tanto de todo lo que pasa en el extranjero, cosa rara aquí; un diletantismo discreto y un innegable tono personal. Su amistad con Emilio Zola es sabida; y el ilustre maestro le ofreció asistir al *meeting* proyectado en San Sebastián, en favor de la revisión del proceso de Montjuich. Otros novelistas buscan también vías nuevas.

Un distinguido amigo escritor me manifiesta que la novela española no existe hoy, como la francesa, la inglesa, la rusa. ¿Por qué? «Porque las costumbres españolas comenzaron a perderse a fines del siglo XVII, y la novela fundada en las costumbres no tiene carácter nacional si aquéllas no son propias, nacionales. Habría que remontarse a los clásicos para encontrar "costumbres", y, por consiguiente, forma especial del género novelesco. Acaso el triunfo de Alarcón, y, sobre todo, el de Pereda, estriban sólo en esa cualidad: sus obras tienen mucho de la tierra en que se formaron. Lo mismo podría decirse de Fernán Caballero.» No creo lo propio. En la literatura universal los españoles tienen ese aislado tesoro que se llama la novela picaresca, hoy ciertamente olvidado. Pero si es verdad que los novelistas de España, del siglo XVIII a esta parte, han sido influidos por corrientes exteriores, academicismo, romanticismo, *bon sens*, socialismo, realismo, naturalismo, psicologismo, etcétera, a través de la imitación ha permanecido visible el carácter nacional. Larra mismo fue tentado por Walter Scott, y ¿quién más español que él, a pesar de su conocimiento de literaturas extranjeras? Justamente ha escrito don Juan Valera a quien estas líneas traza:

«Todos tenemos un fondo de españolismo que nadie nos arranca ni a veinticinco tirones. En el famoso abate Marchena, con haber residido tanto tiempo en Francia, se ve el español: en Cienfuegos es postizo el sentimentalismo empalagoso a lo Rousseau, y el español está por bajo. Burgos y Reinoso son afrancesados y no franceses. La cultura de Francia, buena y mala, no pasa nunca de la superficie. No es nada más que un barniz transparente, detrás del cual se descubre la condición española.» Fernán Caballero realizó la novela andaluza, junto a los admirables cuadros de Estébanez y Mesonero Romanos. Hoy mismo, las novelas de Salvador Rueda y Reyes son puramente andaluzas. La novela gallega nos la ha dado, aun vestida con modas extranjeras, la egregia doña Emilia; la novela vasca tendría su sola representación con esa admirable y fuerte *Paz en la guerra*, de Miguel de Unamuno. Existe, pues, no solamente la novela española, de Galdós, Palacio Valdés, Valera o Alas, sino la novela regional.

Hubo un tiempo en que reinó el folletín. Eugenio Sue tuvo su *doble,* en Madrid, en don Wenceslao Aicuals de Izco. *Los misterios de París* se multiplicaron en *María o la hija de un jornalero* y en la *Marquesa de Bella Flor.* El socialismo romántico de entonces encontró excelente campo de este lado de los Pirineos. Luego vino la época de aquel buen Pérez Escrich, que causó muchos llantos a nuestras madres y abuelas, pues la inundación de entregas sentimentales no fue tan sólo en la Península, sino que recorrió la América entera. Lo propio daba el *Cura de la aldea,* que el *Mártir del Gólgota* o la *Mujer adúltera.* Tras él vino Antonio de Padua, caro a las modistas y señoritas ansiosas de ensueños burgueses. Y otros de la misma harina que encontraron fácil la explotación de esos antiliterarios filones. Puesto muy distinto es el de don Manuel Fernández y González, una especie de Dumas el viejo, fecundo y brillante de imaginación, productor incansable, tonel de cuartillas, al que la pobreza soltaba la espita, intrigador colosal y cuyo espíritu galopante no deja de encenderse de tanto en tanto con bellas chispas de arte.

El diluvio de entregas pasó. Algunos libros aparecieron de corta extensión, como los de las bibliotecas francesas. Eran *El Escándalo,* de Alarcón, y la *Pepita Jiménez,* de Valera. La literatura recobraba su puesto, así fuese en aislados esfuerzos. Alarcón, escritor de hábil inventiva, sutil y emotivo, causó gran impresión con su novela de espíritu hondamente conservador, o *neo,* como aquí se dice, a la cual novela habría de oponerse, en un combate de doctrina moral más que de ideología, la *Doña Perfecta,* de Galdós. Valera asimismo se impuso, desde luego, por la delicada elegancia de su manera, por la resurrección de antiguos prestigios nacionales, por el abolengo impoluto de su estilo. Valera tenía la gracia, Galdós conquistó con la fuerza. Pereda, que publicara sus *Escenas montañesas* desde 1894, no tuvo verdadera resonancia sino muchos años después. *Pedro Sánchez* y *El sabor de la tierruca* señalan el principio de su renombre. Después llegaron la Pardo Bazán, Leopoldo Alas y Armando Palacio Valdés. Se creaba ya la novela de ideas. Al surgir victoriosos esos nombres, un grupo en que bien podía haber un talento igual, mas no certera orientación, se presentaba, en el deseo de hacer algo nuevo, de encauzar en España la onda que venía de Francia. Era la época del naturalismo. Nadie se atrevería a negar el valor mental de López Bago, de Zahonero, de Alejandro Sawa; pero la importación era demasiado clara, el calco subsistía. López Bago, en cuya buena intención quiero creer, tuvo un pasajero éxito de escándalo y de curiosidad. Sus obras eran abominadas por los pulcros tradicionalistas y por los mediocres que le envidiaban su buen suceso. Se trataba de verbosos análisis, de pinturas de vicio, escenas burdelescas, figuras al desnudo y frases sin hoja de parra. Zahonero siguió un naturalismo menos osado. Sawa, muy enamorado de París, y más artista, se apegó a los patrones parisienses, y produjo dos o tres novelas, que aún se recuerdan. Alejandro Sawa es un escritor de arte, insisto, y el naturalismo no fue propicio a los artistas: era una literatura áptera.

He de hablar de Silverio Lanza, un cuentista muy original, cuyo nombre es escasamente conocido. Sin perder el sabor castizo que suele aparecer con frecuencia en sus narraciones, este escritor tiene todo el aire de un extranjero en su propio país. Es un humorista al propio tiempo que un sembrador de ideas. Pero en su humor no encontraréis mucho el chiste nacional, sino *el humor* de otras literaturas. Su ideología se agria de cierta aspereza al rozar problemas que se relacionan con defectos y tachas de su misma patria. «Y si habla mal de España, es español», dice Bartrina en uno de sus versos. Pero no es éste el caso. Es que se trata de un hombre de pensamiento que se subleva ante las desventajas de su patria en comparación con otras naciones, a las cuales desearía sobrepasase en el camino del progreso humano, ante los vicios característicos que habría que combatir, y los inconvenientes de educación que habría que subsanar. Silverio Lanza es un hombre de guerra. Se ha repetido el caso de Stechetti y Olindo Guerrini. Olindo Guerrini en esta vez se llama en España Juan Bautista Amorós. Entre sus libros, sobresalen *Cuentecillos sin importancia, Ni en la vida ni en la muerte* y los *Cuentos políticos.* Recientemente Ruiz Contreras ha tenido la acertada idea de llamarle a la *Revista Nueva,* en donde sus cuentos ofrecen como antes —extrañamente vertebrados, llenos de oscuridad que seduce, enseñadores de atormentadas gimnasias de estilo, al decir mucho en cortas oraciones, incoherentes con premeditación, y teniendo siempre a su servicio la mitad del Genio—, compañera del Ensueño, la Ironía. El director de esa revista me decía que a su sentir era Lanza «acaso el más fuerte y el más arrojado. Silverio Lanza no ha sufrido la menor decepción. Desde que publicó la primera obra, *El año triste,* no ha cambiado una sola vez de senda. Es un carácter, un hombre, una inteligencia superior, y triunfará, logrando ser en la literatura española un personaje aislado sin antecesores y acaso también sin descendientes.» Lo creo. La libertad por él proclamada con el ejemplo, que ha hecho resaltar en esta literatura de estilo uniforme —hablo en general— o uniformado, para decirlo mejor, su inconfundible individualidad, dará aquí buenos frutos, cuando el aire circule, cuando el aliento universal pase bajo estos cielos; el individualismo traerá consigo —y ya empieza a iniciarse, después del desastre— una floración flamante y saturada de perfumes nuevos.

Al paso observo un pequeño huerto bien cultivado, lejos del parque inglés de Palacio Valdés, de las granjas montañesas de Pereda y Galdós y de la rica quinta gallega de doña Emilia. El huerto es de José M. Matheu, cuyas excelentes cualidades de novelador son reales. Éste es un modesto; se ruboriza de la audacia. Suave y metódicamente ha creado unos cuantos caracteres que ha alojado en sus libros, en donde si esas buenas notas resaltan, falta en cambio la divina virtud de la ironía, el culto del arte de la frase, las cambiantes estaciones del estilo.

Ortega Munilla, creo que, demasiado entregado a la política, ha permanecido sin producir un solo libro desde hace algún tiempo. De cuando en cuando florece su ingenio en algún cuento, que recuerda al vibrante narrador de otros días, el novelista de conciencia y el prosista aquilatado. ¿Taboada? A Taboada también hay que contarle ya entre los novelistas. El paso de la narración corta a la novela lo ha hecho como sus semejantes, Mark Twain y Alphonse Allais. Este gracioso de España como el clownesco yanqui y el incoherente francés, ha obtenido un enorme éxito con su obra después del continuado éxito periodístico de cuentos y crónicas desopilantes. Su mérito no puede ponerse en duda. Es una originalidad. Es el cronista incomparable de la vida cursi. Su *Viuda de Chaparro* se ha casi agotado en pocos días. Hace reír, con un sí es no es de amargor, que, en verdad, merece su latín. Aquél de Ovidio, si gustáis:

> ... *medio de fonte leporum*
> *Surgit amari aliquid...*

La novela de Unamuno, *Paz en la guerra,* es de esas obras que hay que penetrar despacio; no en vano el autor es un maestro de meditación, un pensativo minero del silencio. Es la novela un panorama de costumbres vascas, de vistas vascas, pero es de una concentrada humanidad que se cristaliza en bellos diamantes de universal filosofía. El profesor de Salamanca es al mismo tiempo el euskalduna familiar con la tierra y el aire, con el cielo y el campo. Su pupila mental ve transparentemente el espectáculo de la vida interior en luchas de caracteres y pasiones, en el olear de la existencia ciudadana o campesina. Sus figuras las extrae como de bloques de carne viva; y es un poderoso manejador de intenciones, de hechos y de consecuencias. Y en su manera no hay ímpetus, no hay relámpagos.

Tranquila lleva la pluma, como quien ara. Para leerle, al principio se siente cierta dificultad, pero eso pasa presto para dar lugar a un placer de comprensión que nada iguala. Éste es uno de los cerebros de España, y una de las voluntades. Lo que su paisano de Loyola, san Ignacio, enseñó con sus *Ejercicios* a Maurice Barrès, él lo ha aprendido en los ejercicios de su alma, en la contemplación de la vida, en su tierra honorable y ruda con la rudeza de lo natural y de lo primitivo incontaminado y sano. Antes he amado, por innata simpatía, a esos hombres fuertes de Vasconia, que adoran su cielo y su tierra feraz y su libertad, en la conservación de una vida de grandeza antigua, que cantan tan sonoras canciones de meditación y amor y danzan tan bizarras danzas; marineros, herreros, campesinos, nobles todos, veneran un árbol y han tenido un bardo como Iparraguirre; pero jamás he comprendido el alma vasca como cuando me he impregnado de las páginas de Unamuno. El amor allí tiene el hervor de la prístina savia; los elementos conspiran para la fraternidad con el hombre, la tierra besa a la carne, la savia se une a la sangre; el abrazo, la cópula, debía ser como un sacramento, o como ley sagrada. Son razas poseedoras de la serena energía, de la fuerza donada por los viejos dioses, esa ilustre fuerza que saluda Gladstone junto al árbol de Guernica, que pinta Puvis de Chavannes, y a la cual invoca el canto cuando, en su Provenza, Mistral empuña ante el concurso conmovido la simbólica copa.

LOS INMORTALES

22 de septiembre de 1899

Pronto aparecerá la nueva edición del Diccionario de la Real Academia Española. La casa editorial de Hernando da la última mano al grande y lujoso mamotreto. El señor Echegaray ha explicado ya en la prensa muchos de los nuevos términos científicos que la corporación ha decidido adoptar. Dentro de poco el *volt* se llamará voltio y el *culomb* culombio. En cuanto a la palabra *trolley*, queda sencillamente convertida en trole, como hace muchos días tuvo la amabilidad de comunicármelo mi eminente amigo Eugenio Sellés. Ignoro si el *presupuestar* de Ricardo Palma tendrá cabida esta vez en el léxico. Mas lo cierto es que hay novedades, y es posible que el chistoso pedante de Valbuena prepare otra «fe de erratas». Veremos lo que se limpia, lo que se fija y lo que se da de esplendor, para recordar nuestro Horacio y sus *jus et norma loquendi*.

Estos inmortales cumplen con su deber conservador sobre todo; de las tres partes del lema prefieren el fijar. Sus sesiones parecen de una amenidad muy discutible. Ha pasado ya de moda el murmurar de sus hechos y gestos. En Francia todavía las palmas verdes y el espadín provocan una que otra ocurrencia. Aquí es poco decorativa la representación, y un libro no se vende más porque el autor pueda poner debajo de su nombre: *De la Real Academia Española*. La labor de los excelentísimos e ilustrísimos, fuera de las papeletas del diccionario, es poco activa: la publicación de algunas obras, como las que dirige Menéndez Pelayo, y la adjudicación de varios premios.

La Real Academia se fundó en 1713, y trece años después apareció el primer tomo del diccionario; otros trece años pasaron para que pudiesen publicarse los otros cinco de aquella primera edición. El rey ordenó que se diesen a la Academia mil doblones al año. Aprobada por Felipe V, logró especiales concesiones. Los académicos quedaban en cierto modo y para ciertas ventajas iguales a la servidumbre de la Real Casa. En 1793 se les favoreció con la renta anual de sesenta mil reales. Desde 1793 tuvo su local, en la célebre casa de la calle Valverde, hasta que hace poco tiempo se ha instalado en edificio especial que hizo construir con propios fondos.

Los inmortales de Francia son cuarenta; los de España sólo llegan a treinta y seis, sin que yo sepa el motivo. Lo que no cabe duda es que el sillón 41.º de Houssaye, que aquí corresponde al 37.º, existe en la academia del marqués de Villena como en la academia de Richelieu... No deja de haber aquí también su partido «de los duques». La política no anda asimismo muy alejada de las influencias que privan en el reino de la gramática. Ved un simple desfile de figuras. El director actual es el conde de Cheste. Muy viejo, antiguo militar, muy querido en la Corte; hace algún tiempo que no asiste a las sesiones académicas. El conde de Cheste dejará una obra extensa principalmente de traducciones. Hasta hace poco, obsequiaba a sus colegas con buenas comidas y candorosos versos. Secretario perpetuo es hoy don Miguel Mir, desde la muerte de Tamayo y Baus; censor, Núñez de Arce; bibliotecario, Catalina; tesorero, el marqués de Valmar; vocal administrativo, Sellés, e inspector de publicaciones, Menéndez Pelayo.

El marqués de Valmar es un verdadero aristócrata. Este viejo hidalgo, muy erudito, en sus primeros años literarios escribió para el teatro. Su obra más considerable es un estudio acerca de la poesía castellana en el siglo XVIII. Se le debe la publicación de las *Cantigas del Rey Sabio.* Su vejez se desliza entre libros y comodidades; es un caballero que ha sabido proteger, cuando ha podido, a los jóvenes de verdadero valer que le pedían su apoyo literario y social. Mucho le debe a este respecto el señor Menéndez Pelayo. De más decir que el marqués de Valmar, noble y literato, ha pertenecido al cuerpo diplomático.

Campoamor llevó su humor a la Academia. No sé que haya contribuido mucho a la cocina del diccionario; pero si encontráis en la nueva edición algunas humoradas, creed que son suyas, a menos que no sean de don Juan Valera. Es de pensarse que en el secreto del misterio, en lo más intrincado de la tarea filológica, sabrá poner una gota de su espíritu ático este marqués del estilo que habría sido amigo de Barbey. Más que los ratones de los estantes empolvados, le conocen las alegres liebres que, según Hugo, *telegrafían* al buen Dios en las mañanas de primavera: *content!* Por lo demás, Pepita Jiménez conversa muy amigablemente con fray Luis de Granada.

Don Enrique de Saavedra, duque de Rivas, emparentado con don Juan Valera, es, sobre todo, el hijo de su padre. Su mayor título académico es ser obra de don Ángel, hermano por tanto de *Don Álvaro o la fuerza del sino.* La herencia espiritual no fue en este caso completa, y don Enrique es a don Ángel lo que Francisco o Carlos Hugo al César de los poetas franceses.

Don Cayetano Fernández es un señor presbítero adobado de humanidades. Su candidatura a la Academia salió de palacio. Ha sido el áulico profesor de las infantas viejas. Creo que ha escrito un volumen de *Fábulas morales*. Moral: *Timeo hominem unius libri*.

Don Gaspar Núñez de Arce ilustra con su poesía el árido senado. Es el Sully-Prudhomme de los españoles, o el José María de Heredia.

Don Eduardo de Saavedra es ingeniero de caminos. Se le abrieron las puertas de la Academia por su ciencia, como a Lesseps. Dicen que tiene gran talento. Alcalá Galiano es otro hijo de su padre. Ha traducido a Byron, en verso. Ignoro si el sacrificio fue antes o después de entrar en la Academia.

Don Mariano Catalina se distingue entre otras cosas por sus barbas rojas, y por sus ideas, que son completamente opuestas al color de sus barbas. Sus dramas valen mucho más de lo que se ha dicho de ellos. En ese reaccionario hay un varón de fibra. Le silbaron, injustamente, y se dedicó a otras cosas. Su manera es parecida y anterior a la de Echegaray, menos descoyuntada y más española; sus versos aceptables, es decir, malos. Es editor de la colección de escritores castellanos, que publica, entre otros libros importantes, la *Historia de las ideas estéticas* y demás obras de Menéndez Pelayo.

Don Marcelino entró muy joven en la Academia, como se recordará. Hiciéronle triunfar por una parte su saber enciclopédico y vasto, por otra su conocida filiación conservadora. No hay duda de que sus conocimientos son asombrosos: don Marcelino sabe más que todos los académicos juntos, y sus trabajos han sido y son los de un gran crítico, los de un verdadero sabio. La edición monumental de Lope y la *Antología* lo demuestran.

Pidal y Mon escribe correctamente.

El señor Mir escribe con muchas intenciones académicas, y, como la mayor parte de los escritores de su país, se toma muy escaso trabajo para pensar. Siempre esa onda lisa del período tradicional cuya superficie no arruga la menor sensación de arte, el menor impulso psíquico personal. Ha publicado un libro en que se descubre sinceridad e independencia, libro antijesuitico y de largo nombre: *Los jesuitas de puertas adentro y un barrido hacia afuera de la compañía de Jesús*. Escribe la historia de Cristo y memorias o monografías académicas; en lo académico suspiraréis por un poco de literatura o de sentimiento artístico, y en lo religioso es en vano buscar el espíritu de los antiguos místicos —única cosa que el académico español podía perseguir.

Balaguer acaba de publicar uno de los innumerables volúmenes de que constan sus obras. No parece que le preocupen gran cosa los asuntos de instituto. Maestro en gay saber, vive mucho para las musas. Commelerán entró en la Academia en ocasión famosa. Se sabe que luchó con Galdós y que la candidatura del novelista fue pospuesta. Se escribió mucho con este motivo, y hubo enérgicas protestas. No veo tanto la razón. El señor Commelerán sabe más latín y más lingüística que el señor Galdós; es más útil en las tareas de la Academia. Además, el novelista debía entrar tarde o temprano. No estaba en el mismo caso de Zola... Commelerán es un incansable trabajador en sus estudios oficiales. Tuvo en un tiempo aficiones literarias y, apasionado de Calderón, hizo algo para el teatro, que no llevó a la escena. Publica ahora un gran diccionario latino y libros de texto que son bien juzgados.

Fabié es de una eminencia especial; para unos es un sabio; para otros, lo contrario de un sabio. No es digno, a mi entender, de lo uno ni de lo otro. En sus escritos se ve, además de la irremediable corrección, mucha cultura clásica y legítima solidez.

Ha preferido en sus disciplinas, a lecturas insustanciales y nuevas, generalmente obras de segunda mano, el desempolvar pergaminos viejos en los rincones de archivos y bibliotecas; de ahí que la crítica histórica tenga en el señor Fabié uno de sus más serios representantes en España.

Del señor Silvela diré que, hijo de un padre ilustre y hermano de otra notable inteligencia española, vale muchísimo más que lo que él se figura. Tiene atracción y un inmenso número de amigos que le siguen. Con todo, su política es mejor que su literatura, literatura de aficionado. Lo cual no quita que encontréis en sus discursos páginas admirables.

Colmeiro es un sabio. Nada más que un sabio.

El señor Fernández y González es un arabista insigne, según aseguran los que dicen que entienden el árabe. Se me ha hablado mucho de su talento de crítico, y conozco estudios suyos nutridos de doctrina; pero no he podido encontrar su libro *La crítica en España*, del cual se cuentan maravillas.

El conde de Buenos Aires, don Santiago Alejandro de Liniers, hoy alcalde de Madrid, tiene ante todo su alta posición social y pecuniaria. Ha publicado un libro, *Líneas y manchas*, y ha sido periodista. Exprimiendo toda la producción de esta excelente medianía, no se sacaría la cantidad de pensamiento y de arte que hay en una sola página de su sobrino Ángel Estrada.

De don Luis Pidal y sus obras confieso mi absoluta ignorancia.

Manuel del Palacio, tan conocido en el Río de la Plata, es otro poeta de la Academia. Vive ahora un tanto retirado, después de que el duque de Almodóvar tuvo la peregrina ocurrencia de quitarle su empleo en la Administración; por lo cual la indignación de su verso envió unas cuantas abejas de su jardín a picar al caballero, como dice «un poquito duque y un poquito tuerto». Arquíloco es mal enemigo.

La ciencia por un lado y el teatro por otro, apadrinaron a don José Echegaray para entrar a ocupar su sillón. Castelar le hizo el dudoso favor de compararle con Goethe al contestarle su discurso de recepción. El señor Echegaray es un hombre eminente, «de lo mejorcito que aquí tenemos», me dice don Leopoldo Alas; pero su enciclopedismo de nociones en este tiempo de las especialidades le coloca en una situación que fuera de su país sería poco grata para su orgullo.

Sellés, conquistador del teatro, desde su sonoro *Nudo Gordiano*, continúa escribiendo piezas en un acto, y aún se dice que abordará el libreto de zarzuela, sin que se perturbe el *decorum* de su noble compañía.

Al conde de Viñaza le he conocido en casa del secretario de la legación argentina. Es uno de los académicos más jóvenes. Estudioso y erudito, tiene entre otras obras suyas un libro muy interesante sobre Goya; y prepara un estudio, que será de indudable valor, acerca de la historia del grabado en Europa, y especialmente en España, para lo cual cuenta con copiosos datos inéditos y planchas antiguas de colecciones hasta hoy desconocidas.

El señor Moret está en la Academia oficialmente. Hubo una ocasión que para celebrar un acontecimiento resolvieron los académicos ofrecer un sillón al ministro del ramo. Le tocó al señor Moret, que casualmente ocupaba entonces el Ministerio. El señor Moret, por otra parte, es orador agradabilísimo y su palabra debe animar y flexibilizar las secas discusiones.

Pérez Galdós, para el reglamento, vive en el paseo de Areneros, núm. 46; pero en realidad reside en Santander, en la villa que se ha levantado a fuerza de novela. Ya he dicho que presentó su candidatura la primera vez y fue vencido por el latinista Commelerán. En poco tiempo se cumplió su voluntad. Pereda, el montañés, según la guía, vive también en la Corte, en la calle de Lista, núm. 3; pero en realidad vive en Santander, en Polanco, y como las novelas no se le pactolizan como a Galdós, a pesar de que es rico, sigue fabricando jabón. El señor Pereda debería no separarse de la Real Academia, no faltar a sus sesiones. Es él quien escribe *los relieves del yantar*, por limpiar, fijar y dar esplendor a *las sobras de la comida*.

El señor Balard, académico electo, es el poeta meloso y falso que ya conocéis, y crítico de una limitación asombrosa, que beneficia no obstante en España la más injusta de las autoridades.

Don Daniel de Cortázar es ingeniero de minas, hijo del autor de un muy conocido tratado de matemáticas elementales. Su ciencia le ha ganado la honra. Los académicos aquí, como en Francia, quieren tener de todo en su casa.

El último académico electo es el poeta Ferrari. Su candidatura ha brotado de los salones influyentes que frecuenta y en donde sus recitaciones son proverbiales... Conste que una vez yo le he visto defenderse con bravura —y al fin sucumbir— en casa de doña Emilia Pardo Bazán.

La Academia cuenta con innumerables miembros correspondientes, en Europa y América española, y con dos miembros honorarios, ambos de la América Central. Uno de Honduras, otro del Salvador. Esto os causará alguna sorpresa, pero he aquí la explicación. El presidente de Honduras, Marco Aurelio Soto, hace mucho tiempo ordenó por decreto gubernativo que en la república se usase, al menos en todos los documentos y publicaciones oficiales, la ortografía de la Real Academia Española. Supongo que acompañaría el decreto con alguna demostración de afecto académico más práctica. El presidente del Salvador, Rafael Zaldívar, hombre muy inteligente, viajó un día por España, con gran séquito y con la pompa de un príncipe exótico. Tengo entendido que dio a la Academia asimismo valiosas pruebas de amistad. Se le correspondió con una sesión especial en su honor. Todas las personas de su comitiva tuvieron nombramiento de miembro correspondiente. De aquí que los dos únicos miembros honorarios sean esos ex presidentes centroamericanos.

La labor de la Real Academia, dígase bien claro, es en nuestro tiempo inocua como la de los inmortales franceses. Hacen el diccionario, reparten premios más o menos Montyon y coronan obras mediocres y correctas.

Aquí se defiende el purismo, la virginidad de esta vieja lengua que ha dado y dará tantas vueltas. Y esos defensores tienen eco en ciertas naciones de América; pues como reza un decir magistral —cito de memoria—: «cuando el purismo desaparezca de Salamanca se encontrará en algún cholo de Lima o en el morro de un negro mejicano». En ese continente, en las aldeas más primitivas no falta el barrigudo licenciado abarrotado o abarretado que persiga el *le* y el *lo,* y el caso y la concordancia, y entre tortilla de maíz y tortilla de mais no haga su discursito en caribe en defensa de los fueros del idioma.

No puedo menos que concluir citando las palabras de un ilustre profesor de la más célebre de las Universidades españolas: «Hay que levantar voz y bandera contra el purismo casticista, que apareciendo en el simple empeño de conservar la castidad de la lengua castellana, es en realidad solapado instrumento de todo género de estancamiento espiritual, y lo que es aún peor, de reacción entera y verdadera. Eso del purismo envuelve una lucha de ideas. Se tira a ahogar las de cierto rumbo, haciendo que se las desfigure para vestirlas a la antigua castellana. Se encierra en odres viejos el vino nuevo para que se agrie.» Y luego: «Hay que hacer el español internacional con el castellano, y si éste ofreciese resistencia, sobre él, sin él o contra él. El pueblo español, cuyo núcleo de concentración y unidad dio al castellano, se ha extendido por dilatados países, y no tendrá personalidad propia mientras no posea un lenguaje en que sin abdicar en lo más mínimo de su modo peculiar de ser, cada una de las actuales regiones y naciones que lo hablan hallen perfecta y adecuada expresión a sus sentimientos o ideas. Hacen muy bien los hispanoamericanos que reivindican los fueros de sus hablas y sostienen sus neologismos, y hacen bien los que en la Argentina hablan de lengua nacional. Mientras no internacionalicemos el viejo castellano, haciéndolo español, no podemos vituperarles los hispanoespañoles, y menos aún podrían hacerlo los hispanocastellanos y hacen muy bien en ir a educarse a París, porque de allí sacarán, por poco que saquen, mucho más que de este erial, ya que lo que aquí mejor puede dárseles, la materia prima de esa lengua, consigo la llevan y con libros pueden perfeccionarla.»

El autor de esas líneas se llama Miguel de Unamuno. Aquí y entre nosotros protestarán especialmente de ellas los que no se llaman ni son nada, *pas même academiciens*.

LOS POETAS

Madrid, 24 de agosto de 1899

El modesto Manzanares no es muy propicio a los cisnes. Antes lo eran el Darro, que como se sabe tiene arenas de oro, y el Genil que las tiene de plata. Los cisnes viejos de la madre patria callan hoy, esperando el momento de cantar por última vez. Ya os he hablado de Campoamor, cuando se pensó en su coronación, ceremonia de que no se ha vuelto a ocupar nadie, a pesar de las buenas intenciones del Círculo de Bellas Artes, cuyo presidente, el señor Romero Robledo, manifestara tanta excelente voluntad. El anciano poeta sigue cada día más enfermo. últimamente no ha podido contestar a una *enquête* iniciada por una revista de París, *La Vogue,* sobre el asunto Dreyfus. Casi imposibilitado de moverse, sufre en su retiro horas dolorosas, y visitarle es ir a pasar momentos de pena. Sus últimos versos son una que otra dolora dolorida que ha publicado la *España Moderna,* una que otra humorada en que se depositan las últimas gotas que quedan del humor antiguo en el verso de este espíritu que fuera tan bellamente lozano, tan frescamente juvenil. Ahora es cuando hay que volver los ojos al viejo tesoro prodigado, aquella poesía tan elegante en sus sutiles arquitecturas y tan impregnada del amargor que el labio del artista siente al primer sorbo de vida.

Recordad aquellas perlas brillantes de ironía, de las doloras; y aquellos pequeños poemas que conducen por una corriente de sonoras transparencias verbales a la finalidad de una inevitable melancolía, la melancolía que por ley fatal florece en los jardines de la humana existencia. ¡Amable filósofo! Daba la lección de verdad adornada de la gracia de la música, su música personal, inconfundible en toda la vasta orquesta poética de las musas castellanas.

Núñez de Arce, también silencioso. Dirige las oficinas del Banco Hipotecario, y *Luzbel,* anunciado hace largos años, no se concluye. Dicen que padece el poeta de enfermedad gástrica, y así debe ser por el continuo gesto de displicencia que presenta su faz. No es ya el tiempo de los *Gritos del combate* y de la *Visión de fray Martín.* El vate de antes se encuentra ya transpuesto en época que desconoce sus pasados versos, el alma de sus pasados versos, alojada hoy en una casilla de retórica. No es esto desconocer el inmenso mérito de ese noble cultivador del ritmo, que ha dominado a más de una generación con su métrica de bronce. Hoy España no cuenta con poeta mejor. Más aún, no existe reemplazante. Cuando deje de aparecer en el nacional Parnaso esa dura figura de combatiente que ha magnificado con su severa armonía la lengua castellana, no habrá quien pueda mover su armadura y sus armas. Porque Núñez de Arce, dígase lo que venga en antojo a los que no es simpático intelectual o personalmente, ha sido un admirable profesor de energía. En verso, pero de energía. Ha mezclado más de una vez la prosaica política en sus imprecaciones, y ha sido ministro de Ultramar cuando había ministros de Ultramar. Ha sido con su manera sonante y oratoria un parlador de multitudes, un dirigente del espíritu público de su época. Y si de algo se resiente el conjunto de su obra, es de haber sacrificado más de una paloma anacreóntica o cordero de égloga a la diosa de pechos de hierro que no tiene corazón, a la patria, en su más triste ídolo: el ideal de un momento. Porque el mayor pecado de este poeta es no haber empleado sus alas para subir en el viento del universo, sino que se ha circunscrito a su terruño, al aire escaso de su terruño aun en los poemas de tema humano en que debiera haber prescindido de tales o cuales ideales de grupo. Krausistas y neos han tenido en esta tierra liras en sus batallones. La obra de Núñez de Arce aún persiste. Su puesto, como he dicho, se mantiene el primero. Que su *Visión de fray Martín* tenga por origen el abad Hieronimus de Leconte de l'Isle, que *La Pesca* tenga la fisonomía familiar de la copiosa producción coppeista, eso no obsta a la marca individual de este forjador de endecasílabos; endecasílabos de Toledo que vibran y riegan su resonante son: *spargens sonus*. Mas eso no basta al deseo de la juventud que observa la deslumbradora transfiguración del arte moderno. No dice nada a las almas nuevas el conocido alternar del endecasílabo en la estrofa nuñezdearcina, que por otra parte, es estrofa dantesca, del Dante de las poesías amatorias. Y Núñez de Arce queda solo ante su ara, o ante su Banco Hipotecario, como el finalizado Campoamor entre el recuerdo y la tumba.

Manuel del Palacio, tan conocido en el Río de la Plata, vive también flotante en las brumas de su Olimpo muerto. Bueno, triste, aún guarda una chispa de entusiasmo que brilla en el fino azul de sus ojos penetrantes. Esa tristeza suya me recuerda cierto pequeño poema de Baudelaire, el de los viejos juglares. Pasó para del Palacio el buen tiempo en que un soneto espiritual daba la vuelta a la Corte entre preciosos comentarios, pasó el tiempo de la diplomacia lírica que ponía en humor jovial a los bonaerenses, gracias a este excelente don Manuel, entonces ministro en el Río de la Plata, y al nunca bien ponderado colombiano señor Samper. Hoy está aún más amargado el ingenioso poeta, porque ha quedado cesante de su empleo de secretario de la orden de Isabel la Católica, por obra del duque de Almodóvar. El cual no ha contado con que la indignación del verso debía venir. Y ha venido. No hace muchas noches nos leía don Manuel a varios amigos las vengadoras ocurrencias de su musa:

Alegre por fuera
y triste por dentro,
con la carga encima
de muchos inviernos,
muchos desengaños
y muchos recuerdos,
voy ya por el mundo
a paso de espectro,
como va entre brumas
la nave hacia el puerto.
A mi espalda quedan,
cada vez más lejos,
placeres y glorias,
quimeras y sueños;
y al fin del camino,
que cercano veo,
dos sombras me aguardan,
olvido y silencio.
Centinelas mudos
del reposo eterno,
¿pensáis que ya tardo?
Pues no estéis inquietos:
ni os odio, ni os amo,
ni os busco, ni os temo.
Cansado de luchas
del alma y el cuerpo,
para toda empresa
inútil me siento.
De hacer beneficios
que era mi embeleso,
un ministro imbécil
me quitó los medios,

y nunca a los pobres
negando consuelo
al darles mis lágrimas
les doy cuanto tengo,
de lo cual resulta
que, de puro bueno,
la vida me paso
haciendo pucheros,
¿y vale la pena
de vivir para esto?
Sirva usté a su patria,
defienda el derecho;
por él y por ella
sufra usté destierros,
prisiones, calumnias
y otros vilipendios,
y cuando juicioso
la edad le haya vuelto,
logre entre los sabios
pasar por discreto
y entre los tunantes
fama de no serio,
mientras llega el día
en que un majadero,
un poquito duque
y un poquito tuerto,
por chiripa jefe
de elevado centro
venga y diga: «¡Basta!
¡Vaya usté a hacer versos!»
Y usté que en la lengua
nunca tuvo pelos,
le responda: «¡Sánchez,
vaya usté a paseo!»

Manuel del Palacio, a quien poéticamente el satírico señor Alas tasaba en cincuenta céntimos, es decir, cincuenta céntimos de poeta, da señales de perseverancia de cuando en cuando en las revistas de la Corte, aunque no ya con la frecuencia de antaño. Cuando la guerra, se puso él también en campaña contra el yanqui; sus «chispas» no produjeron desde luego ningún incendio. El señor don Sinesio

Delgado, Casimiro Prieto y Manuel del Palacio fueron los tres patriotas del consonante.

Manuel Reina ha logrado recientemente un triunfo con su *Jardín de los poetas*. Lírico de penacho, en color un Fortuny. Ha llamado la atención desde ha largo tiempo, por su apartamiento del universal encasillado académico hasta hace poco reinante en estas regiones. Su adjetivación variada, su bizarría de rimador, su imaginativa de hábiles decoraciones, su pompa extraña entre los uniformes tradicionales, le dieron un puesto aparte, alto puesto merecido. Le llaman discípulo e imitador del señor Núñez de Arce. No veo la filiación, como no sea en la manera de blandir el verso. Núñez de Arce es más severo, lleva armadura. Reina va de jubón y gorguera de encajes, lleno de su bien amada pedrería. No hay versos suyos sin su inevitable gema. En el *Jardín de los poetas* se ven sus preferencias mentales, un tanto en choque, por la variedad de las figuras. Su jardín es trabajo de virtuoso. Cada poeta le da su reflejo, y él aprovecha la sugestión felizmente.

¿Grilo? Es una situación literaria especialísima la de Grilo. Es el poeta laureado de España, aunque España no tenga oficialmente poeta laureado. Su barril de malvasía, o pongamos de jerez, debe tenerlo por obra y gracia de la infanta doña Isabel, y demás gentes de palacio. Grilo ocupa un lugar especialísimo, semejante al de ese pobre míster Austin en Inglaterra. Los intelectuales, y aun la mayoría, sonríen ante la parada de esa áulica musa de ocasión que dice sus rimas con acompañamiento de piano. Grilo es el poeta de la reina Isabel, de la reina regente, del rey, y de las innumerables marquesas y duquesas que gustan de leer el día de su santo un cumplimiento en renglones musicales. ¡Aún hay melenas! La poesía suya es de esa azucarada y húmeda propicia a las señoras sentimentales y devotas. Según se me informa, la protección práctica de sus altas favorecedoras es eficaz, y ese ruiseñor no puede quejarse de los cañamones del mecenato.

Don José Echegaray, a quien Castelar hizo el peregrino obsequio de compararle con Goethe, no ha vuelto a *taquiner* la musa. Es sabido que de todo entiende, y gratifica periódicamente a sus compatriotas con la información de una ciencia de colegiales. El ingeniero poeta goza de una enorme popularidad, y cada vez que yo manifiesto mi asombro por la ocurrencia castelarina, no falta quien se asombre de mi asombro. Su musa concluyó en los empujes de sus dramas elásticos, en las tiradas de la Guerrero. Ferrari es también un poeta de salón, y he tenido la honra de compartir con él una noche el curioso éxito de una recitación para *ladies and gentlemen*. No puede negarse su mérito, bajo el árbol frondoso de don Gaspar. Don Juan Valera ha hecho versos correctísimos, hoy ya no los hace. Menéndez Pelayo asimismo ha frecuentado el Helicón. Este erudito humanista, cuando se le presenta una niña con su álbum, sale del paso con escribir unas estrofas de su antigua composición:

Puso Dios en mis cántabras montañas...

Salvador Rueda, que inició su vida artística tan bellamente, padece hoy inexplicable decaimiento. No es que no trabaje; pues ahora mismo acabo de ver el manuscrito de un drama de gitanos —otro modo de ver que el de Richepin— que piensa someter a los cómicos en la temporada próxima; pero los ardores de libertad ecléctica que antes proclamaba un libro tan interesante como *El Ritmo,* parecen ahora apagados. Cierto es que su obra no ha sido justamente apreciada, y que, fuera de las inquinas de los retardatarios, ha tenido que padecer las mordeduras de muchos de sus colegas jóvenes; dándose el caso de que se cumpliese en él la palabra del celeste y natural Francis Jammes: «Los que más se hayan nutrido con las migajas de tu mesa, los que te atacarán serán aquellos que más te hayan imitado y aun plagiado.» Los últimos poemas de Rueda no han correspondido a las esperanzas de los que veían en él un elemento de renovación en la seca poesía castellana contemporánea. Volvió a la manera que antes abominara: quiso tal vez ser más accesible al público y por ello se despeñó en un lamentable campoamorismo de forma y en un indigente alegorismo de fondo. Yo, que soy su amigo y que le he criado poeta, tengo el derecho de hacer esta exposición de mi pensar.

Dicenta ha encontrado su filón en las tablas, y no hace otra cosa que obras para el teatro, como su compañero Paso. Se nombra mucho a Ricardo Gil. He buscado sus obras, las he leído; no tengo que daros ninguna noticia nueva. Es la poesía que conocéis, con un copioso número de aedas, entre los cuales, estos nombres más resaltantes: Catarineu, Ansorena, Morera, Galicia, Melchor de Palau. El espíritu regional cuenta con buenos representantes. Hay ahora un poeta de Murcia que ha conquistado Madrid, Vicente Medina. Se le ha elevado a alturas insospechables, se le ha declarado vencedor. Es verdad que trae con su emoción, con su sencilla facultad de ritmo, su gracia dialectal y su fondo de sensitivo, una nota desconocida hasta hoy; es un hallazgo. Pero lo monocorde de su manera llega a fatigar, con la repetición de la queja, una queja continua, picada de diminutivos que por su copia llegan a causar otra impresión que la buscada por el poeta. De todas maneras, Vicente Medina es un excelente poeta campesino.

El señor Vaamonde ha intentado algunos cambios de ritmo, algunas flexibilizaciones de verso, y ha conseguido interesar. Después de la guerra, publicó un libro de inspiración patriótica. Los catalanes tienen buenos poetas, desde su padre Verdaguer, el de la *Atlántida*, hasta los modernos Maragall, Pagés de Puig, y Mateu. Los andaluces forman también su grupo, con Díaz Escobar, especialista en *cantares*, Arturo Reyes, de la familia de Rueda, como el joven Villaespesa, bello talento en vísperas de un dichoso otoño, y otros escanciadores de sol y manzanilla. Los vascos no sé que tengan un poeta representativo; debe haber varios, que escriban en su idioma y no quieran confundirse con el Parnaso de la Maquetania. Pero con Unamuno basta para tener aún en la lírica representación digna en la Corte.

Los jocosos son legión. Los diarios y revistas publican una cantidad increíble de chistes rimados, y periódicos como *El Liberal* tienen un redactor especial que trata asuntos de actualidad, en verso. Pues aquí Felipe Pérez y González, como antes Antonio Palomero o José María Granés, tiene por tarea dar diariamente cierta cantidad de estrofas a los lectores, sobre sucesos del momento. Y la gente paga, y pues lo paga, es justo.

UN «MEETING» POLÍTICO

4 de octubre de 1899

He asistido hace pocas noches a un *meeting* republicano. Sabía que la concurrencia sería numerosa, y procuré llegar a tiempo, para no perder en ese acto ninguno de los hechos y gestos del «pueblo soberano». Nuestro compañero Ladevese, uno de los organizadores, me había conseguido un puesto de prensa. Allí me senté, cerca de un francés y un ruso. Era enorme aquel hervor humano. Todo el circo de Colón lleno, y por las entradas, la aglomerada muchedumbre hacía imposible que penetrase la gente que todavía quedaba en las calles cercanas. No gusto mucho del contacto popular. La muchedumbre me es poco grata con su rudeza y con su higiene. Me agrada tan solamente de lejos, como un mar, o mejor, en las comparsas teatrales, florecida de trajes pintorescos, así sea coronada del frigio pimiento morrón. Esta gente republicana, debo declarar que estaba con compostura, a la espera de los discursos, y cuando la campanilla presidencial se hizo oír, el silencio fue profundo.

El presidente, hombre de años, y sin duda de respetabilidad, inicia su alocución de apertura, con cierta gravedad, y luego, a la *bonne franquette,* como habla con cierta dificultad, se explica: «Estos dientes no son los míos, y por eso...» El buen pueblo está contento. Se encarga a un pésimo lector las cartas recibidas de personajes extranjeros. El pobre hombre mutila a Goblet y le convierte en *mumsiú René,* y no hay medio de que oiga al soplón que al lado le corrige: *Clemansó, Clemansó;* él sigue impertérrito: *Cle-men-ceau, Cle-men-ceau.* El público protesta, no por el descuartizamiento de los apellidos franceses, portugueses e italianos, sino porque no se oye nada, y un varón de buena voluntad salta a la tribuna y se ofrece para leer. Al fin acaban las cartas, que Ladevese oye descuartizar con impaciencia visible —pues gracias a sus buenas relaciones han venido—, y él va a pronunciar un discurso.

Se sabe que el conocido corresponsal de *La Nación* y ex secretario de Ruiz Zorrilla es español; por consiguiente, de más está decir que es orador. Desde sus primeras palabras fue acogido con los más nutridos aplausos. Dijo a los partidarios de la república que es el momento de que el pueblo vuelva a ser lo que fue hace treinta y un años. Ahora que la patria está más abatida después de las recientes catástrofes, es hora de levantarse. «Yo estoy seguro de que este pueblo volverá a ser grande, fuerte y libre. Algunos al verte por la desdicha y el dolor postrado, se figuran que estás de rodillas... ¡No, no estás de rodillas! Levántate y cubrirás con tu sombra a los que hoy aparecen más altos.» En este punto nuestro amigo recibe una sonora y larga ovación. «Pero si estas reuniones han de ser útiles a la idea que las inspira, es preciso que salga de ellas algo práctico, y nada más práctico que señalar las causas de nuestra impotencia, para remediarlas. Una de las principales causas del estado en que nos vemos es el funesto y antidemocrático sistema de las jefaturas personales; Ruiz Zorrilla, a quien por cierto se le acusaba de querer ejercer una jefatura personal, quejábase amargamente de ese sistema funestísimo en una democracia, y muchas veces, allá en la emigración, nos decía: "Si me duele la cabeza, le duele la cabeza a todo el partido; si me duele el brazo, a todo el partido le duele el brazo." Con motivo de este *meeting* hemos tocado otra de las lamentables consecuencias de jefaturas personales. Hay republicanos que para venir a tomar parte en este fraternal abrazo, han ido a pedir permiso a un jefe... y luego no han venido. El republicano que para abrazar a sus hermanos necesita el permiso de un jefe, ¡valiente republicano estará...!» Se oyó primero una voz de las filas laterales, luego cien voces, luego gritos de todos lados, dicterios, protestas, insultos. Unos contra otros; era una tormenta de interjecciones, de amenazas. Y nuestro buen Ladevese se paseaba al ruido de aquella tempestad, esperando el silencio. Que al fin se hizo. Reconquistó su público el orador y prosiguió: «A las jefaturas personales deben reemplazar las direcciones democráticas. Verdad es que ya se ha hecho algo en ese sentido. Pero al hacerlo se ha incurrido siempre en el error de excluir sistemáticamente de esas direcciones a todos los elementos revolucionarios. Por eso no existe la estrecha armonía que debiera haber entre directores y dirigidos. Nadie ignora que mientras el pueblo quiere la lucha, hay hombres que quieren la república sin esfuerzo y sin peligro. Sin duda esperan que va a caer llovida de las nubes... y ya ven lo que cae de las nubes: ¡contribuciones, jesuitas y epidemias!» Aquí, mientras el pueblo aplaude rabiosamente, yo no puedo dejar de observar a una guapísima muchacha, elegantemente vestida, que en uno de los palcos da muestras del más vivo entusiasmo. La republicana ostenta el par de ojos más librepensadores que os podáis imaginar, y, decididamente, manifiesta el propósito de romper sus guantes.

El orador hace ver la conveniencia de la unión. La república, una vez constituida, velará por la suerte de los que trabajan. Concluye con estas palabras:

«En todo estamos conformes los republicanos. Y como lo estamos además en que nuestra fraternidad, que hoy vamos a sellar aquí, sea la fraternidad de la lucha, podemos darnos ese abrazo.

»La organización de la república la decidirá la soberanía nacional, representada en Cortes constituyentes cuyo fallo todos acataremos. Y como la república que queremos no ha de ser sólo para los republicanos, sino que ha de ser, como el sol, para todos los españoles, yo tengo la esperanza de que este abrazo ha de extenderse a todos los patriotas de buena voluntad, que aunque no militan en nuestro campo, desean para España mejores días. También a ellos les abro mis brazos y a aquellos que hace treinta y un años estuvieron con nosotros, les digo: ¡Ya ha llegado la hora de pasar el puente! A pasarlo y estaremos en seguida unidos todos los españoles. Y no olvidéis que el río no se pasa sólo por el puente sino también por el vado. Si para pasar el río queréis nuestra mano, la mano del pueblo es fuerte; ¡nosotros os la daremos! ¡Arriba y adelante! Sólo viven los que luchan y sólo de los que luchan es la victoria. ¡Si el que ayer hizo treinta y un años pasó el puente a la cabeza del ejército, el que hoy lo pase lo pasará al frente de un pueblo!»

Ladevese es rodeado y aclamado. Luego sube a la tribuna un joven zaragozano, que se descubre como un copiosísimo orador. Y luego varios más. Se habló con libertad completa. El representante de la autoridad parece a veces querer protestar, cuando son ya demasiado violentos los golpes a la monarquía. Bien puede ser la tolerancia convencimiento de que no se trata más que de palabras, palabras y palabras... De pronto un hombre del campo solicita hablar. Él también quiere decir su discurso, y, a vuelta de varias observaciones del presidente, «Evaristo Jiménez habla en nombre del pueblo de Colmenar de Oreja». Y habla bien. Untado de periódicos, aborrecedor de los curas, probable suscriptor de *El Motín*, sus palabras brotan con una facilidad de fuente. Su retórica pasa de pronto a un color poco diplomático y de indudable irreverencia para con el congreso católico de Burgos. «Allí nos han arrojado el guante, nosotros debemos recogerlo y darles con él por los hocicos...» El pueblo aplaude al temerario paleto. El presidente le llama al orden; mi muchacha de los ojos soberbios continúa en su entusiasmo. El «orador» se retira, no sin protestar. Al pasar por mi lado le oigo decir:

«¡Qué van a ser republicanos éstos!» La gente vocifera y la tempestad vuelve a estallar en el circo. Por fin se logra la tranquilidad, y el *meeting* sigue: se aprueban las conclusiones formuladas por la comisión iniciadora y se nombra una comisión ejecutiva encargada de realizar los acuerdos.

Persona informada me da los datos siguientes: el local en que solían celebrarse las grandes reuniones políticas de los partidos era el circo del Príncipe Alfonso, que estaba situado en el paseo de Recoletos, frente al palacio de la Biblioteca y museos. Aquel circo, al que se le llamaba circo de Rivas por el nombre de su propietario, fue demolido hace algunos meses. Allí se celebró una reunión memorable en los últimos meses de 1868, en la cual se fundó el Partido Republicano español. Acababa el gobierno revolucionario de Serrano y de Prim de lanzar al país un manifiesto en favor de las instituciones monárquicas (redactado por Núñez de Arce, a quien el Gobierno encargó aquel trabajo) y entonces los republicanos contestaron a aquel manifiesto convocando al circo de Rivas a todos sus correligionarios de Madrid. Presidió la reunión el decano de la democracia española don José María Orense, y hablaron en ella Castelar, Pi y Margall, Figueroa, Salmerón y otros grandes oradores. Acordóse lanzar al país un manifiesto declarando que quedaba fundado desde aquel día el Partido Republicano. Todos los arriba citados —menos Salmerón— y una multitud de republicanos no tan conocidos, firmaron aquel manifiesto, que fue el principio de la propaganda republicana en España. A la reunión, donde el entusiasmo fue numeroso, acudieron cuatro mil personas. Todas las que allí cabían. Desde entonces hubo en dicho circo numerosas reuniones políticas. Una de las últimas que se celebraron, pocos años antes de la demolición, fue cuando los republicanos de Madrid emplazaron a los diputados y a los concejales del partido para que diesen al pueblo explicaciones acerca de la conducta que seguían en el Congreso y en el Ayuntamiento, calificada de apática y tibia. Aquella reunión fue un continuo tumulto; el público insultó y maltrató despiadadamente a los diputados y a los concejales, y hasta volaron algunas sillas lanzadas contra los oradores. Éstos abandonaron el local, y se suspendió la reunión entre silbidos. El 11 de febrero de 1897, habiéndose hecho la unión entre las fracciones que acaudillaban Salmerón, Muro, Ezquerdo, y los disidentes del partido de Pi y Margall —Menéndez Pallarés y Vallés y Ribot—, convocaron, todos estos reunidos, a un *meeting* en el circo de Colón, local mucho más espacioso que el circo de Rivas. Tratábase de hacer una gran ostentación de fuerzas populares republicanas con motivo del aniversario de la proclamación de la República de 1873, y como todas las parcialidades republicanas —menos la federal pactista de Pi— estaban unidas, esperábase que el circo de Colón, en cuya sala caben seis mil personas, se llenase. La concurrencia de público fue muy grande, pero el circo de Colón no se llenó. Asistirían unos cinco mil republicanos. Nunca hasta entonces se había visto a tantos republicanos juntos en el local cerrado. La reunión fue en extremo tumultuosa. El público silbó terriblemente a Salmerón y a Ezquerdo. Los discursos fueron sin cesar interrumpidos por las protestas y los gritos hostiles del auditorio. Salmerón se encaró con el público y empezó a insultarle; la lucha entre el público y Salmerón se prolongó más de media hora, y, después de aquella reunión agitadísima, no habían vuelto los republicanos de Madrid a celebrar ninguna reunión pública. Los prohombres republicanos, a pesar de las circunstancias por que España ha pasado desde entonces, esquivaban presentarse ante el pueblo. Al *meeting* de «fraternidad republicana» del 29 de septiembre último, celebrado en el circo de Colón, han acudido ocho mil personas. Como ya he dicho, el circo estaba completamente lleno, comprendida la pista, y en la calle se quedaron cerca de tres mil personas que no consiguieron entrar en el local.

De modo que ésta ha sido la reunión republicana más numerosa que ha habido en Madrid.

UN PASEO CON NÚÑEZ DE ARCE

13 de octubre

Comienza en la Carrera de San Jerónimo el ir y venir de las gentes a la hora del paseo de la tarde. La Carrera de San Jerónimo es la calle de Florida de Madrid. Mucha vitrina elegante, mucho carruaje que va y viene; y por la noche mucha luz y alegría de ciudad moderna.

En la librería de Fe, poco antes del crepúsculo, encontré hace algunos días al poeta Núñez de Arce con su amigo Vicente Colorado, también poeta. Hacía algún tiempo que no veía al maestro, y le hallé, aunque quejoso de su salud, bastante mejor que como le viera la reciente vez. Tras hablar unas cuantas cosas del obligado asunto América, se le ocurrió: «¿Si diéramos un paseo?» Acepté con gusto, y salimos los tres hacia el Prado.

Despacio, pues don Gaspar no puede fatigarse. El tiempo estaba fresco, el aire era grato; el cielo lucía afable; pero el poeta desde que comenzó a conversar con nosotros, parecía verlo todo gris. Como yo le preguntase si tenía algún trabajo en obra, si escribía algo:

—No, nada —me contestó— fuera de las cartas que escribo a un diario de Buenos Aires.

Y con aire de vago desencanto:

—Ah, amigo Darío, mi tiempo ha pasado. Soy ya viejo, y las musas, como hermosas hembras que son, no gustan de los viejos. El campo es ahora de quien se llama...

—Maestro —le interrumpí—, eso quien menos lo puede decir es usted. El amor y el gozo de la vida tienen a Anacreonte y Hugo...

—Lo que de Hugo vale verdaderamente fue escrito en su juventud.

No quise contradecirle.

Pero el hábil Colorado, cuyo ingenio es mucho, apoyado en su antiguo cariño y en su amistad íntima, le increpó con amable irrespeto. «Es que usted se está poniendo insoportable de pesimismo.» Y le manifestó que era cosa de los años, que en la juventud todo lo vemos lleno de una luz de rosa. (Lo cual no es cierto en nuestro tiempo, decía yo en mi interior.)

Núñez de Arce prosiguió entonces en un largo parlar todo ornado de bellas frases de decepción. «No creo ni en la misma vida. ¿Acaso sabemos algo de lo que hay tras el impenetrable velo de la eterna Isis? ¡La ciencia! Pues la ciencia no ha conquistado sitio un pequeñísimo reino, el reino de lo experimental. La *débâcle* a que se ha hecho tanto ruido no hace mucho tiempo, no puede ser más cierta. ¿El arte? Campo para las ilusiones; total, nada, puesto que las ilusiones no son más que humo vago que deshace el menor viento de la vida. El fracaso impera en todo. La sociedad, después de tantos siglos, no ha logrado aún resolver el problema de su misma organización. Véanse las rojas flores que brotan en tal terreno: se llaman socialismo, anarquismo, nihilismo. ¡La nacionalidad española!, un sueño. Al primer cañonazo que se oiga en la Península, ya verán cómo se deshace la nacionalidad española.» Yo volví a tocar el tema del arte y de la literatura. «Ah, el arte, la literatura: todo está en plena decadencia. Francia es el más patente ejemplo. Los ideales se levantan, se ven como bellos mirajes y luego no se logran nunca. Es el inmenso camino cuyo fin no se encuentra ni se encontrará jamás, a pesar del vuelo continuo de las humanas aspiraciones.» Y así seguía, con su voz pectoral, un tanto apagada, y en sus ojos vivaces había una chispa fugitiva y en sus labios se marcaba una sonrisa que podía decir resignación y convencimiento.

Entre tanto yo me decía —siempre para mí sobre todo—: Gaspar Núñez de Arce,

> *... Don of course*
> *A true Hidalgo, free from every stain*
> *Of Moor or Hebrew blood, he traced his source*
> *Through the most Gothic gentleman of Spain...*

Don Gaspar Núñez de Arce, sin duda alguna el primer poeta de la España de hoy, parecería por sus negros mirares y sus desconsoladores decires, un espíritu extranjero, un alma septentrional, rara bajo su cielo de alegría, si no se supiese que en el fondo del alma española crece siempre una oscura rosa. Puede tener un rocío de creencia o no tenerlo. Este fuerte poeta es un Carlos V sin fe que se encierra en su Escorial interior y celebra los funerales de su propia poesía, de sus propios ensueños, de su propia gloria. Y no es nuevo en él este modo de pensar y de ver los cuatro puntos cardinales de la existencia. Allá, ya lejos en el siglo, se oyen aún sus *Gritos del combate*, y ya había resonado en sus oídos el fracaso producido por la risa de Voltaire, a quien en nombre de sus sueños agonizantes o muertos maldecía en el último endecasílabo de un soneto célebre; decía a los poetas que colgaran, en un desconsuelo bíblico, sus arpas, de los llorosos sauces. Gracias a que la férrea contextura de su estro daba animación para la lucha, no se caía en el anonadamiento voluntario. Por esos tiempos, o poco después, miraba con cruel desdén al pobre Bécquer, que vivía de pan de amor y vino de sueño. Sonreía el caballero vestido de su pesada armadura, de los que él llamaba «suspirillos germánicos»: le disgustaba el poco de azul que fue a traer en su ramillete de *vergissmeinnichts* de Alemania, para suavizar el escarlata de sus claveles, el artista triste de las *Rimas,* que después de todo, era esta cosa formidable: un corazón.

En el Prado reían los niños: la tarde desfallecía risueña; en el poniente se fundía una montaña de oro de sol. Don Gaspar proseguía en sus doctrinas. La muerte es lo único que nos interesa verdaderamente, pues da la clave del enigma, Isis aparece entonces sin velo. El hombre no mata nada: todo *se muere.* El hombre cree inventar algo: todo está ya inventado; todo ha sido. De pronto, en un yacimiento de tiempo, descúbrese alguna cosa; eso es todo. Pero nada de lo que se cree nuevo es nuevo. La palabra de la Escritura dice una inconmovible verdad cuando dice: *Nihil novi sub sole.* El hombre vive en la lucha perpetua con la vida y consigo mismo porque, pasada la divina estación de la juventud, quiere ver, quiere saber, quiere conseguir la posesión de un fantasma, descubrir lo imposible, y la realidad le hiere y le desconsuela. El hombre sólo es feliz en el instante de su primavera.

Miré en los ojos a don Gaspar, y canté en mi memoria el recuerdo:

> *¡Oh recuerdos, encantos y alegrías*
> *De los pasados días!*
> *¡Oh gratos sueños de color de rosa!*
> *¡Oh dorada ilusión de alas abiertas*
> *Que a la vida despiertas*
> *En nuestra breve primavera hermosa!*

—Yo, ya estoy viejo, repito, y creo ver en lo que dije la verdad; o lo que me parece la verdad, porque, ciertamente, ella no ha mostrado su faz nunca; su desnudez no ha sido profanada por nadie. Crea usted —me dijo— que la juventud es lo único que vale la pena, y esto por su jardín de ilusiones; esto es, *por lo que existe.*

Yo volví a clamar dentro de mí: ¡Oh poeta, oh querido amigo y maestro! No haces obra de bien predicando el desencanto, tú que sabes la perenne renovación de las cosas, el placer de vivir, con todo y la persecución del dolor; no debes, porque hayas pasado ya mucho más del medio del camino de la vida, quedarte en tu primera etapa, y no mostrar a la juventud sedienta de ideal nada más que el infierno; tú bien debes saber que en la tercera está situada la gloria incomparable del paraíso, así haya que pasar para penetrar en sus dominios bajo el arco de la Ilusión. La misión del poeta es cultivar la esperanza, ascender a la verdad por el ensueño y defender la nobleza y frescura de la pasajera existencia terrenal, así sea amparándose en el palacio de la divina mentira. Te ha tocado un difícil momento en la historia de tu patria: momento de vacilaciones y de derrumbes, de dudas y de miserias; pero tú no colgaste el harpa del «lloroso sauce». Antes bien, elevaste por tu sonora y acerada poesía las almas, reavivaste el amor a lo bello; de la duda hiciste hermosas esculturas de palabras en que vio la joven generación cómo se esculpía el castellano en potentes estrofas; con el *Idilio* tomaste a la inagotable viña de amor, cuyo jugo dará sangre a la poesía y al arte por los siglos de los siglos. No, no intentes destruir una sola ilusión. En verdad te digo que retoñará en mil partes. La obligación de la vejez sabia es decir a los que vienen coronados de flores, en su estación de encantos, en palabras de luz, lo que dice la Boca de Sombra. Hay un caballero cantado en tus poemas que podía servirte de admirable ejemplo. Es aquel maravilloso Raimundo, amoroso de amor, padre de enigmas, profesor de ilusiones, capitán de ensueños, aquel Raimundo que encontró oculto el símbolo del dolor eterno entre los pechos de la mujer amada e imposible. Pues bien, Raimundo Lulio no se fue por el camino de la desesperanza, sino que, como entró en el templo, montado en su caballo, ascendió a las estrellas, cabalgante en su pegaso, en seguimiento siempre del ideal. Aquel inmenso poeta, aquel príncipe del símbolo, aquel sabio, te señala una buena pauta que seguir. No pasa el tiempo para los poetas que tienen el alma firme y libre; para los que no reconocen fronteras, preocupaciones, limitaciones: las musas son como dices, muchachas fragantes y frescas, pero no tienen inconveniente en ir a dormir con Booz, o acostarse en el lecho del viejo David.

Y no sé en qué libro antiguo he leído que Abisag, después de sus nupcias con el anciano rey del harpa, quedó encinta y dio a luz una estrella.

TENORIO Y HAMLET

10 de noviembre de 1899

Cada comienzo de noviembre, al empezar a asarse las castañas y a inflarse los buñuelos, es sabido que Don Juan Tenorio hace su visita a Madrid. Este año ha estado también el taciturno príncipe de Dinamarca, Hamlet, encarnado en Sarah, la prodigiosa comedianta que ha logrado cristalizar la más inconmovible juventud. Don Juan se ha visto en casi todos los teatros y han sido largo asunto de discusión las innovaciones de un cómico que ha querido presentar un Tenorio como cortado por molde de comedia francesa a la moderna, un Tenorio a quien se ha amputado el apéndice que Cyrano llevara hasta delante del Eterno Padre, y Don Juan también, un apéndice que constituye en esos caballeros parte vital y precisa: ¡el *penacho!*

Pues el actor de la Comedia, Thuiller, ha creído oportuna la variación, y dio un Don Juan despenachado. Dijo a la sordina la décima zorrillesca; quiso imponer lo natural en punto en que la naturalidad huelga; el hombre que convida a comer a los difuntos ha hablado como un tipo de Dumas hijo o de Lavendan; Doña Inés del alma mía ha tenido que corresponder en igual tono a las declaraciones de su caballero; esto ha sido un *flirt* en vez de la tradicional tempestuosa pasión manifestada; la famosa cavatina ha sido una *causerie;* el público se ha mostrado sorprendido, le han cambiado a su Don Juan; la crítica censuró al actor, pero los empresarios demostraron que los críticos aplaudieron en la temporada pasada lo que hoy han señalado como defectuoso. Lo cierto es que el señor Thuiller ha errado. El Tenorio tipo de leyenda no cabe en la pauta de conservatorio reformista que ha querido imponerle. Don Juan, el idealizado por los poetas y cuyo contacto según Musset engrandece, no tiene nada que ver con el personaje histórico de quien Sevilla posee un retrato —el señor de Mañara—, por otra parte, muy feo, y al cual seguramente el actor no querría copiar. El nuestro, el de todo el mundo, es un antiguo amigo, *our ancient friend Don Juan,* que dice el sublime y don juanesco lord.

Para darle vida, no es preciso que el actor se desgañite y gesticule como un loco, cual lo hemos visto en los infinitos Tenorios que nos ha dado la declamación española, pues desgraciadamente no hay cómico de la legua que no quiera entenderse con su correspondiente convidado de piedra. Mas algunos grandes actores ha habido que en España han penetrado en el carácter de Don Juan, sin menoscabarle ni hipertrofiarle. Calvo fue uno bueno, para no citar anteriores, y Vico, y aun otro actor de poco renombre pero de reconocido talento, Pedro Delgado, que este año ha hecho el Tenorio en... en el pueblo de Écija.

No se puede hablar de *Don Juan* sin recordar al pobre Zorrilla, que decía con justa amargura, poco antes de morir: «mi *Don Juan* produce un puñado de miles de duros anuales a sus editores, y mantengo con él en la primera quincena de noviembre, a todas las compañías de verso de España». Él ha contado de admirable manera ya el génesis de su drama, que por cierto no fue recibido por el público con el triunfo que más tarde consiguiera. Fue en el año de 1844, en febrero. El actor Latorre necesitaba una obra flamante para su *rentrée* en la Villa y Corte, Zorrilla era quien debía entregar la obra. Había él refundido en ese tiempo *Las travesuras de Pantoja; y* registrando las comedias de Moreto, tuvo la idea de la pieza; y con el *Burlador* y la refundición de Solís, manifestó a Latorre que se comprometía a entregarle un *Don Juan* en el término de veinte días.

No conocía Zorrilla, según propia confesión, ni *Le Festin de Pierre*, de Molière, ni el libreto de Da Ponte, ni lo que había ya hecho en Europa con más o menos igual argumento. «Sin darme, dice, cuenta del arrojo a que me iba a lanzar, ni de la empresa que iba a acometer; sin conocimiento alguno del mundo ni del corazón humano; sin estudios sociales ni literarios para tratar tan vasto como peregrino argumento; fiado sólo en mi intuición de poeta y en mi facultad de versificar, empecé mi *Don Juan*, en una noche de insomnio, por la escena de los ovillejos del segundo acto, entre Don Juan y la criada de Doña Inés de Pantoja.» Los ovillejos los compuso a oscuras, y sin escribirlos; a pura memoria los retuvo. Del plan de la obra apenas si tenía hilos tendidos. Su plan era «conservar la mujer burlada de Moreto y hacer novicia a la hija del comendador, a quien mi Don Juan debía sacar del convento, para que hubiese escalamiento, profanación, sacrilegio y todas las demás puntadas de semejante zurcido». Comenzó a escribir, pues, sin saber por dónde iba. La musa le supo guiar. Puso a Don Juan en su piel; y Ciutti es el nombre de un criado italiano que había tenido Zorrilla, en el café del Turco de Sevilla; el hostelero Butarelli, uno que vivía en la calle del Carmen el año 1842, y de quien fue huésped el poeta. De Ciutti, el de carne y hueso, ved el retrato que traza en cuatro rasgos: «Ciutti era un pillete muy listo, que todo se lo encontraba hecho, a quien nunca se encontraba en su sitio, al primer llamamiento, y a quien otro camarero iba inmediatamente a buscar fuera del café, a una de dos casas de la vecindad, en las cuales se vendía vino más o menos adulterado, y en otra, carne más o menos fresca. Ciutti, a quien hizo célebre mi drama, logró fortuna, según me han dicho, y se volvió a Italia.»

He hablado alguna vez de los postreros años de Zorrilla, cuando, en una existencia de enfermedad y pobreza, llevaba en su vejez todavía un rayo de sus antiguos fuegos; y veía ganar dinero, mucho dinero, con sus viejas obras, a editores a quienes en otro tiempo las vendiera en lamentables condiciones. Entonces fue cuando Castelar sostuvo en las Cortes la necesidad de pensionar al lírico, y la pensión fue negada a quien era propietario del cielo azul, «en donde no hay nada que comer».

Hemos visto en Madrid el discutido Hamlet de París. Sarah-Hamlet. Discusión hubo sobre si Hamlet fue rechoncho o delgado, alto o bajo: en lo que no puede haber es sobre lo bello de la soberana creación que realiza la gran francesa. Como lo ha acostumbrado Sarah, la compañía que ha traído ha sido mediocre; de modo que toda la atención se ha concentrado en la «princesa del gesto y reina de la actitud». Sorprende desde luego el poder de la trágica al cambiar casi por completo su conocida voz de oro, por una voz de hierro, o mejor, de acero. En la masculinización de su papel el prodigio se impone. Desde que aparece el príncipe *au pourpoint noir, el* hechizo está realizado. Apenas si uno tiene tiempo de protestar por los cortes y aun descuartizamientos que se han perpetrado en la obra, como el suprimir, entre otras cosas, la escena de Hamlet ante el rey que ora, o el diálogo de los sepultureros. Pero en las partes básicas de la tragedia, el encanto aportado por Sarah vale por una de las más inmensas sensaciones de arte que puedan experimentarse.

Hay, entre muchas, una escena en el primer acto en que el dominio es absoluto, y en la frase final el auditorio siente un gran sacudimiento:

But break, my heart; for I must hold my tongue,

que Sarah hace vibrar en su francés: «*Mais éclate, mon coeur, car il faut rester bouche clase!*»

La interpretación de Sarah es de esas acciones artísticas que pueden apasionar hasta la violencia. Me explico la estocada de Vanor a Mendés.

Aquí Sarah se ha impuesto, a pesar de que no es muy común el dominio de la lengua francesa en el público. Cierto es que el público de Sarah Bernhardt ha sido de lo más aristocrático de que se compone el «todo Madrid».

Quienes han admirado a sir Irving, quienes conocen el «juego» de Monet-Sully, quienes recuerdan a los potentes trágicos italianos de este siglo, hasta Novelli, con su *Hamlet* gesticulador, están de acuerdo en que no ha habido palacio de carne humana en que se hospede como en propio habitáculo el espíritu del soñador pensativo de Elsinor, como la carne nerviosa y eléctrica de Sarah Bernhardt; ella es el príncipe delicado, pero fuerte de nervios, que le hacen ser buen esgrimista; lejos de la fuerza musculosa, pues él mismo exclama en una escena, hablando de su tío incestuoso: «*But no more than my father, than I to Hercules...*»

UNA EMBAJADA

La embajada extraordinaria alemana presidida por el príncipe Albrecht ha sido en estos días nota de actualidad. Él es un buen gigante teutón, digno representante de su tierra militar y férrea. Le ha traído el Águila Negra al adolescente rey don Alfonso XIII, que en la ceremonia palatina ha dicho un muy bonito discurso en francés. No ha habido revistas militares, por disposición de gran cordura. Pero los príncipes extranjeros han visto mucho de la España grande e indestructible: han visto la sala de Velázquez en el Prado, han tenido otras varias impresiones que les han podido dar a entender que por más que la obra de los malos gobiernos traiga ruina y desastre a la patria española, queda un rico fondo de fecundidad y de vida de donde brote una España dueña de su porvenir.

Han podido admirar también la otra noche, en el Teatro Real, la soberbia mina de hermosura que se encierra en este pueblo lleno de bizarrías y hechizos. La aristocracia mostraba joyas de juventud y de belleza de que pocos países pueden enorgullecerse.

Ya es el tipo de grandes ojos negros y cabelleras de una riqueza incomparable que pesan sobre los cuellos armoniosos como la carga capilar que agobia a una d'annunziana virgen de las rocas; ya el tipo semiarábigo, que denuncia la andaluza procedencia; o la mujer maciza del Norte que en su opulencia guarda el orgullo gentilicio de una raza generosa. Y mientras la Darclée hacía su Manón bravamente, yo veía al coloso alemán recorrer con sus gemelos el jardín de los palcos. Allí tenía la fragante flora humana del país solar que ha vivido en un ambiente de heroísmo caballeresco bajo un cielo de poesía; allí las descendientes de los más preclaros nombres de la nobleza española, mantenedoras de la gracia que pintaron tantos pinceles ilustres y que cantaron tantos luminosos poetas.

Y algo de don Alonso Quijano el Bueno decía a mi alma: «Deja que la bala *dum-dum* se ensaye en el boer, y que el fin del siglo XIX sea de sangre y matanzas razonadas o sin razón. Alguien ha dicho que Krupp es Hegel y que Chamberlain es Darwin. No hay que desesperar. Estos descorazonamientos científicos pueden ser sucedidos por razonables y necesarios vínculos líricos. Nunca es malo Don Quijote. Y Guillermo II hace versos y pinta cuadros y escribe óperas e himnos. España no debe pensar ahora en guerras y cosas que le han enseñado lo vario de la suerte y lo frágil de la grandeza. Y cuando el César germánico envía un águila negra, se le debería corresponder con una paloma blanca.»

UNA NOVELA DE GALDÓS

26 de octubre de 1899

Otro nuevo «episodio nacional» estalla en los escaparates de librería, con sus colores amarillo y rojo en la cubierta, formando bandera española. Y bajo el título, y el siete mil que se refiere a los ejemplares, la esfinge sentada sobre el globo nos anuncia que aparece un libro más en que se tiene por divisa Arte, Naturaleza y Verdad. Ya os he dicho del ordenado fabricar del maestro novelador. No censuro —sino todo lo contrario— el método y la exactitud en el término de la producción. Eso indica que la voluntad priva sobre el talento, lo cual es razón que honra al carácter humano. Lo que lamento es que se transparente, hasta casi llegar al público, un plan industrial con mengua de propósitos mentales. Quien encuentra una familia como la Rougon Macquart, quien la Historia de España. El señor Galdós pudo comenzar en los tiempos de Vamba y concluir en los de Sagasta. Habríase llenado una biblioteca y desbordado el capital de la casa editora. Pero el potente autor de *Gloria,* de *León Roch,* de la primera serie de los *Episodios,* no tiene el derecho de descender en calidad por ascender en cantidad. Yo respeto y saludo ese admirable y sereno talento que ha producido innegables obras maestras; pero ese mismo respeto es el que me hace contristarme ante una fecundidad inquietante, porque la obra precipitada de ahora no resiste comparación con la madura de antaño. Claro está que un libro de Pérez Galdós no podrá nunca ocultar el lustre original; no será un libro malo jamás, ni un libro mediocre, que es peor. Pero se advierte que falta la gestación indispensable en partos de esta índole —gestación casi siempre elefantina—. Sale el libro flojamente vertebrado, un si es no es anémico, con marcada tendencia al raquitismo; aunque se observan —como en los ojos del niño— reflejos y chispazos del alma paternal. Son libros faltos de tiempo. La *Estafeta romántica* está escrita de julio a agosto de este año, en que van publicándose ya cuatro episodios. Cabalmente acabo de salir de la inmensa floresta de *Fécondité,* y al dejarla he visto el tiempo que Zola ha empleado en ella. Cerca de un año. Es el lapso más corto para realizar una labor de conciencia, sin llegar a la religiosidad flaubertiana. Zola, con todo y su simétrica tarea de gran obrero, sabe que tiene que elevarse a sus Cuatro Evangelios con la mayor energía y el aliento de su idea, y que no es sino con ímpetu aquilino y ansias de grandeza moral como podrá escudriñar a su manera las que llama san Agustín «montañas del Señor», para bien de su patria la Francia. Bien podría el señor Galdós dar a España un libro cada año, en el cual libro pusiese la esencia saludable de su pensamiento y ayudase a la obra social y al resurgimiento de la nación española. De estos volúmenes se ocupa escasamente y mal la crítica de casa; y la extranjera, por respeto al nombre del autor, suele hacer una que otra *compte rendu,* aunque sea como la de M. Vicent, del *Mercure de France,* que ha hojeado seguramente el libro, y ha sacado en claro, traducida, una novedad del título de *La campaña del maestrazgo.* Su precario español le haga confundir campaña con campana, y traduce: *La cloche du maestrazgo.*

Es el caso de decir que ha oído campanas y no sabe dónde.

No veo que en la prensa de Madrid se le haya hecho la menor observación al ilustre novelista, respecto a ese producir absolutamente mecánico. No hay duda que causa el silencio, la consideración a sus altos méritos y a su celebridad. Él propio debía notar que si antes al aparecimiento de un libro suyo era lo que llama el clisé un acontecimiento literario, hoy apenas conmueve la atención y suscita uno o dos artículos de complacencia y las rituales gacetillas. Es natural que nunca su producción será colocada entre la copia innumerable y repetida de los multíparos conejos de las letras.

Veamos la *Estafeta romántica.*

En estos libros, donde dice *Benito Pérez Galdós,* no se pone el aditamento: *De la Real Academia Española.* Debía hacerse, pues pocos escritores contemporáneos contribuyen más a sostener dignamente la amojamada castidad del idioma.

Con ser heterodoxa la médula, lo exterior va siempre en una lengua conservadora y depurada y cuya espontaneidad no infiere el menor agravio a su legítimo y castizo abolengo. Esta novela de que trato está compuesta de una serie de cartas, y de ahí que sea *Estafeta.* Romántica es por la época en que el argumento se desarrolla. Y el ser la novela en cartas, quizá no sea ajeno al título, pues el género en dicha época tuvo su boga. Consta la obra de cuarenta cartas en que se desarrolla una intriga amorosa, se trata de la política del tiempo y de literatura. El autor no ha descuidado la documentación; se ve que se ha tomado el trabajo de informarse en las mejores fuentes; y pone ante el lector, viviente y palpitante, esa curiosa vida de comienzos de siglo.

Algo de lo más interesante es el episodio de la muerte de Larra, narrada y comentada en el curso de estas epístolas.

Figura en la estafeta una carta simulada de don Miguel de los Santos Álvarez, el amigo íntimo de Espronceda y de Fígaro. No hay duda de que el señor Galdós trató a Álvarez y de sus labios obtuvo muy interesantes informes. Yo tuve oportunidad de conocer a dicho personaje en casa de don Juan Valera, y no dejé pasar la ocasión de despertar en más de un punto sus recuerdos, especialmente en lo referente a la amistad estrecha que le unía con el poeta del *Diablo mundo*. Álvarez, ya muy viejo y bastante sordo, no había perdido sus facultades de delicioso parlante.

El general Mansilla ha publicado en sus interesantes *causeries* algo sobre la vida de aquel original ingenio en Buenos Aires. Es sabido que, creo que en tiempo de Rozas, fue al Río de la Plata, enviado por el Gobierno español. Él se complacía en rememorar aquella época de su vida y guardaba muy buenas impresiones de sus noches y días americanos. Digo noches, porque don Miguel de los Santos fue incorregible noctámbulo durante toda su larga existencia. A los setenta y tantos inviernos, y hasta muy poco antes de su muerte, era de los últimos en abandonar a la madrugada el tresillo del casino. «Vea usted, me decía, dicen que el trasnochar es malo. Tengo de hacerlo tantos años y me va perfectamente.»

La carta fingida de Álvarez al tipo principal de la novela, Fernando Calpena, está escrita de manera que bien podía considerarse como no apócrifa. Es alabar demasiado la inteligencia de Pilar creerla capaz de una imitación palpablemente difícil. Y Galdós, en esta carta, como en muchas de las del libro, demuestra que posee una flexibilidad de pensamiento que no siempre es un don de los fuertes. Todavía no se ha escrito la vida íntima, la época en que pasan estos sucesos de la *Estafeta,* y no se conocen detalladamente, pongo por caso, las causas que condujeron a Larra a suicidarse. El romanticismo tuvo, sin duda alguna, gran parte en el arrebato de aquel brillante espíritu. Era el tiempo en que el romanticismo estaba más en el ambiente que en la literatura, y en que, en París, como cuenta el doctor Verón en sus memorias, un serio y conservador hombre de letras, después de atacar y negar la revolución romántica con la pluma, se fue a echar al Sena, por causa de un amor imposible. Larra, según dicen, se mató también por amor; su querida, una dama casada, cortó la intimidad obligada por la severidad de su confesor. El poeta no pudo lograr que se reanudasen las relaciones y, enamorado de veras como estaba, se precipitó en la muerte. No puedo dejar de haceros conocer el párrafo de la carta de Álvarez a Calpena, en que trata del desgraciado acontecimiento y que, como digo, debe estar basado en algunas conversaciones entre Galdós y don Miguel: «Supe yo la muerte de Larra al día siguiente del suceso, o sea el 14 de febrero. Fui a verle con otros amigos a la bóveda de Santiago, donde habían puesto el cadáver; allí me encontré a Ventura y a Roca de Togores, tan afligidos como yo y Hartzenbusch, que me acompañaba. ¿Y por qué...?, decíamos todos, que es lo que se dice en estos casos. ¿Cuál ha sido el móvil...? Quien hablaba de un arrebato de locura; quien atribuía tal muerte al estallido final de un carácter, verdadera bomba cargada de amargura explosiva. Tenía que suceder, tenía que venir a parar en aquella siniestra caída al abismo. ¿Y ella? Si alguien la culpaba en momentos de duelo y emoción, no había razón para ello. No era ya culpable. Por querer huir del pecado, había surgido la espantosa tragedia. En fin, querido Fernando, suspiramos fuerte y salimos después de bien mirado y remirado el rostro frío del gran Fígaro, de color y pasta de cera, no de la más blanca; la boca ligeramente entreabierta, el cabello en desorden; junto a la derecha, el agujero de entrada de la bala mortífera. Era una lástima ver aquel ingenio prodigioso caído para siempre, reposando ya en la actitud de las cosas inertes. ¡Veintiocho años, una gloria inmensa alcanzada en corto tiempo con admirables, no igualados escritos, rebosando hermosa ironía, de picante gracejo, divina burla de las humanas ridiculeces...! No podía vivir, no. Demasiado había vivido; moría de viejo, a los veintiocho años, caduco ya de la voluntad, decrépito, agotado. Eso pensaba yo, y salí, como te digo, suspirando y me fui a ver a Pepe Espronceda, que estaba en cama con reuma articular que le tenía en un grito. ¡Pobre Pepe! Entré en su alcoba y le hallé casi desvanecido en la butaca, acompañado de Villalta y Enrique Gil, que acababan de darle la noticia. El estado de ánimo del gran poeta no era el más a propósito para emociones muy vivas, pues a más de la dolencia que le postraba, había sufrido el cruel desengaño que acibaró lo restante de su vida. Ignoro si sabes que Teresa le abandonó hace dos meses. Sí, hombre, y... En fin, que esto no hace al caso. Gran fortuna ha sido para las letras patrias que Pepe no haya incurrido en la desesperación y demencia del pobre Larra. Gracias a Dios, Espronceda sanará de su reuma y de su pasión y veremos concluido el *Diablo mundo*, que es el primer poema del *ídem*... Sentéme a su lado y hablamos del pobre muerto. En un arranque de suprema tristeza, vi llorar a Espronceda; luego se rehízo trayendo a su memoria, y a la de los tres allí presentes, los donaires amargos del *Pobrecito hablador*, el romanticismo caballeresco del *Doncel,* y el conceptismo lúgubre de *El día de difuntos.* También hablaron de ella, y tal y qué sé yo, diciendo cosas que no reproduzco por creerlas impropias de la gravedad de la historia. Villalta y Enrique Gil se fueron, porque tenían que dar infinitos pasos para organizar el entierro de Fígaro con el mayor lucimiento posible, y me quedé solo con el poeta, el cual, de improviso, dio un fuerte golpe en el brazo del sillón diciendo: "¡Qué demonio! Ha hecho bien." Yo rebatí esta insana idea como pude, y para distraerle, recité versos, de los cuales ningún caso hacía. A media tarde entró de nuevo Villalta con Ferrer del Río y Pepe Díaz. Espronceda sintió frío y se metió en la cama. Yo, caviloso y cejijunto, hacía mis cálculos para ver de dónde sacaría la ropa de luto que necesitaba para el entierro...» Luego narra lo acontecido en el entierro, con la nota saliente del aparecimiento de Zorrilla, «de la estatura de Hartzenbusch, y con menos carnes; todo espíritu y melenas; un chico que se trae un universo de poesía en la cabeza»; el triunfo del poeta en un tiempo en que los banqueros y los ministros se entusiasmaban con los versos, y los festejos de que fue objeto. Zorrilla no duerme esa noche; al día siguiente va a ver a Álvarez, le toma su chocolate y le da la estupenda noticia de que le han colocado en el *Porvenir,* Pacheco y Pastor Díaz, ¡con treinta duros de sueldo! Toda la carta está escrita ingeniosa y vibrantemente, es un documento de verdad; y crea el mismo Pérez Galdós que ella no es obra de Pilar ni suya, don Miguel de los Santos Álvarez se la ha dictado desde el otro mundo como otros espíritus lo han hecho con Hugo o Claretie... ¡El señor Galdós ha sido espiritista sin saberlo!

La intriga principal de la novela no interesa tanto como esos episodios en que se resucita la vida privada de la España de aquellos días. Lo anecdótico histórico triunfa sobre la inventiva del escritor. Hay cartas que sobresalen, como las firmadas por la joven Gracia, la cual pone en su escritura mucho de su nombre, aunque escasísima ortografía. En este caso podría ella decir, con gran justicia, que la ortografía no es lo primero, y que epistológrafa de tanto vuelo como madame de Sevigné no era muy católica en tales disciplinas.

Entre otras figuras que aparecen en el desfile de personajes, está la del célebre banquero Salamanca, pero apenas esbozada y falta de detalles, que habrían sido muy del agrado del lector contemporáneo. Apenas si se entrevé algo de la juventud de Zorrilla; no se nos informa de la vida intelectual del semiargentino Ventura de la Vega. De Espronceda habrían sido muy bien recibidos datos sobre sus amores con la famosa Teresa del no menos famoso canto. Pudo el señor Galdós aumentar la parte íntima de sus tipos, para lo cual no le faltarían seguramente buenos informantes. Muchas gentes hay en España que han vivido parte de esa época, no tan remota, y que, testigos de varios hechos, ayudarían eficazmente a la documentación del novelista.

A propósito del suicidio de Larra. La primera vez que fui a visitar a Mariano de Cavia, este excelente camarada y escritor de tan rico ingenio, me llevó a uno de los balcones de su casa, y señalándome uno de la casa de enfrente, que forma esquina en la calle de Amnistía, me dijo: «Cada vez que me asomo veo allí una página de gran filosofía.» Y me explicó de qué manera en aquella casa se había dado muerte uno de los más firmes y finos talentos de la España de este siglo, el pobre Mariano José de Larra. En lo primaveral de la juventud, en un tiempo en que todo favorecía al encumbramiento de su personalidad, al definitivo triunfo, a la gloria segura, aquel hombre, que había recibido de la implacable Eironeia las más temibles armas del estilo, los más sutiles venenos del pensamiento, fue una víctima de ella misma. La aventura pasional se cristalizó en un diamante de sangre, y aquel amargo dueño de la sátira murió por desdenes de amor, muerte de buen romántico.

No queráis nunca ver el reverso de la sonrisa.

LA ENSEÑANZA

8 de septiembre

Refiérenme que cuando hace poco tiempo estuvo vacante la plaza de verdugo, hubo entre los que la solicitaron abogados y médicos. Un amigo mío terrateniente me asegura haber empleado como guarda forestal a un abogado. Esto no es una rareza. En los países menos civilizados, como en los más florecientes, ya se conoce lo que es el proletariado intelectual. En el país de mi nacimiento hay quien puede decir más de una vez: «¡Licenciado, lústrame las botas!», y en Buenos Aires, cuando fui secretario del director general de Correos y Telégrafos, recuerdo solicitudes para puestos de escribiente u otros más modestos, en que los recomendados podían responder al vistoso apelativo «doctor». En toda la América Latina el titulismo es endémico; pero el origen está aquí, en la tierra clásica en que se asienta Salamanca. El mal está en la raíz.

La ignorancia española es inmensa. El número de analfabetos es colosal, comparado con cualquier estadística. En ninguna parte de Europa está más descuidada la enseñanza.

La vocación pedagógica no existe. Los maestros, o mejor dicho, los que profesan la primera enseñanza, son desgraciados que suelen carecer de medios intelectuales o materiales para seguir otra carrera mejor. El maestro de escuela español es tipo de caricatura o de sainete. Es el eterno mamarracho hambriento y escuálido, víctima del Gobierno; pero persona de valía y al tanto de las cosas de su tierra me demuestra que realmente no son por lo general dignos de mejor suerte esos maniquíes de cartilla y palmeta. Los niños, me dice, no aprenden siquiera a leer en la enseñanza primaria. De gramática no hablemos, raro es el que sabe lo más elemental y escribe con ortografía. Y no habiendo aprendido a leer, no es posible aprender a estudiar. El maestro de primaria, por lo general ignorante, carece de todos los conocimientos y de la mansedumbre necesaria para cumplir su misión, pero tiene la bastante soberbia para suponerse dueño y señor de sus párvulos en la escuela. Como todo buen español con su poco de autoridad, quiere que ésta resplandezca constantemente a los ojos de todos y ¡ay del que no la acate! Lo primero que exige es la humildad, él que no es humilde, y la obediencia, él que con su proceder descubre la alegría del mando. Los niños, hartos de ser traídos y llevados sin más ni más, sueñan en que llegue su hora de mandar. Un hombre por conveniencia se aviene bien a todo; pero el niño entiende antes la justicia que la conveniencia, y el maestro no cuida generalmente de razonar sus actos: es un rey absoluto. En la mala enseñanza primaria está el origen de todos los males. El maestro, cuando pica muy alto —pican hasta los más ruines—, no quiere que le llamen maestro sino *profesor* Este título incoloro lo prefieren al de maestro, porque generalmente se llaman profesores los que dan cursos en institutos y Universidades; bien es verdad que también se llaman profesores los barberos y sacamuelas. El profesor de primeras letras da sus explicaciones (aquí son oradores todos los que hablan), que los niños no entienden, porque en vez de facilitar la comprensión, hace discursos, esperando que sus infelices discípulos le crean un hombre superior. También hace sus libros, y el más imbécil tiene una gramática, una geografía, una historia o unas matemáticas; generalmente les da por los estudios gramaticales. Todos velan por la integridad del purismo. Gramática hay por esas escuelas en que al niño le es absolutamente imposible aprender; el afán de definir de un modo nuevo condúceles a los mayores disparates; y los pobres muchachos aprenden de memoria lo que debiera ser base de estudio y es origen de su abotagamiento intelectual. Tampoco se cultiva mucho la escritura; unos adoptan la española, otros la inglesa, casi nadie enseña a escribir; total, que a los diez años de edad y cinco de materias, pasan los párvulos de la enseñanza elemental a la segunda enseñanza, sin haber aprendido siquiera a leer y escribir. De cada cien niños aprobados de ingreso en el instituto, noventa saben apenas firmar y no hay uno que escriba al dictado correctamente; la lectura también pertenece para ellos *a las ciencias ocultas, y* sin saber escribir ni leer, les meten en latines. El catedrático de instituto, y más aún el de colegios particulares, no está preparado para la enseñanza; cuando más, conoce vagamente la asignatura que explica, pero no penetra en la mente de los niños. El profesor, como el maestro, tiene la monomanía del discurso. Todos los días hace su explicación en forma oratoria altisonante; si no tiene un libro de texto propio, no se ajusta en todo a ningún autor y obliga a los alumnos a tomar apuntes; así acaban los cursos, y la mayoría de los estudiantes no se ha enterado aún de lo que sean las asignaturas que cursaron; algunas definiciones, alguna clasificación, algún razonamiento aislado: cuatro lecciones prendidas con alfileres, que se olvidan luego, y el que tiene la suerte de salir aprobado no vuelve a pensar en aquellas cosas. Así el niño que salió de la primera enseñanza, virgen de conocimientos elementales, sale de la segunda sin comprender las ciencias y las letras que debieron determinar su vocación, y no emprende la carrera que le aconseja su instituto, sino la que sus padres le imponen por considerarla más lucrativa. Las Universidades aparecen con mejor organización; hay en ellas algunos profesores sabios y cultos —un Posada o Unamuno figurarían en su especialidad en cualquier Universidad del mundo—; aunque por lo general, vicios de constitución y lo que viene desde el origen, la falta de conocimientos elementales, no permitan a los alumnos aprovecharse de la enseñanza superior; con todo y no ser ésta deplorable como las otras, deja mucho que desear. Unamuno, precisamente, ha dicho en una serie de luminosos artículos mucho y muy interesante acerca de la enseñanza superior en España.

Pero más que las Universidades dejan que desear las escuelas de ingenieros y las academias militares. Nombrándose de real orden los profesores, y siendo aptos para el cargo de profesor todos los individuos del escalafón después de un cierto número de años de servicio, resulta que en ciertas épocas y en ciertos cuerpos que tienen su centro de enseñanza en buena población, todo el mundo quiere ir a desempeñar cátedras, no por sus aficiones a la asignatura, sino por la residencia. Y, en cambio, a otros hay que enviar a la fuerza a quien explique, y claro es que no van los más aptos, sino los más desvalidos. Conceder aptitud para desempeñar una asignatura por el mero hecho de haberla cursado es una estupidez colosal; y cuando la asignatura es cálculo diferencial, mecánica, geología, construcción, botánica, química, sube de punto el disparate. Así en las escuelas y academias especiales se repiten todos los errores de que viene siendo víctima el joven desde que tuvo la mala idea de ponerse a estudiar, y esta vez aumentados prodigiosamente. Me dicen cosas monstruosas de tales centros de enseñanza, y si no las refiriese persona muy culta y muy conocedora, serían increíbles. En una clase de topografía, después de trabajar todo el año entre los alumnos y el profesor, al hacer las prácticas de fin de curso no consiguieron cerrar un perímetro. Las clasificaciones botánicas y mineralógicas, los experimentos químicos, no van más allá. Muchos libros, muchas horas de clase, muchas horas de estudio; mucho atiborrarse de teorías, leyes y teoremas; pero la ciencia, la verdadera ciencia, no aparece.

De algo semejante se quejan en algunos países europeos, pero la falta de conocimientos elementales no sea tal vez tan grande como en España en nación alguna. Precisamente la cuestión del *surmenage* preocupa en Francia a muchos espíritus cultos que desean dar al estudio una marcha menos violenta y no tan apartada de la vida práctica.

Es verdaderamente lastimoso ver a los jóvenes sufriendo por ocho años la ingestión de voluminosos tratados, rozando las más graves teorías científicas, para venir al fin, terminada la prueba oficial, a trabajar, los que trabajan, con el auxilio de los anuarios de bolsillo extranjeros. Tanta ecuación, tanta integración, para sujetarse a las fórmulas calculadas ya de resistencia, pendientes, velocidades, etcétera; tanta bambolla de experimentación para someterse a las apreciaciones, no siempre exactas, de una cartilla de análisis. La verdad es que si esto no fuera terrible sería bufo.

Luego, la influencia clerical en la enseñanza. La alta clase española está convencida de que no se puede recibir una buena instrucción sino en establecimientos religiosos. Hay multitud de colegios regentados por órdenes religiosas; ahí están las Universidades libres de Deusto, manejadas por los jesuitas; el Escorial, por los padres agustinos, y así otros centros docentes. La experiencia ha demostrado aquí y en otras muchas partes que los internados son funestísimos.

La Institución Libre de Enseñanza, que empezó hace tiempo con muchos bríos, fracasó por completo. Para esa forma nueva se unieron a don Francisco Giner muy buenas inteligencias, y no consiguieron nada; lo cual prueba que o ellos no supieron enseñar, o el sistema no es aplicable a esta raza; yo creo ambas cosas.

Para ese género de enseñanza se necesita en el profesor un instinto paternal y humano que no permiten la frivolidad y ligereza españolas: y en el alumno una atención y voluntad que las mismas causas hacen imposibles.

Lo que habría que hacer en España sería formalizar la enseñanza elemental, leer y escribir correctamente, gramática y aritmética. Esta antigualla sería más que suficiente base para que luego cada cual siguiese su rumbo. Probablemente ahora es cuando hay menos cultura general en la Península, a pesar de la revolución y de los esfuerzos de algunos cosmopolitistas. El siglo XVIII fue más culto que este fin de siglo; y si las Universidades llegaron entonces a una situación calamitosa, fue por falta de administración y gobierno, por la preponderancia clerical, que ahora nuevamente amenaza con mayores ímpetus, por falta de base, por incultura elemental, por cubrir con el relumbrón académico la miseria de una ignorancia vasta.

No hacen falta reformas, ni planes nuevos ni estudios novísimos. Lo que necesita con urgencia la juventud española es que le enseñan a *leer,*

¡que no sabe!; que se mueran de una vez todos los maestros agonizantes, en cuyas manos se deshilacha como una vieja estofa el espíritu nacional, y que se pongan las fabulosas «Cartillas» en manos de hombres de conciencia, hombres que den al abecedario la importancia de un cimiento sobre el cual ha de apoyarse el edificio de la común cultura.

Santiago Alba, ¡buena cabeza!, a propósito del soñado libro de Desmolins se pregunta: ¿El régimen escolar español forma hombres? ¡Y con la universal voz se contesta: no! Hay mucha disposición, mucho reglamento —¡estamos en el reino del expediente, del cual hemos sido herederos directos!—, y en el fondo, nada. Todo en los papeles. Alba ha hecho una comparación estadística. El 1,5 por 100 (0,73 por habitante) del total del Estado consagra éste en España a la pública instrucción, mientras Francia el 6,5 (5,82 francos por habitante), Italia el 2,5 (1,75); y hasta Portugal el 2,25 (1,11). No hablemos de Inglaterra, donde el espíritu anglosajón y la riqueza del país por el mismo espíritu creado permiten dedicar a la enseñanza el 8,5 por 100 del presupuesto total, esto es, más de siete francos por individuo. Entrando en lo hondo del asunto, la palabra del señor Alba no puede ser más franca ni más justamente dura. «¿Es que nuestros bachilleres, dice, nuestros abogados, nuestros médicos, nuestros ingenieros, nuestros peritos mercantiles y hasta nuestros militares y nuestros marinos, no son víctimas también del inevitable *chauffage*, de que Desmolins abomina escandalizado y dolorido? Bachilleres incapaces de escribir una carta con ortografía, abogados ignorantes al salir de la Universidad de lo más rudimentario de la profesión; médicos que no saben ni tomar el pulso; ingenieros a quienes se hunde la primera obra en que ponen mano; peritos mercantiles que no podrían llevar regularmente ni un libro *diario;* en fin, militares a quienes "no caben en la cabeza" cien nombres y marinos de cuyos viajes da precisa y exacta cuenta el número de las averías del barco que dirigen, entonan a coro himno grandioso al admirable sistema que empieza por hacer inútiles a cientos de hombres de uno de los pueblos más reconocidamente despiertos del planeta.»

Lo dice el vulgo con toda claridad: «Aquí el bachiller, el abogado, el médico, el ingeniero, el perito mercantil, el militar y el marino que llegan de veras a serlo *se hacen,* por sí solos, cada uno en su casa, en su hospital, en su taller, en su cuartel o en su barco; lo que estudian en el instituto, en la Universidad, en la escuela o en la academia, es sólo por coger el título o la estrella.»

En lo relativo especialmente a la enseñanza superior, ha iniciado ahora, como he dicho, el catedrático de griego de la Universidad de Salamanca, señor Unamuno, una campaña nobilísima y valiente.

FIESTA CAMPESINA

18 de noviembre

Un hombre del campo me invitó hace pocos días a ver la fiesta de su aldea, en tierra de Ávila. Se trata de un lugar llamado Navazuelas, a algunas leguas de la vieja ciudad de santa Teresa. Mis deseos de conocer las costumbres campesinas de España encontraban excelente oportunidad. Acepté. Una buena mañana tomé el tren para Ávila, en cuya estación me esperaba mi invitante, en compañía de dos hijos suyos, robustos mocetones que tenían preparadas las caballerías consiguientes. No permanecí en la ciudad ni un solo momento. Fue cosa de llegar, montar y partir. Pero debo deciros algo de la buena bestia en que hube de pasar por esos campos. Era el inseparable de Sileno, el compañero de Sancho, el interlocutor de Kant, el amigo de Pascarella. Manso, filosófico, doctoral, aunque en tal o cual punto del camino se manifestase más de una vez mal humorado o asustadizo. La carretera se extendía entre campos cultivados. A un lado y otro había labriegos arando con sus arados primitivos. Se cultiva el centeno, trigo, algarrobas, garbanzos, cebada y patatas. El paisaje no deja de ser pintoresco, limitado por alturas lejanas, cerros oscuros, manchados de altos álamos y chatos *piornos*, bajo cuyas espesuras es fama que se agita el más poblado mundo de liebres y conejos. En el tiempo del viaje, se encuentran a un lado de la carretera mesones o ventas harto pobres, que nada tienen que ver con los caserones que en la árida Castilla se le antojaban castillos a Don Quijote.

En una hubimos de pernoctar.

Mi amigo grita con una gran voz: «¿Hay posada?»

«Sí, señor; pasen ustedes.» Y de la casa maltrecha sale la figura gordinflona del ventero. Mientras los mocetones llevan los burros al pienso, heme allí conducido a la cocina, donde una gran lumbre calienta olorosas sartenes, y conversan en corro otros viajeros, todos de las aldeas próximas, de higiene bastante limitada, pero gentes de buen humor que charlan y se pasan de cuando en cuando una bota. Entré yo también al corro y de la bota gusté —un vinillo de las villas del Barranco—, así como compartiera más de una vez con los gauchos de las pampas, también al amor de un buen fuego y en la cocina de la estancia, el mate amargo y la ginebra. La cena estuvo suculenta, y luego fue el pensar en dormir. ¿Camas? Ni soñarlo. Cada cual duerme en los aparejos y recados; quien en la cocina, para no perder lo sabroso del calor; quien en la cuadra. Yo prefiero la vecindad de la lumbre y entro en esa escena de campamento. Por otra parte, no me es posible dormir. Esos benditos de Dios roncan con una potencia abrumadora; y así, fabricando castillos «en España», o viajando por el país de mis recuerdos, paso toda la noche, hasta que los gallos anuncian el alba y el ventero me lleva una taza de leche recién ordeñada. A poco estoy otra vez sobre mi asno, que lleva un pasito ligero y no poco molesto, mientras hace no sé que señas con sus orejas al paso de la fría brisa matutina.

¡Bello día en el fragante y bondadoso campo! Sale un claro sol; comienzan a verse las ovejas, y me gratifican con un concierto; los pastores abrigados con sus zamarras, poco limpios y con aspecto de perfectos brutos, quitan a mi mente toda idea de pastor quijotiz; mis compañeros de viaje se detienen con conocidos que vienen de los villorrios cercanos, lo cual es un pretexto para repetidos saludos a la bota. Y mi burrito sigue impertérrito, en tanto que me llegan de repente soplos de los bosques, olientes a la hoja del pino. Es una cosa asombrosa, dice Bacon, que en los viajes por mar, donde no se ve sino el cielo y el agua, los hombres tienen, sin embargo, la costumbre de hacer diarios; y en los viajes por tierra, donde hay tantas distintas cosas que notar, casi nunca los hacen, como si los casos fortuitos o los hechos inesperados merecieran menos ser notados y apuntados que las observaciones que se hacen por una deliberación premeditada. Ni por mar ni por tierra he acostumbrado tales apuntaciones; pero si hubiese tenido un libro de notas a la mano, en esa mañana deliciosa habría escrito, sin apearme de mi simpático animal: «Hoy he visto, bajo el más puro azul del cielo, pasar algo de la dicha que Dios ha encerrado en el misterio de la naturaleza.» Este mismo sol y la sonrisa de este mismo campo vieron los ojos de la divina Doctora, que se encendiera en la incandescencia de su misticismo, hasta la maravilla del éxtasis y la comunicación con lo extraterrestre y lo supernatural.

El almuerzo fue en el camino, gracias a mi provisión de *pâte de foie-gras,* queso manchego y pollo frío. Seguimos la caminata todo el día hasta llegar a la posada de Santa Teresa, en donde está el cuartel de la guardia civil; y al declinar la tarde, estamos ya en las cercanías de Navazuelas. El terreno cambia, se suceden las cuestas y honduras; y de pronto me indican lo que debo hacer. «Señorito, ¡a pata!» Obedezco, y continúo el camino llevando el burro del ronzal, hasta llegar a Navazuelas, en donde vuelvo a *enfourcher* al benemérito rucio. Y diviso el pueblo: un montoncito de casucas entre peñascos

Al entrar a la aldea se me señala la iglesia; muy chica, medio caída, con una alameda al lado de la puerta; y situada *en medio del camposanto*... Mi asombro es grande cuando no veo una sola cruz, así fuese la más tosca y miserable.

Me instalo en casa de «mi amigo». Calcularéis ya que el *confort* no es propiamente suntuoso. Estamos en el imperio de lo primitivo. Buen fuego, sí, se me ofrece, y ricos chorizos y patatas, y sabroso vino. Duermo a maravilla. A la mañana siguiente, vivo en plena pastoral. Se me conduce aquí y allá, entre cabras y vacas y ovejas. Estoy en la *pastoría*. Después, a la iglesia, en donde las mozas están adornando a la Virgen. Las mozas, en verdad, no eran muy guapas, pero las había bastante agraciadas. El traje de la paleta es curioso y llamativo. Más de una vez lo habéis visto en las comedias y zarzuelas. Falda corta y ancha, de gran vuelo que deja ver casi siempre macizas y bien redondas pantorrillas; la media o calceta es blanca y el zapato negro. En corpiños y faldas gritan los más furiosos colores. Al cuello llevan un pañuelo, también de vivas tintas y flores, y otro en la cabeza, atado por las puntas debajo de la barba. Les cuelgan de las orejas hasta los hombros enormes pendientes, y usan gargantillas y collares en gran profusión. El pelo va recogido en un moño de ancha trama y resalta sobre el moño la gran peineta que a veces es de proporciones colosales, como la primera que, según dicen, se usó en Buenos Aires a principios de siglo. Generalmente no llevan sortijas en sus pobres manos oscuras, hechas a sacar patatas y cuidar ganados. No estamos propiamente en Arcadia, y Virgilio no repetiría, por ningún concepto en este caso, las frases que en su décima égloga prorrumpe Galo, hijo de Polión. Al entrar yo en la iglesia, las muchachas cantaban, adornando con gran muchedumbre de flores la imagen de la patrona, la Virgen del Rosario. Después fuéronse a casa de las mayordomos, al obligado convite; castañas, higos y vino. Por la noche, en medio de la cena, en la casa en que se me hospedaba, las mozas tiraron las cucharas de pronto y echaron a correr fuera. Era el tambor que sonaba a la entrada del lugar; venía de un pueblo vecino, y su son con el de la gaita haría danzar esa misma noche, en la plaza, a las alegres gentes. Luego pude observar algo de un fondo ciertamente pagano. Las mozas formaron un ramo de laurel, cubierto de frutas varias y dulces, para ser llevado a la iglesia al día siguiente. Mientras tanto, vi venir del campo a varios mozos con grandes ramas verdes que iban poniendo sobre los techos de ciertas casas. Se me explicó que en donde había una muchacha soltera colocaba ramos su novio o su solicitante. Era extraño en verdad para mí ver al día siguiente coronadas de follaje casi todas las casitas del villorrio. Del pueblo vecino también llegó el señor cura, un cura joven, alegre y de buena pasta, bastante distinto del tipo de Pérez Escrich. Ya tuve con quien conversar: política, más política y un poco de literatura. Al curita le fueron a buscar los varones, con el tambor a la cabeza del concurso, mientras el campanario llamaba a la misa. Las mozas, vestidas de fiesta, esperaban en el camposanto. El alcalde está allí también, con su vara y sus calzones cortos y su ancho sombrero y su capa larga. Las mozas abren la puerta para que pasen el señor cura y la «justicia», y detrás todos los hombres. La puerta vuelve a cerrarse, y ellas quedan fuera. Entonces, en coro, empezaron a cantar:

> *Tres puertas tiene la iglesia,*
> *Entremos por la mayor*
> *Y haremos la reverencia*
> *A ese divino Señor..*

La puerta sigue cerrada. Y ellas:

> *Tres puertas tiene la iglesia,*
> *Entremos por la del medio*
> *Y haremos la reverencia*
> *A la reina de los cielos...*

Y otra vez:

> *Tres puertas tiene la iglesia,*
> *Entremos por la más chica*
> *Y haremos la reverencia*
> *A la señora justicia...*
> *Abre las puertas, portero,*
> *Las puertas de la alegría*
> *Que venimos las doncellas*
> *Con el ramo p'a María...*

Al llegar aquí contesta una voz dentro:

Las puertas ya están abiertas,
Entren si quieren entrar.
Confitura no tenemos
Para poder convidar.

Entran las mozas, a pesar de que no hay confitura y, cerca de la pila de agua bendita, vuelven a cantar a pleno pulmón:

Tomemos agua bendita,
Mis amiguitas y yo,
Tomemos agua bendita,
Vamos al altar mayor.
Tomemos agua bendita,
Amigas y compañeras,
Tomemos agua bendita,
Vamos a llevar la vela.

Al llegar aquí van todas con aquel famoso ramo de laurel ornado de peras, manzanas y guindas, y con la vela, que ha llegado de alguna cerería de Madrid o Ávila, al altar mayor, a hacer la ofrenda a la Virgen. Las estrofas de esa inocente métrica de aldea se suceden entre tanto. En todo se admira que, al menos en junto con el amor al divertimiento, lo cual es mucho en una aldea que no pone cruces a sus muertos. La procesión viene en seguida. Se conduce a la Virgen por la calle, cantando el rosario, y se vuelve a depositar la imagen. Allí hay un interesante remate de la mayordomía del año entrante y otras tantas pequeñas preeminencias.

Por la tarde se reanuda el baile con la gaita y el tambor, en la pradera, donde se merienda gozosamente. Por la noche, baile y más baile. Por largo tiempo resonarán en mis oídos la aguda chirimía y el tan tan del tambor, ese tambor infatigable. Todavía hasta el chocolate cural, se pasa por la rifa del célebre ramo. Aún queda, el día que viene, tiempo para que sigan danzando mozos y mozas, en tanto que los viejos aldeanos vuelven al campo a su tarea de sacar patatas.

Yo volví a tomar mi burrito, camino de Ávila, en donde probé las más ricas aceitunas que os podáis imaginar, con mi amigo el campesino. No dejé de recordar al cuerdo Horacio:

Non afra ovis descendat in ventrem meum
Non attagen Jonicus
Incundior quam recta de pinguissimis
Oliva ramis arborum...

HOMENAJE A MENÉNDEZ PELAYO

27 de diciembre de 1899

Ha reanudado Menéndez Pelayo la serie de conferencias que desde hace algún tiempo da en el Ateneo, sobre un tema que no puede ser más apropiado para sus admirables facultades: los grandes polígrafos españoles. No posee el célebre humanista facultades oratorias; pero en la lección su voz resonante y enérgica vence toda dificultad. El auditorio le escucha siempre con interés y provecho, aunque la concurrencia no sea en ocasiones tan numerosa como se debía esperar supuestas la autoridad y la gloria del maestro.

Menéndez Pelayo está reconocido fundadamente como el cerebro más sólido de la España de este siglo; y en la historia de las letras humanas pertenece a esa ilustre familia de sacerdotes del libro de que han sido ornamento los Erasmos y los Lipsios. Aun físicamente, al ver el retrato grabado por Lemus, he creído reconocer la figura del gran rotterdamense profanada por la indumentaria de nuestro tiempo. Y cuando en la conversación amistosa escucho sus conceptos, pienso en un caso de prodigiosa metempsicosis, y juzgo que habla por esos labios contemporáneos el espíritu de uno de aquellos antiguos ascetas del estudio que olvidara por un momento textos griegos y comentarios latinos. Es difícil encontrar persona tan sencilla dueña de tanto valer positivo; viva antítesis del pedante, archivo de amabilidades; pronto para resolver una consulta, para dar un aliento, para ofrecer un estímulo. Posee una biblioteca valiosísima, allá en Santander, lugar de su nacimiento y donde pasa los veranos. Ha poco ha muerto su padre, que llevaba el mismo nombre suyo, y que era un notable profesor de matemáticas. Tiene un hermano, don Enrique, doctor en medicina y aficionado a los versos. En Madrid, como en Santander, es don Marcelino un formidable trabajador. Aquí dirige la Biblioteca Nacional y publica muy eruditos estudios en la *Revista de Bibliotecas y Museos;* dirige la edición académica monumental de las obras de Lope de Vega; mantiene activa correspondencia con sabios extranjeros; da sus lecciones en la Universidad y sus conferencias en el Ateneo, que luego formarán una de sus obras más importantes; en resumen, es un raro ejemplo de laboriosidad y de potencia mental, y, como en los años de su juventud, tiene una memoria incomparable y un entusiasmo que constituye la parte más simpática y hermosa de su talento.

Acaban de ofrecerle un justo homenaje unos cuantos sabios y eruditos humanistas, con motivo de cumplir veinte años de profesorado. El homenaje lo forman dos gruesos volúmenes llenos de muy curiosas investigaciones y estudios; inmejorable regalo para el obsequiado. Los nombres de los que ofrecen tal muestra de admiración al ilustre español, son autoridades entre los estudiosos. De sentir es que entre ellos no aparezca ningún representante de la América española. En cambio, uno de los mejores trabajos ha sido escrito por un profesor de Pensilvania. Haré una ligera reseña de lo que contienen estos respetables tomos.

El prólogo ha sido escrito por don Juan Valera. Nadie mejor que él podría llenar la tarea. Amigo de Menéndez Pelayo desde los primeros pasos intelectuales de éste, ha sido uno de los que más han contribuido a las victorias logradas por quien ocupó un sillón de la Real Academia a los veintidós años. Traza, pues, un retrato exacto y animado del querido discípulo y compañero, al mismo tiempo que nos presenta un cuadro del decaimiento de la cultura española y lo mucho que ha hecho y hace el autor de las *Ideas estéticas* y de *Los Heterodoxos* por colocar en su verdadero punto muchos elementos de gloria nacional olvidados por los propios y negados por los extraños. «Fuerza es confesar, por desgracia, dice Valera, que España está en el día profundamente decaída y postrada. Su regeneración requiere, sin duda, un gran poder político, sabio y enérgico, ejercido con voluntad de hierro y con inteligencia poderosa y serena; pero tal vez antes de esto, y para orientarse, y para descubrir amplio horizonte, y para abrir ancho y recto camino, se requiere que formemos de nosotros mismos menos bajo concepto, y no nos vilipendiemos, sino que nos estimemos en algo, siendo la estimación, no infundada y vaga, sino conforme con la verdadera exactitud, y sin recurrir a gastados y pomposos ditirambos y a los recuerdos, que hoy desesperan más que consuelan, de Lepanto, San Quintín, Otumba y Pavía. Aunque me repugna emplear frases pomposas, que hacen el estilo declamatorio y solemne, no atino a explicar mi pensamiento sino diciendo que don Marcelino Menéndez y Pelayo ha venido a tiempo a la vida, y ricamente apercibido y dotado de las prendas conducentes para cumplir, hasta donde pueda cumplirla un solo hombre, la misión anteriormente indicada, para invocar sin vaguedad y sin exageraciones nuestra importancia en la historia del pensamiento humano, y para señalar el puesto que nos toca ocupar en el concierto de los pueblos civilizados, concierto del que formamos parte desde muy antiguo y del que no merecemos que se nos excluya. La misión, pues, de don Marcelino, ya que nos atrevemos a llamarla misión, no es puramente literaria, sino que tiene mayor amplitud y trascendencia.»

El tomo primero del homenaje, lo inicia el conocido hispanista francés Alfred Morel-Fatio, publicando unas cuantas cartas, correspondencia interesante entre el famoso bibliotecario de Colbert e historiador Etienne Baluze y el marqués de Mondéjar. El marqués escribe en castellano y Baluze en latín. Baluze se excusa de no corresponder en lengua española. «*Hoc ideo dico, Excellentissime Domine, ut accipias excusationem meam, quod ad humanissimas et elegantissimas litteras tuas non respondo eadem lingua qua scriptae sunt.*» Y el marqués le contesta: «Me sucede lo mismo a mí con el latino que a usted con el español, entorpeciéndonos igualmente a entrambos la falta del uso.» Los conceptos de esta correspondencia se refieren a envíos de datos y libros, a cambio de noticias entre eruditos estudiosos, y si el marqués es dignamente admirativo y afectuoso con su amigo parisiense, Baluze no le escatima las más elegantes frases latinas de cumplimiento y reverencia.

Un inglés, muy conocedor de letras castellanas, James Fitzmaurice-Kelly, trata sobre *Un hispanófilo inglés del siglo XVII*. Éste fue Leonardo Digges, probable amigo de Shakespeare y Ben Jonson y traductor del *Poema trágico del español Gerardo* y *desengaño del amor lascivo*. Y M. Leo de Rouanet, que ha traducido al francés algo del teatro español, se ocupa de un auto inédito de Valdivieso, existente en la Biblioteca Nacional de Madrid. El señor Luanco logra demostrar que el libro de la *Clavis Sapientiae*, tenido por obra de don Alfonso el Sabio, no es de dicho rey, con todo y estar probada su afición a estudios herméticos. El señor Cotarelo, cuyos trabajos de erudición son tan meritorios —especialmente, entre otros, sus páginas sobre don Enrique de Villena—, habla de los traductores castellanos de Molière. Siento que a una labor tan completa hayan faltado en absoluto noticias referentes a traducciones hispanoamericanas, que de algunas piezas las hay buenas, como la del *Misántropo* por el centroamericano Gavidia.

Ernesto Mérimée, sobrino del autor de *Colomba*, y profesor, creo que en Tolosa de Francia, ha contribuido con un *Ramillete de flores poéticas* de Alejandro de Luna, que se encuentra en la biblioteca municipal de Montauban. Este de Luna es un autor hasta hoy completamente desconocido, y el descubrimiento de M. Mérimée parece de muy relativa importancia.

El músico Pedrell hace un paralelo entre Palestrina y Victoria, maestro de capilla eminente, contemporáneo del célebre italiano. El P. Blanco García, conocido por su obra sobre literatura española e hispanoamericana, rectifica algunos datos biográficos de fray Luis de León. Un erudito italiano, Benedetto Croce, aporta un valioso contingente a la literatura cervantina, con sus *Due Illustrazioni al Viaje del Parnaso, de Cervantes.* Y el señor Estelrich, autor de un notable libro sobre la poesía italiana en España, escribe un estudio acerca de los traductores castellanos de las poesías líricas de Schiller. Arturo Farinelli inserta en castellano una notable disquisición respecto al origen del Convidado de Piedra. Es de admirar el caudal de conocimientos de este extranjero en lo referente a letras castellanas. Además, es un verdadero políglota, y escribe con igual corrección en español, italiano y alemán. El señor Apraiz, cervantista afanoso, enriquece en varias curiosidades el estudio y culto del autor nacional. El señor Franquesa y Gómez se ocupa de una comedia inédita, sobre el tema de *Don Juan Tenorio,* de don Alonso de Córdoba Maldonado.

Mario Schiff contribuye, en francés, con algo que es de verdadera «sensación» para los eruditos y en especial para los dentistas. El general Mitre de seguro tendrá en el asunto gran interés. Se trata nada menos que del hallazgo en la Biblioteca Nacional de Madrid, de la primera traducción de la *Divina comedia* al castellano, la de don Enrique de Villena, cuyo manuscrito habían considerado perdido investigadores como Amador de los Ríos, el mismo Menéndez Pelayo, Cotarelo, y antes de ellos, Pellicer. El señor Schiff, entre los papeles de la colección Osuna, en la Biblioteca, encontró dicho manuscrito. Éste consta de CCVIII hojas de papel; contiene *la Divina comedia* en italiano, escrita en Italia y probablemente en Florencia; el *explicit* del Paraíso tiene la fecha de 10 de noviembre de 1354.

El *Inferno* tiene al margen muchos comentarios latinos, pocos el *Purgatorio,* ninguno el *Paradiso.* También al margen está la versión española en prosa; según Schiff, la misma mano que escribió los comentarios escribió la traducción. Por lo demás, la letra del marqués de Santillán se reconoce en notas marginales y apostillas. El traductor es de una fidelidad que llega al calco; con los elementos de entonces, el marqués de Santillán tenía la misma «teoría del traductor» del general Mitre. Es una versión la suya al pie de la letra; y a veces la prosa sigue el ritmo del verso y aun el consonante. Como curiosidad, copiaré algo del canto primero.

«Principia el actor Dante:

»1. En el medio del camino de nuestra vida, me fallé por una espesura o silva de árboles oscura en do el derecho camino estaba amatado.

»2. E quanto a dezir qual era es cosa dura, esta selva salvaje áspera e fuerte, que pensando en ella renueva mi miedo.

»3. Tanto era amargo que poco más es la muerte; mas por contar del bien que yo en ella fallé diré de las otras cosas que a mi ende fueron descubiertas.»

Y más adelante:

«27. Pues eres tú aquel Virgilyo y aquella fuente que espandyo de fablar tan largo río, respondí yo a él con vergonosa fruente.

»28. O de los otros poetas honor e lumbre. Válame ahora el luengo estudio e gran amor que me fiz buscer los tus libros.

»29. Tú eres el mi maestro y el mi actor, tú eres sólo aquel del qual yo tomé el fermoso estilo que ma fecho honor.»

Y en el pasaje de Ugolino:

«1. La boca se levantó de la fiera viendo aquel pecador... etcétera.»

Algunas veces, la mala copia del escribiente italiano hace cometer a don Enrique de Villena equivocaciones y traduce una cosa por otra. Pero en todo caso, su traducción es de un inmenso precio, no solamente para los eruditos, sino también para los críticos y poetas. Allí se ve el verdadero valor de ciertas palabras correspondientes a la expresión dantesca, y la necesidad de emplear hoy ciertos arcaísmos eficaces para transparentar la fuerza o la gracia del divino poema.

Pero dejaré para otra carta algunos de los principales trabajos de que consta el *Homenaje a Menéndez Pelayo,* pues hablar de todos es poco menos que imposible en el espacio de que dispongo y dada la índole de estas informaciones.

Sobresalen en el copioso homenaje a Menéndez Pelayo, otros trabajos de importancia. Con una corta introducción en latín, publica el sabio Boehmer cuarenta cartas de Alonso de Valdés, todas inéditas: *Alfonsi Valdesii litteras XL ineditas-Marcellino, Immo Marcello-De vicennalibus cathedrae gratulabundus-Trans partium fines offert-E clara valle Getmanie Eduardus Boehmer.* Es un verdadero regalo de erudito. Algo inédito, aunque de un valor relativo, ofrece el señor Serrano y Sanz; dos canciones de Cervantes, que no tienen otro mérito que la procedencia, y el haber sido escritas en ocasión famosa, cuando la pérdida de la Armada. Comienza la primera:

> Bate fama veloz las prestas alas,
> rompe del Norte las cerradas nieblas,
> áligera los pies, llega y destruye
> el confuso rumor de nuevas malas,
> y con tu luz desparce las tinieblas
> del crédito español que de ti huye, etcétera.

Y la segunda:

> Madre de los valientes de la guerra,
> archivo de católicos soldados,
> crisol donde el amor de Dios se apura,
> tierra donde se ve que el cielo entierra
> los que han de ser al cielo trasladados
> por defensores de la fe más pura, etcétera.

Persona de mucha erudición es el señor don Ramón Menéndez Pidal, uno de los organizadores del homenaje. Contribuye con nutridas notas para el *Romancero* del conde Fernán González, y da la agradable noticia de que en breve tratará tan importante materia el insigne don Marcelino.

Un arabista de nota, don Francisco Pons, trata de dos obras importantísimas del polígrafo árabe Aben Hazan. La una lleva por título: *Collar de la paloma acerca del amor y los enamorados,* y es, nos dice el expositor, una guía completa de estrategia erótica para cuantos aspiran a los lauros del triunfo en las contiendas amorosas. El único ejemplar que hoy se conoce de dicha obra, se halla en la biblioteca de la Universidad de Leyden. La otra es el *Libro de las religiones y de las sectas.*

Es muy alabado entre autoridades competentes el trabajo que aporta don Eduardo Hinojosa: *El derecho en el poema del Cid.* Es curiosa labor, y se necesita ciertamente gran paciencia de estudioso y amor a estas disciplinas para realizarla. En ella están expuestos los episodios del *Poema* que se relacionan con el Derecho, y se estudia la obra toda en lo que tiene que ver con lo jurídico.

Don Cristóbal Pérez Pastor comunica datos desconocidos para la vida de Lope de Vega. Ellos vienen a aumentar los que el mismo

Menéndez Pelayo descubriera no ha mucho, y que, según dicen, le pusieron en conflicto con la Real Academia. Parece que Lope resulta varón demasiado alegre en su vida privada, y el director de la edición monumental de sus obras cree que todo debe publicarse, así el ilustre fraile aparezca un poco galeoto y otro poco libidinoso. El conde de la Viñaza nos habla de dos libros inéditos del maestro Gonzalo Correas, autor de que trata escasamente Nicolás Antonio en su *Biblioteca Hispana Nova*. Se trata de un eminente estudioso, tocado de reforma ortográfica, y antecesor por tanto del distinguido señor Kabezón, de Valparaíso, como se verá por esta cita: «De la arte mía Griega ia se tiene esperienzia en esta universidad; aora va mexorada i en romance i kon la perfeta ortografía kastellana...»

De otra obra inédita escribe la señora Michaelis de Vasconcellos, escritora portuguesa. Es un manuscrito perteneciente a la biblioteca del señor Fernando Palha: *Tragedia de la insigne reyna doña Isabel,* por el condestable don Pedro de Portugal. La eminente lusitana prueba su largo saber y su fineza de criterio en sus observaciones y comentarios al valioso códice cuatrocentista. Un buen estudio es el de Toribio del Campillo acerca del *Cancionero de Pedro Marcuello; es* un homenaje al mismo tiempo al sapiente y laborioso aragonés Latassa, que enalteciera tanto las letras en su región. Cierra el primer volumen don Juan García, tratando de antigüedades montañesas, aborígenes, cuevas, dólmenes y etimologías de la provincia en que se asienta Santander.

La duquesa de Alba es muy amiga de Menéndez Pelayo. Supo ella que se trataba de este homenaje y alentó al señor Paz y Meliá, para que ampliase un estudio comenzado sobre la Biblia llamada de la Casa de Alba, o sea la traducción hecha por Rabi Mosé Arragel de Guadalfajara. La versión fue hecha por pedido del maestre de Calatrava don Luis de Guzmán. El señor Paz y Meliá narra, apoyado en curiosa documentación, la génesis de la obra, y los afanes del judío traductor, que no se resolvió a llevar a término su empresa sino casi obligado por el señor cuyo vasallo era. Es de inestimable mérito este estudio bibliográfico, y habría sido de gran valor para el bibliógrafo que en una sabia revista francesa acaba de publicar una monografía acerca de *Las Biblias españolas*.

Llaman «el Menéndez Pelayo de Cataluña» a don Antonio Rubió y Lluch, eminente amigo mío de quien hace algunos años hablé en *La Nación*, con motivo de sus traducciones de novelas griegas contemporáneas. Hay, en efecto, entre ambos muchos puntos de semejanza. Los dos, compañeros en los primeros estudios, han tenido igual tesón en sus preferidas tareas; los dos han seguido idénticos rumbos; los dos son ortodoxos y conservadores; los dos profesores de Universidad, y los dos poseen dotes cordiales y de carácter que les hacen ser queridos por compañeros, discípulos y amigos. Rubió ha querido esta vez ofrendar a su ilustre colega un estudio sobre la lengua y cultura catalanas en Grecia en el siglo XIV. La preparación de Rubió en tal asunto puede asegurarse que es única. Conoce entre otras cien cosas, admirablemente, el griego antiguo y el griego moderno: ha dedicado largos años de su vida a profundizar sus investigaciones en archivos y bibliotecas nacionales y extranjeras, y su reciente viaje a Grecia es una conmovedora odisea en la historia de su vida tranquila y laboriosa. He oído la narración de sus propios labios, cuando al pasar por Barcelona tuve el gusto de recibir su amable visita. Cuando le vi entrar, no le reconocí. Está casi ciego, y esta es la parte trágica del episodio. Contóme cómo había realizado un viaje a su amada Hélade, enviado por la Diputación Provincial barcelonesa. Iba lleno de ideas y de bellos sueños artísticos, y con la ardiente voluntad de dedicarse a sus duras labores de investigación en los archivos atenienses, cuando, al llegar, repentinamente, sin causa reconocida, siente que todo se le hace sombra, ¡que está ciego! Volvió a su patria y pudo ver escasamente, con un ojo; y, así, cuando más necesitaba de luz, volvió a Grecia, trabajó allá con inaudito valor, a riesgo de quedar definitivamente ciego, recogió los datos que pudo y retornó a Barcelona, en donde poco a poco lleva a cabo la obra monumental que ha de ser entre las suyas la que más contenga de su inteligencia y de sus probados esfuerzos. Un corto fragmento de esa obra, según tengo entendido, es lo que en el homenaje aparece ofrecido a su fraternal amigo Marcelino.

Si no existen en España sociedades como las dantescas en Italia y las shakespearianas en Inglaterra, individualmente el cervantismo tiene muchos cultivadores. Hubo un tiempo en que los comentarios y exégesis del *Quijote* y los temas referentes a Cervantes llegaron a convertirse en inocente manía.

No pertenece a ese género la contribución del señor Eguilaz y Yanguas, notas etimológicas que aclaran y explican algunas palabras usadas por el autor del Ingenioso Hidalgo. Muchos conocimientos lingüísticos revela el señor Eguilaz; pero no he podido menos que recordar a mi querido amigo el doctor Holmberg, en su célebre arenga sobre la filología del profesor Calandrelli, cuando el erudito español afirma muy seriamente que la palabra *ajedrez* se deriva de la voz sánscrita *chaturanga*.

El ilustre Federico Wolff envía desde Suecia un capítulo sobre las *Rimas* de Juan de la Cueva, primera parte; y ofrece a su «querido colega» una canción inédita del desventurado poeta. J. de Hann, desde el colegio de Bryn Mawr, en Pensilvania, escribe con erudición insuperable y en un castellano castizo sobre un tema que en la misma Península apenas cuenta en lo moderno con las páginas documentadas de Cotarelo y los escritos antropológicos de Salillas. Míster Hann diserta sobre *Pícaros y ganapanes*.

Se ocupa en un notable estudio de la filosofía de Raimundo Lulio, don Julián Ribera, relacionando los orígenes de las doctrinas del célebre mallorquín, con los trabajos análogos de un filósofo árabe, Mohidin, sobre el cual discurre dilatadamente, también en este mismo volumen, don Miguel Asín. Extensa es asimismo la monografía del señor Lomba sobre el rey don Pedro en el teatro, y de un mérito aquilatado entre eruditos lo que ha remitido el insigne Hübner acerca de los más antiguos poetas de la Península. Es de llamar la atención cómo demuestra este sabio que el nacimiento no significa nada para la nacionalización de un hombre ilustre. Séneca, Quintiliano, Pomponio Mela, Columela y Marcial, naturales de España, no son españoles sino romanos. Un autor inglés, dice, nacido casualmente en Bombay o en Calcuta no forma parte de la literatura india. Así en nuestros días José María de Heredia es un poeta francés y no cubano, o hispanoamericano. Hübner se refiere en su trabajo, pues, a los poetas que en lo antiguo escribieron en tierra española y cita dísticos o composiciones más largas latinas, que ha copiado de epitafios y otras inscripciones.

El doctor don Roque Chabas, canónigo de la catedral de Valencia, demuestra, con documentos irrefragables, que la condenación de las obras de Arnoldo de Vilanova fue hecha con injusticia, apasionadamente y con violación de las prescripciones canónicas. No es la primera vez que el doctor Chabas se ocupa en el famoso teólogo, de quien dice Menéndez Pelayo que es «varón de los más señalados en nuestra historia científica y aun en la general de la Edad Media». Ya antes había publicado, en el *Boletín de la Real Academia de la Historia*, el testamento de Arnoldo, de lo que habló el *Journal des Savants*. El doctor Chabas es espejo de constancia y laboriosidad en tan difíciles empresas, pero su talento y su buena suerte le hacen lograr verdaderos triunfos, como el hallazgo que acaba de tener. Es algo de tal importancia, que ha de hacer mucho ruido en el mundo de las academias y de los eruditos y trabajadores de la historia. *La Nación* es el primer periódico que da la noticia, pues en la Península no se ha publicado aún nada a este respecto. El doctor Chabas ha encontrado en un archivo valenciano —creo que en el de la Metropolitana— hasta unas cuarenta cartas de la familia Borgia, o Borja, en tiempo del pontificado de Alejandro VI. El texto de ellas vendría a afirmar de nuevo la exactitud de la singular vida de sensualidad y de escándalo que imperaba en la corte vaticana y en la familia que produjo al duque de Gandía y al raro César, tan maravillosamente retratado en versos de Verlaine. Quedará, pues, por tierra toda la labor de Gregorovius, lo que no es poco. Hay una carta, de un picor especial, en que Lucrecia, donna Lucrecia, comunica que «papá» está enojado, porque el joven César no se preocupa mucho de cumplir con sus obligaciones nupciales... Y otras de un inestimable precio.

Me han dicho que el obispo de Valencia quiso prohibir al doctor Chabas la publicación de tan reveladores documentos. Éste se dirigió al cardenal Sancha exponiéndole el caso, e igual cosa hizo con el Padre Santo. Tanto su eminencia como León XIII, le han autorizado, según tengo entendido, para que haga la publicación, estimando que ello no trae consigo ningún menoscabo a la religión y a la verdadera fe y moral cristianas. Ambos han demostrado con esto que estamos ya muy lejos de cuando un fundador de Universidad, el gran cardenal Ximénez de Cisneros, mandaba quemar códices árabes, como Zumárraga códices mejicanos.

Pío Rajna contribuye con algunas observaciones topográficas sobre la *Chanson de Roland,* escritas en italiano; largamente se ocupa de la jurisdicción apostólica en España y el proceso de don Antonio Covarrubias D. P de Hinojosa; y Antonio Restori envía desde Italia un curioso y ameno escrito acerca de un cuaderno de poesías españolas, que perteneció a donna Ginevra Bentivoglio. Casi un verdadero libro dedica el señor Rodríguez Villa a don Francisco de Mendoza, almirante de Aragón. El marqués de Jerez envía a su amigo Menéndez Pelayo unas cuantas papeletas bibliográficas. Don Juan Catalina García escribe sobre el segundo matrimonio del primer marqués del Cenete, cuya narración es de tal manera interesante, que parece la fabulación intrincada y sentimental de una novela; con el aditamento de detalles ultranaturalistas que claman por el latín. Otro escritor italiano, Alfonso Miola, diserta sobre *Un cancionero manoscritto brancacciano.* Muy importante para arqueólogos y estudiosos de historia es el tratado de iliberis, o examen de los documentos históricos genuinos iliberitanos, por el señor Berlanca. El señor Rodríguez Marín se refiere a *Cervantes y la Universidad de Osuna* en un copioso escrito. Don Pedro Roca ha ofrecido una muy erudita monografía sobre el origen de la Academia de Ciencias; y don José María de Pereda cierra pintorescamente esta fuerte labor de sabios con una narración: *De cómo se celebran todavía las bodas* en cierta comarca montañosa enclavada en un repliegue de lo más enriscado de la cordillera.

Tal ha sido el regalo que se ha hecho, a los veinte años de cátedra, al moderno Erasmo español, a quien bien sienta el caluroso elogio de Justo Lipsio: *O magnus decum hispanorum!*

EL MODERNISMO

28 de noviembre

Puede verse constantemente en la prensa de Madrid que se alude al modernismo, que se ataca a los modernistas, que se habla de decadentes, de estetas, de prerrafaelistas con «s», y todo. Es cosa que me ha llamado la atención no encontrar desde luego el menor motivo para invectivas o elogios, o alusiones que a tales asuntos se refieran. No existe en Madrid, ni en el resto de España, con excepción de Cataluña, ninguna agrupación, *brotherhood*, en que el arte puro —impuro, señores preceptistas— se cultive siguiendo el movimiento que en estos últimos tiempos ha sido tratado con tanta dureza por unos, con tanto entusiasmo por otros. El formalismo tradicional por una parte, la concepción de una moral y de una estética especiales por otra, han arraigado el españolismo que, según don Juan Valera, no puede arrancarse «ni a veinticinco tirones». Esto impide la influencia de todo soplo cosmopolita, como asimismo la expansión individual, la libertad, digámoslo con la palabra consagrada, el anarquismo en el arte, base de lo que constituye la evolución moderna o modernista.

Ahora, en la juventud misma que tiende a todo lo nuevo, falta la virtud del deseo, o mejor, del entusiasmo, una pasión en arte, y sobre todo, el don de la voluntad. Además, la poca difusión de los idiomas extranjeros, la ninguna atención que por lo general dedica la prensa a las manifestaciones de vida mental de otras naciones, como no sean aquellas que atañen al gran público; y después de todo, el imperio de la pereza y de la burla, hacen que apenas existan señaladas individualidades que tomen el arte en todo su integral valor. En una visita que he hecho recientemente al nuevo académico Jacinto Octavio Picón, me decía este meritísimo escritor: «Créame usted, en España nos sobran talentos; lo que nos falta son voluntades y caracteres.»

El señor Llanas Aguilaniedo, y uno de los escasos espíritus que en la nueva generación española toman el estudio y la meditación con la seriedad debida, decía no hace mucho tiempo: «Existen, además, en este país cretinizado por el abandono y la pereza, muy pocos espíritus activos; acostumbrados —la generalidad— a las comodidades de una vida fácil que no exige grandes esfuerzos intelectuales ni físicos, ni comprenden, en su mayoría, cómo puede haber individuos que encuentren en el trabajo de cualquier orden un reposo, y al propio tiempo un medio de tonificarse y de dar expansión al espíritu; los trabajadores, con ideas y con verdadera afición a la labor, están, puede decirse, confinados en la zona Norte de la Península; el resto de la nación, aunque en estas cuestiones no puede generalizarse absolutamente, trabaja cuando se ve obligado a ello, pero sin ilusión ni entusiasmo.» En lo que no estoy de acuerdo con el señor Llanas, es en que aquí se conozca todo, se analice y se estudie la producción extranjera y luego no se la siga. «Sin duda, dice, nos consideramos elevados a una altura superior, y desde ella nos damos por satisfechos con observar lo que en el mundo ocurre, sin que nos pase por la imaginación secundar el movimiento.»

Yo anoto; difícil es encontrar en ninguna librería obras de cierto género, como no las encargue uno mismo. El Ateneo recibe unas cuantas revistas de carácter independiente, y poquísimos escritores y aficionados a las letras están al tanto de la producción extranjera. He observado, por ejemplo, en la redacción de la *Revista Nueva,* donde se reciben muchas buenas revistas italianas, francesas, inglesas, y libros de cierta aristocracia intelectual aquí desconocida, que aun compañeros míos de mucho talento miran con indiferencia, con desdén, y sin siquiera curiosidad. De más decir que en todo círculo de jóvenes que escriben, todo se disuelve en chiste, ocurrencia de más o menos pimienta, o frase caricatural que evita todo pensamiento grave. Los reflexivos o religiosos de arte, no hay duda que padecen en tal promiscuidad.

Los que son tachados de simbolistas no tienen una sola obra simbolista. A Valle Inclán le llaman decadente porque escribe en una prosa trabajada y pulida, de admirable mérito formal. Y a Jacinto Benavente, modernista y esteta, porque si piensa, lo hace bajo el sol de Shakespeare, y si sonríe y satiriza lo hace como ciertos parisienses que nada tienen de estetas ni de modernistas. Luego, todo se toma a guasa. Se habló por primera vez de estatismo en Madrid, y dice el citado señor Llanas Aguilaniedo: «Funcionó en calidad de oráculo la *Cacharrería* del Ateneo, donde se recordó a Oscar Wilde... Salieron los periódicos y revistas de la Corte jugando del vocablo y midiendo a todos los idólatras de la belleza por el patrón del fundador de la escuela, abusándose del tema, en tales términos, que ya hasta los barberos de López Silva consideraban ofensiva la denominación, y se resentían del epíteto. Por este camino no se va a ninguna parte.»

En pintura el modernismo tampoco tiene representantes, fuera de algunos catalanes, como no sean los dibujantes que creen haberlo hecho todo con emplomar sus siluetas como en los *vitraux*, imitar los cabellos avirutados de las mujeres de Mucha, o calcar las decoraciones de revistas alemanas, inglesas o francesas. Los catalanes, sí, han hecho lo posible, con exceso quizá, por dar su nota en el progreso artístico moderno. Desde su literatura, que cuenta entre otros con Rusiñol, Maragall, Utrillo, hasta su pintura y artes decorativas, que cuentan con el mismo Rusiñol, Casas, de un ingenio digno de todo encomio y atención, Pichot y otros que como Nonell-Monturiol se hacen notar no solamente en Barcelona sino en París y otras ciudades de arte y de ideas.

En América hemos tenido ese movimiento antes que en la España castellana, por razones clarísimas: desde luego, por nuestro inmediato comercio material y espiritual con las distintas naciones del mundo, y principalmente porque existe en la nueva generación americana un inmenso deseo de progreso y un vivo entusiasmo, que constituye su potencialidad mayor, con lo cual poco a poco va triunfando de obstáculos tradicionales, murallas de indiferencia y océanos de mediocracia. Gran orgullo tengo aquí de poder mostrar libros como los de Lugones o Jaime Freire entre los poetas, entre los prosistas poemas, como esa vasta, rara y complicada trilogía de Sicardi. Y digo: esto no será modernismo, pero es *verdad*, es realidad de una vida nueva, certificación de la viva fuerza de un continente. Y otras demostraciones de nuestra actividad mental —no la profusa y rapsódica, la de cantidad, sino la de calidad, limitada, muy limitada, pero que bien se presenta y triunfa ante el criterio de Europa: estudios de ciencias políticas, sociales. Siento igual orgullo. Y recuerdo palabras de don Juan Valera, a propósito de Olegario Andrade, en las cuales palabras hay una buena y probable visión de porvenir. Decía don Juan, refiriéndose a la literatura brasileña, sudamericana, española y norteamericana, que «las literaturas de estos pueblos seguirán siendo también inglesa, portuguesa y española, lo cual no impide que con el tiempo o tal vez mañana, o ya, salgan autores yanquis que valgan más que cuanto ha habido hasta ahora en Inglaterra, ni impide tampoco que nazcan en Río de Janeiro, en Pernambuco o en Bahía escritores que valgan más que cuanto Portugal ha producido; o que en Buenos Aires, en Lima, en Méjico o en Valparaíso lleguen a florecer las ciencias, las letras y las artes con más lozanía y hermosura que en Madrid, en Sevilla y en Barcelona».

Nuestro modernismo, si es que así puede llamarse, nos va dando un puesto aparte, independiente de la literatura castellana, como lo dice muy bien Remy de Gourmont en carta al director del *Mercurio de América*. ¿Qué importa que haya gran número de ingenios, de grotescos si gustáis, de *diletanti*, de nadameimportistas? Los verdaderos consagrados saben que no se trata ya de asuntos de escuelas, de fórmulas, de clave.

Los que en Francia, en Inglaterra, en Italia, en Rusia, en Bélgica han triunfado, han sido escritores, y poetas, y artistas de energía, de carácter artístico, y de una cultura enorme. Los flojos se han hundido, se han esfumado. Si hay y ha habido en los cenáculos y capillas de París algunos ridículos, han sido por cierto «preciosos». A muchos les perdonaría si les conociese nuestro caro profesor Calandrelli, *pour l'amour du grec*. Hoy no se hace modernismo —ni se ha hecho nunca— con simples juegos de palabras y de ritmos. Hoy los ritmos nuevos implican nuevas melodías que cantan en lo íntimo de cada poeta la palabra del mágico Leonardo: *Cosa bella mortal passa, e non d'arte*. Por más que digan los juguetones ligeros o los niños envejecidos y amargados, fracasa solamente el que no entra con pie firme en la jaula de ese divino león, el Arte —que como aquel que al gran rey Francisco fabricara el mismo Vinci, tiene el pecho lleno de lirios.

No hay aquí, pues, tal modernismo, sino en lo que de reflexión puede traer la vecindad de una moda que no se comprende. Ni el carácter, ni la manera de vivir, ni el ambiente, ayudan a la consagración de un ideal artístico. Se ha hablado de un teatro, que yo creí factible recién llegado, y hoy juzgo en absoluto imposible.

La única *brotherhood* que advierto es la de los caricaturistas; y si de músicas poéticas se trata, los únicos innovadores son —ciertamente— los risueños rimadores de los periódicos de caricaturas.

Caso muy distinto sucede en la capital del principado catalán. *Desde L'Avenç* hasta el *Pel y Ploma* que hoy sostienen Utrillo y Casas, se ha visto que existen elementos para publicaciones exclusivamente «modernas», de una élite artística y literaria. *Pel y Ploma* es una hoja semejante al *Gil Blas Illustré*, de carácter popular, mas sin perder lo artístico; y siempre en su primera plana hay un dibujo de Casas, que aplauden lápices de Munich, Londres o París. El mismo Pere Romeu, de quien os he hablado a propósito de su famoso cabaret de los Quatre Gats, ha estado publicando una hoja semejante, con ayuda de Casas, de un valor artístico notable.

En esta capital no hay sino las tentativas graciosas y elegantes del dibujante Marín —que logró elogios del gran Puvis—, y las de algún otro. En literatura, repito, nada que justifique ataque, ni siquiera alusiones. La procesión fastuosa del combatido arte moderno ha tenido apenas algunas vagas parodias... ¿Recordáis en Apuleyo la pintura de la que precedía la entrada de la primavera, en las fiestas de Isis? (*Mét.* XI, 8) Pues confrontad.

UNA REINA DE BOHEMIA

23 de diciembre de 1899

En estos días ha venido a despedirse de Madrid la célebre madame Rattazzi, que con el nombre de *Barón Slock,* dirige en París la *Nouvelle Revue Internationale,* antiguas *Matinées Espagnoles,* Sin ser archimillonaria, esta señora, verdadera reina del país de Bohemia, ha mantenido casa puesta durante mucho tiempo, en tres o cuatro puntos de Europa. Conocida es en gran parte su curiosa vida. Poetisa, novelista, periodista, mujer de mundo sobre todo, caprichosa y rara cuando se le sube el Bonaparte a la cabeza, se ha casado tres veces y ha consagrado un perpetuo culto al amor y al arte. Fue su primer marido el conde de Solms; el segundo, el famoso hombre público italiano Rattazzi; el tercero, el español señor de Rute.

Ya la princesa está muy vieja; con mucho trabajo habrá debido resignarse a la tiranía del tiempo. Hoy viene a cerrar su casa madrileña y a decir adiós a España, a la que tanto quiere. Anteanoche ha dicho conmovida ese adiós, en verso, ante un concurso de amigos. Todavía tiene energías para trabajar y vuelve a París a proseguir en su labor; pero ya no verá más el cielo de España, ni volverá a escuchar las líricas salutaciones que antaño le dirigiera Castelar. Su memoria está poblada de recuerdos singularísimos; su existencia toda ha pasado entre grandezas dichosas y terribles tragedias.

Nieta de Luciano, y por tanto, sobrina del emperador, ha recorrido en triunfo todas las cortes europeas, en tiempos en que su belleza era cantada por los más gloriosos poetas. Si esta señora publicase sus memorias, que es probable tenga escritas, serían de lo más interesante. Posee autógrafos, artículos, versos, cartas amorosas de las primeras personalidades de este siglo; y no sé hasta qué punto esté de acuerdo con George Sand, que en una ocasión, a propósito de la publicación de las cartas de Lamennais, le decía:

«Yo pienso, como Eugenio Sue, que los muertos continúan amándonos, pero nosotros les debemos aún más de lo que nos deben, sobre todo, a señalados muertos, tan ultrajados y calumniados en vida, por haber amado y procurado el bien. El excelente Sue se inquietaba por las negligencias de estilo de sus propias cartas y nos pedía las revisáramos. Si Lamennais hubiese visto de nuevo las suyas, habría corregido también. En fin, yo contradigo aún a nuestro pobre Sue, en esto: que debemos atenernos todos a no escribir una línea que no pueda ser mostrada y publicada. No quiero pensar en lo que llegarán a ser mis cartas. Quiero persuadirme de que cuando son íntimas no saldrán de la intimidad benevolente.» ¡La pobre Sand, que ha sido tan traída y llevada cuando la publicación de su correspondencia, y no hace mucho, cuando la resurrección del famoso Pagello! Eugenio Sue había escrito antes a María Letizia: «Creedme, mi querida María, un hombre honrado no se ruboriza jamás de ver expuestas sus opiniones, sus acciones o sus pensamientos... Cuando escribe un hombre de nuestra posición, un escritor, sabe bien que sus cartas son desgraciadamente autógrafos y que, dentro de veinte o cuarenta años, serán entregadas necesariamente a la curiosidad o a la simpatía, por la persona a quien han sido dirigidas o por sus herederos. Ya lo habéis visto por Balzac. A cada carta íntima que escribía a vuestra madre, le ponía a la cabeza: *Brûler,* y vos obedecíais como ella a esta indicación, mientras que las demás no tenían nada indicado, como si él adivinara el papel posible que debían representar en tiempo más o menos lejano. Hay, sin embargo, un caso, en que el silencio más escrupuloso se exige, por las simples leyes del pudor, y es cuando las cartas han sido dirigidas a la mujer y no al escritor. La mujer de letras es excusable siempre, loable a menudo, cuando busca hacer conocer por su correspondencia a un amigo literario o político que haya pertenecido a su salón; es censurable y poco delicado cuando turba el silencio del cementerio por revelaciones amorosas.»

La señora Rattazzi haría muy mal en no formar el más interesante de los libros con tanto valioso documento como posee. Siendo muy joven, tuvo el placer de que Alfredo de Musset la hiciera versos. Sainte-Beuve fue uno de sus galanteadores y el viejo Dumas llegó, en días de mayor gloria, a ser su amanuense, copiándole, ¡todo un drama! Con Ponsard, el *flirt* es innegable, como lo demuestra este soneto:

> *Hier dans votre sein, ma montre est descendue,*
> *Le pays lui parut sans doute bien orné,*
> *Car pour voir cheque site elle a tant cheminé*
> *Que la pauvre imprudente à la fin s'est perdue.*

Elle battait bien fort, vous l'avez entendue,
Mais vous ne saviez pas que j'eusse imaginé
D'y renfermer au fond mon coeur emprisonné;
C'était lui qui battait sur votre gorge nue.
Depuis ce temps, il bat d'un mouvement si vif,
Dans le cachot doré qui te retient captif,
Que ma montre en une heure achève la semaine.

C'est ainsi qu'à l'en croire il s'est passé des mois
Depuis queje vous vis pour la dernière fois;
Il s'est passé pourtant une journée à peine.

En otros versos, Ponsard ronsardiza:

Lorsque vous atteindrez te bout de la carrière,
Vieillie et regardant longuement en arrière,
Quand vous n'entendrez plus le langage d'amour,

Vous puissiez retrouver dans ces feuilles fanées
Un peu du doux parfum de vos jeunes années,
Et dire: Je fus belle et bien aimée un jour

Que fue muy bella lo dicen los retratos de sus mejores épocas, los de su primera juventud y los de su plena lozanía. No ha sido su hermosura majestuosa belleza de matrona clásica, sino belleza delicada y fina, lo que expresa el delicioso vocablo francés *mignonne.* Víctor Hugo estuvo enamorado de ella, y no hay duda de que los suyos son los más valiosos autógrafos que conserva la anciana princesa. El poeta admiraba toda su beldad, pero sentía singular predilección por el pie, que debe indudablemente haber conocido al natural. Creo que me agradeceréis que os dé a conocer aquí algunas de esas curiosas cartas que dejan ver un lado poco conocido del gran lírico. Él llamaba a la princesa Rodope, y a sí mismo se bautizaba, con modesta naturalidad, Esquilo.

«Hauteville-House, 13 de noviembre. ¿Seríais, señora, bastante buena para decirme si *La leyenda de los siglos,* que habéis recibido, es la que os he enviado, pues el honrado correo imperial juzga a propósito interceptar la mayor parte de mis envíos? Algunos diarios que por ello se han quejado, en el extranjero, tal vez han llegado a vos. En todo caso, quizá os lleve el libro yo mismo, si Italia de aquí a entonces está ya libre, como lo espero. Permitidme que, esperando el gran artículo prometido por vos al público, os agradezca las veinte

líneas encantadoras que habéis escrito sobre *La leyenda de los siglos.*
Y concededme, señora, la gracia de besar vuestra mano, toda radiante
de poesía. Pongo a vuestros pies todos los homenajes de mi alma y
de mi espíritu.»

«Querida y sublime Rodope, un pensamiento al despertarme, un
pensamiento de recogimiento y de adoración, al leer esas páginas tan
tristes, tan melancólicas y tan dulces; dejadme en este ensueño
depositar un beso sobre vuestro pie desnudo, pues, cómo dice Hesíodo,
"el pie desnudo es celeste". Si mi audacia os enoja, castigad mi carta
quemándola.»

«17 de julio. No me pidáis ni verso ni prosa; pedidme, señora,
que me conmueva hasta el fondo del alma por una carta como la que
recibo; pedidme que os admire, que os aplauda, que os contemple
—de muy lejos, ¡ay!—. Pedidme que comprenda que una mujer cómo
vos es una obra maestra de Dios. Los poetas no hacen sino Ilíadas;
sólo Dios hace mujeres como vos; es así cómo se demuestra. Todo
lo que me decís me conmueve. No puedo pensar sin un pesar
melancólico, y casi amargo, en el lugar casi radiante en que me habéis
colocado en vuestra imaginación. Es la gloria, señora, semejante lugar;
¡y ello hubiera podido ser mejor que la gloria...! Dejadme que me
incline ante vuestra soberanía de gracia, de belleza y de espíritu, y
permitid que a la distancia, y sin intentar franquear toda esta mar
y toda esa tierra que nos separan, y quedando en mi sombra, y re-
plegándome en ella aún más profunda y resueltamente, me ponga,
en pensamiento al menos, a vuestros pies, señora.»

«Hauteville-House, 1.º de julio. Vuestro encantador envío me
llega, señora, en medio de una nube de cartas políticas (algunas muy
sombrías), como una estrella en un torbellino. No sabría deciros con
qué emoción he visto ese deslumbrador retrato, que se parece a vuestro
espíritu al mismo tiempo que a vuestro rostro, y la graciosa firma
que la subraya; buscad otra palabra que dé las gracias: *je vous remercie*
no es suficiente.»

«2 de enero de 1883. El sombrío Esquilo da las gracias a la
deslumbradora y divina Rodope. Las tinieblas están *más que nunca*
enamoradas de la estrella. Vuestros pensamientos y vuestras cartas
son perlas, de esas perlas ardientes de que habla el Corán. Sería preciso
tener todo lo que vos tenéis, la dignidad mezclada a la pasión, la gracia
exquisita y el deslumbrante espíritu; sería preciso ser vos misma, para
que un hombre en el mundo pudiera creerse digno de vos. Me parece
que si estuviese cerca de vos, en vez de estar tan lejos, os tomaría algo
de vuestra alma; os robaría, como Prometeo a los dioses, esa llama
celeste que está en vos. Pero estáis en Roma, ¡ay! Dejadme en este

ensueño hablaros y evocaros... ¡Oh, señora! Quien dice grandeza dice franqueza, y vos sois franca porque sois grande. Desde hace doce días espero el *coup d'Etat,* espiaba y aguardaba... Hay que partir, ahora. Heme aquí de nuevo en el torbellino, en el vaivén, en el movimiento continuo. Escribidme, escribidme. Esquilo envía a Rodope toda su alma, todos sus ensueños. VÍCTOR HUGO.»

Ahora, en sus postreros años, todas esas cosas viven en la memoria de la antigua beldad, como pétalos de una seca flor entre las hojas de un viejo libro. La princesa, como he dicho, todavía va a Portugal, a Turquía, a Austria, en giras artísticas o periodísticas. Es la sombra errante de su pasado. Además, ha sufrido durísimos golpes. Uno de ellos la muerte de una hija, a quien amaba mucho. Estando en Aix-es-Bains, un ómnibus decapitó a la niña, que jugaba cerca de la villa de la madre. Su hija Isabel, hija de Rattazzi, se casó en España, y su marido está en un manicomio. Y como éste muchos sufrimientos, muchas penas. Con esto paga a la suerte el ser de sangre napoleónica y tener talento. Y admiro a esta gran bohemia, de familia imperial, que ha sido bella y ha sabido defenderse de la vida, al amor de los versos y de los besos.

EL CARTEL EN ESPAÑA

Al escribir mis primeras impresiones de España, a mi llegada a Barcelona, hice notar que una de las particularidades de la ciudad condal era la luminosa alegría de sus calles, enfloradas en una primavera de *affiches*. Así como en Buenos Aires se está aún con el biberón a este respecto, en España no se ha salido de la infancia. León Deschamps afirma que ello es en el arte en general y más especialmente en el arte decorativo. El francés exagera. Le bastaría haber puesto los ojos en un estudio recientemente publicado en la *Revue Encyclopédique* por Mélida, para convencerse de lo contrario. Si algo hay que en este general marasmo sostenga el espíritu antiguo de la gloriosa nación, es el arte. Las exposiciones —aunque la última haya dejado que desear— se suceden copiosas, sustentadas por el Círculo de Bellas Artes en Madrid y por el Concejo Municipal en Barcelona. Las pequeñas revistas ilustradas hacen lo que pueden por desarrollar el gusto público. La arquitectura busca, en modelos nuevos, amplitud y gracia. El arte decorativo alcanza notable vuelo en Cataluña. La decoración teatral, cuyos Rubé y Chaperón han sido Busato y Amalio Fernández, progresa a ojos vistas. El arte antiguo español tiene un núcleo de apasionados en la Sociedad de Excursionistas; y en el Ateneo las cátedras de arqueología y de historia del arte están muy bien mantenidas. Lo que hay es, como ya lo he manifestado en vez anterior, que la protección de las clases ricas es nula, y que el Gobierno tampoco se ocupa, como en tiempos de ilustres memorias, de favorecer la expansión de los talentos españoles. En la última exposición fue de gran resonancia la compra de un cuadro de Sorolla hecha por una dama de la aristocracia. No se dijo después de esto, que ninguna alta personalidad de la Real Casa, o título rico, hubiese hecho adquisiciones entre lo poco de mérito que había en el certamen que inició la primavera y cerró la granizada colosal del pasado mayo, antes de término.

Pero hablemos del cartel o *affiche*...

Desde hace largos años, los carteles vistosos se han usado en España para anunciar las famosas ferias de Sevilla, de Valencia, la fiesta de la Virgen del Pilar de Zaragoza y corridas de toros en días de gala.

Tales carteles no son desde luego del género de los carteles comerciales de hoy. En ellos se procura ante todo llamar la atención del transeúnte con la reproducción *criarde* de los pintorescos tipos de las provincias, o majas de ojos grandes y rojas sonrisas, toros y toreros.

Como fondo puede verse ya la iglesia de la ciudad, o el coso; últimamente se han visto carteles anunciadores de las exposiciones de pinturas, de las fiestas del carnaval y para algunas representaciones teatrales. Éstos aún en número muy reducido, pero se va estableciendo la costumbre.

En los carteles de torería ha predominado, como en los de las fiestas provinciales, y, puede decirse, como en la mayor parte de las nuevas tentativas, el grito hiriente de los colores, el llamamiento feroz del color, con su tiranía engañosa; esta terrible potencia del color, que, como dice Barbey D'Aurevilly, hace creer en la verdad de la mentira.

Con razón sorprende a Deschamps esta acentuación del crudo colorido, y de los oros verdaderamente pronunciados. La falta de originalidad es notoria, pero esto no sólo en España, sino también en el resto de Europa se nota actualmente. Son cuatro, son seis, pongamos diez, *affichistas* originales; los demás combinan varios procedimientos, o imitan francamente tales o cuales maneras. En el arte «moderno», en literatura como en todo, un aire de familia, una marca de parentesco se advierte en la producción de distintas naciones, bajo climas diferentes. El primitivismo, el prerrafaelismo inglés, ha contagiado al mundo entero. El arte decorativo de William Morris y demás compañeros se refleja en el arte decorativo universal desde hace algunos años. Y en lo que al cartel se refiere, Aubrey Beardsley perdura en una falange de artistas ingleses, norteamericanos y de otras partes. El mismo yanqui Bradley, que tiene personalidad propia, no negaría la influencia del malogrado y misterioso maestro. Dudley Hardy también ha extendido su sugestión a muchos de sus contemporáneos. Y en Francia, basta con nombrar a Cheret para reconocer a cada paso, en obras de otras firmas, la imitación o el calco de sus figuras, la atracción de sus llameantes locuras de color. ¿En nuestros ensayos de Buenos Aires no se ve la persecución de Mucha? Por tanto, no es de extrañar que aquí sea el arte del cartel un arte de reflexión.

Hace algún tiempo una casa industrial muy conocida, la que fabrica el más conocido aún anís del Mono, abrió un concurso para anunciar su licor. Entonces se notó por primera vez que había en España una cantidad de cartelistas bastante notables que antes no se sospechaba. Aparecieron «trescientos monos haciendo trescientas mil monerías», como en los clásicos versos. Pero el mono mejor, el que se llevó el primer premio, fue el del catalán Casas, quien presentó dos carteles, con sus monos correspondientes acompañados de dos españolas *monísimas,* En el uno el animalito sobre un trípode, vierte a la chula, envuelta en un mantón lujoso de alegres tonos, una copa de anís; en el otro la chula —¡precioso modelo, por vida mía!— tiene en la diestra la copa y con la izquierda lleva asido a su mono. Casas es uno de los mejores artistas actuales en España; con Rusiñol sostiene sabia y cuerdamente un modernismo bien entendido, en la capital de su Cataluña. Se le señalan maneras imitadas de autores extranjeros, y Deschamps escribe a propósito de una de sus últimas producciones, *Pèl et Ploma,* los nombres de Ibels y de Lautrec. Lo que hay es que tanto Casas como Rusiñol y los «nuevos» de la joven escuela catalana, como los escritores, están al tanto de lo que en el mundo entero se produce, de las evoluciones del arte universal contemporáneo, y siguen lo que se debe seguir del pensamiento extranjero: *los métodos,* como tan sabiamente lo ha dicho en ocasión reciente y a propósito de otras disciplinas en Buenos Aires el doctor Juan Agustín García hijo. Después se desarrolla la concepción individual en el ambiente propio, en el medio propio. No otra cosa encuentro yo en las obras artísticas y literarias del admirable artista de Sitges.

Rusiñol ha hecho carteles dignos de nota, y que el escritor francés de que he hablado juzga sin observación, con criterio más que ligero, precipitado. Que Rusiñol sea un *chercheur,* perfectamente de acuerdo. «Todos sus *affiches* son de aspecto diferente.» *Nego. Le teatro artístico interior* (sic) *est un effet de nuit tris remarquable.* ¿M. Deschamps no ha podido siquiera darse cuenta de lo que se trata? *Teatro artístico* es el nombre del teatro libre que quería Benavente fundar en Madrid; *Interior* es el título de un drama, cuyo autor es harto conocido en *La Plume,* de que es director M. Deschamps, y cuyo nombre, en letras bien grandes, está al pie del cartel: M. MAETERLINCK. El «efecto de noche» es una delicada y profunda *rêverie* en negro y violeta, si mal no recuerdo, interpretación de la obra vaga y dolorosa del poeta belga. En todos los carteles de Rusiñol su espíritu se transparenta, como en todas sus pinturas, como en todo lo suyo, y aun siendo de manera distinta, por ejemplo, el cartel de *L'alegría que passa,* puesto que cada tema debe tener una interpretación diversa, se advierte que también «pasa» por allí el mismo aliento de enfermiza poesía que en la visión del ensueño del *affiche de Oracions* hecho en colaboración con Utrillo, o en esa otra página de melancolía que anuncia el bello libro de *Fulls de la vida*.

Riquer es un entusiasta. Ha fundado revistas artísticas *á l'instar* de similares extranjeras y de la que entre nosotros realizaría el sueño de Schiaffino, si existiera; *Luz* ha sido una de ellas, y tuvo poca vida. Riquer conoce a maravilla el arte moderno. Sus ilustraciones, sus dibujos le han dado aquí justa originalidad. En sus carteles hay el mismo talento buscador y feliz. Es un hábil sinfonista del color, así le haga detonar demasiado en sus graciosas combinaciones. Sus *Crisantemas* son deliciosas en su claro origen sajón; Bradley mismo no tiene muchos carteles superiores a éste; su figurita para las galletas y bizcochos de Grau y compañía es de un encanto innegable sobre su armoniosa decoración. A Utrillo se le compara con Steinlen. No hay duda de que el hombre de *Ferros d'Art* y la figura del *Anuario Riera*, pongo por caso, parecen de la mano del artista parisiense; pero, ¿la exquisita *noya* del cartel de las aguas de *Cardó*? Utrillo es fuerte, es vigoroso; mas cuando un soplo suave le llega, la gracia está con él.

Marcelino Unceta es especialista, como Pérez, en corridas de toros. Sus picadores, sus potentes y cornudas bestias, sus espadas, todas las gentes del circo nacional que hace vivir su talento pictórico, son de primer orden. Pero sus carteles no corresponden bien visto a lo que se entiende por pintura de *affiche*. Son figuras que pueden entrar en un cuadro de género, tipos de estudio para verdaderas telas de composición.

A Xaudaró, el caricaturista, no le considero en la misma línea de los cartelistas catalanes, aun de los nuevos como Gual, que revela un brío y un talento que no se discuten. Xaudaró lleva al cartel sus mismas caricaturas; el eterno enano macrocéfalo, la exageración del gesto, la deformación, no por cierto a causa de un exceso de comprensión del dibujo. Sus *bonshommes* fatigan ya en su incesante repetición. En la expectación del cartel resultan fuera de su centro; se ve que se han salido de los álbumes de su autor o de las páginas humorísticas de las revistas semanales. Navarrete sí merece mención, por su franqueza de dibujo y su colorido —siempre con la nacional exageración naturalmente—. Tanto él como casi todos los dibujantes de España han usado y abusado de la línea gruesa que recorta la figura como el emplomado de los *vitraux*. Desde la aparición de carteles que han dado a Alfonso Mucha su celebridad, esa afición ha aumentado, como la de imitar al *affichista* de Sarah Bernhardt la manera de desenvolver las cabelleras de sus figuras, como en cintas y volutas.

Yo no he tenido la suerte de encontrar esos carteles de que habla M. Deschamps —que desde luego no ha estado en España según creo—, en que pintores españoles han ensayado crear aquí un arte de cartel nacional. Lo que he visto, sí, son muchos reflejos, muchas imitaciones, muchos calcos. Buena voluntad no falta y talento sobra. No será una rareza que esa creación buscada se realice. Desde luego se ve que en el cartel español se salen de la rebusca del atractivo por la desnudez. No sé qué motivo haya, como no sea el eterno de la atracción del desnudo, para anunciar una máquina de coser, unas píldoras o unas lámparas, con señoritas en cueros, como hacen la mayor parte de los cartelistas franceses. Pero aquí hay muchas bellezas que reproducir halagando la mirada del público, en este país de hermosos rostros femeninos y verdadero imperio de flores; Sattler tenía a su disposición el ensueño en su país del Norte, para hacer florecer de una flor rara su *affiche* del periódico *Pan*. ¿Qué cosas, al claro día, no puede decir la paleta española, con la ayuda de la verdad de su sol?

LA NOVELA AMERICANA EN ESPAÑA

Ha escrito el novelista don José María de Pereda una carta a un editor madrileño que se propone publicar una serie de novelas de autores americanos, en la cual carta, después de aplaudir la empresa, hace declaraciones que conviene notar. Desde luego, el desconocimiento que existe en la Península de todo el movimiento literario de las repúblicas hispanoamericanas. Después, la afirmación de que la novela americana existe; o más bien, de que hay novelistas americanos a quienes él pone sobre su cabeza. El desconocimiento de que habla el célebre escritor montañés es centuplicadamente mayor que lo que él supone, no sólo en lo que tiene que ver con la literatura, sino con la vida política y social y aun con la más elemental geografía. Y no me refiero al vulgo, o gentes de cultura rudimentaria, sino a personas de valía mundana y hombres de ciencia, artes y letras. Toda América es *tierra caliente*, lo que si para París es excusable, no lo puede ser por motivo alguno para el país que nos ha enviado con sus conquistadores, su habla, religión, sus buenas cualidades y sus defectos. He conocido parisiense de París, literato y orientalista, para quien no tenía secretos el más modesto personaje del *Ramayana*, pero que de san Martín y de Bolívar no sabía sino que el uno era un santo y el otro un sombrero. La ignorancia española a este respecto es más o menos como la de un parisiense. Nuestros nombres más ilustres son completamente extraños. Por lo general, en política, la erudición llega a Rosas. Diario importante ha habido que al publicar una noticia de la reciente guerra boliviana la ha encabezado con toda tranquilidad: *La guerra de Chile.* En la conversación, podéis oír que se confunden el Brasil, el Uruguay, o el Paraguay con Buenos Aires. Y en literatura, todo lo nuestro es irremediablemente tropical o cubano. Nuestros poetas les evocan un pájaro y una fruta: el sinsonte y la guayaba. Y todos hacemos guajiras y tenemos algo de Maceo. Tal es el conocimiento. No exagero.

«Introdúzcanse, popularícense aquí las obras literarias de nuestros consanguíneos de allá, dice amablemente el señor Pereda, y las corrientes intelectuales de simpatía y de afecto serán dobles y recíprocas, y, por tanto, más poderosas. Yo me honro con la amistad de muchos escritores hispanoamericanos, vivo con ellos en frecuente trato epistolar, y por eso sé lo que en España pensamos de sus respectivas naciones cuantos aquí las conocemos por sus libros, espejos fieles de su cultura y de sus tendencias. Hablando sólo de novelistas, porque solamente de ellos se trata ahora, afirmo sin vacilaciones *que cuentan las mencionadas Repúblicas con algunos tan buenos como los mejores de Europa,* etcétera.» La buena voluntad es manifiesta en el hidalgo. Él ha querido quizá decir «como los mejores de España»; pero aún así, la lisonja no pierde su aumento. Desde los tiempos de la conquista a esta parte, son raros los americanos que han podido ocupar en España un alto puesto intelectual. Además, los que han figurado han sido más españoles que americanos, puesto que no han debido su americanismo más que al azar del nacimiento. Colocar a don Ventura de la Vega entre los poetas argentinos, vale tanto como incluir entre los poetas cubanos a José María de Heredia, de la Academia Francesa. Baralt residió casi toda su vida en España, si mal no recuerdo. El cardenal Moreno nació en Guatemala; pero el primado no era por cierto guatemalteco. El general Riva Palacio se mezcló con los españoles; pero por más que lo intentara, prevalecía el perfume del pulque nativo ante el olor del jerez adquirido. Su españolismo era de diplomacia. Los glóbulos de sangre que llevamos, la lengua, los vínculos que nos unen a los españoles no pueden realizar la fusión. Somos otros. Aun en lo intelectual, aun en la especialidad de la literatura, el sablazo de san Martín desencuadernó un poco el diccionario, rompió un poco la gramática. Esto no quita que tendamos a la unidad en el espíritu de la raza.

Pero, volviendo a la afirmación del señor de Pereda, y haciendo todos los esfuerzos posibles para mostrarme optimista, no diviso yo, desde Méjico hasta el Río de la Plata, no digo nuestro Balzac, nuestro Zola, nuestro Flaubert, nuestro Maupassant (¡oh, perdonad!), sino que no encuentro nuestro Galdós, nuestra Pardo Bazán, nuestro Pereda, nuestro Valera. A menos que saludemos a Pereda en el señor Picón Febres, de Venezuela, y a doña Emilia en la señora Carbonero, del Perú. En todo el continente se ha publicado, de novela, en lo que va de siglo, y ya va casi todo, una considerable cantidad de buenas intenciones. Del copioso montón desearía yo poder entresacar cuatro o cinco obras presentables a los ojos del criterio europeo. La novela americana no ha pasado de una que otra feliz tentativa. La *María* del colombiano Jorge Isaacs es una rara excepción. Es una flor del Cauca cultivada según los procedimientos de la jardinería sentimental del inefable Bernardino. Es el *Pablo y Virginia* de nuestro mundo. No sé si Büchner o Molleschott, envió a Isaacs una felicitación entusiasta; y el sabio Dozy se manifestó conmovido. Dos generaciones americanas se han sentido llenas de Efraimes y de Marías. Lo cierto es que en esa ingenua y generosa fabulación hay un indecible encanto humano, de frescura juvenil y de verdad, que sí al llegar al medio de camino de la vida nos hace sonreír, cuando no nos hace suspirar, en los años primaverales es un delicioso breviario de amor. Pero fuera de la *María* de Isaacs, que el señor Pereda califica con mucha intención de novela del «género eterno», fuera de ese idilio solitario, ¿qué nos queda? En la República Argentina se ha cultivado la novela. Se ha cultivado, sí. ¿Y el producto? Saludo con respeto la novela del doctor López; pero, con muchísimo respeto, la coloco a un lado. No me parece que pueda pretender la representación de la novela americana. Mi pobre y brillante amigo Julián Martel realizó el plausible esfuerzo de *La Bolsa*, obra llena de talento, de promesas, de vida, pero *pastiche*. El autor de los *Silbidos de un vago* forma con sus novelas un grupo aparte. Es de lo más valioso en las letras argentinas esa producción a la diabla, vibrante, valiente, chispeante; pero a la cual falta la gloria del arte, virtud de inmortalidad. Apoyado por Zola, Antonio Argerich escribe una novela; otra tentativa. Carlos María Ocantos escribe novelas absolutamente españolas cuyo argumento se desarrolla en Buenos Aires. Nos queda una obra de resonancia: *Amalia*, de Mármol. Quitadle su valor histórico, su alcance político, su base de «episodio nacional». Encontraréis que el furioso y admirable yámbico resulta un mediocre novelador. Las novelas de Groussac son novelas europeas por todo sentido, y la primera razón es que el autor es un europeo. Grandmontagne con su trilogía realiza, o anuncia, lo que puede ser mañana la novela argentina. Para mí el primer novelista americano o el único hasta hoy ha sido el primer novelista argentino: Eduardo Gutiérrez. Ese bárbaro folletín espeluznante, esa confusión de la leyenda y de la historia nacional en escritura desenfadada y a la criolla, forman, en lo copioso de la obra, la señal de una época en nuestras letras. Esa literatura gaucha es lo único que hasta hoy puede atraer la curiosidad de Europa: ella es un producto natural, autóctono, en su salvaje fiereza y poeta va el alma de la tierra. El poeta de ese momento embrionario es Martín Fierro, y en esto estoy absolutamente de acuerdo con el señor de Unamuno.

Chile ha tenido también cultivadores, pero ninguno de los que han pretendido hacer novela chilena ha vencido al viejo Blest Gana. Sin embargo, Blest Gana, escritor sin estilo, fabulador de poco interesantes intrigas, está ya casi olvidado. Su novela no es la novela americana. Surge ahora en Chile un talento joven que es firme esperanza; ha demostrado la contextura de un novelista de base nacional, sostenido por la precisa cultura, la necesaria cultura, sin la cual nada será posible; me refiero al hijo de Vicuña Mackenna; a Benjamín Vicuña Mackenna Subercasseaux, de nombre un poco largo para nombre de autor. Del Perú no conozco novelista nombrable, aunque hay buenos cuentistas entre los jóvenes literatos, lo que no es poco. Ricardo Palma ha podido realizar una obra que habría completado su fama de tradicionista: la novela de la colonia. Lo propio el boliviano Julio L. Jaimes, cuyas reconstrucciones del buen tiempo viejo de Potosí demuestran su maestría en esos asuntos. Venezuela ha tenido novelistas locales, cuya obra total se esfuma ante un solo cuento de Díaz Rodríguez. Este escritor podría darnos la novela venezolana, americana; pero se queda en su jardín de cuentos, de innegable filiación europea. En Colombia los que han escrito novelas forman legión. Colombia es el país de la fecundidad, en talento, en mediocridad, en todo. Por algún lado allá todo el mundo es Tequendama. Pues entre toda la balumba de novelas colombianas tan solamente florece para el mundo, orquídea única de esos tupidos bosques, la caucana *María*. Últimamente un escritor de combate, artista leonino, *malgré lui*, ha escrito una novela-poema, con la inevitable mira política. Hablo de Vargas Vila. En Centro América sólo hay dignos de cita José Milla, autor de varias curiosas novelas de argumento colonial, escritor de ingenio muy castizo, *persona grata* seguramente al señor Pereda; Salazar y Enrique Gómez Carrillo, todos guatemaltecos de nacionalidad, pero el primero fruto legítimo de España, el segundo saturado de Alemania, el tercero parisiense de adopción y vecino del Boul'Mich. En Méjico, como en Colombia, muchos novelistas han surgido, desde Altamirano hasta Gamboa; pero la novela mejicana se espera aún.

Ya ve el señor de Pereda que su bondad es un tanto abultadora. Nuestro organismo mental no está constituido todavía, y si en lírica podemos presentar dos o tres nombres al mundo, toda la novela americana producida desde la independencia de España hasta nuestros días no vale este solo nombre, por otra parte poco simpático para mí: Benito Pérez Galdós.

* * *

Una novela americana acaba de publicarse en Madrid, de la cual quiero hablar a los lectores de *La Nación: Todo un pueblo*. Su autor es Miguel Eduardo Pardo, venezolano, residente en París, y que ha vivido por algún tiempo en esta Corte. El libro es una obra de bien y de valor. Alguien ha dicho que en vez de llamarse *Todo un pueblo*, debería ser *todo un continente*. En efecto, con la excepción de los dos pueblos cuerdos que van a la cabeza de la América española, el resto puede reclamar como retrato propio el libro de Pardo. Se trata del famoso *South America*, un *South America* que se extiende hasta la frontera de los Estados Unidos. Yo no sé si su autor ha querido ponernos a la vista su Venezuela; pero por más de un retrato hecho a lo vivo, se sacaría por consecuencia que sí. Mas lo que pasa en las doscientas y tantas páginas del libro puede tener por escenario más de un país americano que conozco. Es la lucha del espíritu de civilización con un estado moral casi primitivo que permite el entronizamiento del caudillaje en política, del fanatismo en religión, y en lo social de una vida, o retardada en la que confina con la choza de antes, o advenediza hasta producir ese fruto de exportación único y de legítima procedencia hispanoamericana: el *rastaquoure*. En este libro de literato hay el pensamiento de un sociólogo. La tragedia que anima la narración tiene por escenario un pedazo de esas Américas cálidas, con sus ciudades semicivilizadas y sus campañas pletóricas de vida, sembradas de bosques en que impera la más bravía naturaleza y en donde se refugia el alma del indio, el alma libre del indio de antaño, afligida de la opresión y decaimiento de los restos de tribus del indio de ahora. Y es la preponderancia de los descendientes de los conquistadores, de los mestizos enriquecidos; el producto de la raza de los aventureros y hombres de presa que llegaron de España y la raza indígena, que dio por resultado una sociedad sin génesis bien esclarecido, que tuvo como las sociedades europeas su aristocracia, su clase media y su plebe. La primera, más anémica y por ende menos copiosa que la abundante clase media, engendró seres degenerados y enclenques, los cuales seres, creyendo a pies juntillas en su alcurniada descendencia, se proclamaron de la noche a la mañana raíces, ramas, flores y capullos de aquellos árboles egregios que fueron orgullo genealógico del pueblo que por casualidad hizo nido en las montañas de la egregia Villabrava. Villabrava, como he dicho, puede estar en la república americana que el lector guste. En política es esa interminable serie de revueltas, motines, asesinatos, pandillajes, asonadas, pronunciamientos; los feroces coronelotes zambos y los crueles generalotes indios; el aventurero que logra en países semejantes altos puestos públicos, a fuerza de habilidad y audacia; los oradores de oratoria rural, los diputados fantoches y guapetones, *¡y La Patria! ¡La Libertad! ¡El 93! ¡Los derechos del hombre!* La prensa grotesca, adulona o de presa; los distinguidos personajes que rodean a su excelencia; la policía de verdugos; los vicios desbragados al son de las bandas palaciegas... ¡oh!, es eso de un pintoresco de opereta que mezcla lo terrible con lo bufo. Pues bien, de eso hay mucho en el decorado de la obra de Pardo; y en el fondo el problema de la regeneración, o mejor, de la verdadera civilización de esas comarcas. Claro es que en la fábula debía haber su llama de amor, y la hay; es la lámpara que arde en su pureza entre las agitaciones del cómico y sangriento carnaval. Pardo es escritor de prosa violenta, algo desenfadada, pero se ve que ama el arte por los lujos verbales que ostenta el caballo en que un duque puede entrar en la iglesia, lleva herraduras de plata. Sobre las rocas de su tierra deja un reguero de bellas chispas.

LA CRÍTICA

Madrid, 1899

Hace algún tiempo decía Leopoldo Alas: «En literatura estamos muy mal. Muchos no lo notan siquiera, o porque su grosera naturaleza no da importancia a lo espiritual, no siendo de interés egoísta, o por falta de gusto y de inteligencia; otros sí lo notan... pero quieren *ganar amigos,* no perderlos, y hacen como si creyeran que todo va perfectamente. Censuras generales, anodinas, que no ponen el dedo en la llaga ni comprometen, eso sí; todo lo que se quiera. Pero censura directa, concreta, *personal,* con motivo de este autor, de esta obra, ¡oh!, nadie se atreve. Hablo de la censura bien intencionada, imparcial, desapasionada, por amor al arte. No llamo censura a los gritos del rencor, de la enemistad, de la burla baladí, que todo lo mancha y pisotea por dar que reír a los malvados, a los imbéciles y a los envidiosos. Ruindades y cascabeles de bufón inmoral, casi inconsciente en sus injusticias de Momo, no faltan. Alardes de procaz insulto, de falta de respeto a ideas y legítimas autoridades, abundan; pero eso, ¿qué tiene que ver con la crítica honrada, concienzuda, edificante?»

El señor Alas se refiere, como veis, a la crítica que censura; yo encuentro iguales o más lamentables tachas en la crítica que quisiera tender a sociológica; en la crítica que admira. Pero ante todo, ¿existe la crítica española? Un amigo escritor me contestaba: «Crítica, no hay; hay críticos.» Desde mi llegada he buscado en libros y periódicos alguna manifestación nueva. Los pocos reconocidos como maestros callan, o porque los órganos principales no solicitan sus opiniones o porque el desencanto les ha poseído. Valera prefiere volver a la novela; Balart hace versos de cuando en cuando; Clarín, el más militante de todos, escribe paliques en vez de ensayos, porque los paliques se los entienden. En las publicaciones de cierta autoridad, revistas e ilustraciones, ejercen unos cuantos veteranos anónimos, cuyas palabras no encuentran el más débil eco; extraen sus pensares de antiguas alacenas, los exponen a propósito de cualquier tópico y los vuelven a guardar. Los hay que tienen cierto nombre como eruditos en materias especiales; pero a uno de éstos he visto juzgar en la revista más seria de España, y en cuatro líneas, como obra mediana y de autor *que promete,* el magistral *Del Plata al Niágara* —de Groussac—, y deleitarse en el espacio de dos o tres páginas con cualquier producto nacional, que entre nosotros apenas lograría ser mencionado en la sección bibliográfica de un diario.

Ciertamente, de Larra a estos tiempos, la crítica en España ha tendido a salir de la estrechez formalista y utilitaria. Quedan rezagos de la época hermosillesca y dómines tendenciosos, a quienes mataría una ráfaga de aire libre. Las pocas figuras sobresalientes en la mediocridad común han conseguido hacer entrar alguna luz tras muchos esfuerzos; pero esos rayos quedan aislados. La crítica tiene que encogerse, tiene que rebajarse para ser aceptada. No se demuestra la voluntad de pensar, en ninguna clase de mentales especulaciones. Y Luis Taboada dice una corrosiva verdad —que me permito creer de terrible intención— cuando afirma que en España entre «el señor de Ibsen» y él, él. Así os explicaréis que Clarín siga en una incontenible exuberancia de paliques, y que ese grotesco y distinguido gramático de Valbuena tenga lectores.

Hay que advertiros que en revistas y diarios, apartando los nombres célebres que conocéis, todo escritor, malo o bueno, es crítico. La tendencia que entre nosotros se acentúa, y que en todo país culto es hoy ley del especialismo, es aquí nula. Todo el mundo puede tratar de cualquier cosa con un valor afligente. ¿Hay que dar cuenta de una exposición artística, que juzgar a un poeta o a un músico, o a un novelista? El director de la publicación confiará la tarea al primero de los *reporters* que encuentre. Aquí no hay más especialista que los revisteros de toros; los cuales revisteros también hacen crítica teatral, o lo que gustéis, con la mayor tranquilidad propia del público.

Pero hay autoridades notorias. Ante todo Menéndez Pelayo, cuyas preocupaciones de ortodoxia no han impedido que sea el más amplio al mismo tiempo que el más sólido criterio de la literatura española en este siglo. Es una vasta conciencia, unida a un tesón incomparable. Hace algunos años he tenido ocasión de tratarle íntimamente, cuando vivía en su departamento del hotel de Las Cuatro Naciones. Hacía vida mundana, no faltaba a las reuniones de sociedad; tenía su cátedra; y sin embargo, le sobraba tiempo para escribir en varias revistas, informarse de los libros en cuatro o cinco idiomas, que llegaban del extranjero, y proseguir en su labor propia, en la producción de tanta obra saturada de doctrina, maciza de documentación, imponente de saber y de fuerza. Es el enorme trabajador de los *Heterodoxos* y de las *Ideas estéticas.* Creo que abandonó su antiguo proyecto de escribir una historia de la literatura española. Su labor realizada vale verdaderos tesoros, que son desde luego más estimados en su justo valer en el extranjero que en España; fuera se pesan su ciencia y su conciencia; aquí se admira su fetiche, y se le coloca entre varias beneméritas momias.

Entregado a estudios universales, a labores de dificilísima erudición, la crítica de Menéndez Pelayo no se aplica a la producción actual, como no sea a trabajos que tengan relación con sus señaladas disciplinas. Encerrado en la Biblioteca Nacional, cuyo director es, continúa en sus tareas benedictinas, lejos de las agitaciones cotidianas y en relación tan sólo con los eruditos y sabios de otros países.

Don Juan Valera, en sus últimos años, ha vuelto a la novela. No se lee más aquella sabrosa crítica suya en que las ideas expresadas no tenían tanto valor como la manera de expresarlas. No es esto decir que el famoso trabajo sobre el Romanticismo en España, o sobre el *Quijote*, carezca de vigor ideológico; pero su manera, que desenvuelve tan gratamente las más sutilísimas complicaciones, ha sido el principal distintivo de su excepcional talento. Su cultura es mucha, y posee esa cosa hoy muy poco española en el terreno de la crítica: distinción. Lo cual no obsta a que a través de la trama de sus discursos aparezca cierta fina malignidad, un buen humor picaresco, que suele dar a los más calurosos elogios una faz de burla. Y esto es de tal modo, que los enconados o los envidiosos suelen ver, aun en los más sinceros aplausos de don Juan, un sentido oculto y desventajoso para los que él cree dignos de su alabanza.

Lo cierto es que tiene singular habilidad para manejar contradicciones y recrearse recreando con paradojas. Teje alrededor de una idea complicadas redes, traza ingeniosos laberintos en donde él camina con toda holgura y sin peligro, mientras sus lectores poco avisados caen en la trampa o juzgan salir del enredo cuando más en él se internan. Y no obstante, yo creo en la lealtad de sus opiniones. A este respecto le encuentro mucho de semejante con Anatole France.

Leopoldo Alas, o sea Clarín, ha sufrido la imposición de un público poco afecto a producciones que exijan la menor elevación intelectual. Clarín ha demostrado ser un literato de alto valer, un pensador y un escritor culto, en libros y ensayos que fuera de su país han encontrado aprecio y justicia; mientras los lectores españoles no han podido sino gustar sus cualidades de satírico, obligándole así a una inacabable serie de charlas más o menos graciosas, en que, para no caer en ridículo, tiene que desperdiciar su talento ocupándose generalmente de autores cursis, de prosistas hueros y poetas «hebenes». Taboada en el Parnaso. Y ése es el autor de páginas magistrales como sus antiguas *Lecturas* o su ensayo sobre Baudelaire, o el de Daudet y tantos otros. En América se tiene por esto una idea falsa de Leopoldo Alas. Éste es un hombre serio: desde hace mucho tiempo doctor en derecho y profesor de Oviedo, y entregado siempre a lecturas graves y poco risueñas. Mas tiene que reír y hacer reír a tontos y malignos, so pena de no colocar sus estudios de médula y enseñanza: pues como lo acaba de decir un diario —*El Liberal*—, el «*Madrid Cómico* va en camino de ser el primer periódico literario de España». Claro está que el señor Alas escribe esos artículos con una precipitación febril que se ve claramente en cada uno de ellos, y así se explica que algunas dos veces haya confundido en el *Madrid Cómico* a Richepin con... Montepin, y haya hecho la célebre comparación entre Flaubert Eberts y Anatole France, con el Valera de *Morsamor.* Clarín, pues, actualmente, no escribe crítica, como no sea para el extranjero. ¡Aquí, lo que pagan bien son paliques: pues paliques!

El señor Balart también hace mucho tiempo que no critica. Este escritor, cuya fama de poeta ha oscurecido su renombre de crítico, ha sido comparado con Lemaître y France a título de impresionismo. En mi entender, no ha habido en el señor Balart más que una nueva faz del eterno pedagogo autoritario, que se conmueve reglamentariamente y falla en última instancia sobre todas las estéticas; y así como su censura es estrecha, su elogio es desmesurado. Se le ve en ocasiones pasar impasible ante una manifestación artística, ante una idea llena de novedad y de belleza, y cantar los más sonoros himnos a la mediocridad apadrinada, o a lo que por algún lado halaga sus tendencias personales, sus propios modos de ver. Se celebran sus críticas de arte, y jamás ha demostrado en tales asuntos sino la más completa chatura, la «flatitud» de un criterio áptero, impermeable a toda onda de arte puro. Viene de los antípodas de un Ruskin. Yo no me explico la conquista de su autoridad a este respecto sino por la falta de competencias y por la inconmovilidad con que la mayoría se deja imponer toda suerte de pontificados. La misma minoría intelectual no protesta sino en voz baja, y, sin fuerzas tampoco para poder imponerse, deja que la corriente siga.

Como crítico de arte sobresale Jacinto Octavio Picón, el novelista cuyo último libro sobre Velázquez ha tenido muy buena acogida en España y fuera de España. Su crítica teatral ha tenido también una época de boga. A este respecto se distingue entre todos sus colegas, el crítico de *El Español*, señor Canals. Al menos es quien trata con más certidumbre y más entusiasmo las obras de que le toca dar cuenta en su tarea periodística.

Podría señalar algunos otros nombres como el del señor González Serrano —después de recordar la pérdida que sufrió el pensamiento español con la muerte del catalán Ixart—, pero sería la revista harto larga. En la juventud surge hoy una que otra esperanza, y no es poco lo que ha de dar en un cercano porvenir cerebro tan bien nutrido y generoso como el del autor de *Alma contemporánea,* Llanas Aguilaniedo, cuyos comienzos han entusiasmado al mismo descontentadizo Clarín. Llanas es un estudioso y un reflexivo. Comprendo lo grave que encierra el trabajo de pensar y de juzgar. Hay una luz individual que él ha descubierto dentro de su propio espíritu, y siguiendo el consejo de Emerson, la persigue. En lo moral, en lo intelectual, cultiva la buena virtud de la higiene. Llega a una época en que, si sabe dirigir su propia voluntad, hará mucho bien a la nueva generación de su país. No es su libro primigenio, sino la apertura de una larga vía. En esas páginas hay mucho justo y original y no poco reflejo e injusto. Pero el esfuerzo supera a todo lo que sus compañeros han producido. Antes que él está Martínez Ruiz, curioso y aislado en el grupo de la juventud española que piensa. De él he de tratar en otra ocasión, como del vasco nietzschista Ramiro de Maeztu, que está llamando la atención de los que observan, por su fuerza y su singularidad.

LA JOVEN ARISTOCRACIA

Cuando el rey de España recibe a los nuevos grandes que deben cubrirse delante de él, es costumbre que cada cual diga unas cuantas frases en que, después de recordar la gloria de sus antepasados y el timbre de sus blasones, ofrezca al monarca sus servicios y protestas de lealtad. Sorprendió hace algún tiempo el discurso de cierto joven grande de España, que más o menos dijo a la reina estos conceptos: «Señora, mis abuelos fueron mis abuelos y su gloria es de ellos; yo soy ingeniero y mi título y mi trabajo es lo único que puedo poner a los pies de vuestra majestad.» Lo llamativo y simpático de la nota despertaba en la generalidad este pensar: «¡Hay, pues, nobles que trabajan!» La sorpresa era justa. Es un hecho reconocido que en nuestras sociedades modernas, según la frase reciente de M. de Montmorand, *ce qui caractérise le noble, c'est son oisiveté, son inaptitude au travail.*

En todas partes, y por su propia culpa, la nobleza ha perdido terreno.

Las necesidades de la vida actual, el desarrollo del comercio, las ambiciones de la gran burguesía, han transtornado un tanto los armoniales: y el día en que un Rothschild ha sido ennoblecido a causa de su dinero, el espíritu de Dozier flotó sobre las salazones de Chicago. Desacreditada y todo, la nobleza impone sus pergaminos. Las señoritas adineradas de los Estados Unidos, y por no quedarnos atrás, algunas de la América del Sur, pagan a buen precio el derecho de poder ostentar una corona marcada en su ropa blanca o pintada en la portezuela del carruaje. En nuestras democracias, la presencia de un noble siempre es decorativa en la vida social. Huelen esos caballeros, mal educados, ignorantes, obtusos, pero casi siempre... ¡visten tan bien...! A América suelen llegar *gentlemen* y *escrocs;* nobles verdaderos y nobles falsos. Algunos han ido a parar a la penitenciaría de Buenos Aires.

La nobleza francesa, que en estos últimos tiempos ha dado tan poco edificantes espectáculos, diríase que constituye el más claro tipo de decadencia. Su incapacidad es tan solamente igualada por su ligereza; y si en algo puede confiar la estabilidad de la república, es en la ineptitud intelectual y flaqueza moral que se revela en este plantío de gardenias y claveles. Con gran justicia un escritor de criterio certero, Paul Duplan, dice, en un estudio reciente: «Cuando se estudia la historia de nuestro país de cien años acá, queda uno estupefacto de la increíble incoherencia sociológica y política de los nobles. Hacen constantemente lo contrario de lo que se podría prever; están siempre a caballo cuando se debería estar a pie; parlanchines y ruidosos cuando deberían estar silenciosos y prudentes; pierden en la vida pública el tacto que conservan en sus salones; empujan la república a la izquierda con la intención de atraerla a la derecha; demasiado católicos al fin del siglo XIX después de haber sido volterianos al fin del siglo XVIII, pierden el contacto con la democracia y se obstinan en confiar sus hijos a los religiosos, cuando debían hacerlos educar en nuestros colegios; caen en el esnobismo inglés, cuando debían hacer prevalecer la elegancia francesa; chismosos y maldicientes; descontentos y vejados bajo la Restauración, bajo Luis Felipe, bajo Napoleón III, bajo la Tercera República; vuelven la espalda a la ciencia contemporánea que no es clerical y quieren que lo sea; se hacen ridículamente zurrar el 16 de mayo; se meten en la *Baulange;* exageran el antisemitismo después de haber adoptado a los grandes judíos, aceptado sus regalos y frecuentado sus castillos, sus yates y sus cacerías. En fin, gentes en su mayor parte *surannés* y *vieux jeu,* aun en el dominio de sus placeres. Han quedado como cazadores diligentes, y ¿qué ardor les devora? Por ejemplo, la caza a la carrera como en las épocas prehistóricas; cansar, en nuestras pequeñas florestas, a un desgraciado animal, casi amansado, que a menudo no quiere correr; entregarle a la ferocidad de los perros y gozar con ese terror y con esa muerte. ¿Y el estúpido tiro de pichón? ¡Qué singular élite, la de esta nobleza ociosa e ingenua, que no tiene otra carrera que el matrimonio de dinero!».

La nobleza española no ha llegado a este último estado, hay que confesarlo. (¿Es por falta de cotización?) Pero nada señala que la patria española pueda esperar algo de sus grandes o de su aristocracia. A pesar de que buena parte de las principales familias educan a los hijos en pensiones inglesas, es difícil encontrar aquí el *gentleman-farmer* blasonado. Los propietarios de tierras de labranza, o los ganaderos, o arriendan o dejan los trabajos al cuidado de administradores, que poco interés han de tomarse, como no sea el propio provecho. El propietario cobra sus rentas, sin que se le ocurra pensar en introducir mejoras o aplicar la experiencia de otros países, en procedimientos o maquinaria.

Algunos se dedican a la política; raros, rarísimos, como Valdeiglesias, al periodismo. Señalados son los que en las letras tienen nombre o se consagran a estudios especiales. En cuanto a los grandes nombres científicos, ni Cajal, ni Federico Rubio, ni Builla, ni Posada, ni Pedro Dorado, ni Augusto Linares, pertenecen a la nobleza... En el teatro, durante el tiempo que llevo en Madrid, dos títulos han presentado al público sendos arreglos del francés. En cambio, hay un actor grande de España y varios emparentados con linajudas casas. Ahora bien, con la última estadística a la vista, he contado 41 duques, 358 marqueses, 203 condes, 30 vizcondes y 49 barones.

De antiguo he sabido la poca afición al trabajo de la nobleza española, a causa sobre todo de las preeminencias de la hidalguía y de los mayorazgos.

Familias llenas de oro y acostumbradas al regalo, mal podían pensar en otra cosa que en los privilegios de su grandeza. En tiempos de Felipe II, el duque del Infantado tenía 90.000 ducados de renta; el de Medina de Río Seco, 130.000; el de Osuna, 130.000; dependían de ellos más de 30.000 familias feudatarias. Los duques de Alba, de Nájera y de Zúñiga poseían tierras que daban 80.000, 60.000 y 70.000 ducados de renta, en Castilla la Vieja; el de Medinaceli, en Toledo, 150.000; en Granada, Extremadura y Jaén, los duques de Medina Sidonia, de Arcos y de Feria, 150.000, 70.000 y 60.000. En Cataluña y Valencia los duques de Gandía y Córdoba, 80.000 ducados de renta cada uno. (*Ms. de Denys Geoffroy. V. Weiss.*)

Algunas de estas familias todavía conservan mucho de sus pasadas riquezas. Otras, como la de los Osuna, han tenido que caer bajo el martillo del rematador.

La juventud aristocrática, como he dicho, se educa generalmente en el extranjero: Inglaterra y Bélgica son los países preferidos.

La educación es esencialmente religiosa. Siempre en las altas familias está la influencia del sacerdote.

Si el joven sigue una carrera, una vez obtenido el título se dedica a vivir de sus rentas; se case o no se case, en Madrid y en el extranjero, la vida social y el *sport* le absorberán todo su tiempo. La moda inglesa, el britanismo, se apodera de algunos; otros tienden a la vida chulesca. Son amigos de los toreros, y, los días de corrida, van a la plaza con indumentaria que pregona sus aficiones, en lujosas calesas tiradas por mulas llenas de cascabeles o en sus espléndidos carruajes. Hoy que medra el *café-concert*, hay quienes se aficionan a las *divettes*. Por lo que toca a la vida íntima, a la familia, naturalmente, diré que no la conozco. Se me dice, no obstante, que el padre Coloma exagera un poco sus *Pequeñeces*,

Las antiguas virtudes esencialmente españolas, parece que también han desaparecido. Dejo la palabra a don Santiago Alba.

«Por de pronto, ya hemos revelado y hemos aprendido que sin una educación positiva no conservan los pueblos algo de que nosotros hubimos de creernos depositarios, a través de los siglos de los siglos, simplemente por el mágico efluvio de nuestras glorias legendarias: el valor y el patriotismo. Mientras que aquí la aristocracia de la sangre y la del dinero —son ligeras y honrosísimas excepciones— seguíase divirtiendo en plena guerra "a fin de evitar perjuicios al comercio y a la industria", allá, en el pueblo de los "mercachifles", todo un batallón de millonarios pedía puesto en la guerra y recibía en la vanguardia el saludo de los fusiles españoles.»

El *faineantismo* da esos peligrosos frutos.

La joven nobleza también ha sabido divertirse de bastantes sonoras y extraordinarias maneras. No generalizo: pero un buen ramillete de hechos os hará ver que la «indiada» de Buenos Aires no tendría mucho de que ufanarse ante ciertos ejemplos de por acá. En todos lugares la *jeunesse dorée* es censurada por causa de su poco juicio y de su *humor,* y nuestra América no está fuera de la regla. Durante mi permanencia en Chile pude observar la campaña que la prensa entablara contra la famosa «juventud dorada» de Santiago; y en Buenos Aires he visto cómo se protesta ante las hazañas de los «indios», hoy ya casi desaparecidos, o destituidos por precarios aunque estrepitosos compadritos. Hay que consolarse con que el caso ha sido de todos los tiempos; y Alcibíades al cortar la cola a su perro, y Erostrato incendiando el templo de Diana, eran ya precursores. En la grave Inglaterra podéis recordar las proezas realizadas por los distintos clubs de que nos habla Hugo en una de sus más bellas novelas. Los hechos sucedían entre jóvenes de la *nobility* y de la *gentry.* La broma se convertía a veces en crimen. Se divertían «decentemente», dice Hugo. Había el *She romps club,* cuyos miembros ponían con los pies para arriba a la primer mujer que pasaba por la calle; si se oponía, se la azotaba. Los del *Merry-dances* «hacían bailar por negros y blancas las danzas de los picantes y de los tintirimbas del Perú, especialmente la mozamala. Los del *Hellfire* tenían por especialidad cometer sacrilegios. Los de *Las cabezadas* las daban a las gentes. Los del *Fun* rompían espejos y retratos, mataban perros, hacían circular falsas noticias, incendiaban, hacían daño en las casas. Los del *Mohock,* reían hiriendo y martirizando a pobres transeúntes». Y concluye Hugo: «Ésos eran, al principio del siglo XVIII, los pasatiempos de los opulentos ociosos de Londres. Los ociosos de París tenían otros. Monsieur de Charolais soltaba un tiro a un burgués a la puerta de su casa. *De tout temps la jeunesse s'est amusée.*» Ya veis una vez más que nada hay nuevo bajo el sol.

Ahora, veamos algunos hechos graciosos de nuestros parientes los hidalgos.

En un pueblo de la provincia de Segovia, el duque de S. F. tuvo la humorada de dar una cacería, a la que invitó especialmente al cura. De pronto, en lo más intrincado del bosque, aparece un grupo numeroso de «damas alegres» con la indumentaria de Diana y sus ninfas.

El joven conde de F. S. y el primogénito de los marqueses de R., una mañana de invierno, al salir de una *juerga*, tuvieron a bien bañarse en el estanque helado del Retiro. de donde fueron sacados medio muertos.

El hijo del conde de P. R. y el del conde de E. S., en una noche de verano encuentran en el paseo de Recoletos a una joven aguadora, y con unas tijeras ejercen de peluqueros profanando una de las bellas poesías de Gauthier... Estos mismos jóvenes risueños encerraron en una leñera de una casa en la calle de Isabel la Católica a la portera, e hicieron apalear por el portero a un quídam.

Un sobrino del duque de Y se divierte tanto, que la familia resuelve enviarlo a Filipinas. Allá es sumamente atendido por el arzobispo, que le ofrece desde luego su coche. El joven acepta y lo aprovecha para ir a ciertas casas. Las gentes que pasaban y veían allí situados el coche y los cocheros de su ilustrísimo, se hacían cruces: «¡Qué casa visita el señor arzobispo!»

Un personaje ya citado penetra en una casa de juego, y revólver en mano se adueña del dinero. Nadie le dice una palabra. Al día siguiente vuelve; pero hay listos dos sujetos «de buena voluntad» que le meten en un coche, le llevan al camino de Chamartín de la Rosa y le pegan tal paliza que queda casi sin vida.

El marquesito de R., temible por lo que llama el sabio Cajal el *matonismo*, arruinó a un tabernero de la plaza de Santa Cruz, con la célebre frase «apunte usted». El infeliz se dejó arruinar sin proferir una queja.

A veces la farsa es trágica. En una provincia, dos caballeros joviales encuentran a una desgraciada y «porque está melancólica» determinan echarla al río. Lo hacen, y la mujer se ahoga.

En un balcón de cierta casa de la calle de la Palma tuvo toda una noche vestidas de Eva a tres jóvenes del batallón de Citeres, el duquesito de S. E.

Un burgués rico, andaluz y muy chistoso, va con una dama en un carruaje; ordena al cochero que vuelque, y resulta la dama con las piernas rotas. Otra vez se complace en meter a un bufón popular en el vientre de un caballo muerto.

El hijo de un gran general entra en un café sable en mano cierta noche con una compañera de escasa indumentaria. Hace desalojar la sala y la convierte en alcoba de placer. Este mismo va a una funeraria y encarga un servicio para cierto difunto que estaba muy vivo en su casa.

El nieto de un célebre escritor, hijo del conde de C.A. y emparentado con la más alta nobleza, estando en el teatro de cierta ciudad, contestó el saludo de un amigo que estaba en la platea, tirando de su palco silla tras silla. El mismo rompió en Gijón todo el servicio de un café, sin la menor protesta del dueño. Después, en un teatro de otra ciudad, suspendió la función a garrotazos.

A veces las cosas resultan mal. Al hijo natural de un insigne hombre político le asesinaron en la calle de la Flor unos cuantos chulos.

En Almería, un joven distinguido va a una casa de diversión. La dueña se opone a que entre, y él la deja muerta de un tiro.

Tres de los ya señalados ataron una noche a un sereno ante la estatua del teniente Ruiz... —cara a Julio Ruiz.

Un buen día el marquesito R... necesita dinero, y saca y lleva a una casa de préstamos las más ricas ropas de la señora marquesa.

El conde de P... apuesta con un amigo que irá a París a ganarse la vida pidiendo limosna y tocando la guitarra por las calles. Y lo hace.

Hay otras tantas cosas delicadas de citar, por la altura de los personajes que tomaron parte; pero que, aunque la prensa no se haya ocupado de ellas, están en la memoria de todo Madrid.

Así, nuestros indios con su *fun* ya veis que se han quedado un poco atrás. Sus ocurrencias no son causadas por el soplo que viene de la Pampa y que aún trae el eco del malón. La «Indiada» de las noches alegres bonaerenses tendría que aprender de los descendientes de ilustres casas, de jóvenes cuyos cuarteles de familia tienen la consagración de muchos reyes. La filosofía del asunto sería que el deseo del mal por el mal es innato, y que el sentido de la perversidad de que habla Poe duerme en su célula, esperando la oportunidad de aparecer. El estudio y el trabajo son los únicos antídotos contra ese veneno natural e íntimo. Con ellos se doma la fierecilla que va con nosotros. Mas en las clases ricas y extrañas a todo lo que no sea capricho y goce de la existencia, entre la ociosidad y el fastidio, el trabajo y el estudio no pueden obrar. Agregad a esto los privilegios sociales, la pobreza fisiológica y la degeneración demostrada de las familias nobiliarias, y decidme si se puede «hacer patria» con tales elementos.

No, no puede aguardar nada España de su aristocracia. La salvación, si viene, vendrá del pueblo guiado por su instinto propio, de la parte laboriosa que representa las energías que quedan del espíritu español, libre de políticos logreros y de pastores lobos.

CONGRESO SOCIAL Y ECONÓMICO IBERO-AMERICANO

21 de febrero de 1900

La Sociedad Unión Ibero-Americana trabaja en estos momentos porque se celebre un congreso, que denomina social y económico, y al cual concurrirían las repúblicas americanas y España con objeto de estrechar y aumentar las relaciones sociales comerciales. Con congreso o sin congreso, ya era tiempo de ocuparse en este asunto. La situación en que se encuentra la antigua metrópoli con las que fueron en un tiempo sus colonias no puede ser más precaria. La caída fue colosal. Las causas están en la conciencia de todos. La expansión colonial de otras naciones contrasta, al fin de la centuria, con las absolutas pérdidas de la que fue señora de muchas colonias. Después del desastre, recogida en su propio hogar, piensa con cordura en la manera de volver a recuperar algo de lo perdido, ya que no en imposibles reconquistas territoriales, lo que pueda en el terreno de las simpatías nacionales y de los mercados para su producción. Reconocido está ya que la culpa de la decadencia española en América no ha sido, como en el verso, obra «del tiempo». Ha sido culpa de España. En cuanto a los males interiores, cierto es que no pocos se los causó el descubrimiento del nuevo mundo. Esos 50 millones de habitantes; 24 millones de kilómetros cuadrados; 48 Españas en extensión, «donde se derramó nuestra sangre, se malgastó nuestra vida, y sólo suenan como un recuerdo los acentos de nuestra lengua», que dice el escritor andaluz señor Ledesma, les fueron perjudiciales al reino conquistador. No porque sin la obra de Colón hubiese completado el gran Cardenal su empresa africana, sino porque aquel Klondike continental sería el cebo de aventureros ambiciosos, y envenenaría de oro fácil las fuentes industriales de la Península. El hidalgo, *conquerant de l'or*, no tendrá sino que procurarse «peluca y espada, desdeñando oficios y comercio», como escribe en uno de sus libros Juan Agustín García, al citar a Gervasoni y una cédula real:

«De las Indias he sido avisado que muchas personas que de acá pasan, puesto que en ésta solían trabajar e vivían e se mantenían con su trabajo, después que allá tienen algo, no quieren trabajar, sino folgar el tiempo que tienen, de manera que hay muchos: de cuya causa yo envío a mandar que el Gobernador apremie a los de esta calidad para que trabajen en sus faciendas.» Eso hacía España una vez realizada la conquista del oro, folgar el tiempo que tenía. Primero fue el tiempo del aumento del poderío, la sujeción del sol en sus dominios; mas ya con Felipe II empieza la carcoma y el decaimiento. Esto a pesar de la riqueza natural, tan copiosamente señalada por entusiastas como Mariana o Miano. Wiss se embelesa en repetir la enumeración de tantos elementos de riqueza, en varios climas y en tierras fecundísimas. Al par que los distintos productos ofrecen un copioso acervo para la exportación, ésta está favorecida por la extensión de las costas y la buena condición de los puertos mediterráneos y atlánticos. Todo esto era aprovechado en el siglo XVI. El movimiento fabril y el desarrollo comercial acrecían la riqueza. Los tejidos se fabricaban en numerosos establecimientos.

Solamente en Segovia, cuyos paños se tenían por los más bellos de Europa, trabajaban 34.000 obreros. Según De Jonnes, en 1519 se contaban en Sevilla 6.000 telares de seda, y habría 130.000 obreros en la fabricación de sedería y tejidos de lana. Hay que leer a este respecto el estudio que sobre las industrias antiguas sevillanas ha publicado el erudito señor Gestoso y Pérez —que tiene inédito un «Ensayo de un diccionario de artistas industriales que florecieron en Sevilla desde el siglo XIII hasta el siglo XVIII, inclusive»—, para darse cuenta del progreso alcanzado en aquella época y en aquella provincia, en lo referente a la producción industrial. Las marinas mercantes de Inglaterra y Francia eran inferiores a la española. El inflado Moncada puede escribir del puerto sevillano: «Es la capital de todos los comerciantes del mundo. Poco ha que la Andalucía estaba situada en las extremidades de la tierra, pero con el descubrimiento de las Indias ha llegado a estar en el centro.» La riqueza estaba en fruto; diríase que España era la nación de las naciones; solamente el ojo visionario de Campanella advertía peligros en lo oscuro del porvenir; y notaba que, como hoy a Inglaterra, tenían ojeriza todos los pueblos del mundo al pueblo fuerte y rico que dominaba. Ciertamente habían de cumplirse los temores del autor de la *Monarquía hispánica* y con los sucesores de Felipe II vendría el descenso a nación de segundo orden, la pérdida en los distintos dominios, la decadencia militar y la mengua en el comercio. La escasez de barcos se acentuó tanto, que ya bajo Carlos el Hechizado se hacían servicios oficiales a Cuba y a las Canarias, por medio de buques genoveses. Los productos escaseaban, pues los cultivos fueron dejados, y los campos, un tiempo florecientes, estaban despoblados de trabajadores, a punto de que no solamente en ambas Castillas, sino también en la productiva región andaluza, el abandono era absoluto. Disminuyó a una cantidad mínima la exportación de la lana, en lugares como Cuenca. Los telares y sederías quedaban reducidos a señalado número. El movimiento comercial, con la renta de los productos del país, vino muy a menos; la exportación a las colonias de América fue nula, y España tuvo que empezar a proveerse en otros países manufactureros. De más está decir que otras naciones aprovecharon el caso para colocar sus mercaderías en las tierras americanas.

Con la funesta expulsión de los moros padecieron grandemente la agricultura y la industria. Aquellas gentes laboriosas por religión y por necesidad habían aumentado inmensamente la riqueza de la Península no solamente con sus labores fabriles, sino con el cultivo de los campos, como esa maravillosa huerta de Valencia que les fue pingüe y que tanto hermosearon y aprovecharon. Una vez realizada la expulsión, claro es que el movimiento comercial e industrial, sostenido por ellos, mermó y luego concluyó. Ya en el reinado de Felipe III, a la decadencia en los trabajos del campo se juntó una baja de población notabilísima. En Cataluña misma estaban deshabitadas «las tres cuartas partes de los pueblos». En plenas Cortes, y bajo Felipe IV, se clamó contra la amenaza de una ruina segura. «Pues era llano y evidente, dice Céspedes y Meneses, que si este estado se aumentase, al paso mismo que hasta allí, habría de faltar a los lugares habitantes y vecinos, los labradores a los campos y los pilotos a la mar... y desdeñando el casamiento, duraría el mundo un siglo sólo.» Weiss demuestra la decadencia de la agricultura, entre otros motivos, por la disminución progresiva de la población española desde el reinado de Felipe III hasta el advenimiento de los Borbones —Miguel calcula, apoyado en Ustariz, en cinco millones setecientas mil almas la población de España bajo Carlos I—; la amortización eclesiástica —«los capitales quitados a la agricultura y a la industria para sepultarse para siempre en los conventos»—; los mayorazgos en las familias nobles y las devastaciones anuales de las campiñas por los ganados trashumantes. Muchos daños se debieron al «honrado Concejo de la Mesta».

El oro americano, como antes he apuntado, fue ponzoñoso para el movimiento industrial peninsular. La baja de los metales fue de cuatro quintas partes en un siglo; y el aumento de la mano de obra causó el alza de valor en la producción fabril.

Se desdeñaron los productos naturales de las tierras americanas, dejando que se aprovecharan de ellos mercaderes de Inglaterra y Holanda, y fijos tan sólo en el codiciado producto de las minas. «A poco —dice Weiss— dejaron las fábricas de la metrópoli de abastecer las necesidades de las colonias, porque eran pocos los obreros y escaseaban las primeras materias. Las colonias, agrega, suministraban bastante oro para permitir a los fabricantes continuar sus trabajos, aunque lo caro de los jornales les impidiese introducir sus productos en Francia, Italia y otros puntos de Europa. Para esto hubiera sido necesario que procurase España satisfacer las demandas de las colonias e hiciese imposible el comercio de contrabando, pero, ¡quién había de creerlo!, los españoles tuvieron por una calamidad el trueque de los productos de la industria nacional por el oro del nuevo mundo, y le atribuyeron la repentina alza de todos los artículos de primera necesidad. Hubieran querido que América les remitiese sus metales preciosos sin llevarles en cambio los objetos fabricados en su país.» El comercio con América desde aquellos tiempos fue tratado con singular error; en los comienzos hubo libertad de tráfico entre España y sus dependencias. Carlos V puso algunas trabas y Felipe II ordenó un porcentaje de salida, el cinco, otro de llegada, el diez, a las mercancías para las Indias. El aumento del llamado almojarifazgo fue un golpe más. En América aumentaba el contrabando de otras naciones, y se dio el caso que cita Humboldt, de que los mineros de América comprasen de tres a cuatro mil quintales de pólvora anualmente, en los almacenes del reino, en tanto que la sola mina Valenciana consumía de diez y nueve mil quinientos a diez y nueve mil seiscientos. En tiempo de Felipe III, hasta 1612, bajaron tanto las rentas, que el quinto de las minas de Potosí, Perú y Nueva España, con otras entradas de América —dos millones doscientos setenta y dos mil ducados, fuera de gastos—, estuvieron empeñadas a los genoveses. Bajo el reinado de Isabel se hizo algo por la agricultura y la industria en las colonias americanas; pero luego los españoles que iban a establecerse no se cuidaban sino de engordar la hucha. Por lo que toca al Río de la Plata, basta leer las obras de J. A. García, hijo, para darse cuenta de la obra de los virreyes y de los hidalgos inmigrantes. Anualmente iban dos escuadras, a Méjico y al Perú, con objetos de comercio. Ésos eran los galeones que volvían cargados de oro. Ulloa narra pintorescamente la manera de comerciar entre los mercaderes americanos y españoles. Los pobres indios eran inicuamente engañados y explotados por la misma codicia de los corregidores. El comercio disminuyó, y a mediados del siglo XVII ya España no podía abastecer sus colonias. Los extranjeros, en cambio, aumentaban su venta; de Portugal salían «doscientos buques de trescientas a cuatrocientas toneladas con ricos cargamentos de telas, seda, paños, tejidos de lana, de oro y de plata, artículos que compraban los portugueses a los flamencos franceses, ingleses y alemanes. Los embarcaban en Lisboa, Oporto, Mondigo, Viana, y en los puertecillos de Lagos, Villanova, Faro y Tavira, situados en el reino de los Algarbes. Llegados a Brasil, sus navíos subían al Río de la Plata, cuando cesaba de ser navegable, se desembarcaban las mercancías y se las conducía por tierra, atravesando el Paraguay y el reino de Tucumán, a Potosí y a Lima, de donde era fácil enviarlas a las principales ciudades del Perú. Los comerciantes españoles establecidos en aquellos puntos tenían sus corresponsales en el Brasil, lo mismo que en Sevilla y Cádiz, y como los derechos cobrados en Portugal de los géneros destinados al Brasil eran más bajos que los que se percibían en aquellas dos ciudades, los portugueses podían darlos más baratos que los españoles.» Puede verse a este respecto la *Relación* dirigida a Felipe II por Alfonso de Cianca. Los empleados de la Corona ya se sabe qué clase de obra realizaban y qué clase de gente eran en su mayor parte.

El Consejo de Indias enviaba no varones de mérito, sino hábiles sacadores de dinero. Fuera de los virreyes de Méjico y el Perú, grandes de España favorecidos, los demás eran duchos expoliadores. Los capitanes generales y demás enviados a Cuba, al engorde proverbial, tenían sus antecesores entre los paniaguados de Indias. Comercio descuidado con la metrópoli, aumento por tanto del contrabando extranjero. Los holandeses, ingleses y franceses introducían largamente sus mercaderías. Hamburgo no se quedaba atrás, y la China misma vendía manufacturas en puertos como Guayaquil y Acapulco. El mal estado comercial entre la Península y sus colonias continuó hasta el advenimiento de los Borbones. Algo hizo por mejorar las relaciones Felipe V. Carlos III transformó en 1764 el sistema comercial que se había empleado desde la conquista. De La Coruña salían fijamente una vez al mes para las Antillas y dos veces al mes para el Río de la Plata barcos que establecieron de modo regular el intercambio. La independencia vino. Y desde la paz hasta la época actual el comercio español en América ha pasado por diversas fluctuaciones, llegando por fin al más lamentable descenso. Las Cámaras de Comercio poco han hecho, y la diplomacia ha sido nula en sus gestiones. También es cierto que la antigua metrópoli no se ha acordado de que existíamos unos cuantos millones de hombres de lengua castellana en ese continente, hasta que las necesidades traídas por la pérdida de sus últimas posesiones americanas se lo han hecho percatar. El congreso proyectado hará algo, como no se vaya todo en discursos. En lo social, se podrán crear nuevos y más estrechos vínculos, sobre todo ahora que la producción intelectual americana empieza, primeriza y todo, a imponerse. Pero hacen falta españoles de buena voluntad que digan a su patria la verdad y que no la vayan a desacreditar en nuestras repúblicas. Una docena de españoles como Carlos Malagarriga, en cada una de las repúblicas americanas, harían más que los guitarristas de la prensa y bailadores de la tribuna que van a América a hacer daño a su propia tierra. Sobran en España talentos y entre nosotros buenas voluntades que pueden realizar una unión proficua y mutuamente ventajosa. La influencia española, perdida ya en lo literario, en lo social, en lo artístico, puede hacer algo en lo comercial, y esto será a mi ver el alma del futuro congreso.

«Es un hecho patente —dice un documento oficial—, traducido además en cifras, que, a la infausta hora en que hubimos de abandonar nuestra soberanía en Cuba, Puerto Rico y Filipinas, representaba nuestro comercio de exportación a esas posesiones, en los últimos tiempos en que pudo verificarse, de un modo regular, la considerable suma de 241 millones de pesetas, o lo que es igual, el veinticinco por ciento, aproximadamente, de la total exportación de la Península.» Y otro: «En el primer quinquenio de 1880 a 1884, exportábamos un total de 62 millones a todos los mercados americanos; en cambio, en 1896 nuestra exportación quedaba reducida a 46 millones... Por ejemplo: en la República Argentina, donde en aquel período nuestra cifra de exportación ascendía a 17 millones, ha bajado a 10. En la República del Uruguay, de 11 millones ha descendido a 6.» Es decir, de 62.564.000 pesetas, del año de 1890 al 1898, se ha reducido a unos cuarenta millones y pico. En la Junta del Comercio de Exportación, del Ministerio de Estado, demostró la gravedad de tal situación el señor Rodríguez Sampedro: «España, decía, señora al principio del presente siglo de todos aquellos territorios poblados por su raza, con comunidad de idioma, de hábitos y de costumbres, ha perdido casi por entero sus mercados, de tal modo, que hoy se anteponen comúnmente a ella Inglaterra, Alemania, Francia, Austria, Italia y Bélgica, figurando nuestro comercio, al principio del postrer quinquenio, tanto en la importación como en la exportación, el último de todos, y cifrando para la República Argentina el 2,20 por 100 de su comercio, al de exportación; para Méjico el 8 por 100 en la primera y el 11,60 en la segunda; para el Perú, 2,50 por 100 y 0,60, respectivamente; y todavía, con parecer esta situación imposible de empeorar, sigue decreciendo manifiestamente, pues al concluir el quinquenio de 1897, los resultados son 1,40 por 100 para la importación y 3 por 100 para la exportación respecto a la Argentina, 2 por 100 para la primera y 10,30 para la segunda en Méjico; 0,08 y 0,90, respectivamente, en cuanto al Brasil; y 0,10 y 0,50 en el comercio con el Perú, pudiendo decirse que en muchas partes de los citados países su comercio con España ha desaparecido, mientras el de Inglaterra, promediando los datos de su importación y de su exportación, es más del 33 por 100 del total; de un 20 por 100 el de Alemania; de un 23 el de Francia y así sucesivamente.» El congreso, pues, vendrá si se realiza, a tratar de ver cómo se mejoran las transacciones comerciales entre España y las repúblicas americanas; pero no tendrán poco que modificar en las leyes actuales los legisladores, que quieren que el arreglo se lleve a buen término. ¿Ha sido acaso poco lo que ha trabajado el ministro argentino señor Quesada para la simple cuestión del tasajo y carnes conservadas? El gobierno español parece que apoyará la labor del congreso y se harán invitaciones oficiales a los gobiernos hispanoamericanos. Si los gobiernos aceptan, es posible que una vez más se cometa el error de elección cuando se trate de los representantes. Al saberse la noticia del congreso, en cada una de las pequeñas repúblicas de América-Villabravas, que dice Eduardo Pardo, habrá un grupo de compadres intrigantes que quieran venir a ver bailar el fandango y a conocer a la reina, y en cuyos labios pugna por salir la gran palabra «Señores...»

LA MUJER ESPAÑOLA

Marzo de 1900

Hace pocos días, el último de carnaval, hubo en el palacio de una distinguida señora, casada con un millonario y diplomático mejicano, una improvisada y elegantísima reunión de máscaras, que largamente han cantado los habituales cronistas de salón, y entre todos, y sobre todos, mi incansable y ameno amigo el marqués de Valdeiglesias. La particularidad de la fiesta fue que a ella concurrieron aristocráticas y bellas damas de esta corte, con el pintoresco mantón de Manila y otros adornos no menos nacionales. Y el entusiasmo fue inmenso; y hasta hubo quien dijese: ¡olé! con la disculpa de los días de locura. Ese entusiasmo fue natural. ¡Es tan difícil en la aristocracia de España encontrar una belleza puramente española! Como en todas las altas clases de la tierra, el britanismo por un lado y el parisienismo por otro han hecho su invasión. No deja de ser lamentable. Una maja de Goya vestida por Chaplin es algo encantador y desconcertante; pero me habrán de confesar que una maja de Goya vestida por Goya es mucho mejor. No es que yo pretenda que estas duquesas de ahora vuelvan al osado peinetón, a mantilla perpetua y a los paseos por las arboledas de San Antonio de la Florida, sino que está a la vista de los amantes de la viva estatuaria humana la desaparición de uno de los más bellos tipos que hayan halagado al arte: el tipo español, cuya línea propia se ha bastardeado y confundido entre curvas francesas y rectas anglo-sajonas. La moda, ¡he ahí el enemigo! En esto estoy apoyado por un talento que sobre ser certeramente estético, es una mujer: la señora Pardo Bazán. Doña Emilia considera como enemigos de la clásica gracia española los vestidos pesados y de corte masculino del país de las *misses*, los impermeables y abrigos largos, ciertos calzados, y sobre todo los formidables sombreros de París. La naturaleza procede y enseña lógicamente; ha ordenado los seres y las cosas de la tierra según las latitudes; y sabe por qué los escandinavos son rubios y los abisinios negros; por qué las inglesas tienen cuellos de cisne y las mujeres flamencas preponderantes asideros. A las españolas las dio diversos modelos, según las distintas regiones peninsulares, pero el tipo verdadero, el tipo generalizado por la poesía y por el arte, es el de la morena de maravillosos y grandes ojos oscuros, un tanto *potelée*, ondulada, y casquetada de ricos cabellos negros; ni alta ni baja; todo esto animado por un producto marino y venusino, que en este sentido no tiene nombre correspondiente en ninguna otra lengua: *sal*. Ya en sus tiempos, Gautier afirmaba que para ver la verdadera danza española había que ir a París; hoy en pintura, los que hacen admirar al mundo la gracia femenina de España son extranjeros, como Sargent y Engelhart, ¿nos conformaremos dentro de poco con buscar en viejas telas y grabados la que fue tan original y graciosa belleza hispánica? La moda ha comenzado a hacer su daño en la educación. Para toda joven de buena familia que se vaya a educar al extranjero, se importa la indispensable institutriz, casi siempre inglesa o tudesca, a veces francesa. La *gouvernante* empieza su obra de moldeo y la flexibilidad nativa entra en la jaula angular de una disciplina por lo general *very english*. Los trajes, de corte igualmente angular, contribuyen a la reformación del original encanto curvilíneo. Una vez la niña crecida, sus gustos y sus costumbres tenderán a lo extranjero. Hubo una elegancia española: apenas si se recuerda en algún baile de trajes. Porque la moda lo requiere, los opulentos cabellos negros se tiñen de rubio o de rojo; el airosísimo andar de antaño se transforma, los gestos y maneras se aprenden. Se fue primero *chic*, después *vian*, después *pschut*, después *smart*, después *swell*. No se leen buenos libros castellanos; ¿pero qué señora no se ruborizaría de no conocer a Ohnet en el original? Se viaja, se veranea, se adora a Worth, a Laferriére, a Doucet. Visten con gran lujo, pero rara vez se llegan a confundir con una parisiense; desdeñando la riqueza propia, no consiguen el tesoro ajeno. Y son encantadoras. Hace algunos años un embajador oriental, al presenciar un desfile de altas damas en palacio, expresó una frase descontentadiza y poco galante para la nobleza femenina que acompañaba a la reina. Hoy, en igual caso, proclamaría la hermosura y la gentileza de beldades como doña Sol Stuard, hija de la duquesa de Alba, y otras cuyos nombres constelan la crónica social. Hay diversos tipos que se imponen, pues en la Corte se hallan representadas las distintas provincias. Desde luego, la mujer suavemente morena, de un moreno pálido, cara ovalada, cuello colombino, boca sensual y mirada concentradamente ardiente, cuerpo en que se ritman felinas ondulaciones, y la rosada y firme de elasticidades, de cabellos dorados, un tanto gruesa; y la belleza decadente y tradicional, de los retratos en cuyas manos puso Pantoja tan preciadas gemas; rostros con algo de las figuras de los primitivos; de un óvalo marcado, como se ve en la pequeña infanta María Teresa, de Velázquez; y dotadas de un aire que, si indica la floración de razas crepusculares, impone su orgullo gentilicio y su antigüedad heráldica. En el pueblo se encuentra conservado mucho del antiguo donaire. La chula ostenta su ritmo natural, sus impagables gestos; y va a los toros y a las fiestas con legítimas prendas que alegran los ojos y marcan el color local tan deseado por los viajeros que buscan arte y novedad. En la ópera, la sala es igual a todas las salas de capitales modernas; el patrón cosmopolita impuesto por la elegancia francesa vence e iguala. Apenas los rostros, la llama de los ojos, un movimiento atávico, denuncian la sangre maternal, la originalidad patria.

El alemán Hans Parlow recientemente y todos los turistas y observadores que visitan España, notan que en estos últimos tiempos la sociedad española, el alto mundo madrileño, se divierte poco. No se vaya a creer que las damas vivan en una existencia lúgubre —algo como en las páginas de madame Anloroy—, dadas a la soledad y al aislamiento, en contacto tan solamente con frailes y monjas, y en plegarias y rezos, bajo una atmósfera de tiempos de Felipe II. Ciertamente, las grandes familias actuales dan pocas recepciones, raras fiestas; no hay en la Corte un ambiente como el de comienzos de siglo o bajo Isabel II; y la mayor parte de los bailes, banquetes y reuniones, son ofrecidos por el cuerpo diplomático. Por cierto que se distingue el ministro argentino doctor Quesada en reunir de cuando en cuando en la legación los más bellos palmitos titulados. Mas la mujer española gusta de divertirse; va a París, va a Londres, o a Italia, y en la temporada del veraneo convierte en ciudades de alegría y de hechizo San Sebastián y Biarritz. La Corte es un tanto triste porque sobre ella se extiende la sombra de la reina. Ese viejo palacio, enorme, sombrío y fastuoso que asustó al fino pájaro de Francia que se llama Réjane, es en verdad una vasta basílica de tristeza, que necesita, para no contagiar con su embrujamiento, reinas risueñas como doña Isabel y reyes barbianes como Alfonso. La Regente, que guarda aún la gravedad conventual de sus funciones religiosas de soltera, cuya vida de casada no fue muy agradable en lo íntimo del hogar, y cuya vida ha sido cercada de tantos cuidados, penalidades y desventuras, no tiene ciertamente motivos para estar vestida de color de rosa. La única que pone una nota jubilosa en la mansión real es la infanta Isabel, la infanta popular, amiga de los artistas, un poco *virago*, aficionada a cazar, a cabalgar, valiente *sportman*, generosa, caritativa, melómana, muy madrileña, y cuyo *sans gene* le atrae por todas partes, y sobre todo en el pueblo, innegables simpatías. La infanta en sus departamentos de palacio tiene un teatro en que hace trabajar a los actores que son de su preferencia y amistad: y allí mismo representan comedias, aficionados pertenecientes a la aristocracia. A esas representaciones no asisten más que la familia real y la servidumbre de palacio. En algunas casas suelen señoritas y caballeros hacer piececitas francesas, con toda corrección y propiedad. Algo lejanos están los tiempos en que damas de lo más encumbrado representaban en el palacio de la Montijo *La bella Hetena* de Blasco.

No existen salones literarios, en el sentido francés del vocablo. Doña Emilia Pardo Bazán suele invitar a algunas tertulias en que priva el elemento intelectual; y don Juan Valera ha tenido sus sábados en que, fuera de las señoras de su familia y las hijas del duque de Rivas, no han asistido más que hombres. La duquesa de Denia de cuando en cuando invita a su mesa a señalado número de artistas y hombres de letras; lo propio hace el barón del Castillo de Chirel. Pero el barómetro de intelectualidad está marcando sus grados reveladores; el poeta preferido de la aristocracia es Grilo. Hay damas inteligentes y cultas que, como he dicho, viajan y se instruyen; pero son perlas negras o rosas azules las que sobresalen. La duquesa de Alba se interesa en trabajos de erudición e historia y pone a la disposición de los estudiosos el inagotable archivo de su casa; la duquesa de Mandas es muy entendida en ciencias; las duquesas de Medinaceli y de Benavente son aficionadas a las letras; la condesa de Pino Hermoso y la marquesa de la Laguna imponen su espiritualidad en los salones. La hija de esta última, Gloria, tiene fama de agregar a la herencia de la gracia materna nuevas pimientas y sales.

La clase media, acomodada o no, sigue los rumbos de la clase alta. Basta la más ligera observación para comprender que se ha adelantado mucho en instrucción primaria, desde la época no muy distante en que una señorita apenas sabía leer y escribir. Me refiero, es claro, a lo común, pues antes y después de don Oliva Sabuco de Nantes y de santa Teresa, ha habido notadas españolas que hayan competido con los varones en disciplinas mentales. Las preciosas no dejaron a su tiempo de aparecer en las cultilatiniparlas. Quevedo aquí hizo su caricatura como en Francia Moliére su *charge*. En este siglo las literatas y poetisas han sido un ejército, a punto de que cierto autor ha publicado un tomo con el catálogo de ellas —¡y no las nombra a todas!—. Entre todo el inútil y espeso follaje, los grandes árboles se levantan: la Coronado, la Pardo Bazán, Concepción Arenal. Estas dos últimas, particularmente, cerebros viriles, honran a su patria. En cuanto a la mayoría innumerable de Corinas cursis y Safos de hojaldre, entran a formar parte de la abominable *sisterhood* internacional a que

tanto ha contribuido la Gran Bretaña con sus miles de *authoresses*.
Para ir hacia el palacio de la mentenda Eva futura, les falta a éstas
cambiar el pegaso por la bicicleta.

El señor Sanz y Escartín, catalán, en una notable obra que ha
agregado Alcán en París a su biblioteca filosófica, dice que antes que
las leyes son los sentimientos y las ideas los que están llamados a
reformar las costumbres actuales españolas, que tantos males han
causado; y que lo primero es educar a la mujer. Esto me hace pensar
en idéntica idea que la de madame Necker de Saussure, y su
comparación de la voz femenina en los coros cantantes. No admite
discusión la eficacia del procedimiento, y venimos a parar que en este
punto hay algo de aquello «en que consiste la superioridad de los
anglosajones». No se trata de implantar en España el cultivo del
«tercer sexo»; ni el espíritu nativo, ni la tradición lo permitirían; pero
sí de abrir a la mujer fuentes de trabajo, que la libertasen de la miseria
y de los padecimientos actuales. Puede asegurarse que en raros países
del mundo se presenta el espantoso dato estadístico siguiente; en
España, 6.700.000 mujeres carecen de toda ocupación, y 51.000 se
dedican a la mendicidad. Fuera de las fábricas de tabacos, costuras y
modas y el servicio doméstico, en que tan míseros sueldos se ganan,
la mujer española no halla otro refugio. El señor Alba, en un
notabilísimo estudio que muchas veces he citado, asegura que conoce
algunos casos en que grandes industriales y almacenistas de tejidos
o de novedades, no han vacilado en dar a sus hijas un puesto en el
negociado de correspondencia, en el de contabilidad y en la alta
dirección de la sección de confecciones para señoras y niños. Estas
empleadas, dice, tienen un sueldo asignado en la casa, con arreglo al
cual visten, gastan en diversiones y caprichos y hasta abonan al fondo
de familia una cantidad por su manutención.

Acostumbradas así a vivir por cuenta propia, no se parecen en
nada al resto de nuestras pobres mujeres, siempre dependientes de
la tacañería o la prodigalidad ajenas. Sobre todo, en la vida íntima de
las familias a que aludo, no existen las preocupaciones que crea el
temor al porvenir y, por ello, el afán de un necesario casamiento de
las hembras. Es éste un buen ejemplo que ojalá se propagase en la
burguesía de este país, aunque ello choque un poco con las costumbres
arraigadas y sea bastante yanqui. Eso quitaría la obsesión del novio
rico en unas, y en otras la de «un príncipe italiano por lo menos», de
que habla Campoamor. La ociosidad y la miseria, en la clase media
y en la baja, son un admirable combustible para la prostitución. En
París ya en 1847 había tres mil profesores de música, mujeres,
profesoras de idiomas y aun de historia. La Sorbona había establecido

un curso femenino, con grados y diplomas. Hoy, ¿hasta dónde no se ha llegado? En cuanto a los Estados Unidos, desde 1870 a la fecha, las arquitectas han subido de 1 a 53; las pintoras y escultoras de 412 a 15.340; las escritoras, de 159 a 3.174; las dentistas, de 24 a 417; las ingenieras, de 0 a 201; las periodistas, de 35 a 1.536; las músicas, de 5.753 a 47.300; las empleadas públicas, de 414 a 6.712; las médicas y cirujanas, de 527 a 6.882; las contables, de 0 a 43.071; las copistas —a mano y máquina— y secretarias, de 8.016 a 92.834; las taquígrafas y tipógrafas, de 7 a 58.633. Y esto sin contar las actrices, que de 692 han llegado a 2.862; las *clergyladies,* de 67 a 1.522, y las directoras de teatro, de 100 a 943. Aquí, con la escasez de trabajo y con las preocupaciones existentes, ¿qué hace una joven que no tiene fortuna? Además de los trabajos que he señalado, no le queda otro recurso que los coros del teatro, que ya se sabe para dónde van; los puestos de horchateras y camareras de café, limitados y peligrosos para la galería, pues para ejercerlos hay que ser guapa; y el baile nacional, para el país, o para la exportación. Y las Oteros son escasísimas. De aquí que un francés, en viendo a una española, sólo piense en el *petit air de guitare, olé.* ¡Las que quieren ser honradas y trabajar, encuentran costura, por ejemplo, se destrozan los pulmones, y por todo el día de labor sacan una pobre peseta! Hay quienes lo soportan todo y, o se echan un novio también pobre, y se van a vivir una vida de privaciones, o mueren sacrificando vida y belleza. En la galantería tampoco pueden encontrar un paraíso... La vida galante es aquí poco productiva, para las tristes máquinas del amor. La *cocotte* no se encuentra aquí como en París o Londres. La mayoría de infelices caídas va a parar a horribles establecimientos. Como la gracia y la belleza abundan en el pueblo, es ésta una de las capitales en que el amor fácil tiene mayor número de lamentables víctimas. Aún cruzan por las callejas tortuosas las viejas dueñas. Y la mujer española, entre las mil y tres, es la preferida de Don Juan.

CERTÁMENES Y EXPOSICIONES

7 de abril de 1900

En estos días cuatro exposiciones: la del Salón Amaré, la de carteles de *El Liberal,* la del concurso de *Blanco y Negro* y la de fotografías de *La Ilustración Española y Americana.* Antes de que la Casa Amaré inaugurase su salón, la capital de España no contaba con un local en que se expusiesen, con fines comerciales, las obras de los buenos artistas. En uno que otro punto solía verse, en promiscuidad inaudita, la obra de firmas notables y la amontonada bazofia oleosa que riega en incontenido flujo un ejército de cocineros del caballete. Barcelona tenía su salón Parés, en donde suele encontrarse bastante bueno. Madrid ofrece ya al comprador un centro aceptable; los señores Amaré han querido hacer algo como Le Barc Bouteville o Durand-Ruel, y por ello deben estarles agradecidos los artistas peninsulares. He visitado la casa. Antes del salón en que se exhiben los cuadros, he visto la sección de muebles. No he encontrado nada de particular. Inglaterra, Alemania, Francia han tenido en estos últimos años un gran desarrollo en sus artes aplicadas a la industria. Holgaría aquí toda comparación con esos países. Pero, aun Italia, cuenta con artistas que en la fabricación del mueble sostienen un carácter propio, exteriorizan una inventiva individual dentro de la tradición nacional: quiero nombrar, por ejemplo, a Bugatti y a Eugenio Quarti. En la Casa Amaré no hay una sola nota nueva a este respecto. Todo es *bonito;* y es decir esto, que el público queda encantado. Todo bien elaborado; más inútil buscar nada de creación. Vi en los diarios que cierto inglés había comprado en una regular cantidad un juego de dormitorio, para llevarlo a Londres. Me mostraron el célebre juego —¡más o menos *modern style!*—. Y pensé: el caso es muy inglés: ¡Éste sí que importa naranjas al Paraguay!

La sala es pequeña, suficiente para el mercado; tiene muy buena luz y está elegantemente puesta. Hase inaugurado con excelentes firmas. Al entrar, halaga la vista un cuadrito de Cecilio Pla, *La Araña:* una mujer, por cierto encantadora de coquetería, sentada y en actitud de atraer la mosca masculina; la figura es preciosa y de mucha gracia de factura; podría achacársela el ser muy «efecto de salón», muy «cubierta de *Figaro illustré*»; ¿pero qué le puede importar eso al señor Pla, cuya principal admiradora es en la Corte la infanta doña Isabel...?

El señor Alcalá Galiano, creo que pariente de don Juan Valera, e ilustrador de una reciente edición de *Juanita la Larga,* expone una pequeña tela, castigo de las pupilas, de una violencia de tintes que no superarían todos los cromos del poeta andaluz Salvador Rueda. Son unos gitanos en viaje, bajo el más fuerte de los soles; quizá sea el cuadro espejo de la realidad; mas suponiendo que los gitanos se vistiesen con el alma de las cochinillas, el jugo de las esmeraldas y el espíritu esencial de los ocres, no llegaría jamás, me parece, a la realización de esta escena bañada de una luz indecorosa y embijada de colores insultantes.

Cuatro Benlliures exponen: don Blas, don José, don Juan Antonio y don Mariano. Me parecen todos de condiciones plausibles, pero me detengo en un cuadro de don Blas. Reproduce un interior de iglesia, el de la basílica de San Francisco de Asís. El pintor ha logrado, ante todo, imponer la serenidad mística del recinto; ha tratado los planos de admirable manera, y ha obtenido la sensación del ambiente. Se revela al propio tiempo que entendido detallista, hábil imaginador de sus tubos, en su justo y discreto colorido, y esto es ya bastante en un medio artístico en que el virtuosismo impera en toda su potencia. Digno de nota es también el trabajo de don José, *Pobres de San Francisco.* Este mismo artista se distinguió en la última exposición de Bellas Artes de Venecia, con su cuadro *San Francesco al convento di S. Chiara.*

Se ve que los Benlliure hallan en el autor de las *Fioretti* temas e inspiraciones.

¡Que él les favorezca con la constancia y la revelación continua del maravilloso *frate Sole!*

Don Aureliano de Beruete, el autor del notable libro sobre Velázquez, que se publicó en francés con prólogo de Bonnat, y cuya edición española es probable que no se vea nunca, tiene en esta exposición una tela interesante, una impresión sentida y bien trasladada, en las orillas del Tajo. El señor Beruete es un paisajista de mérito y no es la menor de sus cualidades una sobriedad muy rara entre sus colegas.

Mariano Fortuny... ¿No os despierta este nombre el recuerdo de una fiesta de color, de una página de Gautier? El artista que hoy lleva ese nombre es el hijo del glorioso, del de *La Vicaría.* La gloria asimismo será para él. Y de mí diré que le consagro toda mi simpatía, pues sé que en él alienta un noble espíritu de arte, a quien Ángelo Conti, en armoniosa amistad, dedicara uno de los más puros libros de belleza que se hayan publicado en este siglo, *per la ricchezza del tuo ingegno e per la bontá del tuo votere*. La educación artística de este autor es casi toda italiana, a punto de que respecto a él diga un crítico del valer de Vittorio Pica: *Mariano Fortuny figlio, che io non mi so rassegnare a non considerare come un pitore italiano...* En el Salón Amaré hay un estudio suyo, dedicado por cierto a su tío Raimundo de Madrazo. Es una figura de mujer, de factura delicada, cuyas cualidades de dibujo están realzadas por la vida interior, por el alma que se transparenta a través de las líneas y toques de color.

Es la distinción el mejor de los dones de este artista; la distinción, rara virtud, que hizo brillar en un bello retrato expuesto en el certamen veneciano, el cual retrato alababa el crítico que he citado por su técnica sabia, «por su elegancia exquisita y fascinadora, que hace pensar en las estampas inglesas coloreadas, del siglo pasado».

Un saludo respetuoso y admiración a la obra del maestro Carlos de Haes. En la última Exposición de Bellas Artes, o Salón de Madrid, hubo una sala dedicada al pobre y gran pintor belga español, que en sus últimos años fue presa de la locura. Haes, el maestro de una generación de pintores, quien enseñó la ciencia del paisaje y dio la clave del sentimiento de la naturaleza, intérprete de admirables marinas y de vivientes campañas, lejos de las rudas manifestaciones de las paletas apopléticas, de las atronadoras murgas coloristas; Haes, el buen Haes, que debía tener un busto a la entrada del Museo de Arte Moderno. Hay de él aquí una marina, noble y serena, que se destaca en su marco, soberanamente, entre toda la habilidad circunstante.

Noto una buena cabeza de estudio de Bannas y me detengo ante una escena del Quijote, de Jiménez Aranda. He de repetir lo que otra vez he expresado de este autor: sus traslaciones de las escenas cervantinas dan a entender que el dibujante es excelente, pero el comprensivo, el revelador pictórico del gran novelista no se muestra.

Otra cosa es Moreno Carbonero, con todo y no ser un triunfo de alta visión artística su cuadro enviado a la Exposición de París. En esa tela, ¡cuanto *métier!*

Mas en un cuadrito que aquí encuentro, *La primera salida de Don Quijote*, el espíritu de Cervantes le ha ayudado. Ése es el amanecer, la blanca aurora en las rosadas puertas de Oriente; y ése es Don Quijote, que parte a sus aventuras. La poesía del cuadro es de comunicación inmediata, y la técnica, con ser mucha, no impide el paso suave de la gracia invisible.

Don Raimundo de Madrazo —¿cuántos son los ilustres? *Saluez!*—.
Muestra una vendedora de flores, fresca, floral. Quisiera hablaros de
otros cuadros, detenerme ante algo de Marinas, de Martínez Cubells,
de Masriera; pero Muñoz Degrain me llama con dos telas con-
cienzudas: *Laguna de Venecia* y *Bahía y puerto de Pasajes*. En ambas
el pincel libre hace admirar su maestría de juego, quizá de un *vero*
demasiado atrevido en la sinfonía veneciana, peligrosa ésta por la
suma de obras maestras que han brotado al amor de la divina ciudad;
en la otra tela, cálida y sentida en su conjunto, como detallada en
bizarrías de colorido francamente magistrales, trae por algo a la
memoria la bravura incomparable de Favretto, y el favor del numen
en premio de la pasión de la luz.

No he de dejar de citar un *Monaguillo* de Pinazo, hecho con la
mayor franqueza de pincel, y una *Cocina* de Emilio Sala, de valor
técnico, de color sabio, pero en donde la única figura no se sabe a
punto fijo qué hace. El señor Saint-Aubin, de quien en otra ocasión
he hablado, ha enviado dos trabajos en que, como otras veces, se
distingue su talento de compositor; es también un enamorado del
sol. Del célebre Sorolla hay también dos telas en que, como siempre,
prueba su vasto dominio de la pintura y su indigente comprensión
del arte.

Amador del arte es Raurich, que no tiene gran fama, y cuyo cuadro
principal en la Exposición del año pasado, si tuvo pocos estimadores
fue blanco, en cambio, de muchas saetas. El poema-paisaje de Raurich,
en esta sala, se llama *Otoño* y produce el contemplarlo un deleite
misterioso de poesía. ¡Es un estado de alma, un estado de corazón!
Es una unión íntima del espíritu de la naturaleza, que tiende a
manifestarse, con el espíritu del artista; y en esa soledad de agua y
de árboles esa unión se traduce; y en la melancolía de las hojas secas
y del ambiente, del paisaje todo, hay un encanto secreto, que en
estrofas de suaves colores penetra en nosotros por la senda visual,
a despertar en nuestro interior reminiscencias de lejanos ensueños.

Algo, muy poco, se expone de escultura, sin que nada de lo
expuesto pueda llamar seriamente la contemplación. Todo, por lo
común —como en la mayoría de los pintores—, es de asunto temal.
Tiende a su colocación en la vidriera de *bric-à-brac;* la anécdota *cocó*
o mediocremente sentimental; el busto de misia Todo-el-Mundo, o
los inevitables animales. Aquí se hacen ver una madona de Trilles,
que sale de lo usual, y un alto relieve de Susillo, del malogrado Susillo,
que se encuentra al paso, aunque no está en el catálogo: *La Oración
en el Huerto*. El pobre Susillo, que se suicidó no hace mucho tiempo,
produjo algunas obras que dicen lo que pudo llegar a ser, a pesar de

la sonora victoria de más de un picapedrero condecorado. Queda suyo poco, pero que conserva su recuerdo entre los artistas: *La primera contienda*, en el Museo de Sevilla, el *Aquelarre* y algo más de indiscutible fuerza.

Al salir del Salón Amaré no he podido menos de consagrar un recuerdo al señor Artal, que tanto hace por el arte español en Buenos Aires; y al propio tiempo, a Carlos Malagarriga, que ha tenido el valiente patriotismo de decir la verdad a los artistas de su patria respecto al arte peninsular en la Argentina.

No es superior, ni con mucho, la exposición Amaré, por ahora, a las exposiciones que el señor Artal ha llevado a cabo, a costa de sacrificios, es decir, perdiendo en casa de Witcomb. Es el caso, pues, que no se produce nada nuevo ni sobresaliente, porque el público que compra —que es escaso— no quiere otra cosa que lo que está acostumbrado a pagar. Lo que no se vende aquí va a Buenos Aires, en donde, más o menos, se empieza a gustar el buen arte, y hacen competencia los pintores franceses e italianos. Los pintores españoles que ciertamente valen —con las excepciones consiguientes— venden en Europa mismo, o en los Estados Unidos. Ésos son los que buscan sendas no usadas de bello arte, y que, por lo general, no gustan en su país.

CANTOS DE VIDA Y ESPERANZA Y OTROS POEMAS

CANTOS DE VIDA Y ESPERANZA, LOS CISNES Y OTROS POEMAS
[1905]

A Nicaragua,
a la República Argentina.

PREFACIO

Podría repetir aquí más de un concepto de las palabras liminares de *Prosas profanas*. Mi respeto por la aristocracia del pensamiento, por la nobleza del Arte, siempre es el mismo. Mi antiguo aborrecimiento a la mediocridad, a la mulatez intelectual, a la chatura estética, apenas si se aminora hoy con una razonada indiferencia.

El movimiento de libertad que me tocó iniciar en América se propagó hasta España, y tanto aquí como allá el triunfo está logrado. Aunque respecto a técnica tuviese demasiado que decir en el país en donde la expresión poética está anquilosada, a punto de que la momificación del ritmo ha llegado a ser un artículo de fe, no haré sino una corta advertencia. En todos los países cultos de Europa se ha usado del hexámetro absolutamente clásico, sin que la mayoría letrada y, sobre todo, la minoría leída se asustasen de semejante manera de cantar. En Italia ha mucho tiempo, sin citar antiguos, que Carducci ha autorizado los hexámetros; en inglés, no me atrevería casi a indicar, por respeto a la cultura de mis lectores, que la *Evangelina*, de Longfellow, está en los mismos versos en que Horacio dijo sus mejores pensares. En cuanto al verso libre moderno..., ¿no es verdaderamente singular que en esta tierra de Quevedos y Góngoras los únicos innovadores del instrumento lírico, los únicos libertadores del ritmo, hayan sido los poetas del *Madrid Cómico* y los libretistas del género chico?

Hago esta advertencia porque la forma es lo que primeramente toca a las muchedumbres. Yo no soy un poeta para las muchedumbres. Pero sé que indefectiblemente tengo que ir a ellas.

Cuando dije que mi poesía era *mía, en mí*, sostuve la primera condición de mi existir, sin pretensión ninguna de causar sectarismo en mente o voluntad ajena, y en un intenso amor a lo absoluto de la belleza.

Al seguir la vida que Dios me ha concedido tener, he buscado expresamente lo más noble y altamente en mi comprensión. Voy diciendo mi verso con una modestia tan orgullosa, que solamente las espigas comprenden, y cultivo, entre otras flores, una rosa rosada, concreción de alba, capullo de porvenir, entre el bullicio de la literatura.

Si en estos cantos hay política, es porque aparece universal. Y si encontráis versos a un presidente, es porque son un clamor continental. Mañana podremos ser yanquis (y es lo más probable); de todas maneras, mi protesta queda escrita sobre las alas de los inmaculados cisnes, tan ilustres como Júpiter.

R. D.

CANTOS DE VIDA Y ESPERANZA

A J[osé] Enrique Rodó.

I

Yo soy aquel que ayer no más decía
el verso azul y la canción profana,
en cuya noche un ruiseñor había
que era alondra de luz por la mañana.

El dueño fui de mi jardín de sueño,
lleno de rosas y de cisnes vagos;
el dueño de las tórtolas, el dueño
de góndolas y liras en los lagos;

y muy siglo diez y ocho y muy antiguo
y muy moderno; audaz, cosmopolita;
con Hugo fuerte y con Verlaine ambiguo,
y una sed de ilusiones infinita.

Yo supe de dolor desde mi infancia,
mi juventud... ¿fue juventud la mía?
Sus rosas aún me dejan su fragancia...
una fragancia de melancolía...

Potro sin freno se lanzó mi instinto,
mi juventud montó potro sin freno;
iba embriagada y con puñal al cinto;
si no cayó, fue porque Dios es bueno.

En mi jardín se vio una estatua bella;
se juzgó mármol y era carne viva;
una alma joven habitaba en ella,
sentimental, sensible, sensitiva.

Y tímida ante el mundo, de manera
que encerrada en silencio no salía,
sino cuando en la dulce primavera
era la hora de la melodía...

Hora de ocaso y de discreto beso;
hora crepuscular y de retiro;
hora de madrigal y de embeleso,
de «te adoro», de «¡ay!» y de suspiro.

Y entonces era en la dulzaina un juego
de misteriosas gamas cristalinas,
un renovar de notas del Pan griego
y un desgranar de músicas latinas.

Con aire tal y con ardor tan vivo,
que a la estatua nacía de repente
en el muslo viril patas de chivo
y dos cuernos de sátiro en la frente.

Como la Galatea gongorina
me encantó la marquesa verleniana,
y así juntaba a la pasión divina
una sensual hiperestesia humana;

todo ansia, todo ardor, sensación pura
y vigor natural; y sin falsía,
y sin comedia y sin literatura...:
si hay una alma sincera, ésa es la mía.

La torre de marfil tentó mi anhelo;
quise encerrarme dentro de mí mismo,
y tuve hambre de espacio y sed de cielo
desde las sombras de mi propio abismo.

Como la esponja que la sal satura
en el jugo del mar, fue el dulce y tierno
corazón mío, henchido de amargura
por el mundo, la carne y el infierno.

Mas, por gracia de Dios, en mi conciencia
el Bien supo elegir la mejor parte;

y si hubo áspera hiel en mi existencia,
melificó toda acritud el Arte.

Mi intelecto libré de pensar bajo,
bañó el agua castalia el alma mía,
peregrinó mi corazón y trajo
de la sagrada selva la armonía.

¡Oh, la selva sagrada! ¡Oh, la profunda
emanación del corazón divino
de la sagrada selva! ¡Oh, la fecunda
fuente cuya virtud vence al destino!

Bosque ideal que lo real complica,
allí el cuerpo arde y vive y Psiquis vuela;
mientras abajo el sátiro fornica,
ebria de azul deslíe Filomela.

Perla de ensueño y música amorosa
en la cúpula en flor del laurel verde,
Hipsipila sutil liba en la rosa,
y la boca del fauno el pezón muerde.

Allí va el dios en celo tras la hembra,
y la caña de Pan se alza del lodo;
la eterna vida sus semillas siembra,
y brota la armonía del gran Todo.

El alma que entra allí debe ir desnuda,
temblando de deseo y fiebre santa,
sobre cardo heridor y espina aguda:
así sueña, así vibra y así canta.

Vida, luz y verdad, tal triple llama
produce la interior llama infinita.
El Arte puro como Cristo exclama:
Ego sum lux et veritas et vita!

Y la vida es misterio, la luz ciega
y la verdad inaccesible asombra;
la adusta perfección jamás se entrega,
y el secreto ideal duerme en la sombra.

Por eso ser sincero es ser potente;
de desnuda que está, brilla la estrella;
el agua dice el alma de la fuente
en la voz de cristal que fluye de ella.

Tal fue mi intento, hacer del alma pura
mía, una estrella, una fuente sonora,
con el horror de la literatura
y loco de crepúsculo y de aurora.

Del crepúsculo azul que da la pauta
que los celestes éxtasis inspira,
bruma y tono menor —¡toda la flauta!,
y Aurora, hija del Sol —¡toda la lira!

Pasó una piedra que lanzó una honda;
pasó una flecha que aguzó un violento.
La piedra de la honda fue a la onda,
y la flecha del odio fuese al viento.

La virtud está en ser tranquilo y fuerte;
con el fuego interior todo se abrasa;
se triunfa del rencor y de la muerte,
y hacia Belén... ¡la caravana pasa!

[París, 1904]

II

SALUTACIÓN DEL OPTIMISTA

Ínclitas razas ubérrimas, sangre de Hispania fecunda,
espíritus fraternos, luminosas almas, ¡salve!
Porque llega el momento en que habrán de cantar nuevos himnos
lenguas de gloria. Un vasto rumor llena los ámbitos;
mágicas ondas de vida van renaciendo de pronto;
retrocede el olvido, retrocede engañada la muerte;
se anuncia un reino nuevo, feliz sibila sueña
y en la caja pandórica de que tantas desgracias surgieron
encontramos de súbito, talismánica, pura, riente,

cual pudiera decirla en sus versos Virgilio divino,
la divina reina de luz, ¡la celeste Esperanza!

Pálidas indolencias, desconfianzas fatales que a tumba
o a perpetuo presidio condenasteis al noble entusiasmo,
ya veréis el salir del sol en un triunfo de liras,
mientras dos continentes, abonados de huesos gloriosos,
del Hércules antiguo la gran sombra soberbia evocando,
digan al orbe: la alta virtud resucita
que a la hispana progenie hizo dueña de siglos.
Abominad la boca que predice desgracias eternas,
abominad los ojos que ven sólo zodíacos funestos,
abominad las manos que apedrean las ruinas ilustres,
o que la tea empuñan o la daga suicida.

Siéntense sordos ímpetus en las entrañas del mundo,
la inminencia de algo fatal hoy conmueve la Tierra;
fuertes colosos caen, se desbandan bicéfalas águilas,
y algo se inicia como vasto social cataclismo
sobre la faz del orbe. ¿Quién dirá que las savias dormidas
no despierten entonces en el tronco del roble gigante
bajo el cual se exprimió la ubre de la loba romana?
¿Quién será el pusilánime que al vigor español niegue músculos
y que al alma española juzgase áptera y ciega y tullida?
No es Babilonia ni Nínive enterrada en olvido y en polvo
ni entre momias y piedras reina que habita el sepulcro,
la nación generosa, coronada de orgullo inmarchito,
que hacia el lado del alba fija las miradas ansiosas,
ni la que tras los mares en que yace sepultada la Atlántida,
tiene su coro de vástagos, altos, robustos y fuertes.

Únanse, brillen, secúndense tantos vigores dispersos;
formen todos un solo haz de energía ecuménica.
Sangre de Hispania fecunda, sólidas, ínclitas razas,
muestren los dones pretéritos que fueron antaño su triunfo.
Vuelva el antiguo entusiasmo, vuelva el espíritu ardiente
que regará lenguas de fuego en esa epifanía.
Juntas las testas ancianas ceñidas de líricos lauros
y las cabezas jóvenes que la Alta Minerva decora,
así los manes heroicos de los primitivos abuelos,
de los egregios padres que abrieron el surco prístino,
sientan los soplos agrarios de primaverales retornos

y el rumor de espigas que inició la labor triptolémica.
Un continente y otro renovando las viejas prosapias,
en espíritu unidos, en espíritu y ansias y lengua
ven llegar el momento en que habrán de cantar nuevos himnos.

La latina estirpe verá la gran alba futura,
y en un trueno de música gloriosa, millones de labios
saludarán la espléndida luz que vendrá del Oriente,
Oriente augusto en donde todo lo cambia y renueva
la eternidad de Dios, la actividad infinta.
Y así sea esperanza la visión permanente en nosotros.
¡Ínclitas razas ubérrimas, sangre de Hispania fecunda!

[Madrid, marzo de 1905]

III

AL REY ÓSCAR

*Le Roy de Suède et de Norvège, après avoir visité Saint-
Jean-de-Luz s'est rendu à Hendaye et à Fonterrabie. En
arrivant sur le sol espagnol, il a crié: «Vive l'Espagne!»*

Le Figaro, mars 1899.

Así, Sire, en el aire de la Francia nos llega
la paloma de plata de Suecia y de Noruega,
que trae en vez de olivo una rosa de fuego.
Un búcaro latino, un noble vaso griego
recibirá el regalo del país de la nieve.
¡Qué a los reinos boreales el patrio viento lleve
otra rosa de sangre y de luz españolas;
pues sobre la sublime hermandad de las olas,
al brotar tu palabra, un saludo le envía
al sol de medianoche el sol de Mediodía!

Si Segismundo siente pesar, Hamlet se inquieta.
El Norte ama las palmas; y se junta el poeta
del fjord con el del carmen, porque el mismo oriflama
es de azur. Su divina cornucopia derrama

sobre el polo y el trópico la Paz; y el orbe gira
en un ritmo uniforme por una propia lira:
el Amor. Allá surge Sigurd que al Cid se aúna.
Cerca de Dulcinea brilla el rayo de luna,
y la musa de Bécquer del ensueño es esclava
bajo un celeste palio de luz escandinava.

    Sire de ojos azules, gracias: por los laureles
de cien bravos vestidos de honor; por los claveles
de la tierra andaluza y la Alhambra del moro;
por la sangre solar de una raza de oro;
por la armadura antigua y el yelmo de la gesta;
por las lanzas que fueron una vasta floresta
de gloria y que pasaron Pirineos y Andes;
por Lepanto y Otumba; por el Perú, por Flandes;
por Isabel que cree, por Cristóbal que sueña
y Velázquez que pinta y Cortés que domeña;
por el país sagrado en que Herakles afianza
sus macizas columnas de fuerza y esperanza,
mientras Pan trae el ritmo con la egregia siringa
que no hay trueno que apague ni tempestad que extinga;
por el león simbólico y la Cruz, gracias, Sire.

    ¡Mientras el mundo aliente, mientras la esfera gire,
mientras la onda cordial alimente un ensueño,
mientras haya una viva pasión, un noble empeño,
un buscado imposible, una imposible hazaña,
una América oculta que hallar, vivirá España!

    Y pues tras la tormenta vienes de peregrino
real, a la morada que entristeció el destino,
la morada que viste luto sus puertas abra
al purpúreo y ardiente vibrar de tu palabra:

    ¡y que sonría, oh rey Óscar, por un instante;
y tiemble en la flor áurea el más puro brillante
para quien sobre brillos de corona y de nombre,
con labios de monarca lanza un grito de hombre!

[Madrid, marzo de 1899]

IV

LOS TRES REYES MAGOS

—Yo soy Gaspar. Aquí traigo el incienso.
Vengo a decir: La vida es pura y bella.
Existe Dios. El amor es inmenso.
¡Todo lo sé por la divina Estrella!

—Yo soy Melchor. Mi mirra aroma todo.
Existe Dios. Él es la luz del día.
La blanca flor tiene sus pies en lodo.
¡Y en el placer hay la melancolía!

—Soy Baltasar. Traigo el oro. Aseguro
que existe Dios. Él es el grande y fuerte.
Todo lo sé por el lucero puro
que brilla en la diadema de la Muerte.

—Gaspar, Melchor y Baltasar, callaos.
Triunfa el amor, y a su fiesta os convida.
¡Cristo resurge, hace la luz del caos
y tiene la corona de la Vida!

[¿1905?]

V

CYRANO EN ESPAÑA

He aquí que Cyrano de Bergerac traspasa
de un salto el Pirineo. Cyrano está en su casa.
¿No es en España, acaso, la sangre vino y fuego?
Al gran gascón saluda y abraza el gran manchego.
¿No se hacen en España los más bellos castillos?
Roxanas encarnaron con rosas los Murillos,
y la hoja toledana que aquí Quevedo empuña
conócenla los bravos cadetes de Gascuña.
Cyrano hizo su viaje a la Luna; mas, antes,
ya el divino lunático de don Miguel Cervantes
pasaba entre las dulces estrellas de su sueño

jinete en el sublime pegaso Clavileño.
Y Cyrano ha leído la maravilla escrita,
y al pronunciar el nombre del Quijote, se quita
Bergerac el sombrero; Cyrano Balazote
siente que es lengua suya la lengua del Quijote.
Y la nariz heroica del gascón se diría
que husmea los dorados vinos de Andalucía.
Y la espada francesa, por él desenvainada,
brilla bien en la tierra de la capa y la espada.
¡Bien venido, Cyrano de Bergerac! Castilla
te da su idioma, y tu alma, como tu espada, brilla
al sol que allá en tus tiempos no se ocultó en España.
Tu nariz y penacho no están en tierra extraña,
pues vienes a la tierra de la Caballería.
Eres el noble huésped de Calderón. María
Roxana te demuestra que lucha la fragancia
de las rosas de España con las rosas de Francia,
y sus supremas gracias, y sus sonrisas únicas,
y sus miradas, astros que visten negras túnicas,
y la lira que vibra en su lengua sonora
te dan una Roxana de España, encantadora.
¡Oh poeta! ¡Oh celeste poeta de la facha
grotesca! Bravo y noble y sin miedo y sin tacha,
príncipe de locuras, de sueños y de rimas:
tu penacho es hermano de las más altas cimas,
del nido de tu pecho una alondra se lanza,
un hada es tu madrina, y es la Desesperanza;
y en medio de la selva del duelo y del olvido
las nueve musas vendan tu corazón herido.
¿Allá en la Luna hallaste algún mágico prado
donde vaga el espíritu de Pierrot desolado?
¿Viste el palacio blanco de los locos del Arte?
¿Fue acaso la gran sombra de Píndaro a encontrarte?
¿Contemplaste la mancha roja que entre las rocas
albas forma el castillo de las Vírgenes locas?
¿Y en un jardín fantástico de misteriosas flores
no oíste al melodioso Rey de los ruiseñores?
No juzgues mi curiosa demanda inoportuna,
pues todas esas cosas existen en la Luna.
¡Bien venido, Cyrano de Bergerac! Cyrano
de Bergerac, cadete y amante, y castellano
que trae los recuerdos que Durandal abona

al país en que aún brillan las luces de Tizona.
El Arte es el glorioso vencedor. Es el Arte
el que vence el espacio y el tiempo, su estandarte,
pueblos, es del espíritu el azul oriflama.
¿Qué elegido no corre si su trompeta llama?
Y a través de los siglos se contestan, oíd:
la Canción de Rolando y la Gesta del Cid.
Cyrano va marchando, poeta y caballero,
al redoblar sonoro del grave Romancero.
Su penacho soberbio tiene nuestra aureola.
Son sus espuelas finas de fábrica española.
Y cuando en su balada Rostand teje el envío,
creeríase a Quevedo rimando un desafío.
¡Bien venido, Cyrano de Bergerac! No seca
el tiempo el lauro; el viejo Corral de la Pacheca
recibe al generoso embajador del fuerte
Molière. En copa gala Tirso su vino vierte.
Nosotros exprimimos las uvas de champaña
para beber por Francia y en un cristal del España.

[Madrid, enero de 1899]

VI

SALUTACIÓN A LEONARDO

Maestro, Pomona levanta su cesto. Tu estirpe
saluda la Aurora. ¡Tu Aurora! Que extirpe
de la indiferencia la mancha; que gaste
la dura cadena de siglos; que aplaste
al sapo la piedra de su honda.

Sonrisa más dulce no sabe Gioconda.
El verso su ala y el ritmo su onda
hermanan en una
dulzura de luna
que suave resbala
(el ritmo de la onda y el verso del ala
del mágico cisne, sobre la laguna)
sobre la laguna.

Y así, el soberano maestro
del estro,
las vagas figuras
del sueño se encarnan en líneas tan puras,
que el sueño
recibe la sangre del mundo mortal,
y Psiquis consigue su empeño
de ser advertida a través del terrestre cristal.
(Los bufones
que hacen sonreír a Monna Lisa,
saben canciones
que ha tiempo en los bosques de Grecia decía la risa
de la brisa.)

Pasa su Eminencia.
Como flor o pecado en su traje
rojo;
como flor o pecado, o conciencia
de sutil monseñor que a su paje
mira con vago recelo o enojo.
Nápoles deja a la abeja de oro
hacer su miel
en su fiesta de azul; y el sonoro
bandolín y el laurel
nos anuncian Florencia.

Maestro, si allá en Roma
quema el sol de Segor y Sodoma
la amarga ciencia
de purpúreas banderas, tu gesto las palmas nos da
redimidas,
bajo los arcos
de tu genio: San Marcos
y Partenón de luces y líneas y vidas.
(Tus bufones
que hacen la risa
de Monna Lisa
saben tan antiguas canciones.)

Los leones de Asuero
junto al trono para recibirte,
mientras sonríe el divino Monarca;

pero
hallarás la sirte,
la sirte para tu barca
si partís en la lírica barca
con tu Gioconda...
La onda
y el viento
saben la tempestad para tu cargamento.

¡Maestro!
pero tú en cabalgar y domar fuiste diestro;
pasiones e ilusiones:
a unas con el freno, a otras con el cabestro
las domaste, cebras o leones.
Y en la selva del Sol, prisionera
tuviste la fiera
de la luz; y esa loca fue casta
cuando dijiste: «Basta».
Seis meses maceraste tu Ester en tus aromas.
De tus techos reales volaron las palomas.

Por tu cetro y tu gracia sensitiva,
por tu copa de oro en que sueñan las rosas,
en mi ciudad, que es tu cautiva,
tengo un jardín de mármol y de piedras preciosas
que custodia una esfinge viva.

[Madrid, 1899]

VII

PEGASO

Cuando iba yo a montar ese caballo rudo
y tembloroso, dije: «La vida es pura y bella»,
entre sus cejas vivas vi brillar una estrella.
El cielo estaba azul y yo estaba desnudo.

Sobre mi frente Apolo hizo brillar su escudo
y de Belerofonte logré seguir la huella.

Toda cima es ilustre si Pegaso la sella,
y yo, fuerte, he subido donde Pegaso pudo.

¡Yo soy el caballero de la humana energía,
yo soy el que presenta su cabeza triunfante
coronada con el laurel del Rey del día;

domador del corcel de cascos de diamante,
voy en un gran volar, con la aurora por guía,
adelante en el vasto azur, siempre adelante!

[¿1905?]

VIII

A ROOSEVELT

¡Es con voz de la Biblia, o verso de Walt Whitman,
que habría que llegar hasta ti, Cazador!
¡Primitivo y moderno, sencillo y complicado,
con un algo de Washington y cuatro de Nemrod!

Eres los Estados Unidos,
eres el futuro invasor
de la América ingenua que tiene sangre indígena,
que aún reza a Jesucristo y aún habla en español.

Eres soberbio y fuerte ejemplar de tu raza;
eres culto, eres hábil; te opones a Tolstoy.
Y domando caballos, o asesinando tigres,
eres un Alejandro-Nabucodonosor.
(Eres un profesor de energía,
como dicen los locos de hoy.)

Crees que la vida es incendio,
que el progreso es erupción;
en donde pones la bala
el porvenir pones.

No.

Los Estados Unidos son potentes y grandes.
Cuando ellos se estremecen hay un hondo temblor
que pasa por las vértebras enormes de los Andes.
Si clamáis, se oye como el rugir del león.

Ya Hugo a Grant le dijo: «Las estrellas son vuestras.»
(Apenas brilla, alzándose, el argentino sol
y la estrella chilena se levanta...) Sois ricos.
Juntáis al culto de Hércules el culto del Mammón;
y alumbrando el camino de la fácil conquista,
la Libertad levanta su antorcha en Nueva York.

Mas la América nuestra, que tenía poetas
desde los viejos tiempos de Netzahualcoyotl,
que ha guardado las huellas de los pies del gran Baco,
que el alfabeto pánico en un tiempo aprendió;
que consultó los astros, que conoció la Atlántida,
cuyo nombre nos llega resonando en Platón,
que desde los remotos momentos de su vida
vive de luz, de fuego, de perfume, de amor,
la América del grande Moctezuma, del Inca,
la América fragante de Cristóbal Colón,
la América católica, la América española,
la América en que dijo el noble Guatemoc:
«Yo no estoy en un lecho de rosas»; esa América
que tiembla de huracanes y que vive de Amor;
hombres de ojos sajones y alma bárbara, vive.
Y sueña. Y ama, y vibra; y es la hija del Sol.
Tened cuidado. ¡Vive la América española!,
hay mil cachorros sueltos del León Español.
Se necesitaría, Roosevelt, ser por Dios mismo,
el Riflero terrible y el fuerte Cazador,
para poder tenernos en vuestras férreas garras.

Y, pues contáis con todo, falta una cosa: ¡Dios!

[Málaga, 1904]

IX

¡Torres de Dios! ¡Poetas!
¡Pararrayos celestes,
que resistís las duras tempestades,
como crestas escuetas,
como picos agrestes,
rompeolas de las eternidades!

La mágica esperanza anuncia un día
en que sobre la roca de armonía
expirará la pérfida sirena.
¡Esperad, esperemos todavía!

Esperad todavía.
El bestial elemento se solaza
en el odio a la sacra poesía
y se arroja baldón de raza a raza.

La insurrección de abajo
tiende a los Excelentes.
El caníbal codicia su tasajo
con roja encía y afilados dientes.

Torres, poned al pabellón sonrisa.
Poned ante ese mal y ese recelo
una soberbia insinuación de brisa
y una tranquilidad de mar y cielo...

[París, 1903]

X

CANTO DE ESPERANZA

Un gran vuelo de cuervos mancha el azul celeste.
Un soplo milenario trae amagos de peste.
Se asesinan los hombres en el extremo Este.

¿Ha nacido el apocalíptico Anticristo?
Se han sabido presagios y prodigios se han visto
y parece inminente el retorno del Cristo.

La tierra está preñada de dolor tan profundo
que el soñador, imperial meditabundo,
sufre con las angustias del corazón del mundo.

Verdugos de ideales afligieron la tierra,
en un pozo de sombra la humanidad se encierra
con los rudos molosos del odio y de la guerra.

¡Oh, Señor Jesucristo, por qué tardas, qué esperas
para tender tu mano de luz sobre las fieras
y hacer brillar al sol tus divinas banderas!

Surge de pronto y vierte la esencia de la vida
sobre tanta alma loca, triste o empedernida
que amante de tinieblas tu dulce aurora olvida.

Ven, Señor, para hacer la gloria de ti mismo,
ven con temblor de estrellas y horror de cataclismo,
ven a traer amor y paz sobre el abismo.

Y tu caballo blanco, que miró el visionario,
pase. Y suene el divino clarín extraordinario.
Mi corazón será brasa de tu incensario.

[1904]

XI

Mientras tenéis, oh negros corazones,
conciliábulos de odio y de miseria,
el órgano de Amor riega sus sones.
Cantan: oíd: «La vida es dulce y seria.»

Para ti, pensador meditabundo,
pálido de sentirte tan divino,
es más hostil la parte agria del mundo.
Pero tu carne es pan, tu sangre es vino.

Dejad pasar la noche de la cena
—¡oh Shakespeare pobre, y oh Cervantes manco!—
y la pasión del vulgo que condena.
Un gran Apocalipsis horas futuras llena.
¡Ya surgirá vuestro Pegaso blanco!

XII

HELIOS

¡Oh, ruido divino,
oh, ruido sonoro!
Lanzó la alondra matinal el trino,
y sobre ese preludio cristalino,
los caballos de oro
de que el Hiperionida
lleva la rienda asida,
al trotar forman música armoniosa,
un argentino trueno,
y en el azul sereno
con sus cascos de fuego dejan huellas de rosa.
Adelante, oh cochero
celeste, sobre Osa;
y Pelión sobre Titania viva.
Atrás se queda el trémulo matutino lucero,
y el universo el verso de su música activa.

Pasa, oh dominador, ¡oh conductor del carro
de la mágica ciencia! Pasa, pasa, ¡oh bizarro
manejador de la fatal cuadriga
que al pisar sobre el viento
despierta el instrumento
sacro! Tiemblan las cumbres
de los montes más altos,
que en sus rítmicos saltos
tocó Pegaso. Giran muchedumbres
de águilas bajo el vuelo
de tu poder fecundo,
y si hay algo que iguale la alegría del cielo,
es el gozo que enciende las entrañas del mundo.

¡Helios!, tu triunfo es ése,
pese a las sombras, pese
a la noche, y al miedo, y a la lívida Envidia.
Tú pasas, y la sombra, y el daño, y la desidia,
y la negra pereza, hermana de la muerte,
y el alacrán del odio que su ponzoña vierte,

y Satán todo, emperador de las tinieblas,
se hunden, caen. Y haces el alba rosa, y pueblas
de amor y de virtud las humanas conciencias,
riegas todas las artes, brindas todas las ciencias;
los castillos de duelo de la maldad derrumbas,
abres todos los nidos, cierras todas las tumbas,
y sobre los vapores del tenebroso Abismo,
pintas la Aurora, el Oriflama de Dios mismo.

¡Helios! Portaestandarte
de Dios, padre del Arte,
la paz es imposible, mas el amor eterno.
Danos siempre el anhelo de la vida,
y una chispa sagrada de tu antorcha encendida
con que esquivar podamos la entrada del Infierno.
Que sientan las naciones
el volar de tu carro,
que hallen los corazones
humanos en el brillo de tu carro, esperanza;
que del alma-Quijote, y el cuerpo-Sancho Panza
vuele una psique cierta a la verdad del sueño;
que hallen las ansias grandes de este vivir pequeño
una realización invisible y suprema;
¡Helios! ¡Que no nos mate tu llama que nos quema!
Gloria hacia ti del corazón de las manzanas,
de los cálices blancos de los lirios,
y del amor que manas
hecho de dulces fuegos y divinos martirios,
y del volcán inmenso,
y del hueso minúsculo,
y del ritmo que pienso,
y del ritmo que vibra en el corpúsculo,
y del Oriente intenso
y de la melodía del crepúsculo.

¡Oh, ruido divino!
Pasa sobre la cruz del palacio que duerme,
y sobre el alma inerme
de quien no sabe nada. No turbes el destino,
¡oh, ruido sonoro!
El hombre, la nación, el continente, el mundo,

aguardan la virtud de tu carro fecundo,
¡cochero azul que riges los caballos de oro!

[¿1903?]

XIII

SPES

Jesús, incomparable perdonador de injurias,
óyeme; Sembrador de trigo, dame el tierno
pan de tus hostias; dame, contra el sañudo infierno,
una gracia lustral de iras y lujurias.

Dime que este espantoso horror de la agonía
que me obsede, es no más de mi culpa nefanda,
que al morir hallaré la luz de un nuevo día
y que entonces oiré mi «¡Levántate y anda!»

[¿1905?]

XIV

MARCHA TRIUNFAL

¡Ya viene el cortejo!
¡Ya viene el cortejo! Ya se oyen los claros clarines.
La espada se anuncia con vivo reflejo;
ya viene, oro y hierro, el cortejo de los paladines.

Ya pasa debajo los arcos ornados de blancas Minervas y Martes,
los arcos triunfales en donde las Famas erigen sus largas trompetas,
la gloria solemne de los estandartes
llevados por manos robustas de heroicos atletas.
Se escucha el ruido que forman las armas de los caballeros,
los frenos que mascan los fuertes caballos de guerra,
los cascos que hieren la tierra
y los timbaleros,
que el paso acompasan con ritmos marciales.
¡Tal pasan los fieros guerreros
debajo los arcos triunfales!

Los claros clarines de pronto levantan sus sones,
su canto sonoro,
su cálido coro,
que envuelve en un trueno de oro
la augusta soberbia de los pabellones.
Él dice la lucha, la herida venganza,
las ásperas crines,
los rudos penachos, la pica, la lanza,
la sangre que riega de heroicos carmines
la tierra;
los negros mastines
que azuza la muerte, que rige la guerra.

Los áureos sonidos
anuncian el advenimiento
triunfal de la Gloria;
dejando el picacho que guarda sus nidos,
tendiendo sus alas enormes al viento,
los cóndores llegan. ¡Llegó la victoria!

Ya pasa el cortejo.
Señala el abuelo los héroes al niño:
ved cómo la barba del viejo
los bucles de oro circunda de armiño.
Las bellas mujeres aprestan coronas de flores,
y bajo los pórticos vense sus rostros de rosa;
y la más hermosa
sonríe al más fiero de los vencedores
¡Honor al que trae cautiva la extraña bandera;
honor al herido y honor a los fieles
soldados que muerte encontraron por mano extranjera!
¡Clarines! ¡Laureles!

Las nobles espadas de tiempos gloriosos,
desde sus panoplias saludan las nuevas coronas y lauros:
las viejas espadas de los granaderos, más fuertes que osos,
hermanos de aquellos lanceros que fueron centauros.
Las trompas guerreras resuenan;
de voces los aires se llenan...
A aquellas antiguas espadas,
a aquellos ilustres aceros,
que encarnan las glorias pasadas...

Y al sol que hoy alumbra las nuevas victorias ganadas,
y al héroe que guía su grupo de jóvenes fieros,
al que ama la insignia del suelo materno,
al que ha desafiado, ceñido el acero y el arma en la mano,
los soles del rojo verano,
las nieves y vientos del gélido invierno,
la noche, la escarcha
y el odio y la muerte, por ser por la patria inmortal,
¡saludan con voces de bronce las tropas de guerra que tocan la marcha
triunfal...!

[Martín García, mayo de 1895]

LOS CISNES

A Juan R[amón] Jiménez.

I

¿Qué signo haces, oh Cisne, con tu encorvado cuello
al paso de los tristes y errantes soñadores?
¿Por qué tan silencioso de ser blanco y ser bello,
tiránico a las aguas e impasible a las flores?

Yo te saludo ahora como en versos latinos
te saludara antaño Publio Ovidio Nasón.
Los mismos ruiseñores cantan los mismos trinos,
y en diferentes lenguas es la misma canción.

A vosotros mi lengua no debe ser extraña.
A Garcilaso visteis, acaso, alguna vez...
Soy un hijo de América, soy un nieto de España...
Quevedo pudo hablaros en verso en Aranjuez...

Cisnes, los abanicos de vuestras alas frescas
den a las frentes pálidas sus caricias más puras
y alejen vuestras blancas figuras pintorescas
de nuestras mentes tristes las ideas oscuras.

Brumas septentrionales nos llenan de tristezas,
se mueren nuestras rosas, se agostan nuestras palmas,
casi no hay ilusiones para nuestras cabezas,
y somos los mendigos de nuestras pobres almas.

Nos predican la guerra con águilas feroces,
gerifaltes de antaño revienen a los puños,
mas no brillan las glorias de las antiguas hoces,
ni hay Rodrigos ni Jaimes, ni hay Alfonsos ni Nuños.

Faltos de alimento que dan las grandes cosas,
¿qué haremos los poetas sino buscar tus lagos?
A falta de laureles son muy dulces las rosas,
y a falta de victorias busquemos los halagos.

La América Española como la España entera
fija ésta en el Oriente de su fatal destino;
yo interrogo a la Esfinge que el porvenir espera
con la interrogación de tu cuello divino.

¿Seremos entregados a los bárbaros fieros?
¿Tantos millones de hombres hablaremos inglés?
¿Ya no hay nobles hidalgos ni bravos caballeros?
¿Callaremos ahora para llorar después?

He lanzado mi grito, Cisnes, entre vosotros,
que habéis sido los fieles en la desilusión,
mientras siento una fuga de americanos potros
y el estertor postrero de un caduco león...

... Y un Cisne negro dijo: «La noche anuncia el día.»
Y uno blanco: «¡La aurora es inmortal,
la aurora es inmortal!» ¡Oh, tierras de sol y de armonía,
aún guarda la Esperanza la caja de Pandora!

II

EN LA MUERTE DE RAFAEL NÚÑEZ

Que sais-je?

El pensador llegó a la barca negra;
y le vieron hundirse
en las brumas del lago del Misterio
los ojos de los Cisnes.

Su manto de poeta
reconocieron los ilustres lises
y el laurel y la espina entremezclados
sobre la frente triste.

A lo lejos alzábanse los muros
de la ciudad teológica, en que vive
la sempiterna Paz. La negra barca
llegó a la ansiada costa, y el sublime
espíritu gozó la suma gracia;
y, ¡oh Montaigne!, Núñez vio la cruz erguirse,
y halló al pie de la sacra Vencedora
el helado cadáver de la Esfinge.

[Buenos Aires, septiembre de 1894]

III

Por un momento, oh Cisne, juntaré mis anhelos
a los de tus dos alas que abrazaron a Leda,
y a mi maduro ensueño, aun vestido de seda,
dirás, por los Dioscuros, la gloria de los cielos.

Es el otoño. Ruedan de la flauta consuelos.
Por un instante, oh Cisne, en la oscura alameda
sorberé entre dos labios lo que el Pudor me veda,
y dejaré mordidos Escrúpulos y Celos.

Cisne, tendré tus alas blancas por un instante,
y el corazón de rosa que hay en tu dulce pecho
palpitará en el mío con su sangre constante.

Amor será dichoso, pues estará vibrante
el júbilo que pone al gran Pan en acecho
mientras un ritmo esconde la fuente de diamante.

IV

¡Antes de todo, gloria de ti, Leda!
tu dulce vientre, cubrió de seda
el Dios. ¡Miel y oro sobre la brisa!
Sonaban alternativamente
flauta y cristales, Pan y la fuente.
¡Tierra era canto, Cielo sonrisa!

Ante el celeste, supremo acto,
dioses y bestias hicieron pacto.
Se dio a la alondra la luz del día,
se dio a los búhos sabiduría,
y mediodías al ruiseñor.
A los leones fue la victoria,
para las águilas toda la gloria,
y a las palomas todo el amor.

Pero vosotros sois los divinos
príncipes. Vagos como las naves,
inmaculados como los linos,
maravillosos como las aves.

En vuestros picos tenéis las prendas,
que manifiestan corales puros.
Con vuestros pechos abrís las sendas
que arriba indican los Dioscuros.

Las dignidades de vuestros actos,
eternizadas en lo infinito,
hacen que sean ritmos exactos,
voces de ensueño, luces de mito.

De orgullo olímpico sois el resumen,
¡oh, blancas urnas de la armonía!
Ebúrneas joyas que anima un numen
con su celeste melancolía.

¡Melancolía de haber amado,
junto a la fuente de la arboleda,
el luminoso cuello estirado
entre los blancos muslos de Leda!

PROSAS PROFANAS Y OTROS POEMAS

*A
Carlos Vega Belgrano
afectuosamente
este libro
dedica
R. D.*

[0]

PALABRAS LIMINARES

Después de *Azul...*, después de *Los Raros*, voces insinuantes, buena y mala intención, entusiasmo sonoro y envidia subterránea, —todo bella cosecha— solicitaron lo que, en conciencia, no he creído fructuoso ni oportuno: un manifiesto.

Ni fructuoso ni oportuno:

a) Por la absoluta falta de elevación mental de la mayoría pensante de nuestro continente, en la cual impera el universal personaje clasificado por Remy de Gourmont con el nombre de Celui-qui ne comprend-pas. Celui qui ne comprend-pas es entre nosotros profesor, académico correspondiente de la Real Academia Española, periodista, abogado, poeta, rastaquouer.

b) Porque la obra colectiva de los nuevos de América es aún vana, estando muchos de los mejores talentos en el limbo de un completo desconocimiento del mismo Arte a que se consagran.

c) Porque proclamando, como proclamo, una estética acrática, la imposición de un modelo o de un código implicaría una contradicción.

Yo no tengo literatura «mía» —como la ha manifestado una magistral autoridad—, para marcar el rumbo de los demás: mi literatura es *mía* en mí; —quien siga servilmente mis huellas perderá su tesoro personal y, paje o esclavo, no podrá ocultar sello o librea. Wagner a Augusta Holmes, su discípula, dijo un día: «Lo primero, no imitar a nadie, y sobre todo a mí». Gran decir.

*

Yo he dicho, en la misa rosa de mi juventud, mis antífonas,   10
mis secuencias, mis profanas prosas. —Tiempo y menos fatigas de
alma y corazón me han hecho falta, para, como un buen monje
artífice, hacer mis mayúsculas dignas de cada página del
breviario. (A través de los fuegos divinos de las vidrieras
historiadas, me río del viento que sopla afuera, del mal que
pasa.) Tocad, campanas de oro, campanas de plata; tocad todos
los días, llamándome a la fiesta en que brillan los ojos de fuego,
y las rosas de las bocas sangran delicias únicas. Mi órgano es un
viejo clavicordio pompadour, al son del cual danzaron sus
gavotas alegres abuelos; y el perfume de tu pecho es mi perfume,
eterno incensario de carne, Varona inmortal, flor de mi costilla.

Hombre soy.   15

*

¿Hay en mi sangre alguna gota de sangre de África, o de
indio chorotega o nagrandano? Pudiera ser, a despecho de mis
manos de marqués: mas he aquí que veréis en mis versos
princesas, reyes, cosas imperiales, visiones de países lejanos o
imposibles: ¡qué queréis!, yo detesto la vida y el tiempo en
que me tocó nacer; y a un presidente de República no podré
saludarle en el idioma en que te cantaría a ti, ¡oh Halagabal!
de cuya corte —oro, seda, mármol— me acuerdo en sueños...

(Si hay poesía en nuestra América ella está en las cosas
viejas: en Palenke y Utatlán, en el indio legendario y el inca
sensual y fino, y en el gran Moctezuma de la silla de oro. Lo
demás es tuyo, demócrata Walt Whitman.)

Buenos Aires: Cosmópolis.   20

¡Y mañana!

El abuelo español de barba blanca me señala una serie de
retratos ilustres: «Éste, me dice, es el gran don Miguel de
Cervantes Saavedra, genio y manco; éste es Lope de Vega, éste
Garcilaso, éste Quintana». Yo le pregunto por el noble
Gracián, por Teresa la Santa, por el bravo Góngora y el más
fuerte de todos, don Francisco de Quevedo y Villegas.
Después exclamo: «¡Shakespeare! ¡Dante! ¡Hugo!... (Y en mi
interior: ¡Verlaine...!)

Luego, al despedirme: —«Abuelo, preciso es decíroslo: mi   25
esposa es de mi tierra; mi querida, de París.»

*

¿Y la cuestión métrica? ¿Y el ritmo?

Como cada palabra tiene una alma, hay en cada verso, además de la armonía verbal, una melodía ideal. La música es sólo de la idea, muchas veces.

＊

La gritería de trescientas ocas no te impedirá, silvano, tocar tu encantadora flauta, con tal de que tu amigo el ruiseñor esté contento de tu melodía. Cuando él no esté para escucharte, cierra los ojos y toca para los habitantes de tu reino interior. ¡Oh pueblo de desnudas ninfas, de rosadas reinas, de amorosas diosas!

Cae a tus pies una rosa, otra rosa, otra rosa. ¡Y besos!

＊＊＊

Y, la primera ley, creador: crear, Bufe el enuco; cuando una musa te dé un hijo, queden las otras ocho encinta.

R. D.

PROSAS PROFANAS

[1]

ERA UN AIRE SUAVE...

Era un aire suave, de pausados giros;
el hada Armonía ritmaba sus vuelos;
e iban frases vagas y tenues suspiros
entre los sollozos de los violoncelos.

Sobre la terraza, junto a los ramajes,   5
diríase un trémolo de liras eolias
cuando acariciaban los sedosos trajes
sobre el tallo erguidas las blancas magnolias.

La marquesa Eulalia risas y desvíos
daba a un tiempo mismo para dos rivales,   10
el vizconde rubio de los desafíos
y el abate joven de los madrigales.

Cerca, coronado con hojas de viña,
reía en su máscara Término barbudo,
y, como un efebo que fuese una niña,   15
mostraba una Diana su mármol desnudo.

Y bajo un boscaje del amor palestra,
sobre rico zócalo al modo de Jonia,
con un candelabro prendido en la diestra
volaba el Mercurio de Juan de Bolonia.   20

La orquesta perlaba sus mágicas notas,
un coro de sones alados se oía;

galantes pavanas, fugaces gavotas
cantaban los dulces violines de Hungría.

Al oír las quejas de sus caballeros   25
ríe, ríe, ríe la divina Eulalia,
pues son su tesoro las flechas de Eros,
el cinto de Cipria, la rueca de Onfalia.

¡Ay de quien sus mieles y frases recoja!
¡Ay de quien del canto de su amor se fíe!   30
Con sus ojos lindos y su boca roja,
la divina Eulalia ríe, ríe, ríe.

Tiene azules ojos, es maligna y bella;
cuando mira vierte viva luz extraña:
se asoma a sus húmedas pupilas de estrella   35
el alma del rubio cristal de Campaña.

Es noche de fiesta, y el baile de trajes
ostenta su gloria de triunfos mundanos.
La divina Eulalia, vestida de encajes,
una flor destroza con sus tersas manos.   40

El teclado armónico de su risa fina
a la alegre música de un pájaro iguala,
con los staccati de una bailarina
y las locas fugas de una colegiala.

¡Amoroso pájaro que trinos exhala   45
bajo el ala a veces ocultando el pico;
que desdenes rudos lanza bajo el ala,
bajo el ala aleve del leve abanico!

Cuando a medianoche sus notas arranque
y en arpegios áureos gima Filomela,   50
y el ebúrneo cisne, sobre el quieto estanque
como blanca góndola imprima su estela,

la marquesa alegre llegará al boscaje,
boscaje que cubre la amable glorieta
donde han de estrecharla los brazos de un paje,   55
que siendo su paje será un poeta.

Al compás de un canto de artista de Italia
que en la brisa errante la orquesta deslíe,
junto a los rivales la divina Eulalia,
la divina Eulalia ríe, ríe, ríe.   60

¿Fue acaso en el tiempo del rey Luis de Francia,
sol con corte de astros, en campos de azur?
¿Cuando los alcázares llenó de fragancia
la regia y pomposa rosa Pompadour?

¿Fue cuando la bella su falda cogía   65
con dedos de ninfa, bailando el minué,
y de los compases el ritmo seguía
sobre el tacón rojo, lindo y leve el pie?

¿O cuando pastoras de floridos valles
ornaban con cintas sus albos corderos,   70
y oían, divinas Tirsis de Versalles,
las declaraciones de sus caballeros?

¿Fue en ese buen tiempo de duques pastores,
de amantes princesas y tiernos galanes,
cuando entre sonrisas y perlas y flores   75
iban las casacas de los chambelanes?

¿Fue acaso en el Norte o en el Mediodía?
Yo el tiempo y el día y el país ignoro,
pero sé que Eulalia ríe todavía,
¡y es cruel y eterna su risa de oro!   80

1893

[2]

DIVAGACIÓN

¿Vienes? Me llega aquí, pues que suspiras,
un soplo de las mágicas fragancias
que hicieran los delirios de las liras
en las Grecias, las Romas y las Francias.

¡Suspira así! Revuelen las abejas;   5
al olor de la olímpica ambrosía,
en los perfumes que en el aire dejas;
y el dios de piedra se despierte y ría,

y el dios de piedra se despierte y cante
la gloria de los tirsos florecientes   10
en el gesto ritual de la bacante
de rojos labios y nevados dientes;

en el gesto ritual que en las hermosas
ninfalias guía a la divina hoguera,
hoguera que hace llamear las rosas   15
en las manchadas pieles de pantera.

Y pues amas reír, ríe, y la brisa
lleve el son de los líricos cristales
de tu reír, y haga temblar la risa
la barba de los Términos joviales.   20

Mira hacia el lado del boscaje, mira
blanquear el muslo de marfil de Diana,
y después de la Virgen, la Hetaíra
diosa, su blanca, rosa y rubia hermana

pasa en busca de Adonis; sus aromas   25
deleitan a las rosas y los nardos;
síguela una pareja de palomas
y hay tras ella una fuga de leopardos.

*

¿Te gusta amar en griego? Yo las fiestas
galantes busco, en donde se recuerde   30
al suave son de rítmicas orquestas
la tierra de la luz y el mirto verde.

(Los abates refieren aventuras
a las rubias marquesas. Soñolientos
filósofos defienden las ternuras   35
del amor, con sutiles argumentos,

mientras que surge de la verde grama,
en la mano el acanto de Corinto,
una ninfa a quien puso un epigrama
Beaumarchais, sobre el mármol de su plinto.   40

Amo más que la Grecia de los griegos
la Grecia de la Francia, porque en Francia
al eco de las Risas y los Juegos,
su más dulce licor Venus escancia.

Demuestran más encantos y perfidias   45
coronadas de flores y desnudas,
las diosas de Clodión que las de Fidias.
Unas cantan francés, otras son mudas.

Verlaine es más que Sócrates; y Arsenio
Houssaye supera al viejo Anacreonte.   50
En París reinan el Amor y el Genio:
ha perdido su imperio el dios bifronte.

Monsieur Prudhomme y Homais no saben nada.
Hay Chipres, Pafos, Tempes y Amatuntes,
donde al amor de mi madrina, un hada,   55
tus frescos labios a los míos juntes.)

Sones de bandolín. El rojo vino
conduce un paje rojo. ¿Amas los sones
del bandolín, y un amor florentino?
Serás la reina en los decamerones.   60

(Un coro de poetas y pintores
cuenta historias picantes. Con maligna
sonrisa alegre aprueban los señores.
Clelia enrojece. Una dueña se signa.)

¿O un amor alemán? —que no han sentido   65
jamás los alemanes—: la celeste
Gretchen; claro de luna; el aria; el nido
del ruiseñor; y en una roca agreste,

la luz de nieve que del cielo llega
y baña a una hermosura que suspira   70

la queja vaga que a la noche entrega
Loreley en la lengua de la lira.

Y sobre el agua azul el caballero
Lohengrín; y su cisne, cual si fuese
un cincelado témpano viajero,   75
con su cuello enarcado en forma de S.

Y del divino Enrique Heine un canto,
a la orilla del Rhin; y del divino
Wolfgang la larga cabellera, el manto;
y de la uva teutona el blanco vino.   80

O amor lleno de sol, amor de España,
amor lleno de púrpuras y oros;
amor que da el clavel, la flor extraña
regada con la sangre de los toros;

flor de gitanas, flor que amor recela,   85
amor de sangre y luz, pasiones locas;
flor que trasciende a clavo y a canela,
roja cual las heridas y las bocas.

*

¿Los amores exóticos acaso...?
Como rosa de Oriente me fascinas: 90
me deleitan la seda, el oro, el raso.
Gautier adoraba a las princesas chinas.

¡Oh bello amor de mil genuflexiones;
torres de kaolín, pies imposibles,
tazas de té, tortugas y dragones,   95
y verdes arrozales apacibles!

Ámame en chino, en el sonoro chino
de Li-Tai-Pe. Yo igualaré a los sabios
poetas que interpretan el destino;
madrigalizaré junto a tus labios.   100

Diré que eres más bella que la luna;
que el tesoro del cielo es menos rico

que el tesoro que vela la importuna
caricia de marfil de tu abanico.

*

Ámame, japonesa, japonesa   105
antigua, que no sepa de naciones
occidentales: tal una princesa
con las pupilas llenas de visiones,

que aun ignorase en la sagrada Kioto,
en su labrado camarín de plata,   110
ornado al par de crisantemo y loto,
la civilización de Yamagata.

O con amor hindú que alza sus llamas
en la visión suprema de los mitos,
y hace temblar en misteriosas bramas   115
la iniciación de los sagrados ritos,

en tanto mueven tigres y panteras
sus hierros, y en los fuertes elefantes
sueñan con ideales bayaderas
los rajahs constelados de brillantes.   120

O negra, negra como la que canta
en su Jerusalem el rey hermoso,
negra que haga brotar bajo su planta
la rosa y la cicuta del reposo...

Amor, en fin, que todo diga y cante,   125
amor que encante y deje sorprendida
a la serpiente de ojos de diamante
que está enroscada al árbol de la vida.

Ámame así, fatal, cosmopolita,
universal, inmensa, única, sola   130
y todas; misteriosa y erudita:
ámame mar y nube, espuma y ola.

Sé mi reina de Saba, mi tesoro;
descansa en mis palacios solitarios.
Duerme. Yo encenderé los incensarios.   135

Y junto a mi unicornio cuerno de oro,
tendrán rosas y miel tus dromedarios.

Tigre Hotel, diciembre 1894.

[3]

SONATINA

La princesa está triste... ¿qué tendrá la princesa?
Los suspiros se escapan de su boca de fresa,
que ha perdido la risa, que ha perdido el color.
La princesa está pálida en su silla de oro,
está mudo el teclado de su clave sonoro;   5
y en un vaso olvidada se desmaya una flor.

El jardín puebla el triunfo de los pavos-reales.
Parlanchina, la dueña dice cosas banales,
y, vestido de rojo, piruetea el bufón.
La princesa no ríe, la princesa no siente;   10
la princesa persigue por el cielo de Oriente
la libélula vaga de una vaga ilusión.

¿Piensa acaso en el príncipe de Golconda o de China,
o en el que ha detenido su carroza argentina
para ver de sus ojos la dulzura de luz?   15
¿O en el rey de las Islas de las Rosas fragantes,
o en el que es soberano de los claros diamantes,
o en el dueño orgulloso de las perlas de Ormuz?

¡Ay! La pobre princesa de la boca de rosa,
quiere ser golondrina, quiere ser mariposa,   20
tener alas ligeras, bajo el cielo volar,
ir al sol por la escala luminosa de un rayo,
saludar a los lirios con los versos de Mayo,
o perderse en el viento sobre el trueno del mar.

Ya no quiere el palacio, ni la rueca de plata,   25
ni el halcón encantado, ni el bufón escarlata,
ni los cisnes unánimes en el lago de azur.
Y están tristes las flores por la flor de la corte;

los jazmines de Oriente, los nelumbos del Norte,
de Occidente las dalias y las rosas del Sur.   30

¡Pobrecita princesa de los ojos azules!
Está presa en sus oros, está presa en sus tules,
en la jaula de mármol del palacio real,
el palacio soberbio que vigilan los guardas,
que custodian cien negros con sus cien alabardas,   35
un lebrel que no duerme y un dragón colosal.

¡Oh quién fuera hipsipila que dejó la crisálida!
(La princesa está triste. La princesa está pálida)
¡Oh visión adorada de oro, rosa y marfil!
¡Quién volara a la tierra donde un príncipe existe   40
(La princesa está pálida. La princesa está triste)
más brillante que el alba, más hermoso que abril!

—¡Calla, calla, princesa —dice el hada madrina—,
en caballo con alas, hacia acá se encamina,
en el cinto la espada y en la mano el azor,   45
el feliz caballero que te adora sin verte,
y que llega de lejos, vencedor de la Muerte,
a encenderte los labios con su beso de amor!

[4]

BLASÓN

Para la condesa de Peralta

El olímpico cisne de nieve
con el ágata rosa del pico
lustra el ala eucarística y breve
que abre al sol como un casto abanico.

En la forma de un brazo de lira   5
y del asa de un ánfora griega
es su cándido cuello que inspira
como prora ideal que navega.

Es el cisne, de estirpe sagrada,
cuyo beso, por campos de seda,   10
ascendió hasta la cima rosada
de las dulces colinas de Leda.

Blanco rey de la fuente Castalia,
su victoria ilumina el Danubio;
Vinci fue su barón en Italia;   15
Lohengrín es su príncipe rubio.

Su blancura es hermana del lino,
del botón de los blancos rosales
y del albo toisón diamantino
de los tiernos corderos pascuales.   20

Rimador de ideal florilegio,
es de armiño su lírico manto,
y es el mágico pájaro regio
que al morir rima el alma en un canto.

El alado aristócrata muestra   25
lises albos en campo de azur,
y ha sentido en sus plumas la diestra
de la amable y gentil Pompadour.

Boga y boga en el lago sonoro
donde el sueño a los tristes espera,   30
donde aguarda una góndola de oro
a la novia de Luis de Baviera.

Dada, Condesa, a los cisnes cariño,
dioses son de un país halagüeño
y hechos son de perfume, de armiño,   35
de luz alba, de seda y de sueño.

[5]

DEL CAMPO

¡Pradera, feliz día! Del regio Buenos Aires
quedaron allá lejos el fuego y el hervor;

hoy en tu verde triunfo tendrán mis sueños vida,
respiraré tu aliento, me bañaré en tu sol.

   Muy buenos días, huerto. Saludo la frescura   5
que brota de las ramas de tu durazno en flor;
formada de rosales tu calle de Florida
mira pasar la Gloria, la Banca y el Sport.

   Un pájaro poeta rumia en su buche versos;
chismoso y petulante, charlando va un gorrión;   10
las plantas trepadoras conversan de política;
las rosas y los lirios, del arte y del amor.

   Rigiendo su cuadriga de mágicas libélulas,
de sueños millonario, pasa el travieso Puck;
y, espléndida Sportwoman, en su celeste carro,   15
la emperatriz Titania seguida de Oberón.

   De noche, cuando muestra su medio anillo de oro,
bajo el azul tranquilo, la amada de Pierrot,
es una fiesta pálida la que en el huerto reina,
toca en la lira el aire su do-re-mi-fa-sol.   20

   Curiosas las violetas a su balcón se asoman.
Y una suspira: «¡Lástima que falte el ruiseñor!»
Los silfos acompasan la danza de las brisas
en un walpurgis vago de aroma y de visión.

   De pronto se oye el eco del grito de la pampa,   25
brilla como una puesta del argentino sol;
y un espectral jinete, como una sombra cruza,
sobre su espalda un poncho; sobre su faz, dolor.

   —«¿Quién eres, solitario viajero de la noche?»
—«Yo soy la Poesía que un tiempo aquí reinó: 30
¡Yo soy el postrer gaucho que parte para siempre,
de nuestra vieja patria llevando el corazón!»

[6]

ALABA LOS OJOS NEGROS DE JULIA

¿Eva era rubia? No. Con negros ojos
vio la manzana del jardín: con labios
rojos probó su miel; con labios rojos
que saben hoy más ciencia que los labios.

Venus tuvo el azar en sus pupilas   5
pero su hijo no. Negros y fieros
encienden a las tórtolas tranquilas
los dos ojos de Eros.

Los ojos de las reinas fabulosas,
de las reinas magníficas y fuertes,   10
tenían las pupilas tenebrosas
que daban los amores y las muertes.

Pentesilea, reina de amazonas;
Judith, espada y fuerza de Betulia;
Cleopatra, encantadora de coronas,   15
la luz tuvieron de tus ojos, Julia.

Luz negra, que es más luz que la luz blanca
del sol, y las azules de los cielos.
Luz que el más rojo resplandor arranca
al diamante terrible de los celos.   20

Luz negra, luz divina, luz que alegra
la luz meridional, luz de las niñas
de las grandes ojeras, ¡oh luz negra
que hace cantar a Pan bajo las viñas!

[7]

Canción de Carnaval

Le carnaval s'amuse!
Viens le chanter, ma Muse...

Banville

Musa, la máscara apresta,
ensaya un aire jovial
y goza y ríe en la fiesta
    del Carnaval.

Ríe en la danza que gira,   5
muestra la pierna rosada,
y suene, como una lira,
    tu carcajada.

Para volar más ligera
ponte dos hojas de rosa,   10
como hace tu compañera
    la mariposa.

Y que en tu boca risueña,
que se une al alegre coro
deje la abeja porteña   15
    su miel de oro.

Únete a la mascarada,
y mientras muequea un clown
con la faz pintarrajeada
    como Frank Brown;   20

mientras Arlequín revela
que al prisma sus tintes roba
y aparece Pulchinela
    con su joroba,

di a Colombina la bella   25
lo que de ella pienso yo,

y descorcha una botella
    para Pierrot.

Que él te cuente cómo rima
sus amores con la luna   30
y te haga un poema en una
    pantomima.

Da al aire la serenata,
toca el áureo bandolín,
lleva un látigo de plata   35
    para el *spleen*.

Sé lírica y sé bizarra;
con la cítara sé griega;
o gaucha, con la guitarra
    de Santos Vega.   40

Mueve tu espléndido torso
por las calles pintorescas
y juega y adorna el corso
    con rosas frescas.

De perlas riega un tesoro   45
de Andrade en el regio nido,
y en la hopalanda de Guido,
    polvo de oro.

Penas y duelos olvida,
canta deleites y amores;   50
busca la flor de las flores
    por Florida:

con la armonía le encantas
de las rimas de cristal,
y deshojas a sus plantas,   55
    un madrigal.

Piruetea, baila, inspira
versos locos y joviales;

celebre la alegre lira
  los carnavales.   60

  Sus gritos y sus canciones,
sus comparsas y sus trajes,
sus perlas, tintes y encajes
  y pompones.

  Y lleve la rauda brisa,   65
sonora, argentina, fresca,
la victoria de tu risa
  funambulesca.

[8]

PARA UNA CUBANA

  Poesía dulce y mística,
busca a la blanca cubana
que se asomó a la ventana
como una visión artística.

  Misteriosa y cabalística,   5
puede dar celos a Diana,
con su faz de porcelana
de una blancura eucarística.

  Llena de un prestigio asiático,
roja, en el rostro enigmático,   10
su boca púrpura finge

  y al sonreírse vi en ella
el resplandor de una estrella
que fuese alma de una esfinge.

[9]

PARA LA MISMA

Miré al sentarme a la mesa,
bañado en la luz del día
el retrato de María,
la cubana-japonesa.

El aire acaricia y besa   5
como un amante lo haría,
la orgullosa bizarría
de la cabellera espesa.

Diera un tesoro el Mikado
por sentirse acariciado   10
por princesa tan gentil,

digna de que un gran pintor
la pinte junto a una flor
en un vaso de marfil.

[10]

BOUQUET

Un poeta egregio del país de Francia
que con versos áureos alabó el amor,
formó un ramo armónico, lleno de elegancia,
en su *Sinfonía en Blanco Mayor*.

Yo por ti formara, Blanca deliciosa,   5
el regalo lírico de un blanco *bouquet*,
con la blanca estrella, con la blanca rosa
que en los bellos parques del azul se ve.

Hoy que tú celebras tus bodas de nieve,
(tus bodas de virgen con el sueño son)   10

todas sus blancuras Primavera llueve
sobre la blancura de tu corazón.

Cirios, cirios blancos, blancos, blancos lirios,
cuello de los cisnes, margarita en flor,
galas de la espuma, ceras de los cirios   15
y estrellas celestes tienen su color.

Yo al enviarte versos de mi vida arranco
la flor que te ofrezco, blanco serafín.
¡Mira cómo mancha tu corpiño blanco
la más roja rosa que hay en mi jardín!   20

[11]

EL FAISÁN

Dijo sus secretos el faisán de oro:
—en el gabinete mi blanco tesoro,
de sus claras risas el divino coro.

Las bellas figuras de los gobelinos,
los cristales llenos de aromados vinos,   5
las rosas francesas en los vasos chinos.

(Las rosas francesas, porque fue allá en Francia
donde en el retiro de la dulce estancia
esas frescas rosas dieron su fragancia.)

La cena esperaba. Quitadas las vendas,   10
iban mil amores de flechas tremendas
en aquella noche de Carnestolendas.

La careta negra se quitó la niña,
y tras el preludio de una alegre riña
apuró mi boca vino de su viña.   15

Vino de la viña de la boca loca,
que hace arder el beso, que el mordisco invoca.
¡Oh los blancos dientes de la loca boca!

En su boca ardiente yo bebí los vinos,
y, pinzas rosadas, sus dedos divinos,
me dieron las fresas y los langostinos.   20

Yo la vestimenta de Pierrot tenía,
y aunque me alegraba y aunque me reía,
moraba en mi alma la melancolía.

La carnavalesca noche luminosa   25
dio a mi triste espíritu la mujer hermosa,
sus ojos de fuego, sus labios de rosa.

Y en el gabinete del café galante
ella se encontraba con su nuevo amante,
peregrino pálido de un país distante.   30

Llegaban los ecos de vagos cantares;
y se despedían de sus azahares
miles de purezas en los bulevares.

Y cuando el champaña me cantó su canto,
por una ventana vi que un negro manto   35
de nube, de Febo cubría el encanto.

Y dije a la amada de un día: —¿No viste
de pronto ponerse la noche tan triste?
¿Acaso la Reina de luz ya no existe?

Ella me miraba. Y el faisán cubierto de plumas
                              [de oro: 40
—«¡Pierrot! ¡Ten por cierto
que tu fiel amada, que la Luna, ha muerto!»

[12]

GARCONNIÈRE

A G. Grippa

Cómo era el instante, dígalo la musa
que las dichas trae, que las penas lleva:

la tristeza pasa, velada y confusa;
la alegría, rosas y azahares nieva.

Era en un amable nido de soltero, 5
de risas y versos, de placer sonoro;
era un inspirado cada caballero,
de sueños azules y vino de oro.

Un rubio decía frases sentenciosas
negando y amando las musas eternas: 10
un bruno decía versos como rosas,
de sonantes rimas y palabras tiernas.

Los tapices rojos, de doradas listas,
cubrían panoplias de pinturas y armas,
que hablaban de bellas pasadas conquistas, 15
amantes coloquios y dulces alarmas.

El verso de fuego de D'Annunzio era
como un son divino que en las saturnales
guiara las manchadas pieles de pantera,
a fiestas soberbias y amores triunfales. 20

E iban con manchadas pieles de pantera,
con tirsos de flores y copas paganas
las almas de aquellos jóvenes que viera
Venus en su templo con palmas hermanas.

Venus, la celeste reina que adivina 25
en las almas vivas alegrías francas
y que les confía, por gracia divina,
sus abejas de oro, sus palomas blancas.

Y aquellos amantes de la eterna Dea,
a la dulce música de la regia rima, 30
oyen el mensaje de la vasta idea
por el compañero que recita y mima.

Y sobre sus frentes que acaricia el lauro,
Abril pone amable su beso sonoro,
y llevan gozosos, sátiro y centauro, 35
la alegría noble del vino de oro.

[13]

EL PAÍS DEL SOL

Para una artista cubana.

Junto al negro palacio del rey de la isla de Hierro —(¡oh, cruel, horrible destierro!)— ¿cómo es que tú, hermana armoniosa, haces cantar al cielo gris, tu pajarera de ruiseñores, tu formidable caja musical? ¿No te entristece recordar la primavera en que oíste a un pájaro divino y tornasol
en el país del sol?

En el jardín del rey de la isla Oro —(¡oh, mi ensueño que adoro!)— fuera mejor que tú, armoniosa hermana, amaestrases tus aladas flautas, tus sonoras arpas; tú que naciste donde más lindos nacen el clavel de sangre y la rosa de arrebol,
en el país del sol!

O en el alcázar de la reina de la isla de Plata —(Schubert, solloza la *Serenata...*)— pudieras también, hermana armoniosa, hacer que las místicas aves de tu alma alabasen dulce, dulcemente, el claro de luna, los vírgenes lirios, la monja paloma y el cisne marqués. La mejor plata se funde en un ardiente crisol,
en el país del sol!

5

Vuelve, pues, a tu barca, que tiene lista la vela —(resuena, lira, Céfiro, vuela)— y parte, armoniosa hermana, adonde un príncipe bello, a la orilla del mar, pide liras, y versos y rosas, y acaricia sus rizos de oro bajo un regio y azul parasol,
en el país del sol!

New York, 1893

[14]

Margarita

In memoriam...

¿Recuerdas que querías ser una Margarita
Gautier? Fijo en mi mente tu extraño rostro está,
cuando cenamos juntos, en la primera cita,
en una noche alegre que nunca volverá.

Tus labios escarlatas de púrpura maldita   5
sorbían el champaña del fino baccarat;
tus dedos deshojaban la blanca margarita,
«Sí... no... sí... no...» ¡y sabías que te adoraba ya!

Después, ¡oh flor de Histeria! llorabas y reías;
tus besos y tus lágrimas tuve en mi boca yo;   10
tus risas, tus fragancias, tus quejas, eran mías.

Y en una tarde triste de los más dulces días,
la Muerte, la celosa, por ver si me querías,
¡como a una margarita de amor, te deshojó!

[15]

Mía

Mía: así te llamas.
¿Qué más armonía?
Mía: luz del día,
Mía: rosas, llamas.

¡Qué aroma derramas   5
en el alma mía
si sé que me amas!
¡Oh Mía! ¡Oh Mía!

Tu sexo fundiste
con mi sexo fuerte,   10
fundiendo dos bronces.

Yo triste, tú triste...
¿No has de ser entonces
mía hasta la muerte?

[16]

DICE MÍA

—Mi pobre alma pálida
era una crisálida.
Luego, mariposa
de color de rosa.

Un céfiro inquieto   5
dijo mi secreto...
—¿Has sabido tu secreto un día?

¡Oh Mía!
Tu secreto es una
melodía en un rayo de luna...   10
—¿Una melodía?

[17]

HERALDOS

¡Helena!
la anuncia el blancor de un cisne.

¡Makheda!
La anuncia un pavo real.

¡Ifigenia, Electra, Catalina!   5
Anúncialas un caballero con un hacha.

¡Ruth, Lía, Enone!
Anúnciales un paje con un lirio.

¡Yolanda!
Anúnciala una paloma   10

¡Clorinda, Carolina!
Anúncialas un paje con un ramo de viña.

¡Sylvia!
Anúnciala una corza blanca.

¡Aurora, Isabel!   15
Anúncialas de pronto
un resplandor que ciega mis ojos.

¿Ellas?
(No la anuncian. No llega aún).

[18]

ITE, MISSA EST

A Reynaldo de Rafael

Yo adoro a una sonámbula con alma de Eloísa
virgen como la nieve y honda como la mar;
su espíritu es la hostia de mi amorosa misa
y alzo al son de una dulce lira crepuscular.

Ojos de evocadora, gesto de profetisa,   5
en ella hay la sagrada frecuencia del altar;
su risa es la sonrisa suave de Monna Lisa,
sus labios son los únicos labios para besar.

Y he de besarla un día con rojo beso ardiente;
apoyada en mi brazo como convaleciente   10
me mirará asombrada con íntimo pavor;

la enamorada esfinge quedará estupefacta,
apagaré la llama de la vestal intacta
¡y la faunesa antigua me rugirá de amor!

II

COLOQUIO DE LOS CENTAUROS

A Paul Groussac

[19]

Coloquio de los Centauros

En la isla en que detiene su esquife el argonauta
del inmortal Ensueño, donde la eterna pauta
de las eternas liras se escucha —Isla de Oro
en que el tritón elige su caracol sonoro
y la sirena blanca va a ver el sol... un día   5
se oye un tropel vibrante de fuerza y de armonía.

Son los Centauros. Cubren la llanura. Les siente
la montaña. De lejos, forman son de torrente
que cae; su galope al aire que reposa
despierta, y estremece la hoja del laurel-rosa.   10

Son los Centauros. Unos enormes, rudos; otros
alegres y saltantes como jóvenes potros;
unos con largas barbas como los padres-ríos;
otros imberbes, ágiles y de piafantes bríos,
y de robustos músculos, brazos y lomos aptos   15
para portar las ninfas rosadas en los raptos.

Van en galope rítmico. Junto a un fresco boscaje,
frente al gran Océano, se paran. El paisaje
recibe de la urna matinal luz sagrada
que el vasto azul suaviza con límpida mirada.   20
Y oyen seres terrestres y habitantes marinos
la voz de los crinados cuadrúpedos divinos.

QUIRÓN

Calladas las bocinas a los tritones gratas,
calladas las sirenas de labios escarlatas,
los carrillos de Eolo desinflados, digamos   25
junto al laurel ilustre de florecidos ramos
la gloria inmarcesible de las Musas hermosas
y el triunfo del terrible misterio de las cosas.
He aquí que renacen los lauros milenarios;
vuelven a dar su lumbre los viejos lampadarios;   30
y anímase en mi cuerpo de Centauro inmortal
la sangre del celeste caballo paternal.

RETO

Arquero luminoso, desde el zodiaco llegas;
aún presas en las crines tienes abejas griegas;
aún del dardo herakleo muestras la roja herida   35
por do salir no pudo la esencia de tu vida.
¡Padre y Maestro excelso! Eres la fuente sana
de la verdad que busca la triste raza humana:
aún Esculapio sigue la vena de tu ciencia;
siempre el veloz Aquiles sustenta su existencia   40
con el manjar salvaje que le ofreciste un día,
y Herakles, descuidando su maza, en la armonía
de los astros, se eleva bajo el cielo nocturno...

QUIRÓN

La ciencia es flor del tiempo: mi padre fue Saturno.

ABANTES

Himnos a la sagrada Naturaleza; al vientre   45
de la tierra y al germen que entre las rocas y entre
las carnes de los árboles, y dentro humana forma
es un mismo secreto y es una misma norma,
potente y sutilísimo, universal resumen
de la suprema fuerza, de la virtud del Numen.   50

QUIRÓN

¡Himnos! Las cosas tiene un ser vital: las cosas
tienen raros aspectos, miradas misteriosas;
toda forma es un gesto, una cifra, un enigma;
en cada átomo existe un incógnito estigma;
cada hoja de cada árbol canta un propio cantar   55
y hay un alma en cada una de las gotas del mar;
el vate, el sacerdote, suele oír el acento
desconocido; a veces enuncia el vago viento
un misterio; y revela una inicial la espuma
o la flor; y se escuchan palabras de la bruma.   60
Y el hombre favorito del numen, en la linfa
o la ráfaga, encuentra mentor —demonio o ninfa.

FOLO

El biforme ixionida comprende de la altura,
por la materna gracia, la lumbre que fulgura,
la nube que se anima de luz y que decora   65
el pavimento en donde rige su carro Aurora,
y la banda de Iris que tiene siete rayos
cual la lira en sus brazos siete cuerdas; los mayos
en la fragante tierra llenos de ramos bellos,
y el Polo coronado de cándidos cabellos.   70
El ixionida pasa veloz por la montaña
rompiendo con el pecho de la maleza huraña
los erizados brazos, las cárceles hostiles;
escuchan sus orejas los ecos más sutiles:
sus ojos atraviesan las intrincadas hojas   75
mientras sus manos toman para sus bocas rojas
las frecas bayas altas que el sátiro codicia;
junto a la oculta fuente su mirada acaricia
las curvas de las ninfas del séquito de Diana;
pues en su cuerpo corre también la esencia humana   80
unida a la corriente de la savia divina
y a la salvaje sangre que hay en la bestia equina.
Tal el hijo robusto de Ixión y de la Nube.

QUIRÓN

Sus cuatro patas, bajan; su testa erguida, sube.

ORNEO

Yo comprendo el secreto de la bestia. Malignos   85
seres hay y benignos. Entre ellos se hacen signos
de bien y mal, de odio o de amor, o de pena
o gozo: el cuervo es malo y la torcaz es buena.

QUIRÓN

Ni es la torcaz benigna, ni es el cuervo protervo:
son formas del Enigma la paloma y el cuervo.   90

ASTILO

El Enigma es el soplo que hace cantar la lira.

NESO

¡El Enigma es el rostro fatal de Deyanira!
Mi espalda aún guarda el dulce perfume de la Bella;
aún mis pupilas llama su claridad de estrella.
¡Oh aroma de su sexo! ¡Oh rosas y alabastros!   95
¡Oh envidias de las flores y celos de los astros!

QUIRÓN

Cuando del sacro abuelo la sangre luminosa
con la marina espuma formara nieve y rosa,
hecha de rosa y nieve nació la Anadiomena.
Al cielo alzó los brazos la lírica sirena,   100
los curvos hipocampos sobre las verdes ondas
levaron los hocicos; y caderas redondas,
tritónicas melenas y dorsos de delfines
junto a la Reina nueva se vieron. Los confines
del mar llenó el grandioso clamor; el universo   105
sintió que un nombre armónico, sonoro como un verso,
llenaba el hondo hueco de la altura; ese nombre
hizo gemir la tierra de amor: fue para el hombre
más alto que el de Jove: y los númenes mismos
lo oyeron asombrados; los lóbregos abismos   110
tuvieron una gracia de luz. ¡*Venus* impera!
Ella es entre las reinas celestes la primera,

pues es quien tiene el fuerte poder de la hermosura.
¡Vaso de miel y mirra brotó de la amargura!
Ella es la más gallarda de las emperatrices;   115
princesa de los gérmenes, reina de las matrices,
señora de las savias y de las atracciones,
señora de los besos y de los corazones.

EURITO

¡No olvidaré los ojos radiantes de Hipodamia!

HIPEA

Yo sé de la hembra humana la original infamia.   120
Venus anima artera sus máquinas fetales,
tras sus radiantes ojos ríen traidores males,
de su floral perfume se exhala sutil daño;
su cráneo oscuro alberga bestialidad y engaño.
Tiene las formas puras del ánfora, y la risa   125
del agua que la brisa riza y el sol irisa;
mas la ponzoña ingénita su máscara pregona:
mejores son el águila, la yegua y la leona.
De su húmeda impureza brota el calor que enerva
los mismos sacros dones de la imperial Minerva;   130
y entre sus duros pechos, lirios del Aqueronte,
hay un olor que llena la barca de Caronte.

ODITES

Como una miel celeste hay en su lengua fina;
su piel de flor aún húmeda está de agua marina.
Yo he visto de Hipodamia la faz encantadora,   135
la cabellera espesa, la pierna vencedora.
Ella de la hembra humana fuera ejemplar augusto;
ante su rostro olímpico no habría rostro adusto;
las Gracias junto a ella quedarían confusas,
y las ligeras Horas y las sublimes Musas   140
por ella detuvieran sus giros y su canto.

HIPEA

Ella la causa fuera de inenarrable espanto:
por ella el ixionida dobló su cuello fuerte.
La hembra humana es hermana del Dolor y la Muerte.

QUIRÓN

Por suma ley un día llegará el himeneo   145
que el soñar aguarda: Cinis será Ceneo;
claro será el origen del femenino arcano:
la Esfinge tal secreto dirá a su soberano.

CLITO

Naturaleza tiende sus brazos y sus pechos
a los humanos seres; la clave de los hechos   150
conócela el vidente; Homero con su báculo,
en su gruta Deifobe, la lengua del Oráculo.

CAUMANTES

El monstruo expresa un ansia del corazón del Orbe,
en el Centauro el bruto la vida humana absorbe,
el sátiro es la selva sagrada y la lujuria,   155
une sexuales ímpetus a la armoniosa furia.
Pan junta la soberbia de la montaña agreste
al ritmo de la inmensa mecánica celeste;
la boca melodiosa que atrae en Sirenusa
es de la fiera alada y es de la suave musa;   160
con la bicorne bestia Pasifae se ayunta,
Naturaleza sabia formas diversas junta,
y cuando tiende al hombre la gran Naturaleza,
el monstruo, siendo el símbolo, se viste de belleza.

GRINEO

Yo amo lo inanimado que amó el divino Hesiodo.   165

QUIRÓN

Grineo, sobre el mundo tiene un ánima todo.

GRINEO

He visto, entonces, raros ojos fijos en mí:
los vivos ojos rojos del alma del rubí;
los ojos luminosos del alma del topacio
y los de la esmeralda que del azul espacio   170
la maravilla imitan; los ojos de las gemas
de brillos peregrinos y mágicos emblemas.
Amo el granito duro que el arquitecto labra
y el mármol en que duermen la línea y la palabra...

QUIRÓN

A Deucalión y a Pirra, vanores y mujeres   175
las piedras aún intactas dijeron: «¿Qué nos quieres?»

LÍCIDAS

Yo he visto los lemures flotar, en los nocturnos
instantes, cuando escuchan los bosques taciturnos
el loco grito de Atis que su dolor revela
o la maravillosa canción de Filomela.   180
El galope apresuro, si en el boscaje miro
manes que pasan, y oigo su fúnebre suspiro.
Pues de la Muerte el hondo, desconocido Imperio,
guarda el pavor sagrado de su fatal misterio.

ORNEO

La Muerte es de la Vida la inseparable hermana.   185

QUIRÓN

La Muerte es la victoria de la progenie humana.

MEDÓN

¡La Muerte! Yo la he visto. No es demacrada y mustia
ni ase corva guadaña, ni tiene faz de angustia.
Es semejante a Diana, casta y virgen como ella;
en su rostro hay la gracia de la núbil doncella   190
y lleva una guirnalda de rosas siderales.
En su siniestra tiene verdes palmas triunfales,

y en su diestra una copa con agua de olvido.
A sus pies, como un perro, yace un amor dormido.

AMICO

Los mismos dioses buscan la dulce paz que vierte.   195

QUIRÓN

La pena de los dioses es no alcanzar la Muerte.

EURITO

Si el hombre —Prometeo— pudo robar la vida,
la clave de la muerte serále concedida.

QUIRÓN

La virgen de las vírgenes es inviolable y pura.
Nadie su casto cuerpo tendrá en la alcoba oscura,   200
ni beberá en sus labios el grito de victoria,
ni arrancará a su frente las rosas de su gloria.
....

***

Mas he aquí que Apolo se acerca al meridiano.
Sus truenos prolongados repite el Océano;
bajo el dorado carro del reluciente Apolo   205
vuelve a inflar sus carrillos y sus odres Eolo.
A lo lejos, un templo de mármol se divisa
entre laureles-rosa que hace cantar la brisa.
Con sus vibrantes notas de Céfiro desgarra
la veste transparente la helénica cigarra,   210
y por el llano extenso van en tropel sonoro
los Centauros, y al paso, tiembla la Isla de Oro.

III

VARIA

A Luis Berisso

[20]

EL POETA PREGUNTA POR STELLA

Lirio divino, lirio de las Anunciaciones;
lirio, florido príncipe,
hermano perfumado de las estrellas castas,
joya de los abriles.

A ti las blancas dianas de los parques ducales,   5
los cuellos de los cisnes,
las místicas estrofas de cánticos celestes
y en el sagrado empíreo la mano de las vírgenes.

Lirio, boca de nieve donde sus dulces labios
la primavera imprime,   10
en tus venas no corre la sangre de las rosas pecadoras,
sino el ícor excelso de las flores insignes.

Lirio real y lírico
que naces con la albura de las hostias sublimes
de las cándidas perlas   15
y del lino sin mácula de las sobrepellices,
¿has visto acaso el vuelo del alma de mi Stella,
la hermana de Ligeia, por quien mi canto a veces es
                                        [tan triste?

[21]

PÓRTICO

Libre la frente que el casco rehúsa,
casi desnuda en la gloria del día,
alza su tirso de rosas la musa
bajo el gran sol de la eterna Armonía.

Es Floreal, eres tú, Primavera,   5
quien la sandalia calzó a su pie breve;
ella, de tristes nostalgias muriera
en el país de los cisnes de nieve.

Griega es su sangre, su abuelo era ciego;
sobre la cumbre del Pindo sonoro   10
el sagitario del carro de fuego
puso en su lira las cuerdas de oro.

Y bajo el pórtico blanco de Paros,
y en los boscajes de frescos laureles,
Pindaro diole sus ritmos preclaros,   15
diole Anacreonte sus vinos y mieles.

Toda desnuda, en los claros diamantes
que en la Castalia recaman las linfas,
viéronla tropas de faunos saltantes,
cual la más fresca y gentil de las ninfas.   20

Y en la fragante, armoniosa floresta,
puesto a los ecos su oído de musa,
Pan sorprendióla escuchando la orquesta
que él daba al viento con su cornamusa.

Ella resurge después en el Lacio,   25
siendo del tedio su lengua exterminio;
lleva a sus labios la copa de Horacio,
bebe falerno en su ebúrneo triclinio.

Pájaro errante, ideal golondrina,
vuela de Arabia a un confín solitario,   30

y ve pasar en su torre argentina
a un rey de Oriente sobre un dromedario;

rey misterioso, magnífico y mago,
dueño opulento de cien Estambules,
y a quien un genio brindara en un lago   35
góndolas de oro en las aguas azules.

Ése es el rey más hermoso que el día,
que abre a la musa las puertas de Oriente;
ése es el rey del país Fantasía,
que lleva un claro lucero en la frente.   40

Es en Oriente donde ella se inspira
en las moriscas exóticas zambras;
donde primero contempla y admira
las cinceladas divinas alhambras;

las muelles danzas en las alcatifas   45
donde la mora sus velos desata,
los pensativos y viejos kalifas
de ojos oscuros y barbas de plata.

Es una bella y alegre mañana
cuando su vuelo la musa confía   50
a una errabunda y fugaz caravana
que hace del viento su brújula y guía.

Era la errante familia bohemia,
sabia en extraños conjuros y estigmas,
que une en su boca plegaria y blasfemia,   55
nombres sonoros y raros enigmas;

que ama los largos y negros cabellos,
danzas lascivas y finos puñales,
ojos llameantes de vivos destellos,
flores sangrientas de labios carnales.   60

Y con la gente morena y huraña
que a los caprichos del aire se entrega,

hace su entrada triunfal en España
fresca y riente la rítmica griega.

Mira las cumbres de Sierra Nevada,   65
las bocas rojas de Málaga, lindas,
y en un pandero su mano rosada
fresas recoge, claveles y guindas.

Canta y resuena su verso de oro,
ve de Sevilla las hembras de llama,   70
sueña y habita en la Alhambra del moro;
y en sus cabellos perfumes derrama.

Busca del pueblo las penas, las flores,
mantos bordados de alhajas de seda,
y la guitarra que sabe de amores,   75
cálida y triste querida de Rueda;

(urna amorosa de voz femenina,
caja de música de duelo y placer:
tiene el acento de un alma divina,
talle y caderas como una mujer).   80

Va del tablado flamenco a la orilla
y ase en sus palmas los crótalos negros,
mientras derrocha la audaz seguidilla
bruscos acordes y raudos alegros.

Ritma los pasos, modula los sones,   85
ebria risueña de un vino de luz,
hace que brillen los ojos gachones,
negros diamantes del patio andaluz.

Campo y pleno aire refrescan sus alas;
ama los nidos, las cumbres, las cimas;   90
vuelve del campo vestida de galas,
cuelga a su cuello collares de rimas.

En su tesoro de reina de Saba,
guarda en secreto celestes emblemas;

flechas de fuego en su mágica aljaba,   95
perlas, rubíes, zafiros y gemas.

Tiene una corte pomposa de majas,
suya es la chula de rostro risueño,
suyas las juergas, las curvas navajas
ebrias de sangre y licor malagueño.   100

Tiene por templo un alcázar marmóreo,
guárdalo esfinge de rostro egipciaco,
y cual labrada en un bloque hiperbóreo,
Venus enfrente de un triunfo de Baco,

dentro presenta sus formas de nieve,   105
brinda su amable sonrisa de piedra,
mientras se enlaza en un bajorrelieve
a una dríada ceñida de hiedra,

un joven fauno robusto y violento,
dulce terror de las ninfas incautas,   110
al son triunfante que lanzan al viento
tímpanos, liras y sistros y flautas.

Ornan los muros mosaicos y frescos,
áureos pedazos de un sol fragmentario,
iris trenzados en mil arabescos,   115
joyas de un hábil cincel lapidario.

Y de la eterna Belleza en el ara,
ante su sacra y grandiosa escultura,
hay una lámpara en albo carrara,
de una eucarística y casta blancura.   120

Fuera, el frondoso jardín del poeta
ríe en su fresca y gentil hermosura;
ágata, perla, amatista, violeta,
verdor eclógico y tibia espesura.

Una andaluza despliega su manto   125
para el poeta de música eximia;

rústicos Títiros cantan su canto;
bulle el hervor de la alegre vendimia.

Ya es un tropel de bacantes modernas
el que despierta las locas lujurias;   130
ya húmeda y triste de lágrimas tiernas,
da su gemido la gaita de Asturias.

Francas fanfarrias de cobres sonoros,
labios quemantes de humanas sirenas,
ocres y rojos de plazas de toros,   135
fuegos y chispas de locas verbenas.

* * *

Joven homérida, un día su tierra
viole que alzaba soberbio estandarte,
buen capitán de la lírica guerra,
regio cruzado del reino del arte.   140

Viole con yelmo de acero brillante,
rica armadura sonora a su paso,
firme tizona, brocíneo olifante,
listo y piafante su excelso pegaso.

Y de la brega tornar viole un día   145
de su victoria en los bravos tropeles,
bajo el gran sol de la eterna Harmonía,
dueño de verdes y nobles laureles.

Fue aborrecido de Zoilo, el verdugo.
Fue por la gloria su estrella encendida.   150
Y esto pasó en el reinado de Hugo,
emperador de la barba florida.

[22]

ELOGIO DE LA SEGUIDILLA

Metro mágico y rico que al alma expresas
llameantes alegrías, penas arcanas,

desde en los suaves labios de las princesas
hasta en las bocas rojas de las gitanas.

Las almas armoniosas buscan tu encanto,　　　　5
sonora rosa métrica que ardes y brillas,
y España ve en tu ritmo, siente en tu canto
sus hembras, sus claveles, sus manzanillas.

Vibras al aire alegre como una cinta,
el músico te adula, te ama el poeta;　　　　10
Rueda en ti sus fogosos paisajes, pinta
con la audaz policromía de su paleta.

En ti el hábil orfebre cincela el marco
en que la idea-perla su oriente acusa,
o en su cordaje harmónico formas el arco　　　15
con que lanza sus flechas la airada musa.

A tu voz en el baile crujen las faldas,
los piececitos hacen brotar las rosas
e hilan hebras de amores las Esmeraldas
en ruecas invisibles y misteriosas.　　　　20

La andaluza hechicera, paloma arisca,
por ti irradia, se agita, vibra y se quiebra,
con el lánguido gesto de la odalisca
o las fascinaciones de la culebra.

Pequeña ánfora lírica de vino llena　　　　25
compuesto por la dulce musa Alegría
con uvas andaluzas, sal macarena,
flor y canela frescas de Andalucía.

Subes, creces y vistes de pompas fieras;
retumbas en el ruido de las metrallas,　　　30
ondulas con el ala de las banderas,
suenas con los clarines de las batallas.

Tienes toda la lira; tienes las manos
que acompasan las danzas y las canciones;
tus órganos, tus prosas, tus cantos llanos　　35
y tus llantos que parten los corazones.

Ramillete de dulces trinos verbales,
jabalina de Diana la Cazadora,
ritmo que tiene el filo en cien puñales,
que muerde y acaricia, mata y enflora.   40

Las Tirsis campesinas de ti están llenas,
y aman, radiosa abeja, tus bordoneos;
así riegas tus chispas las nochebuenas
como adornas la lira de los Orfeos.

Que bajo el sol dorado de Manzanilla   45
que esta azulada concha del cielo baña,
polífona y triunfante, la seguidilla
es la flor del sonoro Pindo de España.

Madrid, 1892.

[23]

EL CISNE

A Ch. Del Gouffre

Fue en una hora divina para el género humano.
El Cisne antes cantaba sólo para morir.
Cuando se oyó el acento del Cisne wagneriano
fue en medio de una aurora, fue para revivir.

Sobre las tempestades del humano océano   5
se oye el canto del Cisne; no se cesa de oír,
dominando el martillo del viejo Thor germano
o las tropas que cantan la espada de Argantir.

¡Oh Cisne! ¡Oh sacro pájaro! Si antes la blanca Helena
del huevo azul de Leda brotó de gracia llena,   10
siendo de la Hermosura la princesa inmortal,

bajo tus blancas alas la nueva Poesía
concibe en una gloria de luz y de armonía
de Helena eterna y pura que encarna el ideal.

[24]

LA PÁGINA BLANCA

A. A. Lamberti

Mis ojos miraban en hora de ensueños
la página blanca.

Y vino el desfile de ensueños y sombras.
Y fueron mujeres de rostros de estatua,
mujeres de rostros de estatuas de mármol,   5
¡tan tristes, tan dulces, tan suaves, tan pálidas!

Y fueron visiones de extraños poemas,
de extraños poemas de besos y lágrimas,
¡de historias que dejan en crueles instantes
las testas viriles cubiertas de canas!   10

¡Qué cascos de nieve que pone la suerte!
¡Qué arrugas precoces cincela en la cara!
¡Y cómo se quiere que vayan ligeros
los tardos camellos de la caravana!

Los tardos camellos   15
—como las figuras en un panorama—,
cual si fuese un desierto de hielo,
atraviesan la página blanca.

Éste lleva
    una carga   20
de colores y angustias antiguas,
angustias de pueblos, dolores de razas;
¡dolores y angustias que sufren los Cristos
que vienen al mundo de víctimas trágicas!

Otro lleva   25
    en la espalda
el cofre de ensueños, de perlas y oro,
que conduce la Reina de Saba.

Otro lleva
una caja   30
en que va, dolorosa difunta,
como un muerto lirio la pobre Esperanza.

Y camina sobre un dromedario
la Pálida,
la vestida de ropas oscuras,   35
la Reina invencible, la bella inviolada:
la Muerte.

Y el hombre,
a quien duras visiones asaltan,
el que encuentra en los astros del cielo   40
prodigios que abruman y signos que espantan,
mira al dromedario
de la caravana
como el mensajero que la luz conduce,
¡en el vago desierto que forma
la página blanca!   45

[25]

AÑO NUEVO

A. J. Piquet

A las doce de la noche por las puertas de la gloria
y al fulgor de perla y oro de una luz extraterrestre,
sale en hombros de cuatro ángeles, y en su silla gestatoria,
San Silvestre.

Más hermoso que un rey mago, lleva puesta la tiara,   5
de que son bellos diamantes Sirio, Arturo y Orión;
y el anillo de su diestra, hecho cual si fuese para
Salomón.

Sus pies cubren los joyeles de la Osa adamantina,
y su capa raras piedras de una ilustre Visapur;   10
y colgada sobre el pecho resplandece la divina
Cruz del Sur.

Va el pontífice hacia Oriente ¿va a encontrar el áureo
                                                        [barco,
donde al brillo de la aurora viene en triunfo el rey Enero?
Ya la aljaba de Diciembre se fue toda por el arco   15
    del Arquero.

A la orilla del abismo misterioso de lo Eterno
el inmenso Sagitario no se cansa de flechar;
le sustenta el frío Polo, lo corona el blanco Invierno,
y le cubre los riñones el vellón azul del mar.   20

Cada flecha que dispara, cada flecha es una hora;
doce aljabas, cada año, para él trae el rey Enero;
en la sombra se destaca la figura vencedora
    del Arquero.

Al redor de la figura del gigante se oye el vuelo   25
misterioso y fugitivo de las almas que se van,
y el ruido con que pasa por la bóveda del cielo
con sus alas membranosas el murciélago Satán.

San Silvestre bajo el palio de un zodiaco de virtudes,   30
del celeste Vaticano se detiene en los umbrales
mientras himnos y motetes cantan un coro de laúdes
    inmortales.

Reza el santo y pontifica; y al mirar que viene el barco
donde el triunfo llega Enero,
ante Dios bendice al mundo; y su brazo abarca el arco   35
    y el Arquero.

[26]

SINFONÍA EN GRIS MAYOR

El mar como un vasto cristal azogado
refleja la lámina de un cielo de cinc;

lejanas bandadas de pájaros manchan
el fondo bruñido de pálido gris.

El sol como un vidrio redondo y opaco   5
con paso de enfermo camina al cenit;
el viento marino descansa en la sombra
teniendo de almohada su negro clarín.

Las ondas que mueven su vientre de plomo
debajo del muelle parecen gemir.   10
Sentado en un cable, fumando su pipa,
está un marinero pensando en las playas
de un vago, lejano, brumoso país.

Es viejo ese lobo. Tostaron su cara
los rayos del fuego del sol del Brasil;   15
los recios tifones del mar de la China
le han visto bebiendo su frasco de gin.

La espuma impregnada de yodo y salitre
ha tiempo conoce su roja nariz,
sus crespos cabellos, sus bíceps de atleta,   20
su gorra de lona, su blusa de dril.

En medio del humo que forma el tabaco
ve el viejo el lejano, brumoso país,
adonde una tarde caliente y dorada
tendidas las velas partió el bergantín...   25

La siesta del trópico. El lobo se aduerme.
Ya todo lo envuelve la gama del gris.
Parece que un suave y enorme esfumino
del curvo horizonte borrara el confín.

La siesta del trópico. La vieja cigarra   20
ensaya su ronca guitarra senil,
y el grillo preludia un solo monótono
en la única cuerda que está en su violín.

[27]

LA DEA

A Alberto Ghiraldo

Alberto, en el propíleo del templo soberano
donde Renán rezaba, Verlaine cantado hubiera.
Primavera una rosa de amor tiene en la mano
y cerca de la joven y dulce Primavera.

Término su sonrisa de piedra brinda en vano   5
a la desnuda náyade y a la ninfa hechicera
que viene a la soberbia fiesta de la pradera
y del boscaje, en busca del lírico Sylvano.

Sobre su altar de oro se levanta la Dea,
—tal en su aspecto icónico la virgen bizantina—   10
toda belleza humana ante su luz es fea;

toda visión humana, a su luz es divina:
y ésa es la virtud sacra de la divina Idea
cuya alma es una sombra que todo lo ilumina.

[28]

EPITALAMIO BÁRBARO

A Lugones

El alba aún no aparece en su gloria de oro.
Cantar el mar con la música de sus ninfas en coro
y el aliento del campo se va cuajando en bruma.
Teje la náyade el encaje de su espuma
y el bosque inicia el himno de sus flautas de pluma.   5
Es el momento en que el salvaje caballero
se ve pasar. La tribu aúlla y el ligero
caballo es un relámpago, veloz como una idea.
A su paso, asustada, se para la marea;

la náyade interrumpe la labor que ejecuta   10
y el director del bosque detiene la batuta.
—«¿Qué pasa?», desde el lecho pregunta Venus bella.
Y Apolo:
—«Es Sagitario que ha robado una estrella.»

[IV]

VERLAINE

A Ángel Estrada, poeta

[29]

RESPONSO

Padre y maestro mágico, liróforo celeste
que al instrumento olímpico y a la siringa agreste
      diste tu acento encantador;
¡Panida! Pan tú mismo, que coros condujiste
hacia el propíleo sacro que amaba tu alma triste,   5
      ¡al son del sistro y del tambor!

Que tu sepulcro cubra de flores Primavera,
que se humedezca el áspero hocico de la fiera,
      de amor si pasa por allí;
que el fúnebre recinto visite Pan bicorne;   10
que de sangrientas rosas el fresco Abril te adorne
      y de claveles de rubí.

Que si posarse quiere sobre la tumba el cuervo,
ahuyenten la negrura del pájaro protervo,
      el dulce canto de cristal   15
que Filomena vierta sobre tus tristes huesos,
o la armonía dulce de risas y de besos,
      de culto oculto y florestal.

Que púberes canéforas te ofrenden el acanto,
que sobre tu sepulcro no se derrame el llanto,   20
      sino rocío, vino, miel:
que el pámpano allí brote, las flores de Citeres,

y que se escuchen vagos suspiros de mujeres
¡bajo un simbólico laurel!

Que si un pastor su pífano bajo el frescor del haya,   25
en amorosos días, como en Virgilio, ensaya,
tu nombre ponga en la canción;
y que la virgen náyade, cuando ese nombre escuche,
con ansias y temores entre las linfas luche,
llena de miedo y de pasión.   30

De noche, en la montaña, en la negra montaña
de las Visiones, pase gigante sombra extraña,
sombra de un Sátiro espectral;
que ella al centauro adusto con su grandeza asuste;   35
de una extra-humana flauta la melodía ajuste
a la armonía sideral.

Y huya el tropel equino por la mañana vasta;
tu rostro de ultratumba bañe la luna casta
de compasiva y blanca luz;
y el Sátiro contemple sobre un lejano monte,   40
una cruz que se eleve cubriendo el horizonte
¡y un resplandor sobre la cruz!

[30]

CANTO DE LA SANGRE

A Miguel Escalada

Sangre de Abel. Clarín de las batallas.
Luchas fraternales; estruendos, horrores;
flotan las banderas, hieren las metrallas,
y visten la púrpura los emperadores.

Sangre del Cristo. El órgano sonoro.   5
La viña celeste da el celeste vino;
y en el labio sacro del cáliz de oro
las almas se abrevan del vino divino.

Sangre de los martirios. El salterio.
Hogueras; leones, palmas vencedoras;   10
los heraldos rojos con que del misterio
vienen precedidas las grandes auroras.

Sangre que vierte el cazador. El cuerno.
Furias escarlatas y rojos destinos
forjan en las fraguas del oscuro Infierno   15
las fatales armas de los asesinos.

¡Oh sangre de las vírgenes! La lira.
Encanto de abejas y de mariposas.
La estrella de Venus desde el cielo mira
el purpúreo triunfo de las reinas rosas.   20

Sangre que la Ley vierte.
Tambor a la sordina.
Brotan las adelfas que riega la Muerte
y el rojo cometa que anuncia la ruina.

Sangre de los suicidas. Organillo.   25
Fanfarrias macabras, responsos corales,
con que de Saturno celébrase el brillo
en los manicomios y en los hospitales.

RECREACIONES ARQUEOLÓGICAS

A Julio L. Jaimes

[31]

I

FRISO

Cabe una fresca viña de Corinto
que verde techo presta al simulacro
del Dios viril, que artífice de Atenas
en intacto pentélico labrara,
un día alegre, al deslumbrar el mundo   5
la armonía del carro de la Aurora,
y en tanto que arrullaban sus ternezas
dos nevadas palomas venusinas
sobre rosal purpúreo y pintoresco,
como olímpica flor de gracia llena,   10
vi el bello rostro de la rubia Eunice.
No más gallarda se encamina al templo
canéfora gentil, ni más riente
llega la musa a quien favor prodiga
el divino Sminteo, que mi amada   15
al tender hacia mí sus tersos brazos.

* * *

Era la hora del supremo triunfo
concedido a mis lágrimas y ofrendas
por el poder de la celeste Cipris,
y era el ritmo potente de mi sangre   20
verso de fuego que al propicio numen
cantaba ardiente de la vida el himno.

Cuando mi boca en los bermejos labios
de mi princesa de cabellos de oro
licor bebía que afrentara al néctar,   25
por el sendero de fragantes mirtos
que guía al blanco pórtico del templo,
súbitas voces nuestras ansias turban.

* * *

   Lírica procesión al viento esparce
los cánticos rituales de Dionisio,   30
el evohé de las triunfales fiestas,
la algazara que enciende con su risa
la impúber tropa de saltantes niños,
y el vivo son de músicas sonoras
que anima el coro de bacantes ebrias.   35
En el concurso báquico el primero,
regando rosas y tejiendo danzas,
garrido infante, de Eros por hermoso
émulo y par, risueño aparecía.
Y de él en pos las ménades ardientes,   40
al aire el busto en que su pompa erigen
pomas ebúrneas; en la mano el sistro,
y las curvas cadenas mal veladas
por las flotantes, desceñidas ropas,
alzaban sus cabezas que en consorcio   45
circundaban la flor de Citerea
y el pámpano fragante de las viñas.
Aún me parece que mis ojos tornan
al cuadro lleno de color y fuerza:
dos robustos mancebos que los cabos   50
de cadenas metálicas empuñan,
y cuyo porte y músculos de Ares
divinos dones son, pintada fiera
que felino pezón nutrió en Hircania,
con gesto heroico entre la turba rigen;   55
y otros dos un leopardo cuyo cuello
gracias de Flora ciñen y perfuman
y cuyos ojos en las anchas cuencas
de furia henchidos sanguinosos giran.
Pétalos y uvas el sendero alfombran,   60
y desde el campo azul do el Sagitario

de coruscantes flechas resplandece,
las urnas de la luz la tierra bañan.

* * *

 Pasó el tropel. En la cercana selva
lúgubre resonaba el grito de Atis,   65
triste pavor de la inviolada ninfa.
Deslizaba su paso misterioso
el apacible coro de las Horas.
Eco volvía la acordada queja
de la flauta de Pan. Joven gallardo,   70
más hermoso que Adonis y Narciso,
con el aire gentil de los efebos
y la lira en las manos, al boscaje
como lleno de luz se dirigía.
Amor pasó con su dorada antorcha.   75
Y no lejos del nido en que las aves,
las dos aves de Cipris, sus arrullos
cual tiernas rimas a los aires dieran,
fui más feliz que el luminoso cisne
que vio de Leda la inmortal blancura,   80
y Eunice pudo al templo de la diosa
purpúrea ofrenda y tórtolas amables
llevar el día en que mi regio triunfo
vio el Dios viril en mármol cincelado
cabe la fresca viña de Corinto.   85

[32]

II

PALIMPSESTO

* Escrita en viejo dialecto eolio*
hallé esta página dentro un infolio
y entre los libros de un monasterio
del venerable San Agustín.
Un fraile acaso puso el escolio   5
que allí se encuentra; dómine serio

de flacas manos y buen latín.
Hay sus lagunas.

... Cuando los toros
de las campañas, bajo los oros   10
que vierte el hijo de Hiperión,
pasan mugiendo, y en las eternas
rocas salvajes de las cavernas
esperezándose ruge el león;
cuando en las vírgenes y verdes parras   15
sus secas notas dan las cigarras,
y en los panales de Himeto deja
su rubia carga la leve abeja
que en bocas rojas chupa la miel,
junto a los mirtos, bajo los lauros   20
en grupo lírico van los centauros
con la armonía de su tropel.

Uno las patas rítmicas mueve,
otro alza el cuello con gallardía
como en hermoso bajorrelieve   25
que a golpes mágicos Scopas haría;
otro alza al aire las manos blancas
mientras le dora las finas ancas
con baño cálido la luz del sol;
y otro saltando piedras y troncos   30
va dando alegres sus gritos roncos
como el ruido de un caracol.

Silencio. Señas hace ligero
el que en la tropa va delantero;
porque a un recodo de la campaña   35
llegan en donde Diana se baña.
Se oye el ruido de claras linfas
y la algazara que hacen las ninfas.
Risa de plata que el aire riega
hasta sus ávidos oídos llega;   40
golpes en la onda, palabras locas,
gritos joviales de frescas bocas,
y los ladridos de la traílla
que Diana tiene junto a la orilla

del fresco río, donde está ella   45
blanca y desnuda como una estrella.

   Tanta blancura que al cisne injuria
abre los ojos de la lujuria:
sobre las márgenes y rocas áridas
vuela el enjambre de las cantáridas   50
con su bruñido verde metálico,
siempre propicias al culto fálico.
Amplias caderas, pie fino y breve;
las dos colinas de rosa y nieve...
¡Cuadro soberbio de tentación!   55
¡Ay del cuitado que a ver se atreve
lo que fue espanto para Acteón!
Cabellos rubios, mejillas tiernas,
marmóreos cuellos, rosadas piernas,
gracias ocultas del lindo coro,   60
en el herido cristal sonoro;
seno en que hiciérase sagrada copa;
tal ve en silencio la ardiente tropa.

   ¿Quién adelanta su firme busto?
¿Quirón experto? ¿Folo robusto?   65
Es el más joven y es el más bello;
su piel es blanca, crespo el cabello,
los cascos finos, y en la mirada
brilla del sátiro la llamarada.

   En un instante, veloz y listo,   70
a una tan bella como Kalisto,
ninfa que a la alta diosa acompaña,
saca de la onda donde se baña:
la grupa vuelve, raudo galopa;
tal iba el toro raptor de Europa   75
con el orgullo de su conquista.

   ¿A do va Diana? Viva la vista,
la planta alada, la cabellera
mojada y suelta; terrible, fiera,
corre del monte por la extensión;   80
ladran sus perros enfurecidos;

entre sus dedos humedecidos
lleva una flecha para el ladrón.

Ya a los centauros a ver alcanza
la cazadora; ya el dardo lanza,   85
y un grito se oye de hondo dolor:
la casta diva de la venganza
mató al raptor...

La tropa rápida se esparce huyendo,
forman los cascos sonoro estruendo   90
Llegan las ninfas. Lloran. ¿Qué ven?
En la carrera la cazadora
con su saeta castigadora
a la robada mató también.

[VI]

EL REINO INTERIOR

[33]

EL REINO INTERIOR

A Eugenio de Castro.

... with Psychis, my soul!

POE

Una selva suntuosa
en el azul celeste su rudo perfil calca.
Un camino. La tierra es de color de rosa,
cual la que pinta fra Domenico Cavalca
en sus Vidas de santos. Se ven extrañas flores   5
de la flora gloriosa de los cuentos azules,
y entre las ramas encantadas, papemores
cuyo canto extasiara de amor a los bulbules.
(*Papemor:* ave rara. *Bulbules:* ruiseñores.)

* * *

Mi alma frágil se asoma a la ventana oscura   10
de la torre terrible en que ha treinta años sueña.
la gentil Primavera primavera le augura.
La vida le sonríe rosada y halagüeña.
Y ella exclama: «¡Oh fragante día! ¡Oh sublime día!
Se diría que el mundo está en flor; se diría   15
que el corazón sagrado de la tierra se mueve
con un ritmo de dicha; luz brota, gracia llueve.

¡Yo soy la prisionera que sonríe y que canta!»
Y las manos liliales agita, como infanta
real en los balcones del palacio paterno.   20

* * *

   ¿Qué son se escucha, son lejano, vago y tierno?
Por el lado derecho del camino, adelanta
el paso leve una adorable teoría
virginal. Siete blancas doncellas, semejantes
a siete blancas rosas de gracia y de armonía   25
que el alba constelara de perlas y diamantes.
¡Alabastros celestes habitados por astros:
Dios se refleja en esos dulces alabastros!
Sus vestes son tejidas del lino de la luna.
Van descalzas. Se mira que posan el pie breve   30
sobre el rosado suelo, como una flor de nieve.
Y los cuellos se inclinan, imperiales, en una
manera que lo excelso pregona de su origen.
Como al compás de un verso su suave paso rigen.
Tal el divino Sandro dejara en sus figuras,   35
esos graciosos gestos en esas líneas puras.
Como a un velado son de liras y laúdes,
divinamente blancas y castas pasan esas
siete bellas princesas. Y esas bellas princesas
son las siete Virtudes   40

* * *

   Al lado izquierdo del camino y paralelamente,
siete mancebos —oro, seda, escarlata,
armas ricas de Oriente— hermosos, parecidos
a los satanes, verlenianos de Ecbatana,
vienen también. Sus labios sensuales y encendidos,   45
de efebos criminales, son cual rosas sangrientas;
sus puñales de piedras preciosas revestidos
—ojos de víboras de luces fascinantes—,
al cinto penden; arden las púrpuras violentas
en los jubones; ciñen las cabezas triunfantes   50
oro y rosas; sus ojos, ya lánguidos, ya ardientes,
son dos carbunclos mágicos del fulgor sibilino,
y en sus manos de ambiguos príncipes decadentes,
relucen como gemas las uñas de oro fino.

Bellamente infernales, 55
llenan el aire de hechiceros beneficios
esos siete mancebos. Y son los siete vicios,
los siete poderosos Pecados capitales.

* * *

Y los siete mancebos a las siete doncellas
lanzan vivas miradas de amor. Las Tentaciones 60
de sus liras melifluas arrancan vagos sones.
Las princesas prosiguen, adorables visiones
en su blancura de palomas y de estrellas.

* * *

Unos y otras se pierden por la vía de rosa,
y el alma mía queda pensativa a su paso. 65
—«¡Oh! ¿Qué hay en ti, alma mía?
¡Oh! ¿Qué hay en ti, mi pobre infanta misteriosa?
¿Acaso piensas en la blanca teoría?
¿Acaso
los brillantes mancebos te atraen, mariposa?» 70

* * *

Ella no me responde.
Pensativa se aleja de la oscura ventana,
—Pensativa y risueña,
de la Bella-durmiente-del-Bosque tierna hermana—
y se adormece en donde 75
hace treinta años sueña.

* * *

Y en sueño dice: «¡Oh dulces delicias de los cielos!
¡Oh tierra sonrosada que acarició mis ojos!
—¡Princesas, envolvedme con vuestros blancos velos!
—¡Príncipes, estrechadme con vuestros brazos rojos!»
80

Poemas agregados
a la segunda edición

(París: 1901)

[VII]

COSAS DEL CID

[34]

COSAS DEL CID

A Francisco A. de Icaza.

Cuenta Barbey, en versos que valen bien su prosa,
una hazaña del Cid, fresca como una rosa,
pura como una perla. No se oyen en la hazaña
resonar en el viento las trompetas de España,   5
ni el azorado moro las tiendas abandona
al ver al sol el alma de acero de Tizona.

Babieca, descansando del huracán guerrero,
tranquilo pace, mientras el bravo caballero
sale a gozar del aire de la estación florida.
Ríe la Primavera, y el vuelo de la vida   10
abre lirios y sueños en el jardín del mundo.
Rodrigo de Vivar pasa, meditabundo,
por una senda en donde, bajo el sol glorioso,
tendiéndole la mano, le detiene un leproso.

Frente a frente, el soberbio príncipe del estrago   15
y la victoria, joven, bello como Santiago,
y el horror animado, la viviente carroña
que infecta los suburbios de hedor y de ponzoña.

* * *

Y al Cid tiende la mano el siniestro mendigo,
y su escarcela busca y no encuentra Rodrigo.   20
—«¡Oh, Cid, una limosna!» —dice el pobrecito.
                                        —«Hermano,
¡te ofrezco la desnuda limosna de mi mano!»—
dice el Cid; y, quitando su férreo guante, extiende
la diestra al miserable, que llora y que comprende.

                    * * *

Tal es el sucedido que el Condestable escancia   25
como un vino precioso en su copa de Francia.
Yo agregaré este sorbo de licor castellano:

                    * * *

Cuando su guantelete hubo vuelto a la mano
el Cid siguió su rumbo por la primaveral
senda. Un pájaro daba su nota de cristal   30
en un árbol. El cielo profundo deslía
un perfume de gracia en la gloria del día.
Las ermitas lanzaban en el aire sonoro
su melodiosa lluvia de tórtolas de oro;
el alma de las flores iba por los caminos   35
a unirse a la piadosa voz que los peregrinos,
y el gran Rodrigo Díaz de Vivar, satisfecho,
iba cual si llevase una estrella en el pecho.
Cuando de la campiña, aromada de esencia
sutil, salió una niña vestida de inocencia,   40
una niña que fuera una mujer, de franca
y angélica pupila, y muy dulce y muy blanca.
Una niña que fuera un hada, o que surgiera
encarnación de la divina Primavera.

Y fue el Cid y le dijo: «Alma de amor y fuego,   45
por Jimena y por Dios un regalo te entrego,
esta roca naciente y este fresco laurel.»
Y el Cid, sobre su yelmo las frescas hojas siente,
en su guante de hierro hay una flor naciente,
y en lo íntimo del alma como un dulzor de miel.   50

[VIII]

DEZIRES, LAYES Y CANCIONES

[35]

DEZIR

(A la manera de Johan de Duenyas)

Reina Venus, soberana
capitana
de deseos y pasiones,
en la tempestad humana
por ti mana   5
sangre de los corazones.
Una copa me dio el sino
y en ella bebí tu vino
y me embriagué de dolor,
pues me hizo experimentar   10
que en el vino del amor
hay la amargura del mar.

Di al olvido el turbulento
sentimiento   15
y hallé un sátiro ladino
que dio a mi labio sediento
nuevo aliento,
nueva copa y nuevo vino.
Y al llegar la primavera,
en mi roja sangre fiera   20
triple llama fue encendida:
yo al flamante amor entrego
la vendimia de mi vida
bajo pámpanos de fuego.

En la fruta misteriosa, 25
ámbar, rosa,
su deseo sacia el labio,
y en viva rosa se posa,
mariposa,
beso ardiente o beso sabio. 30
¡Bien haya el sátiro griego
que me enseñó el dulce juego!
En el reino de mi aurora
no hay ayer, hoy ni mañana;
danzo las danzas de ahora 35
con la música pagana.

FINIDA

Bella a quien la suerte avara
ordenara
martirizarme a ternuras,
dio una negra perla rara 40
Luzbel para
tu diadema de locuras.

[36]

OTRO DEZIR

Ponte el traje azul que más
conviene a tu rubio encanto.
Luego, Mía, te pondrás
otro, color de amaranto,
y el que rima con tus ojos 5
y aquel de reflejos rojos
que a tu blancor sienta tanto.

En el oscuro cabello
pon las perlas que conquistas;
en el columbino cuello 10
pon el collar de amatistas,
y ajorcas en los tobillos

de topacios amarillos
y esmeralda nunca vistas.

Un camarín te decoro   15
donde sabrás la lección
que dio a Angélica Medoro
y a Belkiss dio Salomón,
arderá mi sangre loca,
y en el vaso de tu boca   20
te sorberé el corazón.

Luz de sueño, flor de mito,
tu admirable cuerpo canta
la gracia de Hermafrodito
con lo aéreo de Atalanta;   25
y de tu beldad ambigua
la evocada musa antigua
su himno de carne levanta.

Del ánfora en que está el viejo
vino anacreóntico bebe;   30
Febe arruga al entrecejo
y Juno arrugarlo debe,
mas la joven Venus ríe
y Eros su filtro deslíe
en los cálices de Hebe.   35

[37]

LAY

(A la manera de Johan de Torres)

¿Qué pude yo hacer
para merecer
la ofrenda de ardor
de aquella mujer
a quien, como a Ester,   5
maceró el Amor?

Intenso licor,
perfume y color
me hiciera sentir
su boca de flor;   10
dile el alma por
tan dulce elixir.

[38]

Canción

(A la manera de Valtierra)

Amor tu ventana enflora
y tu amante esta mañana
preludia por ti una diana
en la lira de la Aurora.

Desnuda sale la bella   5
y del cabello el tesoro
pone una nube de oro
en la desnudez de estrella;
y en la matutina hora
de la clara fuente mana   10
la salutación pagana
de las náyades a Flora.

En el baño al beso incita
sobre el cristal de la onda
la sonrisa de Gioconda   15
en el rostro de Afrodita;
y el cuerpo que la luz dora,
adolescente, se hermana
con las formas de Diana,
la celeste cazadora   20

Y mientras la hermosa juega
con el sonoro diamante,
más encendido que amante

el fogoso amante llega
a su divina señora   25

FIN

Pan, de su flauta desgrana
un canto que, en la mañana,
perla a perla, ríe y llora.

[39]

QUE EL AMOR NO ADMITE CUERDAS
REFLEXIONES

(A la manera de Santa Fe)

Señora, Amor es violento,
y cuando nos transfigura
nos enciende el pensamiento
la locura.

No pidas paz a mis brazos   5
que a los tuyos tienen presos:
son de guerra mis abrazos
y son de incendio mis besos;
y sería vano intento
el tornar mi mente oscura   10
si me enciende el pensamiento
la locura.

Clara está la mente mía
de llamas de amor, señora,
como la tienda del día   15
o el palacio de la aurora.
Y al perfume de tu ungüento
te persigue mi ventura,
y me enciende el pensamiento
la locura.   20

Mi gozo tu paladar
rico panal conceptúa,
como en el santo Cantar:
Mel et lac sub lingua tua.
La delicia de tu aliento   25
en tan fino vaso apura,
y me enciende el pensamiento
la locura.

[40]

LOOR

(A la manera del mismo)

¿A qué comparar la pura
arquitectura
de tu cuerpo? ¿A una sutil
torre de oro y marfil?
¿O de Abril   5
a la logia florecida?
Luz y vida
iluminan lo interior,
y el amor
tiene su antorcha encendida.   10

Quiera darme el garzón de Ida
la henchida
copa, y Juno la oriental
pompa del pavón real,
su cristal   15
Castalia, y yo, apolonida,
la dormida
cuerda haré cantar por la
luz que está
dentro tu cuerpo prendida.   20

La blanca pareja anida
adormecida:
aves que bajo el corpiño

ha colocado el dios niño,
rosa, armiño,   25
mi mano sabia os convida
a la vida.
Por los boscosos senderos
viene Eros
a causar la dulce herida.   30

Fin

Señora, suelta la brida
y tendida
la crin, mi corcel de fuego
va; en él llego
a tu campaña florida.   35

[41]

Copla esparça

(A la manera del mismo)

¡La gata blanca! En el hecho
maya, se encorva, se extiende.
Un rojo rubí se enciende
sobre los globos del pecho.
Los desatados cabellos   5
la divina espalda aroman.
Bajo la camisa asoman
dos cisnes de negros cuellos.

Tornada libre

Princesa de mis locuras,
que tus cabellos desatas,   10
di, ¿por qué las blancas gatas
gustan de sedas oscuras?

LAS ÁNFORAS DE EPICURO

[42]

LA ESPIGA

Mira el signo sutil que los dedos del viento
hacen al agitar el tallo que se inclina
y se alza en una rítmica virtud de movimiento.
Con el áureo pincel de la flor de la harina

trazan sobre la tela azul del firmamento   5
el misterio inmortal de la tierra divina
y el alma de las cosas que da su sacramento
en una interminable frescura matutina.

Pues en la paz del campo la faz de Dios asoma.
De las floridas urnas místico incienso aroma   10
el vasto altar en donde triunfa la azul sonrisa;

aún verde está y cubierto de flores el madero,
bajo sus ramas llenas de amor pace el cordero
y en la espiga de oro y luz duerme la misa.

[43]

LA FUENTE

Joven, te ofrezco el don de esta copa de plata
para que un día puedas calmar la sed ardiente,
la sed que con su fuego más que la muerte mata.
Mas debes abrevarte tan sólo en una fuente,

otra agua que la suya tendrá que serte ingrata, 5
busca su oculto origen en la gruta viviente
donde la interna música de su cristal desata,
junto al árbol que llora y la roca que siente.

Guíete el misterioso eco de su murmullo,
asciende por los riscos ásperos del orgullo, 10
baja por la constancia y desciende al abismo

cuya entrada sombría guardan siete panteras:
son los Siete Pecados las siete bestias fieras.
Llena la copa y bebe la fuente está en ti mismo.

[44]

PALABRAS DE LA SATIRESA

Un día oí una risa bajo la fronda espesa,
vi brotar de lo verde dos manzanas lozanas;
erectos senos eran las lozanas manzanas
del busto que bruñía de sol la Satiresa:

era una Satiresa de mis fiestas paganas, 5
que hace brotar clavel o rosa cuando besa;
y furiosa y riente y que abrasa y que mesa,
con los labios manchados por las moras tempranas.

Tú que fuiste, me dijo, un antiguo argonauta,
alma que el sol sonrosa y que la mar zafira, 10
sabe que está el secreto de todo ritmo y pauta

en unir carne y alma a la esfera que gira,
y amando a Pan y Apolo en la lira y la flauta,
ser en la flauta Pan, como Apolo en la lira.

[45]

La anciana

Pues la anciana me dijo: «Mira esta rosa seca
que encantó el aparato de su estación un día:
el tiempo que los muros altísimos derrueca
no privará este libro de su sabiduría.

En esos secos pétalos hay más filosofía   5
que la que darte pueda tu sabia biblioteca;
ella en mis labios pone la mágica armonía
con que en mi torno encarno los sueños de mi rueca.»

«Sois un hada», le dije. «Soy un hada», me dijo,
«y de la primavera celebro el regocijo   10
dándoles vida y vuelo a estas hojas de rosa.»

Y transformóse en una princesa perfumada,
y en el aire sutil, de los dedos del hada
voló la rosa seca como una mariposa.

[46]

Ama tu ritmo...

Ama tu ritmo y ritma tus acciones
bajo su ley, así como tus versos;
eres un universo de universos
y tu alma una fuente de canciones.

La celeste unidad que presupones   5
hará brotar en ti mundos diversos,
y al resonar tus números dispersos
pitagoriza en tus constelaciones.

Escucha la retórica divina
del pájaro del aire y la nocturna   10
irradiación geométrica adivina;

mata la indiferencia taciturna
y engarza perla y perla cristalina
en donde la verdad vuelca su urna.

[47]

A LOS POETAS RISUEÑOS

Anacreonte, padre de la sana alegría;
Ovidio, sacerdote de la ciencia amorosa;
Quevedo, en cuyo cáliz licor jovial rebosa;
Banville, insigne orfeo de la sacra Harmonía,

y con vosotros toda la grey hija del día,   5
a quien habla el amante corazón de la rosa,
abejas que fabrican sobre la humana prosa
en sus Himetos mágicos mieles de poesía:

Prefiero vuestra risa sonora, vuestra musa
risueña, vuestros versos perfumados de vino,   10
a los versos de sombra y a la canción confusa

que opone el numen bárbaro al resplandor latino;
y ante la fiera máscara de la fatal Medusa,
medrosa huye mi alondra de canto cristalino.

[48]

LA HOJA DE ORO

En el verde laurel que decora la frente
que besaron los sueños y pulieron las horas,
una hoja suscita como la luz naciente
en que entreabren sus ojos de fuego las auroras;

o las solares pompas, o los fastos de Oriente,　　　　　5
preseas bizantinas, diademas de Theodoras,
o la lejana Cólquida que el soñador presiente
y adonde los Jasones dirigirán las proras.

Hoja de oro rojo, mayor es tu valía,
pues para tus colores imperiales evocas　　　　　10
con el triunfo de otoño y la sangre del día,

el marfil de las frentes, la brasa de las bocas,
y la autumnal tristeza de las vírgenes locas
por la Lujuria, madre de la Melancolía.

[49]

MARINA

Como al fletar mi barca con destino a Citeres
saludara a las olas, contestaron las olas
con un saludo alegre de voces de mujeres.
Y los faros celestes prendían sus farolas,
mientras temblaba el suave crepúsculo violeta.　　　　　5
«Adiós —dije—, países que me fuisteis esquivos;
adiós peñascos enemigos del poeta;
adiós costas en donde se secaron las viñas,
y cayeron los términos en los bosques de olivos.
Parto para una tierra de rosas y de niñas,　　　　　10
para una isla melodiosa
donde más de una musa me ofrecerá una rosa.»
Mi barca era la misma que condujo a Gautier
y que Verlaine un día para Chipre fletó,
y provenía de　　　　　15
el divino astillero del divino Watteau.
Y era un celeste mar de ensueño,
y la luna empezaba en su rueca de oro
a hilar los mil hilos de su manto sedeño.
Saludaba mi paso de las brisas el coro　　　　　20
y a dos carrillos daba redondez a las velas.
En mi alma cantan celestes filomelas

cuando oí que en la playa sonaba como un grito.
Volví la vista y vi que era una ilusión
que dejara olvidada mi antiguo corazón.   25
Entonces, fijo del azur en lo infinito,
para olvidar del todo las amarguras viejas,
como Aquiles un día, me tapé las orejas.
Y les dije a las brisas: «Soplad, soplad más fuerte;
soplad hacia las costas de la isla de la Vida.»   30
Y en la playa quedaba desolada y perdida
una ilusión que aullaba como un perro a la Muerte.

[50]

SYRINX

[DAFNE]

¡Dafne, divina Dafne! Buscar quiero la leve
caña que corresponda a tus labios esquivos;
haré de ella mi flauta e inventaré motivos
que extasiarán de amor a los cisnes de nieve.

Al canto mío el tiempo parecerá más breve;   5
como Pan en el campo haré danzar los chivos;
como Orfeo tendré los leones cautivos,
y moveré el imperio de Amor que todo mueve.

Y todo será, Dafne, por la virtud secreta
que en la fibra sutil de la caña coloca   10
con la pasión del dios el sueño del poeta;

porque si de la flauta la boca mía toca
el sonoro carrizo, su misterio interpreta
y la armonía nace del beso de tu boca.

[51]

LA GITANILLA

A Carolus Durán.

Maravillosamente danzaba. Los diamantes
negros de sus pupilas vertían su destello;
era bello su rostro, era un rostro tan bello
como el de la gitanas de don Miguel Cervantes.

Ornábase con rojos claveles detonantes   5
la redondez oscura del casco del cabello,
y la cabeza firme sobre el bronce del cuello
tenía la pátina de las horas errantes.

Las guitarras decían en sus cuerdas sonoras
las vagas aventuras y las errantes horas,   10
volaban los fandangos, daba el clavel fragancia;

la gitana, embriagada de lujuria y cariño,
sintió cómo caía dentro de su corpiño
el bello luis de oro del artista de Francia.

[52]

A MAESTRE GONZALO DE BERCEO

Amo tu delicioso alejandrino
como el de Hugo, espíritu de España;
éste vale una copa de champaña
como aquel vale «un vaso de bon vino».

Mas a uno y otro pájaro divino   5
la primitiva cárcel es extraña;
el barrote maltrata, el grillo daña,
que vuelo y libertad son su destino.

Así procuro que en la luz resalte
tu antiguo verso, cuyas alas doro   10
y hago brillar con mi moderno esmalte;

tiene la libertad con el decoro
y vuelve, como al puño el gerifalte,
trayendo del azul rimas de oro.

[53]

Alma mía

Alma mía, perdura en tu idea divina;
todo está bajo el signo de un destino supremo;
sigue en tu rumbo, sigue hasta el ocaso extremo
por el camino que hacia la Esfinge te encamina.

Corta la flor al paso, deja la dura espina;   5
en el río de oro lleva a compás el remo;
saluda el rudo arado del rudo Triptolemo,
y sigue como un dios que sus sueños destina...

Y sigue como un dios que la dicha estimula,
y mientras la retórica del pájaro te adula   10
y los astros del cielo te acompañan, y los

ramos de la Esperanza surgen primaverales,
atraviesa impertérrita por el bosque de males
sin temer las serpientes; y sigue, como un dios...

[54]

Yo persigo una forma...

Yo persigo una forma que no encuentra mi estilo,
botón de pensamiento que busca ser la rosa;
se anuncia con un beso que en mis labios se posa
al abrazo imposible de la Venus de Milo.

Adornan verdes palmas el blanco peristilo;   5
los astros me han predicho la visión de la Diosa;
y en mi alma reposa la luz como reposa
el ave de la luna sobre un lago tranquilo.

Y no hallo sino la palabra que huye,
la iniciación melódica que de la flauta fluye   10
y la barca del sueño que en el espacio boga;

y bajo la ventana de mi Bella-Durmiente,
el sollozo continuo del chorro de la fuente
y el cuello del gran cisne blanco que me interroga.

ÍNDICE